[redacted]

Der Große Gopnik

Viktor Jerofejew

Der Große Gopnik

Aufzeichnungen über das lebende
und das tote Russland

Roman

Aus dem Russischen
von Beate Rausch

Matthes & Seitz Berlin

Dem Andenken meiner Mutter

In seinen Armen das Kind war tot.

Der Erlkönig, Johann Wolfgang von Goethe

An unsere Zeit werden wir uns alle nicht ohne Scham erinnern können.

Aus diesem Buch

Erster Teil
Perpendikulare Einsamkeiten

1

Mein Lieber

Und er hatte eine Vision. Eine Ärztin im weißen Kittel winkte ihn zu sich, nahm ihn bei der Hand. Er sah sie aus den Augenwinkeln an. Er wusste, sie ist ein Fake, ein feindlicher Fake, die Lüge einer gemeinen Zeitung, die sich in sein Bewusstsein geschlichen hatte, ein Stresstest für seine Macht und seine sportliche Männlichkeit.

»Mein Lieber, ach mein Lieber, Lieber«, zog die Ärztin, die keine Haube auf den schlichten Löckchen trug, ihn hinter sich her, »nach einem der Luftangriffe haben uns Soldaten zwei schwer verletzte Frauen auf Tragen gebracht.«

»Das war euer Luftangriff, es war euer Luftangriff, der Luftangriff, der war von euch«, murmelte er überzeugt, mit den Kiefern mahlend.

»Der einen Frau hat es das Muskelgewebe an den Beinen zerrissen. Die andere heißt Nika.«

»Das ist aus einer Zeitung, aus einer feindlichen Zeitung.« Er ließ sich nicht auf die Provokation ein. »Ich weiß. Drecksgeschmiere.«

»Mein Lieber«, nahm ihn die Ärztin bei der Hand, »mein Lieber, Nika hat Verletzungen von Granatsplittern an den Beinen und eine kleine Wunde am Bauch. Gehen wir, gehen wir, ich zeig's dir.«

»Alles inszeniert, alles Theater«, runzelte er die Brauen.

»Hör mir zu, hör zu, mein Lieber, und dreh dich nicht weg. Nika hatte fast das Bewusstsein verloren, ihr Blutdruck war abgesackt. Da haben wir zum ersten Mal im Keller einen Kaiserschnitt gemacht. Als wir beim Zunähen waren, ging uns der Diesel aus. Da haben wir bei Handylicht genäht.«

»Ja, ja, der übliche Neonazi-Fake«, murmelte er überzeugt. »Sie brauchen mir nicht so einen amerikanischen Neonazi-Stuss zu erzählen, lassen Sie das. Hören Sie, es reicht.«

»Nika ist siebenunddreißig.«

»Na und?«, sagte er plötzlich barsch.

»Mein Lieber, die erste Schwangerschaft, lang ersehnt. Versteh doch, sie war wegen Unfruchtbarkeit in Behandlung. Neun Monate lag sie unter Beobachtung in der Klinik. Ihr noch ungeborenes Baby wurde erschossen.«

»Ihr habt es doch selbst erschossen.«

»Gehen wir, gehen wir, mein Lieber, gehen wir zu ihr.«

Sie traten zu ihr.

»Nika, du hast einen Jungen geboren, er wiegt 3700 Gramm. Er ist tot.«

»Ich weiß, ich habe das gleich gewusst.«

»Möchtest du ihn sehen?«

Und, an ihn gewandt: »Mein Lieber, mein Lieber, wo willst du hin, warte …«

Er grinste spöttisch.

»Tatjana Iwanowna«, antwortete Nika ruhig. Es schien, als habe der Mensch in seinem Leid die Fähigkeit zu weinen verloren, als sei er einfach versteinert, verkohlt wie die ganze Stadt. »Ich habe sehr lang darüber nachgedacht. Wenn ich das Kind anschaue, dann werde ich einfach verrückt. Aber wenn ich es nicht anschaue, werde ich das mein ganzes Leben bereuen.«

»Was für ein Schwachsinn!«, empörte er sich.

»Nika, du musst entscheiden, wie es weitergeht, was wir tun sollen.«

»Machen wir es so. Sie bringen ihn mir rasch, und ich schaue ihn an, aber berühren werde ich ihn nicht. Gut?«

»Gut.«

Tatjana Iwanowna brachte das Kind. Nika schaute es an. Dann nahm sie sein Händchen: »Oh, was für Fingerchen.«

Drehte sein Köpfchen: »Er sieht ja meinem Mann ganz ähnlich.«

Sie drückte es an ihre Brust, hielt es wohl fünf Minuten so, und dann reichte sie ihm das Kind.

»Sie sind doch Arzt«, sagte Nika.

Er stand da mit dem toten Kind in seinen Armen.

Er wurde von der russischen Presse erlöst. Die Journalisten liefen ungeniert mit Maschinenpistolen herum. Sie machten Interviews. Und erst in dem Moment, als sie zu Nika kamen, erlitt sie einen hysterischen Anfall.

Er stand da mit dem toten Kind in seinen Armen.

»Mein Lieber, ich bin hier … hörst du mich? Wir haben sehr lange gebraucht, um sie zu beruhigen. Ich spaziere durch das schöne, sonnige Lwow, ich sehe kleine Kinder, ihre Mütter. Sie halten sie an den Händchen, schieben sie in Kinderwagen herum. Ich schaue ihnen zu, und mir bricht es das Herz vor Schmerz und Verzweiflung. Ich begreife, dass dort, in Mariupol, viele kleine Kinder in ihren Kinderwagen unter den Trümmern begraben liegen. Sie schlafen den ewigen Schlaf.«

Er stand immer noch da mit dem toten Kind in seinen Armen.

»Mein Lieber … mein Lieber …«

Er sah genauer hin. War das nicht eine Puppe? Der Feind konnte einem ja alles Mögliche unterjubeln! Nein. Wohl doch keine Puppe.

Er schüttelte das Kind. Das Köpfchen des Kleinen hing unnatürlich zur Seite.

»Nein, doch nicht.« Er roch daran. »Keine Puppe. Alles klar. Ein feindliches Kind.« Er roch noch einmal, kniff dabei schmachtend die Augen zusammen. Mausetot. Aha! Alles klar, dachte er. Jetzt kämpfen sie schon mithilfe von toten Kindern. Denen ist doch alles scheißegal. Ha, ihr Komiker, macht euch auf meine Antwort gefasst. Millionenfache Mobilmachung. Referenden in den befreiten Gebieten der Ukraine: Wir wollen nach Russland. Und die Atombombe! Da habt ihr sie! Fangt sie doch! Wir machen euch dem verfickten Erdboden gleich.

Auf seinem Gesicht zeichnete sich langsam ein höhnisches Lächeln ab.

2
Der Duft von Buchsbaum

»Majestät!«

Die Nachfahren aristokratischer russischer Familien, die Grafen und Fürsten Scheremetjew, Schachowskoi, Trubezkoi und andere, die eingeladen waren zur Pariser Konferenz anlässlich der Hundertjahrfeier der Oktoberrevolution, sprachen das Wort »Majestät!« mit derart klangvoller Stimme aus, dass es schien, Seine Majestät trinke im Nebenzimmer starken Tee mit einem Zitronenscheibchen und der Teelöffel klimpere am silbernen Teeglashalter. Allein, dann erhöre er den Ruf, betrete in Stiefeln den Saal, erklimme die Rednertribüne und erkläre das Vergangene zu nicht Vergangenem.

Letzten Endes, so verkündeten die Nachfahren aristokratischer Familien, stattlichen Gänsen mit weiten Schwingen gleich, sei Russland das Opfer eines Kindsmords geworden. Hernach wechselten sie über in die ihnen eher wesenseigene französische Sprache und fügten hinzu, dass in Russland infolge der Revolutionen von 1917 bis 1953 hundert Millionen Einwohner ums Leben gekommen seien, was im Übrigen schon Fjodor Michailowitsch in den *Dämonen* prophezeit habe.

Abseits der Konferenz teilten sich die Grafen und Fürsten in zwei Gruppen. Die eine gab obszöne Wörter mit der gleichen trötenden Elefantenstimme von sich wie das Wort »Majestät«, die andere, die Ultra-Patrioten, welche unermüdlich gegen die weltweite Russophobie ankämpften, priesen die Weisheit des neuen Sultans.

»Was hat hier ein Sultan verloren!«, empörten sich die, die gern unanständig fluchten. »Er ist der erste Volkspräsident in der gesamten Geschichte Russlands.«

»Nicht zufällig wird er im Volk der Große Gopnik genannt!«, stimmten die ultrapatriotischen beschwingten Gänse ehrfürchtig ein. »Er spiegelt sich im Volk wider, und das Volk spiegelt sich wider in ihm.«

»Aber Gopnik, das klingt nicht gerade positiv, das ist der Proll aus dem Hinterhof«, meldete ich meine Zweifel an.

»Na, hören Sie mal! Die Gopniks – das ist der neue russische Hofadel.«

»Hat beides mit Hof zu tun«, ließ ich nicht locker. »So tief sind wir gesunken.«

»Nestbeschmutzer!«, regten sich die Adligen auf.

»Der Große Gopnik hat uns allen russische Pässe ausgestellt«, riefen die fluchenden Fürsten von Herzen dankbar aus.

»Das Volk selbst will in einer mystischen Eingebung der kollektive Große Gopnik sein«, fügten die Ultra-Patrioten hinzu.

Und einmütig alle zusammen: »Ein Großer Gopnik, ein Land, ein Sieg! Es lebe Russland!«

Dank der Konferenz hatte ich Gelegenheit, mich in der Pariser Rue de Grenelle einzuquartieren, in eben jenem Herrenhaus, in dem ich einen Teil meiner Kindheit verbracht hatte. Damals war die Botschaft, heute die Residenz des russischen Botschafters, für mich das vertraute Nest. Meine verstorbenen Eltern schienen wie eh und je die Gartenwege entlangzuspazieren oder an dem alten Springbrunnen mit den Goldfischen darin zu sitzen, umgeben von grauem Kies wie umzuckert. Dank der langen Freundschaft mit dem Botschafter kehrte ich in meine Kindheit zurück, ich logierte im rechten Flügel des Herrenhauses, wo ich auch seinerzeit gewohnt hatte. Bevor ich Quartier nahm, führte mich der Botschafter in die Garage der Residenz und deutete auf den asphaltierten, ölfleckigen Boden.

»Weißt du, wie viele Leichen hier vergraben sind?«

Als ich klein war, hatte ich mit den anderen Botschaftskindern hier Verstecken gespielt.

»Wir wissen es selbst nicht. Tschekisten brachten in den 1920er- und 1930er-Jahren weißgardistische Leutnants und Generäle hierher, die sie auf den Pariser Straßen einkassiert und mit Chloroform betäubt hatten, schleiften sie aus den Autos, liquidierten und vergruben sie.«

Er wurde finster und begann plötzlich hysterisch zu lachen. Dann hakte er mich unter und führte mich über den Hof zur Einfahrt. Ich betrat die mir großzügig zur Verfügung gestellte Wohnung, in der Nikita Chruschtschow während seiner Parisbesuche immer wohnte, ging zu dem hohen französischen Fenster, öffnete es – das Wetter in diesem Pariser Herbst war sommerlich –, und in die Nase stieg mir der Duft, der mich schon mein ganzes Leben verfolgt.

Ein Duft, beinahe so penetrant wie das Wort »Majestät« – Seine Majestät, die den Duft des Buchsbaums in der Sommerresidenz Liwadija gerochen hat. Und ich begriff, irgendwie mit weichen Knien, dass dieser Duft, den ich überall intensiv wahrgenommen habe, von Japan bis Amerika, von Polen bis Spanien, und den ich in Moskau so sehr vermisste, mich aus dem russischen Schmuddelwetter, dem niedrigen Himmel der Oktoberrevolution, diktiert von klimatischer Schwermut, herausgerissen hatte wie eine Seite aus einem Schulheft.

Mit den Platanen und Kastanien an den Uferpromenaden der Seine und im Jardin du Luxembourg, trug mich der Buchsbaum, der für Uneingeweihte nach Katze riecht, genauer gesagt nach Katzenpisse, in eine andere Welt, in der die Revolution eine Magenverstimmung zu sein schien, nur ein kurzes Verstummen der Singvögel. Wegen dieses beschissenen Buchsbaums bin ich niemals »einer von uns« geworden, habe keinen Kreis von Freunden mit klaren Standpunkten um mich versammelt, mich weder der Obrigkeit noch deren Feinden zugesellt, die sich in ihren pöbelhaften Wesenszügen nur wenig voneinander unterscheiden.

Der Buchsbaum – auf Russisch *samshit*, was für englische Ohren eher unappetitlich klingt – hat mich aus der Bahn geworfen. Am offenen Fenster stehend, diesen Duft einatmend, der stärker war als ich selbst, verstand ich: Genau aus diesem Grund bin ich wieder hier, in der Rue de Grenelle, weil ich in der Kindheit den Buchsbaum bis zum Überdruss gerochen habe. Nur dass ich in der Kindheit mit all meinen buchsbaumigen Wachträumen den Namen »Buchsbaum« gar nicht kannte. Übrigens gibt es nichts, worauf man besonders stolz sein könnte, wenn man bloß Günstling eines Kindheitsgeruchs ist, eine Geisel immergrüner gestutzter Büsche.

Am nächsten Morgen hörte ich wieder Vorträge, in denen man der Oktoberrevolution gar den Namen wegnehmen und sie zu einem Oktoberumsturz machen wollte. Die einen nahmen ihn weg, die anderen stritten.

Und da erinnerte ich mich, dass mein Vater 1944, noch keine vierundzwanzig Jahre alt, von Stockholm nach Moskau abberufen wurde, wo er als dürrer, etwas linkischer Attaché bei der Kollontai gearbeitet hatte. Molotow machte ihn zu Stalins persönlichem Dolmetscher für Französisch. Sein Vorgänger hatte beim Dolmetschen französischer Militärpiloten Probleme mit Begriffen aus der Luftfahrt gehabt, und Stalin hatte zu ihm gesagt: »Es scheint, ich kann besser Französisch als Sie.«

Von da an ward der Dolmetscher nicht mehr gesehen. An seiner Stelle nahm man meinen Vater. Molotow sagte ihm, Stalin wolle ihn kennenlernen.

»Denken Sie daran, Stalin mag es gar nicht, wenn man nachfragt.«

Papa begab sich in den Kreml. In dem riesigen Arbeitszimmer, in dessen Mitte Lenins Totenmaske auf einer Etagere lag, nahm Papa, die Hände an der Hosennaht, Haltung an und stellte sich vor. Der Große Führer stand links neben seinem Schreibtisch und stopfte sich die Pfeife. Er war klein, mit einem schwachen linken Arm, das Gesicht voller Pockennarben. Er sah meinen jugendlich hageren Papa an und stellte die erste Frage.

Zu seinem Entsetzen verstand Papa nicht, was ihn Stalin fragte. Der Krieg war zu Ende, Stalin war der Sieger, die Welt applaudierte ihm, und Papa verstand nicht, was Stalin ihn gefragt hatte. Stalin sprach mit starkem kaukasischem Akzent und zudem sehr leise. Papa versuchte sich fieberhaft zusammenzureimen, was Stalin ihn gefragt haben mochte. Rote Ohren, Hilflosigkeit ins Gesicht geschrieben. Was konnte ihn der Große Führer gefragt haben? Und Papa dachte, wahrscheinlich hatte er gefragt: Wo haben Sie studiert? Genau, wo haben Sie studiert, vollkommen logisch. Und Papa, noch stärker Haltung annehmend, platzte heraus: »Staatliche Universität Leningrad, Genosse Stalin!«

Plötzlich geschah mit Stalin etwas Ungeheuerliches.

Er griff sich mit der rechten gesunden Hand an den Bauch, beugte sich vor, krümmte sich geradezu und fing an zu lachen. Er lachte so laut, geradezu wie ein Kind, dass es schien, als sei er irgendein fröhlicher Gott und nicht Genosse Stalin. Papa verstand, dass sich in diesem Moment sein Schicksal entschied. Immer noch lachend, Tränen in den Augen, fragte Stalin, ohne sich aufzurichten, meinen Vater: »Also direkt in der Universität sind Sie geboren?«

Wieder ein Lachanfall. Stalin winkte sogar mit der Hand ab: »Oh, ich kann nicht mehr!«

Als er wieder zu sich gekommen war, sagte er zu meinem Papa: »Ich habe seit dem Oktoberumsturz nicht mehr so gelacht.«

Und mein Papa, nach Luft schnappend, verstand, dass sich ihm eine geheime Wahrheit eröffnet hatte. Keine Revolution, sondern ein Umsturz! Für alle eine Revolution, und für ihn ein Umsturz. Für die Dummköpfe die Große Oktoberrevolution, und für den Gott der Umsturz.

Und während sie beide die Fassung wiederfanden, klopfte es an die Tür von Stalins Arbeitszimmer, und zwei Männer kamen herein. Die Gläser ihrer Kneifer blitzten. Molotow und Beria.

Sie begriffen, dass sich hier gerade etwas Unglaubliches abgespielt hatte, doch Stalin würdigte ihre verblüfften Kneifergesichter keinerlei Erklärung. Er sagte einfach: »Gehen wir an die Arbeit.«

Und sie gingen an die Arbeit.

Als ich in Paris anlässlich des Revolutionsjubiläums vor den versammelten Teilnehmern der Konferenz stand, begriff ich plötzlich endgültig, dass wir Spielbälle eines zufälligen Umsturzes geworden sind, der hätte gelingen, aber auch misslingen können. Doch er war irgendwie seinerseits auch ein Spielball, ein Spielball der Geschichte, er zog es vor zu gelingen, und durch diese Laune des Wetters starben hundert Millionen Menschen, sie starben, und es sterben immer noch Menschen. Und immer weiter, weiter.

Und wenn sie der Ukraine ins Gesicht schleudern, sie sei das Produkt eines Staatsstreichs, eines Umsturzes, dann fragt sich, wer schleudert denn da, ist es nicht das Staatsstreich-Russland?

Die einzige Rettung ist der Duft des Buchsbaums. Und dieser Garten mit den Goldfischen, in dem meine verstorbenen Eltern ihre Runden drehen. Und ihre französischen Freunde. Papa Arm in Arm mit Yves Montand und Mama mit Simone Signoret. Da muss man sich gar nichts anderes ausdenken. Nur den Duft des Buchsbaums.

Der trötende Duft meiner Kindheit. Trötend und tötend. Klangvoll und wild. Mein Buchsbaum.

3
Der sowjetische Lord Fauntleroy

Als kleiner Junge nahm ich die Paraden auf dem Roten Platz ab. Das war die Fortsetzung meiner Zinnsoldaten. Papa und ich stehen auf der Tribüne. Links vom Mausoleum. Ich mit rotem Fähnchen an einem Holzstöckchen. Möglicherweise war Stalin auf dem Mausoleum, aber ich habe ihn nicht bemerkt.

Um auf den Roten Platz zu gelangen, müssen wir mehrere Lkw-Absperrungen passieren, Papa zeigt der Miliz seine Papiere und die Einladung. Wir kommen relativ leicht durch, ohne irgendwelche Absperrungen, wir laufen beim Alexandergarten die leichte Steigung hoch zum Roten Platz.

»*Ein Schauer läuft mir übern Rücken*«, tönt es rein und hell durch ganz Moskau.

»*Marschieren zur Musik, oh süßer Schmerz.*
Geliebte Stadt, du mein Entzücken,
Meines Heimatlandes Herz.«

Bei dem Lied bekomme ich eine Gänsehaut vor lauter Lebensfreude.

Auf der Tribüne drückt Papa mit seinem schönen konzentrierten Lächeln allen die Hand. Zur Parade sind wir fast immer spät dran – und nicht ein einziges Mal zu spät gekommen.

Ich stehe auf der Tribüne in grauem Mantel und Baskenmütze.

Ich nehme die Parade ab.

Das ist die Blaupause meines Lebens.

An mir vorbei galoppieren Marschälle auf ihren Pferden. Die Marschälle salutieren mir. Die Pferde scheißen. Die Truppen marschieren in Reih und Glied vorüber. Die Katjuschas rollen, sie stinken fürchterlich. Ich winke ihnen mit meinem Fähnchen zu.

Ich nehme die Parade ab.

Papa steht während der Parade still, die Hand schützend auf meine Schulter gelegt.

Die Parade geht zu Ende, es beginnt die Demonstration der Werktätigen, Papa und ich verdrücken uns nach Hause – die Demonstration von künstlichen Blumen interessiert uns nicht. Ich liebe kleine Soldaten – nicht große Menschenmengen.

Mamas Freundinnen – darunter berühmte sowjetische Schauspielerinnen – nannten mich den kleinen Lord Fauntleroy. Kommunismus hin oder her, das war ein großes Kompliment – ein Lord zu sein ist immer angenehm. Ich hatte keine Ahnung, wer dieser Fauntleroy war und warum der Schnitt seiner Hose einmal so in Mode war.

Mir, der ich die Parade abnahm, hielt Mama andere, viel begabtere Kinder als Beispiel vor. Da war Milotschka Woroschzowa, die Tochter eines Generals und Hubschrauberpiloten, eine Schönheit schon im Kinderwagen, sie konnte bereits schreiben. Marinka, die Hofnachbarin, war gut im Weitsprung, und ich, ich konnte nicht schreiben und nicht weit springen. Ich war bloß ein verletzliches Kind, das mit Worten gekränkt, traumatisiert und gequält wurde. Mama litt fürchterlich unter meiner Talentlosigkeit.

4
Verirrtes Vorwort

Der Große Gopnik hat mein Buch zerbombt wie die Ukraine.

Seltener Volltreffer!

Er hat die ganze Welt gezwungen, nach seiner Pfeife zu tanzen.

Er hat jedes Dasein unmöglich gemacht.

Er beherrscht sein eigenes Rätsel nicht.

Diese Figur war doch so schon herrlich genug.

Und dann auch noch das!

Er hat sämtliche Ängste zusammengerafft. Er ist bereit zu allem. Alle sind erstarrt. Die freie Welt verfiel in Hektik wie eine Ratte. Der Große Gopnik forderte, ihm die Ukraine zurückzugeben, als sei sie eine untreue Nutte. Er ist der Held unserer Zeit, der Held Russlands, der Champion der Welt. Er spielt Klavier, er spielt Eishockey. Er weint vor aller Augen, wenn man ihn für eine neue Amtszeit gewählt hat. Der Große Gopnik – das ist die Quittung für unsere hinfällige Demokratie.

Gopnik ist ein unübersetzbares russisches Wort, es bedeutet so etwas wie kleiner Rowdy, Hinterhofrabauke. Per definitionem kann ein Gopnik kein Großer sein. Doch ein bestimmter Gopnik hat Riesenschwein gehabt. Auf paradoxe Weise ist ein Zwerg zum Riesen geworden.

Ich lebte über zwanzig Jahre lang in seinem Russland und möchte das Wort »Gopnik« als Schlüssel zu seinem Verständnis international in Umlauf bringen. Alle wissen, was ein Sputnik ist – möge sich nun also der Gopnik hinzugesellen.

Millionen von Gopniks in Russland verstehen den Großen Gopnik und halten ihn für einen der Ihren.

Er ist zu einer Volksikone geworden.

Die Erfolge lassen in ihm mystische Selbstmordgedanken entstehen. Der neue Herostratos, er wird sich selbst und die ganze Welt umbringen.

5
Atombombe am Ende des Tunnels?

Im Jahre 1523 formulierte Filofej, ein russisch-orthodoxer Mönch aus einem Kloster nahe Pskow, das Konzept von Moskau als dem Dritten Rom. Nach dem Untergang des Römischen und später des Byzantinischen Reichs sollte demnach Moskau den Platz der Welthauptstadt einnehmen, andernfalls wäre das Ende der Welt besiegelt. Bis heute beflügeln Filofejs Ideen die russischen Nationalisten. Derlei Vorstellungen treten in Träumen und Taten des Kremls immer deutlicher zutage. Doch meiner Ansicht nach hat sich der Mönch aus Pskow geirrt.

Moskau hat nicht den Platz eines Dritten Rom eingenommen, sondern den einer Zweiten Goldenen Horde. Das grausame und gnadenlose tatarisch-mongolische Joch, das sich vor allem in der Verhöhnung des russischen Volkes, der Verspottung der Fürsten und dem menschenverachtenden Verhalten gegenüber gefangenen Frauen manifestierte, legte sich schwer auf die russischen Fürstentümer des Mittelalters. So infizierten sich die Moskauer Fürsten, devote Tributzahler der Goldenen Horde und teilweise Kollaborateure, um es in moderner Sprache zu sagen, mit dem Gedankengut ihrer neuen Herrscher. Nachdem sich das Moskauer Zarenreich von diesem Joch befreit hatte, wurde es, durchdrungen von der Grausamkeit der Horde, zu einem Nacheiferer von deren Autokratie und setzte ihr abscheuliches Verhältnis zu allen ihren Untertanen, vom Bojaren bis zum Leibeigenen, in die Wirklichkeit um. Liebe und Unterwürfigkeit gegenüber dem Zaren wurden zur einzigen Möglichkeit für sozialen Aufstieg, schützten aber nicht immer vor qualvoller Hinrichtung. Diese umfassende Grausamkeit produzierte ein absolut gleichgültiges Verhältnis sowohl dem fremden als auch dem eigenen Leben gegenüber und schuf eine reale Grundlage für die persönliche wie auch die gesellschaftliche Existenz als pure Narretei. Du machst dich lustig, über dich macht man sich lustig – alles vermischt sich zu einem närrischen Treiben.

Genau dieses Narrenspiel ist zur Norm des russischen Lebens geworden.

Moment mal, sagen Sie. Der Westen hat mit seinen extrem harten, unerhörten Sanktionen den Russen ein schweres Alltagsleben beschert: Die Preise steigen, Zucker wird zur Mangelware, Auslandsreisen werden eingeschränkt. Aber dem einfachen Volk ist all das vollkommen wurst. Sie setzen im Frühling Kartoffeln und Kohl, pflanzen Tomaten und Gurken. Die Mehrheit hat eh keinen Reisepass, die Mehrheit hatte überhaupt noch nie Dollars oder Euros in der Hand. Das russische Volk, auf Langmut getrimmt, glaubt an seine Einmaligkeit, im kollektiven Unterbewusstsein schlummert die Idee von Moskau als Drittem Rom.

Der andere Teil der Apokalypse – das ist der Kampf der Ukraine und des Westens als der Kampf des Lichts gegen die Mächte der Finsternis der russischen Welt. Im Westen ist man entsetzt über die Erschießungen in Butscha und über die nahezu völlige Auslöschung von Mariupol. Ich erinnere mich an diese liebenswerte Hafenstadt. Der Anblick ihrer Ruinen ist unerträglich.

Die russische Propaganda bezeichnet diese tragischen Bilder offiziell und in vollem Ernst als Inszenierung und Fake. Glaubt man dem, dann wäre der Westen wirklich einfallsreich! Was für eine geniale künstlerische Erfindung und welch beeindruckende Ausführung! Es war der Westen, der die Leichen friedlicher Einwohner auf den Straßen verteilte, die Toten in Massengräbern verscharrte, viele Städte zerstörte ... Und das alles mit Photoshop! Die gopnikschen Propagandisten leugnen das Offensichtliche mal empört, mal gleichgültig, immer mit eiskaltem Blick. Unwillkürlich denkt man, das ist der kämpferischste, standfesteste Teil der russischen Armee.

Die Propaganda ... Sie geht davon aus, dass Selenskyj ein Clown sei, ohne Macht und von ukrainischen Nationalisten gekauft. Wir haben ein gutes Verhältnis zu Juden, behauptet das Fernsehen, aber ein Jude, der sich an Nazis verkauft hat – das ist eine Schande. Und wer unterstützt diese unsichtbaren Neonazis? Ganz Europa! Wie bitte, ganz Europa unterstützt Neonazis? Ja! Und Amerika? Auch! Und Japan? Auch! Und Israel? Auch! Aber warum unterstützen sie alle die Kiewer Neonazis? Weil sie russophob sind! Sie hassen unser Land, wollen es vernichten und seinen Reichtum unter sich aufteilen.

Überzeugend?

Nicht?

Aber das ist die Stimme der russischen Apokalypse. Als Draufgabe behauptet sie, dass die Ukrainer gefangene russische Soldaten kastrieren und ihnen die Ohren abschneiden.

Die beiden Apokalypsen stellen parallele Geraden dar, die in die Unendlichkeit führen. Verhandlungen zwischen zwei Apokalypsen – eine merkwürdige Vorstellung. Geradezu unnatürlich.

Der Krieg verwandelt sich in einen eingefrorenen Konflikt. In diesem Fall wird die Grenze zwischen Russland und der Ukraine über viele Jahre hinweg morsch und blutig sein.

Die Vertreibung der russischen Armee aus der Ukraine? Dies wird jedoch nicht zu einem Sieg führen, sondern zu entschlosseneren Handlungen des Großen Gopniks. Niederlagen erträgt er nicht. Er ist fixiert auf Sieg. Man kann ihm einen Sieg vorgaukeln, also die erfolglose Militärkampagne, die nur wenige Tage, wenn nicht Stunden hätte dauern sollen, als Triumph verkaufen. Doch wenn er auf einen Pseudosieg nicht anspringt und beleidigt ist – dann erscheint am Ende des Kriegstunnels eine Atomexplosion. Die taktische Atomwaffe. Sehr viel weniger zerstörerisch als Hiroshima. Wo aber die Atombombe abwerfen? Warum nicht auf Kiew? Ja, aber Kiew heißt im russischen Volk die Mutter aller russischen Städte. Na und? Sie war die Mutter und ist nun eben die böse Stiefmutter! Die Bombe abwerfen. Diese Junta mit ihrem Clown Selenskyj vernichten!

Und dann?

Wie wird der Westen auf Moskaus Atombombe reagieren?

Wird er sich vor Angst bis auf die Knochen blamieren?

Und wie wird man nach dem Krieg zu den Russen stehen?

Ich weiß noch, wie die Polen in Warschau Anfang der 1970er-Jahre über die Deutschen dachten. Ich hatte gerade eine junge Polin geheiratet und erlebte es selbst, dass man die Deutschen überhaupt nicht mochte, obwohl das Kriegsende schon 25 Jahre zurücklag. Mit Warschauer Studenten ergab sich einmal folgendes Gespräch zum Thema Krieg:

»Würde mir nachts in einer dunklen Straße ein Deutscher unterkommen, ich würde ihn töten«, sagte einer von ihnen.

»Ost- oder Westdeutscher?«, fragte ich naiv.

»Egal.«

Dieses Mal, wenn viele Jahre verstrichen sind, kann man nur auf die Unvollkommenheit des menschlichen Gedächtnisses hoffen. Alles wird mit schlingerndem Vergessen enden, nicht mit Reue.

Unsere Nachfahren der Goldenen Horde haben die Ukraine nicht weniger zerbombt als gegen Ende des Zweiten Weltkriegs die angloamerikanischen Luftstreitkräfte, die die deutschen Städte in Schutt und Asche legten. Die Ukraine – für Russland bisher ein brüderliches Nachbarland – ist jetzt das absolute Böse. Wer hätte das gedacht! Warum werft ihr Bomben? Um die Bevölkerung zu demoralisieren und den Feind zu einem schändlichen Frieden zu zwingen. Sehr viele friedliche Menschen sind tot. Der Wiederaufbau der Ukraine wird Jahrzehnte dauern, eine gute Beziehung zu den Russen ist nicht in Sicht.

Die russischen Strategen haben mehrere fatale Fehler begangen. Die Generäle haben sich auf einen Krieg wie in früheren Jahrzehnten vorbereitet. Die Panzerkolonnen erwiesen sich jedoch dank der neuesten panzerbrechenden Waffen als unglaublich verwundbar. Der Oberbefehlshaber wurde von seinen eigenen Leuten getäuscht. Ihm wurde eingeredet, die durch ihn befreiten Ukrainer würden die russischen Panzer mit Blumen, Brot und Salz empfangen. Dieses russische Märchen ist nur gut für den internen Gebrauch. Man kann es zwar außerhalb des Landes anbieten, aber verkaufen lässt es sich nicht. Schließlich haben sich die Ukrainer auf den Krieg vorbereitet und sind hoch motiviert.

Der Westen spielt in dieser Kriegsgeschichte eine zwiespältige Rolle. Er hat kostbare Zeit zu lange verspielt – indem er seine Meinung über die Ukraine und ihre Zugehörigkeit zu Europa jahrelang hinausgeschoben hat. Es war ein erbärmliches Schauspiel. Aber im Westen nahmen die metaphysischen Werte lange vor dem derzeitigen Krieg hässliche Formen an. Erinnern wir uns an die westlichen Maoisten mit ihren Abzeichen des Vorsitzenden Mao an der Brust. Sie meinten, China sei eine besondere Zivilisation, und dort könne man eine Kulturrevolution durchführen – also die Intelligenz umbringen, die Prostituierten vernichten und die Schädlinge der Felder, die Spatzen, ausrotten. Wir erinnern uns an die Verlockung durch Kuba, die bis heute noch nicht ganz passé ist. Wie viele junge Leute tragen immer noch Che Guevaras Konterfei auf der Jacke! Dabei war er doch ein realer, ein besessener Mörder, der es liebte, zu quälen und zu töten. Dagegen die Ukraine – das ist nicht Che Guevara. Sie war für den Westen uninteressant. Und sie störte den Westen beim Aufbau seiner wirtschaftlichen Beziehungen zu Russland.

Erst als die Vernichtung der Ukraine im großen Maßstab einsetzte, besann sich der Westen. Da erinnerte sich die westliche Zivilisation plötzlich an die Menschenrechte und an humanitäre Werte und wachte auf. Es heißt, der Westen sei vereint in seiner Haltung zur russischen Invasion. Aber interessant: Warum wird die Ukraine bombardiert, Transkarpatien dagegen, wo viele Ungarn leben, verschont? Doch nicht etwa, weil Orbán besondere Beziehungen zu Moskau unterhält? Die Einheit des Westens ist noch zerbrechlicher als Russlands von den Sanktionen gebeutelte Wirtschaft. Wir alle werden in einer sehr merkwürdigen, eigennützigen und feigen Welt Europas überleben müssen. Russland aber wird seine Kartoffeln ausbuddeln.

6
Der Kleine Nächtliche Stalin

Ich habe Mama nie nackt gesehen. Der Körper war in unserer Familie tabu. Aber einmal, in einem lang zurückliegenden Moskauer Sommer, als wie jedes Jahr in den Gassen der Pappelflaum herumwirbelte und für einen Monat das heiße Wasser abgestellt wurde, wollte Mama sich die Haare waschen und bat mich, den Dreizehnjährigen, warmes Wasser mit einem Schöpfer über ihren Kopf zu gießen.

Wir wohnten auf der Gorkistraße in einem mehrstöckigen Gebäude aus der Stalinzeit, in der Nähe der Metrostation Majakowskaja, in einer ziemlich großen Wohnung, aber die Badezimmer in diesen Häusern waren bescheiden, eine Art Warnung: Bourgeoiser Hedonismus, das kannst du dir abschminken! Und wenn dann das heiße Wasser abgestellt wurde, nahm das Badezimmer ein trübes Aussehen an, geradezu wie geschaffen für Asseln und Silberfischchen.

»He, Sie da, das reicht jetzt mit Ihrer Biografie!«, ließ sich eine Stimme mit Akzent vernehmen.

Ich klopfte an die Badezimmertür, einen großen Kessel mit heißem Wasser in der Hand. In meinen Schläfen pochte das Blut.

»Komm rein!« Mamas verzerrte Stimme.

Ich stellte mir deutlich Mamas Körper vor, über die Badewanne gebeugt. Meine Finger lockerten sich, und der Kessel wäre beinahe zu Boden gekracht. Ich stieß die Tür leicht mit der Schulter an. Die Tür gab nach, und überraschend war ein katzenartiges »Miau« zu hören.

»Er kommt jetzt rein!«, rief der unsichtbare Kaukasier. »Kannst du etwa nicht sehen, ich bin zurück ...«

»Woher?«, staunte ich.

Ein undefinierbarer Lärm, als wäre unten auf der Gorkistraße eine Massenkundgebung im Gange. Die Zeiten gerieten durcheinander. In unserem Hinterhof die Rufe des Lumpensammlers aus meiner frühen Kindheit:

»Lumpen, Alteisen! Lumpen, Alteisen!«

Ich drückte mich seitlich in unser enges Badezimmer. Unten in die Tür waren drei Löcher gebohrt, eine primitive Lüftung. Links an der Wand hing eine dicke, wie eine Krakauer Wurst gebogene Heizung, obendrauf verschossene Handtücher für den Körper. Ich robbte immer wieder auf den Knien an die Ventilationsöffnungen heran, sah zähneklappernd die ersten behaarten Dreiecke. Die Haushaltshilfen ahnten was und stopften Zeitungspapier in die Öffnungen. Geradeaus ein Chromhaken mit zerschlissenen Handtüchern fürs Gesicht. Und rechts nicht weit vom Waschbecken, den hellblauen Vorhang zur Seite gezogen – Mama. Sie stand nach vorn gebeugt, als bereite sie sich auf ihre Schlachtung vor.

Laut klirrte zerbrechendes Glas.

»Du willst wissen, woher? Hab mich mit einem Klappspaten ausgegraben.« Kichern.

Das Licht im Badezimmer erlosch.

»Papa und ich waren im Mausoleum, um Sie anzugucken«, gestand ich, »Sie und Lenin waren meine ersten Toten.«

»Da hast du Glück gehabt«, schnaubte der Georgier.

»Sie hat man rausgetragen ...«

»Nicht weit weg ... Nikita ist mit mir nicht fertiggeworden. Dieser Schuft! Ich musste erst mal ein bisschen herumvagabundieren, mich ein bisschen verstecken ... Gute Menschen haben mir in der Not geholfen.«

Es ist dunkel. Nur die Stimme.

»Und jetzt ist deine Mama über der Wanne nackt, ihre Titten baumeln ...«

»Stopp!«, schnitt ich ihm das Wort ab. »Warum sind Sie zu mir gekommen?«

»Ich bin zu allen gekommen«, lachte der Mann, »ich klopfe bei jedem an. Macht das Licht an!«, verlangte er.

Das Licht ging im selben Moment an.

»Na komm!« Er umfasste von hinten meine Schultern, drückte sich an mich. »Freust du dich denn nicht? Weißt du, wie ich jetzt richtig heiße?«

»Wie denn?«

»Der Kleine Nächtliche Stalin. Ich habe einen Brief für dich. Da, nimm!«

Der Kleine Nächtliche Stalin drückte mir einen Umschlag im A4-Format in die Hand.

»Wie jetzt, sind Sie neuerdings Briefträger?«

»Ich bin alles. Auch Briefträger«, schnaubte er erneut. »Nimm das: Es ist eine Botschaft von dicken Freunden.«

Mich schüttelte es. Der Kleine Nächtliche Stalin war der Herr über mein Zittern, biss mir zärtlich ins Ohr und brach plötzlich in ordinäres Gelächter aus.

»Seit dem Oktoberumsturz hab ich nicht mehr so gelacht!« Er bekam vor Lachen kaum noch Luft.

Wo hatte ich diese Worte schon mal gehört? Sie waren ja Teil unserer Familienchronik.

»Und deine Mama hier! Ganz nackt ... Vornübergebeugt. Die Titten baumeln! Ha-ha-ha!«

»Sie trägt Unterwäsche«, stammelte ich empört.

»Was denn für Unterwäsche?«

»Französische!« Was Besseres fiel mir nicht ein.

»Überhaupt keine Unterwäsche. Ich sehe ein kleines Bäumchen unter dem Bauch, verzweigt wie auf einer Gravüre. Ich kann alles sehen – Unterwäsche sehe ich keine.«

»Sie ist hautfarben!«

7
Die Geburt des Großen Gopniks

Der Kleine Nächtliche Stalin plumpste vor lauter Lachen auf die Kloschüssel. In den Vordergrund rückte die Toilette mit der blassrosa Toilettenpapierrolle an der wackligen Halterung daneben. Blassrosa Defizitware. Darüber war ein Witz im Umlauf: Läuft ein Mann durch Moskau, eine Schnur voller Klorollen um den Hals gehängt. Alle fragen: »Wo hast du die denn gekauft?« Antwort: »In der Reinigung.«

Frag mich, was ist das, die Sowjetunion? Ja, was wohl! Klorollen aus der Reinigung. 15 Klorollen an einer Schnur um den Hals. 15 Sowjetrepubliken.

Die runtergelassene Hose rutschte ihm auf die Stiefel. Er begann zu drücken, wurde knallrot im Gesicht.

»Was tun Sie da?«, fragte ich entsetzt.

»Was wohl, sieht man doch, oder?«

»Schämen Sie sich!«, sagte Mama, die sich an der Badewanne umgedreht hatte.

»Klappe, du Miststück!«, bellte der Gebirgler.

»Was fällt Ihnen ein ...«, riefen Mama und ich wie aus einem Mund.

»Ich gebäre!«

»Was?«

»Nicht was, sondern wen!«

Er presste weiter. Kurze Zeit später: Es ist so weit! Es ist so weit! Plötzlich kroch mit üblem Gestank etwas aus ihm heraus. Er sprang von der Kloschüssel hoch. Bückte sich, zog etwas heraus. Eine glitschige männliche Larve. Eine Made an einer Nabelschnur.

Der Kleine Nächtliche Stalin verschwand mit der Larve, sich in seinen Hosenbeinen verheddernd.

Ich behielt diese Larve im Kopf.

»Was stehst du rum wie ein Ölgötze?«, sagte Mama ärgerlich. »Ist das Wasser nicht schon ganz kalt? Schütt es in den Schöpfer. Da liegt er. Gieß es mir über den Kopf!«

Ich habe Mama nie nackt gesehen.

8
Wer hat die Sowjetunion zerstört?

»Sie haben die Sowjetunion zerstört!«

Alle starrten mich an.

»Ich? Die Sowjetunion?«

»Ja, Sie!«

»Wie, ich?«, murmelte ich.

Wir alle bringen im Leben wenig zustande. Geht man über einen Friedhof, findet man dafür überall Bestätigung. Wie hätte ich die Sowjetunion zerstören können, wo sie doch auf der Weltkarte von Ozean zu Ozean reicht, daliegt wie ein Rind am Spieß? Ich sehe es vor mir. Oft haben wir in feuchtfröhlicher Runde in Koktebel am Ufer des Schwarzen Meeres gesessen und den Spieß gedreht, zwischen reifenden Granatäpfeln oder Aprikosen, unter den Augen von Woloschins Statue. Aber ich schweife ab! Mein Leben ist reich an Ereignissen, und der Hauch der Erinnerung lässt einen leicht vom Thema abkommen. Zurück zur Sowjetunion, die ich zerstört habe.

Dort lebten etwa 290 Millionen Menschen. Sie war eine Supermacht, die ganze Welt hatte Angst vor ihr. Sie wollte Herrscherin über die Menschheit sein.

Aber mir doch egal, was sie wollte – ich habe sie zerstört!

Wenn das wahr ist, wird das russische Volk sagen, dann gehörst du ans Kreuz genagelt, vor aller Augen auf dem Roten Platz. Zur Mahnung für alle Feinde.

Dreihundert Jahre werden vergehen, und es werden sich immer noch Anhänger der UdSSR finden. Sie werden heulen über ihr Ende und sich die Haare raufen.

Nur Feinde können sich für dich freuen, wenn du die Sowjetunion zerstört hast, nur Feinde können applaudieren und dir zu Ehren einen silbernen Obelisken irgendwo in Washington errichten. Und auch die Polen werden sich dir an den Hals werfen, ach, die werden dich ganz sicher von oben bis unten abküssen, und außer ihnen noch die Balten, garantiert! Sogar ein ordentlicher Anteil der Ukrainer mit ihren bestickten Hemden wird dich herzen, zusammen mit der russischen Opposition.

Obwohl, nein, die russische Opposition nicht. Die ist fest davon überzeugt, dass sie selbst es war, die die Sowjetunion zerstört hat, und du hast dabei überhaupt keine Rolle gespielt. Das sei bestenfalls, sagt die Opposition, eine dumme, anmaßende Metapher. Ja, und wie zum Teufel hättest du die Sowjetunion zerstören können?

Also, was soll ich Ihnen dazu sagen?

Ich nähere mich einer roten Linie. Sei enttäuscht von den Menschen – alles Idioten, Gesocks, Rüpel, Spießer, Konsumenten – und fertig! Wozu etwas für sie tun? Kümmere dich um dich selbst! Oder muss man etwa einen *neuen Menschen* nach der Formel Lenins oder Hitlers erschaffen?

Wie habe ich mich gefreut, als sie eines Nachts über dem Kreml das Hauptsymbol der Weltrevolution runterließen wie eine Hose. Und wie grauenhaft zu sehen, dass diese ganze Scheiße jetzt eine Wiedergeburt erlebt! Aber hätte es denn anders kommen können, wo doch die Reformer nicht wussten, für wen sie reformieren? Alle Hoffnungen vergeigt. Als Ergebnis wurde der Große Gopnik geboren.

Und ich musste jetzt zur Rettung meiner kleinen Schwester O. vor seinen Adlaten katzbuckeln, zu ihnen über den Roten Platz gehen, der bei mir Brechreiz auslöst.

»Wie bitte?«, empören Sie sich erneut. »Den Roten Platz liebt doch jeder! Die ganze Welt! Alle knipsen sich da gegenseitig, machen Selfies, alle sind entzückt, er ist mehr als Puschkin – unser Ein und Alles, und sogar mehr als alles!«

»Nein, als kleiner Bub liebte ich den Roten Platz …«

Neulich erzählte ich im Hauptquartier der Technologie der Zukunft beim früheren Reformer, dem rothaarigen Meschujew, über den Almanach *Metropol*. Er war gerade vierzig Jahre alt geworden.

»Was gibt es da nicht zu verstehen?«, tönte der frühere Reformer, der rothaarige Meschujew, von seinem Vorsitz. »Ihr Untergrundalmanach *Metropol* hat 1979 dem Sowjetsystem einen schweren ideologischen Schlag zugefügt. Richtig?«

Ich nickte.

»Die besten Schriftsteller haben sich dagegen ausgesprochen! Wer war denn da alles bei Ihnen?«

»Kultur ist meiner Ansicht nach Kampf gegen die Entropie«, meinte ich. »Wahrscheinlich ist genau das die Bestimmung des Projekts Mensch im Ganzen.«

Der ganze Saal der zukünftigen Technologien spitzte die Ohren.

»In diesem Kontext stellte der Almanach *Metropol*«, fuhr ich fort, »der mehr als zwanzig echte Schriftsteller vereinigte, den realen Kampf gegen die Entropie dar, welche ja auch die Sowjetunion selbst verkörperte. *Metropol* war eine literarische Atombombe.«

Ich erzählte den Versammelten, wie ich mir 1978 das Konzept überlegt hatte, als ich gegenüber dem Wagankowo-Friedhof wohnte. Wie ich Aksjonow, Bitow und Popow dafür gewonnen hatte, sich an seiner Realisierung zu beteiligen. Die Aktion gelang, und die Ereignisse entwickelten sich rasant. Der Staat holte gegen alle Autoren des Almanachs zum Schlag aus. Doch am härtesten traf es meinen Vater, der sich absolut nichts hatte zuschulden kommen lassen – er verlor seine Arbeit in Wien, wo er zu der Zeit Repräsentant der UdSSR bei mehreren internationalen Organisationen war.

»Der literarische Zirkel um Sándor Petőfi hat ja die ungarische Revolution von 1848 provoziert. Passt alles zusammen. Ich bin der Provokateur der Perestroika«, spottete ich. »Zu dieser prominenten Rolle hat mir von feindlicher Seite unter anderem der Haupthenker von *Metropol* verholfen, Felix Kusnezow, der damalige Erste Sekretär des Moskauer Schriftstellerverbands. Auch später noch konnte er sich nicht beruhigen. Die Sowjetunion war längst zusammengebrochen, da rief er beim Fernsehsender *Kultura* an und erklärte, ich hätte *Metropol* im Auftrag des CIA organisiert. Übrigens wollte er sich vor seinem Tod noch mit mir treffen, ließ mir das durch irgendeinen Dichter ausrichten, aber ich sagte diesem Dichter *njet*. Ich wünschte dem sterbenden Henker nichts Böses, aber sehen wollte ich ihn auch nicht.«

»Nach *Metropol* konnte sich das Sowjetsystem nicht mehr regenerieren«, betonte Meschujew. »Es bekam Risse! Es hat Sie nicht einmal richtig bestrafen können, niemand ist eingesperrt, niemand umgebracht worden. Nur Ihr Vater hat es wirklich zu spüren bekommen. *Metropol* war der Vorbote der Veränderungen. Der pluralistische Zugang zur Realität. Und wer hat sich *Metropol* nun ausgedacht?«

»Nun ja, ich«, sagte ich.

»Also waren Sie es, der die Sowjetunion zerstört hat!«

Alle lachten – der Scherz war gelungen. Kann sein, dass nicht ich die Sowjetunion zerstört habe, aber tun wollte ich es immer.

9
Runtergelassene Hosen

Zufällig wurde ich Zeuge der letzten Minuten der Sowjetunion. Am 25. Dezember 1991 war ich zum Abendessen bei meiner amerikanischen Freundin Nina im berühmten »Haus an der Moskwa«, erbaut seinerzeit für Stalins Minister und andere Mitglieder der sowjetischen Nomenklatura – direkt gegenüber dem Kreml. Um etwa zwanzig vor acht sah ich, wie die riesige rote Fahne auf dem Senatspalast des Kremls langsam eingeholt wurde. Ich erinnere mich nicht mehr ganz genau, jedenfalls krochen Nina und ich unter dem Plaid hervor und klebten am Fenster. Es hatte etwas Erniedrigendes für die Großmacht. Als hätte man ihr tatsächlich die Hosen runtergelassen. Und dann wurde die neue Fahne gehisst – die dreifarbige. Das antibolschewistische Symbol der Demokratie, unter dem die Weiße

Armee im Bürgerkrieg gegen das Regime Lenins gekämpft hatte. Es war wie ein Wahnsinnstraum, ein Feuerwerk der Hoffnungen. Plötzlich schien es unser Land zu werden. Ein Land, das man endlich umarmen konnte.

Was geschah im Kreml nach der Einholung der sowjetischen Fahne?

Nachdem Gorbatschow dem Verteidigungsminister den Atomkoffer überreicht hatte, begab er sich, nun schon als Ex-Präsident, mit einer Handvoll nahestehender Personen ins Nussbaumzimmer zum Abendessen. Weitere Verabschiedungen für Gorbatschow fanden nicht statt.

Ich trat auf die nächtliche Straße hinaus. Trostlos schlichen einige wenige Autos durch den Schnee. Niemand verstand irgendetwas. Alle dachten wahrscheinlich, dass einfach nur das Aushängeschild ausgetauscht worden sei – statt UdSSR hatten wir nun GUS. Jacke wie Hose.

10
Die Anfänge

Einmal tauchte bei mir so ein französischer, Russisch sprechender Aufklärer mit wildem Blick auf.

Er erzählte: Vor Ewigkeiten hab ich mal in Sankt Petersburg mit *ihm* zu Abend gegessen. Damals trug *er* noch seinem Chef die Aktentasche hinterher, der Tisch war für ein Dutzend Personen eingedeckt, zu Ehren des französischen Bildungswesens, und zufällig war *er* mein Tischnachbar.

Wir hatten uns gerade erst kennengelernt, da schüttete *er* mir plötzlich sein ganzes Herz aus. *Er* sagte, dass *er* eine geliebt habe, geliebt bis zum Verrücktwerden, sie angefleht habe, *ihn* zu heiraten, dass *er* ihr französisches Parfüm geschenkt habe, aber sie – keine Chance – habe dann irgendeinen anderen geheiratet. Und ich, sagte *er*, hab dann wegen der Erinnerung an sie ihre Freundin geheiratet, ohne Liebe, einfach wegen der Erinnerung.

Ich hörte dem Aufklärer mit den schwarz gefärbten Haaren zu und dachte: Da ist der Hund begraben. *Er* hat niemanden, dem *er* sein Leid klagen kann, außer diesem unbekannten Mann aus Frankreich, wo auch dieses Parfüm herkommt. Vollkommene Einsamkeit. Für immer. Man darf *ihm* nicht trauen, wo denken Sie hin, Macht ist Gift für einen einsamen Menschen. Damals ist *er* verbrannt. Bis auf die Grundfesten verbrannt. Übrig geblieben ist nur eine Brandstätte.

Und wir drehen uns darauf im Kreis.

11
Sternenplatz

Mein Leben ähnelt einer Metropole. Da gibt es verschiedenste Bezirke und Viertel, fröhliche, glamouröse, vernachlässigte und mit Graffiti vollgeschmierte. Es gibt einige schattige Parks, einen Fluss, Kinderspielplätze, Restaurants, einen botanischen Garten mit Palmen in Kübeln, einen Zoo. Viele Affen. Das Klima in der Stadt ist wechselhaft. Mal scheint die Sonne, mal regnet es in Strömen. Nicht mal ein gemeiner Hundebesitzer würde bei solchem Regen seinen Hund auf die Straße jagen.

Im Zentrum ein Triumphbogen. Aber weiß ich nicht sehr gut, dass überall das Zentrum ist? Der Triumphbogen wird restauriert. Durch die graue Abdeckplane erahnt man die Umrisse von Skulpturen. Wem dieser Triumphbogen gewidmet ist, welchem Sieg, welchem Ereignis, lässt sich nicht sofort sagen: Die Darstellungen sind gespenstisch, die Symbolik ist rätselhaft. Die Restaurierung des Triumphbogens zieht sich hin. Von ihm aus führen Straßen in alle Richtungen. Er ist schön bei Nebel.

Erinnert er an den Sternenplatz in Paris? Kaum. Meine Stadt ist übermäßig eklektisch, ich will da keine Analogien bemühen. Sie ist so rational wie absurd. Man trifft auf den Roten Platz und auf die Niagarafälle. Ich werde von der Afrikanischen Straße erzählen, wo man Gabi und mich beinahe umgebracht hätte. Es gibt auch die japanische Shunga-Straße. Und weiter – wie sollte es heutzutage ohne China gehen? Ich überquere mit einer Fähre den Amur, und da liegt sie vor mir – eine Millionenstadt im chinesischen Norden. Auch die Feuervogel-Straße hat mit Afrika zu tun. Aber davon später.

Während das alles gesellschaftliche Metaphysik ist, gibt es parallel dazu auch eine private Perspektive. Da ist der Prospekt, in dem sich Droschken und Kutschen stauen, er heißt Dreieinhalb-Ehefrauen-Prospekt. Es gibt eine dunkle Allee zu Ehren meiner Anti-Ehefrau Schurotschka, denn alle werfen einen Schatten, Ehemänner wie Ehefrauen. Und der Schatten einer Ehefrau – das ist die Anti-Ehefrau. Über diese dunkle Allee darf ich nicht schweigen. Die Kinderstraße. Der italienische Boulevard. Dort wohnt unter anderem meine wundervolle Freundin Chiara, die ich beinahe geheiratet hätte. Aber die Stadt platzt aus allen Nähten, man kann nicht alles erzählen.

Es gibt den Park meines Namensvetters. Dort wachsen Orangenbäume in den Himmel und Stachelbeersträucher.

Neben den radial verlaufenden Straßen sind Ringstraßen angelegt, es gibt Durchgänge, Gassen, Grünanlagen, Verbindungsstraßen, mit Kletten bewachsene Hinterhöfe. Der Müll wird nicht regelmäßig abgeholt. Die Rumjanzew-Bibliothek, der Wagankowo-Friedhof.

In der Stadt haben sich Figuren meiner Bücher und lebende Menschen vermischt. Die einen sind möglicherweise unsterblich, die anderen eilen ihrem Grab entgegen. Irgendwann kam mir in den Sinn: Ich habe in meinem Leben so viele Bücher signiert, da kommen die Einwohner einer ganzen Stadt zusammen. Doch die Bevölkerung *meiner* Metropole setzt sich nicht ausschließlich aus Lesern zusammen. Es ereignen sich Feuersbrünste und Überschwemmungen. Feinde kommen vor. Die Feinde meinen, mein Leben ähnele einer Spinnwebstadt, in der sich Schmetterlinge aus verschiedenen Ländern verfangen haben, sowie auch die Spinne selbst.

Wer regiert die Stadt?

Ich bin nicht das Stadtoberhaupt. Ich beeinflusse die Stadtverwaltung, wenn auch nicht immer. Ich verteidige mich gegen

Zerstörungen, aber bisweilen zerstöre ich mich selbst. Auf das Leben in der Stadt üben Leute Druck aus, die mir alles andere als sympathisch sind. Nicht nur einmal hat man versucht, mich zu besetzen, zu okkupieren. Da muss man sich dann zur Wehr setzen.

Anfang des 21. Jahrhunderts hat man damit begonnen, in meiner Stadt einen neuen Prospekt anzulegen. Alte Gebäude wurden abgerissen. Ein paar Häuser wurden zusammen mit ihren Bewohnern gesprengt. Soldaten wurden zum Wiederaufbau abkommandiert. Der Prospekt vergrößerte sich. Vielen Bürgern gefiel das. Zuerst wollten sie dem Prospekt den Namen Meer der Ruhe geben. Aber irgendetwas lief schief. Der Prospekt wird jetzt immer öfter für den Verkehr gesperrt. Irgendjemand mit Blaulicht rast hierhin und dorthin. Panzer fahren und hinterlassen Kettenspuren. Der Asphalt ist uneben. Die Zeiten sind unsicher. Ich bin nicht gefragt worden. Wir leben unter der Sonne des Großen Gopniks.

12
Wie das Volk, so die Lieder

Heute stellt der Kreml die 1990er-Jahre als kriminellen Saustall dar, als amerikanische Kolonie. Das ist hysterisch. In Wirklichkeit gewannen wir unerhörte Freiheit, aber wir wussten nicht, was wir damit anfangen sollten.

Uns fehlte ein neuer Peter der Große, ein entschlossener Reformer, nur mit menschlichem Gesicht. Stattdessen bekamen wir den schwankenden Jelzin, der auch nicht so recht wusste, was anfangen mit der Freiheit, und deshalb schändlich der Trunksucht verfiel. Auf der Suche nach seiner persönlichen Sicherheit machte Jelzin einen wenig bekannten Mann zu seinem Nachfolger.

Auftritt auf der politischen Bühne: der Große Gopnik.

Nachdem der Petersburger Bürgermeister Anatoli Sobtschak 1996 die Wahlen verloren hatte, wurde sein Assistent, ein Ex-Spion, arbeitslos und arbeitete nebenbei schwarz mit seinem Auto als

Taxifahrer. Und nun aufgepasst! 1999 wird er Premierminister eines riesigen Landes und im März 2000 sein Präsident.

Es gibt da eine Krankheit bei Tauchern – die Caissonkrankheit. Steigt ein Taucher zu schnell vom Meeresgrund an die Wasseroberfläche auf, dann fängt bei ihm das Blut buchstäblich an zu kochen. So ähnlich muss es dem auf internationales Niveau aufgestiegenen Großen Gopnik ergangen sein.

Ich habe ihn in jenem Jahr 2000 einmal bei einer Feier im Kreml gesehen. Er wirkte irgendwie betreten. Boris Nemzow erzählte mir, wie er beim Präsidenten mit einem Einkaufsnetz voller Briefe der Intelligenzija vorstellig wurde, die gegen den Beschluss der Regierung protestierte, die sowjetische Nationalhymne mit leicht verändertem Text wieder einzuführen. Der Große Gopnik antwortete ihm rotzfrech: »Wie das Volk, so seine Lieder.«

Nemzow verschlug es die Sprache.

13
Über das Wesen des Russisch-Ukrainischen Kriegs

Von der Welt hinter den Spiegeln aus betrachtet, beschrieb meine kleine Schwester O. die Triebkräfte von Kriegshandlungen wie folgt:

»Die Riege der hoffnungslos veralteten Götter unter der Ägide von Jesus Christus hat so ungefähr vor einem Jahrhundert den Rückzug angetreten. Seitdem geht der Rückzug weiter und hinterlässt auf dem freigewordenen Platz eine Menge Verwerfungen und Lücken. Doch nach träger alter Gewohnheit existiert die Moral der christlichen Riege im Westen weiter – nicht so jedoch im ewig autokratisch unterdrückten Russland.

Wir haben einen Krieg der Kräfte des Zerfalls gegen die Kräfte des Halbzerfalls. Die Kräfte des Zerfalls, befreit von jeder Verpflichtung, legen schockierende Unmenschlichkeit an den Tag. Ihre Unmenschlichkeit ist dermaßen unverblümt, dass den Kremlheldinnen des

Zerfalls davon stöhnend einer abgeht. Die Kräfte des Halbzerfalls besitzen Reste von angefaultem Glauben, doch ob das reicht für einen Sieg über die Kräfte des Zerfalls, bleibt unklar. Kurzum, dieser Krieg ist der todbringende Ausdruck der Sehnsucht nach einer neuen Riege bisher noch unbekannter Götter.«

14
Philosophie der Gewaltlosigkeit

Und der Große Gopnik hat einen Traum. Er ist jetzt schon viele Jahre Präsident, aber der Freund, der einzige Freund, er kommt nicht.

Plötzlich erscheint Gandhi, in der Residenz bei Moskau, auf der nächtlichen Veranda. Lieb bis dorthinaus, Nickelbrille, kahlrasierter Kopf, das weiße Gewand über die Schulter geworfen. Nebel wabert. Aber gar nicht mystischer Nebel, sondern so ein vorfrühlingshafter, ein Vorbote des Sieges.

»Na endlich.«

Der Große Gopnik begrüßt Gandhi mit seinem besonderen verlegenen Lächeln.

Das Gespräch wird auf Russisch geführt. Gandhi schmunzelt.

»Hören Sie, ich möchte Ihnen Folgendes sagen«, gesteht der Große Gopnik. »Ich bin Ihr Schüler. Von allen politischen Lehren der Welt habe ich Ihre, nun ja, als Maßstab gewählt.«

Gandhi schmunzelt.

»Es gibt da diese Laokoon-Skulptur. Genauso fühle ich mich. Umschlungen. Umschlungen nicht von Schlangen, sondern von roten Linien. Ich predige nicht nur Philosophie, sondern auch die Praxis der Gewaltlosigkeit. Fremdes brauche ich nicht.«

»Für dich gibt es in der ganzen Welt nichts Fremdes«, bemerkt Gandhi.

»Die roten Linien schnüren mir die Kehle zu.« Der Große Gopnik greift sich mit beiden Händen an den Hals. »Seit meiner Kindheit liebe ich Gerechtigkeit. Aber ich kann es nicht ausstehen, wenn man mich dreist anlügt, wenn man unsere Bruderländer eins nach dem anderen von uns entfernt. Ich habe sie gewarnt. Bleibt weg mit euren Raketen von unseren Grenzen! Sie haben nicht auf mich gehört. Ich habe ihnen erklärt: Das ist unser Verantwortungsbereich.«

Nebel wabert.

»Haben sie dich in deiner Kindheit gepiesackt?«, fragt Gandhi mitleidig.

»Ja, schon«, nickt der Große Gopnik widerwillig.

»Wie denn?«

»Unwichtig.«

»Aber es war sehr kränkend?«

»Lassen wir das …«

»Du bist ein Friedhof von Kindheitskränkungen.«

»Es reicht.«

»Du wolltest die eine heiraten, hast aber eine andere genommen, eine beschissene Kopie.«

»Gandhi, ich hab dich gebeten …«

»Ich weiß. Du liebst mich.«

»Gandhi, die roten Linien nehmen mir die Luft weg, aber ich tu mich schwer, eine Entscheidung zu treffen.«

»Fällt dir das wirklich so schwer?«

Der Große Gopnik schlägt die Augen nieder.

»Schick ihnen ein Ultimatum über den großen Teich rüber.«

»Hab ich schon.« Er schüttelt den Kopf. »Bringt nichts.«

Gandhi hüllt sich in rätselhaftes Schweigen.

»Verstehst du, in Kiew werden sie uns ganz bestimmt mit Blumen empfangen.«

»Sie täuschen dich.«

»Ich weiß.«

»*Deine Leute* täuschen dich.«

»Wo denkst du hin!« Er runzelt leicht die Stirn. »Wir haben dort schon alles unter Kontrolle. Janukowitsch scharrt mit den Hufen. Die Amis machen sich bestimmt in die Hose. Die blamieren sich vor der ganzen Welt! Ich schwöre!«

»Mein lieber Freund, du hast wohl recht.«

Irgendwann früher hatte Gandhi einen ganz anderen Mann *lieber Freund* genannt, der träumte vom Sieg seiner Rasse, aber was macht das für einen Unterschied?

»Wenn ich mich vor den Spiegel stelle, was sehe ich da? Ich sehe unser großartiges Volk.«

»Volk und Partei sind eins«, verzieht Gandhi den Mund zu einem schiefen Lächeln.

»Glaubst du das nicht? Zum ersten Mal in der Geschichte sind die Staatsmacht und das Volk ganz real Zwillingsbrüder. Das gibt mir Kraft.«

»Na dann los, worauf wartest du noch?!«, ruft Gandhi aus. »Das wird der friedliebendste Krieg aller Zeiten!«

»Nicht einmal Krieg, sondern einfach Befreiung«, stimmt der Große Gopnik zu.

15
Meine Schwester O.

Ich zuckte überrascht zusammen. Sie kam so leise herein, schlich sich so bemüht lautlos auf Zehenspitzen heran, dass ich ihr Erscheinen nicht bemerkte. Ich saß in der elterlichen Küche, in Gedanken versunken. Sie trat von hinten an mich heran und legte sanft ihre Hände auf meine Schultern.

»Ich brauche deine Hilfe.«

Durch das Hemd hindurch spürte ich die verspielten Krallen meiner Schwester. Ich drehte mich um. Rote Lippen, schwarze Jacke, schwarze Jeans, leicht gekürzt, sodass die nackten Fesseln zu sehen waren, rosa T-Shirt, auf der schönen Brust die schwarzen Buchstaben *FIRST TIME*. Schwarzes, längliches Barett.

»Du hast mich erschreckt. *FIRST TIME!*«

Sie lachte hell.

»Was hast du da für ein Barett?«

»Aus dem Land der Basken.«

Meine kleine Schwester O. hatte mich noch nie um irgendetwas gebeten. Viel zu stolz, um etwas zu bitten. Charismatisch, Augen wie dunkle Schokolade, groß wie bei den neuesten Puppen für kleine Mädchen – sie hatte es nicht nötig, um etwas zu bitten.

In ihrem Blick blitzte etwas Verächtliches auf – auf sich selbst bezogen. Mich erfasste eine vage Unruhe, ein Verdacht, dass mich diese Bitte teuer zu stehen kommen könnte. O. schaute auf die Fensterbank mit den Alpenveilchen und versenkte sich schweigend in die Betrachtung der Blumen.

Mama liebte Alpenveilchen. Sie züchtete sie in kleinen Töpfchen auf dem breiten Küchenfensterbrett. Violette, rosafarbene, weiße – mit samtigen Blättern. Sie sahen aus wie eine Alpenwiese, wie eine Liebeserklärung an etwas Unerreichbares.

Das Fensterbrett war mit billigem weiß-blauem Wachstuch abgedeckt, durch das Gießen der Pflanzen mit Blumenerde beschmutzt. Zwischen den Veilchen erhob sich in einem alten Topf ein alter Geldbaum. Eigentlich war es kein Fensterbrett, sondern die Abdeckung eines Einbauschranks, wo sich wie in einem kulinarischen Luftschutzkeller Töpfe und Pfannen versteckten.

Meine Schwester und ich saßen an dem dunkelroten Tisch auf den dunkelroten Stühlen, die unsere Eltern zusammen mit anderen dunkelroten Küchenmöbeln von ihren zahllosen Dienstreisen aus Paris mitgebracht hatten. Durchs Küchenfenster sahen wir die Lichter in den Fenstern zweier Stalin-Hochhäuser angehen: am Kudrinskaja-Platz und am Smolenskaja-Platz.

»Du hast mal gesagt, Moskau existiere nicht, es sei die subjektivste Stadt der Welt und lebe nur in unserer Fantasie.«

»Ja, Moskau scheint nur ...«

»Das wird bestimmt lustig, wenn sie mich einsperren!«, verzog O. den Mund.

Waren da Tränen in ihren Augen? Sie wischte sie weg, beugte sich zu mir herüber, umarmte mich. Meine Schwester hatte schon immer Probleme mit ihrem Tastsinn, aber hier berührte sie mich und drückte sich mit ihrem *FIRST TIME*-Busen fest an mich. Wir waren beide verlegen.

24. Februar

Wodurch unterscheidet sich der Schriftsteller vom Journalisten? Der Journalist sucht den Ausgang, der Schriftsteller den Eingang.

16
Schere, Stein, Papier, schnick, schnack, schnuck

Unsere Zeit ist gekommen, alles ringsum ist verdummt. Verdummt sind die Vögel, die Menschen, die Alten. Die Beamten, die Sportler, die Spatzen. Verdummt ist die russische Intelligenzija, verdummt sind die Intellektuellen, die Philosophen, die Komiker, verdummt und – ins Grab gestürzt.

Verdummt ist unser Land, obwohl es nie besonders klug war. Verdummt ist England, das die unsinnigste Entscheidung seiner ja nicht so dummen Geschichte getroffen hat. Verdummt sind die Vereinigten Staaten von Amerika, die irgendwie einen Vollidioten zum Präsidenten gewählt hatten. Verdummt ist mein liebes Frankreich, in dem antisemitische und fremdenfeindliche Kräfte an die Regierung drängen. Verdummt sind auch die fremdenfeindlichen Kräfte selbst, ebenso wie die Antisemiten.

Verdummt und zersplittert ist die russische Opposition. Verdummt sind die Parlamente und Regierungen vieler Länder. Verdummt sind die Follower der sozialen Netzwerke, ebenso wie deren Gegner. Verdummt sind die Straßen, Parks, Kreuzungen, die keinen Architekten finden konnten. Verdummt sind auch die Architekten selbst. Verdummt sind die turgenjewschen Fräuleins und Nymphomaninnen, die Playboys, Mönche und Banditen. Sogar die größten Banditen, auch die sind verdummt. Verdummt ist die Polizei mit ihren dummen

Foltermethoden. Verdummt sind die Gefängnisse und die Arbeiterklasse – Letztere ist ein Totalausfall und verdummt.

Vor aller Augen verdummen Kosmonauten, Arme, Bettler, Diebe, Bankomaten, Oligarchen.

Verdummt ist Brasilien buchstäblich über Nacht.

Verdummt sind die Blätter am Baum. Eigentlich ist es noch nicht Winter, aber sie sind schon verdummt.

Verdummt ist mein geliebtes Polen mit seinen Störchen auf den Dächern, das jetzt von dummen, tiefschwarzen Leuten regiert wird.

Vollkommen verdummt ist die Regierung meines Landes. Verdummt sind Armee und Marine, Wale und Tiger, Unterseeboote – alle verdummt.

Verdummt ist die Taiga. Verdummt sind die Rentierzüchter und die Rentiere. Verdummt sind Murmansk und Archangelsk. Verdummt ist die Krim unter den neuen Herren, obwohl die früheren auch nicht die hellsten waren.

Verdummt ist das ferne Guadeloupe.

Verdummt sind Prostituierte, Nationalisten, Lehrer.

Verdummt sind die Gymnasiasten und die Kinder in den Kindergärten. Verdummt sind die Kleinen in den Kitas.

Verdummt sind die Geburtshelfer und die Zahnärzte.

Verdummt ist Ungarn, das keine Migranten aufnimmt, und Deutschland, das sie mit offenen Armen empfängt, ist ebenfalls fürchterlich verdummt.

Verdummt ist das menschliche Gedächtnis.

Verdummt ist Europa im Ganzen, das sich von der Religion losgesagt hat, verdummt ist die Religion, die sich vom Glauben losgesagt hat, verdummt ist der Glaube, der sich von Gott losgesagt hat, ja, und Gott selbst, Herr, vergib mir, ist verdummt.

Konnte man denn nicht begreifen, dass der Weg der Menschheit, aufgezeigt von Gott und seiner Abwesenheit, unausweichlich in die Dummheit führt?

Zum Vorschein gekommen ist schließlich das wichtigste Talent unserer Zeit – die Talentlosigkeit. Erblüht ist die Margerite der

Talentlosigkeit auf den Waldlichtungen in der Mondnacht vor Iwan Kupala. Die Margeriten der Talentlosigkeit. Er liebt mich – er liebt mich nicht, er spuckt – er bescheißt mich.

Halt, halt, halt, sagt ihr, und was ist mit Leuten wie Bill Gates?

Na schön, schaut euch diesen Bill genauer an, ihr Margeriten – denn auch der ist im Laufe seines Lebens verdummt. Und neben ihm auch andere Nerds, die von den verdummten Menschen so geliebt werden.

»Also, nur Vollidioten können etwas gegen Computer haben!«, sagt ihr verdummten Menschen.

Stimmt, verdummt sind die Leser und zusammen mit ihnen die Schriftsteller, verdummt die Talente, die Margeriten, die Verehrer, die Butterblumen. Nein, natürlich, gegen Computer zu sein – das ist ja dasselbe, wie gegen Autos zu sein. Aber Autos töten nicht selten.

Verdummt sind die Bücher, die Zeitschriften, die Spielpläne, die Flughäfen. Verdummt sind Wnukowo, Scheremetjewo, Domodedowo und zugleich mit ihnen die ganze große Flugzeugflotte. Verdummt sind die Luftstreitkräfte, die Kampfflugzeuge, die Spione sind verdummt.

Die Generäle sind extrem verdummt.

Verdummt sind die Filme und auch die Filmregisseure, die Schauspieler, die Drehbuchschreiber, die Kostümbildner.

Verdummt ist diese schreckliche Nutte – das Fernsehen. Selbst im Vergleich mit anderen Nutten zeichnet sich das Fernsehen durch allerdümmste Nuttenhaftigkeit aus. Verdummt sind die Fernsehjournalisten zusammen mit den Terroristen.

Verdummt sind Freunde und Feinde des Volkes, und auch das Volk selbst ist runtergekommen und tödlich verdummt.

Die Fichten verdummen. Der Wald verdummt, das Klima verdummt, des Himmels Unterpfand – dumm ist die Poesie, es pisst der Weise, ade Verstand, Ende der Lebensreise.

Man kann sagen, das ist Mist.

Aber verdummt und verwelkt ist auch dieser Mist.

Es verdummen Geschlechtsorgane verschiedenster Formate. Es verdummen Beine und Arme unterschiedlicher Größe. Es verdummt die Stirn – der König der Tiere. Alles verdummt.

Fliegen wir weiter. Wir pflücken Margeriten, reißen sie aus.

Verdummt sind unsere Freunde, Liebhaberinnen, Chauffeure und Masseurinnen. Verdummt sind Lieder und Fotos. Heftig verdummt sind Worte, Grammatik, Phonetik, Physik, die Sprache ist verdummt, ja, ich selbst verdumme vor Ihren Augen.

Wir sind in eine neue dumme Zeit eingetreten, die Zeit des dummen gefährlichen Bluffs, die Zeit der Mobilmachung, die Zeit, da die Atomraketen verdummen und die Black Boxes des Präsidenten, es sinken große Pötte, es verdummen die Kremlmauern und – das Mausoleum ist schrecklich verdummt.

Nun, was soll man dazu sagen?

Alle Hoffnung ruht auf Ihnen, meine verdummenden Leser. Vielleicht entblößen wir uns in unserer Dummheit nicht vollends, sondern bleiben in der Unterwäsche der Talentlosigkeit, behalten die Stringtangas des gesunden Menschenverstands an. Amen.

17
Geh in den Kreml

In der elterlichen Küche, wo auf dem Fensterbrett die Alpenveilchen blühten, saßen meine Schwester O. und ich. Wir rauchten.

»Geh in den Kreml. Sonst sperren sie mich ein.«

Zuerst fragte ich gar nicht nach, zu wem denn dort? Aber dann fragte ich doch. Um zu überprüfen, ob meine Vermutung zutraf.

»Du weißt schon, zu diesem Spinner da …«

Die gesamte Intelligenzija hasste damals Stawrogin. Er war der junge Vater der nationalen Perversion. Über niemanden sonst im Land erzählten sich Intellektuelle und Oppositionelle größere Gemeinheiten. Er hatte etwas von der Schönheit *jenes* Stawrogin. An der Universität hatte ich im vierten Semester eine Arbeit zum

Thema »Das religiöse Ideal in Dostojewskis *Die Dämonen*« geschrieben, und mein Seminarleiter Konstantin Iwanowitsch Tjunkin fragte mit gesenktem Blick: Darf ich Ihnen nur ein »Gut« dafür geben? Nun ja, auch ich senkte den Blick.

»Du bist verrückt! Nicht genug, dass er ein Spinner ist! An ihn ranzukommen, ist praktisch unmöglich.«

»Ich bitte dich …«

»Komm, jetzt gibt's erst mal Zitronenkuchen.«

Mamas *Lemon Pie* war ein Meisterwerk. Im Lande der Kommunalki, Plumpsklos und Folter war allein der Name eine Provokation.

»Ich versuch's …«, murmelte ich.

O. blieb an der Küchentür stehen.

»Warum streitest du eigentlich die ganze Zeit mit Mama? Lass sie in Ruhe.«

»Sie macht mich wahnsinnig.«

»Hab ein bisschen Mitleid mit ihr. Sie ist alt.«

»Ich will sie nicht wie eine Kranke behandeln.«

Nach revolutionären Begriffen war O. eine Bolschewikin und ich ein Menschewik. Wir kämpften für die gemeinsame Sache, aber während ich für *Soft Power* war, schlug meine Schwester mit aller Härte zu. Sie hatte eine Ausstellung im Sacharow-Zentrum organisiert, mit dem Titel *Porno-Land*. Besonderheiten russischer Pornografie für das Erkennen »unseres Unterbewussten«. Ein kühner Gedanke, doch meinem menschewistischen Eindruck nach überwogen nackte Ärsche.

Hatte ich in der Epoche des reifen Sozialismus einen Skandal mit dem Almanach *Metropol* hervorgerufen, so konterte meine Schwester in den Zeiten des Großen Gopniks mit einer skandalösen Ausstellung. Wir waren quitt.

Sie stellte das pornografische Material so aus, dass man es durch Löcher in Laken betrachten musste, die im Ausstellungssaal vom Boden bis zur Decke reichten. Die Besucher stellten sich auf Stühle oder kletterten auf Leitern und frönten dem Voyeurismus.

Meine kleine Schwester war ein Heißsporn. Obwohl es nicht mehr als vierzig Exponate gab, war die Ausstellung eine schallende

Ohrfeige für den guten Geschmack der Gesellschaft. Offiziell gab es im Land keine Zensur, man durfte schreiben und ausstellen, was man wollte, doch die Obrigkeit war vergrätzt, da sie in der Ausstellung Subversion witterte.

Warum ich mich für einen Menschewik und sie für eine Bolschewikin hielt? Unterschiede im sozialen Temperament.

Ich weiß um meine schlechte Angewohnheit, mich mit dem »inneren Bösen« des Menschen zu beschäftigen. Doch der wahre Revolutionär holt das Böse aus dem Menschen heraus und gibt die Schuld an allem dem Gesellschaftssystem.

Ach, seid besser Bolschewiken! Das ist gefährlicher, aber dafür tut ihr konkret etwas. Der Bolschewik hat das bewegtere Leben. Er stürmt vorwärts. Ganz im Feuer der Veränderung. Er ist nicht für sich selbst verantwortlich, für ihn steht die Revolution gerade. Er ist der Zwilling Che Guevaras. Und mag die Revolution auch Millionen Menschenleben kosten, sie wird dennoch ihren Zauber nicht verlieren, denn sie ist die Frucht eines großen Traums.

Glauben Sie an die schöne Zukunft, kämpfen Sie dafür! Wie meine Schwester O. Der Bolschewik – das ist die Philosophie der Stärke. Er ist eins mit den *Kampfgenossen*.

Und was ist der Menschewik?

Ein intelligenter Wurm!

Ich träume von der Revolution, aber ich fürchte sie. Der Menschewik ist zum Zweifel verurteilt, zur Feigheit. Den Menschen einer allzu skrupulösen Analyse zu unterziehen und in ihm einen Abgrund an Fehlern zu sehen – das ist der direkte Weg in die Einsamkeit.

O. hielt nichts von Kompromissen.

»Die Revolution, das ist das einzig Interessante«, behauptete sie. »Alles Übrige ist tote Hose! Reichtum – tote Hose! Armut ebenfalls! Komfort, Wohlstand, Dolce Vita – einen Moment lang, ja! Aber dann – megatote Hose! Nur die Revolution macht das Leben verrückt und sinnvoll zugleich!«

O. ignorierte die tägliche Realität, Gesetze, das Rumgeeiere der Staatsmacht mit dem Großen Gopnik an der Spitze. Sie tanzte auf

Messers Schneide, mit dem Kopf in der Zukunft, war sie nicht mehr unter uns. Sie lebte im Reich der Freiheit. Ich beneidete sie um ihren Bolschewismus.

18
Tschekismus

Bei uns im Volk liebt man seit jeher Tschekisten und strickt Legenden über sie. Wer waren unsere ersten Tschekisten? Die drei Recken mit ihrem Anführer Ilja Muromez an der Spitze, Hüter der Grenzen unserer Heimat. Die Vorfahren unseres teuren Großen Gopniks.

Das Gopniktum ist auch an mir nicht vorbeigegangen. Pubertät. Ich im Winterpionierlager. Dort haben die Bondarjew-Brüder das Sagen, die Söhne des Hausmeisters. Ich will auch so sein wie sie. Sie geben mir eine Aufgabe: Den Pionier Pascha Tschudakow verspotten, indem ich ihm Wasser über den Kopf schütte. Er ist mein Nachbar im Schlafsaal. Ich schütte ihm ein Glas Wasser in die Koje und schreie, du hast ja ins Bett gepinkelt. Er hat Angst vor mir – er weint. Ich schütte ihm das zweite Glas Wasser über den Kopf – er bedeckt das Gesicht mit den Händen und wimmert. Ich erzähle das den Bondarjew-Brüdern. Sie lachen, klopfen mir auf die Schulter: »Nächstes Mal zerquetschst du ihm mit der Faust seine beschissenen Eier!«

Ich verspreche es. Ach, dieses berauschende Aroma der Straflosigkeit! Die Brüder in ihren braunen ausländischen Schaffelljacken lassen mich mit einem Luftgewehr schießen. Ich schieße auf eine streunende Katze. Ich töte die Katze. Wieder lachen sie und loben mich. Geradezu seltsam, warum ich nicht fürs ganze Leben ein Gopnik geworden bin.

Die Heldentaten der drei märchenhaften Recken beim Hüten der Grenze bewiesen, lange bevor die Grenztruppen dem KGB der UdSSR untergeordnet wurden: Unsere Grenzen sind heilig, die Feinde sind des Teufels, sie wollen unser innerstes Wesen komplett umkrempeln.

Von Ilja Muromez bis Stierlitz, dem man zur allgemeinen Begeisterung ein Denkmal hätte widmen und damit die gähnende Leere auf dem Platz vor der Lubjanka füllen können, erstreckt sich der weite Raum des mythologischen Enthusiasmus über das Thema Tschekismus. Natürlich gibt es auch eine gewisse Anzahl gekränkter Landsleute, die in unterschiedlichem Ausmaß unter den Heldentaten der Tschekisten gelitten haben, doch es wäre naiv zu meinen, dass der äußere Feind unfähig sei, sich in einen inneren zu verwandeln, der seinerseits ausgemerzt gehört.

Ich weiß nicht, ob zu irgendeiner Zeit der Sozialismus in der Sowjetunion jemals aufgebaut war (eine Frage an Marx). Dass die Sowjetunion so viele Jahre durchhalten konnte, trotz feindlicher Umzingelung und trotz der Tatsache, dass die sowjetischen Werte absolut nicht mit den grundlegenden Bedürfnissen der menschlichen Natur übereinstimmten, ist zwei Dingen geschuldet: dem Faible unseres Volkes für Utopien und seiner Schwäche für den Tschekismus. Im Grunde genommen waren es gerade die Tschekisten, die innerhalb der Machtstrukturen der sowjetischen Wiege der Weltrevolution die Idee des Staates am konsequentesten verfolgten. Während die Partei ständig schwankte zwischen ideologischen Mythen und dem Aufbau eines Staates, wurden die Tschekisten bereits zum Ende des Bürgerkriegs zu einer klugen Organisation staatlicher Ordnung mit einer flexiblen Kaderpolitik und zahlreichen Initiativvorschlägen, die man auch schlicht Provokationen nennen könnte.

Den großen Charme dieser Organisation, die es in den 1920er-Jahren verstand, den Anschein ökonomischer Freiheit (Neue Ökonomische Politik) zu schaffen, sich Emigrantenzentren unterzuordnen oder sie zu organisieren, bekam die russische Intelligenzija am eigenen Leib intensiv zu spüren. Aufsässige wurden eingeschüchtert (bisweilen mit Todesfolge), Philosophen ins Ausland abgeschoben. Die Tschekisten entdeckten Möglichkeiten, mit den schwankenden Elementen zu arbeiten, und traten in engen Kontakt mit der kreativen Elite. Schriftsteller wie Gorki, Majakowski und Babel sowie zahlreiche andere standen ihrerseits mit der Leitung der Tschekisten auf

* das Faible - Schwäche
* Aufsässige - deviant people

freundschaftlichem Fuß. Und wie gern sie die Ehefrauen unserer Schriftsteller anwarben! Agranow, sei gegrüßt!

Die Geschichte der wirklichen Beziehungen zwischen der Intelligenzija und den Tschekisten ist noch nicht geschrieben. Ebenfalls noch nicht geschrieben ist die tragische Geschichte der Tschekisten selbst, die, nachdem sie dem kommunistischen Staat ihre Fähigkeiten zur Verfügung gestellt, die Kirche und die Kulaken zerschlagen hatten, in den Jahren von Stalins Großem Terror gezwungen waren, ihre eigenen Genossen zu foltern und zu töten, um letztendlich selbst unter die Räder zu kommen (noch einmal der erwähnte Mistkerl Agranow). Doch ungeachtet all dessen gelang es den Tschekisten, von sich selbst den Mythos einer alles sehenden und allwissenden strafenden Organisation zu erschaffen, die den Zusammenbruch der UdSSR schließlich überlebte. Nachdem Russland die Utopie als Grundlage einer nationalen Idee verloren hatte, führte es sich selbst zu einer neuen und der einzig möglichen Ideologie. Ihr Name lautet Tschekismus.

Der Tschekismus, das ist heute die staatliche *Kryscha* – die Schutzgelderpressung. Gefordert ist die ganze Tschekistenbande – von Kadetten bis hin zu Ehemaligen. Die Übrigen tauschen schamlos posthume Meinungen aus wie in Dostojewskis Erzählung *Bobok*. Tschekismus, würde Lenin sagen, ist das letzte Ventil. Die Bedeutung dieses Phänomens ist nicht eindeutig. Es hat historische Wurzeln und wurde in verschiedenen Formen unter verschiedenen Namen von der Staatsmaschine Russlands ausprobiert, beginnend bei Iwan dem Schrecklichen.

Das Volk selbst ist eine durchschlagende Idee des Tschekismus, der darauf aus ist, das Volk als Kunden zu halten, welcher unablässig Betreuung braucht. Ungeachtet dessen, dass das Volk archaisch ist und überhaupt eine Art Mogelpackung, sind in Russland noch nicht alle Ressourcen dieser Lüge ausgeschöpft, und bei geschicktem Vorgehen lässt sie sich noch weiter nutzen.

Zum äußeren Feind Russlands kann man leicht jeden erklären – man muss es nur wollen (wieder mal die Polen!). Was den inneren

Feind betrifft, so zielt der Tschekismus auf die Organisation einer einzigartigen nationalen Nische. Unsere Identität (was immer man in dieses Wort hineinlegt) ist das Steckenpferd des Tschekismus. Nein, mehr noch: die Erste Reiterarmee. Hier können Tschekismus und Patriarchat auf lange Zeit in der Pose der berühmten Muchina-Skulptur erstarren. Der Kommunismus in Russland ist nicht produktiv, doch für den Kapitalismus ist Russland nicht produktiv genug – alles passt.

Der Tschekismus ist instinktiv bemüht, die Ansprüche des einfachen Volkes zu befriedigen. Bei uns kann man es nicht leiden, wenn der Nachbar (umso mehr, wenn er Jude ist oder aktuell Ukrainer) besser lebt als man selbst. Ein reicher Mann ist ein Dieb. Schon ein bloß gut situierter Mann ist keiner von uns. Das Wort *Kulak* ist eine Erfindung des Volkes, nicht der Kommunisten. Doch dafür lassen wir gern zu, dass die Obrigkeit besser leben kann als wir und teilweise sogar soll. Von Kindheit an sind wir staunend durch Facettenpaläste gestapft und haben den Luxus der Obrigkeit voller Respekt bewundert. Die Obrigkeit ist für das Volk etwas Unausweichliches, das sakrale Böse, mit dem man sich abfinden muss. Einstweilen. Reimt sich auf: Heraus mit den Beilen!

Das Geld unserer Mächtigen bewundern wir mehr als unsere Mächtigen das Geld. Gefälligkeiten, Geschenke und Datschas lieben wir mehr als unsere Arbeit. Der Tschekismus (auf genialem Niveau, muss man zugeben) konstruiert eine Vertikale der Obrigkeit: Er gibt den leitenden Funktionären die Möglichkeit, sich zu bereichern (beinahe der bucharinsche Ansatz), und dem cleveren Reichen, sich der gefügigen Obrigkeit anzuschließen. Der Tschekismus hat es so weit gebracht, dass er Russland auf allen Machtetagen beherrscht.

Klar, dass wir es mit solch einem staatseigenen Betrieb nicht weit bringen werden – doch wohin soll die Reise gehen? Aber das einfache Volk ist erstaunlich genügsam. Hauptsache, man lässt es in Ruhe. Wir bleiben zu Hause und machen die Fenster nur ganz leicht zu. Wenn nötig, machen wir sie fest zu. Ideal wäre es, sich entweder mit einer chinesischen Mauer zu umgeben oder überhaupt die ganze Welt zu erobern.

Der Tschekismus ist nicht zu trennen von der Wirklichkeit und besser informiert als alle anderen. Der Tschekismus weiß: Es reicht aus, eine Verschwörung von Dekabristen zu erfinden und hundert Menschen einzusperren – Russland wird auf Jahre hinaus verstummen. Dreißig Jahre lang schwieg Russland unter Nikolai I. – ein perfektes Beispiel. Dreißig Jahre, gerade lang genug. Exakt so lange, wie jeder gestandene Tschekist bis zur Pension braucht.

Natürlich wird der Tschekismus sich ein passendes ideologisches Fell zulegen wollen. Der nackte Tschekismus kann sich bei all seiner bemerkenswerten *Fitness* im Durchzug der wechselhaften Weltgeschichte eine Erkältung zuziehen. Wenn der Tschekismus – mit dem angenehmen Schuss Zynismus – das staatliche Recht auf Straflosigkeit hat, wenn er sagt, was er nicht denkt, und alles tut, was er für notwendig hält, braucht er als Kontrast einen schönen moralischen Anstrich geistiger und seelischer Nuancen.

Besitzt der Tschekismus reale Schwächen?

Sie bestehen lediglich in Reflexen. Mal schiebt man uns im Westen ein ukrainisches Schwein unter, mal erklärt sich in Russland selbst irgendein wild gewordener Halunke zum Kämpfer gegen unsere Korruption.

Doch mit jedem Tag wird unser Zugriff stärker.

Die Zyklizität oder der märchenhafte Kreislauf der russischen Geschichte verspricht natürlich für die Zukunft die Abschaffung der Leibeigenschaft, eine Zeit der Reformen, die Revolution der arktischen Blumen – aber all das kommt später. Jetzt ist der Tschekismus die einzige Garantie für die Unteilbarkeit Russlands. Es stimmt, ein Bestrafer ist kein Erbauer. Aber Fatalismus ist Fatalismus ist Fatalismus.

19
Das ewige Stinktier

Schon seit einigen Monaten, seit Ende des Winters, habe ich immer wieder fantastische Träume. Ich wohne auf der Datscha, arbeite an einem neuen Buch, und jede Nacht gehe ich mit einem bangen Gefühl schlafen. Zuerst war ich einfach geschockt, als ich träumte, ich sei auf einer japanischen Hochzeit. Rechts von mir die japanische Braut, eine kräftige Frau mit dramatisch schwarzen Augen, und links ein japanischer Steuerfahnder. Wir sitzen schweigend da und tun nichts, und so geht es weiter bis zum Ende des Traums.

Offenbar wehrte sich etwas in mir gegen derlei Träume, denn in der folgenden Nacht träumte ich von einem großen schwarz-weiß gestreiften Tier, einem Raubtier mit Krallen – einem Stinktier. Manchen gefallen Stinktiere, man macht sogar Mützen aus ihnen, aber mich machte es von Anfang an misstrauisch.

Das Stinktier war zwar nicht besonders gesprächig, aber sprechen konnte es. Unser erstes Gespräch ereignete sich in der Küche meiner Datscha. Ich saß da, frühstückte, aß ein weiches Ei und erfreute mich im Sonnenlicht an der neuen mattgrauen Kücheneinrichtung (die hatte ich mir schon lange gewünscht). Das Stinktier streckte den Kopf unterm Tisch hervor und sagte: »Nimm mir einen Schwur ab.«

»Wozu das denn?«, fragte ich spöttisch.

»Nimm mir einen Schwur ab.«

»Na schön.«

»Ich schwöre bei allen Heiligen, dir treu zu dienen, dir alle Wünsche zu erfüllen und dein Prestige zu erhöhen.«

Das Stinktier kroch in voller Größe unter dem Tisch hervor, stellte sich auf die Hinterpfoten und salutierte mir.

»Angenommen«, sagte ich etwas weniger spöttisch, nun ja, weil nicht alle Tage ein Tier schwört, einem das Prestige zu erhöhen.

»Soll ich dich als Haustier aufnehmen?«, fragte ich.

»Schweig!«, erklärte das Stinktier. »Das ist alles nicht so einfach. Erstens betrügt dich deine Frau.«

»Woher weißt du das?«

»Ich war dabei. Und das Interessanteste ist, du würdest nie draufkommen, mit wem sie dich betrügt. Es ist kein junger Apoll. Kein Onkel, kein alter Knaster.«

»Mit wem also?«

»Du kennst diese Person sehr gut.«

»Sprich nicht in Rätseln. Übrigens, mir ist das vollkommen wurst.«

Offenbar brachte ihn meine aufgesetzte Gleichgültigkeit in Rage, denn es hob seinen buschigen Schwanz und verspritzte mit Karacho eine Ladung Sekret aus seinen Analdrüsen. Ich wollte ihm sagen, dass dieser bestialische Gestank nach Knoblauch und faulen Eiern nicht im Entferntesten zu seinem Schwur passe, mir dienen zu wollen, doch ich verschluckte mich, musste husten und wachte auf.

Es war ein grauer, regnerischer Morgen, nasse Birkenzweige klebten am Schlafzimmerfenster. Den ganzen Tag spürte ich den Gestank des Stinktiers aus meinem Traum, und als ich mich schlafen legte, war ich bereit, sogar von einer fremden japanischen Braut zu träumen, von welcher auch immer. Bloß nicht von ihm.

Im Traum erschien mir dasselbe schwarz-weiß gestreifte Stinktier. Allerdings war es gewachsen und kräftiger geworden.

»Wie viele Kinder hast du?«, fragte das Stinktier.

»Drei.«

»Sie lieben dich nicht.«

»Wie kommst du darauf?«

»Ich habe gehört, wie sie über dich gelacht haben.«

Stinktiere markieren ihr Territorium nicht, darum wunderte ich mich, als es vorschlug, rauszugehen, damit es das Grundstück markieren konnte. Mein Grundstück ist groß, mit Apfelbäumen, Himbeersträuchern, Gemüsebeeten, einem Kinderspielplatz, einer Schaukel zwischen Fichten. Das Stinktier lief das alles mit geschäftiger Miene ab, hinterließ seine Markierungen, kam dann zu mir und sagte: »Warum betrügst du eigentlich nicht deine Frau mit der Nachbarin?«

»Wozu?«

»Das wäre erst der Anfang. Heirate sie. Legt eure Grundstücke zusammen.«

Tatsächlich hatten meine Eltern seinerzeit einen Teil unseres Grundstücks an den Nachbarn verkauft, genauer gesagt den Kirschgarten, denn sie waren alt geworden und kamen mit diesem Garten nicht mehr zurecht. Aber der Nachbar verschwand vor fünf Jahren, niemand wusste wohin, und die Nachbarin blieb allein zurück. Im Sommer sonnt sie sich nackt unter den Kirschbäumen. Ich besitze ein Fernglas.

»Tut es dir nicht leid um den Kirschgarten? Allein schon wegen des Namens.«

»Name hin oder her, aber die Nachbarin brauch ich nicht.«

»Aber sie hat einen so schönen Hintern!«

»Stimmt, aber ich heirate doch keinen Hintern.«

»Hast du etwa deine Frau nicht wegen ihres Hinterns geheiratet? Und jetzt betrügt dich dieser Hintern. Deine Freunde wissen Bescheid. Sie lachen sich scheckig über dich. Heirate die Nachbarin!«

»Wozu?«

»Für mich«, sagte das Stinktier, »ich brauche den Kirschgarten! Du weißt doch, dass ich den Winter in großer Gesellschaft von Bräuten verbringe, und im Frühjahr kommen dann die Kleinen zur Welt. Übrigens, deine Kinder lieben dich nicht. Dich liebt überhaupt niemand.«

»Lass gut sein!«, winkte ich ab.

»Niemand! Heirate die Nachbarin! Sei kein Trotzkopf. Schwöre, dass du mich nicht hindern wirst, im Kirschgarten zu wohnen.«

»Gut, ich schwöre«, sagte ich, damit es von mir abließ.

Das Stinktier rannte sogleich los, um alles mit Alissa, der Nachbarin, zu arrangieren. Ich weiß nicht, was bei ihnen herauskam, aber Alissa stieß plötzlich einen spitzen Schrei aus, sie musste sich übergeben: Das Stinktier hatte seine Biowaffe gegen sie eingesetzt. Ich stürzte zum Gartenzaun, um Alissa zu besänftigen, aber ich bekam selbst keine Luft mehr bei dem Gestank und wachte auf.

Dieses Mal verließ mich der Gestank nicht nur den ganzen Tag nicht, sondern er drang in alle meine Sinnesorgane ein. Ich war drei Mal unter der Dusche, wusch mich lange – erst gegen Abend ließ er etwas nach.

In der Nacht kam das Stinktier zu mir und sagte, ich hätte es verraten. Anstatt das mit Alissa zu klären, hätte ich ihr moralisch beistehen wollen, und wäre da nicht die Kraft seiner Waffe gewesen, wäre unsere Schlacht verloren.

»Aber wie soll ich Alissa heiraten, wenn ich schon verheiratet bin?«

»Deine Frau betrügt dich doch. So sieht's aus!« Es nahm eine krass unflätige Pose ein.

»Woher weißt du das?«

»Ich hab's gesehen. Mit diesen meinen Augen. Sie hat geschrien, sie hat gestöhnt, sie hat gejault, wie sie bei dir nie gejault hat.«

»Mit wem betrügt sie mich? Was schweigst du? Raus mit der Sprache!«

»Deine Kinder betrügen dich auch, und deine Freunde und deine Kollegen lachen über dich.«

»Hör auf!«

»Schwöre«, sagte das Stinktier mit einem unangenehmen Zischen, »dass du mir gehören wirst und wir alles auf die Reihe kriegen.«

Mir schien, es könnte gleich wieder seine Ladung rausfurzen, und ich bekam Angst.

»Ich schwöre!«, sagte ich.

»Schwöre, dass du deine Nachbarin heiratest.«

»Ich schwöre!«

»Oder willst du dich mit deiner Frau aussprechen?«

»Warum nicht?«, freute ich mich über die Atempause bei dem ganzen Geschwöre.

»Du Schleimer«, sagte das Stinktier verächtlich. »Solche wie dich fress ich ohne Unterschied.«

Zum Zeichen seiner Verachtung erleichterte es sich stinkend, den Schwanz hoch erhoben.

Ich musste kotzen.

Ich erwachte von oben bis unten vollgekotzt.

Ich konnte nur noch schwach unterscheiden, wo die Wirklichkeit anfing und wo der Traum endete.

Um Mitternacht ging ich nicht einfach so zu Bett, sondern sternhagelvoll. Das Stinktier erwartete mich am Bettrand.

»Schwöre«, sagte es, »dass du dich nie wieder betrinkst vor einem Treffen mit mir.«

Mir war dermaßen schlecht, dass ich schwor.

Das Stinktier scheuchte mich raus in die Sonne.

»Sie liegt unter einem Kirschbaum, nackt, geh und nimm sie.«

»Wo?«

»Da drüben, unterm Kirschbaum.«

Kaum war ich dem Stinktier nach über den Zaun geklettert, ertönten neue Schreie von Alissa. In der ganzen Siedlung zu hören. Das Stinktier hatte seine Ladung ausgestoßen und entfernte sich von Alissas Hintern. Zurück auf unserem Grundstück, wirkte es kein bisschen deprimiert, sondern im Gegenteil voller Feuer.

»Wir kriegen das hin!«, verkündete es. »Du heiratest sie!«

»Aber ich bin verheiratet!«

»Mensch, deine Frau betrügt dich doch. Das weiß die ganze Welt! Hier, guck dir die Fotos an!«

»Ja, das sieht echt aus«, gab ich zu.

Am nächsten Tag blickte ich mich zaghaft um, stieg ins Auto und bretterte los Richtung Stadt. An der Weggabelung zur Datschasiedlung, wo an einem verrosteten roten Schild zur Brandbekämpfung ein roter Eimer ohne Boden hängt, stand auf den Hinterpfoten das Stinktier.

»Eidbrecher!«, heulte es höhnisch auf und verspritzte so heftig sein stinkendes Sekret, dass mir der Motor absoff.

Was weiter passierte, lässt sich nur erahnen.

20
Golgatha

Inzwischen machte die zähe, quälende Ermittlung meine Schwester O. vollkommen fertig. Wie eine psychotrope Substanz. Naiv, wie ich bin, wunderte ich mich weiterhin darüber, dass man sie sich derart ernsthaft vorknöpfte: Denn sie hatte ja nur ein bisschen herumgeätzt. Doch wie schon Demokrit sagte: Staunen ist die Abwesenheit von Wissen.

Das Ross der Macht läuft schneller als der dürre Klepper der Intelligenzija. So bekommt die Intelligenzija immer nur den Schweif des Rosses zu sehen und die unterm Schweif herunterfallende Scheiße der Macht. Nachträgliches Staunen über brutale Maßnahmen wurde zum kollektiven Unglück der zerschlagenen Intelligenzija-Armee.

Doch was ist die russische Intelligenzija?

Eine Sekte von Kämpfern für die Befreiung und das Glück des Volkes.

Und wer hat die Intelligenzija zerschlagen?

Ihre eigenen falschen Postulate.

Dieser ehrenwerte Strom des russischen Denkens bildete einen unentbehrlichen Teil der politischen Landschaft und formte sich zu einer schlagkräftigen Faust gegen die ewige Autokratie. Aber es brauchte nur ein winziges Stückchen Freiheit aufzublitzen, und schon löste sich die Sekte in Wohlgefallen auf. Das Volk als Volk war eine reine Erfindung unserer gebildeten Sektenmitglieder.

»Bei Nikolai Iwanowitsch, meinem Untersuchungsrichter, hängt als Souvenir ein Neonazi-Flugblatt an der Wand, und eins von der RNE – der Partei Russische Nationale Einheit«, sagte O., die auf dem Weg zu Mamas Zitronenkuchen stehen geblieben war.

»Ist er jung?«

»Ein großer, hagerer Bursche.«

Sie konnten sie tatsächlich einsperren. Oder auch nicht. Sie konnten ihr eine Bewährungsstrafe aufbrummen. Oder sie für immer wegsperren. Das russische Gefängnis? Der einzige *ehrliche* Dialog unseres Staates mit der Bevölkerung.

»Ganz oben kenne ich niemanden.« Ich verdrehte die Augen zur Decke.

»Dafür kennen sie dich.«

Wir grinsten ein ähnliches Grinsen.

»Was soll das bringen? Ich habe schon mit dem Kulturminister geredet.«

»Mit diesem Arschloch?«

Wie soll man sie retten? Sie bittet ja diejenigen um Schutz, die sie verachtet, dachte ich.

Ross-

»Und?«, fragte sie ungeduldig.

»Sinnlos.«

Hinter den Kulissen des Wachtangow-Theaters war ich nach einer Premiere einem alten Bekannten begegnet, einem ehemaligen Diplomaten, der Kulturminister und ein glühender Anhänger des orthodoxen Glaubens geworden war. Wir umarmten uns, klopften uns gegenseitig auf den Rücken. Er galt als Fan von mir.

»Na, wie geht's?«, fragte der Minister zuckersüß. »Was schreibst du so?«

Wir plauderten.

»Hör mal«, sagte ich zu ihm, »meine Schwester O. steckt bis zum Hals in der Bredouille. Kannst du ihr helfen?«

Er sah mich mit reinen, christlichen Augen an. Er urlaubte mal auf dem Berg Athos, mal in den Wolgasteppen, um Kumys zu trinken, und so hatte er wohl diesen reinen, christlichen Blick bekommen.

»Deine Schwester muss über Golgatha«, sagte mein Bekannter, der Kulturminister überzeugt.

Als meine Schwester jetzt von mir das mit Golgatha zu hören bekam, zog sie sich ganz in sich zusammen.

»Nein, Vollidioten sind das nicht«, schüttelte sie den Kopf. »Sie leben in einer auf den Kopf gestellten Welt, in ihrer Kapsel, wie bei Hieronymus Bosch. Wir unterschätzen sie zu Unrecht.«

21
Der Mann aus Luxemburg

Der Empfang fand an einem Maiabend in der Moskauer Powarskaja statt, einer der ganz typischen alten Straßen meiner Stadt. Hans-Friedrich von Ploetz, der deutsche Botschafter, tat alles, damit der Abend ein Erfolg wurde. Seine Residenz hatte man mit kunstvoll aufgetürmten weiß-blauen Konservendosen mit gezuckerter Kondensmilch dekoriert – einem Kultprodukt aus alten sowjetischen Zeiten. Auf dem Fest kamen zahlreiche Gäste zusammen – Kulturelite und Botschafter.

Viele Botschafter stießen zu uns, denn im letzten Moment hatte man sie nicht zur Inauguration des Großen Gopniks für seine zweite Amtsperiode in den Kreml geladen. Schon damals bekamen die Beziehungen des Kremls zum Westen allmählich die ersten Dellen. Auch mein Vater war auf unserem Empfang, ungeachtet dessen, dass meine Eltern mein Buch *Der gute Stalin* strikt ablehnten.

»Mit diesem Buch hast du deinen Vater zum zweiten Mal umgebracht«, sagte Mama.

Einige Tage nach dem festlichen Abend flog ich zu einer Buchmesse nach Warschau, und dort bekam ich das erste Mal in der postsowjetischen Zeit einen politischen Anpfiff. Dafür, dass das Timing für meine Präsentation – gemeint war der Titel des Buchs *Der gute Stalin* – gar nicht gut sei, um nicht zu sagen eine *Provokation*.

Das sagte mir der Leiter der Delegation der russischen Schriftsteller, eine denkende Bohnenstange, ein hagerer hochrangiger Literaturfunktionär, und fügte hinzu, ich verhielte mich *unpatriotisch*.

So hörte ich erstmals von Patriotismus in der neuen großgopnikschen Ära, und ich traute meinen Ohren nicht – ungläubig sah ich das hohe Tier an, das Kinderbücher liebte. Allmählich begann ich zu kapieren, dass der Große Gopnik im Kreml ganz offenbar der Ansicht war, der Gute Stalin und er seien einander verwandte, wenn nicht gar identische Begriffe.

Auf dem Empfang in der Residenz des deutschen Botschafters nannte ich einen der Funktionäre der Russischen Föderation einen Liberalen. Der polnische Botschafter sagte, das sei der Todeskuss. Später wurde dieser Stefan Meller polnischer Außenminister, und als ich ihn in dieser neuen Funktion in einer Warschauer Nachtbar zum Plaudern wiedertraf, fragte ich ihn: »Hör mal, Stefan, du kennst jetzt alle Präsidenten, alle Premiers, alle Außenminister Europas und überhaupt. Gibt es unter ihnen kluge Leute?«

Stefan überlegte. Er überlegte ziemlich lange. Dann sagte er: »Es gibt da einen Mann in Luxemburg …«

24. Februar

Wenn irgendein alter Jude, Opfer der Shoah, plötzlich öffentlich erklären würde, Hitler habe recht damit gehabt, das jüdische Volk zur Vernichtung zu verurteilen, und die Gestapo habe in Übereinstimmung mit dem Völkerrecht gehandelt, dann würden alle glauben: Der Alte hat den Verstand verloren. Doch was soll man sagen über die Hälfte unserer Bevölkerung, die davon überzeugt ist, dass Stalin nicht nur ein positiver Held im Russland des 20. Jahrhunderts war, sondern die wichtigste Figur überhaupt in der russischen Geschichte?

Stalin stellte sich eine Aufgabe ungeheuren Ausmaßes und erfüllte sie. Nur ein Mensch, dessen Jugend mit der Religion verbunden war, konnte diese Aufgabe bewältigen. Stalin schaffte, was Hitler nicht gelungen war – er züchtete wie Mitschurin Erdbeeren eine neue Sorte Menschen, die bereit waren, ihm Leben und Tod zu widmen. Stalin war natürlich ein mächtiger Gärtner. Wir alle sind sein Obst und Gemüse.

Hirnschalen sind wie Walnüsse. Russland kann man nur von einer Position der Stärke aus regieren, wie Stalin. Ob es auch anders ginge, ist die große Frage. Russland ist infiziert mit dem Stalinovirus. Russland ist wie ein Sofa. Es riecht nach Katzenpisse. Die Katze ist schon lange abgekratzt, aber das Sofa stinkt noch immer.

9. Oktober

Mein Vater feiert seinen 90. Geburtstag. Um den Mittagstisch toben seine Enkel und Urenkel. Der letzte Geburtstag. Papa wundert sich: So viele Kinder! Wo kommen die alle her?

22
Familienviertel

O. begab sich zum elterlichen Esszimmer, das summte wie ein Bienenstock. Ich folgte ihr durch den Flur, der mit einer bunt gemischten Bibliothek vollgestellt war: Gesamtausgaben, Memoirenliteratur,

Bücher zur Diplomatie, verstaubte Atlanten aus fernen Zeiten, in denen Polen noch als Zone staatlicher deutscher Interessen bezeichnet wurde, Bücher mit Widmungen von Freunden, etwa ein Handbuch über den Staat Mali, alles ein zufällig hierher geratenes Sammelsurium von Büchern.

Unwillkürlich blieb ich auf der Schwelle stehen und lehnte mich an den Türstock der verglasten Zimmertür.

Am ausgezogenen Esstisch saß unsere ganze Familie beim Festessen. Am Kopfende des Tisches Mama, mit schöner Frisur, große braune Flecken im Gesicht, unter einem abstrakten Bild von Nemuchin, gemalt in den Farben des Tauwetters. An der anderen Wand wie als Kontrast die große reglose *Schildkröte* von Pawlinski.

»Wo bleibt ihr denn so lange?«, fragt Mama ungehalten, über die Schulter hinweg an mich gerichtet.

»Wir haben nur eine geraucht«, sagt O. und legt Mama die Arme um die Schultern.

Der Hauptteil des Essens ist bereits beendet. Mamas Spezialgericht Huhn mit Mandeln vollständig verspeist. Die Frauen helfen Mama, den Tisch abzuräumen und für die Nachspeise zu decken. Ich sehe ihre Ellenbogen aufblitzen.

»Wir haben die ganze Zeit auf euch gewartet«, sagt Mama, immer noch ungehalten.

»Wir haben nur geredet«, lächle ich.

Papa in einem leichten hellblauen Pullover, rechts von Mama, hebt den Kopf und nickt verständnisvoll.

»Na, dann komm rein«, sagt Mama zu mir.

Doch ich bleibe am Türstock hängen. Mit einer gewissen Sorge sehe ich, dass nicht eine, nicht zwei, sondern ganze dreieinhalb meiner Ehefrauen um den langen Tisch herumflattern – bis jetzt sind sie sich noch nie begegnet. Meine erste Frau spricht, während sie das Geschirr einsammelt, mit einem stark ausgeprägten polnischen Akzent – sie stammt aus Warschau.

Bei ihr mein Sohn Oleg, der eher seinen polnischen Verwandten ähnelt als mir, und ihr inzwischen verstorbener Bruder Damian der für eine Woche bei uns zu Besuch ist, ein festliches Wodkaglitzern in den Augen. Die Ehefrau meines Sohnes und meine Enkelin Kasia – sie leben jetzt in Polen, in der Nähe einer kleinen Stadt an den Masurischen Seen, lieben Pilze und Spaziergänge und kommen daher selten nach Moskau.

Bei uns sagt man, die Natur ruht sich aus bei den Kindern, doch in ihrem Fall ruhen sich die Kinder aus in der Natur. Wesława bemüht sich am Tisch zu betonen, dass sie meine wichtigste Ehefrau ist, die von Mama geliebt wird, und deshalb spricht sie nervös und laut: »Galina Nikolajewna, welche Tassen soll ich für den Tee auf den Tisch stellen?«

Mama, abgelenkt von irgendwelchen auf sie einstürmenden Gedanken, sagt: »Die hellblauen.«

Mir schwant, dass meine Ehefrauen sich gleich heftig in die Haare geraten oder im Gegenteil ein gemeinsames schreckliches Urteil über mich fällen werden, doch es passiert nichts. Alle sammeln friedlich das Geschirr ein.

Am anderen Ende des Tisches sitzt meine Halb-Ehefrau. Mit ihr habe ich anderthalb Jahre zusammengelebt, mit ihr bin ich nach Alaska gereist und habe die Eskimostadt Nome besucht. Auf dem Rückweg ging sie im Chaos des Frankfurter Flughafens verloren und tauchte erst kurz vor dem Abflug nach Moskau wieder auf. Später kapierte ich, dass sie verschwunden war, um zu telefonieren – schon damals hatte sie mich innerlich verlassen und war zu einem professionellen Fensterputzer übergelaufen, der sich, wie mir einmal meine langjährige Geliebte Mascha in Paris erzählte, letzten Endes an einem Heizkörper erhängte.

An ihr Gesicht konnte ich mich bis eben nicht erinnern, aber an das Foto, das ich in Alaska gemacht hatte: Sie steht neben einem Fass mit heißem Thermalwasser, splitterfasernackt, mit in alle Richtungen fliegenden Titten, dreistem Blick und hochgradig erregt – vermutlich sehnte sie sich da schon nach ihrem Fensterputzer.

Und da ist auch die, die meine Mutter nicht ausstehen konnte – in zerrissener Strumpfhose –, mit afrikanischen Zöpfchen. In New

York war sie schwer beeindruckt von der Unmenge an Lippenstiften. Für jeden Geschmack. Sie weigerte sich glattweg, das Guggenheim-Museum zu besuchen. Uninteressant! Sie blieb in der Garderobe sitzen und war unglücklich. Aber ihre Fotoporträts der Gäste meiner langjährigen Talkshow *Apokryph* waren sehr gelungen.

Schließlich meine dritte Ehefrau Katja, der Mama mich vor ihrem Tod übergab, sozusagen anvertraute. Ich sehe meine beiden Töchter, die trotz des Altersunterschieds zusammen um den Tisch laufen, Verstecken spielen und sich hinter den Vorhängen verbergen.

»Vorsicht!«, möchte ich ihnen zurufen – ich habe Angst, ihnen könnte hinter den Vorhängen der horizontal dort baumelnde Fensterputzer begegnen, doch der Schrei bleibt mir im Hals stecken.

Neben Familienmitgliedern entdecke ich erstaunt eine ganze Versammlung von ins Nichts verschwundenen Gästen, in Erwartung des Tees. Da ist die bekannte Schriftstellerin Tamara, die Mama so gut gefiel. Irgendwann hatten wir begonnen, uns anzufreunden, und ich fand es interessant mit ihr. Einmal war sie lange geblieben, wir saßen die ganze Nacht bei mir in der Küche, sie aß und trank den ganzen Kühlschrank leer – das nenne ich Vitalität!

Sie war mit dem angehenden Schriftsteller Jerjoma gekommen. Zu dem Zeitpunkt langhaarig mit Pferdeschwänzchen, ein Anhänger sozialer Gerechtigkeit und Feind der Banker. Ich höre, wie er sich als Verfechter von Verschwörungstheorien ins Zeug legt: »Hinter dem Teufel verbirgt sich Gott, hinter Gott – der Teufel, und hinter dem Teufel wieder Gott und immer so weiter, bis ins Unendliche.«

»Was für ein kluges Köpfchen du doch bist!«, ruft Tamara entzückt, übrigens nicht ohne Ironie.

Außerdem sehe ich ein französisches Paar, den Botschafter Frankreichs in Moskau und seine Gattin Pauline, die ich selbst in mein Elternhaus eingeführt habe, da ich dachte, sie könnten einander gefallen, aber Mama ärgerte sich über mich, weil ich ihr den Besuch nicht angekündigt hatte. Stas ist sichtlich aufgeregt, meinem Vater zu begegnen, und fragt ihn, über den Tisch gebeugt: »War Stalin Ihrer Meinung nach ein Sadist?«

Papa lenkt das Gespräch auf das Interview, welches er anlässlich seines Jubiläums der Zeitung *Arbeit* gegeben hatte: »Kennen Sie die Zeitung? Hören Sie, ich habe die Politik unseres Präsidenten unterstützt. Er steht für Stärke. Er wird die Souveränität Russlands wiederherstellen.«

»Wie bitte? Was?«, mischt sich Mama schroff ins Gespräch ein. »Was denn für eine Souveränität? Wenn ich nicht schon so alt wäre, wissen Sie, was ich mit dem machen würde?«

Plötzlich vollführt sie eine Bewegung mit der Hand, darin hält sie eine imaginäre ... piff-paff!

Nikita stürzt auf sie zu: »Galina Nikolajewna, Sie ... Sie sind die Beste von allen!« Er nimmt ihre Hand mit der imaginären Sie-wissen-schon und küsst sie leidenschaftlich. »Danke«, löst er seine Lippen von ihrer Hand, »im Namen unserer ganzen Truppe!«

Seinen Ansichten nach gehört Nikita zum Geheimbund der *Antigops*, radikaler Gegner des Großen Gopniks. Das wissen alle außer meiner Mutter.

»Nikita«, sagt Mama belehrend und entzieht ihm vorsichtig ihre Hand, »also, so feucht darf ein Handkuss nun wirklich nicht sein!«

»Galina Nikolajewna, warum sagen Sie das?« Der Antigop ist verwirrt.

Mama tupft sich akkurat die Hand mit einer Serviette ab.

Mit Verwunderung sehe ich Boris Nemzow. Borja – quicklebendig, funkelnde Augen – erzählt meinem Vater vom *Opa*, gemeint ist Jelzin. Jelzin will ihn zum Präsidenten machen. Neben ihm die Chakamada, und mit der Chakamada flirtet mein Freund Artur, Spitzname Pechvogel. Borja fragt mich, der ich immer noch am Türpfosten lehne, mit lauter Stimme:

»Hat ein Politiker das Recht zu lügen?«

»Frag Papa«, antworte ich.

Papa sagt natürlich, ein Politiker sollte nicht lügen, habe aber das Recht, Dinge nicht zu sagen. Ich wedele ungeduldig mit der Hand: wie banal! Aber ich sehe Papas Blick und seinen leichten Pullover, und er tut mir auf einmal schrecklich leid, und ich bin bereit, jedem seiner Worte zuzustimmen.

Nemzow, damals die einzige Hoffnung auf ein vernünftiges Regieren Russlands, hatte etwas Hallodrihaftes an sich, was ihn möglicherweise vor der Schwere einer künftigen Krone bewahrte. Außerdem war er ein unersättlicher Frauenfreund, wodurch seine nicht allzu tiefgründige Seele enthemmt und gehemmt zugleich war.

Nicht weit von Papa sitzt Katjas Kommilitonin, Karina Chrustaljowa. Beide studieren Kulturwissenschaften an der RGGU, der Russischen Staatlichen Geisteswissenschaftlichen Universität. Chrustaljowa schreibt eine Diplomarbeit über die ästhetischen Besonderheiten von Lenins Begräbnis. Beide waren mal Moskauer Vorstadt-Gopnizen, aber jetzt haben sie sich in Intellektuelle verwandelt, tragen keine grellrot lackierten Fingernägel mehr und keine unterm Bauchnabel sitzende Jeans mit grobem breitem Gürtel.

Meine Schwester O. ist in eine heftige Diskussion mit ihrem Freund Nikita verwickelt, Nikita Tschlen – so sein Familienname, für den er sich schämt, weil das auch »Glied« bedeutet. Nikita Tschlen ist ein kompromissloser Revolutionär, sogar Nemzow hat Manschetten vor ihm. Er sagt empörende Dinge.

Am Tisch geht es hoch her. Das Festmahl verwandelt sich in ein großes absurdes Theater. Artur Pechvogel baggert die Chakamada über den Tisch hinweg an. Neben ihm sitzt seine blutjunge Freundin Alina. Sie hat noch ein paar Monate bis zur Volljährigkeit, und Artur – wie er mir in nüchternem Zustand erzählt – hat Geduld, er hält sich an die Paragrafen des Strafgesetzbuchs. Obwohl er mir gegenüber schon mehrmals in den höchsten Tönen ihre tolle unrasierte *Möse* gelobt hat. Was er mir in betrunkenem Zustand erzählt hat, werde ich lieber nicht wiedergeben.

Jeder gibt hier seine Tischwahrheit zum Besten.

Zu uns zum Tee herauf bemüht sich aus seiner Wohnung eine Etage tiefer Papas ehemaliger Vorgesetzter in Molotows Sekretariat, Boris Fjodorowitsch Podzerob, seines Zeichens Stalinist. Jedes Mal, wenn Papa und er sich treffen, schimpft er unflätig auf Chruschtschow.

Als er auftaucht, erhebt sich Papa vom Stuhl und nimmt Haltung an. Aber Boris Fjodorowitsch winkt nachsichtig ab. Ihm nach schwebt wie ein molliger Schwan seine lächelnde Gattin Sofja Iwanowna – sie entstammt einer Adelsfamilie. Boris Fjodorowitsch begrüßt respektvoll Wassili Filimonowitsch Schauro – der ist schon seit Langem verantwortlich für die sowjetische Kultur, ihm untersteht eine entsprechende Abteilung im ZK, selbst die Furzewa ist ihm untergeordnet. Seit Studienzeiten ist er in meine Mutter verliebt, und wenn er uns besucht, hält er immer ihre Haarspange aus der Vorkriegszeit fest in der Hand.

»Wenn du deinen Doktortitel hast, nehme ich dich in meine Abteilung auf. Aber dafür musst du in die Partei eintreten.« Schauro drückt mir die Hand und lacht spöttisch und ein wenig traurig. »Ich helfe dir dabei.«

Schauro hat immer einen traurigen Gesichtsausdruck. Wie Kossygin. An ihren Gesichtern kann man ablesen, dass es nicht leicht ist, den Kommunismus aufzubauen.

»Was ist, bist du da festgewachsen?«, sagt Mama zu mir.

Ich gehe an den Tisch. Ich sehe meinen Bruder Andrjuscha nicht.

»Und wo ist Andrjuscha?«, frage ich.

»Da sitzt er doch!«

Andrjuscha spricht mit unserer Schwester O. Sie diskutieren heftig miteinander.

»Deinem Bruder«, lacht O., »wird schlecht beim Thema Tod.«

»Weißt du«, sagt mein Bruder zu mir, »ich habe jetzt gelernt, Menschen zu spüren, die bald sterben, und verabschiede mich in Gedanken von ihnen.«

O. lacht. Sie lacht immer, wenn die Rede auf den Tod kommt. Mein Bruder geht rasch Richtung Tür.

»Wo ist er hin?«, frage ich Mama.

»Nach Hause, einen Artikel schreiben«, antwortet Mama voller Respekt vor dem noch ungeschriebenen Artikel.

Mama macht sich daran, ihren berühmten Zitronenkuchen mit dem speziell herben Beigeschmack aufzuschneiden. Ich setze mich auf meinen Platz neben Papa.

»Wer ist das?« Papa deutet mit den Augen auf O.

»Papa«, sage ich, »das ist deine Tochter O.«

»Ich habe niemals eine Tochter gehabt«, sagt Papa nachdenklich. »Söhne habe ich, aber keine Tochter.«

Ich beharre nicht darauf.

»Und wer soll das da sein?«, fragt er eine Minute später besorgt und zeigt auf Nikita Tschlen.

»Der künftige Mann meiner Schwester O.«

»Aber ... Ich glaube, sie liebt ihn nicht.«

Nikita findet es spannend, dass weltweit das Interesse am Lesen sinkt. Er ist sich sicher, dass die Literatur ausgedient habe. Auf Vaters Jubiläum wendet er sich mit der Frage an mich: »Sie denken doch im Tiefsten Ihrer Seele genauso? Wenn nicht, dann dürfen Sie sich nicht weiterhin selbst was vormachen! Sogar wenn Sie mich in einem Ihrer Bücher als Antihelden vorführen – egal, lesen werden es nur diejenigen, die noch nicht genug davon haben, *Papier* zu lesen! Seien Sie konsequent. Schauen Sie nur, wie dagegen die Aktien von Köchen gestiegen sind: Sie ernähren die ganze Welt. Man soll nur das suchen, was dem Wesen des Menschen von Natur aus eigen ist.«

Eines Tages erfuhr ich zu meiner Verwunderung, dass unser braver Nikita zusammen mit O. einen scharfen Pornofilm gedreht habe. Und jetzt beneidete er O., weil sie ein Verfahren am Hals hatte und er nicht. Der Antigop wollte gern eine Weile im Knast sitzen, und er stiftete sie dazu an, sich dreist zu benehmen und ihn als Drahtzieher zu nennen. Ich hatte ihm schon einmal sagen müssen, er möge sich doch bitte beruhigen.

»Haben Sie einen Moment?«, fragte Nikita.

Wir traten ans Fenster.

»Rufen Sie bitte nirgendwo da oben an«, sagte er aufgeregt. »Das ist peinlich! Die da oben darf man nicht anrufen. Ehrlich gesagt, wenn Sie das machen, gebe ich Ihnen nicht mehr die Hand! Auch so schon, muss ich sagen, habe ich nur halben Respekt vor Ihnen. Wollen Sie wissen, warum ich von Ihnen enttäuscht bin?«

»Ja, natürlich.«

»Ich bin bereit, anstelle von O. ins Gefängnis zu gehen. Ich liebe sie. Alles ändert sich. Eine neue Generation ist im Anmarsch. Sie wird Russland umkrempeln. Ihr Alten habt davon keine Ahnung. Wir sind die Antigops, wir sind die neuen Humanisten, wir werden euch begraben!«

»Vater ist heute schon wieder gestürzt!«, verkündete Mama, in einem Ton an mich gewandt, als hätte ich ihn geschubst. »Er hat sich die Hand gebrochen. Einen blauen Fleck auf der Stirn.«

Vater griff sich an die Stirn.

»Du hast *Leben mit einem Idioten* geschrieben, ja, du hast es prophezeit.«

23
Porno-Land

Für mich war O. göttlich, aber so richtig wahrgenommen habe ich sie nie. Erst als sie zusammenbrach, regte sich plötzlich *etwas* in mir.

»Der Porno ist die Kunst der Zukunft. Nicht dieser tumbe, mechanische Proll-Porno. Sondern gut gemachter, brillanter Porno! Ich werde die erste große Porno-*Regisseurin*«, sagte O.

Wir rauchten wieder, diesmal im Flur.

»Du *bist* schon groß«, nickte ich mit strengem Blick.

»Vielleicht sind wir in allem rückständig, aber beim Porno der Zukunft werden wir die Ersten sein. Keiner wird uns überholen. Nicht China. Nicht Europa. Nicht Amerika. Wir räumen alle Goldmedaillen ab! Bei denen wird alles nach Schema F abgespult. Bei uns dagegen ist der Totalitarismus nur äußerlich, nur eine autokratische Glasur. Aber in uns drin herrscht ewige Unruhe. Wir haben Sex bei kognitiver Dissonanz.«

O. meinte, sie sei dank ihrer Forschungen fähig, einen idealen Pornofilm zu drehen, der den Charakter Russlands offenbaren würde. Der russische Porno garantiere Hochspannung.

Er basiere auf der Scham über die Schamlosigkeit, auf dem glückseligen Lachen der Schüchternheit, der Überwindung von

Komplexen und unbeholfenen Gefühlen, der Unfähigkeit, seinen Körper im Griff zu haben, auf vorzeitigem Orgasmus und appetitlichen Titten. Die Krönung von allem sei der Inzest, das hohe Niveau des Bruchs mit den Gesetzen der Zivilisation. Unser Porno liebt *vorschriftswidrige Beziehungen*.

Hoch die Fahne des russischen Sex!

So merkwürdig es auch war, O. hatte mich nicht zu ihrer skandalösen Vernissage eingeladen. Andererseits, was sollte daran merkwürdig sein? Insgeheim meinte sie, schon das ganze Leben stünde sie im Schatten meines Ruhms, nun wollte sie sich davon befreien. Die Ausstellung *Porno-Land* war ihre Sternstunde.

Im Porno entblößte sich das ganze Land. Ein Lieblos-Land. Ein Lug-und-Trug-Land. Ein Schänder-Land.

In der Ausstellung waren Kosaken aufgetaucht. Der junge Schriftsteller Jerjoma hatte sie angeschleppt. Sie randalierten. Doch die Schuld an allem gab man O. Ermittlungen begannen. O. bekam einen Fascho-Untersuchungsrichter vor die Nase gesetzt. Er fing an, auf ihren Nerven herumzutrampeln. Ließ sie unterschreiben, dass sie die Stadt nicht verlassen dürfe.

Meine Schwester O. rauchte und sagte: »Unsere Pornografie ist ein Nährboden für Verrat. Darüber habe ich im Ausstellungskatalog geschrieben. Aber sie haben ihn konfisziert. Ein paar Exemplare liegen allerdings bei mir noch herum.«

»Zeigst du mir einen?«

»Ich schenke dir einen! Die ausländische Pornografie berührt ebenfalls den animalischen Aspekt«, fuhr O. fort. »Zudem bedeutet er die Versöhnung der Geschlechter, der Altersgruppen, die Vereinigung des im bekleideten Leben nicht zu Vereinigenden. Meiner Meinung nach ist das eine langweilige Ethik.«

»Du meinst also, die Pornografie gibt mehr Einblick in den Menschen als andere Narrative?«

»Unser Porno fickt in quietschenden Betten. Das ist geil! So natürlich! In unserem Porno wird die Frau erniedrigt, das ist Porno von Gopniks, folge mal diesem Gedanken: Hier ist der Ort, wo unter

Quietschen der Große Gopnik geboren wird, das Ebenbild des anderen Großen Gopniks – unseres großen Volks.«

»Krass! Das heißt, sie sind gleichbedeutend: er und das Volk?«

»Nein. Der Große Gopnik – das ist das Ideal des Volkes, zu dem das Volk strebt, das es aber nicht immer erreicht, erreicht hat es nur der Große Gopnik, der hat sich richtig ins Zeug gelegt und ist Zar geworden.«

»Sie spiegeln einander wie ein Spiegel im Spiegel ...«

»Ja«, stimmte O. ungeduldig zu. »Und was für Schönheiten es unter unseren russischen Heldinnen gibt! Wahnsinn! Höchstens die Ukrainerinnen können ihnen das Wasser reichen. Aber selbst beim ukrainischen Porno ist weniger Dampf dahinter als bei unserem. Weniger moralische Grenzverletzungen.«

»Mir scheint manchmal«, gestand ich, »dass man in der Pornografie die Hand Gottes spüren kann. Denn gerade dort arbeitet der göttliche Computer mit maximaler Kraft.«

»Reich hatte recht«, nickte O. »Je weiter man eindringt, desto mehr versteht man das irrationale Moment. Sag mir zum Beispiel mal, woher diese Leidenschaft kommt, einer Tussi die Pobacken auseinanderzuschieben, alles nach außen zu kehren? Und guck an: Die Frauen selbst sind beeindruckt von diesem Anblick, mit offenem Mund starren sie die Freundin voller rosa Schraffen an, als wäre es ein hawaiianischer Sonnenuntergang.«

Im Flur tauchte David Satter auf, ein amerikanischer Journalist. Er war soeben aus Kiew angekommen. David sieht aus wie Byron, mit Wimpern so lang und weich wie bei einem Mädchen. Wir kennen uns seit hundert Jahren. Er ist dermaßen entsetzt über Russland, dass er es partout nicht verlassen kann. Ein guter Typ, nur geizig.

»Hallo, ihr beiden«, sagt er mit seiner gedehnten trägen Stimme.

»Du auch hier!«, lächle ich.

»Was für eine nette Tischgesellschaft!«

»Keine Tischgesellschaft, eine kollektive Begräbnisgesellschaft ist das.«

»Demnächst werden sie mich aus Russland ausweisen. Ich habe ein Buch über die Explosion der Häuser 1999 geschrieben. Ich habe geschrieben, die Silowiki hätten dahintergesteckt. Wie siehst du das?«

»Willst du, dass man mich auch ausweist?«

»Wo denkst du hin? Du bleibst schön hier! Ich habe erst jetzt, nachdem ich in Kiew gelebt habe, begriffen, wie recht du hast. Du hast immer gesagt: Russen und Amerikaner haben unterschiedliche Mentalitäten. Auch die Ukrainer haben ihre ganz eigene Mentalität.«

O. sieht David skeptisch an: »Und dafür hast du so lange gebraucht, um eine so simple Sache zu verstehen?«

»Du bist ein Held!«, sagt David zu ihr. »Ich mag keine Pornos. Aber du machst politischen Porno! Eine Provokation für den Kreml! *Take care.*«

24
Megascheiße

Wir sitzen da und essen Mamas *Lemon Pie.* Und wer ist das da drüben, das Pärchen mit den düsteren Gesichtern? Wie aus einem Polizeibericht. Die parallele Existenz meiner Eltern, über die ich fast nichts wusste. *Darüber* zu sprechen war nicht üblich, aber manchmal platzte es aus Mama heraus. Von meiner Großmutter hatte ich gehört, Papa habe eine andere Frau geliebt, doch das blieb im Nebel. Jetzt werfen meine Eltern ab und zu einen vorsichtigen Blick in diese Ecke. Sie – eine blonde Schönheit, das Gesicht sieht man nicht, aber der Körper – das ideale Aktmodell für jeden Maler. Er – mit Fliege, gut gebaut, europäische Manieren, man würde nicht gleich erkennen, dass er beim Geheimdienst ist. Übrigens arbeitet auch sie für eine entsprechende Behörde.

Und wer spricht bei Tisch am lautesten? Das ist der große Alexander Alexandrowitsch Wischnewski. Ein Vielfraß! Eine Legende der sowjetischen Chirurgie. Er hat Mama aus alter Freundschaft den Blinddarm rausgeschnitten. Zur Operation lud er einen Haufen

Studenten ein. Mama war das noch hundert Jahre danach peinlich. Letzten Endes wird sie vor lauter Scham auch sterben.

Zu mir kommt die vollbusige Schurotschka, meine Anti-Ehefrau. Sie umarmt mich und flüstert mir etwas ins Ohr.

»Schurotschka, ich verstehe dich nicht!«

Schurotschka flüstert etwas lauter. Ich höre die Worte »Roter Platz«.

»Schurotschka, was ist mit dem Roten Platz?«

»Pssst! Komm später zu mir. Ich warte auf dich.«

Die Botschafter erheben sich, verabschieden sich. Mit ihnen eilt auch Irène Richtung Ausgang – meine Freundin seit Menschengedenken, eine Französischübersetzerin. Da bemerke ich, dass außer ihr auch ein französisches Paar gerade gehen will. In unserer Familie fühlte man sich schon immer zu Franzosen hingezogen. Daniel, Journalist einer einflussreichen Zeitung, irgendwann mal ihr Chefredakteur, mit Gattin.

Im Flur sagt Irène, während ich ihr in den Mantel helfe: »Hast du schon das Neueste gehört? In Moskau ist eine *Epidemie der Dummheit* ausgebrochen.«

»Was soll das sein, der Anfang von einem Witz?«, murmele ich.

Daniel lacht: »Das ist eine tödliche Krankheit. So hat man es mir erklärt. Sie breitet sich allmählich über die ganze Welt aus.«

»Tolle Neuigkeit!«, sage ich. »Dummheit hat es immer schon gegeben!«

»Du warst der Erste, der Dummheit als die *Russische Krankheit* bezeichnet hat!«

»Stimmt«, greift Irène auf, »vor dir galt Trunksucht als Russische Krankheit, aber du hast gesagt, nein, nicht Trunksucht, sondern Dummheit.«

Ich winke ab, aber da taucht hinter mir Jerjoma auf: »Wie bitte!? Russische Krankheit!?« Er ist ganz außer sich und kreischt los: »Wie können Sie es wagen! Unsere Dummheit ist hundert Mal klüger als Ihre Klugheit!«

Die Franzosen verstummen. Jerjomas hochrote Physiognomie macht Angst. Am Revers seiner paramilitärischen Jacke sehe ich eine merkwürdige Schlange, ein halbes Hakenkreuz (ähnlich dem späteren Buchstaben Z). Ungeachtet seiner Jugend kann Jerjoma beneidenswerte Auflagenhöhen vorweisen, bei uns und auch im Ausland. Noch vor ein paar Jahren bedrängte er mich mit der Bitte, mit ihm darüber zu reden, dass er sich ausgeschrieben habe und nicht wisse, was er mit sich anfangen solle. Sein Kampf für Gerechtigkeit interessierte kaum jemanden. Aber als Faschist war er plötzlich interessant. Auf der Pariser Buchmesse klebten ihm die Journalisten an den Fersen: »Stimmt es, dass Sie selbst an Erschießungen im Donbass beteiligt waren?«

Jerjoma schwieg höhnisch. Dann begann er zu lachen wie ein Irrer. Und auch jetzt fängt er wie wild an zu lachen. Die Franzosen machen große Augen. Sie würden später von ihm erzählen. Von seinem Gelächter und seiner eleganten Halbhakenkreuzschlange.

»Hör auf!« Ich werde sauer.

Aber er hört schon lange nicht mehr auf mich.

»Ihr seid ja alle so lächerlich!«, höhnt er, vor Lachen nach Luft schnappend.

Auf sein Gelächter hin kommt O. hinzu.

»Wie kommt der denn hierher, zu uns nach Hause?«, fragt sie empört.

»Die Franzosen haben mich eingeladen!«, spottet Jerjoma.

»Raus! Raus, aber sofort!«, schreit O.

»Ich gehe nicht«, sagt Jerjoma frech. »Vielleicht hatte ich ja Sehnsucht nach ein paar Liberalen. Wollte mal gucken, wie ihr hier so lebt. Und dass ich mit Freunden auf deiner Ausstellung randaliert habe, das war vor lauter Empörung! Ich bin ein Mann von Prinzipien. Du gehörst in den Knast!«

Ich möchte Jerjoma am liebsten eine reinhauen, aber in Anwesenheit der Franzosen will ich es nicht zu Handgreiflichkeiten kommen lassen.

»Komm mit«, sagt O. überraschend zu Jerjoma. »Ich muss dir was sagen.«

»Mit dir wird man sich befassen müssen«, sagt Jerjoma mürrisch.

Sie verschwinden in der Küche.

»Wir beide sind in der Minderheit«, sagt Irène zu mir. »Sogar bei uns in der Botschaft gibt es Leute, die den Großen Gopnik verehren ... Megascheiße! In Moskau sind israelische Ärzte in geheimer Mission angekommen. Sie wollen sich mit dir treffen«, flüstert Irène.

25
Emigration

Als alle Gäste gegangen waren, wandte sich Mama ihrem liebsten Tischgesprächsthema zu.

»Sie sind schlimmer dran als Tote«, sagte sie bitter. »Tote haben wenigstens ein Grab.«

Mama hatte panische Angst, ich könnte emigrieren. Schon immer hatte sie Horrorgeschichten über die russische Emigration erzählt. In ihren Erzählungen taten die Emigranten nichts anderes, als zu hungern, sich dem Suff zu ergeben, zu verzweifeln, auf den Knien um Rückkehr in die Heimat zu betteln, sich zu erschießen oder aufzuhängen. Bestenfalls wurden die weißen Offiziere Nachttaxifahrer, Gräfinnen Zimmermädchen, Fürstinnen Prostituierte. Aber dann geschah auch mit ihnen dasselbe wie mit den anderen – sie erschossen oder erhängten sich.

Meine antisowjetische Haltung begann mit anschaulichen Beispielen. Eines davon war Mama, die für ihr ganzes Leben von Paris in Begeisterung versetzt wurde. Sie hielt die Franzosen für eine höhere Rasse. Sie war fest entschlossen, sie in jeder Hinsicht zum Vorbild zu nehmen: Kleidung, Essen und Manieren betreffend. Aus der Ferne liebte sie auch Russland, sie sagte, in der Provinz lebten viele reine, wunderbare Menschen. Doch als Gelja, ihr Vetter zweiten Grades, in schwarzem Anzug und grauem Kosakenhemd, die Haare zurückgekämmt, aus Tambow zu uns nach Moskau kam, verhielt sie sich ihm gegenüber zurückhaltend. Ein anschauliches Beispiel war auch mein Vater, der für die Sowjetunion arbeitete, aber in tiefster Seele Frankreich liebte. Allerdings war er prinzipiell eher schweigsam.

Mama und ich stritten, bis wir heiser waren.

24. Februar

Der Große Gopnik öffnete sperrangelweit die Schleusen für das Volksglück. Die Pappkameraden der russischen Kultur wurden weich und ließen sich treiben.

Mama lebte viele Jahre mit meinem Vater in Paris und war von Frankreich vollkommen durchdrungen. Papa hatte in Paris wichtige Posten inne. Eine Zeit lang war er stellvertretender Generaldirektor der UNESCO. Meine Eltern wohnten in einem Nobelviertel, an der stillen blumengeschmückten Place du Président Mithouard. Das war vielleicht nicht oberschick, aber frei.

Sie waren nicht allzu abhängig von der sowjetischen Botschaft, und Papa war stolz darauf, dass er einmal einem Kuss auf den Mund ausgewichen war, mit dem ihn nebst Orden der Völkerfreundschaft der allseits bekannte Oberküsser Breschnew auszeichnen wollte. Vater hatte als internationaler Beamter kein Recht auf nationale Orden, nicht einmal auf einfache Auszeichnungen seines Landes. Breschnew verlieh ihm den Orden heimlich bei einem Paris-Besuch. Papa hielt ihm im letzten Moment die Wange zum Kuss hin. In seiner Freizeit spielte Papa Tennis, und Mama liebte Frankreich einfach.

Aber je mehr Mama Frankreich liebte, das quasi extra für sie den Impressionismus erfunden hatte, je mehr die Weite der Champs-Élysées, Austern und die Côte d'Azur sie verzauberten, desto mehr fürchtete sie, ich könnte emigrieren. Und ich vergaß Matisse zu erwähnen! Ach, wie Mama ihn vergötterte, besonders seine *Goldfische* und den *Tanz*.

Um irgendwie ihre Vergötterung nicht überborden zu lassen, erzählte sie uns in Moskau in kleiner Runde am Tisch, dass Franzosen, nun ja, auch ziemlich dumm sein könnten ... Zum Beispiel die ältere Concierge ihres noblen Hauses, die nebenbei die elterliche Wohnung putzte.

»Einmal habe ich ihr etwas von dem Schwarzbrot angeboten, das ich aus Moskau mitgebracht hatte. Sie war vollkommen begeistert, doch dann fragte sie besorgt: ›Was für ein leckeres Brot, aber kann sich das bei Ihnen jeder leisten?‹«

Wir lachten herzlich darüber.

Unsere Abendessen in der elterlichen Wohnung auf der Gorkistraße verwandelten sich in endlosen Streit. Alles begann stets mit einer Lappalie, einer zufälligen Bemerkung oder einem simplen Versprecher. Doch was auch immer der Auslöser war, fatalerweise landeten wir jedes Mal beim Thema Emigration. Zum Beispiel sprachen wir über Homosexualität, ein in den 1990er-Jahren viel diskutiertes Thema. Damals wurden plötzlich alle Berühmtheiten für schwul gehalten.

»Für uns Russen bedeutet Emigrant zu werden dasselbe, wie seine Geschlechtszugehörigkeit zu ändern!«, verkündete Mama.

Und schon ging's los!

»Das ist kein Argument!«, schüttelte ich den Kopf.

Meine polnische Ehefrau lächelte zurückhaltend. Gewöhnlich beteiligte sie sich aus Taktgefühl nicht an derlei Auseinandersetzungen, doch hier konnte sie nicht an sich halten: »Galina Nikolajewna«, sagte sie. Sie war aufgeregt, und deshalb geriet ihr hartnäckiger polnischer Akzent noch stärker als sonst. »Warum schimpfen Sie in meiner Anwesenheit über Emigration, wo ich doch selbst emigriert bin, nur nicht in den Westen, sondern zu Ihnen nach Russland?«

»Das ist etwas ganz anderes!«, sagte Mama barsch.

»Was soll das heißen, etwas *ganz anderes*!«, schrie ich.

»Aber Sie können doch zu sich nach Hause nach Warschau fahren!«

»Ja, das kann sie«, ließ ich nicht locker. »Aber leben tut sie in unserm Kuhstall!«

»Ah ja, und Polen ist wohl was Besseres!« Mama winkte verächtlich ab.

Nikita Tschlen, den Kragen hochgestellt, ganz der treue Kavalier meiner kleinen Schwester O., sah uns immer mit unverhohlenem

Schrecken an. Wie ich schon sagte, hatte er eine Heidenangst vor meiner Mutter. Einmal war der Universalgebildete auf ihre hinterhältige Frage, wie Lenin mit Vor- und Vatersnamen hieß, vor lauter Angst herausgeplatzt: »Wassili Iwanowitsch!«

Allgemeines Gelächter. Der Student wollte vom Tisch weglaufen. Blieb an einem Stuhlbein hängen. Fiel hin. Zusammen mit dem Stuhl. Bekam einen Anfall. Wälzte sich in Krämpfen.

Mama wandte sich jetzt von dem Studenten ab, um den ewigen Streit mit mir fortzusetzen, bestand immer stärker auf ihrer Ablehnung der Emigration.

»Sie sind schlimmer dran als Tote«, beharrte sie. »Tote haben wenigstens ein Grab.«

Als ich klein war, zog sich mir immer das Herz zusammen bei diesen Geschichten. Die Emigranten taten mir unerträglich leid. Meine Kindheit bis zum Alter von zwölf Jahren verbrachte ich mit meinen Eltern in Paris, und immer wollte ich einen hungrigen russischen Emigranten sehen. Aber als ich zurück in Moskau war, um eine sowjetische Schule zu besuchen und bei meiner Großmutter zu leben, stieg bei diesen Geschichten stets eine Riesenwut in mir hoch: »Aber sie haben Russland doch wegen euch Kommunisten verlassen!«

»Es geht hier ja nicht um sie, sondern um dich«, widersprach Mama. »Du darfst nicht emigrieren!«

Im Unterschied zu mir gab O. unserer Mutter niemals Kontra. Die heftigen Auseinandersetzungen zwischen Mama und mir waren trotz allem Dialoge, doch meine kleine Schwester hielt Dialog für sinnlos. Bitter war vor allem, dass meine Eltern vom Standpunkt des gesunden Menschenverstands aus betrachtet geradezu mustergültig anständige Menschen waren. Doch eben weil sie ihre eigene Vorstellung von Kultur pflegten, glitten unsere Beziehungen ins Absurde ab. Wären sie einfache, unbedarfte Leute gewesen, hätten wir eine gemeinsame Sprache gefunden. Doch sie hatten auch ihre eigene Auslandserfahrung, ihre eigenen Lebenseinstellungen, ihren Geschmack, den akkurat gemähten Rasen auf der Datscha – all das behinderte unser gegenseitiges Verstehen.

Der Grad der Stimmung gegen Emigration war bei Vater bedeutend niedriger als bei Mama. Es schien, dass dieser Streit bei Tisch schlicht unter seiner Würde als Diplomat war. Vermutlich wollte er, der bei seiner Arbeit gegen den Westen gekämpft hatte, wenigstens zu Hause Frieden.

Wenn ich heute nach seinem Tod seine Tagebücher aus Jugendjahren lese, weiß ich nicht, was ich denken soll: Möglicherweise wäre er selbst weggegangen, doch sein Treueschwur hielt ihn davon ab. Seine Argumente für das Leben in Russland waren blass und vage. Er ließ sich herab, unser Land zu verteidigen, ausschließlich aus Solidarität mit Mama. In den 1990er-Jahren hüllte er sich überhaupt in Schweigen. Er trat aus der Partei aus, aber Jelzin brachte er keine große Sympathie entgegen. Er verfiel in einen politischen Winterschlaf.

Immer wenn es den Anschein hatte, dass das Familienessen endgültig verdorben war, trat plötzlich Versöhnung ein. Auf dem Tisch erschienen die hellblauen Teetassen aus dem Dresdner Service. Mama brachte auf einem Silbertablett aus der Küche die passende hohe Teekanne mit Earl Grey. Schon das Ausschenken des Tees in die Tassen versöhnte die Streithähne. Mama stellte als Beitrag ihr Zitronenmeisterwerk auf den Tisch – und es kehrte Frieden ein.

Papa sprach einen Toast auf Mama aus. Stehend. In diesem Toast ging es um Mamas Klugheit, Schönheit und um ihr literarisches Talent. Manchmal zog sich der Toast hin: »Sie ist ein Mensch, der …«

»Wolodja, hör auf!«

Da baten wir alle immer, er möge weitersprechen. Und alles wäre gut gewesen, aber die Toasts waren jedes Mal gleich, Wort für Wort. Und wenn Papa endlich fertig war, stieß ich mit Mama an, als hätten wir nie miteinander gestritten, und auch Mama stieß mit mir durchaus versöhnlich an. In dem Moment hob auch Großmutter ihr Glas: »Und auf Oma! Auf Oma!«, rief sie, ganz rot geworden.

Alle beeilten sich, froh mit Oma anzustoßen – ihre Aufforderung ließ endgültig alle Anspannung von uns abfallen und führte die Absurdität in die Unendlichkeit.

26
Großmutter. Mittagsstunde mit Herrn Singer

»Mit *dem* hätte ich jetzt hier nicht gerechnet«, sagte ich beim Eintreten in den Pferdestall und gab ihm einen liebevollen Klaps aufs Schwungrad. Bescheiden stand er zwischen Glastür und Fenster. Er reagierte nicht, streckte sich mir aber in seiner ganzen Herrlichkeit entgegen.

Wenn jemand die Familie zusammenhält, dann du! Ein Familiengott in Hunderttausenden von Gestalten. Ein Erlöser nicht schlechter als Jesus Christus. Ein großer Zauberer. Was hast du da für Platinteilchen? Wo versteckst du dein todbringendes rotes Koschtschej-Quecksilber, das für die schmutzige Atombombe gebraucht wird? Dieses rote Quecksilber suchen Geheimdienste und Terroristen auf der ganzen Welt.

Für meine Großmutter warst du ihr Leben lang ein Idol. Du hast genäht und gestichelt, und sie war glücklich. Ich weiß nicht viel von deiner Anatomie. Man ließ mich gar nicht erst nah an dich heran, damit ich dir keinen Schaden zufügen konnte. Du warst ein geniales Geschöpf, nicht schlechter als eine Dampflok. Für sie warst du alles. Sie spielte auf dir wie auf einem Akkordeon. Sie war dir treuer als ihrem Iwan Petrowitsch. Opa starb 1951, zwei Monate bevor er den Lenin-Orden erhalten hätte, wie sie sagte. Dir würde ich diesen Orden verleihen. Ich habe nie erfahren, wie sie dich kennengelernt hat. Das muss jedenfalls im Silbernen Zeitalter gewesen sein. Sie hat dich angekurbelt, dir Schwung verliehen, dir eine Seele eingehaucht.

Als ich in die Pubertät kam, nahm mich Großmutter mit ins Frauendampfbad in der Datschasiedlung Tschkalowskoje. Dort wusste ich nicht, wohin mit mir. Die nackten Weiber schrien sie an, weil sie einen erregten Knaben in die Frauenabteilung mitgebracht hatte.

»Schaut euch das bloß an!«, schrien die Weiber. »Heiliger Strohsack! Bei dem Lümmel steht ja alles! Hör sofort auf damit!«, verlangten sie von mir.

»Ja was glaubt ihr denn! Der ist nun mal so konstruiert!« Großmutter winkte ab, mit Händen und Titten. »Gehen wir, mein Junge!«

Nach dem Dampfbad zurück auf der Datscha, stritten Oma und ich miteinander, und ich kriegte so eine Wut, dass ich sie *blöde Kuh* nannte. Da bist du, Singer, von deinem Sockel gesprungen und hast mir, in meinen Vater verwandelt, eine schallende Ohrfeige verpasst. Vieles aus jenen Zeiten habe ich vergessen, weder vorher noch nachher hat mir mein Vater je eine gelangt, aber genau darum brennt die Ohrfeige bis heute auf meiner Wange. Sie gab mir die Möglichkeit, mich letztlich von allen Verpflichtungen gegenüber meinem Vater, von meiner Familie überhaupt zu befreien. Das war deine Ohrfeige, Singer.

Mit jener Ohrfeige begann der Niedergang unserer Familie. Du verstehst doch besser als ich, dass die Familie einer Kuh ähnelt. Nicht wahr? Die Kuh weidet auf einer Wiese. Die Kuh schlägt mit ihrem Schwanz um sich. Sommer. Um sie herum schwirren eklige Bremsen. Sie schmiegen sich mit ihrem ganzen Körper an die Kuh, aber das ist keine freundschaftliche Umarmung, sondern der Kuss eines Blutsaugers. Eine Blutsaugerorgie! Fliegen schwirren umher, teilen geometrisch mit ihrer Flugbahn den Raum. Die Fliegen und Mücken versuchen der Kuh in die Augen zu kriechen. Als wollten sie die Welt mit Kuhaugen sehen und sterben. Der Tod einer Mücke – auch das ist ein Unglück. Das Gras ist hoch. Und köstlich. Von dort, aus den Kuhaugen, lassen sich Fliegen und Mücken nicht mit dem Schwanz verjagen. Die Augen der Kuh weinen. Das Euter zittert. Sengende Hitze. Falter tanzen vor der Kuhnase. Falter – ein Lieblingswort Puschkins. Die Falter wollen der Kuh in die Seele schauen. Aber hat die Kuh denn eine Seele? In der Nähe ein Fluss. Die Bremsen leisten aufs Neue verlogene Freundschaftsschwüre, aber dann stechen sie doch in den müffelnden Kuhhintern. Die Kuh kaut Gras. Sie ist glücklich. Sonne. Mittagsstunde. Die Kuh ähnelt einer Familie.

Jede Familie hat ihre Mittagsstunde.

Ein Schuss kracht – die Kuh fällt. Niemand wollte die Kuh töten, doch sie fiel um und krepierte.

»Sie werden in meinem Pferdestall wohnen«, sagte der Besitzer des Bed and Breakfast. Das Bed and Breakfast lag an einem Berghang. Der sportlich aussehende Italiener hieß so gar nicht italienisch Walter.

»Im Pferdestall, warum denn das, Walter?«, fragte ich leicht ironisch.

Von seinem Privatparkplatz öffnete sich der Blick auf Ligurien, auf das Meer, geriffelt wie Großmutters Waschbrett, die Spielzeugeisenbahnlinie, die Spielzeugautobahn mit Dinky-Toys-Autos. Und auf die Spielzeugkirche mit der weißen Uhr am Glockenturm, die alle Viertelstunde die Zeit schlug. Und jedes Mal flog die Zeit erschrocken aus dem Glockenturm heraus, kreiste über dem Meer wie ein grauer *gabbiano*, ein Möwerich, und kehrte dann zu ihrem angestammten Platz zurück.

Walter lachte das muntere Lachen des frischgebackenen Kleinunternehmers.

»Warten Sie's ab.«

Der Schlüssel wurde umgedreht. Schurotschka und ich traten ein. Aus dem Pferdestall hatte Walter ein schickes Apartment gemacht. An der Gewölbedecke hingen zwei rostige Haken als Gruß aus dem alten Pferdestall. Daran habe man ein wild gewordenes Pferd hochgezogen, sodass es den Boden unter den Hufen nicht mehr spürte und sich beruhigte, so erklärte es Walter ein wenig umständlich. Ich sagte seinem Bed and Breakfast eine große Zukunft im Gastgewerbe voraus. Alessandra, die Wirtin, deren beige BH-Träger ihr bis knapp oberhalb der Ellenbogen heruntergerutscht waren, wiederholte lautlos mit den Lippen jedes meiner gesprochenen Worte. Man konnte sie schwerlich der Taubheit oder Dummheit verdächtigen, aber sie bewegte die Lippen mit seltener Ausdauer.

Zwischen der Glastür mit der weißen Gardine und dem bis zum Boden reichenden französischen Fenster mit der gleichen Spitzengardine stand ein alter Stuhl. Daneben, auf deinem Arbeitstischchen, residiertest du, Herr Singer.

Die Stimme des Jahrhunderts. Ich freute mich über dich wie über einen nahen Menschen. Denn du bist der einfachste Reim auf Omas Leben, nun ja, wie Blut – Liebesglut.

Blut – Liebesglut. Es ist kein Zufall, dachte ich, dass ich nie über Singer geschrieben habe, denn er ist eine solche Banalität – eine antiquarische Massenvariante der Nostalgie, bei deren Anblick du hin und weg bist und neben dir einer sagt: »Bist du auch so hin und weg?«

Aber diesmal, am Berghang mit Ausblick auf die Lebkuchenstadt, staunte ich angerührt über Singers gedrechselten Hals und sein Handrad, das ich damals immerzu drehen wollte, um auf diese Weise Singer in eine Jacht zu verwandeln oder auch in ein Maschinengewehr, denn Singer ratterte beim Nähen, Steppen und Sticheln wie ein Maschinengewehr. Aber Großmutter runzelte die Stirn und verbot es mir: »Finger weg.«

Dieses *Finger-weg* zerfiel in eine Menge weiterer Banalitäten.

»Singer hat mir das Leben gerettet«, sagte Anastassija Nikandrowna. »Während der Blockade, als dein Großvater schon vor Schwäche nicht mehr laufen konnte, da hab ich genäht und gesteppt und gestichelt ...«

Nun ja, mein lieber Singer, später habe ich angefangen zu schreiben und auch zu sticheln ... als das ganze Land noch fleißig Denunzierungen schrieb, und ich schreibe und stichle weiter. Und das Land schreibt schon wieder fleißig Denunzierungen. Immer mehr und mehr.

Es war Singer, der mir meine erste Jeans schenkte, als Moskau sich im Jeanswahn befand, und meine Jeans sah beinahe aus wie die echte, aus festem blauem Stoff, mit starkem rotem Faden abgesteppt, der auf deinen eleganten Spuler aufgesetzt wurde.

Ich wiederhole, Singer war ihr ein treuerer Gefährte als Opa, denn Opa ging früher als er kaputt und starb, während Singer lebte und lebte. Wenn sich Großmutter an den Singer setzte, nahm sie einen konzentrierten und kundigen Gesichtsausdruck an. Wie eine Frau vor der Vereinigung. Die Spule wurde auf den Spuler gesteckt. Sie gab sich ihm ganz hin. Er bewegte sich über ihr nicht kreisend, wie vorsintflutliche Liebhaber es tun, sondern auf und ab. Sie beugte sich tief darüber. Zur Nadel. Sie liebte ihn und hütete ihn wie einen Millionenschatz. Iwan Petrowitsch hätte dich, Singer, vor lauter Eifersucht aus dem Fenster werfen müssen, aber Opa war offenbar nicht der Mutigste.

Als Singer keine Arbeit mehr hatte, versteckte Großmutter ihn in einem Nussbaumsarg. Aber es tat ihr leid, dass Singer nicht mehr zu sehen war, und deshalb ließ sie oft den Sargdeckel auf dem Boden unter dem Fußgestell liegen und deckte Singer mit einem weißen gemusterten Tuch zu wie ein Kind.

Singer überlebte die Sowjetmacht und ging schließlich in Pension, aber nicht etwa wegen angeschlagener Gesundheit, sondern wegen erzwungenen Müßiggangs. Es wurde immer schwieriger, die passende legendäre Koschtschej-Nadel aufzutreiben, wenn die alte zerbrochen war. Papa brachte, ohne zu murren, diese Nadeln aus dem Ausland mit. Aber dann gab es sie dort auch nicht mehr zu kaufen.

Singer überlebte seine heiß geliebte Anastassija Nikandrowna, die, nachdem sie ihrerseits die Sowjetmacht überlebt hatte, im hohen Alter von fünfundneunzig Jahren starb. Singer wurde an unsere langjährige Haushaltshilfe Klawa vererbt, die mit unserer Familie Mitte der 1950er-Jahre nach Paris übersiedelte, um Mama im Haushalt zu helfen.

Klawa hätte mit ihrer grenzenlosen Sanfmut Dostojewski und Tolstoi zusammen zufriedenstellen können. Vielleicht hat Gott ihr wegen dieser Eigenschaft die Kraft gegeben, zu überleben und gegen eine unheilbare Krankheit anzukämpfen. Obwohl, wer diese heilige Frau mit so einer Krankheit gestraft hat und warum ihre Tochter Marinka so furchtbar jung sterben musste, ist schwer zu verstehen.

Nun denn, mein Singer-Vögelchen, jede Familie – und jede Familie ähnelt einer Kuh – hat ihre Mittagsstunde. Bei der einen Familie ist es ein kurzer nordischer Augenblick, regnerisch, windig, ein Murmansker Seufzer, aber trotz allem die Mittagsstunde. In anderen Familien ist es etwas Mediterranes, Orangen-Olivenmäßiges. Die Familien-Mittagsstunde – das ist, wenn es in einem bestimmten Moment den Anschein hat, dass alles so sein wird, wie es gerade ist, für immer und ewig. Eine Minute der Unsterblichkeit, eine Ohnmacht, nach der die Uhr wieder zu ticken und das Fleisch zu faulen beginnt.

Wo war die Mittagsstunde meiner Eltern?

Die Mittagsstunde garantiert nicht die Harmonie aller Komponenten. Anastassija Nikandrowna konnte meine Mutter nicht ausstehen. Mama verzieh ihr erst auf dem Friedhof, und auch das nur en passant. Großmutter war herrisch und wenig gebildet. Angeblich hatte sie vier Klassen an einer kirchlichen Schule besucht. Dafür besaß sie eine unvergleichliche Lebensenergie. Singer, dir gab sie großzügig davon ab, so wie du mit Anastassija Nikandrowna deine Genialität teiltest, mit meinem Vater und mir, mit meinen Töchtern, die sie nicht mehr kennenlernen durfte. Ihre geringe Bildung und die primitive Herrschsucht machten aus ihr einen unberechenbaren Menschen. Sie zuckte jedes Mal zusammen, wenn ein Fenster zuschlug: Das war ihr Blockadegedächtnis. Mit Jahr für Jahr wachsendem Genuss erzählte sie die schrecklichsten Geschichten von der Leningrader Blockade. Wie der Kopf ihrer Nachbarin durch ihr Fenster hereingeflogen kam, der Kopf einer jungen Frau, einer heimlichen Kundin, die du, Singer, ebenfalls benäht hast. Oma packte den Kopf an den Haaren, blickte sich um wie eine Diebin und warf ihn schnell aus dem Fenster in den Hinterhof. Nachdem Oma die Blockade überlebt hatte, fühlte sie sich als Auserwählte, und die Blockade wurde letzten Endes zur Mittagsstunde ihres Lebens. Arm in Arm mit Singer – dem Unbesiegbaren.

Aber wo kam die Mittagsstunde unserer Familie abhanden?

Meine Mutter litt an jener schrecklichen Krankheit, die da heißt: Intellektuelle der ersten Generation. Diese Krankheit besteht aus verschiedenen Komplexen. Gegen einige davon kämpfte sie an – und siegte. Andere fraßen sie auf. Sie war nicht selbstsicher, wie jeder, der aus dem Volk kommt. Sie hatte etwas ausgeprägt Östlich-Asiatisches an sich. Wenn ich Fotos von ihr betrachtete, die nach ihrer Rückkehr aus Japan gemacht wurden (wo sie während des Krieges im Sekretariat des sowjetischen Militärattachés gearbeitet hatte), erschien sie mir wie eine echte Japanerin, verpflanzt in einen slawischen Körper.

Papa wurde 1955, als das Tauwetter einsetzte, zur Arbeit nach Paris entsandt. Und Oma blieb mit Singer in Moskau.

In Paris wohnten meine Eltern in der sowjetischen Botschaft in der Rue de Grenelle – einer wunderschönen Villa aus dem 17. Jahrhundert, die sich in eine sowjetische Schlangengrube verwandelt hatte. Wir wohnten in einer engen Zweizimmerwohnung im dritten Stock mit Blick auf den Garten im Innenhof, einen Springbrunnen mit Goldfischen darin und den umherflitzenden Köter unseres Botschafters Winogradow mit den buschigen Augenbrauen, Spitzname Tschernomor – Schwarzmeer, der sich später zum Erstaunen aller als Mistkerl herausstellte. Ungeachtet dessen, dass meine Eltern bescheiden wohnten, hatten sie einen Peugeot als Dienstwagen zur Verfügung und die Möglichkeit, das Land zu bereisen. Und die Möglichkeit, sich gut zu kleiden. Und die Möglichkeit, die Crème de la Crème Frankreichs zu treffen, denn Papa war Kulturattaché. Er hasste diesen Posten, denn er meinte, dass ein wahrer Diplomat sich nicht mit Muße beschäftigen solle, die die Kultur für ihn darstellte, sondern mit Politik. Doch dank dieses unglücklichen Umstands machte er Bekanntschaft mit Picasso, Aragon, Yves Montand und auch mit unseren großen Musikern, die nach dem jahrelangen stalinschen Winter zu Gastspielen nach Paris kamen.

Mama erfand sich neu, begann gelbe Kleider mit Glockenrock zu tragen, eine modische Frisur, Sonnenbrille, und französisch zu duften. Auch Papa verwandelte sich. Der junge Moskauer Stalinist schlüpfte in den Körper eines französischen Schauspielers und begann endlich auch Mama zu schätzen. Er bemühte sich um ihre Gunst wie am Ende Onegin um Tatjana. Aus Mama entwich der ganze trübe asiatische Mief, sie liebte nun Frankreich über alles. Mama blühte auf. Die Familie bewegte sich in Richtung Mittagsstunde.

Sei still, Singer! Das soll keine Pastorale sein! Meine Eltern stritten auch in Paris miteinander und gingen mir damit auf die Nerven. Aber Mama entwickelte plötzlich eine irgendwie besondere Sanftmut. Sie spazierte durch Paris, besuchte den Louvre, und danach legte sie sich aufs Bett und starrte verträumt an die Decke. Zu der Zeit tat ich mich dadurch hervor, dass ich zusammen mit meinem Freund die kleine Tochter des *Nachbarn*, wie bei uns die KGBler hießen, in der Badewanne gründlich badete, während meine Eltern unterwegs waren, um mit engen sowjetischen Freunden in irgendeinem königlichen Park außerhalb der Stadt spazieren zu gehen. Und als sie zurückkamen, stand das Mädchen in kläglichem Zustand da, den Rücken an den heißen Heizkörper gepresst.

Der KGB-Agent stellte Nachforschungen an: Man ließ Gnade vor Recht ergehen, obwohl ich definitiv schuldig war. Meine damaligen Spielkameraden Jura und Ira haben ihr Leben schon gelebt und sind gestorben. Meine Eltern wollten mir mit einem Gürtel eine Tracht Prügel verabreichen, taten es dann aber doch nicht. Mama indessen fand, mein Verhalten sei ein Verhalten fürs ganze Leben, und das dämpfte ihre Liebe zu mir für immer.

Doch im Juni 1956 gab es ein einschneidendes Ereignis. Mama gebar ein Kind. Meinen Bruder wollten sie zuerst Alexej nennen, doch da er in Paris geboren wurde und die Franzosen sich mit russischen Vornamen nicht so gut auskannten, entschied man, ihn vorläufig Andrej zu nennen – doch der Name blieb haften, und so blieb er Andrej.

Ich erinnere mich an jenen Moment, wie die Direktorin unseres Pionierlagers für Botschaftskinder bei Paris auf mich zulief: »Weißt du schon, dass du ein Brüderchen bekommen hast?«

Eine Woche später kamen sie mich besuchen: Papa, Mama und mein Bruder – anlässlich eines Sportfests. Ich war Teil einer Pyramide, auf meinem Pariser Pulli der rautenähnliche kyrillische Buchstabe D für Dynamo. Die ganze sowjetische Kolonie schaute zu, wie ich in merkwürdiger Pose dastand. Und in dem Moment kamen meine Eltern angefahren. Sie entdeckten mich. Sofort wollte ich nicht mehr Teil der Pyramide sein und rannte zu ihnen. Sie waren jung, der Bruder war geboren, ich war gerade erst ein Teil einer Pyramide gewesen – alles passte zusammen. Die französische Sonne strahlte. Es war die Mittagsstunde. In diesem Augenblick waren wir weitaus weniger eine zufällige Familie als sonst. Es schien, diese Mittagsstunde hielte für immer an und wir würden uns ewig lieben, denn für uns gab es keinen Tod und würde es niemals geben.

Singer, genau so, du verdammter Mistkerl, kam es dann aber. Alle sind gestorben. Außer dir, Singer. Und in meiner Erinnerung wedelt die Kuh unserer Familie nach wie vor freundlich mit dem Schwanz, um die blutsaugenden Bremsen zu verscheuchen.

24. Februar

Wollte ich irgendwann mal so sein wie der Große Gopnik? Damit ich der allerallerreichste Mann der Welt bin? Damit sich die ganze Welt meinen politischen Plänen unterordnet? Damit alle in Russland zittern? Und immer sofort losrennen, um meine Befehle auszuführen? Damit mich hauptsächlich dumme eindimensionale Leute umgeben? Damit mir unbegabte Schmeichler mit animalischen Gesichtern in den Hintern kriechen? Damit ich gestohlene Gelder meinen Kindheitsfreunden in die Taschen stopfen kann? Damit sich mir die Weiber nicht aus Liebe hingeben, sondern nach den Gesetzen der absoluten Macht? Damit ich seit Kriegsbeginn fast die ganze Zeit in einem Bunker hocke? Damit sich mir der Gedanke an ein Attentat unaufhörlich ins Gehirn bohrt? Damit ich niemandem vertraue? Damit ich, vollkommen aus der Zeit gefallen, das Land auf die Schiene der Mobilmachung setze und folgerichtig in den Krieg führe? Für wen kann so ein Leben interessant sein?

27
Apologie des frühen Gopniks

Ich bin in der Versenkung meiner Erinnerung versunken. Habe beeindruckende Welten gesehen. Ich war der Versuchung einer Freundschaft mit dem Großen Gopnik ausgesetzt. Unter uns gesagt, er – der Schöpfer einer wunderbaren Epoche! – war gar nicht so schlimm. Begonnen hat er damit, dass er uns (das erste Mal überhaupt in der russischen Geschichte) Freiheit im Privatleben gab. Wenn du willst, sei gläubig, wenn du willst, sei Atheist, wenn du willst, sei Kommunist, wenn du willst, sei Swinger, wenn du willst, sei Asket, wenn du willst, sei einfach eine vulgäre Schlampe. Bloß stör mich nicht. Aus der untersten Etage, schon halb aus dem Keller, wurde er ganz nach oben katapultiert, und das für viele, viele Jahre! Flieg und versetze die Welt in Staunen! Ein Unikum. Zugleich aber einer von uns, mit so einem halbkriminellen Grinsen im Gesicht. Knallhart, vertraut, keine Angst vor rein gar nichts. In einem Land, wo jeder davon träumt, ein Gopnik zu werden, gewöhnlich aber eine zitternde Kreatur bleibt, ist der Große Gopnik ein Volksheld und Anführer zugleich.

Das mit der Freiheit im Privatleben hat er sich dann noch mal überlegt und sie stark eingeschränkt, mit Beginn des Krieges auf null reduziert.

28
Das erste Geld

Mein erstes Geld habe ich mir selbst verdient. Das hätte ich in Russland nie geschafft, denn in Russland ist Geld wie Milchzähne: Wie sehr man sich darum auch bemühen mag, irgendwann fallen sie aus. Aber als ich acht Jahre alt wurde, zogen meine Eltern mit mir nach Paris, und dort begriff ich zum ersten Mal etwas von der Macht des Geldes.

Wir wohnten in der sowjetischen Botschaft, doch das verhinderte keineswegs, dass ich mich mit der Geldkrankheit infizierte. In Paris verwandelten sich schon damals, als die Stadt sich von ihren Erniedrigungen des Krieges befreite, alle Dinge in schöne sonnige Spielsachen. Diese Glückseligkeiten für jedes Kinderherz, angefangen von Zinnsoldaten und Cowboys, die auf wilde Indianer schossen, bis hin zu Briefmarken mit exotischen Fischen und der englischen Königin drauf, riefen den Schauder erster Orgasmen hervor. Und auch meine Eltern, aufgrund ihrer Arbeit in den Kampf gegen den Kapitalismus vertieft, wurden hinterrücks vom Kapitalismus erwischt, der sich auf sie stürzte, sie niederstreckte. Aus ihren Händen fielen mir

100-Francs-Münzen zu (1960 wurde der Franc umgewertet, und die 100-Francs-Münze war nur noch einen Franc wert).

Das war die Summe, die sie mir am Ende einer Woche aushändigten, wenn ich mich vorbildlich benahm. Meine Eltern kauften mein gutes Benehmen für 100 alte Francs. Eine lächerliche Summe, aber definitiv besser als nichts. Wenn ich sparte, konnte ich mir am Monatsende ein tolles Auto der englischen Firma Dinky Toys kaufen – einen Rennwagen oder sogar ein Feuerwehrauto. Am meisten liebte ich aber amerikanische Limousinen mit Stoßstangenhörnern und Heckflügeln, rosafarbene oder hellblaue oder ganz weiße, unterschiedliche jedenfalls. Ich meinte, dass diese Hörner bei einem Unfall herausfahren und den Gegner zu Tode bringen würden. Ich erzählte das den sowjetischen Kindern, die mit mir in der Botschaft wohnten, und die glaubten mir das, denn von den Amerikanern konnte man ja schon damals alles Mögliche erwarten.

Als Draufgabe zu den 100 Francs bekam ich an Feiertagen oder für besondere kindliche Verdienste noch eine Prämie in Höhe von 300 Francs, und das war dann schon ein ganzes Vermögen. Diese Boni heizten nur meinen Geldappetit weiter an. Während sowjetische Schüler sich über den ersten Sputnik freuten oder sonst irgendeinen Quatsch, war ich in meinem Paris davon überzeugt, dass gute Schuhe wichtiger seien als Sputniks und Briefmarken wichtiger als Bücher. Einmal kam Mama in einem luftigen gelbgrauen französischen Kleid mit Glockenrock und französischer Sonnenbrille aufgeregt nach Hause und verkündete die Nachricht von einem neuen Sputnik mit Hunden an Bord. Als ich fragte: Und was passiert am Ende mit den Hunden, verpasste sie mir nicht nur wütend eine Ohrfeige – mir, der ich mich nach dem weiteren Schicksal von Belka und Strelka erkundigt hatte –, sondern weigerte sich auch, mir am Ende der Woche die mir rechtmäßig zustehende Münze für meine kindlichen Bedürfnisse auszuhändigen. Ab diesem Zeitpunkt begann ich nicht nur zu fantasieren, sondern auch zu eigennützigen Zwecken zu lügen. Der Kapitalismus verdirbt, wie die Marxisten ganz richtig meinen, die Seele der Menschen, und da man bisher nichts Besseres erfunden hat, sind wir alle zu großen und kleinen Lügen verdammt.

In Paris erkrankte ich am Goldfieber, aber ich hätte mich auch so in einen jungen Pljuschkin verwandelt, der seine Münzen fest in der verschwitzten Hand hält, hätte es nicht ein glückliches zufälliges Ereignis gegeben.

Im Sommer fuhren die sowjetischen Kinder, die in Paris wohnten, in ein Pionierlager nahe der Stadt Mantes-la-Jolie. Wenn Sie je einmal von Paris nach Rouen gefahren sind, wo sie Jeanne d'Arc verbrannt haben, dann kommen Sie unbedingt an weißen Kreidefelsen vorbei, die malerisch am Wegesrand aufragen – und genau da, noch bevor Sie die Normandie erreichen, befindet sich dieses entzückende Städtchen.

Die sowjetischen Mitarbeiter fuhren dorthin zur *Majowka*, zum Mai-Picknick, und ich habe mit meinen eigenen Augen eine Horde stockbesoffener Leute gesehen, Männer und Frauen, die in verschiedenen Grüppchen dasaßen. Ich erinnere mich, wie Papa zu Mama sagte, eine größere Idiotie könne man sich nicht ausdenken, denn unsere sowjetischen Spione tranken in einem extra Grüppchen und waren aus hundert Metern Entfernung auch ohne Fernglas zu erkennen. Wir Pioniere mit unseren selbst gemachten Halstüchern – nicht alle hatten die Möglichkeit, aus Moskau die echten roten Pionierhalstücher mitzubringen, und ich trug zum Beispiel eines, das aussah wie das dunkelrote Halstuch eines amerikanischen Cowboys – fuhren am Ende des Schuljahres nach Mantes, und Mantes wurde für mich das Symbol vollkommenen irdischen Glücks.

Ich habe dort vieles erfahren. Zum Beispiel die Freude am Lesen. Endlich gab ich Mamas Überredungskünsten nach und begann Jules Verne zu verschlingen. In Mantes erfuhr ich von Kira Wassiljewna, dass ich ein Brüderchen bekommen hatte, aber ich log, denn der Kapitalismus hatte mich lügen gelehrt, ich hätte das auch ohne sie gewusst. Kira Wassiljewna war die Direktorin der sowjetischen Grundschule, die sich in der Nähe des Bois de Boulogne befand, und sie war es, die bei mir mit ihrer gedankenlosen Schönheit die ersten nicht schulischen Gedanken weckte.

Im Pionierlager in Mantes geschah etwas Unglaubliches: Am Badetag wusch Kira Wassiljewna gemeinsam mit einer anderen Lehrerin alle Kinder, und danach zog sie sich selbst aus. Mich hatte sie wohl vergessen, ich saß in einer der Badewannen, oder sie hatte mich auch nicht vergessen – das werde ich wohl nie erfahren –, aber ich sah alles und immer noch mehr. Kira Wassiljewna wusch mich: Direktorin und Schüler standen einander nackt gegenüber, und zum ersten Mal ... ach, schon gut, worüber wollte ich eigentlich gerade sprechen? Ach ja, übers Geld!

Also dann, Mantes war ein wahres Paradies. Ein riesiges Gelände, ein Garten, rote und gelbe Kirschen, Aprikosen, an Bäumen aufgeschürfte Knie, Zäune, umwunden von Kletterpflanzen mit roten röhrenförmigen Blüten, die es in der Heimat nicht gab, und in diesen Flötenblüten krabbelten begeistert Ameisen herum, und rot-schwarz gefleckte Feuerwanzen wuselten über die bemooste Parkbalustrade.

Wir bekamen vorwiegend französisches Essen aufgetischt, zum Frühstück gab es Joghurt und Croissants, aber mit russischen Einsprengseln wie Grieß- und Buchweizenbrei. Manche Pioniere liebten die beinahe unanständig leuchtend roten französischen Würstchen, andere die Hackfleischbällchen mit Reis. Der eine war ein Vielfraß, der andere ein Suppenkasper wie Puschkin. Aus dieser Schieflage in Sachen Ernährung entstand meine geniale Idee.

Ich, ein sowjetischer Pionier, fing an, Falschgeld herzustellen. Ich zeichnete es auf klein kariertem französischem Papier, mit verschiedenen Buntstiften, ohne die Farben der echten Geldscheine zu kopieren. Ich zeichnete nach Herzenslust, Geldscheine im Wert von fünfhundert, tausend oder sogar zehntausend Francs. Ich zeichnete sie, schrieb Wörter in Französisch darauf und unterschrieb auf jedem Geldschein.

Meine Währungsmanipulation erfreute sich in unserem Pionierlager umgehend weiter Verbreitung, ganz unabhängig vom Alter der Kinder. Für mein Falschgeld konnte man im Speisesaal Essen und

Getränke kaufen, die von unseren Suppenkaspern oder von denjenigen, die an dem Tag gerade Durchfall hatten, zum Kauf angeboten wurden. Zunächst dienten meine Geldscheine ausschließlich der Befriedigung leiblicher Bedürfnisse. Aber nach und nach vergrößerte sich das Geschäftsfeld meiner Bank. Mit den von mir unterzeichneten Scheinen ließen sich Spielsachen, Tennisbälle von leicht giftig grüner Farbe und bei Kindern damals beliebte durchsichtige und bunt bemalte Murmeln erwerben. Die Eltern brachten üblicherweise an den Sonntagen alle möglichen kleinen Geschenke mit, und auch die kamen auf den Markt.

Schließlich begannen jene Mädchen und Jungen, die nicht genug von meinen Geldscheinen besaßen, diese für echte Francs zu kaufen, denn der Umlauf von richtigen Francs war von der schon erwähnten Kira Wassiljewna, die mich an jenem Badetag sehr sorgfältig und irgendwie merkwürdig gewaschen hatte, verboten worden. Dieser Badetag blieb unauslöschlich in meiner Erinnerung haften. Die Bilder davon, vermischt mit Bildern aus den Werken Jules Vernes, verfolgten mich in meinen nächtlichen Träumen und ließen mich nicht ruhig schlafen. Doch die Entwicklung des Kapitalismus im sowjetischen Pionierlager in Mantes blieb nicht ohne Folgen. Es kam, wie es kommen musste.

Erstens nahm meine Bank reale französische Devisen ein, zudem in erwachsenen Dimensionen. Die Liebe zu Jules Verne, die sich später in die lasterhafte Praxis der Schriftstellerei auswuchs, hinderte mich daran, im Erwachsenenalter Milliardär zu werden, Besitzer von Fußballklubs, Goldmünzen, Aluminiumwerken. Jedoch verstand ich den Mechanismus des monetären Glücks. Alle hatten wenig Geld, und ich hatte viel. Ich konnte jederzeit neue Scheine zeichnen, wenn ich wollte, hunderttausend Francs, aber ich verstand bereits, was Inflation bedeutet, und war bemüht, mich im Zaum zu halten.

Der Kapitalismus ermuntert indessen nicht nur zum Studium von Marx, sondern auch von Freud. Als bei mir das Spielgeld auftauchte, begann ich die Kinder anders zu betrachten, die auf dem Gelände unseres Pionierlagers herumtollten. Allerlei muntere Gedanken gingen mir durch den Kopf.

Schließlich, an einem Julitag, als wir zum Baden an die Seine aufbrachen, nicht weit von jenen Orten, die die Impressionisten, vor allem Monet und Renoir, gemalt haben, kam ein Mädchen zu mir namens ... mein Gott, wie hieß es gleich? Den Namen von Kira Wassiljewna habe ich für immer behalten (vielleicht lebt sie ja noch), aber den dieses Mädchens, keine Ahnung. Ich erinnere nur, dass ihr Vater dann auf jener Autobahn ums Leben kam, die von Paris nach Mantes führt, schon ein Jahr später. Wie hieß sie denn bloß?! Sweta vielleicht, ja, Sweta hat sie geheißen, Sweta also kommt zu mir und sagt: »Leih mir deine Francs! Ich möchte meiner Freundin einen Badeanzug abkaufen.« Ich frage: »Wie viel?« Sie gefiel mir, diese Sweta. Sehr sogar. Ihr Vater arbeitete bei der Außenhandelsvertretung.

»Fünftausend!«

»Was? So viel?«

»Mal halt welche!«

»Spinnst du? Schon mal was von Marktgesetzen gehört?«

»Mir doch egal. Gib mir fünftausend!«

»Und wann krieg ich die wieder?«

»Wenn meine Eltern kommen. Echte, wenn du willst.«

»Meine sind auch echt. Mit meiner Unterschrift drauf«, sage ich beleidigt.

Aber das Geld gebe ich ihr. Der Sonntag geht seinem Ende zu, herrliches Wetter, die Kirschen sind reif, ich fasse Sweta an der Hand wie ein echter Banker und sage: »Ich nehme von dir nicht mal Prozente. Und du guckst durch mich durch.«

»Aber ich hab kein Geld«, sagt sie. »Nicht deins und auch keins von meinen Eltern. Sie haben mir keins mitgebracht. Ich hab kein Geld.«

»Na schön«, sage ich säuerlich wie ein Banker.

Drehe mich um und gehe. Da läuft sie mir hinterher. Blitzende schwarze Augen.

»Willst du?«, sagt sie.

Pause.

Verdammter Kapitalismus.

»Was denn?«

»Verstehst du nicht? Komm, wir gehen in den Garten, Kirschen pflücken.«

»Gut, gehen wir.«

»Gibst du mir zehntausend?«

»Wie jetzt, zehntausend?«

»Na ja, fünf hast du mir schon gegeben, also noch mal fünf.«

Ich sage nichts.

»Warum sagst du nichts?«

»Nur so.«

»Ich zeig dir alles.«

»Und wenn man uns sieht?«

»Das Gras da ist hoch. Keiner sieht uns.«

»Na gut, dann los.«

Wir kommen zu einem alten Kirschbaum mit gelben Kirschen. Wir pflücken ein paar davon. Ich halte die gelben Kirschen in der Hand. Sie trägt Shorts aus Jeansstoff und ein lila T-Shirt. Eine Pionierin in amerikanischer Jeans. Ich sage, um die Auflösung hinauszuzögern: »Tolle Shorts, die du da anhast. Amerikanische! Magst du Amerika?«

»Und wie! Das T-Shirt ist auch amerikanisch!«

»Ich mag Spielzeugautos. Amerikanische mit Hörnern. Die werden bei einem Unfall ausgefahren.«

»Du lügst!«

»Ehrenwort. Hab ich selbst gesehen!«

»Für drei Tausender«, sagt Sweta, »ziehe ich das T-Shirt aus, die Shorts mit Unterhose für sieben.«

»Abgemacht.«

Sie zieht rasch das T-Shirt aus.

»Aber da ist ja gar nichts!«, sage ich enttäuscht.

»Ein bisschen was schon!«, widerspricht sie.

»Ein bisschen was zählt nicht!«, sage ich.

Sie wackelt etwas mit dem Po, zieht die Shorts runter und bleibt in Unterhose stehen. Damals trugen alle noch weiße Unterhosen.

Heutzutage kann man keine gleichen Damenunterhosen mehr finden, selbst Stringtangas sind alle unterschiedlich, aber damals gab es nur weiße Unterhosen. Auch für Männer. Nur nicht in der UdSSR. Dort, im Land der in den Kosmos fliegenden Hunde, war alles anders. Da steht also Sweta im hohen Gras und sieht mich an. Und ich sie. Die Zeit läuft. Die Zeit fliegt. Gleich ruft das heisere Signalhorn zum Mittagessen. Und plötzlich sagt sie, ohne die Unterhose runterzulassen: »Du … liebst du mich?«

Ich war von den Socken. Ich hatte noch nie zu jemandem gesagt, ich liebe dich. Nicht mal Kira Wassiljewna hatte ich mein tiefes Gefühl zu ihr gestanden. Ich sagte: »Wieso?«

»Na, ob du mich liebst?«

Damals beginne ich zu ahnen, dass Liebe stärker ist als Geld, dass man sogar den Kapitalismus mit Liebe brechen kann. Außerdem beginne ich zu verstehen, dass ich Sweta wohl liebe.

»Hm, ja, schon«, drücke ich mir raus, schrecklich verlegen, denn ich bin zu der Zeit ein äußerst schüchterner Junge.

»Beweis es!«, sagt Sweta, die nur in weißer Unterhose vor mir steht.

»Wie denn?«, frage ich erschrocken.

Irgendwelche seltsamen Gedanken schießen mir durch den Kopf. Vielleicht will sie mich reinlegen? Oder vielleicht will sie, dass ich mich vor lauter Liebe ausziehe? Oder was? Vielleicht muss man sich vor Liebe ja ausziehen? Aber wohin dann mit dem Geld? Wir, die damaligen sowjetischen atheistischen Pioniere, besaßen nur einen Körper, eine Seele hatten wir nicht, und daher war das Leben leicht und schwer zugleich.

»Wie beweisen?«, fragt Sweta. »Ganz einfach!«

Sie macht plötzlich die Augen zu.

»Küss mich.«

Die gelben Kirschen fallen mir aus der Hand. Auch ich kneife die Augen zusammen und tue einen Schritt auf sie zu. Einen Schritt ins Unbekannte, so wie Belka und Strelka in den Kosmos eintraten.

Ich saß allein im Restaurant des Moskauer Literaturhauses und löffelte Hühnersuppe. Das Restaurant war leer, bis auf irgendwelche Männer in feinem Zwirn zwei Tische weiter, die zu Mittag aßen. Irgendwann erhob sich einer von ihnen und kam auf mich zu. Er war russischer Botschafter in Prag während der Perestroika-Zeit. Sergej Wiktorowitsch und ich sitzen hier, haben Sie gesehen und an Ihre Mutter gedacht. Sie hat in ihren Memoiren ja sehr kritisch über das Außenministerium geschrieben. Der Neskutschny-Garten, stimmt's? Genau. Sie hat doch in der Archivverwaltung gearbeitet, oder? Und kompromittierendes Material über die Obrigkeit des Ministeriums publik gemacht. Mutig! Das waren aber auch richtige Mistkerle, nicht wahr? Und unser Minister Sergej Wiktorowitsch und ich – der nickte mir von fern zu –, also, als wir das gelesen haben, da haben wir uns gesagt, wir würden es gar nicht gut finden, wenn jemand irgendwann so scharf, aber zu Recht über uns schreiben und uns als elende Schurken darstellen würde. Ich ging nicht durch das leere Restaurant des Literaturhauses zu Sergej Wiktorowitsch, um ihm die Ministerhand zu drücken. Und auch er kam nicht an meinen Tisch. Wir verpassten einander.

29
Ewige Ferien

Sie fragen mich, wie ich die Ferien verbracht habe? Was soll ich da antworten? Sagen, dass mein ganzes Leben aus Ferien besteht? Vielleicht ist es besser, Sie fragen mich, wie ich mein Leben verbracht habe?

Nun ja. Mein ganzes Leben besteht aus Ferien. Da gibt es nichts als Ferien. Wie in dieser uralten Ausgabe von *Charlie Hebdo*, die noch bei mir irgendwo herumliegt: Auf dem Titelblatt ein Ertrinkender zwischen gewollt schlecht gezeichneten Fischen und Wasserpflanzen, auch der Ertrinkende sah ziemlich blöd aus, und darunter die Zeile: »Ferien ohne Ende. Gehen Sie unter!«

Was ich auch getan habe. Ich bin untergegangen in meinen endlosen Ferien. Zusammen mit meinem Leben. In jenen lang zurückliegenden Zeiten war *Charlie Hebdo* nur ein unbedeutendes Anarchistenblättchen. Man machte sich über den französischen Präsidenten lustig, der an Krebs erkrankt war, und über dessen Gattin mit nackten Titten. Das war frech, avantgardistisch irgendwie, und niemand hätte gedacht, dass mein halbes Leben vorbeigeht, und nicht französische Bourgeois, nicht die Präsidialverwaltung, sondern ganz andere Leute dieses Team von Spaßvögeln vernichten werden.

Wie dem auch sei, ich habe es so eingerichtet, dass ich nicht ein einziges Mal im Leben von neun bis fünf zur Arbeit ging. Ich legte mich schlafen, wenn die Arbeiterklasse zur Arbeit ging, und ich wachte auf, wenn das Proletariat schon das Kantinenessen in Form von Fleischklopsen mit gräulichen Stampfkartoffeln hinter sich hatte.

Meine Ferien sahen so aus: Alle fahren raus aus der Stadt, ich rein in die Stadt. Alle fahren rein in die Stadt, ich raus auf die Datscha. Immer in die entgegengesetzte Richtung, wie es sich für einen Menschen in den Ferien gehört. Aber auch die obligatorische Ferienstimmung wusste ich zu vermeiden.

Alle drängeln sich auf den Flughäfen, um in den Urlaub zu fliegen, und ich komme bereits zurück in einem Flugzeug, leer wie eine nächtliche Straßenbahn. Alle liegen am Strand, fahren Tretboot, paddeln oder gehen tanzen – und ich verstecke mich vor den Ferien wie vor einem Bullen oder einem Killer. Im November sind alle zu Hause, besuchen sich gegenseitig zu Geburtstagen, und ich liege an irgendeinem paraguayischen Strand. Ob ich die Menschen liebte? Interessante Frage.

Aber Russland wurde für mich zu einer lebenslänglichen Dienstreise. Das können Sie verstehen, wie Sie wollen. Einerseits Ferien ohne Ende, andererseits Dienstreise. Ich floh – fort von der Familie, fort von allen familiären Verpflichtungen, fort von Komfort, Liebe und Federbett – auf Dienstreise. Die Frau weint. Die Kinder in Angst und Schrecken.

»Papa fährt weg.«

»Wohin?«

»In die Arktis!«

»Wozu?«

»Um im Eis zu graben.«

Das ist Leidenschaft. Das ist stärker als alles andere. Ich sitze auf einer Eisscholle. Studiere die Struktur der Eiskristalle. Ich brauche sonst nichts. Keinen Kaffee, keinen Kakao. Ich vertiefe mich so sehr in das Eis, dass ich ringsum nichts mehr wahrnehme. Ich glaube, dass in den Eisteilchen der Code des Lebens verborgen ist. Ist das keine Dienstreise? Das sind Ferien. Denn eine Dienstreise – das ist keine Leidenschaft! Nein, das ist ein Kampf zwischen Ferien und Dienstreise. Die Dienstreise wird aufgefressen von den Ferien. Ich sitze da im Schnee. Am Nordpol. Der Himmel ist plattgedrückt. Der Wind heult.

»Vielleicht bleibst du diesmal doch hier?«, fragt hoffnungsvoll meine Frau Katja, die einem Gemälde von Botticelli entsprungen ist.

»Ich muss fahren.«

Der Weihnachtsbaum ist schon geschmückt. Darunter die Geschenke. Ich renne aus dem Haus. Ins Polargebiet, in die Nacht, in den Frost, zu den Eisbären, dorthin, wo nicht mal mehr der Pfeffer wächst.

Meine Ohren sind schon abgefroren. Die Zehen, die Wangen, die Hände und Ellenbogen. Verfluchte Arktis! Wahnsinn! Ich habe mir den Hintern abgefroren und beinahe das eingebüßt, womit ich gewöhnlich Frauen erfreue.

Letzten Endes habe ich mich fast selbst verloren. Geh unter auf deiner lebenslangen Dienstreise! In den Weiten der Arktis brachen die Eisschollen auf und vernichteten mein klägliches Zelt, mein Kochgeschirr, mein Gewehr, meine Habseligkeiten. In der Arktis ist das Wort »Eigentum« ein Fremdwort.

Doch meine Arktis hatte die Besonderheit, sich bisweilen aufzuheizen wie ein russischer Ofen. Plötzlich, gegen Abend, begannen die Walrösser und Eisbären zu tanzen. Im Schein der Nordlichter kamen schillernde nordische Frauen in Nationaltrachten herbeigelaufen. Die Bärenorgien dauerten an bis zum Morgen. Die Robben stöhnten. Die nordischen Schönheiten erfüllten mein Zelt und meine Fantasie.

Am nächsten Morgen hatte ich höllische Kopfschmerzen. Mich fröstelte. Zähneklappern. Aber ich eilte nicht zurück nach Hause. Es gab keine Verbindung dorthin. Ich hatte Sehnsucht, aber ich kehrte nicht heim. Ich schlief auf dem Eis, doch ich träumte nicht von Federbetten.

Na und? Habe ich denn ganz umsonst mein Leben im ewigen Urlaub verbracht?

Ich kehrte durchgefroren und glücklich aus dem Urlaub zurück. Ich hatte das Redundanzgesetz des Lebens entdeckt, das dem Materialismus und dem Idealismus zugleich widerspricht.

Lassen Sie mich das aufschreiben: Materialismus kann nicht leben ohne Idealismus, Idealismus ist tot ohne Materialismus. Zwei Seiten der Lebensmedaille. Wir sind besser, als der Materialismus von uns denkt. Wir sind schlechter, als der Idealismus uns wähnt. Wir befinden uns in einem Zwiespalt. Das ist unsere Bestimmung. Das jedenfalls sagen die Eiskristalle.

30
Jerjoma

»Ich kann nicht gegen meine eigenen Überzeugungen handeln«, sagt Jerjoma, der in der Küche vor Mamas Alpenveilchen steht.

»Ganz toll«, giftelt O.

Sie sind lange verschwunden. Und nun knutscht sie mit einem Kerl rum, der Pogrome anzettelt! Mehr noch, sie ist bereit, sich sein politisch absolut unkorrektes Geschwätz anzuhören. Sie küssen sich, er sagt zu ihr: »Natürlich liebe ich die Frauen, aber ich kenne doch den Unterschied zwischen Männern und Frauen. Moment! Hör mir zu! Der Mann, das ist der Präsident. Er spritzt sein Sperma in die Frau, der Chef eben. Und die Frau, das ist die Exekutive. Bestenfalls Premierminister. Sie gebiert auf Bestellung des Präsidenten. Kapiert?«

Meine Schwester O. hört sich diesen Schwachsinn entsetzt an. Dieser Schwachsinn erregt sie.

Ich fass es nicht! O. bittet mich, sie zu retten, drängt mich, zu Stawrogin zu gehen, und selbst knutscht sie mit diesem Krawallmacher von der Gegenseite rum, denke ich. Plötzlich übermannt mich ein Eifersuchtsanfall.

Ja, ich bin ein eifersüchtiger Mann! Ich zeige das nicht, aber es ist so. Ich habe alles getan, um mir die Eifersucht auszutreiben, habe meinen Freunden meine Frau angeboten, die Eifersucht verflüchtigte sich ein bisschen, ich jubilierte schon, doch dann kam die Eifersucht wieder um die Ecke.

31
Flitterwochen

Oberst Diamant war der Liebling aller Kinder und Frauen. Er sah blendend aus. Ein richtiger Mann war er. Der Leiter des Militärlehrstuhls an unserer Uni. Er führte alle Studenten unseres Jahrgangs ins Militärlager in den Wäldern bei Tambow. Er führte uns zu den Vögeln, Steinpilzen, Rotkappen. Er führte uns zur Feldküche von Tante Walja. Ohrringchen, Mohrrübchen, weiße Brüste. Oberst Diamant.

Alle Offiziere fürchteten ihn. Wenn er losbrüllte, machten sich alle ins Hemd. Wenn er mit dem Stiefel aufstampfte, kriegte man glatt einen Herzkasper. Nur Tante Walja hatte keine Angst vor ihm, machte sich überhaupt nicht ins Hemd, wenn sie seinem Adlerblick begegnete. Mich nahm Oberst Diamant direkt nach meiner Hochzeit mit ins Militärlager, ich sollte meine Flitterwochen dort mit ihm verbringen. Ich fing Kabeljau in rostigen Wannen. Penetranter Gestank senkte sich über das ganze Lager. Dreißig Tage lang gab es Abend für Abend Kabeljau.

Meine Uniform war die Pest, sie war knapp und eng. Ich fühlte mich wie eine Knackwurst. Die Flitterwochen verbrachte ich in der knappen Uniform. Nackte Kadetten trabten an Tante Walja vorbei zum Duschen. Vorbei an ihrer Feldküche. Gierigen Blickes sah Tante Walja ihnen hinterher. Und dann kam Oberst Diamant zum Plausch bei ihr vorbei. Zu Tee mit Konfekt. Zu Aljonka-Schokolade. Auf ein Gläschen Wodka. Dann liefen die Kadetten wieder zurück. Und Tante Walja folgte ihnen mit dem trüben gleichgültigen Blick befriedigter Sehnsucht.

Ich konnte bei aller Mühe die oberen zwei Knöpfe meiner Uniformjacke nicht zukriegen. Ich würgte, bekam keine Luft. Ich pfiff drauf und beschloss, aufgeknöpft im Lager herumzulaufen. Das bemerkte Oberst Diamant, ein richtiger Mann, dessen Anblick man kaum ertragen konnte, ohne sich ins Hemd zu machen. Blicke wie Pistolenschüsse. Sie streckten einen auf der Stelle nieder. Sein Auge fiel auf mich, er befahl mir, aus dem Glied zu treten.

»Drei Schritte vor.«

Ich gehorchte.

»Was ist das?«

Er tippte mir gegen den Hals.

Ich hatte ein Pflaster am Hals. Am Morgen angeklebt. Zufrieden mit meiner List, war ich vor aller Augen aufgeknöpft herumspaziert.

»Ein Ritz, Genosse Oberst!«, antwortete ich zackig.

»Was denn für ein Ritz?«, brüllte der richtige Oberst.

»Ein normaler, Genosse Oberst.«

»Pflaster ab!«

»Geht nicht, Genosse Oberst.«

Oberst Diamant lief lilafarben an. Ein beschissenes Studentlein, achtes Semester, hatte ihn zur Weißglut getrieben. Und dann waren zu allem Überfluss auch noch die Amerikaner gerade Richtung Mond gestartet. Hatten sie im Radio gesagt. Grund genug für Oberst Diamant, sauer zu sein. Auch wenn es natürlich gelogen war, dass die Amis zum Mond geflogen sind. Aber warum sendete unser Radio die Lügen von denen?

»Ab zum Sani!«, brüllte mich der echte Oberst an.

Der ganzen Kompanie schlotterten die Knie bei seinem Gebrüll. Und ich? Ich bin in den Flitterwochen. In den Flitterwochen haut einen nichts so schnell um. Von der Hochzeitstafel geradewegs ins Lager bei Tambow.

Ich ging also zum Sani, um vom Militärarzt ein Attest zu bekommen, dass ich da einen Ritz hatte und mich nicht etwa über die Armee lustig machte.

Ich habe diese Armee, ehrlich gesagt, immer schon für einen Scheiß gehalten.

Und da traf auch noch der Hauptmann ein und brüllte los: »Von mir bis zum nächsten Pfosten vorwärts marsch!«

Und ich marschierte.

Da ertönte ein Kommando: »Sofort über Lautsprecher Richtung Feind brüllen, er soll sich ergeben.«

Und zwar auf Französisch.

»Feind« – ein Teil unseres Jahrgangs – »rauskommen mit erhobenen Händen!«

Aber der Lautsprecher gab einen derart schrillen Hochfrequenzton von sich, dass sich alle schon wieder vor Schreck ins Hemd machten.

Unser Armeelautsprecher hatte das Geschrei in französischer Sprache nicht ausgehalten. Er gab einen durchdringenden Ton von sich und verstummte für alle Ewigkeit, die Amerikaner waren unterdessen auf dem Mond gelandet, und ich ging zum Militärarzt. Wegen eines Attests.

Der Militärarzt, ein Leutnant, war ein Arzt aus der Gegend. Er war nicht abhängig von unserem Diamant, er hatte seine eigenen Vorgesetzten.

»Was gibt's denn bei dir?«

»Ich hab einen Ritz. Ich brauche ein Attest.«

»Wer hat dich geschickt?«

»Diamant.«

Er fing an zu lachen. Eine furchtbare Auswirkung sollte dieses Lachen für Diamant haben. Aber davon wusste noch niemand etwas.

»Mach mal das Pflaster ab!«

Mein Ende war nah.

Jeder hat seinen Ritz. Mädchen haben einen in der Unterhose. Alle Frauen haben eine Ritze. Einen Ritz und eine Ritze. Nur ich habe nichts dergleichen, nicht den kleinsten Ritz.

Ich riss mir das schlappe Pflaster ab.

Der Leutnant kam näher.

Er untersuchte meinen Adamsapfel, meinen Hals – keinerlei Ritz.

An der Uniform-Schmuniform klimperten die offenen Knöpfe. Ein Ritz kam nicht zum Vorschein.

Noch schallender lachte der Militärarzt, noch lauter wieherte er, er schüttete sich aus vor Lachen – und damit lag die Zukunft von Oberst Diamant offen zutage.

Irgendwo wurde mit Maschinengewehren geschossen.

Irgendwo stank es nach Hering.

Vom Hauptmann bis zum nächsten Pfosten marschieren die Kadetten.

Der Oberst saß in seinem Feldlagerbüro.

Mädchen haben einen Ritz, die Amerikaner sind auf dem Mond, ich bin auf der Erde, in den Flitterwochen, ohne den Ritz meiner geliebten Ehefrau, überhaupt ganz ohne Ritze.

Der Leutnant, der Militärarzt, kramte in einer Schublade. Drehte sich um zu mir, trat auf mich zu.

Er klebte an die Stelle meines rosa Pflasters ein neues, weißes, breites.

»Kannst gehen«, sagte er.

Der echte Oberst auf dem staubigen Übungsplatz, der übersät war mit Tannenzapfen, hatte befohlen, mit dem Attest über den Ritz in seinem Büro anzutreten.

Ich klopfte an.

Ging hinein.

Er guckte dermaßen hasserfüllt, dass ich sogar meine Heldentaten und die Flitterwochen total vergaß – gleich zückt er seine Pistole und erschießt mich auf der Stelle.

Genauso passiert es: Er zieht die Pistole – tötet mich – Blut – mich gibt es nicht mehr.

»Wo«, sagt er, »ist das Attest?«

»Ein Attest«, rapportiere ich, »hat der Militärarzt mir keins gegeben – er hat nur die Wunde ausgewaschen und ein neues Pflaster draufgeklebt.«

Der echte Oberst, Liebling aller Hunde und Kinder, baut sich auf zu voller Größe, stößt sich vom Tisch ab und brüllt los: »Nur über meine Leiche bestehst du das Examen!«

Und das, Freunde, ist das Ende. Ohne dieses Examen kein Diplom. Leben versaut.

Wir fuhren still im Zug nach Moskau zurück. Nur das Kameradenschwein, das immer alle verpfiffen hat, wurde auf der Plattform zwischen den Waggons verdroschen. Ansonsten alles ruhig. Ich kehrte aus den Flitterwochen vollkommen verstört zurück. Das Leben ist misslungen. Ein Loser bist du, ein Loser!

Zwei Wochen vergingen.

Es wurde September.

Zeit, zum Militärfachbereich zu gehen und das Examen abzulegen, das ich niemals bestehen werde. Der echte Oberst wird das nicht zulassen.

Ich komme an den Militärfachbereich. Zeige meinen Studentenausweis.

Drehe mich um zur Wand.

Was ist das denn?

An der Wand hängt ein Porträtfoto von Diamant.

Im schwarzen Rahmen.

Nur über meine Leiche.

Sei gegrüßt, Leiche.

Wer ist schuld?

Wie ist das passiert?

Wer hat Oberst Diamant umgebracht?

* vërtetim, dëshmi,

32
Ein Schüler des Marquis de Sade

Mama machte meine Prosa rasend. Es schüttelte sie regelrecht. Sie meinte allen Ernstes, meine Erzählungen seien gegen sie persönlich gerichtet. Ihre Meinung über meine Prosa fiel ebenso bösartig aus wie die meiner zahllosen Feinde. Sie verhängten die Höchststrafe über mich: Kein Talent – also erschießen und verscharren. Aber es war noch kein Monat vergangen, da wurde ich exhumiert, wieder erklärte man mich für unbegabt, ich wurde erschossen und aufs Neue verscharrt. Zusammen mit meinen Feinden fand Mama, dass ich in Ermangelung von Talent nur mit dem Ziel schreiben würde, Skandale auszulösen.

»Wie können Sie nur so einen Schweinkram übersetzen?«, fragte Mama meine treue deutsche Übersetzerin Beate.

»Wie kannst du nur mit diesem schlechten Menschen Umgang pflegen?«, fragte Mama meine kleine Schwester O.

Sie hatte nicht die geringste Ahnung, was ihre Tochter nach ihrem Tod ausbrüten würde. Schließlich äußerte sich Mama über meine *écriture* sehr dezidiert: »Ich mag deine frühen Erzählungen.«

»Mama!«, schrie ich auf. »Man kann doch nicht sein Leben lang frühe Erzählungen schreiben!«

Das Thema meiner literarischen Unanständigkeit verwandelte sich in eine Geschlechtskrankheit.

33
Grandioser Verrat

In meinem Bücherschrank steht eine große Schwarz-Weiß-Fotografie. Drei Männer auf einem herbstlichen Weg in der Datschasiedlung Krasnaja Pachra. Jeder für sich. Kein Lächeln. Schriftsteller dreier Generationen. Ein ungleichschenkliges Dreieck.

Trifonow habe es abgelehnt, sich am Almanach *Metropol* zu beteiligen. Nachdem Aksjonow mir das mitgeteilt hatte, breitete er resigniert die Arme aus und grinste. Ein großer Verlust, doch von Anfang an bestand ohnehin wenig Hoffnung, Trifonow zu gewinnen. Ich hatte keine Zweifel, dass er absagen würde. Aksjonow beteuerte das Gegenteil: Du unterschätzt das revolutionäre Potenzial von Trifonow!

Was du nicht sagst! Sein ganzes Potenzial ist in seine Bücher und seinen liberalen Ausdruck im graugrünlichen, nicht sehr gesund aussehenden Gesicht mit der plumpen Brille geflossen.

Trifonow erschien mir damals als irgendwie marode, nicht nur physisch, auch ästhetisch. Dabei verschlang ich seine Romane, war stolz auf die Bekanntschaft mit ihm. Ich sah ihn entzückt an, wenn er nach einer Vorstellung an der *Taganka* auf die Bühne kam und sich vorm Publikum verbeugte. Ein besseres Schicksal kann einem Schriftsteller nicht zuteilwerden! Er war (aus meiner Sicht) alt, nur fünf Jahre jünger als meine Eltern, und Mama und ich fanden in ihm eine gemeinsame Leidenschaft.

Diese Leidenschaft führte uns allerdings eher auseinander, als dass sie uns verband.

Mama fand, Trifonow sei der ideale Schriftsteller, eine reine, helle Persönlichkeit, an der Grenze zum Genialen. Ich hingegen war ihrer Ansicht nach nicht in dieser Richtung unterwegs. Was war ich schon für ein Schriftsteller? Einfach lächerlich!

In Mamas Augen war ich im Vergleich zu Trifonow eine Nullnummer, ein schmutziges Insekt. Während sie sich meine Freundschaft mit Aksjonow (den sie als Schriftsteller auch liebte, wenn auch anders als Trifonow: Aksjonow las sie mit Neugierde, Trifonow mit ganzer Seele) noch gerade so vorstellen konnte, war selbst meine flüchtige Beziehung zu Trifonow für sie unvorstellbar und mein ernsthafter Austausch mit ihm jenseits jeglicher Realität.

Gerade Trifonow war in Mamas Welt der Beweis für meine literarische Nichtigkeit, und jedes Mal, wenn ich ihr von meinen schweren literarischen Geburten erzählen wollte, winkte sie bloß ab.

Nach ihrer bitteren Erkenntnis konnte Talent, welches nur ganz wenigen auserwählten, von ihr bewunderten Menschen zufiel, in deren Anwesenheit sie befangen war, in unserer Familie höchstens ein blasser Abklatsch sein. Und wenn dem so war, dann wäre mein Weg in die Literatur unaufrichtig.

»Ach, was ist er schon für ein Schriftsteller, wenn ich seine Erzählungen nicht einmal meinen Freundinnen zeigen kann!«, beschwerte sie sich über mich.

Im Kreis von *Metropol* war das Verhältnis zu Trifonow unterschiedlich. Diejenigen, die keinerlei Kontakt von Schriftstellern zum Schriftstellerverband tolerierten, mochten ihn nicht. Ihre Ablehnung bezog sich dann auch auf seine Bücher. Aber diejenigen, die ihr Leben auf unterschiedlichen Kompromissen mit der Obrigkeit aufbauten, hielten ihn für einen Virtuosen. Die Trifonow nicht mochten, qualmten bei unseren Zusammenkünften schlechte sowjetische oder bulgarische Zigaretten, waren bettelarm und betrachteten die Berühmtheiten bei *Metropol* mit Begeisterung. Die Berühmtheiten dagegen pafften Marlboro und fühlten sich in alter russischer Tradition immer leicht unbehaglich in Gesellschaft zurückgewiesener Menschen.

Ich befand mich irgendwo in der Mitte. Als Sohn eines sowjetischen Botschafters war ich von meiner Herkunft her der Klassenfeind nicht nur für die *Metropol*-Radikalen, sondern auch für Trifonow und Aksjonow – überhaupt für alle, deren Familien unter Stalin Repressionen erlitten hatten. Andererseits war ich der einzige Europäer bei *Metropol*, verheiratet mit der polnischen Schönheit Wesława, sprach mehrere Sprachen und kannte den Westen nicht nur vom Hörensagen.

Ich liebte den realen Westen, mit all seinen schönen und fehlerhaften Seiten, nicht den Westen als irdisches Paradies, als der er sich meinen aufsässigen *Metropol*-Freunden darstellte.

Trifonows ausgewogene Position nahm ich einerseits an und dann auch wieder nicht. Ich war inkonsequent in meinem Wunsch und meiner Abneigung, in zensierten Zeitschriften zu veröffentlichen, ein Schriftstellerdasein unter der Zensur zu leben. Aber mir gelangen Erzählungen, die jeglichen zensorischen Rahmen sprengten. Für die russische Literaturtradition war ich ein Hochfrequenzton.

1978 dachte ich mir *Metropol* aus, in einer Mietwohnung gegenüber dem Wagankowo-Friedhof, auf dem jetzt Mama und Papa begraben sind. Ich entwarf in meinem Notizbuch eine voraussichtliche Liste der Autoren. Trifonow kam da nicht vor. Mein literarisches Komplott radikalisierte mich und machte aus mir einen Schriftsteller im Untergrund. Übrigens war in diesem Untergrund die Rolle Dostojewskis nicht weniger bedeutend als die Ablehnung der Sowjetmacht.

Aus der Position des jungen Untergrundkämpfers (ich hatte Aksjonow mit der Idee eines unzensierten Almanachs verführt, und der von mir verehrte Wassja Aksjonow wurde *Metropol*-Kapitän) glaubte ich nicht, dass Trifonow bei unserem Komplott mitmachen würde. Sein literarischer Stil war ein bis zur Fadenscheinigkeit abgewetzter Realismus. Vor dem Hintergrund neuer Stilrichtungen, der des Malers Ilja Kabakow und des Komponisten Alfred Schnittke, die damals in Moskau lebten, für mich wahre Idole, war Trifonow kein Erneuerer.

Als Aksjonow mir sagte, er gehe zu Trifonow, um ihm die Beteiligung an *Metropol* vorzuschlagen, war ich aus ganz anderem Grund aufgeregt. Die Beteiligung Trifonows hätte ein starkes Argument für unsere Sache sein können. Noch wichtiger als die Zusage Fasil Iskanders.

Aufrichtig und kühl glaubte ich (ohne jede Naivität) an den Erfolg unseres Komplotts, an einen Durchbruch, daran, dass wir wie die Moskauer Künstler nach der Bulldozer-Ausstellung 1974 ein Stück Freiheit erringen könnten, dass unser Projekt eines pluralistischen Almanachs notwendig sei für ein künftiges Modell unseres Landes.

Trifonow war das Schwergewicht, das schwerer wiegen würde als unsere Feinde. Zusammen mit Okudschawa. Auch ein Schwergewicht. Denn Okudschawa hatte zunächst zugesagt. Trifonow dagegen sagte sofort Nein.

Aksjonow und ich waren natürlich leicht angesäuert. Aber Aksjonow, der merkte, dass ich an der Grenze zur Verachtung war, beeilte sich hinzuzufügen: Trifonow habe abgesagt und sich damit gerechtfertigt, dass er mit seinen veröffentlichten Büchern kämpfe.

Kämpfe? Mag sein! Was hätte er sonst sagen können? Einen schlanken Fuß hat er sich gemacht!

Doch letztlich war mir leichter zumute, wenn ich glaubte, dass er tatsächlich kämpfte. Gegen ihn standen viele Ghule. Sie kämpften gegen ihn, prangerten ihn hin und wieder in der Presse an und halfen ihm damit, der klassisch Zurückgewiesene zu sein.

Und immer wieder besiegte er die Ghule, ein weiteres Buch verließ die Druckerei. Zwar unter Knirschen, aber es erscheint. Es erscheint – und wird ein Riesenerfolg! Alle beneiden ihn, Freunde und Feinde. Aber der Zorn der Feinde enthält ein überraschendes Element der Schwäche, das zeigt, dass man sie, wenn man es nur richtig anstellt, aus dem Konzept bringen kann. Unser Komplott würde die Bombe sein, die sie letztlich als System vernichtet.

Natürlich war das ein Krieg. Felix Kusnezow, zweifelsfrei der Henker von *Metropol*, war bis zum Ende seiner Tage davon überzeugt, dass *Metropol* auf dem Mist der Amerikaner gewachsen sei, die mir vorgeschlagen hätten, das Projekt zu realisieren.

Die Amerikaner spielten tatsächlich eine gewisse Rolle in der Geschichte von *Metropol*. Allerdings nicht zu dem Zeitpunkt, als das Projekt in meinem Kopf Gestalt annahm und dann gemeinsam von uns umgesetzt wurde. Das geschah erst später. Und zwar wie nach Plan, allerdings nicht nach einem der amerikanischen Geheimdienste, sondern einem jenseits unserer Kontrolle, denn mit *Metropol* ist zumindest für mich eine mystische Erfahrung verbunden, über die ich mich besser nicht verbreite. *Metropol* war der Vorbote eines neuen Landes, das scheiterte, das in Unrat erstickte, aber in der Geschichte Russlands wie die Reformen Alexanders II. erhalten bleibt.

Amerikanische Diplomaten halfen Aksjonow und mir, *Metropol* nach Amerika zu bringen. Hinter der vorpreschenden und (jedenfalls für mich) überraschenden amerikanischen Veröffentlichung steckt eine geheime Intrige.

Wir wählten für *Metropol* hauptsächlich Texte, die nicht die sowjetische Zensurredaktion durchlaufen hatten. Sie waren nicht offen politisiert, und ich versicherte stets treuherzig, dass unsere Aktion nichts mit Politik zu tun habe. Natürlich hatte ich sie zur Erstürmung ersonnen und nicht, um Kompromissbereitschaft zu signalisieren. Denn auch die Bulldozer-Ausstellung war ja politisch. In Russland war und bleibt selbst der Gang aufs Klo eine politische Handlung.

Auf irgendeinem großen Empfang in der französischen Botschaft, schon nachdem man mich (zusammen mit Popow) aus dem Schriftstellerverband gejagt und meinen Vater zur Strafe für mein Verhalten aus Wien abberufen hatte, begegnete ich Trifonow. Er stand da mit einem halb leeren Glas Rotwein in der Hand.

Die Erinnerung ist ein Falschspieler, sie mogelt, doch in diesem Fall benimmt sie sich wohl korrekt.

Ich – ein für sowjetische Vorstellungen ehemaliger Schriftsteller – beklagte mich gegenüber Trifonow über irgendetwas, wobei mir nicht direkt Verzweiflung im Gesicht stand, und Trifonow, der lässig mit seinem Glas spielte, antwortete mir, wie immer phlegmatisch, doch umso überzeugender, es gebe keinen Grund für mich, betrübt zu sein und mich mit Lappalien abzugeben, denn, so sagte er, ich sei ein großer Schriftsteller.

Ein großer Schriftsteller! Ich erstarrte. Ich wusste nicht, dass er meine *Metropol*-Texte gelesen hatte. Dies war einer der bedeutendsten Momente in meinem literarischen Leben. Trifonow nannte mich, ohne nachzudenken, ohne Not, einen großen Schriftsteller! Vor ihm hatte das noch keiner gesagt. Aksjonow hatte sehr früh Talent in mir gesehen (er hatte mich als Erster entdeckt, und ich war wie betrunken vor Liebe zu ihm) und mir die Widmung »mit Respekt für ein Talent« in sein Buch geschrieben, womit er mich eher in Verlegenheit brachte, als mich zu erfreuen. Zu dem Zeitpunkt hatte ich gerade mal anderthalb Erzählungen geschrieben.

Doch nach *Metropol* brauchte ich ein Lob. Ich hatte in der Patsche gesessen, war am Boden zerstört. *Metropol* dachte ich mir nicht nur der gemeinsamen Sache zuliebe aus, sondern auch weil ich nicht gedruckt wurde. Doch von allen Seiten kam nur Ablehnung.

Unsere humanistischen Dissidenten (die ich politisch respektierte), zum Beispiel Kopelew, nannten, wie man mir zutrug, meine Erzählungen in *Metropol* faschistisch. Kopelews deutscher Freund, Herausgeber einer Enzyklopädie der zeitgenössischen russischen Literatur, die nach *Metropol* erschien, nahm mich nicht darin auf, da er fand, ich sei es nicht wert (insbesondere, neben meinem Namensvetter zu stehen). Der seinen Ansichten nahestehende Iskander sagte offen, meine Erzählungen hätten ein niedriges moralisches Niveau.

Darin waren sich die Humanisten einig mit dem Schriftstellerverband, der mich auf die moralisch-sittliche Müllhalde warf. Und es überhaupt ablehnte, mich für einen Schriftsteller zu halten. Und für diese meine Schmiererei hinauswarf. Ich sah aus wie ein Loser.

Allerdings meinten die meisten *Metropol*-Autoren, dass mein Ausschluss aus dem Verband eine gute Sache sei (dort Mitglied zu sein, sei unanständig).

Die Bestrafung meines Vaters, seines Postens in Wien enthoben, war nach sowjetischem Maßstab für sie nicht der Rede wert: Er wurde ja nicht erschossen, nicht einmal eingesperrt! Nur Wyssozki und Trifonow interessierten sich für das Schicksal meines Vaters, fragten nach ihm. Auch die Achmadulina, allerdings war sie da beschwipst. Ich sah ein, dass mich vieles von den Allüren der literarischen Bohème, von der antisowjetischen Welt unterschied. Ich wollte mich nicht beklagen und um Mitgefühl betteln.

Neben dem Fiasko im Freundeskreis war ich niedergeschlagen wegen der Geschichte mit meinen Eltern, und ich verstand genau, dass ich – um Vaters abrupten Karriereknick irgendwie zu rechtfertigen – ein großer Schriftsteller werden musste. Sonst hätte ja alles keinen Sinn gehabt.

Und dann nennt mich Trifonow, mit seinem Weinglas spielend, einen großen Schriftsteller. Das war ein echter Moment der Rettung. Kein Wunder, dass ich begann, meine Enttäuschung über Trifonow zu überdenken, ihn erneut als Klassiker wahrnahm und mich aufs Neue in ihn verliebte.

Felix Kusnezow (der Chef der Moskauer Schriftsteller) wollte 1979 allen weismachen, dass *Metropol* Aksjonows Werk gewesen sei, um ihm die Ausreise in den Westen zu ermöglichen. Er habe dort eine Million gebunkert, behauptete Kusnezow, ohne zu präzisieren, in welcher Währung.

Wir unsererseits bauten die Verteidigung auf. Wir bekräftigten, dass wir den Almanach auf heimischem Boden machen würden. Felix blieb dabei, Aksjonow und ich würden bestimmt abhauen.

Ich hätte nicht gewusst, wohin. Überhaupt habe ich mein ganzes Leben lang nicht gewusst, wohin aus Russland fliehen, aber im Jahr von *Metropol* konnte ich nirgendwohin fliehen, denn meine Eltern waren aus Wien zurückgekehrt, alles war geplündert, verraten, verkauft (wie in Achmatowas Gedicht).

Als *Metropol* herauskam, beteuerte Aksjonow mir gegenüber, er werde den Almanach nicht als Sprungbrett für seine Flucht nutzen. Sonst hätte man alles erst gar nicht anzetteln dürfen. Wir wurden geprügelt, aber wir gingen nicht unter. Wir überlebten.

Doch im Mai entstanden die ersten Risse. Nein, schon Anfang Januar ereignete sich etwas bis heute Ungeklärtes. In Amerika kündigte Carl Proffer die Veröffentlichung von *Metropol* in seinem Verlag Ardis an. Ein großartiger Verlag, aber wir hatten nicht unser Einverständnis gegeben. Die Publikation provozierte einen Riesenskandal und machte die Situation schwer beherrschbar. Jemand hatte Carl dazu angestiftet. Aber wer? Das US-Außenministerium verhielt sich in der Geschichte äußerst zurückhaltend (um nicht zu sagen feige): Sie wollten die Beziehungen zur Sowjetunion nicht verderben. Die Botschaft gab uns zu verstehen, dass das offizielle Amerika gegen einen zweiten Band von *Metropol* sei, wie überhaupt gegen die Fortsetzung der literarischen Konfrontation. Carl hätte sich wohl kaum erlaubt, eigenmächtig zu handeln. Wer also hatte das Kommando gegeben?

Als Aksjonow, Popow und ich im Mai jenes Jahres 1979 Richtung Krim unterwegs waren (wo wir erfuhren, dass man Popow und mich aus dem Schriftstellerverband geworfen hatte), sagte mir Aksjonow nachts, unterwegs in seinem grünen Wolga, schon hinter Charkow, dass er seinen Roman *Gebrannt* im Westen herausbringen werde.

Im Ernst jetzt? Ich zuckte zusammen. Ich saß am Steuer, er neben mir, Popow, unser Reisekoch, schlief auf dem Rücksitz. Nach einer geheimen Absprache mit dem KGB durfte Aksjonow (ein Oberst oder ein General hatte ein vertrauliches Gespräch mit ihm geführt) diesen Roman nicht im Ausland veröffentlichen (er war ziemlich schlecht, wurde aber damals geschätzt und wegen seiner Regimekritik hochspannend gefunden). Wie das Manuskript beim KGB gelandet war, wusste niemand: Der Autor hatte ihn nur engen Freunden zum Lesen gegeben (auch ich gehörte zu den *happy few*). Andernfalls drohte man ihm mit harter Abrechnung und Ausweisung aus dem Land. Ich bat um Erklärungen. Doch ungeachtet dessen, dass ich innerhalb eines Monats mit *Metropol* in der kleinen Welt der freien russischen Literatur an Statur gewonnen und mir einen gewissen Namen als Dissident erworben hatte, speiste mich Aksjonow mit einem undefinierbaren Gemurmel ab.

24. Februar

Da lässt man sich so durchs russische Leben treiben und gerät plötzlich Anfang der 2010er-Jahre in die Wahlabendtrauerveranstaltung von diesem Dylba mit den großen Händen, einem arglosen Konkurrenten des Großen Gopniks. Und da begegnet man zwischen Salaten und Steaks einem durch die gewohnte Nähe zum Kreml strahlenden Mann, der mit dem Großen Gopnik zusammen in einem Petersburger Studentenwohnheim ganze sieben Monate lang quasi in einer Koje geschlafen hat.

»Und wie war das so?«

»Wie war was?«

»Wie schlief es sich da so?«

»Ganz gut.«

»Mädels abgeschleppt?«

»Nein.«

»Hast du bei ihm einen Ständer gesehen?«

»Klar.«

»Und?«

»Wie, und?«

»Viel gewichst?«

»Na ja, nicht wirklich.«

»Ach komm!«

»Wir waren immer total müde. Sind sofort ins Bett gefallen.«

»Müde? Von was?«

»Wir haben studiert. Gelernt ohne Ende.«

»Was denn?«

»Was man musste.«

»Und wie war er so?«

»Hinterfotzig und nachtragend. Keiner mochte ihn.«

»Und nun hat das ganze Land einen Narren an ihm gefressen.«

»Kurz gesagt, er war ein übler Typ.«

Der sich noch gewisser Macht erfreuende, aber schon leicht vom Futtertrog des Kremls verdrängte Typ lächelt ruhig bei diesen Worten, lacht und verzieht das Gesicht.

Der zweite Riss entstand im Sommer. Wir fuhren nach Peredelkino auf Aksjonows Datscha, die man ihm kurz vor *Metropol* zur Verfügung gestellt hatte. Wir ließen es krachen, ich weiß noch, wie ich mitten in der Nacht auf dem Dach meines Schiguli tanzte. Aksjonow gefiel meine durchgeknallte Tanzeinlage überhaupt nicht. Gegen Morgen, nachdem Popow und ich betrunken ins Bett gefallen waren, erwachte ich von einem heftigen Streit, der in einen veritablen Familienkrach mündete. Maja, Aksjonows Frau, forderte ihren Mann auf, mit ihr in den Westen zu gehen, da es für sie beide hier nicht ungefährlich sei.

Maja war eine tolle Frau, frei in ihren Moralvorstellungen, ein wenig grob und bezaubernd zugleich. Ich hatte sie zum ersten Mal mit vierzehn gesehen, in der VIP-Lounge am Flughafen Scheremetjewo, und ich sehe ihre damalige mich schwer beeindruckende, überwältigend erotische Schönheit bis heute vor mir. Eine wahre

Lady Chatterley! Roman Karmen, ihr erster Mann, ein Freund meiner Eltern, Dokumentarfilmer, Veteran des Spanischen Bürgerkriegs, elegant, politisch korrekt, reich, verlor sie schmerzlich vor meinen Augen an meinen Freund Aksjonow, zu dem sie übergelaufen war. Aksjonow hörte auf ihr Wort. Sie war schlicht und ergreifend der Meinung, der Westen sei der Garten Eden. Aksjonow war ein Westler und teilte ihre Ideen, aber er hatte Angst davor, im Westen zu bleiben. In jener Nacht setzte sie sich durch.

Sie übte immer mehr Druck auf ihn aus, den ganzen Sommer lang, den ganzen Herbst über, und als ich mir erlaubte, etwas dagegen vorzubringen, warf sie mir Feigheit vor. Das nahm ich ihr übel, aber ich fürchtete mich vor Streit und davor, Aksjonow zu verlieren.

Ich fuhr ständig zu ihnen nach Krasnaja Pachra, auf ihre Datscha, aber unsere Beziehungen wurden zusehends angespannter. In größtem innerem Aufruhr brach ich auf, jedoch nicht nach Moskau, sondern zu Trifonow, zu dessen Datscha, die sich ebenfalls in Krasnaja Pachra befand.

Zu Trifonow fuhr ich immer allein, und allmählich entwickelten sich vertrauliche Gespräche zwischen uns. Zunächst fiel es mir schwer, mit ihm zu reden; ich war verlegen. Aber er konnte zuhören und verstehen. Auf der Datscha blühte er auf, sein Gesicht war beinahe rotwangig. Auf einem Zeitungstischchen lagen dicke Bücher in deutscher Sprache: Übersetzungen seiner Romane, publiziert in renommierten Verlagen. Diese Bücher erschienen mir als Gipfel des Erfolgs (obwohl Erfolg im Westen sich eher am Verkauf billiger Taschenbücher misst).

Oft traf ich ihn an, wie er sich im Fernsehen ein Fußballspiel anschaute. Ich bin kein Fußballfan. Im Unterschied zu ihm konnte ich mich nicht auf ein Spiel konzentrieren. Ich weiß noch, wie er einmal (es ging um irgendeinen internationalen Wettbewerb), in seiner typischen Art, phlegmatisch und gewichtig, sagte: »Ich kann mich einfach nicht dazu durchringen, mit der *Sbornaja* zu fiebern.«

Wir sprachen über Literatur, loteten unseren jeweiligen Geschmack vorsichtig aus. Das führte bisweilen zu überraschenden Ergebnissen. Trifonow verblüffte mich: Er mochte Andrej Platonow nicht! Als ich, bemüht, mein Erstaunen zu unterdrücken (Platonow ist ein von mir besonders geliebter Autor), ihn fragte, warum nicht, kam seine Erklärung im Stil der Literaturzeitschrift *Nowy Mir*, die gegen den Ornamentalismus in der Prosa kämpfte und nach rauer Strenge in einem rauen Land von Unglück und Gemeinheit strebte. Ich nickte Trifonow beipflichtend zu, doch innerlich entfernte ich mich von ihm.

Doch neben der Literatur war da das Gefühl eines aufziehenden Unglücks. Die weibliche Agitation zugunsten der Emigration, basierend auf der Einschüchterung Aksjonows durch die Drohungen, mit ihm abzurechnen, ihn zu entfremden von all jenen, die nicht emigrieren wollten, trug Früchte. Zusammen verfolgten Trifonow und ich aufmerksam die Entwicklung der Dinge. Wir diskutierten die Situation beinahe konspirativ, in halben Andeutungen, ohne auf Aksjonow zu schimpfen, ohne offene Kritik an der Agitation seiner Frau.

Wir verstanden beide, dass *Metropol* ohne Aksjonow zum Scheitern verurteilt war. Wir sprachen über einen schrecklichen Vorfall, den Aksjonow uns erzählt hatte, wie er und seine Frau bei ihrer Rückkehr aus Kasan beinahe mit einem KAMAS-Lkw frontal zusammengestoßen waren, und wir schüttelten nur den Kopf. Oder die Geschichte, wie jemand auf einem Moskauer Parkplatz zur Warnung ein Messer in den Reifen von Aksjonows Wolga gerammt hatte. Wir schüttelten wieder den Kopf. Wir verstanden: Schon möglich, bei uns ist ja alles möglich, aber trotzdem …

Ehrlich gesagt, glaubte ich nicht an solche Geschichten, aber in der *Metropol*-Gemeinde (bei denen, die billige Zigaretten qualmten und alle Gemeinheiten des Lebens auf die Sowjetmacht zurückführten) und besonders in Majas Gesellschaft war es gefährlich, daran zu zweifeln. Als ungläubiger Thomas stand ich ihr im Weg nach Westen.

»Vitka«, sagte sie zu mir, immer lebhaft mit ihren schönen Händen wedelnd, rauchend, Fleisch zubereitend, die heiße Herdplatte zischte, es duftete nach Koriander und Balsamico, die Salate mit fremdländischen Gewürzen bestreuend, die Gäste bedienend. »Warum nur kannst du nicht verstehen …«, fuhr sie fort (Zigarettenrauch ausstoßend), am Rande von Freundschaft, Ungeduld, Mahnung.

Mein Gott, was für ein Riesenscheiß ..., dachte ich verzweifelt.

Alles endete auf der braunen Terrasse von Trifonows Datscha an einem schönen Herbsttag, als wir uns mit Blick auf das feuchte Zittern des Laubs unterhielten und plötzlich Aksjonow auftauchte. Er stapfte die Stufen der schmalen Treppe zu uns hoch und hatte einen irgendwie merkwürdigen Gang, gar nicht typisch für ihn, kriechend, und ich, in jenem Jahr sensibel für Unglücksfälle, ahnte Schlimmes. Nach einem kurzen verbalen Vorgeplänkel, wobei er ausschließlich Trifonow ansah, erklärte Aksjonow, er sei gestern Abend bei Felix Kusnezow zu Hause gewesen.

Wir hatten einen fantastischen Herbst, und wir waren am Arsch.

24. Februar

Der Krieg ist nicht außerhalb von mir – er ist in mir. Im Hirn nicht ein einziges Eckchen, wo man sich verstecken, sich verkriechen kann. Übler Geschmack im Mund. Geheul in den Ohren. Das Herz im Abgrund. Die Eier abgeschnitten mit einem Taschenmesser. In Stücke gerissen. Zu Tode gefoltert. Meiner Frau haben sie einen Granatwerfer reingesteckt. Trümmerhaufen der Erinnerung – Städte in Trümmern. Ich bin krank vom Krieg. Der Krieg ist krank von mir. Das Buch ist krank vom Krieg. Dies ist ein krankes Buch.

Kusnezow war nicht einfach nur Feind, er baute seine politische Karriere auf unserer Vernichtung auf. Aksjonow und Maja fuhren zu ihm, um die Konditionen der Ausreise zu besprechen. Eine von Aksjonows Forderungen war die Ausreise der gesamten Familie: Zusammen mit Maja sollten auch seine Tochter Aljona, der Schwiegersohn und Tennisspieler sowie der kleine Enkel Wanja ausreisen.

Ohne seine Freude zu verhehlen, sagte Aksjonow, Kusnezow habe alles akzeptiert und versichert, dass man ihn ausreisen lasse.

»Was ist daran so erstaunlich, dass er zugestimmt hat?«, murmelte ich. »Er hat ja bei jeder Gelegenheit rumgetönt, du hättest *Metropol* nur gemacht, um abzuhauen.«

Aksjonow tat so, als verstünde er nicht recht, wovon ich rede. Ich schwieg. In meinen Augen war da ein großer Verrat an unserer Sache passiert.

Trifonow kommentierte Aksjonows Worte in keiner Weise. Er gab lediglich zu verstehen, er sei froh über Aksjonows Möglichkeit, ein Land zu verlassen, mit dessen Nationalelf man nicht mitfiebern konnte. Aber ich kannte Trifonow schon gut genug, um zu bemerken: Auch er war erschüttert. Das Gespräch fand ein rasches Ende.

Wir traten auf den Weg hinaus, um uns voneinander zu verabschieden. Da kam ein Fotograf angelaufen, von der *Literaturnaja Gaseta* wohl.

»Darf ich Sie fotografieren?«

Er hatte den richtigen Moment erwischt! Wir ließen uns ablichten.

Ich blickte mich um. Ein wunderbarer Herbst. Und wieder waren wir total am Arsch.

Im Dezember wurden Popow und ich zum zweiten Mal aus dem Schriftstellerverband rausgeworfen (zu Herbstbeginn hatte man uns irgendwie halb wieder aufgenommen, unter dem Druck von fünf berühmten amerikanischen Schriftstellern, darunter Arthur Miller, John Updike). Der Afghanistan-Krieg fing an, Sacharow wurde verbannt. Die Aksjonows flogen nach Paris. Wie es Usus war zu jener Zeit, begleiteten wir die Familie zum Flughafen Scheremetjewo, als ginge es ins Krematorium. Doch sie flogen mit Air France ganz schick erster Klasse. Und dann weiter nach Amerika. Die Geschichte von *Metropol* endete mit seiner Zerschlagung.

24. Februar

Viele blasse Giftpilze im Wald, sie ragen aus dem Gras, ringsum Tannenzapfen, Tannennadeln, aber dieser eine ist höher gewachsen als Schiffskiefern, er streckt sich bis zum Himmel.

Wenn alles Zufall ist, warum sollte er dann nicht so in die Höhe wachsen?

Wer weiß, vielleicht nach dem Willen Gottes …

Wie soll man da nicht in Mystizismus verfallen? Nicht an Schamanen glauben?

Sich an Kamelblut betrinken.
»Sag schon, Schamane!«
So wird aus einem blassen Giftpilz ein blasser Mystiker.

34
Krass

Aksjonows Emigration verlief für ihn ziemlich krass. Da denkt man gleich an ein schlechtes Karma. Der Bruch mit Brodsky, mit dem Wassja erst neulich, wie es schien, im Jahr 1975 mit dem Auto Amerika durchquert hatte. Auf Majas Initiative hin war seltsamerweise ich es gewesen, der diese Reise Aksjonows nach Amerika organisiert hatte, indem ich Alexandrow, Deckname Agentow, Breschnews Gehilfen anrief. Das Benzinfeuerzeug, das mir Aksjonow aus den USA mitbrachte, hielt ich lange in Ehren. Brodsky verhinderte faktisch die Veröffentlichung von *Gebrannt*, aber ich denke, dass die Gründe für den Bruch tiefer lagen. Denn Brodsky war (alas!) ein bei Weitem tiefgründigerer Mensch als Wassja. Die schmerzlichen Misserfolge mit anderen Büchern und Hollywood. Der Selbstmord des heranwachsenden Wanja in San Francisco (er stürzte sich vom Dach eines Wolkenkratzers). Der Alkoholismus der schönen Aljona mit dem Silberblick, die Maja sich in der Zukunft als amerikanische Millionärsgattin vorstellte. Doch sie endete ebenfalls im Freitod (schon im postsowjetischen Moskau). Die grimmige rassistische Feindseligkeit »Negern« gegenüber (die aus ihren Familiengesprächen nach außen drang). Die allmähliche Abkühlung des Westlers gegenüber Amerika, wo er keine Jazzclubs finden konnte, in die er gern hätte gehen wollen – kein Paradies also.

Während der Perestroika war ich bei den Aksjonows in Washington zu Besuch. Unsere Freundschaft schien irgendwie weiterzugehen, wir lächelten, aßen Fleisch, tranken Wein, aber die Vergangenheit rührten wir nicht an wie eine erkaltete fettige Herdplatte. Danach verlief die Freundschaft ganz von allein im Sand.

In Moskau, wohin die Aksjonows zurückkehrten, sahen wir uns praktisch nie. Den Kältepol erreichte unsere Beziehung nach dem Kongress des internationalen PEN-Clubs im Jahr 2000, als wir uns in der Frage des Zweiten Tschetschenienkriegs in unterschiedlichen politischen Lagern wiederfanden. Aksjonow und Popow nahmen eine besondere patriotische Position ein und stellten sich damit gegen den internationalen PEN.

Ich ignorierte das geflissentlich. Bis zu dem Moment, als ich Aksjonow bei irgendeinem Literatentreffen in einem Café auf dem Kutusowski Prospekt begegnete. Ich lächelte ihm zu, immer noch im Glauben, dass unsere Freundschaft weiterhin bestand. Aber er kam auf mich zu und zischte mich an, wenn ich mich weiter so aufführen würde, dann würde er Popow zum wahren Urheber von *Metropol* erklären. Wie ein Pilz wuchs wieder der selbstbewusste Moralist aus ihm hervor.

»Gut«, zuckte ich versöhnlich mit den Schultern angesichts der ganzen Absurdität dieses Unterfangens.

Außerdem, sagte Aksjonow, würde ich die Veröffentlichung von Popows Büchern im Ausland behindern, insbesondere in Deutschland, wegen dessen Einstellung als loyaler Staatsbürger.

Da blieb mir erst recht der Mund offen stehen, und so lebte ich einige Zeit mit offenem Mund (in Beziehung zu Aksjonow), doch dann renkte sich alles ganz von allein wieder ein, er kam sogar ein paar Mal in meine Sendung *Apokryph* und sagte einmal in der Maske zu mir: »Wir müssen ein neues *Metropol* machen!«

Genau, die Losung unserer Zeit.

Dann statteten meine zweite Frau und ich (wir waren gerade in Südfrankreich) ihnen einen Überraschungsbesuch in Biarritz ab, wo sie ein Häuschen gekauft hatten. Wassja und ich trabten abends durch den dichten Nebel, denn in Biarritz war es immer neblig, und Wassja meinte, es sei ein Fehler gewesen, hier ein Haus zu kaufen. Dann versuchten wir Maja zu überreden, mit uns in ein Restaurant an der Uferpromenade essen zu gehen. Aber sie ging überhaupt nirgendwohin. Sie gab sich ganz ihrer Trauer über Wanjas Tod hin.

Hatte ein Gelübde abgelegt. Nicht einmal in ein lausiges Bistro setzte sie einen Fuß. Kochte nur in ihrer Küche, aber gut wie immer. Im Wohnzimmer gab es einen ganzen Altar, der Wanja gewidmet war. Mir standen die Haare zu Berge. Wassja war die Geisel dieser tagtäglichen Trauer. Und es war klar: Lange hält er das nicht durch.

Die Aksjonows kehrten zurück nach Moskau. Es erwarteten sie weitere schreckliche Prüfungen. Armer Wassja, arme Maja ...

Dabei hatte alles so schön begonnen.

Nach der Emigration der Aksjonows war ich seltener bei Trifonow auf der Datscha. Ich hörte fast auf mit diesen Besuchen. Einmal begegnete ich zufällig seiner früheren Frau, die mir als Redakteurin großzügig anbot, ein Buch über den glühenden französischen Revolutionär Jean Jaurès zu schreiben. In einem eher privaten Moment erzählte mir die gute Frau von ihrem Ex-Mann all das, was gewöhnlich eine verlassene Frau erzählt: Egoismus, Herzlosigkeit, Impotenz. Ich glaubte nichts davon, denn ich fand dafür keine Bestätigung. Das Buch über Jaurès schrieb ich nicht.

Doch als ich die Erzählung *Der kleine Papagei* fertig hatte, wollte ich sie Trifonow sehr gern zeigen. Auch wenn ich unschlüssig war. Ich erinnerte mich an seine Meinung zu Platonow. Während ich noch zögerte, tötete ihn ein Blutgerinnsel wie eine Kugel.

35
Lieber Leonid Iljitsch

Lieber Leonid Iljitsch!

Lieber Leonid Iljitsch!

Lieber Leonid Iljitsch!

Meine Familie ist in ein schwarzes Loch gefallen.

Lieber Leonid Iljitsch!

Ich wurde aus dem Schriftstellerverband rausgeworfen, aus der Arbeit am Institut für Weltliteratur – überall rausgeworfen, jetzt bin ich ein *ehemaliger Schriftsteller*.

Auch Papa wurde aus seiner Arbeit rausgeworfen. Er war Repräsentant der UdSSR in Wien. Rausgeworfen, wegen mir. Mama hat Brustkrebs.

Lieber Leonid Iljitsch!

Lieber Leonid Iljitsch!

Alles ist zusammengebrochen. Alles verbrannt. Nichts ist mehr übrig.

Lieber Leonid Iljitsch!

Allerdings hat Andrej Michailowitsch Alexandrow-Agentow im ZK vorgeschlagen, mich auf die BAM, die Baikal-Amur-Magistrale zu schicken (»Komm zu mir auf die BAM. Auf den Schienen lass ich dich ran …«).

Lieber Leonid Iljitsch!

Aber der KGB gab mir den Decknamen Voland.

Der KGB verstand, dass man einen Voland nicht auf die BAM schicken darf, der zerstört nur die Komsomolzen-Baustelle, steckt die BAM mit seinem Zynismus an, schreibt irgendwas Höhnisches. Der KGB meldete nach oben, dass ich vorhätte, meine literarischen Provokationen fortzusetzen, und wies die Initiative zurück.

Lieber Leonid Iljitsch!

Lieber Leonid Iljitsch!

Das mit der BAM ging nicht durch. Das Telefon blieb stumm. Papa sagte: »Du bist der Einzige, der mich retten kann. Schreib einen Brief an Breschnew.«

»Einen Brief?«

Ich sah ihn an, verstand nicht. Denn er hatte mir ja freigestellt, dass ich keinen reumütigen Brief schreibe.

»Schreib, dass der Vater nicht für den Sohn verantwortlich ist.«

Lieber Leonid Iljitsch!

Am Schluss des Briefes schrieb ich, dass ich mich aufhänge, wenn mein Vater seine Arbeit nicht zurückbekommt.

Ich rief Alexandrow-Agentow an: »Andrej Michailowitsch«, sagte ich fürchterlich aufgeregt, »wie kann ich einen persönlichen Brief übergeben an … Leonid Breschnew!«

Ein echter Fauxpas! Nur feindliche *Radiostimmen* nannten ihn so familiär Leonid Breschnew! Ich klang schon wie ein Emigrant. Pause. Andrej Michailowitsch sagte mir, wo ich den Brief hinbringen sollte.

Lieber Leonid Iljitsch!

Warten, warten und noch mal warten. Niemand reagierte. Nach drei Wochen begann ich über meine Drohung, mich aufzuhängen, nachzudenken. Aufhängen oder nicht aufhängen? Ich musste die Drohung wahr machen. Ich hatte keine Lust, mich aufzuhängen. Aber wie konnte ich das vermeiden? Ich war zweiunddreißig.

Ich hatte keine Lust, mich aufzuhängen.

Zu Besuch bei meinen Eltern. Das Telefon läutete.

»Nimm den Hörer ab!«, rief Mama.

Gromyko war dran.

»Hol deinen Vater ans Telefon.«

Man gab Vater eine Arbeit im Außenministerium der UdSSR. Sie verlangten von ihm eine schriftliche Erklärung, dass er keinerlei Kontakte zu Ausländern haben würde.

Lieber Leonid Iljitsch!

Lieber Leonid Iljitsch!

Ich kann frei aufatmen.

Lieber Leonid Iljitsch!

Ich muss mich nicht aufhängen!

Lieber Leonid Iljitsch!

36
Der superliberale KGB

Auszug aus den Memoiren von F. D. Bobkow, dem ehemaligen Leiter der 5. Abteilung des KGB der UdSSR:

Gegen die Veröffentlichung des Almanachs stellt sich die Moskauer Abteilung des Schriftstellerverbands mit dem ersten Sekretär F. Kusnezow an der Spitze ...

Ich erinnere mich an das zweistündige Gespräch mit Markow und Kusnezow in den Korridoren des Säulensaals, wo damals eine turnusmäßige Parteikonferenz stattfand. Wir baten darum, die Emotionen nicht weiter anzuheizen und den Sammelband zu drucken, diese Frage, meinten wir, sei besser schriftstellerisch zu lösen, außerdem war ohnehin vielen klar, wozu man *Metropol* und den damit verbundenen politischen Skandal brauchte.

Doch das Sekretariat der Leitung des Moskauer Schriftstellerverbands hatte seine Entscheidung schon getroffen: *Metropol* wird verhindert. Der Almanach erschien folglich nie in der UdSSR.

Warum ging Felix Kusnezow so resolut gegen *Metropol* vor? Die Antwort liegt auf der Hand – das Druckverbot wurde von einem Mitglied des Politbüros des ZK der KPdSU gefordert. Vom ersten Sekretär des Moskauer Stadtkomitees der Partei, W. W. Grischin. Ich weiß nicht, wem genau die Worte zuzuschreiben sind, die im Verlauf der Erörterung auf der Sitzung des Sekretariats des Schriftstellerverbands gesagt wurden: »Hätten wir keinen KGB, wir würden diesen *Metropol*-Autoren den Kopf schon waschen!« Die breite Leserschaft, die den Hintergrund der Angelegenheit nicht kannte, war überzeugt: Der KGB hatte *Metropol* plattgemacht, und deshalb musste man den Almanach im Ausland herausbringen.

Wie groß war dann mein Erstaunen, als zwei Jahre später Felix Kusnezow in einem Artikel *Metropol* erwähnte und behauptete, dass sie sich im Sekretariat der Moskauer Abteilung des Schriftstellerverbands der UdSSR »der Abstrafung entgegengestellt hätten«.

37
Und Gott setzt eine neue sterile Maske auf …

Wir hier auf dem Planeten Erde haben uns immer für die Hausherren, für höhere Lebewesen gehalten, wir haben uns Smartphones zugelegt, sind mit Flossen tief ins Internet eingetaucht, haben schon so weit gedacht, künstliche Intelligenz für uns arbeiten zu lassen wie das goldene Fischlein, die Königin des Meeres, aber in Wirklichkeit hat sich herausgestellt, wir sind nicht einmal Gäste, sondern arme Verwandtschaft, wie war das noch bei Dostojewski? Zitternde Kreaturen. Die Epidemie der Dummheit hat uns in die Ecke gestellt, und zuvor hat sie uns noch eine ordentliche Tracht Prügel verabreicht.

Die Epidemie hat uns verbogen und niedergedrückt.

Vor lauter Angst versteinern unsere Werte, dann beginnen sie zu zerbröseln, zu zerkrümeln wie Kalkstein.

Nein, wir nehmen all unsere Kraft zusammen und kämpfen uns durch. Aber wann? Und vor allem – wohin?

In die Welt, aus der wir anmaßend, überheblich und frech herausgefallen sind, kehren wir nicht mehr zurück.

Und am bittersten dabei ist, dass man uns gestraft hat, so eben mal am Rande und ganz nebenbei.

Die Epidemie frohlockt.

Die Epidemie ist voller Hohn und Spott.

Haben Sie bemerkt, wie sich die Gesichter verzerren?

Ein Chef bist du? Was bist du denn schon für ein Chef! Hau ab!

Du bist eine Geliebte?

Eine feuchte Stelle bist du, aber keine Geliebte.

Aber groß wählen können wir nicht. Wieder sprießen vor unseren Augen Myriaden von Chefs und Vaginen von Geliebten. Wir kehren nicht zurück in genau dieselbe verlassene Welt. Aber weit weg von uns selbst entfernen werden wir uns nicht.

Ein Bodensatz bleibt.

Und aus diesem trüben Bodensatz entsteht etwas Unerwartetes. In Fortsetzung der Idee der vollkommenen Unbestimmtheit erscheint das Phantom *d'un Grand Inconnu*, das zusammen mit dem Virus der Dummheit über uns gekommen ist, sich vergrößernd und verbreitend, das Bild eines neuen Gottes, seine wie immer listige Maske der Zeit.

Und Gott wird eine neue sterile Maske aufsetzen.

Wo kommt er her?

Ach, nirgendwoher. Wo kam Gott unter den Fischern Palästinas her?

Wie dem auch sei, er wird kommen. Aus Kalkutta oder aus dem Internet. Woher, ist ihm egal. Wir können ja nicht das ganze Leben mit Göttern leben, die sich spinnefeind sind und einander nicht ausstehen können. Die die anderen Götter nicht einmal für Götter halten! Und wenn sich wie im Christentum ein Gott als Dreifaltigkeit entpuppt, dann reißen sie ihn in Stücke. Auf dem winzig kleinen Planeten schüren Götter Zwietracht? Schämen sollten sie sich!

Oder – auch keine Lösung: Auf dem leeren hallenden Dachboden herumstapfen und schreien, es gebe keinen Gott.

38
Die gemeinsam Gehenden

Nun ja, nicht nur Mama mochte mich als Schriftsteller nicht leiden. Ebenso wenig, wenn nicht noch weniger, konnte mich die Regierung des Großen Gopniks ausstehen. »Die gemeinsam Gehenden« – das ist seine Kremlsturmabteilung junger Leute, die sein Macho-Porträt auf dem weißen T-Shirt tragen. Der Große Gopnik war gerade erst frisch an die Macht gekommen (und stand in dem Ruf, Vegetarier zu sein), als 2002 ein Pogrom gegen Schriftsteller losbrach. Durch die Sturmabteilung erklärte er mir und Balujew den Krieg, dabei ging es um die Vorrangstellung in Sachen Ideologie. Wir waren in einem Topf gelandet.

Über ganz Moskau verteilt wurden Dutzende von speziellen Literaturkiosken eingerichtet, bei denen man meine Bücher zum Beispiel gegen Bunin oder Boris Wassiljews *Im Morgengrauen ist es noch still* eintauschen konnte – da schlich bereits militärischer Patriotismus durch die Hintertür herein. Den eingetauschten Büchern verpasste man den Stempel RETOUR AN DEN AUTOR.

Im Buchladen Moskwa auf der Twerskaja warf die Sturmabteilung mit diesen Büchern nach mir. Ich hatte gerade mein neues Buch vorgestellt. Die Leute standen Schlange für eine Widmung. Dann trat die

Sturmabteilung auf den Plan. Das sah folgendermaßen aus: Junge Männer und Frauen mit dem Großen Gopnik auf der Brust schmissen mir (buchstäblich) meine Bücher ins Gesicht, ich sammelte sie ein und gab sie denen, die sie lesen wollten ...

Erinnern Sie sich, wie der Kleine Nächtliche Stalin mir in völliger Dunkelheit einen Brief brachte? Er stammte von der Kremlsturmabteilung. Die jungen Leute (das war, ich wiederhole, ganz zu Beginn der Regierung des Großen Gopniks) wandten sich mit einer Botschaft an mich:

An den »Schriftsteller« V. Jerofejew

Wir nutzen die Gelegenheit, Ihnen als Mensch und Ihren widerlichen obszönen »literarischen Werken« unsere tiefe Abscheu zum Ausdruck zu bringen. Ein Mann, der in obszöner Sprache talentloses abgeschmacktes Zeug schreibt und sich dabei, ob es gerade passt oder nicht, mit Dostojewski bemäntelt (angeblich wurde eine Doktorarbeit zu diesem Thema verfasst), ist doppelt abstoßend. Wir tun alles (und werden es weiterhin tun), was in unserer Macht steht, damit so viele Menschen wie nur möglich den wahren »Wert« Ihres vulgären Geschwurbels erkennen. Außerdem werden wir uns bemühen, Sie im Auge zu behalten ... so lange, bis wir erfahren haben, dass Sie sich aus unserem Land, dessen große Literatur Sie unablässig beschmutzen, verpisst haben oder überhaupt aus dieser Welt.

In tiefer Abscheu

DIE GEMEINSAM GEHENDEN

39

Offener Brief

Als Antwort auf diese Hetzkampagne schrieb ich einen offenen Brief an den Großen Gopnik, unter dem Titel *Schriftsteller auf dem Scheißhaus abmurksen* – ein Wink mit dem Zaunpfahl auf den glänzenden Aphorismus des Briefadressaten selbst in anderem Zusammenhang.

Der Brief entstand im September 2002. Hier einige Auszüge daraus (veröffentlicht in einigen Zeitungen jener vegetarischen Zeit):

»Russland ist, wie Sie wissen, ein ganz großartiges Land, aber das hinderte es niemals daran, bisweilen große Dummheiten zu begehen. Eine Riesendummheit war zum Beispiel der versteckte oder auch offene Krieg der Machthaber – sowohl unter den Zaren als auch unter den Kommunisten – gegen die russische Literatur. Die Machthaber belehrten die Schriftsteller, worüber sie nicht schreiben durften, und die Schriftsteller lernten, die verhassten Machthaber zu täuschen und das zu schreiben, was sie unmöglich unterlassen konnten. Dabei heraus kam die große russische Literatur, die Russland in der ganzen Welt berühmt machte, ihre Namen wurden allgemein bekannt und ihre Verfolger waren die Schande Russlands …

… Aber ›Die gemeinsam Gehenden‹ sind noch weiter gegangen. Die Präsentation eines neuen Buches zu sprengen, vor der Wohnung eines bekannten Schriftstellers einen Haufen seiner Bücher abzuladen oder dort aufzukreuzen mit der Idee, Gefängnisgitter an seinen Fenstern anzubringen – erinnert Sie diese Gewalt gegenüber einem schöpferischen Geist nicht an das Deutschland der 30er-Jahre? Auf dem Höhepunkt des Sommers 2002 fand eine beispiellose Aktion statt, bei der Bücher im Zentrum Moskaus vernichtet wurden, unter Stöhnen, Musik und Tränen – diese Aktion konnte einen schon das Gruseln lehren …

… Einige blauäugige Menschen dachten, es handle sich dabei um eine erfolgreiche Werbeaktion. Doch wenn man sich anschaut, wie sich die Ereignisse entwickeln, da Klagen gegen Schriftsteller nun bei der Staatsanwaltschaft erhoben werden – bedeutet eine solche ›Werbung‹ einen Schlag gegen den Ruf Russlands in der Welt …

Unseren Schriftstellern, die in Europa einen Namen haben, wird all das vorgeworfen, was üblicherweise einem Schriftsteller vorgeworfen wird, um seinen Ruf zu zerstören: Pornografie, Werbung für Drogen, Verwendung von Vulgärsprache. Seinerzeit wurden mit ähnlicher Begründung Bücher von Flaubert, Joyce, Nabokov und Henry Miller verboten. Man kann das als Ignoranz oder Bigotterie bezeichnen, aber das Ganze hat prinzipiellen Charakter. In unserer modernen Gesellschaft muss man sich wirklich nicht über den Spiegel beschweren, wenn die Visage hässlich ist – Gogols Lieblingssprichwort gilt für alle Zeiten …«

Und hier das Finale:

»Was jedoch die russische Literatur betrifft, so braucht sie tatsächlich Hilfe. Schriftsteller aller Strömungen, ob ›schädliche‹ oder ›nützliche‹, Archaiker oder Neuerer, alle gewöhnen sich nur schwer an den Gedanken, dass sie nun unter den harten Bedingungen des freien Marktes leben sollen. Aber die beste Hilfe ist – nicht zu stören. Blickt man zurück, versteht man, dass die russische Literatur echte Werte geschaffen hat. Das Lebendige ist lebendig geblieben. Ich weiß, dass eine freie zeitgenössische Literatur Russland auch diesmal nicht im Stich lässt.«

24. Februar

O. und ich hatten uns betrunken, und ich sagte: »Sag mal ehrlich! War das dein Werk?«

»Was?«

»Na, diese … Epidemie der Dummheit!«

O. lachte, wie sie jedes Mal lachte, wenn die Rede auf den Tod kam.

»Und du«, sagte sie, »hast du nicht langsam genug davon, auf deinem leeren Dachboden herumzustapfen?«

»Ach komm!«

»Wacht endlich auf! Ein bisschen mehr Enthusiasmus, Freude! Ich bringe euch bei, wie man das Leben liebt …«

»Das heißt, also doch du.«

»Gar nichts heißt das.«

»Aber wenn du das warst, dann siehst du doch diese ganze Apokalypse. Deine Apokalypse. Gebiete ihr Einhalt! Du siehst Ärzte, die heldenhaft Menschen vor tödlicher Dummheit retten. Du siehst, dass sie am Rande ihrer Kräfte arbeiten.«

»Ja, sie sind großartig«, lobte O. »Aber es werden keine drei Jahre vergehen, und sie haben sich in medaillenbehängte Veteranen verwandelt. Ich hab's mir heute früh unter der Dusche gemacht.«

»Aber wenn du das warst, dann nenn mir ein Gegenmittel. Du weißt, wie man dem ein Ende setzt.«

Ich betrachtete unwillkürlich ihren (zufällig?) hochgerutschten Rock und den Stringtanga mit kleinen bunten langohrigen Häschen drauf. War es möglich, dass wir all diese mobilen Leichenhäuser in den Straßen New Yorks, diese Pappsärge in Ecuador, diesen russischen Eifer beim Zählen von Opfern auf eine Weise, damit es auf unserer Seite unbedingt weniger waren als in Amerika – dass wir all das ihr zu verdanken haben, ihr, mit ihren Häschen?

O. schüttelte betrunken den Kopf:

»Ich weiß nicht.«

»Was weißt du nicht?«

»Das ist mir außer Kontrolle geraten. Entschuldige!«

Sie stieß auf und langte nach dem Weinglas:

»Schenk nach!«

24. Februar

Dass als Folge der Erderwärmung das ewige sibirische Eis jetzt schmilzt, ist natürlich erschreckend. Dass aber die Gehirne zu schmelzen angefangen haben – das ist die Dämmerung des Bewusstseins.

Die Dummheit ist die Heldin unserer Zeit.

Im Unterschied zur Beschränktheit ist die Dummheit nicht fassbar. Es gibt sie nicht, aber sie ist da.

Die Dummheit dringt von allen Seiten auf einen ein.

Was denn, war das früher etwa nicht so? Gab es weniger Dummheit?

Nicht weniger, aber in unseren Tagen hat sich die Dummheit grundlegend verändert. Vor unseren Augen hat sich der Triumphzug der Dummheit rund um den Planeten in eine todbringende Krankheit verwandelt, ähnlich der Pest in alten Zeiten oder Aids oder schließlich Covid. Was noch? Die Spanische Grippe, die in den Jahren 1918–1920 fünfzig Millionen Menschenleben kostete …

Womit hat alles begonnen?

Ich weiß es nicht. Zugegeben, wir alle lieben die Dummheit. Aber auf unterschiedliche Weise. Die liberale Sprache verbietet einen kritischen Diskurs über die Dummheit. Wer bin ich denn, dass ich einen anderen für einen Dummkopf halten darf, und umso mehr eine andere für eine dumme Kuh!

Auf diese Weise konnten die Dummköpfe in Europa verschwinden, um dann als tödliche Epidemie zurückzukehren.

Und hierzulande, in unserem Zarenstaat, sind wir mit der Dummheit verschmolzen, und gepaart mit knallharter Goldene-Horden-Mentalität ist unter der Führung von Iwan dem Dummen der Begriff Dummheit in Moskau heimisch geworden.

Bei uns, Balujew, baumeln die Dummheiten zwischen den Beinen.

Aber auch ich selbst habe der Dummheit Schritt für Schritt nachgegeben. Von einem wackeren jungen Zinnsoldatlein habe ich mich nach und nach in eine Oase der Toleranz verwandelt. Jede Dummheit beginnt mit deiner eigenen. In diesem Zustand erreichte mich die globale Dummheit.

40
Mein Roter Platz

Meine vollbusige Anti-Ehefrau Schurotschka hat sich gestern Abend zum Roten Platz erklärt.

»Lass mal gut sein, Schurotschka«, rief ich. »Was bist du schon für ein Roter Platz!«

»Wieso, hab ich denn keine Ähnlichkeit mit ihm?«

»Nein.«

»Kein winziges bisschen?«

»Nein, na und?«

»Guck mal genauer hin.« Und da verkündete Schurotschka gleichsam mit Radiostimme: »Hier spricht und sendet der Rote Platz!«

Ich setzte eine aufmerksame Miene auf.

»Und hier, schau mal«, sagte Schurotschka im Tonfall einer Fremdenführerin, »hier unter meinen Achseln hat sich Basilius der Selige eingenistet ... Siehst du?«

»Schurotschka!«, rief ich aus. »Der Rote Platz – das ist das Herz von Moskau und der Moskauer Oblast. So darf man über die

Basilius-Kathedrale nicht reden! Sie ist doch, Gott vergib mir, unsere ureigene Renaissance.«

»Selber Renaissance«, schnaubte Schurotschka. »Schau weiter! Hier rollen Panzer über mich. Siehst du?«

»Na gut, und wennschon!«

»Siehst du, wie viele es sind! Siehst du, wie sie rollen?«

»Ja. Ich sehe es. Sie rollen.«

»Und hier ist bei mir die Schädelstätte.«

»Schurotschka! Großer Gott, nein!«

»Ich schäm mich ja schon, sieht man das nicht? Schau genauer hin. Auf meiner Schädelstätte sind die abgehackten Köpfe der Strelizen zur Schau gestellt.«

»Die Ärmsten!«

»Begonnen habe ich, mein Freund, als große Wiese voller Klee. Als Heideland, darüber hoppelten Hasen und robbten Tataren, um den Kreml einzunehmen. Man sah sie von Weitem und – fertig ... Tataren *kaputt*!«

»Boah!«, rutschte es mir raus.

»Und als die Tataren erledigt waren, wurde ich, du mein lieber Mensch, Händlerin. Ich bekam Läden, Buden, Schuhe, Popen ... Die Popen kauten Kolatschen ...«

»Was faselst du? Was für Kolatschen?«

»Die Popen hat man mir weggenommen und in Hauskirchen berufen, aber sie haben gedroht: Wir feilschen nicht – esse ich eine Kolatsche, gibt's keinen Gottesdienst ...«

»Wieso denn das?«

»Warte mal, da rollen wieder Panzer ... Also. Ich bekam eine Menge Läden, Buden, Popen, Barbiere, und sie begannen meine Haare zu schneiden und mich zu rasieren, von oben bis unten, so dass die Haare, in Büscheln vom Wind getragen, mir genau hier hineinkrochen, in meine Mundöffnung.«

»Verstehe.«

»Und dann bin ich vollkommen abgebrannt!«

Schurotschka rülpste.

»Abgebrannt bis auf die Grundmauern! Und da haben sie mich Platz des Brands genannt. Oder Brandplatz.«

»Schurotschka! Ich finde, du mutest dir viel zu.«

»So ist mein weibliches Los«, sagte Schurotschka bescheiden. »Möchtest du mein Sklave sein?«

»Soll heißen?«

»Du wirst mein Historisches Museum lecken. Siehst du es?«

»Groß ist es!«

»Und hier habe ich«, sie drehte sich auf die Seite, »das Mausoleum von Wladimir Iljitsch.« Sie klopfte sich auf die Hüfte. »Also, wirst du mein Sklave sein?«

»Um dein Historisches Museum zu lecken?«

»Und auch das Mausoleum. Und die Latrine.«

Plötzlich begann Schurotschka in Versen zu sprechen:

»Es welkt der Anus,
da schwebt der Rust hinein,
es zündelt der Franzos,
Poscharski schiebt ihn Minin rein,
Sobjanin lässt die Gänse los.

Und hier«, sie drehte sich abrupt auf die andere Seite, »habe ich, wenn man so sagen kann, ein ganzes GUM! Hier lade ich mich auf, decke mich mit exotischer Unterwäsche ein, so wie diese hier, schwarz ... Und meine Brüste sind wie Honigmelonen aus Taschkent. Ich bin vom Stamme ...« Sie packte meinen Hals und zog mich an sich.

»Vom Stamme Nimm ...«, seufzte ich. »Schurotschka, hör auf, mich zu würgen!«

»Das bin nicht ich – das ist *er*, der dich würgt!«

Mein Gesicht lief tief blau an.

»Und weiter unten die Latrine«, jammerte Schurotschka und stieß mich zurück. »Was haben sie nicht alles mit mir angestellt! Aufmärsche, Begräbnisse, Führer, Tschekisten, Marschälle auf Raketen, Gagarin hoch zu Ross mit Säbel, Volksfeste, Hochzeitskleider, Blaufichten, Proteste gegen den Einmarsch des Militärs in dieses, wie war das noch, Prag! Ich persönlich war ja für den Einmarsch. Nur zu! Mit

Karacho! Ach! Schon passiert ... Ich bin doch – was machst du denn da! – ein militärisches Sahnebonbon! Wie dem auch sei, von allem hab ich ein bisschen: Selbstverbrennung, Siegesparaden, Rockkonzerte und, ob du's glaubst oder nicht, einer hat sogar seine Eier an mir festgenagelt – die Uhr am Spasski-Turm tickt, die Sterne drehen sich, die sensiblen Kremltürme heben ihre rötlichen Köpfchen, weiß glühende Feuerwerke blenden das Auge.«

»Du bist der Platz«, gab ich zu.

»Gefalle ich dir? Nicht zufällig nennt man mich der Schöne, der Rote!«

»Oh ja, du gefällst mir sehr!«

»Aber Wanka, Basilius den Seligen, wollten sie mir wegnehmen. Kaganowitsch hatte schon die Hand nach Wanka ausgestreckt, aber Stalin befahl – Marsch, zurück mit ihm an seinen Platz! Und Wanka ist für immer bei mir geblieben. Wanka, hörst du, ich spreche mit dir! He, mein Seliger! Er reagiert nicht! Er schläft in meinen Achselhöhlen den Schlaf der Gerechten!«

»Was denn für ein Wanka! Er heißt Basilius.«

»Wanka, Basilius – Jacke wie Hose! Wo ist er hin? Das ist keine Kirche. Das ist eine Halluzination. Eine narkotische Illusion.«

»Stimmt. Die psychedelischste Kirche der Welt. Eine Mischung aus gequetschtem Hirn, Schlagsahne und Kuhfladen – das ist, Schurotschka, ein Unikum.«

»Ein Unikum? Auf ihn kann ich mich nicht verlassen.«

»Dafür bin ich ja da, Roter Platz«, versicherte ich Schurotschka. »Verlass dich auf mich!«

»Du Novize!«, ächzte Schurotschka. »Und ich, was bin ich? Wenn ich mich auch jetzt auf dich verlasse.«

»Na los, erzähl's mir!«

»Ich bin die Ehre und das Gewissen unserer Epoche, Jungs!«, verließ sich der Rote Platz auf mich.

»Wie die Epoche, so die Ehre«, krächzte ich respektvoll.

»Schon wieder rollen Panzer über mich«, kratzte sich der Rote Platz.

»Nicht beachten, Platz! Alles Lappalien! Sollen sie doch rollen.«

»Und jetzt erweise ich dir im Liegen die Ehre!«, freute sich meine Anti-Ehefrau, sich in ganzer Länge ausstreckend und mit den regennassen Pflastersteinen glänzend.

»Was tust du! Was tust du!«, wedelte ich mit den Händen. »Schurotschka, bewahr dir deine Ehre!«

41
Ich-Erzählung. Der Große Gopnik fällt in seine Kindheit zurück

»Los, spielen wir Armut«, sagte ich.

Armut spielen war mein Lieblingsspiel. Mein deutscher Freund Heinrich Sch. wusste das und konnte unmöglich Nein sagen.

»Mit dem größten Vergnügen.«

»Mit größtem Vergnügen, geht's noch?«, spottete ich, nach meiner Gewohnheit den Hals drehend. »Die reinste Quälerei wird das. Nachts rumstreunen, Messer in der Hosentasche, Klamottenwechsel, Schlägereien und blutige Nasen. Zurück in meine Kindheit. Die Kindheit kennt keine Kompromisse. Wir werden Kohldampf schieben. Von einer Banane und einem Weißbrot träumen.«

»Klasse! Mit Vergnügen!«, rief Heinrich erneut aus.

»Vergiss es, von wegen Vergnügen.« Ich ärgerte mich über meinen Freund. »Wir stürzen uns in meine unglückliche Kindheit und erleben den ganzen elenden Scheiß noch mal.«

Ich schluckte und lockerte meinen Krawattenknoten, indem ich das Kinn hochzog und heftig den Kopf hin- und herdrehte.

»Au ja ...«, sagte Heinrich aufgeregt. »Lass uns in deine unglückliche Kindheit eintauchen. War ja selber mal ein einfacher Junge aus 'ner Arbeiterfamilie ...«

»Trotzdem, ihr habt's besser gehabt als wir.« Eine Grimasse verzerrte mein Gesicht. »Im Krieg haben wir euch plattgemacht, und ihr? Habt trotzdem besser gelebt als wir. Wir Sieger! Euch haben doch die Amis durchgefüttert! Wir dagegen ...«

Heinrich lachte betreten.

»Hömma, ich hab's aber auch nicht leicht gehabt«, erklärte er, das Gesicht vom Lachen gerötet. »Und wie soll das jetzt gehen, wie willst du denn deine Kindheit zurückholen? Aber hey, du kannst ja alles. Du bist ein Magier und Zauberer!«

»Stimmt, ich kann alles«, nickte ich. »Das ist ja gerade das Elend. Darum zieht's mich auch zurück in die Kindheit, da war alles verboten. Komm, wir beide fahren jetzt nach Petersburg. Meine Sicherheitsdienste haben dort das ganze Viertel abgeriegelt. Als Bühne für unsere Show.«

Der Schauspieler holte mit der Faust aus und hielt betreten inne. Rein in die Fresse oder nicht?

»Halt!«, brüllte ich. »Du spielst das nicht richtig! Die Kindheit kennt keine Kompromisse. Du musst ordentlich zuschlagen, Mann! Na, mach schon!«

Der bullige Schauspieler schlug mit aller Kraft auf mich ein. Ich versuchte mich zu verteidigen. Ich heulte auf, mein dünnes Stimmchen hallte über den ganzen Hof, aber es guckte nicht einmal jemand aus dem Fenster. Wer denn auch? In diesem gelblich-grauen Hinterhof, wo das Grau der Wandfarbe voller Schlieren vom vielen Regen in Gelb überging und das Gelb wieder in Grau, wo die Ecken der Häuser und Toreinfahrten zum Hohn wie morsche kubistische Umrisse wirkten, herrschte eisige Stille. Nur irgendwo hoch oben am dunklen Himmel knatterte ein Überwachungshubschrauber der Polizei.

Sämtliche Bewohner waren anlässlich des Spiels für unbestimmte Zeit aus ihren Wohnungen ausquartiert worden, und wer sich da in den leeren Zimmern versteckt hielt, Sicherheitsleute oder einfach Ratten, das wusste niemand. Jedenfalls brannte hinter den Vorhängen einiger Fenster der Wirklichkeitstreue wegen schummriges Licht.

Der Schauspieler verabreichte mir eine fürchterliche Tracht Prügel. Heinrich hielt es nicht mehr aus, kam aus dem Treppenhaus gerannt, von wo aus er durchs Fenster meiner Kindheit zugeschaut hatte, und eilte mir zu Hilfe.

»Sie dürfen ihn nicht so fest schlagen!«, schrie er mit vor Aufregung starkem Akzent und presste sich die Hände an die Brust. »Sie verschandeln ja meinem russischen Freund das Gesicht.«

Der Schauspieler blickte Heinrich befremdet an, stieß den Deutschen unsanft weg und fuhr fort, mich zu verdreschen. Mit sichtlich großem Vergnügen.

»Ich hol die Polizei!«, heulte Heinrich auf und kramte in seinen Jackentaschen nach dem Handy.

»Verdirb mir meine Kindheit nicht!«, brüllte ich ihn an. »Verschwinde! Ab mit dir ins Haus!«

Heinrich gehorchte.

»Was ist los, wieso hast du aufgehört?«, wandte ich mich an den bulligen Schauspieler. »Schlag zu!«

Der Schauspieler holte aus und schickte mich mit einem mächtigen Schlag zu Boden. Ich krachte auf die Erde, eine Staubwolke aufwirbelnd.

»Super gemacht!«, sagte ich zu dem Schauspieler, als ich wieder zu mir kam, den Kopf hob und mir das Blut abwischte. »Echt staatspreisverdächtig. Okay … Wer ist der Nächste?«

Statt einer Antwort erschien in dem dunklen Hinterhof ein Paar: ein Er und eine Sie. Übel gelaunt miteinander zankend, gingen sie relativ raschen, aber müden Schrittes, um möglichst schnell nach Hause zu kommen und ins Bett zu fallen. Er hatte irgendeine Beeinträchtigung, vielleicht war es ein Auge, das ihm fehlte, oder ein Ohr wie bei van Gogh, vielleicht auch ein Arm oder ein Bein, obwohl – eigentlich war bei ihm alles am Platz. Sie trug einen Blecheimer, in dem ein nasser grauer Putzlappen lag, der aussah wie das verkrumpelte Fleisch irgendeines niedergestreckten Flussmonsters.

»Du haust mein ganzes Geld raus für deine Scheißpillen«, sagte sie und blieb bei mir stehen. Ich lag immer noch im Staub. »Ich hab's satt, wegen deinem Gedärm voller Würmer Treppenhäuser zu putzen!«

»Was redest du für einen Scheiß!«, sagte Vater böse. »Ich bin bald wieder gesund, wirst schon sehen …«

»Bald! Wer's glaubt!« Sie stellte den Eimer auf den Boden und bedeckte das Gesicht mit den Händen. »Ach, von mir aus verreck doch!«

Vater zuckte mit den Schultern.

»Wart's ab, ich verreck schon noch«, sagte er versöhnlich.

»Und du? Was liegst du denn da rum?« Mutter hatte mich plötzlich bemerkt. »Haben sie dich schon wieder verdroschen? Mein Gott, warum bloß haben es alle auf dich kleinen Rotzlöffel abgesehen? Abmarsch, nach Hause mit dir!«

Ich reagierte nicht. Ich witterte den vertrauten intensiven Schweißgeruch meiner Mutter und mir war wohl zumute.

»Aber bitte, wenn du nicht willst. Du brauchst auch gar nicht mehr zu kommen!«

Entschlossen packte sie den Eimer am Henkel und ging weiter. Vater ihr hinterher.

Ich stützte mich auf den Ellenbogen und sah meinen Eltern nach.

»Wie lebendig ...«, seufzte ich. »Bringt das Mädchen her! Olka! Sie soll mich trösten.«

»Die Liebesszene«, dröhnte ein Lautsprecher aus dem Off über den ganzen Innenhof.

Ein Mädchen, in das ich einmal verliebt gewesen war, kam in den dunklen Hof gerannt. Es näherte sich mir und musterte mich genauer.

»Tach! Was treibst du denn hier?«

»Grüß dich! Verdroschen haben sie mich.« Ich schniefte.

»Wofür?«, fragte Olka und hockte sich abrupt neben mich.

Es war eine so ruckartige Bewegung, dass ihr leichtes Kleid aufflatterte und den Blick auf den weißen Streifen ihres Slips zwischen den Beinen freigab, der in der Dunkelheit des Hofs hell leuchtete. Ich blinzelte bei diesem Anblick und seufzte laut: »Wofür? Wofür?«, äffte ich Olka nach. »Weil ich klein bin!«

»Na ja, du bist schon ein Dreikäsehoch!«, sagte sie. »Aber das ist doch noch kein Grund ...« Unvermittelt sprang sie wieder auf die Beine. »Was glotzt du denn so? Wohl noch nie 'ne Unterhose gesehen?«

»Unterhosen schon«, sagte ich und wischte mir mit dem Handrücken über den Mund, »aber was da drunter kommt, noch nie.«

»Zeigen?«, fragte Olka herausfordernd. »Importware. Aus Polen!«, schob sie stolz hinterher.

»Dann zeig mal die polnische«, sagte ich überraschend, mit belegter Stimme. »Bitte ...«

Ich benutzte selten das Wort »bitte«, aber hier benutzte ich es.

»Was genau soll ich denn zeigen?« Olka lupfte ihr Kleid.

Jetzt stach der weiße Slip mir ins Auge wie der Lichtstrahl des Leuchtturms von Kronstadt. Ich stand total unter Strom. Olka war schön und gutgewachsen. Da kam Heinrich erneut aus dem Hauseingang angerannt: »Ich will auch mal gucken!«

Olka überlegte.

»Nein!« sagte sie plötzlich entschieden, ohne den Deutschen zu beachten. »Ich werd dir gar nichts zeigen! Meinetwegen kann dir Walka was zeigen. Die zeigt ja allen Jungs hier bei uns, was sie hat. Für ein Eskimo-Eis mit Schokoüberzug am Stil zu elf Kopeken!«

»Aber Walka ist ein Miststück ... und hässlich dazu!«

»Und du? Was glaubst du denn, was du bist, etwa schön? Hässlich wie die Nacht bist du!«

»He, he, nicht persönlich werden hier!«, heulte ich auf einmal auf. Ich konnte es nicht ertragen, wenn mich jemand hässlich nannte. »Genug! Nächste Szene!«

Olka entschwand stolzen Schrittes vom Hof. Heinrich zog sich leise auf seinen Beobachtungsposten zurück.

»Jetzt hat sie den Bogen überspannt!« Ich blickte ihr nach. »Wer ist sie überhaupt?«

»Die kennt jeder!«, kam der zu allem bereite Pressesprecher Tschutschujew auf mich zugeflattert. »Aus allen möglichen Fernsehserien.«

»Fotze!«, sagte ich mit gekräuselter Stirn. »Schickt sie ... weit weg nach ... nach Sachalin! Nächste Szene! Nein, halt, Pause!«

Eine Krankenschwester kam zu mir gerannt, um mir die Wunden auszuwaschen, doch ich scheuchte sie ungehalten davon. Mitten im Hof wurde ein Campingtisch gedeckt, damit ich einen Imbiss einnehmen konnte. Ich nahm Platz auf einem Klappstuhl, rief Heinrich zu mir und sah mich um. Zwei Kellner im weißen Smoking trugen zwei silberne Tabletts in den Hof. Sie hatten noch nicht den heißen Tee in die Tassen eingeschenkt, als ich sie auch schon anbrüllte und angewidert die Teller mit belegten Broten von mir wegschob.

»Was habt ihr uns denn da aufgetischt? Schwarzen Kaviar! Salat mit Kamtschatka-Krabben! Habt ihr sie noch alle? Ihr wollt mich wohl verarschen! Als ob ich so was in meiner Kindheit gegessen hätte! Bringt uns Erbsensuppe! Gekochte Kartoffeln, einen Kanten Brot ohne Butter. Klar?«

Heinrich war schwer beeindruckt, wie sehr ich meiner wahren Kindheit treu blieb. Wir löffelten jeder einen Teller heiße Erbsensuppe, rülpsten, dass es krachte wie der russische Frost, furzten gleichzeitig und lachten uns kaputt.

»Pause beendet«, furzte ich erneut und klatschte in die Hände. »Nächste Szene!«

»Nächste Szene: Motschilowo!«, tönte es feierlich aus dem unsichtbaren Lautsprecher.

»Motschilowo? Was ist das denn?«, stutzte Heinrich.

»Wirst du schon sehen«, sagte ich nebulös.

»Was ist dann im richtigen Leben eigentlich aus dieser Olka geworden?«, wollte Heinrich wissen. »Hat sie dich letzten Endes rangelassen?«

»Einen Scheiß hat sie«, antwortete ich düster. »Sie hat irgend so ein Arschloch geheiratet. Wohnt irgendwo hier draußen in einem Arbeiterviertel. Kommt mehr schlecht als recht über die Runden. Dabei hätte sie ganz groß rauskommen können, die blöde Kuh!«

Die Kellner trugen eilig Geschirr und Stühle weg.

»Viel Erfolg!« Heinrich schlug mir auf die Schulter, furzte nochmals krachend und eilte in seinen Hauseingang.

»Schauspieler antreten!« Ich klatschte wieder in die Hände.

Allgemeine Verwirrung.

»Alle?«, fragte der unsichtbare Lautsprecher.

»Wieso denn alle?«, fragte ich empört. »Nur die in der nächsten Szene mitspielen!«

Im Hof erschienen raschen geschäftigen Schrittes ein paar junge Schauspieler aus den besten Moskauer Theatern. Sie trugen bereits die Kostüme von Hinterhofschlägern, doch da sie noch nicht in ihre Rollen geschlüpft waren, gaben sie elegant die erfolgreichen, gefragten Künstler.

»Also, Jungs«, wandte ich mich mit leiser Stimme verschwörerisch an sie ... »Erst mal hallo! Schön, euch zu sehen.« Ich pickte meinen Liebling, einen strubbeligen Schauspieler, aus der Gruppe heraus und klopfte ihm auf die Schulter. »Folgendes. Diese Szene spielen wir extrem realistisch. Kein schauspielerischer Firlefanz. Ihr seid hier die Wolfsjungen, die sich vor unseren Augen in starke junge Wölfe verwandeln. Hier werden eure Werte geformt. Meine auch. Klar?«

»Klar!«, antworteten die Schauspieler leise im Chor.

»Na dann los!«, feuerte ich sie an.

Sie liefen auseinander, um ihre strategischen Positionen in den nicht einsehbaren Ecken des Hofes einzunehmen. Eine Minute später kam ein Mann im einfachen schwarzen Anzug mit Papirossa im Mundwinkel durch die Toreinfahrt. Er sah aus wie einer, der zum Pinkeln in einen fremden Innenhof geht. Aber ich ließ ihn nicht pinkeln.

»Onkelchen«, sagte ich in widerlich bettelndem Ton, »geben Sie mir eine Papirossa. Ich hab so Lust, eine zu rauchen!«

Der Mann zog die Augenbrauen hoch.

»Wie alt bist du denn?«, fragte er mürrisch.

»Alt genug«, antwortete ich mürrisch, mit einem frechen Grinsen.

Der Mann warf einen Blick auf den kleingewachsenen Typen und befand mich für ungefährlich.

»Zieh Leine! Ich muss pissen!«, winkte er ab.

»Wenn Sie mir keine Papirossa geben wollen, dann wenigstens zwanzig Kopeken!«

»Hä?« Der Mann runzelte wieder die Stirn. »Ich hab kein Kleingeld.«

Und hier folgte die Paradenummer der Leningrader Straßenbanden, die ich besonders mochte.

»Kein Kleingeld?«, fragte ich erstaunt. »Glaub ich nicht. Hüpfen Sie mal!« Und ich rückte ihm ganz nah auf die Pelle.

»Hä?«

Der Mann verstand nicht sofort, was dieser kleine Bengel von ihm wollte. Aber als er kapiert hatte, wurde er richtig sauer.

»Verpiss dich!«, bellte er und stieß mich zurück.

Ich konnte mich nur mit Mühe auf den Beinen halten, stürzte mich aber mit Fäusten auf den Mann. Der war überrascht. Er packte mich am Schlafittchen, schüttelte mich und warf mich zu Boden. Ich wollte aufstehen, doch der Mann beförderte mich erneut mit einem Fußtritt zu Boden.

Ich lag im Staub, während der Mann sich erleichterte. Plötzlich sprang ich auf die Füße, legte zwei Finger zwischen die Lippen und stieß einen Pfiff aus, der im ganzen Viertel zu hören war. Der Mann hatte sich noch nicht die Hose zugeknöpft, als im Hof fünf hochgewachsene Rowdys mit Schlägermütze auftauchten. Die einen trugen die Mütze mit dem Schirm nach vorn, die anderen mit dem Schirm nach hinten, doch der Gesichtsausdruck war bei allen gleich grimmig.

»Was soll das, wieso beleidigst du den Jungen?«, fragte der Strubbelkopf.

»Und wieso muss der mir auf den Sack gehen?!«, fragte der Mann mit immer noch ruhiger, aber die innere Unruhe schon verratender Stimme.

»Bist du dem auf den Sack gegangen?«, wandte sich ein anderer an mich.

Der Mann machte einen Versuch, sich zu verdrücken, doch man stellte sich ihm den Weg: »Wohin soll's denn gehen?«

»Ich hab nichts gemacht«, spielte ich das Unschuldslamm. »Hab ihn bloß um 'ne Papirossa angeschnorrt.«

»Und deshalb hat er dich geschlagen?«

»Wartet!«, schrie der Mann auf.

»Wir warten ja«, sagte betont freundlich einer von den Schlägern, der den Schirm nach hinten trug. »Immer raus mit der Sprache!«

»Er wollte, dass ich hochhüpfe ...«

»Wozu das denn?«

»Um zu hören, ob in meinen Taschen nicht vielleicht Münzen klingeln.«

Allgemeines Gelächter, das eher wie Wildschweingrunzen klang.

»Was gibt's da zu lachen? Ich sag die Wahrheit!« Der Mann griff in seine Hosentasche und zog ein Päckchen Papirossy hervor. »Bedient euch!«

Die Typen überlegten. Einerseits hatten sie Lust, eine zu qualmen, und die Papirossy waren nicht die schlechtesten, Marke *Belomorkanal*. Damit hätte man es gut sein lassen können. Doch die Streitlust gewann die Oberhand. Sie rissen dem Mann die Schachtel aus der Hand und zündeten sich mit einem Feuerzeug die Papirossy an.

»Na schön, ich geh dann mal«, sagte der Mann versöhnlich.

»Ach nee! Er geht dann mal!«, sagte der Strubbelkopf, der offenbar der Chef war. »Und wer bezahlt? Puschkin?«

»Bezahlen, wofür?«

»Einen Zehner dafür, dass wir dich gehen lassen«, sagte der Strubbelkopf.

»So viel hab ich nicht dabei.«

»He, nicht frech werden. Kapiert?«

Die Rowdys umringten den Mann.

»Jungs, was wollt ihr?«, fragte der Mann nun schon mit weinerlicher Stimme.

»Was wir wollen? Nichts!«, sagte der Strubbelkopf seinen Lieblingssatz. »Her mit der Kohle.«

Der Mann blickte sich um. Bis zur Toreinfahrt war es nicht weit. Wenn ich mich jetzt hier rauswinde und auf die Straße renne, dann können die mir schon nichts mehr tun, dachte er.

Er tat so, als kramte er in seinen Taschen nach Geld, aber dann hatte er auf einmal die Hände frei, stieß zwei der Typen, die ihm den Weg versperrten, heftig von sich und stürmte los in Richtung

Straße. Die Typen mit Gebrüll hinterdrein. Sie stellten ihm ein Bein, er knallte hin, kroch auf allen vieren, wollte aufstehen – sie schlugen ihm die Beine weg. Da rollte er sich überraschend geschickt auf die andere Seite, stieß sich vom Boden ab und haute dem Typen, der ihn gerade treten wollte, eine rein. Der Typ fiel hin, aber da blitzte ein Messer auf, der Kreis schloss sich um ihn, und als er sich wieder auflöste, lag der Mann bereits auf dem Boden, aus seinem Hals quoll Blut.

»Nix wie weg!«, schrie der Strubbelkopf, und im Nu waren die Rowdys in den Ecken und Nischen des Hinterhofs verschwunden. Den in den letzten Atemzügen zuckenden Mann hatten sie am Boden liegen gelassen. Auch ich hatte mich mit ihnen aus dem Staub gemacht.

Als ich nach einer gewissen Zeit zurückkam, rührte sich der Mann nicht mehr. Sanitäter legten den Körper auf eine Trage. Heinrich kam verängstigt aus seinem Versteck und ging auf den Freund zu.

»Na?«, grinste ich. »Hast du dich gut amüsiert?«

»Wie Bolle!« Heinrich breitete begeistert die Arme aus.

»Tja, genauso ging's hier zu«, präzisierte ich. »Die Schauspieler waren gar nicht übel.«

»Hör mal!« Heinrich stutzte auf einmal. »Haben sie den Mann jetzt in echt umgebracht?«

Ich sah ihn an wie einen Volltrottel und lachte lauthals los: »Die Kindheit kennt keine Kompromisse! Ich muss was essen. Fahren wir!« Eine schwarze deutsche Luxuslimousine bog langsam in den vergammelten Hinterhof ein.

42
Das wichtigste russische Märchen

Wir bestehen aus unserer Kindheit, und wenn wir gleich von Beginn an Niederlagen eingesteckt haben, werden aus uns keine erfolgreichen Menschen. Und wenn doch, bleibt trotzdem eine Fäulnis bestehen, so wie im Kernholz einer Espe. Die besten Revolutionäre waren Adlige, die besten Adligen gingen aus dem Kunststück einer glücklichen Kindheit hervor, die man jedem auf der Welt ganz uneigennützig nur wünschen möchte.

Wir kommen alle aus dem Märchen *Kolobok* – der furchtbaren Tragödie einer freiheitsliebenden Seele –, und wir alle müssen uns durch diesen Kinderkrimi ans Licht hocharbeiten.

Dank meiner kleinen Tochter stoße ich wieder auf das Thema *Kolobok*. Alle Verwandten und Bekannten schleppen Bücher über Kolobok an. Seit Marianna sechs Monate alt ist, bekommt sie bereits eine ordentliche Dosis Zeichentrickfilme mit diesem Märchenwesen verabreicht. Am liebsten schauen wir uns den Trickfilm aus dem Jahr 2012 von Eduard Nasarow an – hier wird Koloboks Unglück sehr schön gezeichnet.

Wir (die Mehrheit) beginnen das Leben mit Überleben. Kolobok ist – wie seinerzeit auch die Pizza – ein Erzeugnis aus Lebensmittelresten, aus Resten verschiedener Mehlsorten, praktisch aus Abfällen. Doch nicht einmal für dieses zweifelhafte kulinarische Produkt reichen den beiden Alten die ärmlichen Ingredienzien. Wir beginnen das Leben mit dem unverständlichen Wort »Schaffel«, das man »auskratzen« muss. Das sind Behälter für Mehl. Die Alte ist erst mal erschrocken, dass sie einen Kolobok backen soll.

Doch dann ist die Freude über den gebackenen Kolobok grenzenlos. Die hält aber wie so viele andere russische Freuden nicht lange an. Denn Kolobok ergreift die Flucht. Dieser lebendig gewordene Kloß Seele und Bewusstsein läuft dem unausweichlichen Tod davon. Und wenn die beiden Alten seinen Verlust beklagen, wird der Text äußerst verworren. Mal bedauern sie, dass sie hungrig bleiben, mal hegen sie fast familiäre Gefühle für Kolobok und machen sich Sorgen ob seines Verschwindens. Bei Letzterem fällt einem das kleine niedliche Ferkelchen vom Bauernhof ein, das so sehr geliebt, schließlich aber doch gegessen wird.

Das größte Unglück unserer Erziehung ist ihre Abwesenheit. Opa und Oma können uns adoptieren, nicht aber aufklären, uns bedauern, aber nicht belehren. Zahlreiche Variationen des Märchens – sowjetische und postsowjetische – stellen es dar als unschuldige

Geschichte, als Klamauk, bei dem keiner versteht, was eigentlich genau vor sich geht. Alle Helden sind so fröhlich und lebenslustig, und die heitere Füchsin mit dem gutmütigen Gesicht frisst Kolobok zu seinem Wohle auf.

Doch in Wirklichkeit ist das Verhalten von Oma und Opa der Archetyp eines armseligen Familienlebens, bei dem sich die Akzente vermischen, Liebe und Hunger miteinander verwoben sind und Koloboks Flucht seine einzige Rettung ist. Er zieht hinaus in die große weite Welt. Er ist frei. Fängt bei null an, ist aber innerlich eingestellt auf Erfolg, der optimale Start für einen geborenen Geschäftsmann.

Er besiegt den Hasen, der im Märchen die Rolle des einfachen Volkes einnimmt. Hoppelnd trifft er auf Kolobok, und verschätzt sich in seinen Möglichkeiten. Er liebt den Kult der Stärke und frisst für sein Leben gern, aber er ist ein bisschen feige, ein bisschen dumm, schwer von Begriff und von schlichtem Gemüt. Kolobok lügt ihm das Blaue vom Himmel runter und bittet ihn, sein Liedchen anzuhören. Und dieses Liedchen – der Text zur Schöpfung, das heißt die Geschichte des eigenen Lebens – ist ein Lieblingsgenre von Reisegefährten im Zug. Das Liedchen verzaubert, macht den Sänger zum Partner, zum Mitreisenden, Trinkbruder, und im entscheidenden Moment, als Kolobok den Volkshasen schon vollkommen zugenebelt hat, taucht er, der gerissene Unternehmer, der er ist, irgendwo unter.

Kolobok rollt weiter, sich nun schon seiner Kräfte sicher. Einige *Kolobok*-Forscher meinen, da er ja rolle, müsse es abwärts gehen. Aber dem ist nicht so. Er rollt eher aufwärts, Erfahrungen sammelnd. Vor ihm liegt eine große Zukunft. Es gibt auch solche *Kolobok*-Forscher, die rätseln, wie er sich denn ohne Arme und Beine überhaupt fortbewegen kann. Denn sein amerikanisches Pendant, der Lebkuchenmann, besitzt Extremitäten und sieht überhaupt einem Pfannkuchen ähnlich. Merkwürdig indessen, dass all diese Kenner sich nicht die Frage stellen, warum in dem Märchen verschiedene Tiere die menschliche Sprache beherrschen und wer sie ihnen wohl beigebracht haben mag. Kolobok ist die Seele der Welt, er kann rollen, wohin immer es ihm beliebt.

Im Trickfilm von 2012 stellt sich ihm der Wolf pöbelhaft entgegen. Mereschkowskis *Anmarsch des Pöbels* hat sich in ihm eingenistet. Er ist ein hybrides Wesen der russischen Geschichte: Bandit, Krimineller, Sadist, Silowik, kleiner Beamter, Steuerfahnder. Der Kampf mit dem Wolf nimmt ernste Formen an. Gegen den Pöbel ist kein Kraut gewachsen – das wissen wir alle. Für ihn ist Kolobok etwas zum Fressen. Sonst nichts. Wie für den Verkehrspolizisten der zahlungskräftige Autofahrer. Kolobok selbst ist Bestechungsgeld in Reinform.

Aber wie der geschickte Autobesitzer dem Inspektor einen Bären aufbindet, so überlistet Kolobok den Wolf mit seinem Liedchen, vollführt ein paar Ablenkungsmanöver und – weg ist er! Wie der übertölpelte Beamte wird der Wolf wütend, aber zu machen ist da rein gar nichts mehr.

Also, Kolobok hat das einfache Volk und die Banditen besiegt – nun ist es an der Zeit, ins Business einzusteigen, klein oder mittelgroß.

Er rollt weiter. Im Zeichentrickfilm ist Kolobok auch noch Ästhet. Die Begeisterung für die schöne Welt treibt ihn in die Flucht vor den Eltern, die ihn wohl schon adoptiert hatten. Kolobok ist die Frucht ihrer letzten Liebe, ein erotisches Spitzenprodukt – aber so eine Ästhetik zensiert quasi die wahre Tragödie. Kolobok hat eher Geschmack am Leben überhaupt, als dass er einen ästhetischen Grund zum Eskapismus hätte, und daher ist er weiterhin bereit zu kämpfen.

Der Bär, als chronische Metapher für den russischen Staat, ist stark und darum im Recht. Ihm ist alles zu wenig. Genauso ein Draufgänger wie der Wolf, nur unter dem Schutz des Gesetzes. Im Grunde ein Diktator. Kolobok tritt gegen ihn an und gibt eher den Schauspieler, den Clown, als den gleichberechtigten Gesprächspartner. Sein Liedchen klingt in den Ohren des Bären komisch. Der Bär grübelt, wie er weiter vorgehen soll: Ihn auf der Stelle fressen oder ihn erst noch ein bisschen singen lassen, aber genau in diesem für seinen getrübten Verstand schwierigen Moment haut Kolobok ab.

Nun kann er schon den Architekten eines Big Business geben. Er hat den Staat ausgetrickst, und wenn der ihn trotzdem eines Tages frisst, dann schon nicht mehr ganz so überraschend.

Das Unglück naht von unerwarteter Seite, obwohl es tatsächlich jene Seite ist, die für alle Erfolgreichen eine Bedrohung darstellt: für das Big Business, für den berühmten Schriftsteller und für den großen Regisseur.

Dieses Unglück wird verkörpert durch die schöne Füchsin – die bezaubernde Figur des Märchens. Natürlich kann man sie »lesen« als Bild einer Schönheit, die das Leben des reichen und berühmten Ehemanns zerstört. Aber Kolobok schafft es letztlich nicht, die Füchsin zu ehelichen. Die Füchsin erweist sich als eine andere – aus einem unbekannten Leben.

Bis dahin waren die Tiere welche von uns – die Füchsin ist es nicht. Sie ist eine ausländische Agentin. Eine Harvard-Absolventin. Sie ist technisch stärker und moderner als Kolobok. Sie ist »*smart war*« im Vergleich zu Armeen in Fußlappen, englische Flotte mit eisernen Schlachtschiffen im Vergleich zu russischen Holzschiffen aus dem Krimkrieg der 1850er-Jahre. Sie ist mobil, schlau, obwohl sie uns nur listig vorkommt. Dergleichen können wir erwürgen, aber mit ihnen konkurrieren können wir nicht.

Das primitive Liedchen von Kolobok übt zunächst keinerlei Wirkung aus, doch die Füchsin zielt schlau auf das Thema Eitelkeit. Sie erklärt es für genial.

Im originalen Märchen von Afanassjew wird betont, dass Kolobok sich »törichterweise« auf die Fuchsschnauze setzt. Und das ist ein eindeutiges Manko von Kolobok im Vergleich zur fortgeschrittenen Zivilisation. Kolobok ist kein Oligarch geworden – eine schlauere Firma hat ihn in den Bankrott getrieben und gefressen.

In unserem nationalen Bewusstsein, das Dummköpfe liebt – und Kolobok ist ja teilweise ein Dummkopf (im Vergleich zum Hasen aber ein Philosoph) –, ist von Kindheit an das Vorurteil gegen die hohe und komplizierte Zivilisation angelegt. Wir brauchen etwas Einfacheres, wir müssen unsere eigenen Bestien besiegen. Wir lieben es, alles zu vereinfachen.

Natürlich kann uns unser guter alter Bär auch zusammen mit Kolobok auffressen – er kann uns bis in alle Ewigkeit fressen, und trotzdem wird er einer von uns sein, ungeachtet des Massenmords. Die feurige schöne Füchsin wird uns immer in die Pampa treiben, und die einzige Möglichkeit, sie in Verlegenheit zu bringen, wird sein – ein großer weltberühmter Rüpel zu werden.

Ein Großer Gopnik.

Es gibt auch noch einen radikaleren Ausweg. Die Füchsin kann Kolobok verschlingen und sich vergiften. Dazu muss Kolobok zu Gift werden. Dann kommen beide um, wie in einem Atomkrieg. Doch an so ein Finale möchte man nicht glauben.

Schwer ist es, Kolobok zu sein.

43
Der Große Gopnik und ich. Unsere Begegnung in Paris

Was hätte ich verloren und was gewonnen, wenn ich auf die verschiedenen Stimmen meines Gewissens gehört hätte? Denn meine Familie hätte mich sicher unterstützt, meine Anti-Ehefrau Schurotschka, stets unschlüssig bei den Begriffen anständig-unanständig, ängstlich, in Geldnot zu geraten, ja, und auch meine Leser, besonders im Westen, hätten meinen Zickzackkurs spannend gefunden – der eine hätte ihn verurteilt, der andere hätte vielleicht sogar gesagt: Hey, toll!

Die größte Ablehnung hätte ich mir bei denen eingehandelt, die bereits ausgereist oder mir selbst als eindimensionale Lebewesen vorgekommen wären, hinter deren Seele nichts als Andersdenken gewesen wäre.

Im März 2005 fand in Paris der alljährliche Salon du Livre statt, bei dem unser bescheidenes Land Ehrengast war. In diesem Kontext brachten Pariser Verleger mein neues Buch heraus.

Der französische Präsident lud unsere Schriftsteller in sein Palais ein. Seither sind fast alle gestorben – das Leben scherzt nicht mit den Menschen.

Mir wurde vorab mitgeteilt, der französische Präsident habe mein Buch ausgewählt, um es in seinem Palais vorzustellen – na schön …

Ich erhielt eine Einladung auf sehr dickem Karton, nahm ein Taxi und fuhr am Präsidentenpalais vor. Das befindet sich – für die, die es nicht wissen – in der Nähe der Champs-Élysées. Der Pariser Taxifahrer wunderte sich überhaupt nicht, dass ich zum Präsidenten chauffiert werden wollte, und meine französischen Verleger freuten sich nicht einmal, dass der Präsident vor den Kameras zum ganzen Land über mein Buch sprechen würde. Seltsame Leute.

Ich ging hinein. Unsere »Sechziger«, die Schriftsteller der 60er-Jahre, die inzwischen das Zeitliche gesegnet haben, standen in kleinen Grüppchen beieinander und tranken Cocktails. Irgendwie sahen sie usselig aus, obwohl sie sich herausgeputzt hatten. Der Präsident war noch nicht da – das Zusammentreffen mit uns sollte ein Ereignis sein, einem Präsidenten angemessen eben. Da sagte jemand: Der Große Gopnik kommt auch – ins Gebäude der Buchmesse habe man ihn nicht reingelassen, die Sicherheit sei nicht gewährleistet gewesen, also komme er jetzt hierher zu uns.

Die Leute aus der Protokollabteilung wollten uns in einer Reihe postieren, aber dann verstanden sie, dass sie trotz allem Franzosen waren und dass man Schriftsteller nicht in einer Reihe aufstellt. Daher ließ man uns einfach in Grüppchen herumstehen, und die Aufpasser machten strenge Miene dazu.

Eine Minute später betrat munteren Schritts der schlaksige Präsident Frankreichs mit den langen schmalen Händen den Saal, zusammen mit seinem klein gewachsenen Freund, unserem Großen Gopnik. Sie gingen, nein, sie flogen regelrecht in präsidialem Tempo zur Tribüne – von der Seite betrachtet sah das ziemlich grotesk aus. Plötzlich fing ich den Blick des Großen Gopniks auf. Er konnte mit dem Schlaks kaum Schritt halten, doch dabei hielt er seinen Ich-habe-vieles-gesehen-Blick auf mich geheftet. Dann, als habe er es sich anders überlegt, schleuderte er mich mit seinem Blick zu Boden, so wie Halbstarke mit den Fingern den Rotz aus der Nase wegschleudern.

Ich war befremdet. Wir kannten uns nicht persönlich. Allerdings hatte ich ihn zum ersten Mal bei den Feierlichkeiten anlässlich der 2000 Jahre Christentum im Kreml gesehen. Er stand irgendwie linkisch auf der Bühne, Standbein, Spielbein – so standen im ganzen Land die Verkehrspolizisten in Erwartung von Regelbrechern herum. Und die tauchten dann auch auf. Wie viele Störer der Ruhe Russlands hatte er schon auf seinem Weg als Präsident geschnappt, von Oligarchen bis zu Nawalny und seinem Team! Aber damals hatten wir uns noch nicht kennengelernt.

Allerdings hatte ich etwa drei Jahre vor unserer Begegnung in Paris, wie Sie wissen, einen offenen Brief an ihn geschrieben, einen ziemlich scharfen Brief, im Rahmen des noch Möglichen, versteht sich.

Der Große Gopnik antwortete nicht auf meinen Brief, und ich hatte auch gar nicht damit gerechnet. Er sagte nur wie nebenbei auf irgendeiner Pressekonferenz, das sei eine Angelegenheit zwischen der Jugendorganisation und uns. Hunderttausende gegen mich und Balujew. Währenddessen hatten in dem betroffenen Verlag bereits Hausdurchsuchungen begonnen.

Doch plötzlich änderte sich alles, ganz wie im Märchen. Der Große Gopnik rief den zuständigen Minister zu sich in den Kreml und sagte zu ihm, ohne ihm in die Augen zu sehen: »Wieso schickst du Schriftsteller ins Gefängnis?«

»Ich?« Der erschrockene Minister traute seinen Ohren nicht. Er blieb stehen – man hatte ihm nicht angeboten, sich zu setzen. Aber er war trotzdem glücklich. Bis dahin war er nie im Arbeitszimmer des Chefs gewesen. Tête-à-Tête mit Gott. Damals hatte man noch Illusionen.

Der besagte Minister erzählte mir später, während er sich über die »Gemeinsam Gehenden« empörte, dass er, falls man mich wegen meiner Bücher vor Gericht zerren sollte, höchstpersönlich kommen werde und – er trommelte dabei mit den Fingern auf dem Tisch herum – die Sache wäre erledigt. Diese Illusionen hielten sich noch lange, bis sie langsam schmolzen, hielten sich aber noch, sie hielten sich und dann tauten sie plötzlich weg wie Schnee im Januar auf der Krim.

»Geh!«, sagte der Große Gopnik spöttisch, ohne den Minister eines Blickes zu würdigen, und fuhr fort, irgendetwas zu schreiben. »Und Schriftsteller sperrst du mir nicht ein, verstanden?!«

Der Minister freute sich schrecklich über dieses groteske stalinsche Narrativ. Möglicherweise war gerade in diesem Moment der Chef erstmals auf mystische Weise mit dem Kleinen Nächtlichen Stalin verschmolzen. Denn jener hatte sich diesmal nicht in den Kreml begeben, sondern geradewegs in unsere Seelen (ein Wortspiel, wie Sie sogleich erraten haben, denn Seele heißt auf Russisch *duscha*, eine Anspielung also auf die Dusche im elterlichen Badezimmer, zudem im Tonfall Nabokovs – allerdings hatten wir damals kein heißes Wasser).

Der Minister sprang auf wie ein großer Ball für Kinder und rollte zum Staatsanwalt. Die Hausdurchsuchungen hörten auf. Bücher wurden nicht mehr geschleudert. Der stockbetrunkene Minister erzählte mir etwas später in Petersburg bei einem Jubiläumsessen des Fernsehsenders Kultura von diesem Wunder. Damals hatten sie meine Talkshow *Apokryph* noch nicht verboten – die Leiterin des Senders, die strenge, aber reizende Tanetschka P., ließ mich ziemlich lange abblitzen, regte sich auf, schmollte, stritt mit mir oft am Telefon, aber meine Talkshow über menschliche Werte mit klugen Gästen lief und lief, bis 2011, als sie dann schließlich von ganz oben abgesetzt wurde.

Doch kehren wir zurück zu dem Brief. Es war ein für die Zarenherrschaft einzigartiger Fall, dass ein »liberaler« Brief eine echte Wirkung verursachte.

Wahrscheinlich erinnerte *er* sich deshalb an mich.

Der französische Präsident sprang leichtfüßig auf die Tribüne und begann, gestikulierend und froh und zufrieden mit sich selbst, wortgewandt zu erzählen, wie sehr er die russische Literatur liebe.

Sein russischer Freund hatte bei seiner Rede über die Liebe zur französischen Literatur einige Wortfindungsschwierigkeiten. Er nannte Balzac und nach einer Pause Dumas. Alle begannen zu klatschen, um ihn zu unterstützen, womit sie endgültig alle Namen französischer Literaten aus seinem Kopf schlugen. Er verstummte und hüpfte von der Tribüne wie eine Heuschrecke. Eine zufällige Heuschrecke. Alle Gopniks sind zufällige Leute. Überhaupt sind wir in Russland alles zufällige Leute. Auch ich bin ein ganz zufälliger Mensch.

In dem Moment rief mich der Präsident Frankreichs zu sich: Er würde jetzt ein paar Worte über mein Buch für die Kameras sagen. Da war ein ganzer Pulk französischer Fernsehkameras aufgebaut. Er bat mich, auch etwas zu sagen, da ich ja Französisch spräche. Wir sprachen über meinen Vater, den sowjetischen Diplomaten, den der Präsident früher gekannt hatte. Das alles war ziemlich nett, doch Präsidenten haben in der Regel wenig Zeit, und so rief er quer durch den Saal den Großen Gopnik beim Namen.

Der reagierte nicht. Er sah, dass der Präsident Frankreichs mit mir dastand, und hatte wohl keine Lust, sich zu uns zu gesellen. Doch als der Präsident Frankreichs zum dritten Mal seinen Namen rief, sagte er laut: »Ich komme, Herr Präsident!«

Schau an, dachte ich, der Franzose spricht ihn mit Namen an, und unserer den Franzosen mit Herr Präsident!

Endlich trat der Große Gopnik auf uns zu und stellte sich zu uns, irgendwie vollkommen daneben. Im Grunde war ich für ihn jener unangenehme Fall, bei dem er gezwungen war nachzugeben, aber Gopniks, vor allem die ganz großen, geben nicht nach und gestehen ihre Fehler nicht ein.

Er stellte sich breitbeinig hin, versteckte die Hände hinter dem Rücken und sah aus wie sein eigener Leibwächter. Ich glaube, er bewachte den brodelnden Friedhof seiner Komplexe. Der Präsident Frankreichs und ich wechselten noch einige Worte, und da sagte unser Großer Gopnik, einen Blick in meine Richtung werfend – er sagte etwas, das ich bis heute nicht vergessen kann. Er sagte unfreundlich und scharf: »Warum sprechen Sie französisch mit ihm?«

Ich war geplättet. Ich hätte alles erwartet, nur nicht das. Verblüfft, wie ich war, antwortete ich, ohne meine Verblüffung zu verhehlen: »Aber er ist doch der Präsident Frankreichs!«

In der Tat! In welcher Sprache hätte ich denn sonst mit dem Präsidenten Frankreichs sprechen sollen? Aber *unserer* meinte offenbar, dass wir, kaum dass er neben uns stand, begonnen hätten, seine körperlichen und moralischen Mängel zu besprechen. »Schau nur«, sagte der Präsident Frankreichs auf Französisch zu mir, »nein, guck ihn dir an ...« – »Oje, sei man still!«, schüttelte ich betrübt den Kopf.

Die offiziellen Dolmetscher kamen herbeigestürzt. Der Präsident Frankreichs sagte rasch ein paar warme Worte über mein Buch, ich antwortete rasch etwas, unser Großer Gopnik sagte nichts, aber wir alle drückten einander die Hand.

Am Abend desselben Tages bekam ich einen Anruf aus meinem Moskauer Parkhaus. Man bat mich, Geld für eine Renovierung zu organisieren. Ich wunderte mich über diese Bitte. Worauf der Parkhaus-Direktor sagte: »Wir haben alles gesehen!«

»Was haben Sie gesehen?«

»Wir haben gesehen, wer Ihnen im Fernsehen die Hand gedrückt hat ... Jetzt wird Ihnen niemand mehr etwas abschlagen!«

Mit dem Händedruck im Élysée-Palast war die Geschichte jedoch noch nicht beendet. Alle strömten raus in den Garten, für ein Gruppenfoto auf den breiten Stufen. Schaut man es heute an, sieht man, dass die vorhergehende Generation von Schriftstellern ausgestorben und die neue noch nicht geboren ist – lauter versprengte Leute.

Nach dem gemeinsamen Gruppenbild begeisterten sich die Beteiligten an der Einheit von Ort und Handlung und kehrten im schon entspannten Zustand einer Postorgasmus-Katharsis in den Saal zurück. Die Zeit des Empfangs ging zügig dem Ende entgegen, die Cocktails wurden abgeräumt, die Gäste begaben sich durch den Saal zum Ausgang.

Auch ich bewegte mich Richtung Ausgang, und da sehe ich: An mir vorbei geht resoluten Schritts unser kleiner Großer Gopnik, überholt mich, dreht sich um und – pflanzt sich vor mir auf. Versperrt mir den Weg. Ich laufe buchstäblich fast in ihn rein, kann gerade noch bremsen, stehe da, schweige.

Und die Gefolgschaft, eine große vaterländische Gefolgschaft, umringt uns. Immerhin in einem gehörigen Abstand bleibt sie stehen wie angewurzelt, und ich vernehme ein Flüstern: »Er hat ihn rehabilitiert.«

Hören Sie, ich habe damals nicht einmal gewusst, dass ich rehabilitiert werden musste! Die Zeiten schienen ja noch luftig zu sein, aber die Gefolgschaft wusste, woher der Wind wehte.

Ich verstand, dass er, wenn er schweigt, seinem Status entsprechend darauf wartet, dass ich zuerst etwas sage. In jenen fernen Zeiten war schon viel Geschirr zerschlagen worden, und reden musste man eigentlich genau darüber. Ich war von der ersten Minute an dagegen gewesen, dass er regiert. Im Grunde war er ein Polyp, wenn nicht schlimmer.

Ich schwieg noch einige Sekunden, und da fiel bei mir der Groschen. Nein, gegenseitiges Einverständnis wollte er nicht, er wollte mehr, er warb mich an: Er wollte mich als Komplizen anheuern, denn ich stand ja mit dem Präsidenten Frankreichs auf gutem Fuß, und nützlich für ihn wäre gar nicht einmal ein Hofschriftsteller gewesen, sondern ein Staatsschriftsteller, der durch die internationale Arena jetten könnte, so wie jener Dirigent (ein klasse Dirigent übrigens!) oder jener Regisseur (auf dessen Beerdigung der Große Gopnik sagte, dass er auf ewig einen Platz in seinem – man möchte hier einfügen, *wackeren* – Herzen haben werde). Und Schreiberlinge? Es gibt da natürlich einige Arschkriecher, aber das ist ja keine internationale Saubande, sondern eine aus dem Hinterhof wie er selbst.

Ich verstand, dass ich nicht weiter schweigen durfte, aber zu sagen hatte ich eigentlich auch nichts, daher wandte ich mich an den Großen Gopnik.

»Ich habe eine kleine Tochter«, sagte ich, »und *Kolobok* ist das erste Märchen, das ich ihr vorgelesen habe.«

Der Große Gopnik hörte mir aufmerksam zu.

»Jeder in unserem Land liest seinen Kindern als Erstes *Kolobok* vor. Und was ist die Folge davon? Das ist doch ein tragisches Märchen. Kolobok kommt um. Sang- und klanglos, ruhmlos. Jeder Russe ist für sein ganzes Leben traumatisiert.«

Der Große Gopnik neigte misstrauisch den Kopf nach links: »Meinen Sie das im Ernst?«

»Und ob! Was geschieht mit unserem russischen Kolobok? Opa und Oma, zwei bettelarme Alte mit ihren leeren Schaffeln, konnten ihn nicht beschützen. Kein guter Einstieg ins Leben. Den haben wir mitbekommen durch die schweren Leiden des Volkes unter dem tatarisch-mongolischen Joch. Und weiter? Kolobok macht sich auf den großen Weg seines kurzen Lebens. Die nicht besonders schlauen Tiere vermochte er mit seiner Schlauheit zu überlisten. Na ja, wer könnte einen Hasen nicht überlisten? Oder einen Wolf oder einen Bären? Die Tierwelt unserer Heimat! Aber die Füchsin! Die ist schlau, heimtückisch – wer ist sie? Sie ist eine ausländische Agentin. Sie ist der Westen persönlich! Der Westen, der unseren Kolobok frisst – und daher kommt all unser ganzes lebenslanges Elend ...«

Der Große Gopnik musterte mich mit seinen kleinen Äuglein voller Kälte, Unruhe und zugleich Verständnis: So etwas kann nur *einer von uns* von sich geben, die Füchsin ist tatsächlich dem Westen ähnlich, und Kindern sollte man so ein Teufelszeug gar nicht erst beibringen.

»Schreiben Sie mir noch einen Brief!«, sagte er scharf zu mir, und ich fühlte, hier ist sie, die größte Chance meines Lebens!

Denn er hatte sich an meinen ersten Brief erinnert, ihn nicht vergessen, obwohl drei Jahre vergangen waren, und was hat er nicht alles um die Ohren! Er hatte erfolgreich gegen Oligarchen gekämpft! In Tschetschenien Ordnung geschaffen! Das unabhängige landesweite Fernsehen zerschlagen! Aber vor allem hatte er seinen Kollegen von der allgemeinen Staatssicherheit mitgeteilt: Die Macht ist jetzt in unserer Hand! Ihm war alles geglückt. Ökonomisch, moralisch, geistig, in Liebesdingen, sportlich, finanziell und international ... Das nenne ich einen Glückspilz! Und nun werde ich ihm einen Brief schreiben mit der nachdrücklichen Bitte, das schädliche Märchen *Kolobok* zu verbieten.

»Natürlich schreibe ich den Brief«, sagte ich. »Aber wie ihn übergeben?«

Er musterte den Kreis der Gefolgschaft und tippte mit dem Finger auf eben jenen Minister, der mir von dem Wunder erzählt hatte, wie die Schriftsteller dem Gefängnis entgangen waren.

»Über ihn!«

Der Große Gopnik lächelte ein kurzes Lächeln, machte kehrt und entfernte sich rasch. Die Gefolgschaft stürzte sich auf mich. Sie hatte ja in respektvollem Abstand dagestanden und daher unser Gespräch nicht mitgehört.

»Worüber haben Sie mit ihm gesprochen?«, fragte der reizende Minister, der selbst aussah wie Kolobok. Ihn hatte der Große Gopnik mit dem Finger angetippt.

Ich sah sie alle an und sagte, geschickt den Verlegenen spielend: »Das ist unser Geheimnis.«

Alle waren beeindruckt, aufgeregt, hellauf begeistert und wollten mich irgendwohin abschleppen. Zwei Leiter der Hauptfernsehsender – der eine ein mit den Jahren zunehmend zugeknöpfter Liberaler, der andere im Gegenteil ein offenherzig Konservativer und teils gar ein Obskurant – hielten mich an der Garderobe auf und sagten: »Wir haben mit einem Ohr vernommen, dass Sie über *Kolobok* gesprochen haben ...«

»Stimmt«, bestätigte ich.

»Wir haben einen Vorschlag. Wir machen zusammen eine Serie und senden sie gleich auf zwei Kanälen: *Die verschlungenen Wege von Kolobok*. Wär das was?«

Ich nickte erfreut und freundschaftlich.

Die Serie habe ich, wie Sie bereits erraten haben, dann doch nicht gemacht. Und auch den Brief nicht geschrieben. Warum ich ihn nicht geschrieben habe? Warum ich kein Staatsschriftsteller geworden bin, ein Super-Fadejew, mit Milliarden von in Panama gebunkerten Offshore-Dollars, mit einer Jacht einem Schloss in Monaco und einer Luxuswohnung in Miami? Die Weiber würden mir hinterherrennen, die besten Weiber des Planeten, zusammen mit den ganzen Kulturfuzzis! Nimm uns, fick uns und schieß uns in den Kosmos! Ich wäre ein sozialer Lift, ich wäre Gorki, der *Klim Samgin* schreibt. Und ich müsste nicht einmal besonders meinen Arsch verkaufen, eine beschissene Lobeshymne auf den Moskau-Wolga-Kanal schreiben, Tschekisten abküssen, mich für Zwangsarbeit auf den Solowki bedanken. Ich müsste nur einmal im Jahr feierlich irgendein staatliches

Lügenmärchen auftischen! Und danach ab nach Monaco! Wodka trinken und den ganzen Albtraum vergessen. Wer weiß, warum ich kein *Staatsschriftsteller* geworden bin! Dabei war das Glück möglich und so nah ... Nun ja. Wie dem auch sei, Leute, ich hab's verschissen.

44
Eine saubere Virenfamilie

Wie viele Menschen, so viele Meinungen. Besonders dann, wenn klar ist, dass überhaupt nichts klar ist. Ungeachtet der Epidemie der Dummheit wollten die Verwandten meiner Anti-Ehefrau Schurotschka (»Ich bin Sascha«, echauffierte sich manchmal meine stolze Anti-Ehefrau, »nenn mich also nicht Schurotschka!«) sich trotz allem in großer Familienrunde treffen, denn Schurotschkas Großvater beging zu unpassender Zeit einen halbrunden Geburtstag – 95 Jahre.

Zunächst dachten Schurotschka und ich, dass Fjodor Petrowitsch die Feier aus Vorsicht absagen würde. Aber ganz im Gegenteil, er äußerte die Ansicht, man müsse sich im Familienkreis versammeln, um Solidarität zum Ausdruck zu bringen. Solidarität muss sein! Und wenn Großvater so entschieden hatte, riskierte keiner *von den unseren*, die Solidarität zu verweigern, denn Großvater war, *bei uns* jedenfalls, eine Autorität, im besten Sinne dieses Wortes. Er hatte in seinem Leben so viel Schreckliches gesehen, dass man ihm in schweren Zeiten getrost zuhören konnte.

Also versammelten wir uns bei Opa. Tante Sina kam demonstrativ mit *Antidumm*-Maske, aber auch mit Blumen – Teerosen. Ihr Mann Witali brachte demonstrativ zwei Flaschen Wodka mit, obwohl er selbst nicht trinkt.

Schurotschkas Schwester Aljona kam mit ihren Kindern Sascha und Pascha, und alle schrien sie an: Wozu musst du die Kinder der Gefahr aussetzen?

Auch ein Verwandter aus Tula traf ein, Wassili, denn er war ein Verzweifelter und hatte vor nichts und niemandem Angst. Aber wir beschlossen, uns sicherheitshalber von ihm fernzuhalten, ihm nicht die Hand zu geben, denn wer weiß, wie es um die Dummheit in einer anderen Stadt steht und ob es vielleicht gefährlich ist, mit der Vorortbahn zu fahren.

Schurotschka verteilte an alle irgendwelche *Antidumm*-Tabletten und sagte, *notfalls* würden sie gegen Dummheit helfen. Wir alle hatten größte Zweifel, nahmen aber jeder ein Päckchen an und eine Tablette ein, diese mit einem Getränk je nach Gusto runterspülend.

Netter Versuch!, dachte ich.

Schurotschkas Cousine Stassja kam mit ihrer roten Katze und Weihwasser – alle schrien los, kein Mensch brauche Katzen in diesen *dummen* Zeiten, aber gegen Weihwasser hatte keiner was.

Wir setzten uns zu Tisch. Auf der Tagesordnung unser ewiges Anliegen: Wie leben und was tun?

Ungeachtet der Epidemie der Dummheit hatten alle einen gesegneten Appetit und futterten, was auf dem Tisch stand: »Olivier«-Salat, Mariniertes, Hering mit Kartoffeln, Sülze, Schinken – und wir brachten Trinksprüche aus auf die Gesundheit von Opa, Fjodor Petrowitsch. Für eine gewisse Zeit war die Epidemie völlig vergessen, bis Opa daran erinnerte.

Er erhob sich mit einem Gläschen in der Hand und sagte, im Vergleich zu den Kriegen, die er erlebt habe, sei die Epidemie der Dummheit Kokolores, und wir würden sie natürlich besiegen. Und um sie zu besiegen, müsse man an den Sieg glauben. Außerdem müsse man sich sorgfältig die Hände waschen und ebenso sorgfältig an sich selbst glauben.

Ich wiederholte sogar in Gedanken für mich selbst: sorgfältig an sich glauben!

Mit Vergnügen stießen wir auf *unseren* vernünftigen Opa an. Aber wir küssten nicht, weder ihn noch einander, denn das war ansteckend – und wenn man einmal anfing mit dem Küssen, dann hörte man nicht mehr auf.

Unser Verwandter aus Tula ergriff das Wort und sagte, zuerst habe er gedacht, das alles hätten die *Amis* verbrochen, um die ganze Welt zu erobern, denn sie hätten eine Spezialabteilung mit Silowiki, die nicht mal auf ihren Präsidenten hören, aber jetzt neige er dazu, dass die Chinesen an allem schuld seien.

Hier war Schurotschka nicht einverstanden. Sie sagte, das seien nicht die Chinesen, sondern Gottes Strafe.

»Das ist doch ein und dasselbe!«, erklärte der Verwandte aus Tula.

Aber Fjodor Petrowitsch war nicht mit ihm einer Meinung. Er sagte, früher habe er nicht an Gott geglaubt, aber seit er dem Grabe näher komme und gläubig geworden sei, habe er verstanden, dass Gott, meine Lieben, dass er die Menschen wohl eher liebe, als dass er ihnen, entschuldigt, so eine Sauerei antun würde.

Nach dieser Ansprache von Opa begannen alle durcheinanderzureden. Jeder hatte seinen eigenen Gott, wie sich herausstellte, seine Sicht auf die Amerikaner und auf diese ausgesprochene Sauerei.

Doch da rief Schurotschka erneut alle zur Solidarität auf.

»Egal«, sagte sie, »wer an Gott glaubt und wer nicht, wer für die Regierung ist und wer sie nicht ausstehen kann, wer Veteran ist und wer einfach unser lieber Verwandter aus Tula – versteht doch! Wir müssen aufhören zu streiten, bis die Zeiten wieder besser sind! Jetzt müssen wir in uns selbst den Kriegszustand ausrufen und alle Anordnungen der Stadt befolgen. Ich zum Beispiel mag wie wir alle keine Reichen und bin von Natur aus wankelmütig. Aber ich bin bereit, mich sogar mit Europa zu versöhnen. Opa hat nicht recht: Die Epidemie der Dummheit ist kein Kokolores, das ist ein gefährlicher Feind, sehr heimtückisch, für manch einen sogar tödlich. Ich bin entsetzt über das, was in Italien und Spanien passiert ist. Freunde, lasst uns auf sie trinken.«

»Ich liebe dir!«, rief ich voller Begeisterung meiner Anti-Ehefrau zu.

»Lasst uns erst mal einen trinken, und dann machen wir Liebe«, schlug Opa vor.

Nun, wir tranken auf Italien und Spanien, dann tranken wir auf das amerikanische Volk, das auch krank war, dann auf China. Auf China trank auch Witali, der sonst nie trinkt, aber warum er es jetzt tat, wollte er uns nicht verraten. Dann tranken wir mehrere Male auf

Russland, auf Moskau, auf unsere Familie. Witali trank bereits auf alles, auf alles und jeden.

Da platzte Tante Njura herein – sie arbeitete als Putzfrau in der Präsidialverwaltung des Großen Gopniks, dort, ganz oben, und deshalb konnte sie nicht pünktlich erscheinen – sie sei aufgehalten worden, sagte sie, bei ihrer verantwortungsvollen Arbeit.

»Na dann, Petrowitsch!« Sie kippte bedeutungsvoll ein halbes Glas und aß mit Appetit eine Gabel voll knackigem Sauerkraut hinterher. »In unseren Kreisen«, plauderte sie ein Geheimnis aus, »sagt man, dass das Virus der Dummheit in Labors gezüchtet worden ist. Ihr glaubt nicht, wer das war – die Polen!«

»Genau! Das sind die Polen und unsere Moskauer Nationalverräter, die haben diesen Scheiß gebaut«, stimmte der beschwipste Wassili der Putzfrau zu.

Doch hier mischten sich Sascha und Pascha ein – Studenten und Internetfreaks.

»Also echt, was ihr hier für einen Mist verzapft, ihr elenden Stalinisten!«, riefen sie mit hellen Stimmen. »Kommen wir lieber zurück auf die Chinesen, liebe Vorfahren! Die sind die Bedrohung!«

Auf die Chinesen kamen wir indes schon nicht mehr zurück, dafür stimmten wir ein Lied an, ich weiß nicht mehr, was für eins, und dann bewiesen wir vorbildliche Solidarität: Wir suchten alle zusammen die vor unserem Gesang geflüchtete rote Katze.

»Und warum hat der Große Gopnik kein einziges Mal die *Antidumm*-Maske aufgesetzt?«, fragten wir seine Putzfrau.

»Er steht über der Dummheit«, antwortete sie stolz.

»Und wenn wir plötzlich alle sterben?«, bemerkte Schurotschka auf einmal.

»Ach was«, winkten wir sozusagen mit allen unseren Händen ab.

Die Ernüchterung kam überraschend schnell. Opa fasste unser Familientreffen zusammen und sagte, er plane, hundert Jahre alt zu werden. Und das bedeute, dieses verdammte Virus der Dummheit zu überleben, und er sei bereit, diese Dummheit mit dem blanken Säbel niederzumähen, nimmermüde und hartnäckig!

Wir standen alle auf und applaudierten, unsere Frauen weinten sogar. Schurotschka brach schlicht in Tränen aus! Und ich freute mich für Fjodor Petrowitsch, weil er mit seinem blanken Säbel unser Optimist war!

45
Nackter Papa

Ich habe Mama niemals nackt gesehen. Der Körper war in unserer Familie absolut tabu. Der Körper lebte irgendwo tief unter der Erde. Es schien, als würden wir unsere Kleider irgendwelchen Schaufensterpuppen anziehen. Doch darunter brodelte das Thema Körper. Mama sagte einmal zu meiner Schwester O., dass sie es angenehm finde, mit Papa im »dritten Lebensalter« Sex zu haben.

Auch Papa habe ich ja nie nackt gesehen, na ja, vielleicht nur einmal in Frankreich, als wir uns in der Männerumkleide nach dem Schwimmbad umzogen und ich ihn für eine Sekunde nackt sah, allerdings mehr von hinten, er hatte genauso einen kleinen Po wie ich, klein, aber ganz ordentlich.

Als man Papa ins Krankenhaus bringen musste, dieses letzte Mal, verlangte Mama von mir, sie bestand regelrecht darauf, dass ich Papa wusch, bevor der Notarzt kam.

Er war mehrere Male in seinem Zimmer gestürzt – und nun holten sie ihn ab. Wie sich herausstellte, für immer. Er war einundneunzig. Ich weigerte mich.

»Das mache ich nicht!«

Mama war furchtbar empört. Gewöhnlich half mein Bruder Andrjuscha ihm beim Waschen.

»Das mache ich nicht«, wiederholte ich. Ich wollte nicht, dass ich meinen Papa nackt in der Badewanne in Erinnerung behielt.

Der Notarzt kam. Papa wurde für immer weggebracht. Ich hatte den Eindruck, dass er seinen Lebenstreibstoff vollständig aufgebraucht hatte.

46
Das Messer in den Rücken Russlands

Im Jahr 2007 beendete der Große Gopnik die zweite Amtszeit seiner märchenhaften Regierung. Das Atom-U-Boot Kursk war schon untergegangen, dem Kreuzer Moskwa, Flaggschiff der Schwarzmeerflotte, sollte dieses Schicksal noch bevorstehen. Es war klar, dass der Große Gopnik niemals einfach so die Macht abgeben würde. Doch nach der damaligen sehr wohl demokratischen Verfassung hätte er den Kreml verlassen müssen. Die einen verfolgten die Vorwahlereignisse hoffnungsvoll, die anderen beunruhigt. Nikita Michalkow gehörte zur zweiten Fraktion. Man kann sagen, er führte sie an. Er träumte vom ewigen Großen Gopnik – dem Beschützer, Mäzen, Bewunderer seines vielseitigen Talents. Russland schenkte Nikita großzügig seine Liebe. Seine Filme waren Riesenerfolge. Er war das beste Pferd im Stall. Nach und nach trat er aus dem Stall heraus. Er wurde populär in Europa und Amerika und räumte eine Menge der tollsten Preise und Auszeichnungen ab.

Ich verhielt mich ihm gegenüber mit Skepsis. Seit Geburt mustergültiger Konformist, kam er ganz nach dem Vater, der seinen Sohn dem damals regierenden Chruschtschow zu Ehren Nikita Sergejewitsch nannte. Die Michalkows gehörten zu jenen Speichelleckern des Kremls, die geschickt, kultiviert und talentiert den jeweiligen Führern in den Arsch krochen und zum Zeichen der Dankbarkeit für geleistete Dienste ein luxuriöses, herrschaftliches süßes Leben führen konnten.

Ich habe einen seiner frühen Filme gesehen, der vom Bürgerkrieg handelt, und ich sah den Regisseur als Schlitzohr, der beim sowjetischen Zuschauer Interesse weckte für die Weiße Armee, jedoch, wie es sich gehörte, den Vorzug schließlich der Roten Armee gab. Nikita erschien mir wie ein tonnenschwerer Computer der allerersten Generation, der jede notwendige Komponente für Erfolg abspeichert und für seinen garantierten Triumph sorgt. Ich verlor das Interesse an ihm.

Der Große Gopnik fand es angenehm, mit dem berühmten Regisseur befreundet zu sein und in Nikolina Gora bei Moskau im

Widerschein eines Lagerfeuers mit Nikita zu plaudern. Der ging auf Nummer sicher, wählte die Position des Patrioten und erkannte mit geübtem Gespür beim Großen Gopnik die Macht der Eitelkeit und die Eitelkeit der Macht. Er verstand, wohin man rudern musste, und schrieb dem Großen Gopnik einen flammenden offenen Brief, gemeinsam mit dem Bildhauer Surab Zereteli (einem ebensolchen Speichellecker), im Namen und Auftrag der ganzen russischen Kultur. Darin wird der Große Gopnik bedrängt, sich erneut zur Wahl zu stellen und für eine dritte Amtszeit auf dem Posten zu bleiben.

Das Jahr 2007 – es steht für eine schon sauer gewordene Kohlsuppe des Liberalismus und noch verbliebene zerfledderte Restposten der Freiheit. Ein Jahr später kam der Krieg mit Georgien, und ebendieser Surab Zereteli zählte plötzlich selbst zu den Feinden. Aber trotz allem war doch noch das eine oder andere erlaubt.

Am 25. Oktober fand auf dem staatlichen Fernsehkanal NTV vor Millionen von Zuschauern das Duell zwischen Nikita Michalkow und mir statt. Er für den Großen Gopnik, ich dagegen. Der Moderator dieses Duells war der Journalist Solowjow, der spätere Star der Kremlkriegspropaganda. Der Sieger wurde durch telefonische Abstimmung der Zuschauer ermittelt.

Nikita war überzeugt von seinem bevorstehenden Sieg und wählte zunächst einen lässig freundschaftlichen Ton. Wir kamen beide mit auf französische Art gebundenem Schal ins Studio.

Das war das Einzige, was uns verband.

Der Schlagabtausch begann nicht beim Großen Gopnik, sondern bei der Orthodoxie. Michalkow erklärte Russland zu einem orthodoxen Land. Das war der Keim der späteren Kirchenideologie. Für mich dagegen der falsche gemeinsame Nenner, der uns zur Loslösung von der übrigen Welt führte, ein Teil einer neuen Festungsmauer. Die besondere Bedeutung dieser Mauer bestand nicht in der Orthodoxie, sondern darin, dass wir in der Konkurrenz mit dem Westen unterlagen, uns in eine Regionalmacht verwandelt und unser Ansehen in der Welt eingebüßt hatten. Die einzige Erfolgsformel war die Transformation der westlichen Partner in Feinde. Die

Beleidigungen an die Adresse des Westens wurden zahlreicher. Die misslungene Modernisierung wurde durch Mobilisierung ersetzt – im Grunde der Weg in den Krieg. Vor unseren Augen geschah der Bruch mit Europa.

Heute über Russland als ein real orthodoxes Land zu sprechen, ist lächerlich. Die Kirche hört lakaienhaft auf die Zarenautokratie und hat sich selbst diskreditiert. Belinskis berühmter Brief an Gogol, für dessen öffentliche Lesung der junge Dostojewski erst zum Tode verurteilt wurde und dann begnadigt im Straflager landete, stimmt auch heute noch: Die orthodoxe Kirche war »immer ein Bollwerk der Knute und eine Handlangerin des Despotismus«.

Die Sowjets vernichteten die Kirche als ideologische Konkurrentin, und als Stalin 1943 die Orthodoxie zur Erlangung des Sieges wiederbelebte, wurde die Kirche noch lakaienhafter. Für das einfache Volk war die Orthodoxie immer Schutzschirm, hinter dem sich das Chaos einer unordentlichen Weltsicht versteckte. Der mythischen Orthodoxie hätte man eine gewisse Erneuerung der Kirche im Geiste von Alexander Men gegenüberstellen können, aber Men wurde frühmorgens auf dem Weg zur Kirche mit einem Beil erschlagen, und das nicht zufällig.

Da ich spürte, dass unser Duell einen theoretischen Charakter annahm, holte ich zum Schlag gegen Nikita aus: Du tanzt auf zwei Hochzeiten. In Russland bist du der Patriot. Im Westen der Charmeur. Auf der Jagd nach Auszeichnungen. Kosmopolit. Nikita wurde wütend, wir verließen den familiären Ton. Das Gespräch wurde hitzig. Als es um den Großen Gopnik ging, erwähnte ich Stalins Personenkult und Nikitas Arschkriecherei. Er erinnerte mich zunehmend an ein böses Kind, das meint, alle müssten es lieben.

Als Sohn eines ausgesprochen mittelmäßigen Kinderbuchautors und Urhebers des tumben Textes der Sowjethymne, hypnotisiert von seinem erfolgreichen Vater, war er aus dem Kindesalter noch nicht herausgewachsen. Und nicht zufällig fand er sich schließlich im Sandkasten des Obskurantismus wieder. Er war ein Spielzeugbösewicht, der die Schokolade des Ruhms liebte und die Streicheleinheiten der Kremlpaten. Im Kindergarten des strengen Regimes (wie Fasil Iskander unser Land taufte) spielte er die Rolle des Lieblingskinds.

Und nun sagte ihm jemand, dass er nicht die Sache des Großen Gopniks vertrete, sondern vor allem sich selbst, und dass es ihm nicht wichtig sei, wer gerade Präsident ist, sondern in dessen Gunst zu stehen. Indem Nikita den Präsidenten zu einer dritten Amtszeit aufrief, öffnete er die Tür zu einer neuen Epoche des Personenkults.

Das Resultat des Duells war überraschend, vor allem für mich selbst – denn ich gewann. Ich erhielt 90 000, Nikita 60 000 Stimmen.

Dieses Resultat gab Anlass zu der zugegebenermaßen bescheidenen Hoffnung, Russland könnte einen anderen Weg gehen. Das Fernsehvolk hatte für den gesunden Menschenverstand gestimmt – das musste einen einfach beflügeln. Solowjow gestand mir, dass sie den Zähler diesmal nicht in Richtung des gewünschten Resultats manipuliert hätten. Sie seien sich sicher gewesen, dass der Liebling des Volkes siegen würde. Eine fatale Rolle spielte für Nikita seine offensichtliche Irritation über die zwei Hochzeiten und die Arschkriecherei. Mein Sieg war letztlich eher privater als öffentlicher Natur.

Aber das Ganze erregte Aufsehen.

Im Kreml erklärte Stawrogin, von seiner realen Bedeutung her der dritte Mann im Staat, das sei vor den Wahlen *ein Schlag in den Rücken Russlands* gewesen. Es heißt, Medwedew habe ihn zurechtgewiesen. Zur abschließenden Beurteilung wurde die Sendung dem Großen Gopnik gezeigt, der sich in dem Moment auf Staatsbesuch in Portugal befand. Angeblich hat er sich nicht besonders darüber geärgert. Nikita fing an, ihm bereits gehörig auf die Nerven zu gehen.

Ich weiß nicht, inwieweit den Großen Gopnik die Resultate der Zuschauerabstimmung nachdenklich gemacht haben, jedenfalls zog er es dann vor, für die nächsten vier Jahre einen Präsidenten anzumieten. Medwedew verfügte natürlich nicht einmal über ein Drittel der präsidialen Macht. Und er hat wohl kaum den Krieg mit Georgien angezettelt. Dafür trat er gegen Gaddafi auf, gemeinsam mit dem Westen, womit er den Zorn des Großen Gopniks hervorrief, der sich vorübergehend als Ministerpräsident und Präsidenten-Aufseher installiert hatte. Wie immer man zu Medwedew stehen mag, aber die vier Jahre seiner Präsidentschaft waren alles in allem Jahre des Aufschubs.

47
Der Sphinkter

Manche unserer Familie nahestehenden Leute meinten, Mama habe ein »schwieriges« Verhältnis zu mir. Klawa zum Beispiel, unsere langjährige Hausangestellte, die, sosehr ich sie auch bekniete, nicht zu Mamas Beerdigung kam, weil Mama sie beschuldigt hatte, eine Uhr gestohlen zu haben. Ausgerechnet diese so treue Seele des Diebstahls zu beschuldigen, war natürlich absurd. Dabei sagte Mama auch noch: »Sie glauben wohl, dass die Uhr aus Gold ist. Weit gefehlt!«

Die Uhr fand sich dann bei meiner kleinen Schwester O., die Mama beauftragt hatte, sie zur Reparatur zu bringen. Klawa weigerte sich also, zur Beerdigung zu kommen. Am Telefon, als ich sie überreden wollte, doch noch zu kommen, um sich von meiner Mutter zu verabschieden, gestand sie mir voller Verbitterung, dass Mama ihr in den letzten Jahren nie auch nur eine Kopeke dafür bezahlt habe, dass sie regelmäßig zu ihr gekommen sei, um ihr zur Hand zu gehen. Sie arbeitete schon nicht mehr als Hausangestellte, kam aber trotzdem, um zu helfen, und Mama zahlte ihr nichts, gab ihr nicht einmal das Geld für die Metro.

Die Ärzte hatten Mama geraten, zur Behandlung ins Krankenhaus zu gehen – es ging um Darmprobleme. Mama wollte von Krankenhaus nichts hören. Sie schrie mich an wie verrückt, ich wolle nur ihren Tod. Obwohl schon sehr schwach, war sie stur wie immer. Schließlich, eines schönen Tages, stürzte sie zu Hause und knallte heftig mit dem Kopf gegen die geflieste Wand in der Toilette. An dem Tag war sie allein in der Wohnung – sie verbrachte fünf Stunden in der engen Toilette, denn sie konnte nicht allein heraus. Das Mobiltelefon hatte sie nicht bei sich. Ich fand sie erst gegen Abend und rief den Katastrophenschutz. Zwei Typen kamen und wussten sofort, was zu tun war – sie hoben die Klotür aus den Angeln. Mama wurde herausgezogen. In der Küche füllten die beiden Papiere aus und baten mich um ein Autogramm. Mama winkte nur unfreundlich ab.

Aber sie leistete schon keinen Widerstand mehr – mit lädiertem Gesicht und einer verletzten Hand brachte man sie am nächsten Morgen ins Krankenhaus Kunzewo. Das war an einem Samstag.

Wissen Sie, nicht jeder Mensch ist imstande, im Alter von 91 Jahren Hand an sich zu legen. Aber sie kannte da nichts und schluckte im Krankenhaus neunzehn Schlaftabletten. Nachts. Mama wollte nicht umsonst das Krankenhaus meiden. Obwohl, unter uns gesagt, es war doch umsonst. Sie hatte stark abgenommen, ging ganz krumm am Stock, dann schon mit Rollator. Ich fuhr sie immer wieder in die Poliklinik in der Siwzew-Wraschek-Gasse, die Ärzte untersuchten sie, sie hatte Lungenkrebs, wie sich herausstellte. Aber ich sagte es ihr nicht, sie starb, ohne von ihrem Krebs gewusst zu haben.

Es ärgerte sie schrecklich, dass mich in der Kremlklinik alle kannten, von den Pförtnern bis zu den Stationsleitern, und dass man uns an der Warteschlange vorbeischleuste. Sie saß auf einem Sofa, von mir abgewandt, so sehr ärgerte sie sich über mich. Mir schien aus irgendeinem Grund, je mehr Leute mich erkannten, desto mehr Lebenszeit nahm ich ihr weg. Offenbar konnte sie mir nicht verzeihen, dass ich ihres und Papas Leben verpfuscht hatte. Und das hatte ich ja wirklich.

Papa dagegen, der meinetwegen seine Arbeit verloren hatte, zeigte nicht ein einziges Mal seine Gekränktheit! Stellen Sie sich vor, kein einziges Mal! Nicht mal im letzten Interview seines Lebens (für den deutsch-französischen Fernsehsender ARTE), da geht er auf der Datscha durch den Garten, das herabgefallene Eichenlaub knistert, und er sagt, dass ich meiner Zeit voraus gewesen sei. Er fand sogar die Kraft, stolz auf mich zu sein.

Jetzt kommen meine Eltern im Traum auf verschiedene Weise zu mir. Mit Mama liege ich in einem endlosen Streit, die ganze Zeit entstehen Wortwechsel, Unausgesprochenes, der Traum stockt dann, geht nicht weiter, und Papa tritt als mein Fürsprecher auf, also, wenn Sie so wollen, sogar als mein Schutzengel.

Jetzt, da Mama tot ist, möchte ich ihren Standpunkt einnehmen und mich mit ihren Augen betrachten. In allen schwierigen Situationen nahm sie die Position meiner Feinde ein. Es war unmöglich, ihr etwas recht zu machen. Wenn ich verzweifelt über jemanden schimpfte, nahm sie dessen Position ein. Wenn ich denselben Menschen lobte, wurde sie böse auf ihn. Schließlich begann ich zu begreifen, dass es nicht um die anderen ging, sondern um mich, dass sie mit mir abrechnen wollte, mich fertigmachen.

Nun, ebenso verhielten sich meine Ehefrauen. Alle dreieinhalb. Ich muss irgendwas an mir haben, was Frauen rasend macht. An meinen Erfolgen verlieren sie rasch das Interesse. Dafür registrieren sie jeden meiner Fehlschläge. Wird das Geld knapp, prophezeien sie Zerfall, Zusammenbruch und Katastrophen.

Einzig meine kleine Schwester O. war stets mein Fels in der Brandung.

Mama wäre selbst niemals freiwillig ins Krankenhaus gegangen, denn sie genierte sich. Was heißt, sie genierte sich? Genau das heißt es. Sie hatte jahrelang Darmprobleme, sie quälte sich damit herum, bis sie sich in besagter Kremlklinik einer Koloskopie unterzog. Und dabei ging irgendwas schief, eine ungeschickte Bewegung mit den Apparaturen, und ihr Schließmuskel war beschädigt.

Heute, in unseren schamlosen Zeiten, würde das kaum jemanden schockieren, man würde eine solche Funktionsstörung vielleicht mit unmäßigem Analsex in Verbindung bringen, Grundlage und Stolz der heutigen Pornografie. Mein Gott, da macht man ja nichts anderes, als den Anus zu überfordern!

Doch noch vor nicht so langer Zeit war das alles ganz anders. Mama gestand selbst mir erst in hohem Alter die Geschichte mit ihrem Schließmuskel. Bis dahin konnte ich lange nicht verstehen, warum sie nie für längere Zeit das Haus verließ. Aber eines Tages gestand sie mir das – uns beiden wurde ganz schwummerig. In unserer Familie war es nicht erlaubt, seine Seele zu öffnen. In unseren Beziehungen war das ein hundertprozentiges Tabu.

Mama gab mir ein Rätsel auf. Nach dem Brief, den sie nach der Lektüre des *Guten Stalin* schrieb, gab es übrigens keine Zweifel mehr. Der Brief war ein schrecklicher Schlag. Ich stopfte den niederschmetternden Brief irgendwo rein und wüsste heute nicht, wo ich ihn suchen sollte. Aber jetzt wühle ich alles durch und werde ihn unbedingt finden.

48
Das Jahr 2014. Matrjoschki in Tarnkleidung

Wir haben draußen das Röntgen-Jahr.

Wir haben draußen einen erblühten Dornbusch: das Jahr der Apokalypse.

Wir alle haben uns an dem Poem *Moskau – Petuschki* berauscht. Uns gefiel der betrunkene Pöbel. Diese Typen erschienen uns heilig. Wir hielten uns selbst für geringer als sie. Jetzt ist die Zeit dieser Heiligen.

Wem schlägt die Stunde? Wem gilt das Wolfsgeheul der russischen Intelligenzija?

Wir sind auf den Grund gesunken. Seht euch doch nur mal um! Nachbarn, ihr Lieben, kommt zu uns hergeschwommen! Lasst uns zusammenleben! He, ihr Mistkerle, warum kommt ihr nicht her zu uns auf den Grund?

Man kann das als Guinness-Rekord betrachten. Selbst für die russische Geschichte, die ja für verschiedenste Wendungen bekannt ist, lässt sich etwas Ähnliches schwer vorstellen. Wir sind die Champions! In so einer Zeit zu leben! Darauf kann man stolz sein!

Die Irrungen und Wirrungen der russischen Geschichte. Hätte ich mir 1979, als ich *Metropol* machte, vorstellen können, dass es Krieg zwischen Moskau und Kiew gibt?

Dank sei den Herrschenden!

Dank sei dem Volk!

Hand in Hand haben sie etwas nie Dagewesenes angerührt.

Manche kreischen hysterisch herum, weil sie meinen, das sei der Weg in den dritten Weltkrieg.

Manche schreien mit lauter Stimme: Schande!

Aber war das denn nicht schon vorher klar?

Die Staatsmacht war der Puffer. Das ist sie auch jetzt. Gib dem Volk freie Wahlen, und die derzeitig Herrschenden werden vom kompromisslosen Volk hinweggefegt. Mit der Eroberung der Krim kommt die Staatsmacht nicht davon! Sie legt für alle Nuancen Rechenschaft ab. Schirinowski wird einem glatt als das kleinere Übel vorkommen.

Nach dem Fall der UdSSR warfen die Herrschenden in den Masken von Gaidar und Tschubais ein Auge auf den Westen, nahmen sich Sacharow als Trauzeugen. Aber es waren nur Masken. Die Zeit kam, da man sich vom Westen wieder abwandte und ihm unser wahres Gesicht zeigte, das Spiegelbild unseres Hinterns.

Nach dem Zweiten Weltkrieg hassten die befreiten Nationen am meisten ihre prodeutschen Ideologen und Propagandisten. Viele wurden aufgehängt oder erschossen.

Wir aber haben unseren goldenen Fallschirm des Vergessens. Sehr bald schon werden wir den Krieg Moskau-Kiew vergessen haben, egal wie er ausgeht. Wir werden ihn vergessen genau wie den Krieg in Ruanda. Wir werden alles vergessen.

Wir haben einmal fälschlicherweise gedacht, dass eine neue Generation kommen und für uns alle Buße tun wird wie in Deutschland. Die neue Generation ist da. Mit einem Knüppel in der Hand.

Dank sei dem Großen Gopnik. Er hat ein detailliertes Screening der russischen Seele ermöglicht. Das Fernsehen hat wie ein Röntgenapparat das Gekröse der Leidenschaften und Wünsche des Volkes gezeigt. Das Fernsehen hat nicht in der Sprache der Propaganda gesprochen, sondern in unserer Sprache, der vertrauten Sprache des Volkes. Da ist er, unser primitiver Rassismus!

Die Intelligenzija ist zu einer Randerscheinung der Gesellschaft verkommen. Die versprengten Reste der Intelligenzija lassen die Arme sinken, sie hängen kraftlos herunter: Wie sollen wir da weiterleben?

Was für eine lächerliche Frage! Als wär's das erste Mal! Wie kleine Kinder, dünnhäutig und schnell eingeschnappt! Erinnern wir uns an den postrevolutionären Textband *Aus der Tiefe* von 1918, in dem hauptsächlich Autoren versammelt waren, die schon zehn Jahre zuvor für *Wegzeichen* geschrieben hatten. Endlich waren sie aufgewacht! Sie nannten das Volk »Schweinerüssel«. Auch Rosanow ging in diese Richtung. Doch die »Schweinerüssel« waren auf ihre Art stets konsequent. Sie lehnten Europa in Gestalt von Minin und Poscharski ab. Sie wollten gar nicht dank Napoleon von der Leibeigenschaft befreit werden, sie folgten Nikolai II. unter den Fahnen und Bannern der Schwarzhunderter, die die Liberalen physisch vernichteten.

Wir gewöhnen uns an ein Leben als marginales, fremdes, feindliches Element wie nach der Revolution.

Nach der Revolution, um nicht hungers zu sterben, widmete sich die Intelligenzija der Bildung und Aufklärung. Der Aufklärer Gorki entwickelte Pläne zur Kultivierung Russlands. Und die dem Volk sozial nahestehende Obrigkeit verwirklichte das Projekt einer vollständigen Alphabetisierung der Bevölkerung. Dank der allgemeinen Alphabetisierung wurde der russische Mensch durch den sowjetischen ersetzt.

Eine neue Etappe der Aufklärung für viele Jahre? Ein Coup d'État von der Dimension des Kremls? Ein Komplott der Mittelklasse? Das füllt nicht einmal einen halben Platz.

Das Volk ist begeistert von Verboten. Das Volk träumt davon, sich an die Jugend zu erinnern und nach der besten beschissenen Wurst der Welt endlos Schlange zu stehen.

Die Intelligenzija zerreibt sich. Ihre mickrigen oppositionellen Medien locken niemanden hinterm Ofen hervor. Wenn man sie verbietet, werden wieder »Stimmen« von hinter der Absperrung herübertönen. Verdammt nochmal! Sollen sie sich doch lieber selbst entlarven! Vernichten kann man sie immer noch. Großer Terror unter dem Beifall des Volkes. Moralischen Terror haben wir ja schon.

Russland hat nicht sein eigenes Urteil unterschrieben, sondern seinen Freibrief. In diesem Freibrief steht, dass wir imstande sind, auf unsere Art zu leben.

Wir bezahlen für die infantilen Komplexe und erwachsenen Kränkungen des Großen Gopniks. Wir bezahlen für die Schwächen des modernen Westens. Wir bezahlen dafür, dass der Westen sich dem Großen Gopnik so zugewandt hat, dass er dessen Käuflichkeit erkannte (Schröder) sowie auch seine lockere Moral (Berlusconi). Dieser Westen bewirkte wie Brechreiz nur Übelkeit und Verachtung. Diesen Westen kann man wie Rotz wegschleudern. Wer ist schuld, dass man ihm keinen anderen Westen gezeigt hat? Wer ist schuld, dass er kein Leser ist? Falls er was gelesen hat, dann nicht das Richtige.

Scheidung auf Russisch. Wir geraten in die längste Agonie der Welt. Stellen noch einen Guinness-Rekord auf. Wie toll es doch für unseren Gopnik sein muss, umgeben von einem kleinen Häuflein treuer Freunde, Mitstreiter seit den Jugendtagen mit Schaschlik am Lagerfeuer, ganz Europa in Angst und Schrecken zu versetzen, die ganze Welt das Fürchten zu lehren!

Und die da in ihrem beschissenen Europa sind besorgt, rufen einander ständig an, auch ihn rufen sie an, den Großen Gopnik, sie mahnen, wedeln mit den Schwänzen, reden mit Engelszungen ... Er weiß, dass sie ihn dort nicht ausstehen können, dafür fürchten sie ihn, und das ist gut so. Und seine treuen Freunde lachen sich kaputt, kriegen sich nicht mehr ein vor Lachen und pfeifen auf diese idiotischen Sanktionen, denn sie sehen, wie alle vor ihm und mit ihm auch vor ihnen vor Angst schlottern.

Und die Leichen?

Versteckt die Leichen! Das ist unsere kleine Kriegslist.

Was soll das für ein Krieg sein ohne Leichen? Und was bedeuten sie – diese Leichen?

Das werden sie in Europa so nicht sagen! Und darin liegt ihre Schwäche.

Die Neuigkeit aus dem Jahr 2014 (so alt wie die russische Welt): Wir sind keine Europäer! Und darauf sind wir stolz! Wir sind nie Europäer gewesen!

Aber wer sind wir?

Wir sind Matrjoschki in Tarnkleidung.

Die Russische Welt – *Russki Mir* – ohne Grenzen. Wir sind alle mit russischer Myrrhe gesalbt.

Die Matrjoschki werden siegen, denn die russische Seele hat weniger Angst vor dem Tod als andere, weniger als alle anderen zusammen. Und die russische Seele hat weniger Angst vor dem Tod, weil sie nicht an eine Persönlichkeit gebunden ist, die Verantwortung für das Leben übernimmt, sondern an die Matrjoschka, der die Vorstellung, für irgendwen oder irgendetwas verantwortlich zu sein, völlig fremd ist.

Wer hat hier Pöbel gesagt?

Das ist eine andere Struktur der Seele. Man begegnet ihr in unterschiedlichen Gegenden der Welt, zum Beispiel in afrikanischen Dörfern. Ich reise sehr gern nach Afrika. Alle sind dort Brüder. Auf Weiße schauen sie von oben herab. Sie haben eine Religion mit unmittelbarer Wirkung, wie auch wir, angeblich Weiße.

Und China? Haben sie dort auch keine Angst vor dem Tod?

Wir sind bereit, mit den Chinesen darum zu wetteifern, wer von uns den Tod weniger fürchtet. Aber wir werden letzten Endes auch sie schlagen. Erst tun wir so, als würden wir uns ihnen ausliefern, aber letzten Endes schlagen wir sie. Wie das gelingen wird, wissen wir nicht, aber es wird gelingen. Wir mögen die Chinesen nicht. Wir mögen Lieder aus Europa, aber unsere sind besser, tiefgründiger als jedes französische Chanson. Und unser UAZ ist der beste SUV, der geilste Geländewagen der Welt!

Die Intelligenzija begeht immer wieder denselben Fehler. Sie beschuldigt die Machthaber und nicht das Volk. Aber wofür kann man dem Volk die Schuld geben? Dafür, dass es das Volk ist? Die gebildete Klasse sieht im Volk ein Objekt der Geschichte, das verdummt wird, und kein Subjekt, das an und für sich ein Phänomen ist.

Und wir dachten: Da ist eine Schatulle voller Kostbarkeiten. So zu denken halfen uns die Besten des 19. Jahrhunderts – Dostojewski und Tolstoi. So dachten fast alle unsere Schriftsteller, die Dorfschriftsteller, Solschenizyn …

Stattdessen war da ein Sarg mit verwesenden Eingeweiden. 2014 wurde der Sarg geöffnet. Der Gestank verschlug einem den Atem!

Was wird weiter geschehen? Nichts wird geschehen. Das Geheimnis ist gelüftet. Für die überwältigende Minderheit.

Doch, mit der Zeit wird man wieder in Europa vorbeischauen können, obwohl wir einen echten Grund geliefert haben, uns zu hassen: Die Polen und Balten, und sogar die Bulgaren haben wir verunsichert.

Wir haben nicht reingepasst in dieses Europa, sind nicht durch das Nadelöhr geschlüpft, denn auch wir selbst in unserer überwältigenden Minderheit sind nur halbgar, wir saufen Wodka und lieben Ferraris. Wir lieben unsere hässliche Unordnung. Wir lieben Flaubert und *Moskau – Petuschki.*

Man kann russischer Europäer sein oder halb Europäer, aber es funktioniert so nicht!

Es gibt keine polnischen oder französischen Europäer. Wir wollen Europäer sein, aber unter dem Zeichen der russischen Salzgurke.

Keine Geburt, keine Wiedergeburt.

In der Sowjetunion überlebten wir, obwohl das ganze Gerede ringsum nur noch Kauderwelsch war. Doch je weiter das ging, desto stärker wurde das Gefühl, den Glauben an die Utopie zu verlieren. Wir wurden regiert von gemeinen Stechfliegen. Und jetzt sind gerade erst die Schleusen geöffnet worden. Ganz schön schlau! So kann man sich eine Weile über Wasser halten. Sollten wir denn bloß Nachahmer von Europa sein? Alldem hinterherrennen, nur um Portugal zu überholen? Soll es doch in der Hölle schmoren, dieses Europa!

Die Schleusen sind offen.

Aber letzten Endes werden wieder gemeine Stechfliegen regieren.

Wir werden mit einem neuen Silbernen Zeitalter auf die stolypinsche Reaktion antworten, auf die Stolypin-Waggons und die Stolypin-Krawatten. Aber wo sind denn diese Talente?

Auf lange Sicht werden sich in Russlands Magen wohl zwei Bazillen einen neuen Krieg liefern: die imperiale und die europäische. Doch darauf zu hoffen, dass sich das Volk irgendwann einmal vom europäischen Geist anstecken lässt, fällt äußerst schwer. Man wird auf einen neuen Peter den Großen mit seinen proeuropäischen Zwangsreformen warten müssen. Bisher ist keiner in Sicht.

24. Februar

O. verkündete mir, dass sie abhauen wolle (ohne behördliche Genehmigung durfte sie nicht ausreisen).

»Gott, was hab ich die Nase voll von Russland!«

Sie riss sich den langen roten Schal vom Hals, warf ihn auf den Sessel, und unser Papagei Shiva rief ihr besorgt zu: »Kalt da?«

»Ja, Shivotschka.«

Rosige Wangen, schönes Gesicht, drehte sie sich um zu dem großen Käfig.

»Sehr kalt, ja. Der Frost nimmt zu. Sag hallo, Nikita!«

»Hallo, Nikita!«

»Wir sind im Begriff zu verduften«, verkündete Nikita Tschlen.

»Er hat die lettische Staatsbürgerschaft. Wir fahren erst nach Riga. Dann nach Amerika. Und du, hast du denn nicht die Nase voll von Russland?«

»Ich hab eine besondere Beziehung zu Russland.«

»Russland erstickt dich im Schlaf wie ein Schwein und merkt es nicht mal.«

»Dann mach halt rüber in dein Riga!«, sagte ich gleichgültig.

»Russland macht alle fix und fertig mit seinen Problemen. Mal tut's hier weh, mal woanders. Mal leidet es an Minderwertigkeitskomplexen, mal an Größenwahn. Mal beschwert es sich, dass es beleidigt wird, mal beleidigt es weiß Gott wen.«

»Ein interessantes Land«, bemerkte ich.

»Für euch Schriftsteller vielleicht, aber für den einfachen Menschen ...«

»Bist du das, ein einfacher Mensch?«

O. nahm eine beschlagene Flasche Wodka aus dem Eisfach. Schenkte ihn in dicke geriffelte Gläser ein: »Auf die Abreise!«

»Oh!«, sagte ich. »Amerika ...«

»Wie, Amerika?«

»Ein Plastikland.«

»Selber Plastik!«

»Russland gibt es nicht«, rief Nikita. »Russland ist ein totes Land. Es ist gestorben. Ein verwesender Leichnam, auf dem eine verängstigte und betrunkene Bevölkerung herumwuselt wie Ameisen. Die klügsten springen runter von der Leiche.«

»Irgendwo hab ich gelesen«, sagte ich ruhig, »dass Pasternak mal zu einem seiner Freunde, der emigrieren wollte, gesagt hat: ›Sie gehen umsonst. Hier kann man für alles Elend der Welt dem Regime die Schuld geben, aber dort steht man Auge in Auge mit der ganzen Niedertracht der menschlichen Natur.‹«

»Ja, weiß ich«, sagte O. »Aber du widersprichst dir selbst. Hier ist die Seele nackt, wie du immer sagst, aber sie ist eingepackt in die Niedertracht des Regimes ... Und dort ist sie überhaupt nicht eingepackt. Da kannst du sie studieren, so viel du willst!«

»Nein«, sagte ich. »Dort ist sie zugedeckt vom bequemen Leben, hier hat das Regime ihr jede Decke heruntergerissen.«

»Russland hat alles überlebt«, sagte Nikita mit rotem Kopf. »Die Revolution, Stalin, Breschnew, die Perestroika. Den betrunkenen Jelzin ... Aber der Große Gopnik hat ihm den Rest gegeben ... Die Intelligenzija ist am Ende, das Volk hat sich in Bewohner verwandelt ... Und Sie sind auch am Ende, Sie Menschewik!« Er zeigte kühn mit dem Finger auf mich.

49
Der Basilisk. Die Nacht vor dem Krieg.

Wir hatten überhaupt nicht damit gerechnet, dass wir den Abend so schön verbringen würden. Ich sagte, sie mögen ein Taxi bis zum Dorf Anossino nehmen und dort vor dem Frauenkloster mit den auffälligen rot-weißen Mauern stehen bleiben, die aussahen wie bei einem indischen Ashram. Aber der Taxifahrer setzte sie, keiner weiß weshalb, im Nachbardorf Padikowo ab, nicht weit vom Friedhof, in den in Windeseile so viele neue Bewohner einzogen, dass ich aus dem Staunen nicht herauskam. Schließlich entdeckte ich die beiden vor dem Laden Blumen-24. Die eine im weißen, die andere im schwarzen Mantel. Die eine mit honigfarbenem Gesicht, die andere blass, mit einem teuren professionellen Fotoapparat, der aus ihrer Umhängetasche herauslugte. Ich lud die zwei flotten Bienen in mein fettes Auto, und der Besitzer von Blumen-24, der rauchend auf der Straße stand, guckte mich mit unverhohlenem Neid an.

»Er meint, wir sind Prostituierte!«, lachten die beiden 30-jährigen Bienen.

Die ganze Fahrt bis zur Datscha wurde gelacht. Beim Ausladen fragten sie mich, wo denn die Familie abgeblieben sei, und ich sagte, die Familie sei in Moskau. Sie wunderten sich, denn sie hatten etwas anderes erwartet. Noch unterwegs hatten wir Wein gekauft, allerdings in vernünftigem Rahmen: eine Flasche pro Nase. Eigentlich trafen wir uns, um unserer litauischen Freundin, der mit dem Honiggesicht, zu helfen, in Russland bleiben und als Regisseurin arbeiten zu dürfen, und die ersten anderthalb Stunden tranken wir Wein und sprachen über die Schwierigkeiten, eine Aufenthaltserlaubnis zu bekommen, und über anderen Blödsinn. Die Litauerin hatte über ihren Leidensweg, die ersehnte Bescheinigung zu erhalten, ganz nach oben geschrieben, womit sie alle verschreckt hatte, außer die ganz oben. Sie schilderte munter, mit leichtem Akzent, wie sie bei den Bullen mal für eine Provokateurin, mal für ein unschuldiges Opfer der litauischen Erziehung der Gefühle gehalten wurde. Schließlich verstanden die Bürokraten, dass die ganz oben sich nicht für sie interessierten, und überließen sie ihrem Schicksal.

Wir tranken und schenkten nach, der spanische Rotwein ging gut weg bei der fröhlichen Unterhaltung über Bürokraten, und bald schon mussten wir ein Taxi rufen, um unsere Vorräte an spanischer Sonne in Form von Rotwein aufzufüllen. Die Litauerin fuhr los. Die Tatarin (die zweite war nämlich eine wundervolle Tatarin) und ich kamen auf ihre Fotoausstellung zu sprechen, sie hatte inzwischen auch kommerziellen Erfolg, ihre Arbeiten wurden schon in Amerika gekauft. Meine beiden weiblichen Gäste waren unzertrennliche Freundinnen – mit der Perspektive eines kreativen Arbeitsteams.

Das zweite Mal fuhr die Tatarin weitere Flaschen besorgen, und wir alle waren schon ganz rosarot von Wein und Lebensfreude. Nach all dem Geschrei, dem Lärm und Gelächter wollten sich ihre Körper schon von selbst aus der Gefangenschaft der Kleider befreien, und das geschah so natürlich, dass nicht ganz klar war, wann sie eigentlich angezogen waren und wann nicht. Unsere dunkle Freundin nahm ihren Fotoapparat heraus und begann damit herumzuspielen, und die Honiglitauerin musste fast gar nicht überredet werden, ihren selten eleganten rosa Slip auszuziehen. Obwohl eigentlich gar nichts eine Ausschweifung im großen Stil angekündigt hatte. Doch wie es bei erwachsenen intelligenten jungen Frauen vorkommt, regte der getrunkene Wein zunächst offenherzige Gespräche an – zwar enge Freundinnen, waren sie sich doch noch nie in einem Bett so nahegekommen. Die Freundinnen betrachteten einander mit Wohlgefallen – wissen Sie, das sah einfach toll aus. Wir vertieften uns weiter in übermütige Spiele – und schließlich war der ganze Küchenboden voller leerer Flaschen. Von Zeit zu Zeit blitzte ein Thema auf, das nichts mit weiblicher Schönheit zu tun hatte – der Basilisk. Sie wollten meine Meinung dazu hören.

Ich sagte zu meinen nackten Freundinnen, der Basilisk sei noch nicht geboren, das werde aber bald geschehen, und es werde entsetzlich sein. Ich bin kein Hellseher, aber ich verfüge über eine gewisse Intuition. Nun, die theoretische Entferntheit selbst der nahen Tatsache dieser Geburt ließ dem irgendwie aktuellen Gespräch die ganze Zeit die Bedeutung entgleiten. Denn der Sinn lag in honigfarbenen und blassen Schattierungen. Übrigens, was bedeutet das – der Basilisk?

Der Basilisk hatte die Möglichkeit, in unterschiedlicher Gestalt in unseren Gefilden aufzutauchen. Mir erschien er aber eher nicht nur als normal giftig, obwohl er, nach den Augen zu urteilen, vielleicht etwas hatte von einer gemeinen, jedoch nicht hinterhältigen Schlange, oder eher, wissen Sie, von einem etwas wunderlichen Hahn, nicht sehr groß, aber mit Drachenflügeln und Reptilienschwanz. Ich sagte zu den Mädels, bald sei der Geburtstag dieses roten Hahns, aber sie waren mit anderem beschäftigt und wollten vom Basilisken rein gar nichts wissen.

Mythische Tiere sind sehr viel realer als echte, davon macht sich kaum jemand eine Vorstellung, aber in Wirklichkeit ist der mythische Hahn authentischer als sein Kollege vom Bauernhof. Natürlich ist das eine philosophische Frage, und wir waren vertieft in ein Gespräch

darüber, wer wie viel, wann und wie – und ob es rosa-hellblaue Kamlanie-Rituale gebe oder nicht. Dennoch waren wir uns einig in dem Drang, keinen realen Hahn im mythischen Reigen zuzulassen, denn wir wollten leben, glücklich und frei. So weit wie möglich. Der Basilisk, wenn er denn käme, würde einem keine Wahl lassen außer der, die Flucht zu ergreifen.

Ich bin ein Beobachter von mythischen Tieren, aber in jener Nacht hatte ich anderes im Sinn. Die Zärtlichkeiten wurden zu wilder Leidenschaft. Die Leidenschaft führte wiederum zu Zärtlichkeiten, die ganze Zeit entstand irgendetwas. Wir wussten, dass wir jetzt, nach dieser Nacht, einander so nah waren, dass wir irgendein Meisterwerk erschaffen könnten. Ja, jetzt legen wir los und erschaffen ein Meisterwerk – nichts Geringeres als das. Und diese Entstehung eines Meisterwerks war im Paradiesgarten der Verwandlungen erreichbar, war möglich.

Der Morgen graute, draußen war viel Schnee gefallen, als plötzlich, ich weiß nicht woher, ein Radio da war und verkündete, dass der Basilisk geboren worden war, dass er geboren werden *musste*, und deshalb wurde er zur Freude aller geboren, der furchtbaren Finsternis zum Trotz. Wir standen nackt vor dem Gerät, in vollkommener Stille, beschmiert nicht mit Lippenstift, sondern mit Passenderem. Doch das Radio hatte noch nicht die Geburt des Basilisken verkündet, als es auch schon, sich selbst widersprechend, erklärte, dass ein wunderschönes Einhorn geboren sei, Freund der Jungfrauen, der Armee und der Flotte. Der Honiglitauerin fiel sofort auf, dass das ein Widerspruch war. Basilisk ist und bleibt Basilisk. Von wegen Einhorn. Plötzlich unterbrach das Radio ihre Tirade und verkündete, es sei nicht erlaubt, den Begriff Basilisk zu verwenden – alles Existierende habe man Einhorn zu nennen. Da sagte ich, dass der englische Phantast Orwell so ein Radio mitten auf die Lippen geküsst hätte, falls ein Radio Lippen habe, aber ein Radio habe natürlich wunderschöne Lippen. Die Honigfreundin schnaubte außer sich vor Empörung.

Doch da begann etwas, das ich ehrlich gesagt nie und nimmer erwartet hätte. Unsere Schwarzäugige sagte, sie unterstütze die Geburt des Einhorns, Freund der Jungfrauen, es bringe Glück und schütze uns vor dem Bösen. Ihre nackte Freundin, die Litauerin, hielt es nicht länger aus und schlug der Tatarin in ihr schönes Gesicht, und ich schrie, sie mögen bitte aufhören, aus ethisch-ethnischen Motiven zu streiten. Beruhigt euch, ihr Flittchen! Sie aber rissen einander an den Haaren, begannen diese in Büscheln auszureißen, und traten einander mit den Knien in den Bauch. Beide hatten sehr schöne Bäuche, von den Brüsten ganz zu schweigen, die waren verschieden, aber sehr zart, und die beiden, statt einander zu lieben, schlugen mit Fäusten auf ihre bezaubernden Körperlandschaften ein. Es schien, da prügelten sich nicht zwei Mädels, sondern als sei es die Geburt einer doppelten Apokalypse. Und so dachte jede Seite, sie sei die Seite des Lichts, und die andere, sie sei die Seite der Finsternis. So entstehen zwei parallele Wahrheiten, wo es keine Versöhnung gibt und nicht geben kann – und anstelle der Versöhnung erwächst aus uns ein großer Pilz, so groß wie der halbe Himmel. Ich konnte sie nicht trennen. Diese Mädels. Sie prügeln sich bis heute. Und der Basilisk stolziert glücklich umher, flauschig, klappert mit den Sporen und schnappt nach allen und jedem.

00

Vierundzwanzigster Februar. Vierundzwanzigster Februar.

Komisch, die 24 war immer meine Lieblingszahl, meine Glückszahl.

50
Unser aller Hölle. Blick aus der Perspektive des ersten Kriegstags

Da wir nun alle in der Hölle angekommen sind und diesen Schrecken eines Krieges offenbar verdient haben, lassen wir die Emotionen besser in der friedlichen Vergangenheit. Schauen wir nüchtern auf das, was wir jetzt haben.

Das Wichtigste: Nur vier Prozent der russischen Bevölkerung meinen, dass an den Spannungen in den russisch-ukrainischen Beziehungen Russland schuld sei. Die überwältigende Mehrheit sieht die Schuld bei Kiew, Amerika und der NATO.

Nun, das lässt den Mächtigen freie Hand für alle Optionen.

Die Hälfte der Bevölkerung Russlands ist bereit, das militärische Vorgehen zu unterstützen.

Was für ein Glück.

Die Proteste gegen den Krieg sind erbärmlich und chaotisch. Ein paar Intellektuelle schreiben einen Brief, das eine oder andere Akademiemitglied äußert sich öffentlich.

Das ist nicht ernst zu nehmen.

Im Kopf des wichtigsten Mannes in Russland ist aber glasklar eine zweite Realität entstanden, die weder der heutigen Ukraine noch Europa oder Amerika verständlich ist.

In dieser Realität wird die Ukraine von Neonazis regiert, rüstet auf und wird für Russland zu einer Bedrohung. Die Ukraine muss entmilitarisiert, ihrer Armee entledigt, ein bisschen kastriert werden.

Diese zweite Realität bildet sich in der Vorstellung des halbstarken Zaren schon seit zwanzig Jahren heraus, sie besteht aus vier Elementen: Hinterhof (arme Kindheit), Sport (Jugend), KGB (Dienst in Dresden) und Sowjetimperium (zunehmend in all den zwanzig Jahren als Präsident). Alles ist auf Sieg gepolt. Alles schreit nach Rache für den in der Perestroika verlorenen Kalten Krieg.

Und all das hat der Westen verschlafen. Bis zum letzten Friedenstag hat er die zweite Realität des Großen Gopniks nicht gesehen. Er gab sich dem Glauben hin, der Typ in Moskau mache bloß Scherze.

Einen Krieg erwarteten weder die Volksmassen noch die Liberalen in der Hauptstadt. Das wäre doch zu schrecklich!

Doch der halbstarke Zar hat gezeigt, dass in seiner zweiten Realität (keiner medizinischen, sondern einer politischen!) nichts Schreckliches existiert, wenn man für die Wiederherstellung der Größe der Russischen Welt kämpft.

Und nun haben wir einen einzigen Menschen, der die Entscheidung getroffen hat, einen Krieg anzufangen. Er hat den nationalen Sicherheitsrat einberufen, und wir haben lauter eingeschüchterte blasse Gestalten gesehen, bei Weitem nicht die hellsten Lichter unter der Sonne. Als echter Straßenjunge hat er sie alle in das ganz große Ding reingezogen, das er drehen will und das Menschenleben kosten kann. Sie wussten nicht einmal, dass sie ihre Unterschrift für einen Krieg geben. Sie meinten, es gehe um die Unabhängigkeit der »Volksrepubliken« DNR und LNR von Kiew.

Wenn es gelingt, in Kiew eine prorussische Regierung zu installieren, wird nicht allzu viel Blut fließen, aber danach wird es Repressionen ohne Ende geben (wie in Lukaschenkos Belarus). Wenn es aber nicht gelingt, eine solche Regierung in absehbarer Zeit aufzustellen, wird man Kiew mit Panzern einnehmen müssen und von dort aus kommandieren. Das wird sehr blutig enden und mit einem Aufschrei, der in der ganzen Welt zu hören sein wird.

Je mehr ich mich in den letzten Jahren mit den Ereignissen in der Ukraine beschäftigte, desto skeptischer sah ich den Westen. Er hat nicht nur die Krim-Annexion geschluckt. Er war schon drauf und dran, Nord Stream 2 unter Umgehung der Ukraine in Betrieb zu nehmen. Er hat sich mehr als einmal dazu hinreißen lassen, nach der Pfeife Moskaus zu tanzen, entweder aus eigennützigen Motiven oder um sich von Amerika abzusetzen oder um – wie die Taxifahrer in Berlin, Paris oder Rom – den Großen Gopnik echt gut zu finden, denn er ist ja einer von ihnen.

In der derzeitigen Tragödie wird der Westen seine eigene historische Rolle wählen. Auf die Ukraine kommen schwere Zeiten zu. Aber das Unglück wird vorübergehend sein. Russland hat sich selbst zur Zielscheibe gemacht. Was daraus folgen wird, ist unklar. Wird das Land noch Kraft haben für eine neue Runde Perestroika und Freiheit, oder wird es zugrunde gehen – niemand weiß das.

Niemand außer dem Großen Gopnik. In seiner zweiten Realität kennt er keine Niederlagen. Bis jetzt.

51
Flucht aus dem Totenhaus. Moskau – Berlin. Tagebuch einer neuen Kriegszeit. Der Weg nach Petersburg

Shiva, unser Graupapagei, die roten Schwanzfedern leicht zerrupft vor lauter banger Sorge, rief uns ein krächzendes »Ciao-ciao!« hinterher und hockte sich auf seine Stange in Erwartung unserer baldigen Rückkehr vom Spaziergang. Shiva kann sehr alt werden. Leicht wird er alle überleben, den Großen Gopnik eingeschlossen. Er wird das Russland der Zukunft sehen. Aber ob er uns noch einmal wiedersehen wird?

Im Auto waren alle schnell eingeschlafen: meine Frau Katja und die beiden Töchter Maja (16) und Marianna (4). Wir verließen Moskau fünf Stunden später als geplant: Wir wollten unseren ganzen sentimentalen Kram mitnehmen, doch die geliebten Sachen passten nicht alle in den Kofferraum, wir mussten umpacken. Die Frühlingssonne ging bereits unter, als wir auf die mautpflichtige Autobahn kamen, die Moskau mit Petersburg verbindet. Unser Ziel war Deutschland. Wir machten einen großen Umweg, um nach Berlin zu gelangen. Der Weg über Finnland und dann per Fähre ins Baltikum erschien uns als der angenehmste. Denn die Ausreise aus Russland nach Estland oder Litauen hätte fünf bis sieben Stunden Wartezeit am Grenzübergang bedeutet. Die allrussische heilige Kirche alias das rund um die Uhr landesweit sendende Staatsfernsehen war seit Beginn des Krieges für die intelligente Kaste der Unzufriedenen etwa so schlimm wie Rattengift oder Nowitschok. Die Leute sahen zu, wie sie sich möglichst schnell vor dem Gift in Sicherheit bringen konnten. Geblieben sind jene dermaßen Hartgesottenen, die dieses Gift für Doping halten.

Fährt man von Moskau Richtung Norden, scheint es nur ein Katzensprung nach Petersburg zu sein. Man überquert die Wolga bei Twer und betritt eine verwaiste Landschaft mit schmächtigen Birken und düsteren Tannen. Es schneite heftig. Die Dunkelheit brach herein. Ein wilder Schneesturm erhob sich. Die Autobahn war schneeverweht, nur noch ein Fahrstreifen übrig, doch die Fernfahrer pfiffen auf die Schneewehen, sie bretterten verwegen und fröhlich über die Piste.

Allein mit mir selbst, nur mit Mühe die Fahrspur ausmachend, erkenne ich in dieser Keckheit der Fernfahrer Russland, das sich keinerlei Schuld bewusst ist. Es ist Krieg, doch über das Land hat sich eine Taubheit gelegt gegenüber all dem, was gerade geschieht. Ich fahre durch ein Russland, das nicht fähig ist, sich zu entschuldigen, da es nicht weiß, wofür. Der Zorn der Europäer macht die Russen im besten Fall zu schuldlos Schuldigen. Russland ist ein draufgängerischer Fernfahrer.

Kurz vor Petersburg bekomme ich vor Müdigkeit Halluzinationen. Mal erscheint mir ein Panzer mit gedimmten Scheinwerfern, mal ein Mann, der quer über die Straße rennt. Ich bekomme Angst um meine Mitfahrerinnen. Der Weg ins Zentrum Petersburgs ist lang und ermüdend wie die Straße nach Petersburg selbst, doch dann plötzlich macht es klick, und man fährt durch eine nächtliche Stadt von unglaublicher Schönheit. Jedes Haus hat ein architektonisches Schicksal und eine eigene Persönlichkeit. An der Ecke einer Fußgängerzone, nicht weit vom Newski Prospekt, erwartet uns gastfreundlich mit rosa Wangen die Chefin eines kleinen Hotels. Wozu zum Teufel hat man diese fantastische Stadt erbaut, durch und durch europäisch und zugleich kurios russisch, mit originellen Namen von Geschäften und Cafés? Was für eine Verhöhnung der stillosen Armut von Hunderten anderer russischer Städte! Und was hat uns diese von der eigenen Geschichte zerrissene Stadt beschert, die Stadt der unheilvollen Revolution, des Großen Terrors, der Blockade durch die Nazis? Gleichsam als Vergeltung für diese Qualen hat sie uns aus ihren Hinterhöfen die Karikatur eines Zaren hervorgeholt, der uns jetzt eiligst das Weite suchen lässt. Rückkehr ungewiss.

52
Die *Moskauer Schönheit*

Alles Gute in mir verdanke ich der *Moskauer Schönheit*. Bis zur *Moskauer Schönheit* war ich ein Niemand. Ich setze sie nicht einmal in Anführungszeichen, denn sie war es, die mich in Anführungszeichen setzte.

Freunde erkennt man im Unglück? Unsinn. Die *Moskauer Schönheit* hat meine Freunde verschreckt. Ihr Neid hing in Fetzen am Zaun.

Sie hat mein Leben umgekrempelt. Ich sehe mich mit einem schweren neuen Koffer in der Hand in meine Wohnung in der Smolensker Gasse kommen. Meine polnische Frau begrüßt mich mürrisch, die Hände bis zu den Ellenbogen in blauen Gummihandschuhen zum Geschirrspülen. Sie ist überzeugt, dass ich in Paris einen draufgemacht habe; ich mache einen verdächtig gut gelaunten Eindruck. Ich setze den schweren Koffer auf dem Boden ab – damals hatten die Koffer noch keine Rollen, Sputniks gab es schon, aber Kofferrollen hatten sie noch nicht erfunden –, knete meine Finger und sage fröhlich: »Grüß dich! Wir sind jetzt reich.«

Meine Frau schaut mich erschrocken an, dann den neuen Koffer, dreht sich um und verschwindet in der Wohnung, wirft mir im Gehen noch zu: »Wie furchtbar!«

Ich sehe ihr hinterher und denke daran, wie sie mir sagte, nachdem sie die *Moskauer Schönheit* gelesen hatte, sie habe fünf Kilo abgenommen.

Die Geschichte um die *Moskauer Schönheit* verdient ein eigenes Buch.

Ich war die *Moskauer Schönheit*, als ich die Prüfung mit *Metropol* bestehen musste. Die *Moskauer Schönheit*, das bin ich.

Na also, Monsieur Flaubert, alles richtig.

Die *Moskauer Schönheit* kämpfte sich durch die Volkszensur. Sechs Schriftsetzer aus Wladimir kamen nach Moskau angereist, um zu erklären, sie würden diesen Erzschweinkram nicht setzen.

»Sehr geehrte amerikanische Nutten und Obernutten!«, zitierten die Setzer empört den Brief aus meinem Roman, der an die Amerikanerinnen gerichtet ist.

Unsere Werktätigen waren peinlich berührt und puterrot geworden. Darf man etwa so an Frauen schreiben?

Wir diskutierten sechs Stunden lang. Danach sagten sie: »Na gut, wir drucken das Buch, aber unter der Bedingung, dass du uns eine Widmung reinschreibst.«

Die *Moskauer Schönheit* hatte auch mit der westlichen Zensur zu kämpfen. Ivan Nabokov, Leiter eines großen Pariser Verlags, lehnte es ab, so einen Mist zu kaufen. Ich war verzweifelt. Der *Moskauer Schönheit* blieb nur übrig, weiterhin ein Leben im Samisdat zu fristen.

Sommer 1980, Dorf Puschkino bei Moskau: Ich schrieb die Nächte durch in einer Scheune – schmaler Pfad, hochgewachsene piksende Brennnesseln, nebenan wie ein nächtlicher, schief stehender Recke die Bretterbude fürs Plumpsklo –, da begann mir die Heldin zu erscheinen. Aber nicht gleich. Anfangs fiel ich mit männlicher Kraft über sie her. Sie gab nicht nach. Ich schrieb das halbe Buch und gab auf – nein, das war's nicht! Und als ich dann endlich begriff, woran es haperte, erschien sie mir. In der Szene, in der ihre Mutter zu ihr kommt und sie überreden will, nach Israel zu gehen, erklang auf einmal ihre Stimme. Ich begann aufzuschreiben, was sie sagte. Es gab Nächte, in denen ich vierzig Seiten am Stück auf der Schreibmaschine runtertippte. Versuchen Sie mal, vierzig Seiten lang nur den Buchstaben »a« zu tippen, allein das ist fast unmöglich. Ich schaltete ganz und gar ab, spürte meinen Körper nicht mehr.

Nach der Abfuhr von Ivan Nabokov, der die Abteilung für den Einkauf fremdsprachiger Texte in einem Pariser Verlag leitete, versuchte ich mein Glück in Amerika.

Ich beschloss, das Manuskript meiner Freundin zu geben, der schönen Ellendea Proffer.

Ich fuhr in das legendäre Ann Arbor. Wir gingen spazieren, liefen an dem pittoresken Friedhof vorbei, wo ihr Mann Carl beerdigt war, der Gründer des Verlags Ardis, Zuflucht aller streitbaren russischen Genies, zum Abendessen gab es Hummer. Dem Kellner des Restaurants am wilden Flüsschen erlaubten wir, uns Plastiklätzchen umzuhängen, um uns nicht mit dem leicht trüben Saft zu bekleckern.

Im Schlafzimmer schaltete sie weißes Rauschen ein, damit uns nichts ablenkte.

Sie hatte die *Schönheit* gelesen und sagte, sie würde sie nicht drucken.

»Du musst sie grundlegend umarbeiten.«

»Wie?«

»In der dritten Person schreiben!«

Ich reiste ab. Vollkommen verzweifelt.

Doch plötzlich lächelte mir überraschend die Sonne zu.

Ivan Nabokov (anscheinend der Neffe) wechselte zum Verlag Hachette, in eine höhere Position. Und wenn er den Verlag nicht gewechselt hätte? Seine Stelle übernahm eine ironische amerikanische Schönheit mit schwerem Knochenbau – Nina Salter. Ninotschka! Tochter des amerikanischen Schriftstellers James Salter – aus dem Hemingway-Kreis.

Das kleine Vögelchen mit Goldrandbrille, Ljusja Katalja, Lektorin für russischsprachige Literatur im Verlag, hatte ihr von der abgelehnten *Moskauer Schönheit* erzählt.

Ninotschka ließ intern fünf Gutachten anfertigen. Zwei waren negativ, drei positiv. Die *Moskauer Schönheit* hatte sich bis zur Übersetzung durchgebissen. Doch kaum hatte der Übersetzer der *Schönheit* mit der Arbeit begonnen, starb er an Aids. Und als in Paris die Übersetzung mit einer Abbildung von Egon Schiele auf dem Umschlag gerade erschienen war, brachte Ljusja Katalja um Haaresbreite Nina und mich in einer Tiefgarage um – sie fuhr mit Karacho gegen die Wand. Manch einer sah in diesem Vorfall eine freudsche Intrige, meine Hand schwoll an, ein Knochen war gebrochen, lange lief ich mit grünem Pariser Gips herum.

Die *Moskauer Schönheit* wurde im Handumdrehen von den vierzehn besten Verlagen (oder einigen der besten Verlage) der Welt gekauft.

Für diese Verlage organisierte der Verlag Albin Michel auf der Frankfurter Buchmesse zu Ehren der *Moskauer Schönheit* ein Mittagessen. Ivan Nabokov kam auf mich zu und gratulierte mir zu meinem genialen Buch.

Ninotschka und ich waren lange unzertrennlich. Bei einem Abendessen bei Ljusja (als alle nach dem Unfall schon wieder genesen waren) saßen wir glücklich und in Gesellschaft von berühmten Neidern zusammen – Sängern, Philosophen, Schriftstellern. Neidisch beäugten uns Bulat Okudschawa und Merab Mamardaschwili. Wir standen über Liedern und Philosophie. Zu Ehren unserer Liebe nannte Nina ihren Jagdhund mit einem kräftigen Wort für etwas Weibliches mit fünf Buchstaben. Der Hund rannte fröhlich durch die Tuilerien beim Louvre, Ninotschka rief ihn mit ihrer lauten Lektorenstimme, und die russischen Touristen, die vor dem Museum Schlange standen, starrten den Hund entgeistert an.

In Russland wurde die *Schönheit* feindselig aufgenommen. Eine Rezension war schlechter als die andere. Eine Beleidigung der russischen Kultur, eine Ohrfeige für die russische Frau, schmutzige Pornografie!

Es war mein erster Roman – man durfte entsetzt sein.

Das Buch wurde rasch in verschiedene Sprachen übersetzt. In Holland wurde es ein Bestseller. Meine Verleger Michel und Lex, strahlend wie die Honigkuchenpferde, so ungefähr wie Ninotschka und ich, ein schwules Pärchen, schleiften mich durch die Niederlande wie einen Zirkuselefanten, mit dem sie Geld verdienten. In einem Buchladen einer kleinen Stadt bildete sich eine kleine Schlange. Ich schrieb Widmungen in die Bücher. Eine junge Frau um die zwanzig trat auf mich zu. Sie sagte auf Englisch: »Herr Jerofejew, ich habe Ihr

Buch gelesen. Es hat mir gefallen. Aber ich habe eine Frage. Warum gibt es in Ihrem Buch keinen Sex?«

Die namenlose junge Frau rettete mir das Leben. Wenn in Russland alle mein Buch für Pornografie hielten und man in Holland meinte, es gebe da keinen Sex, wer hatte dann recht?

Keiner.

Die Meinungen von Kritikern und Lesern wurden mir gleichgültig.

Viele Jahre sind vergangen. In Pensa kam neulich eine schon nicht mehr ganz junge Russin auf mich zu. So um die fünfundfünfzig. »Schauen Sie«, sagte sie, »ich habe Ihre *Schönheit* gekauft und einer Freundin geschenkt. Wenn sie ihr nicht gefällt, werde ich ihr die Freundschaft aufkündigen.«

Und Sie sagen, in Russland tue sich nichts.

24. Februar

An Verstopfung leidend, saß er nicht den ersten Tag auf dem Topf, nicht die erste Woche, nicht das erste Jahr, bis er sich am 24. Februar die Kloschüssel runterspülte.

Mein Arsch riecht nach Erdbeeren.

53
Mamas Brief

Vitja,

eigentlich wollte ich dir sagen, was ich dir jetzt schreibe. Aber mir fehlt die Kraft dazu. Ich bin buchstäblich krank geworden nach diesem Abend bei uns zu Hause. Es ist ungerecht von dir, mich der Brandstiftung zu bezichtigen (»Öl ins Feuer!«). Papa trug schon lange den Gedanken mit sich herum, dir »alles zu sagen«, sobald das Buch erschienen ist.

Übrigens glaubst du mir sowieso nicht, du glaubst ja niemandem, denn dir selbst darf man ja auch nicht glauben, nicht glauben und nicht vertrauen.

Es quält mich, darüber nachzudenken, wann und warum sich ein so lieber kleiner Junge, den alle mochten, in einen Menschen verwandelt hat, der zu Dingen fähig ist, die man nur als schrecklich bezeichnen kann. Mit leichter Hand sich alles zu nehmen, was von Vaters Aufzeichnungen passt (Hinweise auf Gespräche bei Tisch – Blödsinn: ganze Passagen sind Wort für Wort abgeschrieben). Mit noch leichterer Hand verkaufst du deine Mutter: Du hast Papa weitererzählt, was ich dir im Vertrauen gesagt habe (hier hast du dich verrechnet: All das habe ich Papa selbst erzählt).

Verrat und Gemeinheit! Etwas anderes fällt mir dazu nicht ein. Wie willst du damit unter anständigen Menschen leben? Im Übrigen suchst du dir ja deinesgleichen aus. Ich habe mit Schrecken entdeckt, was in Wahrheit deine Partnerin darstellt, die du deine »Ehefrau« nennst. Eine freche Göre, die sich erlaubt hat, über deinen Vater herzufallen – einen allseits respektierten Mann! – und ihn anzuschreien. Und du hast das zugelassen. Sie soll mir nie wieder unter die Augen treten! Und ich sehe voraus, wie du an der noch zu schlucken haben wirst.

Du erlaubst dir manchmal öffentlich (im Fernsehen) zu sagen, Talent käme vom Himmel. Aber vom Himmel kommt auch die Strafe. Und für Verrat kommt unausweichlich die Strafe. Davon wirst du dich noch überzeugen können.

Es tut mir sehr weh, und ich zerbreche mir den Kopf in dem Versuch zu verstehen, woher diese Eigenschaften bei dir stammen. Denn in unserer Familie hat es etwas Ähnliches nie gegeben. Du tust mir unglaublich leid. Ich vermag keine anderen Worte zu finden.

Mama

54
Der Mitbewohner

Der Große Gopnik war zunächst einigermaßen irritiert und legte sogar die Ohren an, als der Kleine Nächtliche Stalin bei ihm einzog, misstrauisch, wie er war, alarmiert, aber dann kapierte er: Das ist Schicksal! Und war sogar, logisch, stolz auf seinen Mitbewohner, lernte von ihm, servierte ihm Tee wie ein Diener, wenn jener die Nächte durcharbeitete, und schwor ihm ewige Treue. Der Kleine Nächtliche Stalin selbst verhielt sich seinem Nachfolger, dem Großen Gopnik gegenüber gutmütig. Er verstand, dass dieser einen begrenzten Denkhorizont hatte, er sah seinen Hang zu Luxus, aber wer ist schon ohne Sünde? Denn die Hauptsache ist ja nicht der Luxus, sondern die Tatsache, dass der Große Gopnik uns sozial nahesteht, er ist einer von uns, wird uns niemals betrügen, denn er hat ja gar nichts, womit er uns betrügen könnte.

55
Mama und der Dichter Jewtuschenko

Am 31. März 1966 wurde am Cap Vert, der äußersten westlichen Spitze Afrikas, in Dakar, der schönen Hauptstadt des Senegals, ein grandioses Fest begangen. Unter der Schirmherrschaft des senegalesischen Präsidenten, des Dichters und Philosophen Léopold Sédar Senghor, begann unter dem Titel *Négritude* eine weltweite Präsentation schwarzafrikanischer Kunst. Afrika erhob den Anspruch auf sein Recht, beim Defilee der Weltzivilisationen Gleicher unter Gleichen zu sein.

Hunderte von Gästen reisten in Dakar an. Sie betrachteten die spirituell-intellektuellen Leistungen der afrikanischen Völker. Theateraufführungen, Ausstellungen, Konzerte, Dichterlesungen, Voodoo-Magie, Tamtams, Ikonostasen mit rituellen Masken aus Ebenholz, Boubous, die beim Tanz den in Trance gefallenen Tänzerinnen bis über den Bauchnabel hochflogen.

Négritude! Fröhlich, göttlich, frivol, verlockend, ursprünglich und erregend.

Hunderte von Gästen befanden sich in einem kulturell-sexuellen Schockzustand.

Anlässlich der großen Festlichkeiten trafen aus dem Land der Sowjets zwei Dichter ein. Der eine ein treuer Helfer der Partei,

Jewgeni Dolmatowski. Der andere – nun ja, einfach Jewgeni Jewtuschenko.

Meine Mutter war begeistert von seinen freiheitsliebenden Versen. Jewtuschenko war in jenen Jahren weit mehr als Jewtuschenko. Er war das Banner der Zeit, Prophet, Kämpfer, ein schöner Mann und Schürzenjäger, ein großer Liebhaber von Schneeballschlachten, Fußball und Schaumwein. Auf dem Fest in Dakar sprach er dem französischen Champagner mit solchem Elan zu, dass der mürrisch-ironische Dolmatowski scherzte, Jewtuschenko ruiniere den senegalesischen Präsidenten, der durch die Welt werde reisen müssen, um seine goldene Präsidentenkette zu verkaufen.

Meine Mutter liebte die »Sechziger« abgöttisch, las fleißig die Zeitschrift *Nowy Mir*, deren graublauer Umschlag an sich schon nach Liberalismus roch. In dieser Zeitschrift wurde Solschenizyn gedruckt und berühmt, hierher flüchtete sich eine ganze Reihe subversiver Literaturkritiker äsopscher Tradition. Zudem war Mama die Gattin des Außerordentlichen und Bevollmächtigten Botschafters der Sowjetunion in Senegal und Gambia, meines Vaters Wladimir Iwanowitsch Jerofejew. Unterwegs aus dem Senegal nach Moskau machte Mama in Paris Station und kaufte Bücher von Nabokov. Und da tauchte Jewtuschenko persönlich im Senegal auf, und die beiden verliebten sich sofort ineinander.

Mama verfügte von klein auf über eine beeindruckend reine Seele. Man hätte sie als neue Version der Tatjana Larina bezeichnen können. Im Unterschied zu ihrer Vorgängerin stammte sie aber aus ärmlichen, unglücklichen, verworrenen Familienverhältnissen. Ihr Großvater war Priester, meine Großmutter Serafima Michailowna Buchhalterin. Sie trennte sich früh von meinem Großvater – er war wohl auch Künstler und Heiligenmaler, mit Sicherheit aber ein Gewohnheitstrinker.

Mama war eine Gewohnheitsleserin, eine Gewohnheitsträumerin, sie wohnte schick in den edlen Behausungen der russischen Klassiker und kannte dabei schon im Alter von vierzehn Jahren das *Dekameron* und *Tausendundeine Nacht*.

Wie Sie, verehrter Leser, sich bestimmt erinnern, sagte sie oft zu mir, dass man in der russischen Provinz bemerkenswert reinen Menschen begegnen könne – ich denke, damit meinte sie, ohne sich dessen bewusst zu sein, vor allem sich selbst. Außerdem ihren Großvater, den Priester, der in den 1930er-Jahren aus Nowgorod fortging, um in irgendeinem verlassenen Dorf zu leben und der Familie nicht zu schaden. Er schickte den Verwandten Pilze und Moosbeeren in die Stadt, denn dort herrschte in jenen Jahren Hunger. Er war der erste Tote, dem Mama auf der Beerdigung die Hand küsste – dieser Kuss auf die schwere kalte Hand blieb ihr Leben lang auf ihren Lippen.

Der große Ozeandampfer Rossija (der bei seinem Stapellauf 1938 in Hamburg den Namen Patria trug) lief unter dem diplomatischen Dazutun meines Vaters im Hafen von Dakar ein, sodass die sowjetische Delegation, in der sich auch Tänzer und Schauspieler befanden, während der *Négritude* darauf wohnen konnte. Papa nahm mit im Wind wehendem noch nicht ergrautem Haar den Rapport des wackeren Kapitäns entgegen, denn in senegalesischen Gewässern war der Botschafter zugleich auch Kommandeur der sowjetischen Flottille. Der Kapitän salutierte vor Papa, und dann ließen sich die beiden schwarzen Kaviar schmecken und tranken Wodka dazu, und auch Mama nahm an Bord des Schiffes etwas zu sich. Kaviar gab es in Hülle und Fülle, er war die weiche Macht des Sowjetregimes, und darum besuchten während der *Négritude* zahllose unterschiedlichste Menschen den Dampfer Rossija. Alle ohne Ausnahme liebten die Sowjetunion, den Kapitän des Schiffes und meinen Papa, der in dieser Weltgegend für den Ruhm unserer Heimat verantwortlich zeichnete.

Auch Jewtuschenko und Dolmatowski warfen Anker auf der Rossija, die in ihrem vorherigen Leben traurige Zeugin der Nazi-Kapitulation gewesen war. Ungeachtet aller Unterschiede in den politischen Ansichten liebten sie beide schwarzen Kaviar und ergänzten einander zweifellos in der Qualität der sowjetischen Dichtkunst jener Zeit.

Wie jede leidende Seele sah meine Mutter auf Jugendfotos wie die Unschuld vom Lande und ein wenig menschenscheu aus. Sie hatte Glück mit Tante Nadja. Das größte Geschenk von Tante Nadja war die Einladung an ihre Nichte Galja, mit ihr zusammen in ihrer Leningrader Wohnung zu leben. 1938 bestand Mama die Aufnahmeprüfung an der Philologischen Fakultät der Staatlichen Universität Leningrad. Tante Nadja, die Leningrader Ärztin, schenkte ihr vor lauter Freude ein Fahrrad, drohte aber, es ihr wieder wegzunehmen, falls Mama nicht innerhalb eines Tages lernte, damit zu fahren. Mama lernte es, und Tante Nadja ging nicht einmal raus, um es zu überprüfen, sondern glaubte ihr aufs Wort. Dennoch endete die Geschichte mit Tante Nadja betrüblich. Mama hockte ständig jeden Abend so lange in der Universitätsbibliothek, dass Tante Nadja argwöhnte, sie gehe zu Rendezvous – und meine arme Mutter daher aus dem Haus jagte. Mama heulte und schwor sogar bei Gott, an den sie nicht glaubte – aber es half nichts. Mama zog in ein Studentenwohnheim, aber die Liebe zu Tante Nadja bewahrte sie ihr Leben lang.

Papa lud namentlich zu einem Abendessen zu Ehren der beiden Dichter. Dolmatowski, der dickliche Autor des Lieds *Die Heimat hört, die Heimat weiß*, das Gagarin im Kosmos schmetterte, sprach den ganzen Abend mit Papa über die Feinheiten sowjetischer Außenpolitik; er gefiel Papa außerordentlich. Jewtuschenko in einem bunten rot-grün-hellblauen Hemd mit irgendeinem wuchtigen Talisman um den gebräunten Hals beschäftigte sich derweil mit Mama. Er war ebenfalls der Ansicht, dass in der Provinz wunderbare Menschen leben, unter denen er insbesondere sich selbst hervorhob, geboren in Sibirien an der Transsib im Ort Sima – was Winter bedeutet.

»Uns verbindet vieles, Galina Nikolajewna«, fügte der Dichter mit tiefem Gefühl und einem vielsagenden Lächeln hinzu.

Mama registrierte für sich, dass nicht einmal die tropischen Papageien im Dschungel von Ziguinchor im Süden Senegals immer derart kräftige Farben vorzuweisen hatten wie die Lyrik des Dichters, besonders dies hier: »Es geschieht etwas mit mir, mein alter Freund kommt nicht mehr zu mir ...«, gewidmet Bellotschka Achmadulina, expressiver als jede kräftige Farbe.

Mama war still begeistert von dem Gedicht *Stalins Erben*, geschrieben 1961. »Das ist«, sagte sie, »ein geniales Werk. Es ist sehr aktuell.« Mama seufzte. »Bei uns gibt es noch sehr viele Stalinisten.«

»Uns beide verbinden immer mehr und mehr Sichtweisen«, gestand der Dichter. »Ich habe eine Schwäche für kluge Frauen.«

In diesem Moment ließ unser Botschaftskoch Nikolai, der noch vor Kurzem auf Baustellen in der Mongolei gearbeitet und sich das diplomatische Protokoll noch nicht ganz so perfekt angeeignet hatte, auf Jewtuschenkos helles Jackett, unter dem das teure Hemd farbenfroh leuchtete, heiße Rindfleischsoße tropfen. Der Dichter heulte auf, und das so laut, dass Mama verzweifelt dachte: Er hat sich verbrannt! Dabei heulte er auf, weil ihm das helle Jackett besonders lieb und teuer war. Meine peinlich berührte Mutter begann eifrig, den Fleck mit irgendeinem französischen Mittel zu bearbeiten – mit Erfolg. Der Dichter trank den Champagner aus und flüsterte: »Sie sind eine Zauberin!«

Mama errötete. Papa wandte sich von der Unterhaltung mit Dolmatowski ab und fixierte sie eindringlich. Mama wurde noch röter, erhob sich vom Tisch, um den französischen Fleckentferner in die Küche zu tragen. Als sie zurückkam, besprach Papa Jewtuschenkos Treffen mit dem Dichterpräsidenten Senghor am nächsten Tag.

»Ich gehe allein«, sagte Jewtuschenko.

»Wie, Sie gehen allein?«

»Na ja, ohne Sie. Ich möchte mit ihm von Dichter zu Dichter sprechen.«

»Ich habe nichts dagegen«, sagte Vater.

»Nun, so sei es denn.«

»In welcher Sprache werden Sie mit ihm sprechen?«

»In der Sprache der Lyrik«, sagte Jewtuschenko.

Die Gesellschaft begab sich auf die Terrasse, zum Kaffee, zum Cognac, je nach Geschmack.

»Ich bleibe beim Champagner«, sagte Jewtuschenko.

»Der Champagner ist wohl aus«, sagte Mutter verlegen.

»Macht nichts. Sie wirken ja wie Champagner auf mich«, sagte der Dichter.

Papa traute seinen Ohren nicht und zog leicht die Augenbrauen hoch.

»Können Sie aus der Hand lesen?«, fragte Jewtuschenko Mama.

»Ein kleines bisschen«, sagte die schüchterne Träumerin aus Nowgorod.

In den 1930er-Jahren lebte sie in einer irgendwie besonderen Welt, in der es weder Terror gab, noch die Fehler der Kollektivierung. Das Land bewegte sich im Marschtempo von Sportparaden auf den Kommunismus zu. Im ersten Semester verliebte sie sich in meinen Vater, gab sich ihm hin, aber Vater erwies sich als untreuer Liebhaber, und sie trennten sich für lange Jahre. Nach dem zweiten Semester wurde mein Vater mit einigen anderen Kommilitonen nach Moskau geschickt, um an den renommierten Dolmetscherkursen beim ZK der Kommunistischen Partei der Sowjetunion (Bolschewiki) teilzunehmen. Die vorhergehende Generation der Dolmetscher hatte Stalin bis auf null gekappt. Die Kursteilnehmer hatten noch gar nicht richtig angefangen, da brach der Krieg aus. Mama wurde dem sowjetischen Militär-Nachrichtendienst GRU zugeteilt.

Ihre Arbeit beim GRU machte sie, obwohl nur in unbedeutender Funktion, zu einer merkwürdig Auserwählten. Nach der Arbeit mit einem Oberst, der sie in das Einmaleins des Geheimdienstes einweihte, schämte sich Mama, als hätte sie etwas Unanständiges getan. Nachdem sie die Grundlagen des Geheimdienstes erlernt hatte, schickte man sie im Spätherbst 1942 nach Tokio. Sie war lange dorthin unterwegs, über Harbin, wo man ihr eine Hochfrisur nach der damaligen Mode verpasste, dann ging es weiter über Korea, und schließlich gelangte sie in die sonnige Wärme Japans. Sie wurde Assistentin des Militärattachés, lernte Japanisch und erfuhr als erste Sowjetbürgerin aus dem japanischen Regierungsanzeiger, dass man einen gewissen Sorge aufgehängt hatte. Sie erstattete ihren Vorgesetzten Meldung über diese Hinrichtung, und die ganze Botschaft rannte konfus hin und her und verwandelte sich in einen aus dem Tritt geratenen Ameisenhaufen.

Auf der Terrasse in Dakar hörte sich Jewtuschenko die Geschichte von Sorge mit Interesse an.

»Das heißt, Sie waren das«, warf er den rätselhaften Satz hin.

»Was, ich?« Mama verstand nicht.

»Nichts.« Jewtuschenko kniff ein wenig seine poetischen Augen zu. »Nun gut, kehren wir zurück zur Chiromantie.«

Mama nahm zaghaft seine Hand, blickte in die offene Handfläche, berührte mit einem Finger die göttlichen Linien des genialen Schicksals.

»Oh!«, rief Mama aus.

»Wie, oh?«, fragte der Dichter scharf.

»Sie werden viele Ehefrauen haben.«

»Ich weiß. Und Sie, Galina Nikolajewna, sehen Sie sich selbst in diesem Spinnennetz meines Lebens?«

Mama erschrak ein wenig ob dieser dichterischen Direktheit, um nicht zu sagen Dreistigkeit; noch nie hatte jemand so mit ihr gesprochen, und sie fühlte sich, als hätte ihr der Dichter mit einem Knüppel auf den Kopf geschlagen. Mit einem süßen Knüppel.

»Morgen Abend trage ich auf dem Schiff meine Gedichte vor«, sagte Jewtuschenko, an meine Eltern gewandt. »Kommen Sie!«

Die reine Seele meiner Mutter war allen möglichen Prüfungen ausgesetzt, wie in Japan, wo ihr ständig sexuell unausgelastete sowjetische Diplomaten nachschlichen. So auch später. Einer – ein hohes und ganz wichtiges Tier –, an den Mama nicht glaubte, obwohl Großvater Priester gewesen war, eiste sie vom GRU los und führte sie in den Alltag des Außenministeriums ein, zeigte ihr glänzende Fassaden und dunkle Hinterhöfe sowjetischer Auslandsvertretungen, fütterte sie großzügig mit Pariser Leben.

Konfrontiert mit Chruschtschows Geheimrede am Ende des 20. Parteitags, stand sie unter Schock.

Noch mehr schockierte sie die Geschichte der Antiparteigruppe im Juni 1957 – sie spürte, dass es hier nicht um den Marsch zum Kommunismus ging, sondern um einen verdeckten Machtkampf.

Und dann Pasternak. Sie liebte seine Gedichte. Sie war entsetzt.

Und Ungarn? Nun ja, zum ungarischen Aufstand hatte sie sich noch keine klare Meinung gebildet. Die kam erst mit der Niederschlagung des Prager Frühlings.

Ihre reine Seele geriet in die schmutzigen Gewässer ihrer Zeit. Und sie erhob sich wieder. Statt sich an Bekanntschaften mit der Pariser Hautevolee oder hochdekorierten Persönlichkeiten zu berauschen, bedauerte sie sowjetische Schauspielerinnen: Tatjana Samoilowa war in Cannes, nach der Vorführung des Films *Wenn die Kraniche ziehen*, der ihr einen schwindelerregenden Erfolg bescherte, an ihrem schlichten Kleid ein Träger gerissen. Mama fand in ihrer Handtasche eine Sicherheitsnadel. Mit stockendem Herzen quälte sie der Gedanke, dass der zweite Träger jederzeit ebenfalls reißen könnte.

24. FEBRUAR

Alle fragen, warum ich Russland verlassen habe. Nicht doch, antworte ich, nicht ich habe es verlassen. Es ist Russland, das mich verlassen hat.

Im Unterschied zur überwältigenden Mehrheit der Damen im Außenministerium, die sich nur um sich selbst drehten, sah Mama Dinge, die in jenen Kreisen beinahe als Landesverrat galten – sie sah die Fäulnis, Niedertracht und Schändlichkeit des Sowjetregimes und schrieb darüber Mitte der 1990er-Jahre ein grundehrliches Buch mit dem Titel *Der Neskutschny-Garten*.

Die althergebrachten Vorstellungen vom milden Licht der russischen Mentalität haben wahrscheinlich eine gewisse Grundlage – ich urteile nach dem Idealbild meiner Mutter. Vielleicht wurden so ja auch irgendwann die wichtigsten Eigenschaften der russischen Seele erdacht – Reinheit, Uneigennützigkeit, Genügsamkeit –, doch konfrontiert mit unüberwindbaren Umständen, erkrankte diese Seele. Nichtsdestoweniger hoffte sie immer noch auf ihre natürliche Überlegenheit, die sie jedoch rasch einbüßte.

»Kommst du zur Dichterlesung auf dem Schiff?«, fragte Mama meinen Vater am nächsten Tag.

»Ich habe ein Abendessen mit dem Präsidenten«, antwortete Papa.

»Und, kann ich aufs Schiff gehen?«, fragte Mama mit stockender Stimme. Papa schaute sie nicht an.

»Wie du willst.«

Der Saal auf der Rossija war brechend voll. Viele Besucher standen längs der Wände. Jewtuschenko trat in einem weißen Hemd auf, das bei Mama das nostalgische Bild eines verschneiten russischen Felds hervorrief, auf dem im nächsten Moment Wölfe auftauchen würden. Er trat so expressiv auf, dass der Kapitän Mama fragte: »Hat er denn eine Schauspielschule besucht?«

Nach getaner Arbeit trank Jewtuschenko Champagner mit dem Kapitän und hatte nur Augen für Mama, die ein ihre schöne Figur unterstreichendes enganliegendes Paillettenkleid trug: »Ich möchte Ihnen ein Gedicht vorlesen, das ich nicht vor großem Publikum lesen würde.«

Der Kapitän verstand und verschwand umgehend irgendwohin. Jewtuschenko blickte sich um: »Hier lässt es sich nicht gut vorlesen. Gehen wir zu mir.«

»Wohin?«

»In meine Kajüte. Dort gibt es viel Platz.«

»Das mach ich nicht.«

»Ich rühre Sie nicht an«, sagte der Dichter. »Ehrenwort. Gehen wir.«

»Ich traue Männern nicht«, sagte Mama nun schon richtig provinziell.

Jewtuschenko brach in Lachen aus.

»Da tun Sie gut daran. Aber ich bin kein Mann.«

»Sondern?«

»Ich bin genauso eine Wolke in Hosen wie Majakowski. Erinnern Sie sich? Er sagte im Zugabteil zu seiner Mitreisenden, die Angst vor ihm hatte – ich bin die Wolke in Hosen! Genial, nicht wahr? Ich liebe Majakowski über alles.«

Sie liefen raschen Schritts auf der Rossija irgendwohin.

»Heute fragt mich doch *Ihr* Präsident: ›Wen mögen Sie mehr, Majakowski oder Jessenin?‹ Ein Dummkopf, nicht wahr?«

Mama schnappte nach Luft, beleidigt für Präsident Senghor, und blieb sogar abrupt stehen.

»Wie unhöflich von Ihnen!«

»Wären Dichter Diplomaten, würden sie nichts schreiben«, sagte Jewtuschenko.

Wieder liefen sie rasch übers Schiffsdeck.

»Also. Er fragt mich, wer besser sei, Majakowski oder Jessenin? Und ich«, er machte eine große Geste, und Mama bemerkte seine teuren Ringe, »ich sage zu ihm, und was ist besser, Tomaten oder Gurken?«

»Haben Sie englisch mit ihm ...«

»Mal so, mal so. Ich habe ihn gar nicht zu Wort kommen lassen!«

Mit großer Geste öffnete er die Tür zu seiner Kajüte. Mama sah ihm unverwandt in die Augen.

»Mit keinem Finger rühre ich Sie an. Ich schwöre!«

Sie setzten sich an den kleinen Tisch. Jewtuschenko holte den Champagner heraus.

»Für mich nicht«, sagte Mama.

»Mögen Sie keinen? Dann vielleicht Cognac?«

»Nein, dann schon lieber Champagner.«

»Sie wissen natürlich, dass ich über Dolmatowski geschrieben habe. Aber das betrifft auch mich selbst:

Du bist Jewgeni, ich bin Jewgeni,
Du bist kein Genie, ich bin kein Genie.
Du bist ein Scheiß, und ich bin ein Scheiß.
Ich noch nicht lang, ich weiß, du schon lang, wer weiß.«

Er ließ den Kopf hängen. Mama sah ihn mitleidig an. Er war ja so wie sie: verletzlich und hilflos. Bestimmt litt er an seinen Kompromissen mit der Sowjetmacht. Er verkaufte sich für Reisen ins Ausland. Na ja, er verkaufte sich nicht mit Haut und Haar, aber eben doch ein bisschen. Jewtuschenko hob nicht den Kopf. Es war unklar, ob er schon betrunken war oder einfach nur litt. Vermutlich beides.

Sie strich ihm ganz, ganz vorsichtig über den Nacken.

»Sie ... haben so viel Schönes ... Ihr *Babi Jar* ... Was ist denn? Kopf hoch!«

»Mach weiter. Ich schäme mich.«

Er schenkte die Gläser voll. »Trink«, sagte er zu meiner Mutter. »Du gefällst mir.«

Seine Augen blitzten.

»Ich habe hier ein Gedicht geschrieben. Ein sehr lustiges. Möchtest du, dass ich es dir vorlese?«

»Ich möchte es.«

Plötzlich verstand Mama, dass dieses »ich möchte« nur ein Teil war von einem großen »ich möchte«, und das große »ich möchte« war nur ein Teil eines riesigen Wunsches. Doch was sollte die verletzliche, zarte, ehrliche Seele einer provinziellen Nowgoroderin mit so einem riesigen Wunsch tun? Die Deutschen hatten ihr im Krieg das Haus niedergebrannt, und nach dem Krieg erblickte sie nur noch eine ganz kleine Grube und wunderte sich, wie in diese Grube das ganze Fundament des zweistöckigen Hauses gepasst hatte, in dessen Elternschlafzimmer sie in ihrer frühen Kindheit auf einem kleinen Holzpferdchen gehopst und geritten war.

»Du hast einen guten Ehemann, ich bin beeindruckt«, sagte überraschend der Dichter. »Alle unsere Botschafter sind solche Vollidioten, aber er, er ist ein würdiger Mann. Hör mal, das ist eine Seltenheit. Er wird uns verstehen. Verstehst du? Wie könnte er anders? Also, hier meine Verse. Hör zu:

Untern Baobab legt meinen Leib,
Und zu mir ein schönes Weib ...«

Er lachte.

»Aber heute Abend brauche ich keine außer dir. Verstehst du, niemanden, niemanden auf der Welt, nur dich. Galina, Galina, Senegalina!«

»Und hast du gesehen, wie die Senegaleserinnen zum Tamtam tanzen und dabei die Gewänder immer höher heben? Wenn ich ihnen zusehe, packt mich unwillkürlich die Begierde ... Weißt du, ich habe das noch nie jemandem gestanden ... Schenja!«, rief meine Mutter aus und erschrak dabei, dass sie das Genie beim Vornamen nannte.

Der Dichter kniete plötzlich vor ihr nieder, drückte sich an Mamas Kleid zwischen ihren Knien. Hätte jemand zu Mama gesagt, dass der Dichter Jewtuschenko sich so an sie drücken würde, dann ihre Brust berühren, deren Formen rühmen, ihr das Kleid ausziehen, die feine französische Unterwäsche herunterstreifen, die sie für diesen Abend für alle Fälle angezogen hatte – sie hätte gesagt: Ihr spinnt doch.

Und sie hätte recht gehabt. Denn keine Spinnerei wird mit einem so unfassbaren Wunsch fertig. Mama sprang auf die Füße. Sie stieß den großen Dichter zurück. Von diesem Stoß bekam er einen Schluckauf. Sie sah ihn an, und wieder tat er ihr zum Weinen leid. Unwillkürlich liefen die Tränen aus Mamas Augen.

Ihre Augen weinten sehr viel in dieser schwarzen Nacht, und wenn man durch das Bullauge auf den von Scheinwerfern angestrahlten riesigen Hafen schaute, sah man schrecklich lange dunkelgraue Ratten mit schrecklich langen Schwänzen herumwuseln, solche Ratten hat noch keiner von Ihnen je gesehen, wenn Sie nicht in Dakar gewesen sind, der schönen Hauptstadt Senegals, am äußersten westlichen Ende Afrikas, Anfang April 1966, an den Tagen des großen Festivals namens *Négritude*.

56
Der Verräter-Schriftsteller

Das Buch *Der gute Stalin* tötete nach Meinung meiner Mutter (ich erinnere daran) meinen Vater ein zweites Mal. Auf Verlangen meiner Eltern musste ich eine öffentliche Erklärung dazu abgeben, warum ich alle Fenster und Türen zu unserem Familienleben geöffnet hatte. Ich verstand, dass das Buch für meine Eltern ein schwerer Schlag sein konnte. Ich war vorsichtig gewesen – zuerst veröffentlichte ich es in Deutschland. Das Buch kam sozusagen von irgendwo weit her zu uns. Doch das bewahrte mich nicht vor dem elterlichen Zorn.

Innerlich war ich sicher, dass das Buch, meinem Vater gewidmet, seinem beeindruckenden Leben zum Ruhme geschrieben war. Der deutsche Verleger Michael Krüger fand, es sei ein Denkmal für meinen Vater. Aber Mama war anderer Ansicht.

In der damals populären Perestroika-Zeitung *Moscow News* veröffentlichte ich einen Artikel mit dem Titel *Väter sind keine Söhne*. Ich weiß nicht, welcher andere Schriftsteller mit seinen Eltern über eine Zeitung kommunizierte. Sie erwarteten von mir Reue, zumindest aber Selbstkritik.

Meine Eltern waren mit dem Artikel nicht zufriedengestellt. Unsere Beziehungen waren vollständig zerstört. Anderthalb Jahre lang sprachen sie kein Wort mit mir. Erst die Geburt meiner Tochter Maja half. »Meine Frau« (Mamas Anführungszeichen) und ich kamen mit Maja im grünen Kinderwagen in ein Restaurant in einer Seitengasse der Pretschistenka anlässlich Papas Geburtstag.

Unsere Beziehungen waren danach teilweise wiederhergestellt.

Mama rief mich regelmäßig an, wenn sie wieder eine Folge meiner Talkshow *Apokryph* gesehen hatte, die ich immerhin elf Jahre lang machte, sodass fast 500 Sendungen zusammenkamen. Aber es war eine äußerst eingeschränkte Kommunikation – davon abgesehen hielt sie mich nach wie vor für einen Verräter und nichtswürdigen Menschen. Als sie hörte, dass ich eine Sendung über das Gewissen machen würde, zeigte sie sich bass erstaunt: »Weißt du etwa, was das ist?«

Viele Jahre lang wusste ich nicht, wie ich mich dem gegenüber verhalten sollte. Ein Schriftsteller ist von seinem Wesen her ein Verräter. Hier hatte meine Mutter recht. Er verrät die einen Ansichten im Namen von anderen, er bricht mit Freunden, die ihn in seiner Entwicklung behindern, er wechselt die Frauen. Er verdreht die Ereignisse auf eine Weise, dass andere Zeugen derselben Ereignisse empört sind. Als ich im Fernsehen über mich selbst als Verräter-Schriftsteller sprach, rief mich Andrej Wosnessenski an: »Du hast recht«, sagte er. »Ich denke genauso. Aber ich hätte mich nicht getraut …«

Mamas Befürchtungen erwiesen sich in vielerlei Hinsicht als richtig. Meine Beziehung zu »meiner Frau« endete mit abstoßenden Szenen, dem vollständigen Bruch, mit Gerichtsverhandlungen und totalem Scheitern.

Aber es gibt Dinge, die ich überhaupt nicht verstehen kann. Ja, ich habe im *Guten Stalin* unsere Familie als ambivalent dargestellt. Mama hat vielleicht von dieser Ambivalenz mehr abbekommen als Papa. Aber mich mit so einem Brief zu erschießen, das war schon allzu grausam.

Natürlich geriet der Abend der Abrechnung ziemlich fürchterlich. Während des Abendessens kam es zu einem Schlagabtausch. »Meine Frau« hielt die aufgeheizten Leidenschaften nicht mehr aus und ließ sich hineinziehen. Ja, sie schrie meinen Vater an, was unerträglich war. Aber im Grunde war Papa der Gefügige – und ich meine immer noch, dass Mama Öl ins Feuer unserer ohnehin hitzigen Auseinandersetzung gegossen und den Bruch herbeigeführt hat.

57
Wir beide sind schlaue Kerlchen

In meiner Stadt gibt es eine Alexej-Lossew-Straße.

»Wir beide sind schlaue Kerlchen«, sagte der letzte russische Philosoph Alexej Fjodorowitsch Lossew zu vorgerückter Stunde in seiner Wohnung auf dem Arbat. Ich hatte ihm zwei Packen der Zeitschrift *Fragen der Literatur* (September 1985) mitgebracht, in der unser Gespräch abgedruckt war. Ganz zu Beginn der Perestroika.

Vielleicht sogar das erste *gedruckte* Perestroika-Gespräch. Jewgenia Kazewa (irgendwann einmal eine Freundin meiner Mutter, die sich aber wegen *Metropol* von unserer Familie distanzierte und nie wieder als Mamas Freundin auftauchte), die verantwortliche Redakteurin der Zeitschrift, sagte mir direkt ins Gesicht, dass ich etwas Besseres als dieses Gespräch nicht mehr zustande bringen würde. Wie sagte doch Potjomkin zu Fonwisin? – »Nun kannst du sterben, Denis, Besseres kommt nicht aus deiner Feder!«

Lossew beeindruckte mich damit, dass er Verse der Dichter des Silbernen Zeitalters und Aphorismen von Rosanow auswendig hersagen konnte. Diese ganze verbotene Gedankenwelt hatte er mehrere Jahrzehnte mit sich herumgetragen, durch den Arrest, den Gulag, das Verbot, sich mit Philosophie zu beschäftigen. Nach seiner Haftentlassung verfügten die Machthaber, er dürfe sich mit dem antiken Griechenland befassen. Er wurde eine Koryphäe auf dem Gebiet der altgriechischen Kultur, widmete ihr Jahrzehnte seines Lebens. Als ich ihn fragte, ob er das antike Griechenland liebe, schüttelte er den Kopf: »Nein.«

Während unseres Gesprächs wollte er mich hinauswerfen, als ich ihn nach seiner Zeit in Haft befragte. Er stand auf und schrie: »Raus!«

Auf das Geschrei hin kam seine Frau angelaufen, Universitätsdozentin für Philosophie.

»Er hat mich nach Meyerhold gefragt«, sagte Lossew wütend. »Dessen Frau haben sie mit der Axt erschlagen!«

»Aber Meyerhold ist doch längst rehabilitiert!«, sagte seine Frau.

»Ach wirklich?«, wunderte sich der Philosoph.

Die Erinnerung an den Terror wog für ihn stärker als die an das Tauwetter. Unterdessen war das Jahr der Perestroika angebrochen, und Gorbatschow sagte, die menschlichen Werte seien wichtiger als die der Klassen.

Ich kam mit diesen Neuigkeiten zu Lossew.

»Nun, das ist ernst, sehr ernst«, sagte er nachdenklich.

Und schließlich erschien die Zeitschrift mit unserem Gespräch.

Er umarmte mich, als ich ihm die Ausgaben brachte, der letzte russische Philosoph mit seiner schwarzen Mönchskappe. Er behauptete, ein Mythos sei stärker als die Realität, denn der sei ja die Realität. Nie wieder habe ich, nicht vor und nicht nach dieser Umarmung, solch einen seelischen Aufschwung gespürt. Schrecklich, aber wahr. Lossew hat mir, wie der Heilige Geist, eine Art besondere Gabe verliehen.

58
Der Boulevard der amerikanischen Schriftsteller

Sie traten zu meiner Verteidigung an, als man Popow und mich aus dem Schriftstellerverband jagte: Styron, Vonnegut, Arthur Miller, Updike, Albee. Persönlich kannte ich nur Arthur Miller.

Ein Abend in seiner Villa in Connecticut: Natürlich dachte ich, als ich seine Hand drückte, wie jeder gleich daran, dass er mit dieser Hand Marilyn Monroes Brüste begrabscht hatte.

Abendessen. Eine lärmende Bohème-Gesellschaft prüfte mich auf Herz und Nieren. Sie fielen über mich her (ein Lieblingswort aus Papas Diplomatie, das ich nicht ausstehen konnte – über jemanden herfallen!). Sie wollten wissen, ob ich echt sei oder ein falscher Fuffziger. Im Übrigen interessierte sie vor allem, ob unsere Perestroika echt oder eine Mogelpackung war. Das Verhör dauerte fünfzehn Minuten. Sie schienen zufrieden und ließen sogleich von mir ab.

Man platzierte mich an einen Tisch neben Philip Roth, wir aßen irgendwas, ich weiß nicht mehr was, und sprachen über den Tod. Er roch zehn Meter gegen den Wind nach Tod. Eine wahre Brutstätte des Todes. Im Grunde wie alle klugen Atheisten. Doch ein Schriftsteller kann meiner Ansicht nach nur ein unfreiwilliger Atheist sein, wenn man ihn mit Religion überfüttert, so wie man mich an der Universität mit Marxismus überfüttert hat.

O., die es hasst, über den Tod zu sprechen, ein pathologisches *non memento mori*, konnte Roth nicht ausstehen.

Erfolgreiche amerikanische Schriftsteller verfügen indessen über eine gewisse unverwüstliche Kraft. Als seien sie in Stein gemeißelt, so wie die amerikanischen Gründerväter, selbst wenn sie Depression, Geiz und Frauenhass ausgesetzt sind. Unsere postsowjetischen Schriftsteller dagegen sind morsch, einer wie der andere.

59
Die polnische Straße

Noch zu Sowjetzeiten fragte ich in Warschau literarische Dissidenten, Tadeusz Konwicki, Wiktor Woroszylski und andere, wem sie ihre Tochter zur Frau geben würden, falls sie vor die Wahl gestellt wären: einem Russen, einem Juden oder einem Deutschen. Die Dissidenten antworteten einhellig: »Einem Deutschen.«

»Und wenn nicht einem Deutschen, dann einem Juden.«

Der russische Bräutigam guckte in die Röhre.

Ich fragte Konwicki, warum er keine Memoiren schreibe.

»Ich habe kein Gedächtnis«, sagte der Schriftsteller.

»Dann schreib ein Buch über Gedächtnislosigkeit.«

Seine Augen blitzten, aber das Buch schrieb er nicht.

Ich sprach mit Andrzej Wajda über sein Leben. Er sagte, die Polen hätten sich während des Zweiten Weltkriegs nur dank der katholischen Kirche als Nation retten können.

Ich fragte: »Wann warst du das letzte Mal in einer Kirche?«

»1947«, antwortete Wajda nach einigem Nachdenken.

Einmal überraschte er mich wirklich. Er bot mir an, das Drehbuch für seinen Film *Katyń* zu schreiben. Das war auf den Stufen vor der polnischen Botschaft in Moskau. Sofort erzählte ich ihm, wie ich mir den Film vorstellte.

Die gefangenen Offiziere wissen bis zum letzten Tag nicht, dass man sie erschießen wird, denn ihr Leben in Haft verläuft ziemlich monoton. Aber ich möchte einen Hellseher einführen, der schreit, sie werden uns alle erschießen.

Das Drehbuch schrieb ein anderer. Aber mein Hellseher hat doch in dem Film einen Kurzauftritt.

60
Flucht aus dem Totenhaus.
Tag zwei. Die Grenze

Jeder Russe fürchtet sich, die Grenze seines Staates zu überschreiten. Dort könnte er drohend gefragt werden: Wer bist du? Und keine Antwort darauf wird den Grenzbeamten zufriedenstellen. Der Krieg ist in vollem Gange, von Mariupol ist schon nichts mehr übrig, aber das Vorhängeschloss am Schlagbaum wackelt, noch kann man hindurchschlüpfen, obwohl es so aussieht, als würde man es demnächst zusperren, sobald man sich, wie der besagte Zar es ausdrückt, von der fünften Kolonne gesäubert hat, von den »Nationalverrätern«, den »ausländischen Agenten«. In Wirklichkeit befreit sich das Land von allgemein gültigen humanistischen Werten und bekräftigt die halbstarken Vorstellungen von der Überlegenheit unseres Hinterhofs über die ganze Welt.

Warum fahre ich weg?, dachte ich, während wir uns der Grenze näherten. Gelogen haben sie doch immer. Sie logen plump und widerlich – und du bist nicht weggefahren. Die Lüge nahm repressiven Charakter an, erklärte sich zu heiliger Wahrheit – und du bist nicht weggefahren. Und nun kam der erwartbare und dennoch unglaubliche Krieg. Und unser Volk begrüßte ihn mit großem Hurra. Aber du wusstest doch, dass es ihn begeistert unterstützen würde, oder? Du hast es geahnt. Ja, es hat sich bestätigt, was du geahnt hast – Zeit also wegzufahren.

Die Straße von Petersburg bis Wyborg ist nicht bemerkenswert, die Landschaft nichts Besonderes, doch in Grenznähe sind die Autos auf einmal wie vom Erdboden verschluckt, die Straße ist praktisch ausgestorben. Und dann endlich der Grenzübergang. Ein Gebäude im Stil einer öffentlichen Toilette. Nichts Feierliches, keine Flagge. Abgeblätterte Fassaden.

Die Frau hinter dem Schalterfensterchen sah mich mit menschlichem Lächeln an, beäugte meine französische Aufenthaltsgenehmigung, und dies entschied alles. Katja, Maja und Marianna wurden mit ihren Schengen-Visa als begleitende Familienmitglieder durchgewinkt. Ein junger Grenzbeamter schaute mit schüchternem Blick unter die Motorhaube und ins Innere unseres Wagens, holte die Taschen aus dem Kofferraum, kontrollierte, ob wir nicht statt des Ersatzreifens noch jemanden dabeihatten, und verstaute eigenhändig das Gepäck wieder im Kofferraum. Kein falsches Wort, kein schiefer Blick. Erstaunt über solche Umgänglichkeit, wünschten wir der Grenzbeamtin, dem Äußeren nach eine Frau vom Land, als sie den letzten Schlagbaum hochklappte, einen schönen Tag und verließen das Land, das der Ukraine ehrlichen Herzens die Hölle auf Erden bescherte.

»An der finnischen Grenze werden wir nicht mal aus dem Auto aussteigen müssen«, versicherte ich meinen wunderbaren Mädchen.

Das hätte ich nicht sagen sollen ...

An der finnischen EU-Grenze mit Flaggen an hohen stolzen Fahnenmasten empfingen uns alles in allem fünf unbestechliche Joulupukkis, finnische Weihnachtsmänner, die uns in einen sauberen Saal mit Kabinen für die Begegnung mit Europa baten. Der erste wackere Weihnachtsmann im schwarzen Roboteranzug mit Kopfhörer im Ohr, Funkgerät, Pistole an jeder Seite, in hohen schwarzen Stiefeln, drehte meine französische Aufenthaltsgenehmigung in den Händen und ließ mich ein nach Europa, ohne auch nur einen Stempel hineinzudrücken – einer von uns! Ich betrat den Warteraum. Die Zeit verging. Wo waren bloß meine Mädchen abgeblieben? Ich ging zu ihnen zurück und traf auf ein sich zuspitzendes Problem. Mit den Schengen-Visa war alles in Ordnung, aber man ließ sie nicht durch, denn sie hatten freimütig erklärt, sie würden mit mir nach Deutschland reisen. Doch russischen Staatsbürgern war der Transit durch Finnland verboten, ob als Folge des Krieges oder aus sonst irgendeinem Grund. Ich erklärte dem wackeren Weihnachtsmann, wir reisten aufgrund einer offiziellen Einladung der Heinrich-Böll-Stiftung, doch das ließ ihn vollkommen kalt. Hätten wir im Chor gesagt, wir seien auf dem Weg zum Skilaufen nach Lappland – ein Bekannter von uns besitzt dort ein Hotel –, hätten sie uns sofort durchgelassen. Seien Sie nicht zu ehrlich in Europa. Seien Sie ehrlich, aber verfolgen Sie stets die aktuellen Entwicklungen. Bei uns in Russland wird als Rettung die Lüge praktiziert. In Europa bedient man sich besser der Halbwahrheit, wenn man gut leben will. Der zweite, der große Weihnachtsmann, nahm dem Kollegen die Pässe meiner Mädchen aus der Hand und führte sie in den Raum für Abschiebungen. Zu mir trat der dritte Weihnachtsmann, offenbar höheren Ranges. Er verlangte erneut meine Papiere – und gab sie mir nicht zurück.

»Wir müssen Sie nach Russland zurückschicken.«

In mir wohnen zwei Seelen. Eine russische, die ist ziemlich grimmig. Und eine französische, die durch den langjährigen Kontakt mit Frankreich entstanden ist, was mir sogar den Orden der französischen Ehrenlegion eingebracht hat. Ich wandte mich an die zweite, die lächelnde Seele, die mir riet, die Gutmütigkeit in Person zu sein. Der Weihnachtsmann legte eine Broschüre mit irgendwelchen Grenzregelungen vor mich hin, doch die französische Seele flüsterte mir zu: »Auf keinen Fall anfassen.«

Und die russische grimmige Seele gab mir den Rat: »Sofort Schutzengel anrufen.«

Ich rief den befreundeten westlichen Botschafter in Helsinki an, der uns im Hotel zum Abendessen erwartete. Mit sanfter Stimme erklärte ich ihm die Situation – er bat mich, das Handy an den Weihnachtsmann weiterzugeben. Der wiederum verschwand mit meinem Handy irgendwohin, um mit dem Botschafter zu sprechen. Etwa zehn Minuten später gab mir der Unteroffiziersweihnachtsmann mein Handy zurück. Er setzte sich neben mich auf die Bank und erklärte: »Ich respektiere Ihren *background*.«

Was das heißen sollte – egal. Aber ich sah, dass der Weihnachtsmann ein wenig schmolz – er begann anzuschmelzen, doch anschmelzen bedeutet nicht auftauen. Er bestand weiterhin auf Formalitäten. Also rief ich meinen Freund an, einen hochrangigen finnischen Diplomaten, der an diesem Tag tatsächlich mit seinen Kindern in Lappland zum Skilaufen war. Der Unteroffiziersweihnachtsmann wollte zunächst mein Handy partout nicht annehmen, doch als er erfuhr, dass das Gespräch in seiner Muttersprache geführt würde, nahm er es an und verschwand erneut. Zurück kam er völlig aufgetaut! Und die anderen, vom Rang her niedriger, tauten wie auf Kommando ebenfalls auf und entließen sogar meine Begleiterinnen aus ihrem kurzen Grenzarrest. Wir saßen auf einer Bank, schon auf finnischem Territorium, aber unsere Pässe waren noch immer in den Händen der Weihnachtsmänner. Endlich rief mich der Chefweihnachtsmann, ein glatt rasierter Offizier, in sein Büro. Selbst im aufgetauten Zustand trug er seinen Sermon vom Transitverbot noch mal vor, doch da schaltete ich meine russische Seele ein und sagte: »Als Kremlkritiker bin ich erstaunt, dass man mich zurückschicken und denen tatsächlich zum Fraß vorwerfen wollte.«

Das war eine bewusste Übertreibung. Aber weiß der Teufel! Wie erfreut er reagierte! Ich kann Sie nicht zurückschicken, erklärte er. Die Papiere waren abgestempelt und meinen Mädchen ausgehändigt worden.

»Uff!«, stieß ich einen leisen Seufzer aus. Aber die Geschichte war damit noch keineswegs beendet.

Ein neuer Weihnachtsmann, der als Zollbeamter arbeitete, erklärte, wir seien nicht mit der richtigen Bereifung unterwegs – ohne Spikes! Wieder schaltete ich meine französische Seele ein und antwortete ihm zärtlich, dass es in Polen nicht erlaubt sei, mit Spikes zu fahren, was solle ich also tun? Suchen Sie sich eine Mitfahrgelegenheit! Weitere Vorschläge folgten, einer dümmer als der andere, und letzten Endes, nachdem wir einen Haufen Zeit verloren hatten, bat ich darum, ein Taxi zu rufen, das uns ins 200 Kilometer entfernte Helsinki bringen sollte, und einen Abschleppwagen. Der Chef der tapferen Weihnachtsmänner begleitete uns. Ich schenkte ihm eines meiner Bücher auf Finnisch. *To dear Aari, friendly, Victor.* Er war glücklich. War er jetzt von mir bestochen worden?

Am nächsten Morgen fuhr der Abschleppwagen an unserem Hotel vor. Ich setzte mich ans Steuer und kutschierte gutgelaunt ohne Spikes durch Helsinki. Der ganze Spikezirkus an der Grenze war eine blödsinnige Formalität gewesen. Die Einreise nach Europa, zum Teufel auch, kostete mich mit Taxi und Abschleppwagen 1100 Euro. Ich gratuliere dem großen Europa zu seinem tumben Formalismus! Gogol fragte in seinen *Toten Seelen*, wohin stürmst du, Troika Rus? Es ist Zeit für Europa, sich diese Frage zu stellen.

61
Jerofejew gegen Jerofejew

Jerofejew lernte ich im Lift kennen. Er blickte geradeaus vor sich hin. Ich blickte auf meine Füße. Wir fuhren schweigend nach oben. Uns beiden war klar, dass er in jeder Hinsicht besser war als ich. Er war größer, schöner, aufrechter, vornehmer, erfahrener, kühner, stilvoller, stärker im Geiste. Er war unendlich talentierter als ich. Er war mein Abgott, mein Idol, die aus einer französischen Zeitschrift herausgeschnittene Fotografie, der Kultautor eines geliebten Buchs. Wir standen im Lift einer Chruschtschowka, eines dieser Plattenbauten aus der Chruschtschow-Zeit, nur hochkant gestellt. Er sagte, weiterhin geradeaus vor sich hin blickend: »Du könntest dir mal einen anderen Namen zulegen.«

Ich sah ihm unwillkürlich direkt ins Gesicht. Das hätte ich besser nicht getan. Er stand da im Mantel, mit etwas schief sitzender Mütze, die ihm ein leicht keckes Aussehen verlieh und einen schönen Kontrast zu dem weißen, bis obenhin zugeknöpften Hemd und dem früh ergrauten Haar bildete. Sein Gesicht hatte einen etwas angewiderten und etwas gnadenlosen Ausdruck, für ein kleines Opfer völlig ausreichend.

»Zu spät, Wenja, zu spät«, sagte ich mit der verzweifelten Würde eines kleinen Äffchens (eines tapferen Mitglieds der demokratischen Bewegung, Organisator des Almanachs *Metropol* und nun schon Autor der *Moskauer Schönheit*).

Ich war selbst an allem schuld. Ich hatte mir ein Bein gestellt. Wozu hatte ich mich in diese chruschtschowsche Bruchbude geschleppt, um mir anzuhören, wie er sein eben geschriebenes Theaterstück vorliest? Ich hatte mir doch gelobt, ihn nicht kennenzulernen. Ich hatte schreckliche Lust, ihn kennenzulernen. Ich erinnere mich nicht, wann ich *Petuschki* zum ersten Mal gelesen habe, irgendwann Anfang der 1970er, aber dafür erinnere ich mich genau an mein unbändiges Entzücken – der Sherry! Der Kreml! Der Kuss von Tante Klawa! Revolution in Petuschki! Das Wort »Sau« an den beschlagenen Scheiben zu beiden Seiten der Plattform zwischen den Waggons. Frauen, die aus der Hocke auf Iljitsch schießen! – und an meinen typischen Leichtsinn ... meine Entrücktheit ... Wer hätte das gedacht ...!

Ich hatte gar nicht darauf geachtet ..., dass wir Namensvettern waren. Schon früh begann man, mich mit ihm zu verwechseln, das war qualvoll schmeichelhaft für mich, ich verneinte dann, war verlegen und froh zugleich, dass es einen Anlass gab, über sein Buch zu sprechen.

Die ganze Wohnung hatte sich in eine rituelle Küche der Untergrundkultur verwandelt, die (wie sich später herausstellte) in den letzten Zügen lag: Das Jahr 1985 hatte begonnen. Bevor Jerofejew zu lesen anfing, ließ er die Mütze herumgehen. Das junge Andersdenken kramte in seinen Taschen auf der Suche nach einem Dreirubelschein. Die Mütze füllte sich bis an den Rand. Wer geht was zu trinken besorgen?

Ich erbot mich. Nicht ohne den geheimen kindlichen Gedanken, trotz allem zu gefallen und mich zu rechtfertigen. Ich war der Einzige, der ein Auto hatte.

»Aber warte, fang ja nicht ohne mich an zu lesen«, warnte ich Jerofejew und fuhr los zu einem sowjetischen Weinladen mit seinem unwiederholbaren und unvergesslichen Geruch, den das ganze Land in der Nase hatte. Nach einer halben Stunde Schlangestehen kaufte ich eine Kiste trockenen bulgarischen Rotwein und schleppte sie in die Wohnung der zukünftigen Freunde der Perestroika. Jerofejew war bereits, unter Missachtung unserer Vereinbarung, beim Vorlesen. Ratlos blieb ich auf der Schwelle stehen. Jerofejew unterbrach die Lesung und sagte entschuldigend: »Lass mich den ersten Akt zu Ende lesen, und dann trinken wir erst mal was.«

Die Kiste Wein war stärker als die Lesung. Ich hörte eine Intonation heraus, die an heiliges Narrentum erinnerte und an Aufrichtigkeit grenzte. Als Jerofejew zu lesen aufgehört hatte, sammelte seine Frau Galja die Manuskriptseiten ein, legte sie in einen Aktendeckel und setzte sich, ihn mit ihrem Popo schützend, darauf.

»Damit nichts wegkommt«, erklärte sie.

Der Wein war Mist. Ein Kennenlernen fand nicht statt. Die Metaphysik der Namensgleichheit begann zu wirken: Im Tiefsten meiner Seele war ich froh, dass mir das Stück nicht gefallen hatte.

62
Die Metaphysik der Namensgleichheit

Der Namensvetter ist ein übler Doppelgänger, eine Drohung, ein Schatten, lauter Unannehmlichkeiten. Er raubt dir deine

Energie – immer ein Usurpator, ein falscher Dmitri, die Schritte des Kommandeurs, der steinerne Gast, der Anspruch auf dein Ich erhebt, auf deine Identität. Schon der gleiche Vorname ist eine Usurpierung, eine üble Analogie. Wenn es in einer Clique zwei Iras gibt, ist das irgendwie peinlich, als hätten sie beide die gleichen Steghosen an. Ein Verwandter, der denselben Namen trägt, ist ein gemeinsames Gut, das man nicht teilen muss, darauf darf man stolz sein.

»Das bin nicht ich. Das ist mein Bruder«, sagt man lächelnd.

»Das ist mein Namensvetter«, sagt man immer gereizt.

Wenn der Familienname verbreitet ist, gewöhnt man sich wohl oder übel an Namensvettern. Wie an ein Hinkebein. Wenn der Familienname selten ist, kann einen die Namensgleichheit sogar freuen. Man möchte sehen, wer noch diesen Namen trägt. Eine Begegnung in der Wüste.

Schlimm sind Familiennamen von mittlerer Häufigkeit.

Jerofejew ist ein Wort mit zwei griechischen Wurzeln. Er hat eine Beziehung zur Liebe (Eros) und zu Gott (eine gemeinsame Wurzel mit Theologie). Ins Russische übertragen wäre das »Bogoljubow« – auf Deutsch etwa: Gottlieb. Aber Bogoljubow steht phonetisch um Klassen höher als Jerofejew. Bogoljubow hat bekanntlich etwas Vornehmes; Jerofejew ist ein plebejischer Name, der leicht zu billigen Spitznamen verändert wird: Jerofej, Jerofa, Jeroschka – das sind fast Spottnamen, und natürlich zum Namen der billigen Wodkamarke »Jerofejitsch« (gern wurde damit in sowjetischen humoristischen Texten gespielt).

Der Name ist reich an griechischer Bedeutung, aber auf russischem Boden ist er irgendwie verwischt und unklar, außerdem wird er oft verwechselt. Meine Lehrer konnten sich nie an meinen Namen erinnern: Mal hieß ich Jefremow, mal Jeremejew. In der Wäscherei wollten die Frauen, die die schmutzige Wäsche annahmen, meinen Namen immer wieder mit ihrem Wäschestift »Jarofejew« schreiben.

Aus so einem Namen etwas Festes, Bestimmtes zu machen, ist ein großes Problem. Wenn man es tut, wenn es gelingt, dann ärgert einen der Namensvetter besonders. Die natürliche Reaktion ist, ihn zum Teufel zu jagen.

Diese Thesen – das eine oder andere ist noch nicht entziffert – sind dem *Autoatlas der UdSSR* entnommen. Auf dem Weg zu der Veranstaltung *Zwei Jerofejews*, die 1987 im Kino an der Krasnaja Presnja stattfand, skizzierte ich sie auf dem Vorsatzblatt des Atlas, in der Schlange an der Tankstelle im Auto sitzend.*

63
Gab es das Abendessen überhaupt?

Bob war in Moskau einer von uns, und als er, der holländische Konsul und Freund der Bohème, zum Abendessen einlud, sagte ich gern zu. Anfang der Achtzigerjahre vertraten die Niederlande in der UdSSR auch die Interessen Israels, der junge, immer lächelnde Bob half Leuten zu emigrieren. Bevor er nach Moskau kam, hatte er in Indonesien gearbeitet, seine Wohnung bot einen exotischen, für die strenge sowjetische Hauptstadt unwirklichen Anblick: Korbschaukelstühle, Masken, Figuren von tropischen Göttern, große und kleine Teppiche in den Farben »Sonnenuntergang am Äquator«.

Zum Abendessen fanden sich die Konsuln verschiedener westlicher Länder ein. Kerzen brannten. Der Geist europäischer Diplomatie schwebte im Raum, festlich und ungezwungen. Außer mir gab es keine Russen. Das überraschte mich, aber nach zwei Gin Tonic begann sich meine Verwunderung aufzulösen, und nach dem dritten war sie verschwunden. Die Konsuln überschütteten mich mit zahllosen Fragen. Die Serviermädchen vom UPDK, der offiziellen Serviceabteilung für das diplomatische Korps, schenkten französischen

---

*Nachbemerkung im Jahr 2023: Was die Etymologie des Familiennamens Jerofejew betrifft, so hatte ich unrecht. Er besteht tatsächlich aus zwei griechischen Wörtern, und das zweite, das letzte Wort, bedeutet wirklich Gott. Doch das erste bedeutet nicht Liebe, sondern das Adjektiv heilig, geheiligt. Der heilige Gott. Übrigens auch nicht übel.

Wein aus und redeten alle mit »Herr« an, wobei sie für mich eine vielsagende Ausnahme machten. »Ins Gefängnis gehörst du und nicht an diesen Tisch!«, besagte diese Ausnahme, aber ich war zu sehr in Gespräche vertieft, als dass ich es hätte hören können.

Ich saß am Kopf des großen Tisches, aß, trank viel und redete ohne Unterlass. Die allgemeine Aufmerksamkeit mir gegenüber interpretierte ich als Respekt der Konsuln gegenüber einem »interessanten Gesprächspartner«. Ich war ganz rot im Gesicht, schwitzte sogar ein wenig. Ich erklärte den Konsuln und ihren nicht sehr moskauisch gebräunten Gattinnen, dass die russische Sprache reich und das russische Volk arm sei und ich deswegen und trotz allem nicht von hier wegwolle, denn jeder echte russische Schriftsteller müsse seinen dornigen Weg gehen, um seine Stimme zu finden. Ich merkte nicht, wie die Serviererinnen die schmutzigen Teller abräumten und Champagner ausschenkten. Es entstand eine irgendwie besonders feierliche Pause.

»Ich möchte einen Toast ausbringen«, erklärte Bob und erhob sich mit verschwörerischem Gesichtsausdruck vom Tisch. »Wohin geht er?« Ich sah ihm nach. Die Konsuln lächelten mir freundschaftlich zu, ihre Gattinnen voller Mitgefühl. Meine Frau saß mit gesenktem Blick da. Eifersucht? Bloß auf wen? Auf alle gleichzeitig, befand ich.

Bob erschien auf der Schwelle. In der Hand ein Buch. Jung, mit einem Lächeln auf den Lippen, bewegte er sich entschlossen in meine Richtung. Je näher Bob auf mich zukam, desto größer wurde mein Wunsch, im Erdboden zu versinken. Das war im Grunde genau mein Dornenweg, nur hatte ich nicht genug Zeit, das zu kapieren. Ich erhob mich, schob ungeschickt den Stuhl zur Seite und machte einige Schritte auf Bob zu. Die Konsuln und die tropischen Götter sahen mich mit unablässiger Aufmerksamkeit an. In Bobs Händen befand sich das soeben in Amsterdam auf Holländisch erschienene Buch *Moskau – Petuschki*.

O Gott!, schoss es mir durch den Kopf. Was werden sie denken! Sie haben den Falschen abgefüttert!

»Bob«, sagte ich gepresst, beinahe flüsternd, und versuchte verzweifelt, meine Schande aufzuhalten. »Bob, das ist nicht mein Buch.«

Bob blieb einen halben Meter vor mir stehen und starrte das puterrote Gesicht seines russischen Gastes in heiligem Entsetzen an. Vielleicht dachte er, dass sein Wissen über die Russen, sosehr er sich auch bemühte, es zu erweitern, noch nicht ausreichend war, um sie in allen heiklen Situationen zu verstehen. Wer weiß, vielleicht sind die Russen bei all ihrer übertriebenen Grobheit doch so schüchtern und delikat, dass so einfache Zeremonien wie die Übergabe eines Buches bei ihnen solche Zuckungen im Gesicht hervorrufen, wie er sie an mir beobachten konnte?

»Das Buch ist nicht von mir …«

»Und von wem dann?«, fragte Bob ungläubig und ruhig wie ein Arzt.

»Von dem anderen Jerofejew«, antwortete ich.

Ich sah, wie sich Bob immer mehr aus einem Konsul in einen Doktor verwandelte, der beobachtete, wie der Patient vor seinen Augen verrückt wird.

»Und wer ist das?«, fragte er mich sehr sanft.

Er drehte das Buch um und zeigte mir auf dem Rücktitel eine Fotografie des Autors. Ich betrachtete das Foto genau. Es war ein Foto von mir.

»Das bin ich«, murmelte ich vollkommen niedergeschlagen.

»Also gibt es einen Anlass für meinen Toast«, sagte Bob immer noch sanft und blickte verzweifelt in die Runde der westlichen Konsuln, als hoffe er auf Unterstützung. Jene begannen sich mit ihren Sektgläsern feierlich von ihren Plätzen zu erheben.

»Warten Sie!«, rief ich den Konsuln zu. Die Konsuln setzten sich. »Das bin ich«, wiederholte ich, an Bob gewandt, in dem Wunsch, mich zu erklären, obwohl ich noch nicht wusste, wie. »Aber dieses Foto hat keinerlei Bedeutung. Er hat einen anderen Vornamen.«

»Vornamen?«, fragte Bob skeptisch. »Was für einen Vornamen?«

»Wenedikt«, brachte ich hervor.

Bob drehte das Buch um. Auf dem Titel stand: Viktor Jerofejew.

Ich konnte dem nichts entgegensetzen. In Bobs Hand erschien ein Champagnerglas.

»Trinken wir …«, begann er.

»Warte!«, sagte ich. »Ich werde nicht trinken. Das ist nicht mein Buch.«

Bob schien die Geduld zu verlieren. Er drehte das Buch wieder auf den Rücktitel.

»Bist du 1947 geboren?«

»Ja.«

»Hast du beim Almanach *Metropol* mitgemacht?«

»Schon.«

»Und du willst behaupten, dass das nicht du bist?«

»Nein, das bin ich in der Tat«, sagte ich geduldig, inzwischen schweißüberströmt, »aber ich habe dieses Buch nicht geschrieben.«

»Das heißt, der holländische Verleger ...« Er verstummte und wusste nicht, was er noch sagen sollte.

»Ja, ja, genau«, nickte ich verzweifelt.

Bob sah mich aufmerksam an. Es verging keine halbe Minute. Schließlich leuchtete in seinem Gesicht ein Hoffnungsschimmer auf. Er wurde größer. Plötzlich erstrahlte sein ganzes Gesicht im Licht des Begreifens. Bob setzte das Champagnerglas ab und griff sich an den Kopf. Jetzt kam es mir so vor, als werde er vor meinen Augen verrückt.

»Wieso bin ich nicht gleich darauf gekommen!«, rief er erleichtert aus und sah die Konsuln an. Dann richtete er seinen Blick auf mich und zwinkerte so heftig, wie die Prostituierten in sowjetischen Filmen über das Leben im Westen ihren potenziellen Kunden zuzwinkern. Er deutete mit dem Finger an die Decke, die Deckenlampe und die Wände. Ich folgte unverwandt seinem Finger, verstand aber nichts.

»Also, was bin ich für ein Idiot!«, verkündete Bob und zwinkerte mir nochmals auf schreckliche und entsetzlich intime Weise zu. »Natürlich, nicht du hast dieses Buch geschrieben!«

»Natürlich nicht ich«, wiederholte ich automatisch.

Plötzlich fiel bei mir der Groschen: Bob glaubte, ich hätte Angst wegen der Abhörgeräte, die in der Deckenlampe und unter dem Putz, in den Sesselbeinen und den Körpern der tropischen Götter versteckt waren, und darum hätte ich mich kleinmütig von meinem eigenen Buch losgesagt.

»Aber egal!«, jubilierte Bob, nachdem er des Rätsels Lösung gefunden hatte. »Egal, trinken wir auf den Autor dieses Buches.«

»Gut«, sagte ich. »Auf Jerofejew!«

»Ja«, stimmte Bob ein. »Trinken wir auf Jerofejew!«

Die Konsuln wandten sich mir zu, und wir alle tranken erleichtert.

»Und jetzt«, sagte Bob, »nimm dieses Buch und überreiche es jenem, dem anderen«, hierbei zwinkerte er zum dritten Mal auf ungeheuerliche Weise, ohne auch nur eine Sekunde lang an die Existenz dieser Fiktion »Jerofejew« zu glauben.

Ich nahm für einen Moment das Buch in die Hand. Ich stellte mir lebhaft vor, wie ich zu dem mir unbekannten Jerofejew zu Besuch komme und ihm das Buch überreiche. »Hier«, sage ich zu ihm, »die Holländer haben dein *Petuschki* gedruckt, aber irgendwie muss es passiert sein, dass sie mein Foto und meine Biografie auf den Umschlag geknallt haben und außerdem den Namen Viktor.« Ich hörte schon das obszöne Fluchen Jerofejews.

»Nein«, sagte ich. »Ich nehme es nicht. Überreichen Sie es ihm selbst!«

Einige Konsuln klopften mir beruhigend auf die Schulter.

»Schon gut, wird schon wieder«, trösteten mich die Konsuln.

Die Serviererinnen brachten den Kaffee. Statt Kaffee zu trinken, begannen meine Frau und ich uns zu verabschieden. Die Konsuln und die tropischen Götter sahen uns nach, sahen unsere panische Flucht, mein literarisches Waterloo und redeten wahrscheinlich noch lange darüber: »Können Sie sich vorstellen? Jerofejew hat es nicht nur abgelehnt, seine Urheberschaft anzuerkennen! Er hatte sogar Angst, das Buch auch nur in die Hand zu nehmen ...! Was für ein Schicksal, ein russischer Schriftsteller im Totalitarismus zu sein. Furchtbar!«

Zehn Jahre vergingen und bereits aus dem Totenreich hinter den Spiegeln wurde Jerofejew Anfang der Neunzigerjahre Zeuge des umgekehrten Vorgangs. Die Polen hatten eine Ausgabe der *Moskauer Schönheit* zum Druck vorbereitet und einen Auszug an die populäre, in Krakau erscheinende Zeitschrift *Przekrój* weitergegeben. Mein Namensvetter, der Lieblingsautor des örtlichen Samisdat, war in

Polen ein Nationalheld. Die Zeitschrift veröffentlichte auf einer ganzen Doppelseite einen Auszug aus der *Schönheit* – mit seinem Foto und unter dem Namen Wenedikt. Mehr noch, ein polnischer Kritiker verfasste zu der Publikation ein Vorwort, in dem er glänzend nachwies, dass die einzig mögliche schöpferische Entwicklung des Autors nach *Petuschki* nur die *Moskauer Schönheit* sein konnte. Wir waren quitt und – nicht quitt. Ich glaube nicht, dass meinem Namensvetter der Gedanke gefallen hätte, Autor der *Moskauer Schönheit* zu sein.

Aber das ist noch nicht alles.

Als ich ungefähr zur gleichen Zeit zu einer Präsentation der holländischen Ausgabe meiner *Schönheit* in Amsterdam war, wurde ich in eine beliebte Fernsehsendung eingeladen. Ich erzählte den ganzen Niederlanden, was seinerzeit im Hause von Bob passiert war. Der Moderator lachte wie verrückt. Wie verrückt lachten auch die Kameraleute und das im Studio versammelte Publikum. Meine Geschichte half dem Buch zweifellos, in Holland ein Bestseller zu werden.

Am folgenden Tag rief Bob im Studio an. Er war schon lange aus Moskau zurückgekehrt und führte ein ruhiges Leben im Land der Tulpen. Bob erklärte dem Moderator, meine ganze Geschichte sei nicht wahr und es habe überhaupt kein Abendessen gegeben!

Ich war einfach platt. Es hat überhaupt keins gegeben?! Und deine tropischen Götter? Sind sie etwa keine Zeugen? Und meine Frau? Und die UPDK-Agentinnen? Und die Konsuln aus aller Welt? Was redest du?! In welche Dimensionen des Lebens willst du mich hinabstürzen?

Alles hat es gegeben. Wenja gab es und auch das Abendessen. Und dich auch, Bob. So was macht man nicht.

24. Februar

Als der Große Gopnik noch klein war, gab er in seinem Hinterhof den Befehl aus, alle Mädchen hätten ab 18 Uhr keine Unterhose zu tragen. Vor allem die Anikina nicht.

»Wenn sich jemand nicht dran hält, ist das nicht meine Schuld«, sagte er mit abwesendem Gesichtsausdruck.

Eines Tages wäre der Große Gopnik beinahe untergegangen in seinen eigenen Kopfschuppen, aber dann war es doch nichts damit – er blieb am Leben.

64
Die Straße des Mister Njet

Eine der merkwürdigsten Straßen meines Lebens. Über meine Begegnungen mit Wjatscheslaw Michailowitsch Molotow zu Beginn der 1960er-Jahre habe ich schon im *Guten Stalin* geschrieben. Ich möchte noch einmal zu ihm zurückkehren. Er bedarf keiner Vorstellung. Er war dem Großen Führer ideologisch treu ergeben und teilte alle seine Ansichten. Außer vielleicht, was die Verhaftung seiner Frau Polina Schemtschuschina anging, die als genauso knallharte Stalinistin aus dem Lager wieder herauskam, wie sie hineingegangen war. Mama lag mal mit ihr zusammen im selben Krankenzimmer des Kremlhospitals. Polina meinte, ohne Stalin würde die Sowjetunion am Ende zusammenbrechen. Mama wurde böse, aber Polina behielt letztlich recht. Vor seinem Tod argwöhnte Stalin, Molotow sei ein amerikanischer Spion. Genau dieser Molotow war viele Jahre lang der Vorgesetzte meines Vaters. Vater war sein persönlicher Referent.

Warum kehre ich immer wieder in Gedanken zu jenem Sommer im Jahr 1962 zurück, den ich als Heranwachsender auf der Datscha bei Moskau verbrachte, wo ich mich beinahe jeden Abend mit einem der fanatischsten Menschen des 20. Jahrhunderts unterhielt? Wjatscheslaw Michailowitsch Molotow lebte auf der Datscha nebenan.

In jenem Sommer war Molotow bereits in Pension, von Chruschtschow aller seiner Ämter enthoben. Man hatte ihm eine bescheidene staatliche Datscha zugeteilt. Zwischen unseren Häusern gab es keine Zäune. Das historische Paradoxon bestand darin, dass mein Vater, ein Berufsdiplomat, der von 1944 bis 1955 Molotows Mitarbeiter in internationalen Angelegenheiten gewesen war und unter seiner Federführung die sowjetische Doktrin des »Kalten Krieges« formuliert hatte, in jenem Jahr nicht mehr der Untergebene seines ehemaligen Chefs war, jedoch gute Gründe hatte, persönliche Beziehungen zu ihm als gefallenem Politiker zu meiden. Ich nannte ihn vertraulich Onkel Slawa.

Von Moskau Richtung Norden auf der Schtscholkowskoje-Chaussee unweit der Bahnstation Tschkalowskaja, wo sich das Kosmonautenstädtchen befindet, verbrachte meine Familie auf dem Gelände eines vorrevolutionären Landsitzes mit hohen hundert Jahre alten Birken den Sommer in einem Holzhaus. Ich lebte dort mit Oma Anastassija Nikandrowna, und meine Eltern kamen uns an den Wochenenden besuchen. Die Datschasiedlung war in staatlichem Besitz und gehörte dem Außenministerium. Mein Vater arbeitete zu der Zeit als stellvertretender Leiter der Ersten Europaabteilung.

Oma und ich wuschen uns in der Küche, zwischen Töpfen und Nachtfaltern, in einem Trog. Oder, wenn es ein warmer Abend war, auf der Veranda. Ich mochte es nie, mir vor dem Schlafengehen in einer Schüssel Beine und Füße zu waschen. Oma goss heißes Wasser aus dem Teekessel dazu.

»Na, warm genug? Auch die Knie. Was musstest du dich mit diesem Molotow einlassen? Pass auf, du schadest noch deinem Vater damit. Spritz kein Wasser auf den Boden.«

»Was ist denn mit Molotow? Warum soll ich nicht mit ihm sprechen?«

Ich bekam Angst, sie könnte mich nachts erwürgen, weil ich ja jung war, also aus Neid.

»Hörst du, was ich dir sage? Er passt nicht zu dir. Guck mal, niemand grüßt ihn.«

Morgens wachst du auf: Die Sonne scheint, es ist warm – sie hat dich nicht erwürgt. Barfuß läufst du los, um dich zu waschen.

Unsere Bekanntschaft unterlag also von Anfang an einem Verdikt. Zu Onkel Slawa wurde er – so wagte ich ihn schon im August zu nennen –, als die Sternschnuppen fielen und wir nebeneinander auf der Bank saßen, die so eine gebogene Rückenlehne hatte, wie man sie auf den Moskauer Boulevards finden kann. Auf dieser Bank sitzend, dachten wir uns im Stillen unsere Wünsche aus.

»Da, noch eine«, sagte ich, »und da, schauen Sie nur, noch eine!«

»Ja, viele sind es heute, die da fallen«, meinte plötzlich Onkel Slawa mit einem schmerzlichen Unterton in der Stimme.

Er lebte beinahe ununterbrochen auf seiner Datscha, still und friedlich, und jede seiner Fahrten nach Moskau kränkte mich zutiefst. Vor seinem Haus fuhr dann eine schwarze, nicht mehr neue SIM-Limousine vor (das Werk war nach ihm benannt worden), es öffnete sich der Kofferraum, klein wie ein Nagelnecessaire, der Chauffeur lief träge hin und her, es erschienen weibliche Hausgeister – und dann kam er im tadellosen dunklen Anzug heraus, mit dunkler Krawatte und dunklem Hut. Exakt in jeder Bewegung, korrekt und ein kleines bisschen verwirrt, duckte er sich und tauchte in den SIM ein, ließ sich ohne Eile in den Rücksitz sinken, der schnöde – damit er ihn nicht beschmutzte – mit einem dunkelroten Plüschüberzug abgedeckt war. Ich erinnere mich an den graublauen Qualm aus dem Auspuffrohr des SIM. Der Geruch unserer Trennung. Wenn er an dem mageren Jüngling mit dem großen verlegenen Mund vorbeifuhr, hob und senkte er den Arm, den Ellenbogen aufgestützt. Für eine Sekunde zeichnete sich auf seinem Gesicht ein vages, aufgeschwemmtes, schmerzliches Lächeln ab. Auch ich hob die Hand zum Abschiedsgruß und stand lange am Wegesrand. Ich spürte, wie die Erde rotierte und die Reifen seines Wagens drehte.

Auf der Datscha trug Onkel Slawa immer einen hellen Anzug ohne Krawatte und einen hellen Hut. Er drehte gern seine Runden und entfernte sich nie weit von seinem Sommerhaus. Er hatte stets seinen Stock dabei, einen einfachen Stock mit schlichtem Knauf. Er war unbeugsam, gediegen wie ein kleiner Safe.

Oma ließ mich nicht Radio hören. Sie meinte, das Transistorradio gehe davon kaputt, wenn man es hörte. Zu jener Zeit war das Transistorradio eine umwerfende neue Erfindung, wie sie die Bevölkerung außerhalb Moskaus noch nicht zu Gesicht bekommen hatte. Oma wickelte das Radio in einen Lappen und versteckte es im Schrank. Es war ein beeindruckender Kasten, knallrot mit weißem Plastikgriff, aus unbekannten Gründen ein norwegisches Modell. Als ich heimlich, so, dass Oma es nicht bemerkte, den Kasten zum großen Teich mitnahm, waren die Jungs aus dem Ort regelrecht aus dem Häuschen. Sie scharten sich um mich, neugierig und misstrauisch, und in ihren Gesichtern stand geschrieben: Uns legst du nicht rein. Ein Radio kann nicht ohne Kabel spielen, einfach so von selber. Mit dem Transistorradio am Teich fühlte ich mich wie ein junger rätselhafter Gott.

»Papa hat's mir erlaubt«, sagte ich.

»Na und wennschon«, sagte Oma. »Du machst alles kaputt, und das machst du auch kaputt.«

Alles im Leben wickelte sie in Windeln: Meine Fahrradlampe bewahrte sie auch in einem Lappen auf.

»Papa hat's erlaubt!«

»Ich geb's nicht her!«

»Doch, tust du doch!«

Sie trieb mich bis zu Tränen, und dann verzog sie sich und trug das Transistorradio mit dem unglücklichen Gesichtsausdruck einer gekränkten Bulldogge fort. Und ich rannte in den Garten: Er war voller Tau und ich voller Tränen. Wenn man Tränen vergossen hatte, schien die Welt noch schöner zu sein.

Onkel Slawa und ich trafen uns jeden Abend gegen neun auf der Bank an der Grundstücksgrenze unter der hohen Birke. Oma näherte sich uns nie und hörte nicht, was wir hörten. Sie runzelte nur die Stirn: »Was will der von dir?« Aber sie respektierte es.

Ich kam immer als Erster und war immer aufgeregt: Würde er vielleicht nicht kommen? Molotow kam stets eine halbe Minute später. Auf dem 31-Meter-Band der Kurzwelle fischte ich hin und wieder Sendezeichen aus dem Radiochaos heraus. Wir waren ganz Ohr.

»Hier spricht die *Stimme Amerikas* aus Washington!«, hieß es auf Russisch.

In der Regel brachten sie zunächst Kurzmeldungen, danach die ausführlichen Nachrichten. Onkel Slawa legte die Handflächen auf den Knauf seines Stocks, auf die Hände legte er das Kinn – Schnurrbart, Zwicker und Hut ruhten und störten nicht. Die *Stimme Amerikas* war ständig im Begriff abzutauchen, und man musste sie immer wieder neu zu fassen kriegen. Sie wurde gestört. Bis zum Jahr 1963, wenn ich mich nicht irre. Man ließ uns irgendwelche nebensächlichen Meldungen hören, doch sobald es um uns oder die Berliner Mauer ging, wurde auf Befehl von irgendwem gestört, und es war nahezu unmöglich, etwas zu verstehen. Wahrscheinlich war dieser Störmechanismus irgendwann sogar auf Anweisung von Molotow selbst zum Kampf gegen die amerikanische Propaganda eingeführt worden, aber jetzt störte er ihn ganz offensichtlich.

Onkel Slawa ging niemals weg, wenn sie anfingen zu stören, niemals räusperte er sich oder brachte seinen Ärger oder seine Unzufriedenheit zum Ausdruck; er nahm die Störungen wie eine unvermeidliche Naturerscheinung hin. Er blieb gelassen, saß da und wartete, bis ich jenen Zwischenbereich gefunden hatte, wo man halbwegs etwas verstehen konnte. Er war schweigsam, aber immer freundlich, von Anfang an war er freundlich gewesen, und obwohl er ruhig und unerschütterlich dasaß, verließ mich nie das beunruhigende Gefühl, er sei hier ein zufälliger Gast.

Da setzte er sich nun zu einem Jungen auf eine Bank, jener drehte am Radio herum, und zufällig hörte er das, was man nicht hören durfte – die Stimme des Feindes, und der alte Konspirator-Kommunist war ja nicht schuld. Da aber dieses Zufällige zufällig jeden Abend geschah, Abend für Abend, spielte er diese scheinbare Zufälligkeit nicht vor mir, sondern vor der ganzen Welt, die nicht existierte: Die Bank war taub und gehörte nur uns, und in diesen Minuten waren wir allein im Universum, er und ich, schweigsame Verschwörer, die etwas Unerlaubtes hörten, beide gleich im Unrecht, der Pionier und der Pensionär, die beide in eine illegale Lage geraten waren, einander aber nicht verraten würden.

Das brachte uns natürlich näher, und von Abend zu Abend, während wir die *Stimme Amerikas* hörten, wurde er mir gegenüber gütiger, unser Händedruck freundschaftlicher. Ich war nicht mehr einfach der kleine Junge, ich bekam einen Namen. Mit undeutlichen Gesten gab er mir zu verstehen, dass er nicht böse auf mich sei, dass man nichts hören konnte, und ich verlor allmählich das Gefühl der

Peinlichkeit, dass ich neben ihm saß und nicht immer erfolgreich mit den Störungen zurechtkam.

Kommentare des amerikanischen Senders, die nach den Meldungen kamen, hörte Molotow sich selten an, die brauchte er nicht, er war sein eigener Kommentator.

»Nun, es ist Zeit für mich.« Nach den Nachrichten erhob er sich leise und ging. Bloß einmal hörten wir in den Nachrichten Onkel Slawas Namen, als es hieß – ich erinnere mich genau –, dass Studenten der Universität von Beirut die Polizei mit Molotowcocktails beworfen hätten.

Ich blickte Onkel Slawa verstohlen an: Wie reagierte er auf seinen Namen? Sein Gesichtsausdruck veränderte sich nicht.

»Onkel Slawa«, begann ich zaghaft und kreuzte die Beine unter der Bank.

»Ja?«

»Was ist das ... ein Molotowcocktail?«

Er hatte mich nie nach irgendetwas ausgefragt, keine herablassenden Fragen gestellt. Und auch ich hatte ihn bis zu diesem Moment nie etwas gefragt. Er schwieg und lächelte. Sein zurückhaltendes, provinzielles Lächeln hatte etwas Katzenhaftes, ungreifbar Angewidertes, als ob gerade jemand ein Stück Scheiße vorbeigetragen hätte. Er drehte sich leicht zu mir, winkte mit einer fließenden Handbewegung ab und brachte heraus: »Ach, dummes Zeug ist das!«

24. Februar

Tote kleine Soldaten. Ein abgewetzter dagestanischer Teppich – das Schlachtfeld. Unsere kleinen Soldaten – Hände an der Hosennaht. Die grüne Farbe bröckelt schnell ab. Der abgeschabte Bannerträger mit der abgeblätterten roten Fahne marschiert voraus. An der Spitze kann man sich piksen. Die andere Armee ist der kollektive Westen.

Am besten gefiel mir der Kommandeur mit den schwarzen Augenbrauen, mit Helm und Pistole. Er schritt schneidig voran. Bis heute erinnere ich mich an diese Bewegung. Ihm nach folgen die Soldaten und die Kanone. Und der Panzer.

Der Krieg ging auch unter dem Esstisch weiter. Ich spielte stundenlang. Ich war unparteiisch. Schoss aus der Kanone für zwei Armeen. Manchmal siegten die besser gemachten Soldaten des kollektiven Westens, manchmal unsere abgeblätterten Truppen mit auf die Brust gezeichneten Maschinengewehren. Alle mit dem gleichen Gesicht. Die Weiber würden neue gebären – ganz bestimmt. Der Tod der anderen ist bitter. Hinter den Fenstern der Botschaftsgarten mit den Fischlein. Tote kleine Soldaten. Vierter Stock. Paris, Mitte der 1950er-Jahre.

65
Metropol **und die Toten**

Alle Gruppenfotos verdeutlichen uns die Macht des Todes.

Der Tod torpediert die Bedeutung jeder sozialen Handlung. Sei es Rebellion oder Verrat.

Ich schaue auf das weithin bekannte Foto mit den Autoren des Almanachs *Metropol.*

Wir Verschwörer nahmen uns vor, gegen die gesellschaftliche Entropie zu kämpfen.

Das scheint erst gestern gewesen zu sein.

In Wahrheit ist dies eine Parade der Toten.

Im Zentrum Aksjonow – er hat die Hände eines literarischen Metzgers. Aber seine prosaische Ausholbewegung war letzten Endes immer stärker als der Schlag selbst.

Links von ihm Wyssozki – man erkennt den Neuling in der Literatur. Zaghaft erkundigt er sich bei Wassili nach den Geheimnissen aufrichtigen Schöpfertums. Wyssozkis Hauptheld blieb Iwan der Dumme, besprenkelt mit ein wenig liberalem Eau de Cologne.

Alle hat der Tod hinweggefegt.

Da ist Batkin – der Westler und Enzyklopädist.

Und da unser Fotograf – der religiöse Philosoph Trostnikow, Batkins Antagonist. Er stellte den Selbstauslöser ein und kam zu uns gestürzt – er mochte Berühmtheiten.

Lipkin – der bis heute verkannte Dichter.

Der lächelnde Gorenstein – er lud meine Frau Wesława ein, mit ihm nach Berlin zu gehen. Wozu? Um die Deutschen zu hassen. Langsam wird er zu einem großen Schriftsteller. Er hat seine Hände auf die Schultern von Mark Rosowski gelegt.

Mark in modischer Lederjacke. Jetzt ein greiser Jubilar. Er hat überlebt.

Ein Krieg ist im Gange. Zur Vernichtung der fröhlichen Kämpfer gegen die Entropie.

Die Lisnjanskaja. Sie glaubte nicht recht an das Talent der Achmadulina.

Die Achmadulina selbst war nicht da. Weder auf dem Foto noch im Leben. Sie besaß die Energie, ein zügelloses Frauenleben zu leben. Ich verliebte mich unwillkürlich in sie, als ihre Ausschweifungen schon allmählich ausklangen. Ihr Ehemann Messerer rief mich einmal an. Mit dem gut gemeinten Rat: »Lass deine Finger von ihr.«

Wenig ist von ihr erhalten. Im Gegensatz zu Gorenstein. Dabei hatte man gedacht – ihre kristallklare Stimme und die Kraft der Magie. Sie behauptete, mit einem einzigen Blick könne sie die gepanzerten Autos des Politbüros zu Schrott machen. »Aber was soll's«, sagte sie gnädig, »mögen sie am Leben bleiben.«

Niemand ist am Leben geblieben.

Karabtschijewski – der poetische Kämpfer gegen Majakowski.

Wie feurig er gegen ihn kämpfte! Wozu tat er das? Er war wie von Sinnen von diesem Kampf, sodass er Hand an sich legte wie besagter Majakowski.

Genrich Sapgir – der kindlichste, fröhlichste, den Oberiuten am nächsten Stehende. Arglos, doch durchtrieben. Er schlug sich auf die Seite von Popow und mir. Wie schön zu leben! Wir nickten zurückhaltend.

Er ist nicht da.

Und hier Iskander. Der große Moralist. Humorist.

Und noch ein Humorist. Wie hieß er noch? Arkan. Er trank gern mal ein Cognäckchen.

Rakitin. Der Unbekannteste.

Die noch am Leben sind, stehen in der letzten Reihe.

Der ehemalige Küster und Dichter, der antisowjetische Kublanowski.

Der den Sonderweg Russlands schätzte.

Und da – man richte den Blick weiter nach unten – David Borowski. Er gestaltete den Umschlag der Samisdat-Ausgabe von *Metropol*, der aussieht wie eine Grabplatte.

Uns erwartete die sowjetische Zerschlagung.

Man erklärte uns zu Wlassow-Anhängern.

Damals klang das schrecklich.

Und jetzt ja auch.

Die einen verließen das Land, anderen wurde das Maul gestopft.

Lipkin sagte, dass wir in der gesamten Geschichte der UdSSR nach den aufständischen Kronstädter Matrosen die Ersten seien, die nicht aufgegeben, nicht bereut hätten – und erschossen wurden.

Aber hat es einen Sinn zu rebellieren?

Rebellieren gegen den Tod?

Nicht mehr unter uns ist Bitow. Nicht auf dem Foto und nicht im Leben. Man hätte ihn den Klügsten der »Sechziger« nennen können, aber er ließ sich herab zu einem unterschwelligen Volkstümlertum, das aus seinem Roman *Das Puschkinhaus* hervorlugte. Einmal nannte er die russische Literatur eine *Ästhetik der Niederlage*. Nach dem 24. Februar wurde das offensichtlich.

Nicht mehr unter uns ist Wosnessenski.

Er war lieber vorsichtig und steuerte für den Almanach einige halbwegs verbotene Gedichte bei.

Als Dichter war er – vor Chruschtschows Kritik – einfach großartig. Ich hänge an der Waggonplattform … lebt wohl … Stärker als Brodsky. Aber dann ging der Mechanismus kaputt. Er sagte selbst, wenn man dich mit Stiefeln tritt, schlägt man den Mozart aus dir heraus. Genau das ist passiert.

Man verachtete ihn für seine Doppelzüngigkeit. Auf der Totenfeier in der Kirche der Universität kam einer seiner Verehrer, der nach morschem Holz roch, auf mich zu: »Das ist er nicht. Sie haben den Verstorbenen ausgetauscht.«

Vielleicht ist das ja üblich bei allen Verstorbenen?

Als sie schon krank waren und sich selbst nicht mehr ähnlich sahen, begegneten sich die ehemals schönen Menschen Andrej und Bella im Puschkin-Museum, lagen sich noch weinend in den Armen, bevor sie starben.

Würde man sie alle, die auf dem Foto abgebildet sind, in unsere Gegenwart einladen, was würden sie sagen? Wogegen würden wir ein neues *Metropol* machen? Was würden sie über den Tod erzählen? Sie waren so anrührend.

Und da – sei gegrüßt – mein alter Freund Popow. Als wir beide in der Metro zu Iskanders Geburtstagsfeier fuhren, der da gerade mal fünfzig Jahre alt wurde, riss sich Popow die Knöpfe von seinem weißen Hemd und schluckte sie vor aller Augen runter wie Tabletten. Die Fahrgäste in der Metro vergaßen das ihr Leben lang nicht. Das war Popows bester Auftritt.

Er schrieb das Theaterstück *Der kahlköpfige Junge* und wurde auf der Stelle kahl.

Danach wurde er ein vorbildlicher Rechtfertiger für alles und jedes auf der Welt.

Wosnessenski hätte ihn nicht verurteilt.

Einmal tauchte Gorenstein in gestrickter Steghose bei unserer Verschwörerclique auf. »Friedrich, du hast vergessen, eine Hose anzuziehen!«, rief Aksjonow.

Allgemeines Gelächter. »Nein, ich hab mich bloß winterfest gemacht!«, antwortete Gorenstein würdevoll.

Er brachte zwei Fotos von sich – eins von vorn und eins im Profil –, damit wir sie in die Manuskriptfassung des Almanachs einklebten. Ziemlich vorausschauend.

Als Wosnessenski fünfzig wurde, fuhr ich zu ihm nach Peredelkino. Dort fand ich ihn mutterseelenallein beim Kirschenessen. Ich fragte ihn, warum er in einem Gedicht forderte, Lenin von den Geldscheinen zu entfernen. Weil Lenin über dem Geld steht oder im Gegenteil darunter?

Ich erinnere mich nicht an seine Antwort.

Vieles hat sich mit der Zeit verflüchtigt.

Dann war er sehr lange schwer krank.

Und das da bin ich. Im Hintergrund. Ich stehe hinter Wyssozki. Ich strahle vor Glück, dass ich es war, der sich *Metropol* ausgedacht hatte.

Bitow bedauerte später, bei *Metropol* mitgemacht zu haben. Gorenstein ebenfalls.

Aber Lipkin, der noch Andrej Platonow kannte, trat zusammen mit der Lisnjanskaja zum Zeichen des Protests aus dem Schriftstellerverband aus, als sie Popow und mich rauswarfen. Sie traten aus, blieben aber im Land. Sie lebten in Armut. Ich schäme mich, dass ich ihnen nur ganz wenig geholfen habe. Einmal las ich ihnen meine Erzählung *Leben mit einem Idioten* vor – ich erinnere mich, sie gefiel Lipkin, aber auf das Ehepaar Popow machte die Erzählung einen konfusen, unangenehmen Eindruck. Mich überraschte das damals.

Einmal tauchten bei uns Anstiftern Wyssozki und Borowski auf: Klopfen an der Tür. »Wird hier Falschgeld gedruckt?« Wyssozkis Stimme.

Wir lachten viel.

Er sang damals ein Lied über *Metropol.*

Ein witziges Lied.

Aber danach hat es nie wieder jemand gehört – und wo es abgeblieben ist, weiß keiner. Wir waren nicht klug genug, es aufzuschreiben.

In jeder Version der Geschichte der Sowjetunion hat *Metropol* einen bedeutenden Platz.

Und das Foto wird hinzugefügt.

Platonow schrieb, es gibt keinen Tod.

66
Andere Bezirke

Es gibt Straßen, die ich lieber meide. Da stehen traurige fünfstöckige Plattenbauten. In meiner Stadt gibt es Don-Juan-Straßen, -Gassen und -Sackgassen. Einige dieser Straßen sind verfallen, die Häuser zerstört, die Betten ungemacht – so weit, dass selbst die Namen dieser Straßen verloren gegangen sind. Da ist die Gasse der Roten Laternen. Sie ist nicht lang.

Am stärksten erinnert man sich an Misserfolge. Die Straßen der Niederlagen in Liebesdingen. Ein ganzes Viertel, bewohnt von meinem Scheitern. Geht man da hinein, bricht man sich ein Bein. Dort serviert eine Kellnerin aus Koktebel unermüdlich das Essen – ein kleines unschönes Wesen, das resolut zu mir Nein gesagt hat.

23. Juni

Mama, verzeih mir, ich habe es nicht geschafft, mich von dir zu verabschieden. Du bist gestorben, bevor ich im Krankenhaus ankam. Frühmorgens rief mich die Pflegerin an: Ihrer Mutter geht es schlecht, kommen Sie so schnell wie möglich! Ich stand auf, kniff die Augen zusammen, ich war gerade auf der Datscha, die Sonne schien, die Vögel zwitscherten, ich ging unter die Dusche. Ich dachte: Die Pflegerin will mir Angst machen. Ihr gefiel es, mir Angst zu machen. Das machte sie ständig. Schurotschka sagte: Wo willst du denn hin ohne Frühstück? Also aß ich drei Quarkküchlein mit Topping aus Schwarzen Johannisbeeren. So ein neues Wort gibt es: Topping. Ich aß, ging aufs Klo, saß dort lange, dachte nach. Dann sprang ich auf: Höchste Zeit! Ich rannte zum bewachten Wald-Parkplatz, die Sonne schien, die Vögel zwitscherten. Auf dem Moskauer Autobahnring der übliche Stau.

Von der Datscha bis zum Krankenhaus waren es etwa vierzig Minuten Autofahrt. Ich hatte in den vergangenen zwei Wochen so entschlossen um ihr Leben gekämpft, dass mir schien, sie würde ewig leben. Sie war 91 Jahre alt.

Ich betrat das Krankenzimmer, die Pflegerin, eine dicke Frau, erhob sich. Ich begriff sofort. Trat ans Bett. Du lagst da in einer grünen Bluse mit Krägelchen, modisch frisiert. Ich nahm deine Hand. Sie war noch warm. Ich überlegte kurz und kniete nieder. Ich wollte die Decke richten, aber die Pflegerin sagte erschrocken: Nicht doch. Ich dachte: Jetzt wirst du mir nie erzählen, warum du ein so seltsames Verhältnis zu mir hattest. Warum hast du mich nicht geliebt? Oder hast du mich auf diese seltsame Art doch geliebt? Mama, ich verstehe da was nicht. Aber letztlich, Mama, bist gerade du meine Muse geworden, meine Zündkerze, ohne die mein Sex-Katafalk sich nicht von der Stelle gerührt hätte.

67
Vorzimmer

O. hat Augen wie Untertassen, Augen wie ein See. Ich werde alles tun, um sie zu retten. Schrecklich die Vorstellung, dass sie in einem russischen Gefängnis zugrunde geht. Aber was tun? Wo anrufen?

»Vorzimmer ...«, sang eine weibliche Stimme, süß und wohlausgewogen. Ich war beeindruckt von dieser Meisterschaft. Zu einer solchen Meisterschaft durchzudringen, war nicht einfach. Alle Telefonnummern des Vorzimmers, die offen zugänglich waren, erwiesen sich als Fake. Ich ergatterte die reale Telefonnummer nur durch Zufall, von einem Juristen aus der Regierung, als ich schon völlig verzweifelt war. Es schien, in diesen Höhen, wo das Telefon so süß säuselt, leben absolut märchenhafte Leute, Hyperboreer, und alle fiesen Geschichten über sie sind aus blankem niederträchtigem Neid entstanden. Allein schon das Wort »Vorzimmer«, gesungen mit der ganzen Kraft des Behördentalents, eroberte mich, und ich wollte niedersinken vor dem Born der Macht.

68
Mein unbekannter Papa

Als Vater starb, fürchtete ich am meisten, dass zu seiner Beerdigung irgendwelche Damen auftauchen könnten, zu denen er früher eine Beziehung hatte und die mit ihrem Erscheinen meiner Mutter zusätzlich das Herz schwer machen könnten. Ich lebte mit den Gerüchten über seine zahllosen Liebschaften.

Doch ich hatte keine endgültige Vorstellung von den realen Dimensionen dieses Unheils. Papa hatte, wie sich herausstellte, ein anderes, ein geheimes Leben. Wobei dieses geheime Leben stürmisch war, vielschichtig, leidvoll und leidenschaftlich. Im Grunde, wenn man alles zusammennahm, lag der Hauptakzent seines Lebens nicht auf der Politik, sondern auf der Liebe. In jungen Jahren war er nicht in erster Linie der persönliche Referent Molotows, sondern ein Nachfahre des jungen Werthers.

Das erfuhren wir aus den Tagebüchern, die Papa jahrelang sorgfältig geführt hatte und die mein Bruder nach seinem Tod teilweise entzifferte.

Ich kann mir die Hölle genau vorstellen, die meine Mutter in den 65 Jahren ihrer Ehe mit meinem Vater durchgemacht hat. Aber die Hölle begann noch früher. Sie hieß Ljubka – sie war die brutzelnde Eierspeise der Versuchungen.

Du willst sie küssen, sie bringt dich mit Köpfchen aus dem Konzept, du willst schlau daherreden, sie haut dich um mit ihren Beinen, dem Goldschopf und ihrem prächtigen Po. Du weißt nicht, wohin mit dir, was suchen und wie mit ihr umgehen.

Mein Vater begann im ersten Semester zunächst eine Affäre mit meiner zukünftigen Mutter, aber Ljubka schlug meiner Mutter den Hocker unterm Hintern weg, und das Ganze roch bereits nach tödlichem Liebesdrama.

Meine arme schüchterne Mama wurde von Iwan Petrowitsch und Anastassija Nikandrowna – meinen Petersburger Großeltern vom Sagorodny Prospekt – eines Abends schon als künftige Braut empfangen, doch mein künftiger Vater tauchte gar nicht zu Hause auf, denn seine Liebe zu Ljubka hatte ihn fortgelockt.

Sie gingen am Finnischen Meerbusen spazieren, saßen bis zum Morgen auf einer Bank zwischen Fliederbüschen – Vater führte Buch über seine unseligen Liebestage. Im Land erblühte der Große Terror wie Herpes am Arsch, es war das Jahr 1938 – und Vater war verrückt vor Liebe zu Ljubka.

Im selben Jahr, als die meisten Dolmetscher schon von der Jeschowschtschina durch die Mangel gedreht waren, wurden Papa,

Mama und Ljubka sowie einige andere Kommilitonen nach Moskau geschickt, um aus ihnen in den höheren Semestern beim ZK der KPdSU (Bolschewiki) neue Kader zu schmieden. Mama und Ljubka wohnten auf einem Zimmer im Wohnheim. Mama heulte heimlich Rotz und Wasser. Ljubka, die sich nicht im Geringsten vor ihr genierte, richtete ihr Kleid her und machte sich hübsch für das abendliche Rendezvous mit Papa.

Dann heulten die Sirenen von Papas Eifersucht auf. Er sah, wie es Ljubka in Moskau zu irgendwelchen Künstlern und Dichtern zog – damals waren noch nicht alle zu sowjetischen Schafsköpfen mutiert.

Meine Mutter fiel endgültig aus seinem Leben heraus.

Vater blieb sein Leben lang krankhaft eifersüchtig.

Dann war Krieg. Nach offizieller Familienversion, die ich seit meiner Kindheit kannte, wurde Vater zur Ausbildung in einen Sabotagetrupp einberufen, um später Brücken hinter der Frontlinie zu sprengen. Kurz vor der Abkommandierung ins feindliche Hinterland sprang er zum letzten Mal mit dem Fallschirm ab, landete in einer Fichte, brach sich ein Bein – und blieb am Leben.

Papas Tagebücher erzählen etwas ganz anderes. Als die Deutschen im Oktober 1941 vor Moskau standen, machten er und Ljubka sich auf nach Osten und liefen 200 Kilometer zu Fuß bis nach Wladimir. Alles barst, brach zusammen, war auf den Kopf gestellt, die Deutschen vor Moskau – und sie flohen, glücklich, um einander zu lieben.

Von Wladimir aus fuhren sie mit dem Zug weiter Richtung Osten. Noch bevor sie die Wolga erreichten, sprangen sie vom Trittbrett des fahrenden Zuges, Papa kam unglücklich auf und brach sich ein Bein. Wie er es humpelnd bis zum nächsten Dorf schaffte, weiß ich nicht. In gewisser Weise ähnelte er dem heldenhaften Jagdflieger Alexej Maressjew. Sie blieben anderthalb Monate in dem Dorf – just zu der Zeit, als sich vor Moskau die globale Frage entschied, wer wen besiegen würde.

Eingeschneit in einem abgelegenen kleinen Dorf, unklar, wie sich ernähren, bei wem unterkommen, fanden sie in einer einfachen russischen Hütte Unterschlupf. Sie gingen Wasser holen, aßen Schnee, heizten den Ofen, schliefen eng umschlungen – alles wie bei *Doktor Schiwago*, der noch nicht geschrieben war. Sie waren beide 21, noch ganz Kinder des Krieges.

Moskau ergab sich nicht, die Deutschen traten den Rückzug an, es wurde immer klarer, dass dies nicht die guten Deutschen waren, die sich manche erträumt hatten. Die beiden – Vater mit seinem halbwegs wiederhergestellten Bein – kehrten zurück nach Moskau.

Papa wird zur Armee eingezogen. Ljubka taucht irgendwann beim GRU auf. Papa ist stationiert in einer Kaserne irgendwo bei Sokolniki, es wird erwartet, dass die Rekruten jeden Moment an die Front geschickt werden. Papa betrachtet diese Rekruten mit einem gewissen Entsetzen – er, der ehemalige Student, sieht wie Raskolnikow in diesen Jungen alarmierende Merkmale wilder Stämme. Ljubka besucht ihn, und er teilt ihr seine Zweifel mit.

Sie holt ihn aus der Kaserne raus. Wie sie das macht? Für eine schöne junge Frau ist nichts unmöglich. Es gelingt ihr einzufädeln, dass Papa vor Dekanosow persönlich erscheint, dem stellvertretenden Außenminister (um den allgemein gebräuchlichen Terminus zu benutzen).

In der offiziellen Version von Papas Leben kommt Dekanosow auch vor, allerdings verständlicherweise ohne die Verbindung zu Ljubka.

»Wo wollen Sie arbeiten, hier oder im Ausland?«

»Hier«, sagt Papa.

Ausland, kommt gar nicht infrage, wo Ljubka doch hier ist! Das Ergebnis des Gesprächs ist, dass sie Papa in den diplomatischen Dienst nach Schweden schicken.

Ich bin also ein doppelt zufälliges Kind. Dank Ljubka habe ich als Projekt überlebt, denn Papa kam nicht an die Front, sondern ins neutrale Schweden. Wäre Papa aber bei Ljubka geblieben, wäre mein Lied niemals gesungen worden.

Im friedlichen, satten Stockholm (Dank an Ljubka!) hatte Papa dann furchtbar Sehnsucht. Er träumte des Nachts vom kleinen Dorf in der Nähe der Wolga. Mit der Botschafterin Alexandra Kollontai sprach er über Ljubka.

»Warum kann sie denn nicht herkommen?«, wunderte sich die Botschafterin.

Ganz beseelt und beflügelt schrieb Papa an Ljubka: Es geht! Aber Ljubka antwortete überraschend: »Das ist nicht zielführend.« Ein merkwürdiges sowjetisch bürokratisches Wort, das sich wie ein gefällter Baum zwischen sie legt. Man darf raten, was geschehen ist. Was wissen wir über das Leben? Nicht mehr als fünf Prozent. In diesen fünf Prozent ist keine Antwort enthalten. Alles Übrige liegt im Nebel. Na ja, vielleicht wollte sie nicht zu ihrem Protegé fahren. Dem kleinen Diplomaten. Sie brauchte einen Höhenflug. Sie wurde von der Obrigkeit hofiert. Und da fuhr sie, die GRU-Mitarbeiterin, statt in Papas Arme wie an der Wolga, nach Algier in die sowjetische Militärmission.

Und meine Mutter? Am anderen Ende der Welt. In Japan, und auch eine kleine Nummer beim GRU. Papa schrieb ihr keine Briefe – er fuhr durch die Welt und heulte. Ljubka kommt und kommt nicht und wird überhaupt nicht kommen!

1944 wurde Vater von Molotow nach Moskau zurückbeordert. Der Krieg ging über zahllose Opfer hinweg zügig dem Sieg entgegen. Mein Vater erfuhr, dass Ljubka zusammen mit den Alliierten in Italien gelandet war.

Statt nach Moskau eilt er jetzt durch das halb befreite Frankreich nach Italien. Aber Ljubka trifft er nicht. Sie ist, wie sich herausstellt, nicht allein. Sie hat, wie sich herausstellt, einen Ehemann. Ein hohes Tier beim GRU.

Im weiteren Leben wird Vater immer wieder auf die Familie von Ljubka Widjassowa stoßen.

Sie wohnte bis 1950 mit ihrem Tschekisten in der Pariser Botschaft der Sowjetunion in der Rue de Grenelle. Unter diplomatischem Deckmäntelchen entwickelte sich ein luxuriöses Leben, das nach echtem Kaffee duftete. Ihr Ehemann war schlank, stramm, trug Fliege und hatte keine ganz so üble Visage. Ljubka beobachtete, wie Paris nach dem Erwachen aus der Ohnmacht der Besatzung und der Schande nahezu allgegenwärtiger Kollaboration wieder zu sich kam.

Wie relativ ist doch die Wahrheit des Wesens einer Nation! Als wir unsererseits 1955 nach Paris kamen, wollten die Franzosen sich schon an nichts mehr erinnern: Sie lasen *Bonjour tristesse*, den Liebesroman der 18-jährigen Françoise Sagan, und trugen schwingende lebensfrohe Röcke von Dior. Es war nicht mehr weit bis zu *»Hitler? Connais pas«* (»Hitler? Kenn ich nicht«) – der Losung einer Jugend, die den endgültigen Bruch mit dem Pathos des Krieges markierte.

Papa reiste 1946 zur Friedenskonferenz nach Paris. Noch hegte er gewisse Hoffnungen. Ljubka sagte zu ihm während einer Begegnung, dass sie nicht einmal mehr Freunde sein würden – nur noch Genossen ...

Ab da ändert sich der Stil des Tagebuchs schlagartig. Während es früher kein Wort zu großen Ideen gab, geht es nun um die Heldentaten des Volks, gestützt auf das siegreiche Land.

Verzweifelt kehrte Papa nach Moskau zurück und heiratete Galka Tschetschurina. Das ist meine Mutter.

Beinahe umgehend wurde ich geboren. Meinen Namen bekam ich zu Ehren des Sieges. Welches Sieges? Wegen Mamas persönlichem Sieg über Papa, der sie in Leningrad so gemein sitzengelassen und den Klatschbasen zum Fraß vorgeworfen hatte.

Ljubkas Spur zog sich über Jahre hinweg und verdarb Mamas Charakter. Mama, das war ein Lederimitat, faktisch eine vorgeschobene Person. Nun ja, und ich war ein Zufallstreffer. Durch Bemühungen der Widjassows eine in die Welt gesetzte Geschichte, in der Mama ihr Gesicht in den Händen verbirgt und meine Großmutter Anastassija Nikandrowna ihr vorwirft, dass Papa sie nicht aus Liebe geheiratet hat.

Schon in meiner Kindheit drangen Splitter von irgendwelchen geheimnisumwitterten Gesprächen bis zu mir durch, und Ljubka schwirrte permanent als überhebliches Gespenst der wahren Liebe unter uns herum. Dabei hatte sie es gar nicht weit bis zu uns – sie und ihr Mann zogen nach dem Pariser Aufenthalt in Moskau in dasselbe Haus ein wie wir, in der Nähe des Tschaikowsky-Konzertsaals an der Metrostation Majakowskaja.

Anfang des 21. Jahrhunderts tauchte Ljubka, die inzwischen ihren Mann verloren hatte, mit rundlich gewordenem Gesicht und dem dünnen Haar einer alten Frau, mit riesiger Brille, die den Rest an Leben zu fokussieren versuchte, erneut am schwelenden Horizont auf. Sie mietete eine Datscha nicht weit von der meiner Eltern. Wozu? Um Vater zu begegnen?

Sie begegneten sich, gingen im Wald spazieren, setzten sich ans Ufer der Moskwa. Vater kehrte bei Einbruch der Dunkelheit zurück. Log irgendwas zusammen.

Dann verabredeten sich Ljubka und Vater und bauten sich auf der elterlichen Datscha vor Mama auf.

Händchen haltend?

Die Arbeit beim GRU hatte aus Ljubka einen Sowjetmenschen gemacht, vernagelt und primitiv. Mama, die schon 1940 mithilfe von Vater aus dem GRU ausgeschieden war, arbeitete als Diplomatin, befasste sich mit der Geschichte Frankreichs in der Archivverwaltung des Außenministeriums (erinnern Sie sich an die »jungen Männer des Archivs«, Wenewitinow und die anderen Gefährten Puschkins, die in *Jewgeni Onegin* vorkommen?), träumte aber davon, Bücher zu übersetzen. Schließlich begann sie, Truman Capote zu übersetzen.

»Ja-ja, Capote!«, nickte Ljubka ironisch.

Mama sah die Konkurrentin nachsichtig an. Der Schmerz hatte nachgelassen. Ja, und der sein Leben lang verliebte Papa, der neben Ljubka stand, erschien ihr als einigermaßen komische Figur.

Als Ljubka starb und Papa zunehmend das Gedächtnis verlor, tanzte Mama ihm, dem hilflosen Pensionär, weidlich auf der Nase herum, und sie zerriss nicht einmal alle seine Tagebücher.

69
Kamelberg

Ich liebe die Krim. Ich sehne mich nach den Häusern, die ich beinahe fertig gebaut habe. Zwei Häuser nach Entwürfen von Jewgeni

Ass. Nachts war das Tal ganz in Silber getaucht. Das ist keine Übertreibung, sondern eher eine leichte Untertreibung, es war noch jenes Koktebel mit seinen Fetzen von Erinnerungen. Wir standen um drei Uhr nachts in dem halb fertigen Zimmer und sahen durch das halb fertige Fenster auf das Mondsilber. Sascha Sokolow und ich. Duft von wildem Wermut und Wind von den Bergen. Rechts vom Fenster rauschte im Wind die im Laufe der Bauzeit gewachsene Ölweide.

»Wie heißt der Baum da, der mit den Früchten, die aussehen wie Oliven?«, fragte Sascha Sokolow.

»Ölweide, du Ignorant«, sagte ich.

»Selber Ignorant«, sagte Sascha beleidigt.

Des Nachts flitzten silbrige Hasen umher. Ich hatte keine Chance, diese Häuser fertig zu bauen. Man legte mir eine schwarze Augenbinde an, mit den Worten: »Du brauchst das nicht.«

Mitte der 1970er-Jahre hatte ich die Chance, nach Paris zu gehen, Café au lait zu trinken und als Dolmetscher bei der UNESCO zu arbeiten. Wir begannen mit den Formalitäten. Das gestaltete sich gar nicht schwierig, denn mein Vater beendete gerade seine Zeit als stellvertretender Generaldirektor der UNESCO, zuständig unter anderem für das Personal. Da wurde mir zufällig angeboten, für die ziemlich unauffällige Moskauer Zeitschrift *Fragen der Literatur* einen Artikel über den russischen Philosophen Lew Schestow zu schreiben. Einen Verriss natürlich. Schestow war nicht nur Emigrant, sondern obendrein auch noch Existenzialist. Ziemlich viel auf einmal!

Die hohe sowjetische Obrigkeit befand meinen langen, verliebten Artikel für schädlich. Den Chefredakteur machten sie dafür nach Strich und Faden fertig.

An meiner Arbeitsstelle am Institut für Weltliteratur verweigerte man mir dann das nötige Empfehlungsschreiben für die Ausreise. Nicht auszudenken, was mir passiert wäre, wenn ich nach Paris gegangen wäre. Ach, wahrscheinlich gar nichts.

Jedenfalls hätte es den Almanach *Metropol* nicht gegeben, den ich ausbrütete, als ich in der kleinen Mietwohnung gegenüber dem

Wagankowo-Friedhof wohnte. Durch die Fenster drang beinahe täglich misstönende Beerdigungsmusik wie herbstlicher Brandgeruch von Müllfeuern. Ich rauchte und dachte mir eine Methode aus, um die sowjetische Literatur zu beerdigen.

Jemand legte mir eine schwarze Binde über die Augen und schob mir statt Paris Lew Schestow unter, der, wie sich herausstellte, ein hervorragender Philosoph war.

Doch bevor man mir endgültig die Augen verband, bekam ich noch die Chance, ein reicher Grundbesitzer in der Rubljowka zu werden. Damals, zu Sowjetzeiten, bot man Vater an, einen großen Adelssitz in jener Gegend zu erwerben. Über das Grundstück mit schattigem Wald und sonnendurchfluteten Wiesen, wie geschaffen für Ringelreihe tanzende hübsche Mädchen, floss ein munteres Bächlein.

Vater und ich fuhren hin, verliefen uns, liefen und liefen und gelangten endlich zu einem Landhaus aus Puschkins Zeiten. Gelbweißer Neoklassizismus. Zwei Invaliden mit speckigen Mützen erhoben sich widerstrebend von den Ruinen, um uns zu begrüßen. Wir gingen ins Haus. Vater war erschüttert über all den Luxus und Verfall. Der Verfall war dem Luxus hart auf den Fersen, und der Luxus versteckte sich in hohen, rissigen Decken. Vater entschied, das alles sei entschieden eine Nummer zu groß für ihn, und die Renovierung käme viel zu teuer. Ich flehte ihn an: »Papa, komm, wir kaufen ein Stoffzelt und einen Primuskocher und campen auf der Wiese vor dem Haus. Ohne Renovierung.«

Vater gab keine Antwort.

Nicht auszudenken, was aus mir geworden wäre, wenn ich mich auf dem Höhepunkt der breschnewschen Stagnation in einem neoklassizistischen Landhaus aus Puschkins Zeiten eingerichtet hätte, während Vater auf seinem neuen Posten als Botschafter der UdSSR in Wien arbeitete.

Auf diesem Hektar Glück mit seinem munteren Bächlein hätte meine Courage nicht gereicht, um mir den Almanach *Metropol* auszudenken, der wiederum die *Moskauer Schönheit* nach sich zog, die dann mein Leben auf den Kopf stellte, als hätte man mich in den Kosmos geschossen und dort vergessen, hilflos strampelnd.

Aber dann tauchte auch auf der Erde eine Gelegenheit auf, für immer das Weite zu suchen. 1988, als die *Moskauer Schönheit* schon geschrieben war, reiste ich auf Einladung des amerikanischen Präsidenten Ronald Reagan in die Vereinigten Staaten und begann an der großartigen Universität Middlebury in Vermont zu unterrichten. Sommersemester. Ahornsirup. Und nicht weit von Boston das Musikfestival Tanglewood.

Der Gastprofessor und die Doktorandin aus Chicago. Ich kam zu ihr aufs Zimmer und sagte: »Du hast ein Auto, und ich habe einen Freund – ein großer Pianist. Los, wir fahren zu seinem Konzert nach Tanglewood.«

Angela biss sich auf die Lippe: »Ich muss mich auf ein Seminar vorbereiten.«

»Das machen wir dann zusammen.«

Ich konnte die schöne amerikanische Musterstudentin nur mit Ach und Krach überreden. Sie war groß und ganz, ganz weiß wie ein Milchmädchen aus Vermont. Im Mund hatte sie immer irgendeinen Halm oder ein Grashälmchen. Wir fuhren die Route 7 runter Richtung Süden, mit Grashalm im Mund, und wir kehrten als andere Menschen von dort zurück.

Später fuhren wir sogar zu ihren Eltern nach Chicago. Sie wohnten in einem Vorort. Ihr Vater hatte eine interessante Sammlung – leere Bierdosen aller Länder und Völker – und war ein leidenschaftlicher Anhänger von Barry Goldwater, einem pathologischen Reaktionär, der in allem die Machenschaften der »Roten« sah.

Der reaktionäre Vater und ich tranken beim Abendessen nicht wenig, wir stiegen runter in den Keller. Redeten miteinander von Mann zu Mann. Ich versprach, ihm leere russische Bierflaschen zu schicken. Aber er sammelte nur leere Bierdosen. Bierdosen gab es bei uns damals noch nicht.

»Nein, du bist kein Roter, du bist anders …«, entschied gegen Morgen Angelas Vater.

Der Weg nach Amerika war offen. Aber jemand legte mir eine schwarze Augenbinde an und sagte: »Zieh Leine. Verschwinde aus Amerika!« Schöne Angela, ich sehne mich nach dir wie nach den nicht fertig gebauten Häusern in Koktebel.

Ich hatte meinen eigenen Kopf damals. Ich lernte Tatjana Jakowlewa und Alex Liberman kennen – sie waren eine Legende der mondänen Bohème Amerikas. Tatjana war nicht begeistert von Angela, aber sie sagte zu mir: »Ich habe deine Artikel im *New Yorker* gelesen. Was hast du eigentlich noch in Moskau verloren? Bleib hier. Du wirst es nicht bereuen. Wir haben Brodsky zum Nobelpreis verholfen.«

Doch jemand legte mir das schwarze Tuch über die Augen und sagte: »Pfeif auf Amerika!«

Und ich fuhr zurück und begann in Koktebel die Häuser zu bauen. Ich liebe die Krim. Ich liebe die Zypressen von Koktebel als Vorboten subtropischer Glückseligkeit. Ich liebe es, zum Meer hinunterzugehen, irgendwo bei Simejis, und zu lauschen, wie in der Hitze die Gerüche der Büsche und Gräser sirren.

Ich flog immer wieder von Moskau zur Baustelle der Häuser wie zur Arbeit, ich sah das durchsichtig vereiste Meer am Strand im Januar, die Blütenteppiche im April, ich sah Woloschin in Stein und in Wirklichkeit, ich organisierte das Festival *Hühnergott*, ich aß weiße Pfirsiche, kaufte zwei Pferde und das Fohlen Masjassja. Ich ritt auf meinem Indus hoch hinauf, auf den Kamelberg. Die Steinchen flogen, als wir am Rand des Abgrunds liefen, und ich dachte nicht, dass ich abstürzen könnte.

Aber jemand, weiß der Teufel wer, schloss mir die Augen mit der Hand, sodass er sie beinahe herausdrückte, und sagte: »Hau ab vom Kamelberg!«

»Abhauen wohin?«, fragte ich erstaunt.

»Wie, wohin? Ins Nirgendwo!«

»Schöner Ort!«, antwortete ich und versuchte, die unbekannten Hände zu lockern. »Da unten werde ich zwei Häuser bauen!«

»Wo?«, fragten misstrauisch jemandes Hände.

»Im Nirgendwo.«

Im Nirgendwo! Hier begannen meine wunderbaren Kinder mir mit dem Finger den Vogel zu zeigen, und meine junge Ehefrau wiederholte deutlich: »Dummkopf! Hornochse! Kretin!«

Und dieser Jemand, ich weiß nicht wer, drückte mir vorsichtig mit den Händen die Augen raus und sagte: »Hättest dich besser bei uns bedankt ...«

»Wofür?«

»Für die Chance, dir keinerlei Chancen zu geben.«

Da fiel es mir wie Schuppen von den Augen.

70
Flucht aus dem Totenhaus. Die Fähre

Wir schipperten auf den grauen Wellen der Ostsee auf einem Schiff, das wie eine ganze Stadt alles zu bieten hatte: Kommerz, Vergnügung, Hunderte von Autos. In der Bar spendierte ich meinen Mädchen ein leckeres Eis, ließ mich in einem bequemen beigen Sessel nieder, blickte aufs Wasser und entspannte mich.

»Na, dir geht's wohl gold?«, fragte mich meine russische Seele. »Zu früh gefreut! Wenn du dich in Europa niederlässt, verlierst du den wichtigsten Antrieb deines Lebens.«

»Soll heißen?«, verstand ich nicht.

»Du hast dein Werk – entschuldige das große Wort – als Kampf gegen die russische Entropie aufgebaut. Du wolltest die russische Welt besser machen. Mit deinen Ohrfeigen wolltest du sie aufwecken. Aber aufgewacht ist sie vom Kriegsgeheul ihres Führers, und als sie auf die Ukraine losging, hat sie ein solches Gebrüll angestimmt, dass du entsetzt die Flucht ergriffen hast.«

»Lüg nicht«, sagte ich. »Ich bin auf Einladung der Heinrich-Böll-Stiftung unterwegs.«

»Lüg du nicht«, unterbrach mich meine russische Seele. »Weißt du wenigstens, wann du zurückkehrst?«

»Nein.«

»Hör mal. Ein ganz normales Austauschen von Köpfen geht da vor sich, wie es typisch ist für jede Revolution. Ihr, Tausende russischer liberaler Schwätzer, seid abgehauen, aber an eurer Stelle wächst neues Personal heran, und euch braucht schon niemand mehr. Es beginnt ein anderes Leben, gut oder schlecht, aber ohne euch. Denk nur an das Philosophenschiff! Es ging auch ohne sie. Und du bist mit deinem Philosophen-BMW aus dem Land abgehauen …« Meine russische Seele brach in wildes Gelächter aus. Musste man erst aus dem Totenhaus fliehen, um sich selbst in eine tote Seele zu verwandeln?

»Dummes Ding!«, empörte sich meine französische Seele. »Erstens kann man einen neuen Antrieb finden, einen nicht weniger ernsthaften als den vorigen. Er (also ich – V. J.) war nie ein Liberaler! Er war ein treuer Schüler des Marquis de Sade – er machte sich keinerlei Illusionen bezüglich der menschlichen Natur. Zweitens besteht der jetzige Antrieb darin, dass man die Russen in Europa für viele Jahre hassen wird, und er (das heißt ich – V. J.) wird genug zu tun haben. Karl Jaspers schrieb nach dem Krieg über die Schuld der Deutschen …«

»Du hast recht!«, freute ich mich. »Ich werde die russische Kultur verteidigen. Krieg hin oder her, aber die russische Kultur trifft keine Schuld.«

»Und die Russen selbst?«, fragte mich die russische Seele hinterhältig.

Ich kam gar nicht zum Antworten. Sanfte europäische Stimmen aus dem Schiffslautsprecher sangen in verschiedenen Sprachen außer der russischen schon davon, dass sich die Fähre Tallinn näherte.

71
Wir kennen Sie sehr gut

Am Telefon machte ich mich bekannt mit dem erlauchten Kremlvorzimmer, wobei ich mich mit tiefer Stimme vorstellte, zurückhaltend und würdevoll. Ich musste dieses Theater spielen, aber es auch mit spontaner Inspiration garnieren.

Mit wohlkalkulierter Bescheidenheit, die man auch für Befangenheit halten konnte, bat ich darum, mich mit der Obrigkeit zu verbinden.

Erwartungsgemäß war die Obrigkeit beschäftigt. Doch das Vorzimmer sang auf wunderbare Weise, man werde über meinen Anruf unbedingt Mitteilung machen. Bevor die Verbindung beendet wurde, fragte ich vorsorglich nach, ob man sich auch erinnere, wer angerufen habe.

»Wir kennen Sie sehr gut ...«, säuselte das Vorzimmer, und es schien, zusammen mit ihm säuselte die ganze Welt. Die Welt hatte meine Bedeutung anerkannt, und ich platzte fast vor Stolz und Fassungslosigkeit.

72
Der südvietnamesische Feuervogel

Die gesamte goldene Moskauer Jugend beneidete mich – die Kinder von Mitgliedern des Politbüros und des ZK-Sekretariats, von Ministern und deren Ersten Stellvertretern –, besonders Kapa und Kusja, also die, die sich hinter diesen Spitznamen verbargen, außerdem mein engster Freund Saschka Schauro, dessen Papa das Kommando führte über die ganze sowjetische Kultur, selbst die Furzewa war sein Laufmädchen.

Diese Kinder sausten auf Wasserskiern über die Moskwa, reisten bis zum Abwinken nach Paris und Italien, guckten sich in ihren Datschas bei Moskau amerikanische Actionfilme an und nackte Weiber im *Playboy*. Sie gingen auf Safari in Kenia und ließen sich mit Giraffen und Elefanten ablichten. Sie bumsten die Kosmetikerinnen ihrer Mütter, und dann verschwanden die Geschwängerten spurlos irgendwohin. Dann fanden sie neue Kosmetikerinnen, und die wurden auf irgendwie langweilig nervige Art wiederum schwanger und verschwanden ebenfalls von der Bildfläche. All das wurde mit Wodka aus sündhaft teuren Geschenksets zugeschüttet, auch mit französischem Cognac, all das roch nach amerikanischen Zigaretten, Schaschlik und unbedingt nach schwarzem Kaviar.

Aber keiner hatte einen Papa, der sowjetischer Botschafter in Afrika war, zudem gleich in zwei Ländern, Senegal und Gambia, sodass ihre streng beaufsichtigten Kenia-Safaris aussahen wie Schulausflüge unter Beachtung sämtlicher afrikanischer Sicherheitsregeln. Und wenn ich aus den senegalesischen Ferien zurückkam, braun gebrannt, gekleidet und frisiert wie ein italienischer Schauspieler, und imstande, auf unsowjetische Art die Augenbrauen hochzuziehen, fragten sie, ungeachtet ihres bedeutenden Status und der Zugehörigkeit zur himmelhohen Nomenklatura, auf irgendeinem dieser Geburtstage mit dem unvermeidlichen Picknick im September bei feinem Nieselregen, mit unverhohlenem Interesse: »Und? Hast du ihn ihr reingeschoben? Erzähl!«

Ich hatte grenzenlose Möglichkeiten zu lügen, schon damals als Student an der MGU, der Staatlichen Universität Moskau, zerriss es mich förmlich von frühen schriftstellerischen Anwandlungen. Doch das Schlimme war, dass es keinerlei Notwendigkeit gab zu lügen. Das Leben überholte sämtliche Fantasien. Und wenn die Kapas und Kusjas sowie auch Saschka Schauro Einzelheiten von mir hören wollten, bremste ich eher, als dass ich den Mund voll nahm, denn ich begriff, sie könnten grün werden vor Neid. In der Ferne zeichnete sich schon das Ende der Sowjetepoche ab, und das spannende Wort »bumsen« kam vor, aber niemand wusste, womit das alles enden würde, und alle fanden meine afrikanische Liebesgeschichte aufregend.

»Und, hasst sie uns?«, fragte Saschka Schauro.

Er wollte zum Militär, bei den Truppen des Innenministeriums dienen und mit dreißig Jahren einen Sold von nicht unter 300 Rubel verdienen. Sein Vater schlug mir einmal freundschaftlich vor, in die KPdSU einzutreten und nach der Uni in der Kulturabteilung des ZK zu arbeiten. Für jene Zeit wäre das eine tolle Karriere gewesen. Ich aber bandelte mit der Tochter eines echten Feindes an.

Nein, ich begann keine Liebesaffäre mit einer afrikanischen Sängerin (was für ein Hass auf uns da unterwegs war!) oder mit der Enkelin eines russischen Fürsten, der nach der Revolution in Dakar hängen geblieben war (der ganze Hass hatte sich in der Enkelin schon verflüchtigt). Nein, ich verliebte mich in die Tochter des südvietnamesischen Botschafters in genau dem Moment, als der Vietnamkrieg auf dem Höhepunkt war, mit Bombardements, Folterungen, Kämpfen auf Reisfeldern und im Dschungel. Am Himmel kämpften die sowjetischen Jagdflieger gegen die südvietnamesischen Bestien, die Amerikaner zerquetschten die nordvietnamesischen Soldaten, die sich als Partisanen getarnt hatten, wie Regenwürmer, und diese wiederum vernichteten, gekonnt auf dem Boden robbend, Amerikaner. Ganz Amerika heulte auf angesichts des Elends im Vietnamkrieg, und sie und ich fanden einander im damals sehr französisierten, modischen, ausschweifenden, zu allem bereiten Dakar.

Sie hieß – warten Sie! – gar nicht vietnamesisch, sondern sehr französisch. Sie hieß Lucie. Ihr Vater war ein kleiner pummeliger Mann mit Brille. Sie waren reich, bis zu seiner Arbeit als Botschafter war er in Vietnam ein erfolgreicher Geschäftsmann gewesen, und sie hatte einen französischen Namen, weil Vietnam kurz zuvor noch französischer gewesen war als Dakar.

»Das ist unwichtig«, sagte Saschka Schauro. »Wie ist sie im Bett?«

Wir lernten uns auf einem Empfang des Botschafters der Bundesrepublik Deutschland kennen. Ich ging mit schmalem Schlips hin. Damals waren superschmale Schlipse in Mode. Sie trug ein langes goldglitzerndes Kleid mit kurzen Ärmeln. Wir tranken Gin Tonic. Sie fragte mich nach Moskau. Ich fragte sie nach Saigon. Und sie antwortete so, als sei in Saigon alles in Ordnung, als gäbe es keinen Krieg, sondern vielmehr ein interessantes Theaterleben, mit großem Erfolg werde dort Tschechow inszeniert. Mein Vater gesellte sich zu uns und lächelte Lucie an. Sie waren sich offenbar schon begegnet, sie war eine schöne Mischung, die Mutter Französin. Jede ihrer Gesten weckte in mir heftigste Emotionen, ich verschluckte mich gar am Gin Tonic, und da sagte Vater: »Vorsicht!«

Aber ich hörte nicht auf ihn. Ich lud Lucie in einen Nachtclub auf der Avenue Poincaré ein, und spätabends stahl ich mich unter einem Vorwand aus der sowjetischen Botschaft und eilte zu ihr. Sie trug ein kurzes schwarzes Kleid und ihre nackten Beine waren sehr beeindruckend. Ich fragte sie wieder nach Saigon, nach ihrem Leben dort. Sie sagte, ihre Familie lebe in einem eigenen Haus mit einem Garten, und in dem Garten gebe es alle möglichen tropischen Blumen und Bäume und manche Blüten sähen aus wie rote Flaschenbürsten.

»Hier gibt es die auch!«, nickte ich begeistert.

Wir tranken wieder Gin Tonic, und sie fragte mich aus nach dem Kommunismus, aber so, als gäbe es zwischen uns keinerlei Krieg. Doch plötzlich unterbrach sie mich und sagte, ihr Vater habe ihr verboten, sich mit mir zu treffen. Wir lachten uns kaputt über unsere Väter, diese politischen Dummköpfe, die idiotische Spiele spielten. Zwei senegalesische Prostituierte setzten sich zu uns, sie waren so schwarz, dass sie ein wenig violett wirkten, und sie zeigten uns sehr liebenswürdig, dass sie unter ihren Röcken nichts anhatten, und wir sagten zu ihnen: Danke! Die Prostituierten inspirierten uns zu unserem ersten Kuss, und dann knutschten wir im Dunkeln auf dem Sofa, und ihr kurzes Kleid rutschte hoch, und auch sie hatte darunter nichts an.

»Rasiert etwa?«, fragte Saschka Schauro gedehnt.

Wir betranken uns mit Gin Tonic, tanzten ein bisschen in der totalen Finsternis zwischen irgendwelchen Schattengestalten und beschlossen, zum Baden ans Meer zu fahren. Für diejenigen, die Dakar nicht kennen, sei gesagt, dass man zum Baden am besten an den Strand von N'Gor fährt – dort ist der Sand goldgelb, und es ist ungefährlich. Beschwipst und schwankend kamen wir aus dem Klub und stiegen in ihren Citroën 2CV (Deux-Cheveaux – den superpopulären Kleinwagen mit seiner kultigen Retro-Form und den Scheinwerfern auf den Kotflügeln). Lucie wollte, dass ich mich ans Steuer setzte.

Wir fuhren durch das nächtliche Dakar. Es funkelten die Juweliergeschäfte und die Galerien mit rituellen Masken für die Touristen, blankpoliert mit schwarzer Schuhcreme. Uns begegneten keine

Gendarmen, und wir fuhren auch niemanden über den Haufen. Das Auto war toll, mit einem aufrollbaren Stoffdach, das gefiel mir.

»Wie jetzt, besser als ein Tschaika?«, fragte Saschka Schauro.

Sein Vater fuhr einen Tschaika mit der Nummer 019, und Saschka sagte, er sei in der Reihe der wichtigen Männer der Sowjetunion die Nummer neunzehn, aber Saschka und ich kannten noch höhere Tiere: Wir waren manchmal mit den Mädchen eines persönlichen Referenten von Breschnew unterwegs, und dessen Tschaika trug die Nummer 007 – ihr Papa hatte ein Faible für James-Bond-Spionagekrimis.

Am Strand von N'Gor hüpften Lucie und ich nackt ins Meer und schwammen zu der Insel, die wie eine Zunge mitten in der Bucht lag, etwa einen halben Kilometer vom Ufer entfernt. Dort auf der Insel, im fernen Licht karikaturhaft gewaltiger Blitze (es war Regenzeit), geschah es dann, genauer gesagt, fing alles erst richtig an. Ehrlich gesagt, ich wusste nicht, dass Mädchen so bumsen können, also, das war ein regelrechter Umbruch in meinem Bewusstsein.

»Na, dann erzähl schon endlich, wie ihr gebumst habt!«, bettelte Saschka Schauro.

Gegen sechs Uhr morgens, es war noch stockfinstere afrikanische Nacht, läutete ich, völlig ausgepumpt und beseelt, die Haare voller Sand, an der Tür der sowjetischen Botschaft. Lange machte niemand vom Bereitschaftsdienst auf, und als endlich einer öffnete, sah er mich in heiligem Entsetzen an: Einerseits war ich der Sohn des höchsten sowjetischen Repräsentanten in der Republik Senegal und daher unantastbar. Andererseits hatte ich alle Verhaltensregeln für Sowjetbürger im Ausland gebrochen und hätte unverzüglich in die Heimat zurückgeschickt gehört.

»Sie wurden wohl ein wenig aufgehalten?«, fragte er mich, den Studenten der MGU, mit säuerlich russischer Unterwürfigkeit.

»Ich hatte zu tun«, antwortete ich erstaunlich vage und ging an ihm vorbei ins Haus.

Am nächsten Tag fragte mich Papa: »Wo hast du dich rumgetrieben?«

»Du glaubst es nicht«, sagte ich, »aber sie ähnelt dem Feuervogel, obwohl ich eigentlich diese ganze blöde Folklore hasse.«

»Sie?«, fragte Vater, die Stirn kräuselnd ob dieser semantischen Geschmacklosigkeit eines verliebten jungen Mannes.

»Sie«, sagte ich.

»Du bringst mich in die Bredouille.«

»Wir haben nicht über den Krieg gesprochen«, sagte ich.

»Keine Zeit gehabt?«, fragte Vater mitfühlend.

»Ich muss sie wiedersehen«, sagte ich.

»Ein letztes Mal«, sagte Vater.

Am Abend schaute Nikolai Iwanowitsch Telega in unserer Wohnung vorbei. Er arbeitete im Senegal als Repräsentant von Sowexportfilm, war aber in Wirklichkeit Resident, Geheimagent also. Als Ukrainer war er geradezu süchtig nach Honigmelonen. Und sein Familienname war tatsächlich Telega – der Karren. Telega rief mich auf den Balkon, der rund um unsere Wohnung verlief, und sagte: »Ihr Vater ist schlimmer als die Gestapo. Unter seiner Führung werden in ganz Afrika vietnamesische Kommunisten abgemurkst. Verstanden?«

»Bei denen in Saigon laufen Tschechows Stücke«, sagte ich.

»Hab Mitleid mit deinem Vater«, sagte Telega.

Lucie und ich trafen uns in einem Hotel in der Rue du Maréchal Foch. Am Nachmittag. Sie stand da und brannte, wie eine Laterne. Sie sagte, sie habe eine unangenehme Unterredung mit ihrem Vater gehabt. Er hat gesagt, dein Vater sei ein übler Typ, ein Stalinist! Er habe früher direkt im Kreml als Französisch-Dolmetscher von Stalin gearbeitet.

»Stimmt«, sagte ich.

»I wanna hold your hand!«, plärrte das Hotelradio.

»Papa hat gesagt: Das ist ein Komplott«, sagte Lucie, während sie ihre hautenge Jeans auszog und aktiv mit ihrem für Ho Chi Minh und die gesamte kommunistische Welt feindlichen, entzückenden Po wackelte.

»Wir beide sind in Afrika. Du hast einen Deux-Cheveaux. Komm, wir hauen ab in den Dschungel. Lass uns spurlos verschwinden! Bei den Affen leben.«

»Aja! Im Baobab«, sagte Ljusja und ging in die Hocke.

Wer noch nicht im Senegal gewesen ist, dem sage ich, dass die Baobabs da riesige Asthöhlen haben. Und diese Asthöhlen sind die exotischsten der Welt.

»Hauen wir ab?« Ich griff in ihre schwarzen Feuervogelhaare.

»Jetzt bumsen wir erst mal, und dann hauen wir ab«, sagte meine französisch-vietnamesische Mischung auf gehorsame asiatische Art.

Und dann bumsten wir und rannten los. Und bis heute noch rennen und rennen und rennen wir.

73
Flucht aus dem Totenhaus. Tallinn

Vana Tallinn – das bedeutet Alt-Tallinn und ist zugleich der Name eines bitteren Likörs. Wenn wir seinerzeit aus Moskau hierherkamen, um dieses irgendwie rührend bittere Getränk zu schlürfen, war das unser kleines sowjetisches Ausland, mit einladenden kleinen Cafés und einer gewissen Freiheit in der Kunst. An der Universität der Stadt Tartu unterrichtete damals Juri Lotman, ein nahezu freier literaturwissenschaftlicher Kopf. Heute passen die engen Gässchen der Altstadt gut zu der schlichten Fantasie der malerischen Läden mit ihrem netten Souvenirplunder. In den Schaufenstern Ukraine-Fähnchen. Die kleineren für 8, die größeren für 15 Euro. Wir kauften eines für 15 und befestigten es am Heck unseres Wagens – damit uns Europa, das derzeit nicht gut auf Russen zu sprechen ist, nicht die Scheiben unseres »Philosophenautomobils« mit Moskauer Kennzeichen einschlug. Je weiter wir uns Richtung Polen bewegten, desto aggressiver wurde der Hass auf unser Kennzeichen. Es reizte den großen stacheligen Igel namens Gerechtigkeit. Das recht erfolgreiche Tallinn hat sich in einen stillen Teich Europas verwandelt, in dem die letzten Spuren des Sowjetsystems versinken.

In Tallinn begrüßte uns Tiina Lokk, die langjährige Direktorin des Internationalen Dokumentarfilmfestivals. Wir sprachen darüber, wodurch sich das russische Glück vom europäischen unterscheidet. Die gesamte Intelligenzija in Russland vor und nach der Revolution schaute mit Verachtung auf spießbürgerliches Glück – mit Kanarienvogel im Käfig, Geranien auf der Fensterbank und kleinen Elefanten auf Spitzendeckchen auf der Anrichte. Überträgt man dieses kleinbürgerliche Idyll auf das Glück des europäischen Millionärs, so gibt es da keinen großen Unterschied: Die Elefäntchen verwandeln sich in einen Park von Luxuskarossen, die Geranien in ein Haus an der Riviera und so weiter. Für die russische Intelligenzija ist das alles langweilig – sie braucht eine Utopie des grenzenlosen Glücks. Doch das europäische Glück flößt auch dem einfachen russischen Volk kein Vertrauen ein. Versunken in Armut und Unglück von Jahrhunderten russischer Geschichte, hat es sein Glück gefunden, indem es nach Art des heiligen Narren auf jegliche Norm pfeift. Wenn man Wodka trinkt, dann bis zur Bewusstlosigkeit. Wenn man feiert, dann bis der Arzt kommt. Wenn man sich prügelt, dann bis einer tot daliegt. Hauptsache, man versetzt sich in einen Bewusstseinszustand, in dem das Leben als närrisches Treiben erscheint und zugleich als Sieg über alle übrigen Formen des Daseins. Ein Minderwertigkeitskomplex und ein Komplex der Überlegenheit über alle anderen Völker produzieren den *Casus Belli*, das Präludium für einen bestialischen Krieg ohne Regeln.

Wir tranken noch Kaffee in der Hotellobby, als meine potenziellen estnischen Verleger auftauchten, ein Mann und eine Frau, bescheiden, beinahe sowjetisch gekleidet. Sie standen unerschütterlich wie ein Fels in der Brandung für ein freies, sich stürmisch entwickelndes Estland, doch die Epidemie der Dummheit, mit der sich praktisch die ganze Welt infiziert hat, beunruhigte sie zweifellos und wirkte sich negativ auf die Auflagenhöhe von Büchern aus.

»Europa dümpelt vor sich hin«, suggerierte ihnen meine russische Seele. »Es entwickelt keine neuen Werte, und wenn doch, dann ist das eher eine Festschreibung der herkömmlichen Toleranz. Vor sich hin dümpelnd kann man noch lange leben; der geistige Reichtum des alten Europas ist enorm. Aber ein Erkalten des europäischen

Körpers ist trotz allem zu spüren, und das ermuntert die Russen, es in Stücke zu reißen.«

»Warum bist du nur hierhergekommen?«, fragte mich meine französische Seele traurig.

»Wohin soll ich denn sonst gehen?«, zog ich erstaunt die Augenbrauen hoch.

Die Esten schlugen vor, mit der ganzen Familie einen Spaziergang durch die wunderbaren Gässchen der Altstadt von Tallinn zu unternehmen.

74
Stawrogin

Gegen Abend kam ein Anruf aus dem erlauchten Vorzimmer. Eine schnurrende Stimme flüsterte mir ins Ohr, ihr Boss werde mit mir sprechen, Naum Achmetowitsch Stawrogin.

Was für eine Geschmacklosigkeit, sich Stawrogin zu nennen!

Der Große Gopnik hatte ihn im Grunde genommen zum dritten Mann im Staat gemacht.

Das Geheimnis war von Anfang an da. Alle kannten ihn unter dem fiktiven Namen Surikow, wie der russische Maler, doch während seines Aufstiegs auf der Karriereleiter fühlte er sich offenbar von diesem Namen eingeengt, er riss sich den Hemdkragen auf, und da offenbarte sich sein infernalisches Wesen.

»Guten Abend!«, sagte Stawrogin freundlich mit jener sanften Stimme, die keinen Widerspruch duldet und auf die nur wirklich hohe Vorgesetzte ein Recht haben. Diese Vorgesetzten besitzen die Macht, nicht nur über strategische Fragen zu entscheiden, sondern auch über Leben und Tod.

»Guten Abend!«, reagierte ich verhalten.

Stawrogin schwieg, ein erfahrener Jäger und Menschenfänger.

»Meine kleine Schwester O. ist in Not«, begann ich ohne jede Vorrede, »und ich möchte mit Ihnen über ihre Situation sprechen.«

Stawrogin schwieg weiter.

Ich hatte keine Ahnung, worauf er zu reagieren bereit war. Ich wusste, dass ich genau in eine bestimmte kleine Öffnung treffen musste, um durch sie in den dunklen Tunnel dahinter vorzustoßen und am Ende auf wundersame Weise in einen hellen Bereich zu gelangen – in den Saal seiner Aufmerksamkeit. Die Sekunden verstrichen. Ich hatte niemanden im Rücken, und jede Bitte, gerichtet an jene im Gelobten Land, konnte im Endeffekt nur als persönliche Bitte beginnen und enden.

»Ich weiß nicht mehr ein noch aus. Ich kann nicht arbeiten«, gestand ich.

Ich schien in genau die richtige Öffnung getroffen zu haben. Das Gespräch kam in Gang. Ein Wort gab das andere, wir begannen Subjekte, Prädikate, Substantive und sogar Adverbien auszutauschen.

Über Stawrogin hatte ich ungeheure Urteile von anständigen Leuten gehört. Die Kraft seiner Macht konnte vernichtend sein. Stawrogin unterstanden sämtliche Minister-Kapitalisten. Diese anständigen Leute behaupteten, er sei ein mit allen Wassern gewaschener machtbesessener Jesuit, ein Loyola des 21. Jahrhunderts, und wer ihm die Hand gebe, lade auf ewig Schande auf sich.

Stawrogins Rede floss ruhig dahin, obwohl praktisch nicht er redete, sondern ich, denn ich verstand die heilsame Wirkung wohlwollender Intonation. Am Ende dieser ganzen Verbalmaschinerie, aller unsichtbaren Gewichte und Gegengewichte, erlaubte ich mir den Vorschlag, uns erneut zu treffen. Er wurde angenommen.

75
Ehefrau zum Verkauf

Ich bin ein Hund. Genauer gesagt, ein Rüde. Ein Rüde und Chronist des Hunderudels. Meine Berufung, die göttliche Idee, die sich in mir verwirklicht hat, ist es, die hündischen Laster zu entlarven und die Hunde auf den hündischen Weg zum Guten zu führen.

Loyola?

Im Kampf um hündische Reinheit zerbiss ich in meinen Schriften zahllose Flöhe und andere antihündische Gemeinheiten. Ich weiß: Hunde sind verschieden. Aber unser Rudel ist ein besonderes Rudel. Unser Rudel steht dem hündischen Gott näher als andere, näher, wir sind dessen sicher, näher zu dem Gott, dessen Name zu nennen verboten ist, ob in Not oder ohne Not.

Wir sind nach seinem Ebenbild erschaffen, und ich konnte viele Jahre nicht verstehen, was das bedeutet. Ist das gut oder schlecht? Erheben wir uns damit auf die höchste Stufe der Schöpfung? Oder müssen wir unseren göttlichen Hund der Hunde nachahmen in seinem Zorn und seiner Liebe zu rohem Fleisch?

Wenn wir die Stufen der Schöpfung mit hündischen Sprüngen und heraushängender Zunge aufwärts stürmen, dann muss ich auf dem Weg nach oben die hündischen Rechte verteidigen, den Hund zum wichtigsten hündischen Wert erklären, der über den Gesetzen des Rudels steht.

Wenn wir aber als Hauptcharakterzug den Starrsinn unseres unsterblichen Führers akzeptieren, so muss man eingestehen, dass hündische Rechte keine Priorität haben und rohes Fleisch wichtiger ist als Zärtlichkeit.

Diesen grundlegenden Konflikt diskutierte ich oft mit meiner goldblonden hübschen Hündin, meiner jungen Ehefrau. Meine Frau war die beste Hündin der Welt! Gemeinsam träumten wir ganze Abende davon, ein großes hündisches Werk zu erschaffen, eine Art hündisches Theaterstück, und es dann in unserem besten hündischen Theater zu inszenieren. In weiser Voraussicht schickte ich meine goldblonde Hündin in ebendieses hündische Theater, nicht als aufgezwungene Schauspielerin, sondern als Assistentin des hündischen Regisseurs.

Dieser Regisseur war so ganz nach meinem Geschmack. Er veranstaltete abgefahrene hündische Konzerte, und alle Hunde unseres riesigen Rudels, von struppigen Welpen bis zu vom Leben gebeutelten Kötern, stöhnten, heulten, bellten bei seinen Vorstellungen.

Möglicherweise inspirierte ihn der oberste hündische Gott selbst mit seinem schrecklichen Zähnefletschen eines Liebhabers von begnadeten Talenten und Chorälen. Als liebste Opfergabe mochte der Gott ganz junge Hündinnen, aber im Laufe der Zeit konnten wir, die hündischen Chronisten, nach und nach die hündischen Bräuche mäßigen, dahingehend, dass wir unmerklich in unseren Schriften die jungen Hündinnen gegen rohes Fleisch von auswärtigen Tieren austauschten. Wir glaubten, dass unser Tausch wiederum vom Willen des göttlichen Hundes der Hunde diktiert und daher legitim sei, allerdings, ob das tatsächlich der Fall oder nur Wunschdenken war, ist bis jetzt schwer zu sagen. Ob wir seine Angewohnheiten mäßigten oder er uns mäßigte?

Indessen muss man zugeben, dass diese ursprünglichen jungen Hündinnen als Opfergabe mich dermaßen irritierten, dermaßen aus dem Konzept brachten, dass ich mich über dieses Elend mit jemandem austauschen musste, ungeachtet des Risikos eines solchen Austauschs (man wird mich denunzieren!), und letzten Endes tauschte ich mich außer mit meiner treuen Hündin mit niemandem aus. Der hündische Regisseur nahm ebenfalls teil an diesen Zweifeln, spontan, aufgrund seines eigenen komplexen Bewusstseins, weshalb wir die Idee ausbrüteten, das große hündische Drama unserer Zeit zu erschaffen. Wir begannen uns auf dieses Ereignis vorzubereiten, wir, drei hündische Verschwörer, die etwas zu sagen hatten gegen den Hund der Hunde. Meine goldblonde junge Hündin war so begeistert von der Idee einer kreativen Konfrontation der jungen Welpen, der Opfer des ursprünglichen göttlichen Lasters, mit sinnvollem hündischem Humanismus, dass sie jeden Morgen in neuem Gewand, die Lippen geschminkt und den Schwanz erhoben, zur Arbeit mit dem Regisseur eilte.

Ich verstand, dass gut Ding Weile haben will, und ich freute mich darüber, dass meine goldblonde Hündin im Arbeitszimmer des hündischen Regisseurs immer rauflustiger mit den anderen Hunden redete, zum Neid der Schauspielerinnen und anderen Hündinnen. Sie, meine junge Frau, kam begeistert von ihrem Tagwerk nach Hause und erzählte mir von den bahnbrechenden Ideen des hündischen Regisseurs. Der wollte tatsächlich unser hündisches Leben in ein Meisterwerk verwandeln und die Zufälligkeit eines süßen Knochens mit der Unausweichlichkeit von Flöhen und Strafen verknüpfen. Von alldem schwindelte einem, und meine Hündin und ich meinten, dass die Aufführung auf der Grundlage meines Theaterstücks demnächst losgehen und die hündische Welt aus den Angeln heben würde.

Je weiter sich das Ganze entwickelte, desto mehr drehten wir uns jedoch im Kreis von Versprechungen und Wiederholungen. Der hündische Regisseur erzählte voller Begeisterung immer und immer wieder dieselben Details seines hündischen Lebens, während er im Sessel seines Arbeitszimmers saß, und ich sagte nichts, obwohl ich durchaus etwas zu erzählen hatte, geduldig auf die Ausführung des theatralischen Traums wartend.

Aber dann gab es eine Feier am hündischen Theater, und wir alle, die ganze Meute von Freunden und Kollegen, wir zogen durchs Theater, Schwänze hoch, und die süßen Schauspielerinnen mit ihren süßen Haarschöpfen zeigten auf der Bühne einen lustigen hündischen bunten Abend mit Sketchen, bei denen der Regisseur und Jubilar sich vor Lachen die Seiten hielt.

Schon lange waren die Scheinwerfer an der Bühnenrampe erloschen, wir stapften noch ein bisschen im Theater herum, gingen ins Zimmer des Direktors, tranken mit dem hündischen Regisseur noch eine Flasche hündischen Rotwein, und der Regisseur verkündete, genug gefackelt, höchste Zeit, das gotteslästerliche Theaterstück zu inszenieren, morgen werde er mit mir eine hündische Absichtserklärung unterschreiben. Wir warfen uns einander zu dritt in die Arme, und dann sagte ich meinerseits, so einfach könnten wir jetzt nicht auseinandergehen, wir wollten eine Fortsetzung und bis zum nächsten Morgen einen draufmachen. Aber die hündischen Putzfrauen schwangen bereits die Schrubber, um das Arbeitszimmer des Regisseurs zu putzen, und letztlich standen wir auf der Straße und traten von einer Pfote auf die andere, ohne zu wissen, wie es weitergehen sollte.

Aber einen trinken wollten wir unbedingt noch, also marschierten wir zu dem hündischen Regisseur nach Hause, er wohnte ganz in der Nähe. Wir kauften Wein, sprachen wieder über das Drama des hündischen Humanismus, hechelten mit heraushängender Zunge in den dritten Stock hoch und hockten uns, wie bei uns üblich, auf hündische Art in die Küche. Dort fraßen wir wieder rohes Fleisch, denn im Theater hatte es wenig davon gegeben, und dann becherten wir hündischen Wodka und schütteten hündischen Wein und teuren, von mir so geliebten Katzensekt hinterher. Wir schütteten uns gegenseitig unsere Hundeseelen aus, und wir alle drei verstanden, dass der göttliche Hund der Hunde unseren Vorstellungen von Glück nicht entsprach, selbst wenn die Mehrheit unserer üblen Kötergenossen den Götzen anbetete und ihm die polierten Eier leckte.

Doch wie diese göttliche Unzulänglichkeit mit hündischen Mitteln darstellen, wie den Sinn unseres hündischen Lebens finden?

Meine Frau, die goldblonde Hündin, fasste auf einmal Mut und sagte, dass die theatralischen Stilmittel unseres hündischen Regisseurs nicht weniger veraltet seien als all die Mantras hündischer Schwärmereien und man alles ganz anders inszenieren müsse, eben nicht auf hündische Art. Unser Regisseur sagte lange nichts, aber dann, vollkommen zu vom Wodka, brach es aus ihm heraus: »Was soll das heißen, nicht auf hündische Art? Wir sind Hunde, und wie sollen wir denn anders inszenieren, wenn nicht auf hündische Art? Wie zum Teufel soll ein über den konkreten Rahmen hinausgehendes hündisches Theater funktionieren?«

Und er haute mit der Hand so auf den Tisch, dass die Gläser in alle Richtungen flogen. Da erklärte meine goldblonde Hündin ihm, er werde niemals mein revolutionäres Theaterstück inszenieren, denn er sei total krank und am Arsch. Der Regisseur haute wieder mit der Faust auf den Tisch, und ich verstand, dass er allen Ernstes, hackevoll, wie er war, trotzdem die grundlegenden hündischen Werte verteidigen wollte. Meine Hündin hatte nur ein bisschen zugeschnappt, um ihn zu provozieren. Und da fasste ich meine Hündin um die Taille,

drehte sie mit ihrem Hintern dem großen Regisseur entgegen und schob ihr das hündische Ausgehkleid hoch.

»Ich sag dir, hau ihr auf die hündischen Arschbacken, wo sie doch dein hündisches Theater in den Dreck ziehen will!«

Er starrte verblüfft auf ihren hündischen Stringtanga und ihre sexy schwarzen Strümpfe. Er war von den Socken! Und ich sagte: »Was glotzt du so? Nur zu, hau drauf!«

Und als Beweis meiner hündischen These riss ich ihr den hündischen String runter. Er kriegte das Maul nicht mehr zu, dem sich ein Wimmern entrang.

»Bücken, du Hündin!«, schrie ich meine treue Frau an.

Und er: »Ja, hab ich denn das Recht, all das hier anzugucken? Wie kann ich das ansehen, wenn du, du großer hündischer Chronist, vom Hund der Hunde zur Lobpreisung unseres Rudels erschaffen bist!«

Er schwadronierte umständliches Zeug, aber eigentlich war er total erregt über den Anblick des jungen hündischen Damms.

Und ich sagte zu ihm: »Du lügst die ganze Zeit, du räudiger Rüde! Einen Scheiß wirst du stinkender Feigling mein revolutionäres Drama inszenieren! Du verpestest bloß die Luft unserer Zeit!«

Und er: »Doch, ich mach die Inszenierung, ich schwöre bei meinem kreativen Leben, aber sie soll sich doch bitte mal umdrehen, ich möchte zu gern wissen, ob sie rasiert oder nur getrimmt ist!«

»Da«, ich drehte sie um, »genieße den Anblick! Sie ist getrimmt! Goldblond! Eine bessere Hündin gibt's auf der ganzen Welt nicht!«

»Ja«, sagte er, »geradezu wie auf einem Gemälde von Leonardo da Vinci. Ehrlich! Gehen wir rüber aufs Bett.«

Betrunken, wie wir waren, schleppten wir uns aufs Bett, und dort rotierte alles, ich kann mich nicht an die Details erinnern. Ich weiß nur noch, dass das eine echte Hundehochzeit war, so wie sie in den besten Werken unserer hündischen Klassiker beschrieben wird. Zwei Hunde, eine Hündin. Ich brüllte, fluchte, packte ihn beim Schniepel. Meine Hündin aber hatte die Hundeposition eingenommen, ohne jede Scham. Und er steckte ihr den Finger tief hinein und brüllte durchs ganze Haus: »Ich komme bis zu ihrer Scheiße!«

Ich war schwer beeindruckt von seiner Schatzsuche. Sie jaulte, wedelte mit dem Schwanz und jaulte erneut, als er sie nagelte, mit seinem ganzen verfilzten Fell auf sie geworfen. Was für ein Mistkerl, sein hündischer Samen ergoss sich in ihre kleine, beinahe welpische Spalte!

Kaum war der Erguss passiert, begann er zu schnarchen, diagonal auf dem Bett ausgestreckt, mit einer Socke am Fuß. Meine junge Frau und ich stolperten im Zimmer hin und her und sammelten die zerrissenen Klamotten auf, auch den zerfetzten Büstenhalter. Wir verließen die Wohnung, traten auf die morgendliche Straße hinaus, wo alles zur Arbeit eilte. Zerschlagen und glücklich, Opfer und Sieger, Triumphatoren, blasse Herren über ein hündisches Leben.

»Na ja, jetzt gibt es immerhin die Chance, dass er mein Stück auf die Bühne bringt«, sagte ich.

»Klar tut er das! Was bleibt ihm übrig!«

»Und hast du keine Angst? Du kriegst womöglich noch Welpen von dem!«

»Wärst du einverstanden, sie großzuziehen?«

»Soll das ein Witz sein?«

»Das war ein Witz!«

Wir kamen nach Hause, legten uns schlafen, vor dem Einschlafen fiel uns ein, dass sein hündischer Schniepel irgendwie schon sehr lilafarben war, wir lachten und schliefen ein. Mitten am nächsten Tag wachte ich auf, und ich sah, dass meine Hündin nicht mehr schlief, sondern sich im Bett schminkte.

»Was soll das denn?«

»Ich muss los und zu ihm. Was klären, mich aussprechen.«

»Wovon redest du?«

»Er hat mir ins Ohr geflüstert, als er mich gefickt hat, ich solle meinen Koffer packen und mit ihm leben.«

»Echt jetzt?«

Sie malte sich die Lippen an.

»Na ja. Ich geh jetzt mal los, ich muss mit ihm reden.«

»Er wird wieder über dich herfallen!«

»Na und? Soll er ruhig, und genau dann kommst du dazu. Und wir zwei sagen ihm, dass wir glücklich zusammenleben, dass ich nicht vorhabe, meine Koffer zu packen, dass ich bei dir bleibe.«

»Jetzt warte doch mal«, sagte ich, »wieso gehst du dann zum Ficken zu ihm? Komm, wir gehen zusammen!«

»Das wird er nicht verstehen!«

»Wieso denn nicht?«

»Er will mich ficken. Wenn er mich fickt, dann sage ich ihm ins Ohr, dass ich bei dir bleiben will. Und er wird mir glauben!«

Ich sah meine treue Hündin an und fand keine Worte. Sie war die treueste von all meinen Lebenshündinnen, sie kannte sich gut aus in der Philosophie der hündischen Emotionen, etwas Besseres als sie konnte man schwerlich finden, im Grunde überhaupt nicht. Solche Hündinnen gibt's nicht noch mal. Also, geradezu ein Gemälde von Leonardo da Vinci!

Sie hatte sich die Lippen angemalt und sagte: »Also, ich geh dann mal. Komm dazu, mein Lieber! Aber kauf unterwegs unbedingt einen hündischen Wodka!«

76
Selfie auf dem Roten Platz

O. empfing mich auf dem Roten Platz nach meinem ersten Treffen mit Stawrogin. Obwohl wir das nicht verabredet hatten. Sie stand da, an die Einzäunung der Basilius-Kathedrale gelehnt.

»Und?«

»Ein guter Anfang«, sagte ich.

Sie fiel mir um den Hals, küsste mich, drückte mich an sich. Ich spürte ihre festen Brüste, und wieder war mir das peinlich.

»Komm, wir machen ein Selfie! Vor der Basilius-Kathedrale.« Sie streckte die Hand aus.

Sie schaute sich das Ergebnis an.

»Los, noch mal! Ich hab die Augen zu, und du hast den Mund auf.«

Wieder streckte sie die Hand aus.

»Lächeln!«

Sofort sah sie sich das Ergebnis an.

»Guck mal! Wir sind doch ein tolles Paar!«

»Zeig her! Ja, nicht übel. Aber ich gefalle mir nicht. Mein Gesicht ist irgendwie so aufgedunsen ...«

»Quatsch! Ich hab mir den Platz angeschaut, als ich auf dich gewartet habe, und gedacht: Was für ein schamloser Platz! Er erzählt alles ohne jede Scham.«

»Was – alles?«

»Ich hab mich hingekniet, ein Ohr ans Kopfsteinpflaster gelegt und dein Gespräch mit diesem ... Stawrogin gehört. Nicht alles natürlich, aber stellenweise ...«

Ich zuckte die Schultern. Trotz allem war ich ja für sie *dorthin* gegangen, und dieses Abwerten meines Treffens auf höchster Ebene hörte ich nur ungern.

»Freu dich nicht zu früh!«

»Und wie ist er?«

»Äußerlich? Na ja, er sieht vielleicht Caravaggio ähnlich. Dem, der den kleinen Jungen gemalt hat, der von einer Eidechse gebissen wird. Aufbrausend, macht aber auf gelassen. Unangenehmer Typ.«

»Hängen da Bilder von Caravaggio?«

»Willst du dich lustig machen? Ich hab versucht, dein Problem zu lösen.«

»Weißt du, warum dieser Platz schamlos ist? Weil er leer ist! Nimm mal den Étoile in Paris. Da wimmelt es nur so von Autos. Und hier darf man nicht mal eine rauchen.«

»Wieso leer? Da! Alles voller Touristen!«

»Das sind Puppen! Die sind ja nur zur Show da. Genau wie die Paraden ... Aber ich schwindle. Ich hab nur einen kleinen Ausschnitt aus eurem Gespräch gehört. Plötzlich hat sich ein Bulle vor mir aufgepflanzt. ›Was soll das, was machen Sie denn hier in dieser komischen Pose?‹, hat er gefragt. Darauf ich: ›Oh, ich steh bloß in

Hündchenstellung.‹« Sie lachte. »›Ist das etwa verboten? Ich höre zu, was mein Bruder sagt. Sie stören!‹«

»Oh Gott!«, rief ich aus.

»›Stehen Sie auf der Stelle auf!‹, sagt er und guckt mich misstrauisch an. Warum hast du zu Stawrogin gesagt, ich hätte nicht gewusst, was ich da tue? Und ob ich das gewusst habe!«

»Und der Bulle? Hat er dich auf die Wache geschleift?«

»Nein. Er hat gesagt, ich soll das ja nicht noch mal machen.«

Wir gingen ins GUM und setzten uns in ein Café mit Blick auf den Platz.

»Ich möchte ein Eis«, sagte O. »Schokolade! Aber das soll nicht heißen, dass ich Analsex mag.«

»Wahnsinnig witzig!«, sagte ich als älterer Bruder.

»Obwohl, ich mag Analsex.«

»Ich bitte dich, belausch nicht wieder unsere Gespräche.«

»Dem Bullen hab ich ja schon versprochen, nicht mehr in Hündchenstellung zu gehen … Aber anders kann man nichts hören!« Dann fügte sie plötzlich hinzu: »Im Westen ist es jetzt in Mode, russischer Faschist zu sein.«

Ich schwieg eine Weile und sagte: »Meine Schurotschka hat mich betrogen.«

»Mit wem?«, fragte O. interessiert.

»Mit einem Regisseur.«

»Pfui, wie banal!«, sagte O. entsetzt. »Wenn du willst, kannst du sie mit mir betrügen.«

»Ich sehe, du hast zu viele russische Pornos geguckt. Da ist doch Inzest das Thema Nummer eins, oder nicht?«

77
Mein Hollywood

Ich erzähle Ihnen jetzt die Geschichte von meinen Beziehungen zu Hollywood, und Sie entscheiden selbst, ob ich recht habe oder nicht.

Es war in den 1990er-Jahren, als mein Roman *Die Moskauer Schönheit* in verschiedene Sprachen übersetzt und plötzlich ein Weltbestseller wurde.

Ich hatte schon einen amerikanischen Literaturagenten vom New Yorker Büro William Morris. Michael war Vizepräsident der Agentur, aber später erfuhr ich, dass dort alle Agenten Vizepräsidenten waren, denn kein seriöser Autor wollte etwas mit irgendwelchen kleinen Angestellten zu tun haben. Die Vermehrung von Vizepräsidenten in der Agentur war dem reinen Gewinn geschuldet, den sie einbrachten, die Qualität der Bücher interessierte niemanden.

Michael rief mich in Moskau an. Seine Stimme klang feierlich. Er hatte in Gesprächen mit mir immer eine feierliche Stimme, aber diesmal war sie noch feierlicher als sonst. Der Roman war gerade in einem großen amerikanischen Verlag erschienen, er hatte Aufmerksamkeit erregt, und ich war ein frischgebackener Autor auf dem amerikanischen Buchmarkt.

Michael verkündete mir also feierlich, Hollywood sei an mir interessiert. Wichtige Leute wollten mich treffen. Diese wichtigen und trendigen Leute, die *Der mit dem Wolf tanzt* gemacht hatten, wollten mich treffen, sagte Michael, und zwar, damit es für keine Seite kränkend wäre, auf halbem Weg zwischen Moskau und Hollywood – in London. Kannst du das einrichten? Ich hatte mich rasch daran gewöhnt, dass man mich bereits für eine große Nummer hielt und anfragte, ob ich mich auf halbem Weg mit Hollywood treffen wollte. Ich sagte zurückhaltend: »Gut.«

Über Michael vereinbarten Hollywood und ich einen passenden Tag in London, und ich flog nach Paris, denn auch dort winkte ein Filmprojekt. Nach London war es von da ja nicht mehr weit. In Paris wurde ich angerufen, und man sagte zu mir mit leiser, eindringlicher Pariser Stimme, man wolle mit mir meine Beteiligung an einem vielversprechenden Film verhandeln. Wir verabredeten uns zum Mittagessen auf der Terrasse eines Restaurants auf den Champs-Élysées.

In großen Töpfen blühte Oleander. Aber neben dem Oleander gab es auf den Champs-Élysées wahnsinnig viel Werbung für mein

Buch. Buchstäblich an jeder Laterne zu beiden Seiten des Boulevards waren Werbebanner mit dem Titel meines Buchs und meinem Konterfei befestigt. Viele Menschen liefen die Straße entlang an mir vorbei und beäugten mich ungläubig. Das war eine extreme Erfahrung, die mich, wie ich glaube, aus dem Tritt brachte. Jedenfalls war ich, als zwei Typen auftauchten, ein dicker Produzent und ein dünner Redakteur (der mich angerufen hatte), außerstande, mich auf sie zu konzentrieren. Ich saß einfach da, leicht betäubt vom Ruhm.

Sie luden mich zum Mittagessen ein, die Sonne brannte, es war heiß. Der glatzköpfige dicke Produzent fragte, wie ich zum Kino stünde.

»Ich weiß nicht, wie ich zum Kino stehe«, sagte ich. »Ich heule nicht selten bei schlechten Filmen und nie bei guten.«

Sie nickten verständnisvoll.

»Und wie finden Sie Tarkowski?«, fragte der dünne Redakteur.

»Das ist einer, bei dem ich noch nie geheult habe«, antwortete ich. »Wahrscheinlich bin ich filmblind.«

»Was trinken Sie?«

»Bier«, sagte ich. »Warum wundern Sie sich?« Ich schaute sie mit gleichgültigem Blick an. »Kino – das ist Kunst, die lügen kann. Das Kino ändert nach Belieben seine Perspektive, je nach Laune des Regisseurs. Man kann einen Film über Stalingrad drehen, in dem die Deutschen im Recht sind und die Russen im Unrecht. Oder umgekehrt. Oder beide im Unrecht. Oder beide im Recht.«

Die Franzosen lachten. Sie meinten, ich mache Witze. Ich saß da und trank Bier. Ringsum flatterten die schönen Werbebanner in Graublau. Das Essen wurde aufgetragen.

»Ich war zum Casting in Moskau«, sagte der intelligent aussehende Redakteur. »Wir haben russische Mädchen für einen erotischen Film gesucht. Eine hat sich auf offener Bühne in ihrem Slip verheddert und ist gestürzt. Sie hat sich beide Knie aufgeschlagen! Eine andere hat sich ganz nackt ausgezogen, und da ist ein zu Tode erschrockenes Kind aus dem Saal auf sie zugerannt.« Sie lachten wieder. »Bei euch ist ja jetzt Freiheit, nicht wahr?«

»Sind denn viele zum Casting gekommen?«, fragte ich.

»Über hundert Mädchen. Nackte, schöne, linkische, alles dabei!«, sagte der Redakteur mit der unbestechlichen Stimme eines Wichsers. »Danach sind wir in eine russische Banja weitergezogen …«

Er zeigte einige Fotos. Erstaunt erkannte ich eine Studentin, die Tochter von Moskauer Freunden, aber ich ließ mir nichts anmerken.

»Die hat am meisten Talent«, bemerkte der Redakteur und deutete auf meine nackte Bekannte.

»Uns ist da eine Idee gekommen«, sagte der Produzent. »Kennen Sie den Film *Emmanuelle*?«

»Ja.«

»Gut. Also, wir wollen eine Fortsetzung drehen. *Emmanuelle in Moskau* …« Er machte eine bedeutungsvolle Pause. »Und wir möchten, dass Sie das Drehbuch schreiben.«

»Ich?«, staunte ich aufrichtig.

»Wieso nicht?«, staunte seinerseits der Produzent. »Nach dem Erfolg Ihres Pornoromans …« Er zeigte mit großer Geste auf die Werbeplakate.

»Das ist kein Pornoroman«, wies ich ihn scharf zurecht.

Er war anscheinend ein sehr bekannter Produzent und nicht gewohnt, dass jemand so mit ihm sprach.

»Drehen werden wir in Kanada«, fügte der dürre Redakteur hinzu. »Denn bei Ihnen herrscht absolutes Chaos, jeden Tag ändern sich die Spielregeln.«

»Ich nehme noch ein Bier …«, sagte ich.

»Bei der Hitze?«, staunte der Produzent.

Ich gefiel ihm offenbar mit jeder Sekunde immer weniger.

»Und?«, fragte der Redakteur. »Wie finden Sie unsere Idee?«

»Ich befürchte, das kann ich nicht«, sagte ich. »So einen klebrig süßen Porno kann ich nicht schreiben …«

Sie kippten schnell ihren Kaffee runter, wir standen auf, vereinbarten, einander anzurufen, verabschiedeten uns voneinander und waren überzeugt, dass wir uns im Leben nie wiedersehen würden.

Am nächsten Tag flog ich nach London. Ich wohnte in Chelsea, im schönen Haus eines französischen Freundes, Korrespondent der französischen Tageszeitung *Le Monde*. Vor London war Frédéric Korrespondent in Moskau gewesen, hatte brutal sarkastische Artikel über Russland geschrieben, kurz gesagt, sich lustig gemacht. Er führte mich in einen Members Only Club zum Abendessen.

»Ist es in London besser?«, fragte ich.

»Wo denkst du hin?«, rief er aus. »Es ist dermaßen langweilig hier! Was für Mädchen es dagegen in Moskau gibt! Und wie viele! Und weißt du, wodurch sie sich von Französinnen unterscheiden? Französinnen gehen in deiner Wohnung vor dem Bumsen ins Bad und kommen nackt wieder heraus, Russinnen in ein Handtuch gehüllt! Na? Erklär mir das einer!«

»Ja«, stimmte ich zu.

»Und hier findet sich keine zum Bumsen! Verstehst du? Ich habe schrecklich Sehnsucht nach Moskau! Hier meine hiesige Errungenschaft – eine Presseakkreditierung fürs Parlament, für ein ganzes Jahr.« Er zog stolz den Ausweis hervor. »Guck mal.«

Ich nahm ihn in die Hand, drehte ihn hin und her.

»Beeindruckend«, sagte ich.

»Na gut, bestellen wir was«, sagte Frédéric. »Das Essen hier ist ziemlicher Mist ... Wieso bist du eigentlich in London?«

»Na ja, wegen Hollywood ...«

»Wie, Hollywood?«

»Die wollen mich treffen ...«

Frédéric sah mich an, als hätte er sich vergiftet.

»Kein Witz?«

»Nein.«

»Der Hammer!«

Wir gingen zu ihm nach Hause und legten uns ungewöhnlich früh schlafen. Am nächsten Tag klingelte laut in der Wohnung das Telefon.

»Dein Typ wird verlangt!«, sagte Frédéric leicht angefressen.

Es war eine junge weibliche Stimme.

»Ich hole Sie in einer Stunde ab, wenn Sie nichts dagegen haben.«

Ich hatte nichts dagegen.

Eine Stunde später hielt vor dem Tor von Frédérics kleinem Haus ein roter Mercedes-Sportwagen mit offenem Verdeck, und eine große Blondine mit schön verstrubbeltem Haar stieg aus. Frédéric und ich betrachteten sie aus dem Fenster wie eine übernatürliche Erscheinung. Die große Blondine entführte mich, und wir fuhren durch London zum Hollywood-Büro.

Am Eingang empfing mich Andrew, mein Übersetzer ins Englische, ein trantütiger junger Mann, hoffnungslos korrekt in Anzug und Krawatte, vor lauter Gutmütigkeit ununterbrochen lächelnd. Die hochgewachsene Schönheit schleuste uns durch zwei Ebenen von Wachleuten in eine der oberen Etagen, übergab uns ihrer Kollegin im Vorzimmer, einer ebenfalls schönen Frau, wenn auch mit weniger aufreizendem Sexappeal, und löste sich in Luft auf. Ich hatte gerade erst angefangen, Andrew zu erklären, was ich von ihm erwartete, als uns auch schon Hollywood zu sich rief.

Hollywood bestand aus zwei Personen, die aussahen wie soeben einer Ansichtskarte entsprungen: braun gebrannt, mit den furios blitzenden Augen erfolgsverwöhnter und anspruchsvoller jugendlich wirkender Menschen. Das Paar drückte mir auf der Stelle kräftig die Hand und war wahnsinnig erfreut, meine Bekanntschaft zu machen. Eine geradezu hündische Freude. Auch ich bemühte mich, ein erfreuter Hund zu sein, hochzuspringen, mit dem Schwanz zu wedeln und ungeniert mit Hinterteil und Genitalien Körperkontakt aufzunehmen wie sie, aber mir wollte es nicht recht gelingen. Und Andrew, der Übersetzer meines Romans, blieb eine Trantüte und schenkte uns sein blasses englisches Lächeln. Endlich hatte sich Hollywood genug über unsere Begegnung gefreut, wir setzten uns, und sofort wurde uns Wasser mit oder ohne Kohlensäure angeboten.

»Viktor!«, schrie das männliche Hollywood. »Wir haben Ihr Werk gelesen. Wow! Ich muss schon sagen! Stark!«

»Viktor!«, schrie das weibliche Hollywood, wenn auch etwas zurückhaltender und etwas geschäftsmäßiger als der Mann. »Wir sind nach London gekommen, um Ihnen zu sagen, dass wir an Ihrem Werk interessiert sind.«

»Danke!«, sagte ich mit russischer Bescheidenheit.

»Lassen Sie uns keine Zeit verlieren, Viktor!«, schrie das männliche Hollywood. »Beginnen wir damit, dass wir Sie bitten, uns den Inhalt Ihres Werks zu erzählen. Wir geben Ihnen dafür zwei Minuten!«

Ich verlor die Fassung. Niemals hätte ich gedacht, dass jemand von mir verlangen würde, die *Moskauer Schönheit* in zwei Minuten nachzuerzählen! Zudem hatte ich damals noch Angst, frisch von der Leber weg Englisch zu sprechen.

»Bitten wir Andrew!«, fand ich den Ausweg aus der Situation.

»Okay! Zwei Minuten!«, zeigte das männliche Hollywood nicht besonders begeistert auf Andrew.

Und das zu Recht! Andrew faselte irgendein saftloses, heilloses Zeug zusammen. Er war nicht nur äußerlich, sondern auch innerlich eine Trantüte. Für eine Übersetzung mochte das ja angehen, aber für diese zwei Minuten ... Das Ganze steuerte unaufhaltsam auf eine Pleite zu. Hollywood machte lange Gesichter.

»Halt!«, unterbrach ich Andrew, als noch dreißig Sekunden übrig waren. »Lassen Sie mich mal!«

»Na los, Viktor!«

»Also dann!«, sagte ich und rotierte wie ein Kreisel. Meine Rede ähnelte einem Topf mit blubberndem Borschtsch. Vierzig Sekunden später stoppte mich Hollywood.

»Wir nehmen es!«, sagte Hollywood mit männlicher Stimme. Und fügte dem nichts mehr hinzu.

Ich schluckte, trank Wasser ohne Kohlensäure und sah tumb die mich umgebenden Leute an. Ich konnte überhaupt nicht begreifen, wozu ich ihnen mein, wie sie sich ausdrückten, Werk erzählen sollte, wo sie es doch gelesen hatten. Aber sie interessierte schon etwas anderes.

»Viktor, wenn es Ihr Werk in der *New York Times* auf die Bestsellerliste schafft, dann legen wir noch eine Null drauf.«

»Den Vertrag bekommen Sie morgen«, sagte Hollywood mit weiblicher Stimme. »Um die Mittagszeit, okay?«

»Okay!«

Hollywood im Doppelpack drückte mir die Hand, und wir eilten in verschiedene Richtungen davon.

Am nächsten Tag exakt um zwölf Uhr tauchte vor Frédérics kleinem schmucklosem Häuschen der rote Mercedes-Sportwagen mit offenem Verdeck auf. Die große Blondine stieg aus, das Haar vom Wind schön verstrubbelt, lächelte mich an und überreichte mir ein Päckchen. Ein sehr dickes Päckchen.

Frédéric war untröstlich. Vor dem Hintergrund seines Parlamentsausweises wirkte mein Vertrag mit Hollywood geradezu obszön, er wollte nicht mal mit mir zu Abend essen und behauptete, er habe am Abend ein Date mit einer Philippinin. Am nächsten Morgen, als ich zurück nach Paris flog, begleitete er mich nicht einmal bis zur Tür seines Hauses. Er kroch gar nicht erst aus dem Bett. Wer hat gesagt, dass man Freunde im Unglück erkennt? Was für ein Blödsinn!

Als ich am Abend zuvor in Frédérics Haus allein geblieben war, hatte ich bei funzeligem Licht im Wohnzimmer aufmerksam den Hollywood-Vertrag studiert. Da standen irgendwelche schönen Zahlen mit beeindruckend vielen Nullen. Ich betrachtete sie lange. Dann begann ich zu lesen. Ich begann zu lesen und nicht zu verstehen. Durch die vielen Worte hindurch begann ich zu begreifen, dass sie mir mein Werk abkaufen und alles Übrige selbst entscheiden wollten. Auf das Drehbuch hätte ich keinen Einfluss. Auf die Auswahl der Schauspieler und des Regisseurs ebenfalls nicht. Nur auf die Nullen hatte ich Einfluss. Ich rief meinen amerikanischen Agenten Michael an. In New York war der Arbeitstag noch nicht zu Ende. Er teilte mir in feierlichem Ton mit, er habe den Vertrag bereits vorliegen. Außerdem erklärte er feierlich, ich sei der einzige Russe, mit dem er jemals zu tun haben wollte. Darauf sagte ich, man biete mir nur Nullen an. Er begann sehr schnell, mir nach dem Mund zu reden. Er hätte ja auch sagen können, wir sollten da noch ein bisschen kämpfen, und die Nullen, das kann ja noch nicht alles sein, aber er benahm sich so, als sollte ich das besser nicht unterschreiben, und ich benahm mich so, als hätte ich noch tausend andere Hollywood-Verträge in der Pipeline, und die Werbeplakate auf den Champs-Élysées mit meiner Physiognomie würden noch eine Ewigkeit dort hängen.

Ich dachte daran, wie grottenschlecht sie in Hollywood *Doktor Schiwago* gemacht hatten, wie dumm *Krieg und Frieden*. Ich dachte daran, dass die Nullen mich fressen würden, mich wie Ameisen abnagen bis auf die Knochen, und dass ich mein Leben lang über chinesische, japanische und bangladeshi Schönheiten schreiben würde, in Malibu in einem Haus am Strand leben und an den Wochenenden zum Baden nach Big Sur fahren könnte, dorthin, wo Henry Miller mit seinen Japanerinnen in den heißen Quellen badete. Und mir erschien das als etwas Schreckliches und Unnötiges, und mir schien, sie würden mir die Flügel stutzen, und ich würde mich in ein Hollywood-Hühnchen verwandeln, und Michael war aus irgendeinem Grund sehr schnell meiner Meinung, obwohl ich doch auch in einem bestimmten Moment gern Streit gehabt und Widerstand gespürt hätte. Aber ich war von Idealismus vergiftet. Und statt Big Sur mit seinen stillen, rotstämmigen Mammutbäumen bekam ich die Heimat und von der Heimat die volle Ladung.

Freunde, lehnt keine Verträge aus Hollywood ab, niemals, unter keinen Umständen! Besonders, wenn man sie euch in London, in roten Mercedes-Sportwagen mit offenem Verdeck ankarrt. Nehmt die Verträge, schnappt sie euch, nehmt auch die Mercedesse mit den Blondinen! Nehmt alles! Alles!!!

Wartet nicht auf ein nächstes Mal – es gibt kein nächstes Mal.

78
Die Korridore des Kremls

Mich überraschte das Knarren der Korridore im Kreml. Die Parkettböden dort sind vorsintflutlich. Wie in einem russischen Porno die durchgelegenen Betten quietschen und die Geister der Vorfahren heraufbeschwören, die in verschossenen langen Unterhosen und in biederen voluminösen Büstenhaltern beunruhigend durchs Schlafzimmer schweben, so weist das Knarren der Kremlkorridore zurück in die Geschichte. Unterschiedliche Regime sind hier entlanggeschritten, künftige Opfer bang entlanggeschlichen. Öde breite Korridore, durch die ab und an Gehilfen mit diensteifrigen Gesichtern hetzten. Goldene Schildchen an den hohen Türen verkündeten bekannte Namen. Merkwürdig bloß, dass man kein Geld für die Parkettböden gefunden hat. Durch diese Korridore lief seinerzeit auch mein Vater, Stalins Dolmetscher, und einmal stürzte er an einer Biegung, bemüht, so schnell wie möglich zum Büro des Großen Führers zu gelangen. Wie beschimpfte ihn Poskrebyschew, als er die blutende Hand erblickte, und wie bedauerte ihn Stalin persönlich, der seinen Leibarzt herbeirief! Das Knarren der Kremlkorridore verwandelte und verzauberte sich auf diese Weise in eine Familiengeschichte, die selbst wiederum in ein nicht enden wollendes Knarren überging.

Jedes Mal, wenn du eine fremde Tür öffnest, fühlst du dich wie ein kleiner Junge mit erschrockenem Gesichtsausdruck – »Darf ich reinkommen?«.

Die miauende Sekretärin mit dem großen Schaltpult auf ihrem Schreibtisch ließ mich auf einem schwarzen Sofa Platz nehmen, brachte Tee mit Schokoladenpralinen. Rechts von ihr war die Tür eines Assistenten, der hereinkam, rausging, wieder hereinkam. Links die reglose Tür zu Stawrogin.

Die Hälfte des riesigen Vorzimmers nahm ein Aquarium mit wunderschönen Fischen ein. Bei Bedarf hätte man sich gut und gern eine Tauchermaske aufsetzen, auf dem Grund des Aquariums sitzen und Luftblasen ausstoßen können. Aber ich hatte keine Badehose dabei.

»Wir haben Badesachen für Gäste«, las die talentierte Sekretärin meine Gedanken. »Hier bei uns tauchen bekannte Fernsehmoderatoren, Rockmusiker und die Generalität.«

»Ich habe Angst vor Haien«, gestand ich.

»Unsere beißen nicht«, beruhigte mich die Sekretärin.

Auf ihrem Schreibtisch vibrierte das Telefon. Ich wurde aufgefordert, mich zu der reglosen Doppeltür zu begeben.

Ich trat ein und kniff unwillkürlich die Augen zusammen. Der Hausherr dieses Büros stand, wie geschaffen für ein großes Tennismatch, irgendwo am Horizont des Saals, neben einem massiven Tisch aus den Zeiten der Leibeigenschaft. Er war bereits hinter dem Tisch hervorgetreten, darauf wartend, dass ich mich ihm näherte. Er lud mich freundlich ein, Platz zu nehmen, nicht jedoch als Bittsteller am Fuße seines Arbeitstischs, sondern als willkommener Gast ihm gegenüber an einem langen Beistelltisch. Der Hausherr beeindruckte mich mit seinem zweifellos guten Aussehen.

Allerdings neigte ich eher dazu, in ihm einen Dorian Gray zu sehen und nicht einen Caravaggio. Schade, wirklich! Caravaggio hat mich immer angezogen. Ich wusste, dass er als Erster in der italienischen Malerei ein Stillleben und eine Madonna mit dem Dekolleté einer Kurtisane gemalt hat. Sein Chiaroscuro-Stil hatte einen direkten Bezug zu meinem Leben. Bei genauerem Hinsehen verstand ich, dass Stawrogin tatsächlich kein echter Stawrogin war, sondern eindeutig eine Fälschung, wenn auch eine sehr kunstvolle, in einem teuren dunkelblauen Anzug mit dem gewissen Etwas. Rasch begab er sich in die Rolle des strengen jungen Mannes, der bereit ist, aufmerksam zuzuhören und sich von keinem Telefonklingeln ablenken zu lassen. Er brachte mir so gekonnt sein Mitgefühl zum Ausdruck, dass ich unsicher wurde.

Ich verstand, dass nun hinter jedem meiner folgenden Worte drei Gendarmen unterschiedlicher Ideologien standen, und deshalb sagte ich einfach, dass ich auf seine Hilfe hoffte.

»Ich hoffe auf Ihre Hilfe …«, hier stockte ich kurz. »Jede Zeit hat ihre Regeln. Meine kleine Schwester O., die mutig die Besonderheiten der russischen Pornografie definieren wollte, war möglicherweise ihrer Zeit voraus. Sie wollte aus einer rein akademischen Position heraus …«

Stawrogin widersprach nicht. Er schwieg wohlwollend, im vollen Bewusstsein, dass ich log, und auch ich wusste, dass er das wusste, aber dieses ganze Wissen hatte keinerlei Bedeutung.

»Wie hieß gleich die Ausstellung?«

»Die Ausstellung? Ah! Nun ja ... Sie hieß *Porno-Land*. Aber nicht in dem Sinn, dass das ganze Land Pornografie ist, sondern in dem Sinn, dass die Pornografie, äh, wie ein Archipel ist, eine ganze Region, eine extra Geschichte.«

»Nun, dann schreiben Sie genau darüber«, sagte Stawrogin.

»Worüber?«

»Darüber, dass sie falsch verstanden wurde.«

»Genauso ist es. Sie wurde falsch verstanden. Man hat ein Pogrom inszeniert.«

Stawrogin hob nicht einmal die Augenbraue. Normalerweise heißt es, die Obrigkeit reagiert gereizt und hält Moralpredigten, aber das trifft nur auf dumme Vorgesetzte zu, und Stawrogin war zweifellos klug. Die Klugheit stand ihm messerscharf in seinen leicht hervorstehenden Augen.

»An wen soll ich schreiben?«

»An die Staatsanwaltschaft.«

Ich nickte.

»Und es wäre gut, wenn Sie Ihren Brief von ein paar bekannten Leuten unterschreiben lassen würden, fünf, sechs vielleicht.«

Mir dämmerte allmählich, dass er mir wirklich helfen wollte. Der Mann, den anständige Leute für den Totengräber der russischen Demokratie hielten, den Souffleur des Bösen, wollte meiner Schwester O. helfen.

Und was sollte ich damit anfangen? Hätte er mich gleich abblitzen lassen, ich hätte meiner Schwester gesagt: Dieser Mistkerl hat mich aus seinem Büro rausgeworfen ... und nun das: Friede, Freude, Eierkuchen. Wie würde ich ehrlichen Leuten in die Augen sehen können? Und wie würde ich erst meiner Schwester O. in die Augen sehen, wenn sie hinter Gittern landet?

In dem Moment wurde Stawrogin von einem wichtigen Anruf abgelenkt. Wie ich verstand, war der Große Gopnik höchstpersönlich am Apparat. Ich sah, dass Stawrogin nicht nervös wurde, er sprach ganz ruhig, überlegt. Nachdem er den Telefonhörer der internen Regierungstelefonanlage aufgelegt hatte, setzte er sich hinter seinen Schreibtisch und sagte: »Ich würde Ihnen gern etwas zeigen …«

Er zog die mittlere linke Schublade auf und holte Papiere heraus. Er legte sie auf den Tisch und begann sie mit ziemlich nervösem Gesichtsausdruck zu sortieren. Seine Hände bewegten sich aufgeregt. Manches nahm er heraus, manches nicht. Schließlich kam er auf mich zu.

»Hier. Sie wissen vielleicht, dass ich, also … Gedichte schreibe. Könnten Sie sich die mal ansehen?«

Ich nahm die DIN-A4-Seiten mit den niedergeschriebenen Gedichten an mich und versprach, sie zu Hause zu lesen und ihn anzurufen.

Ich fuhr durch Moskau und dachte, dass die Staatsmacht sich nie allein in Machtausübung erschöpft, dass sie Metastasen produziert, in verschiedene Richtungen drängt, um sich zunächst auf Jachten zu tummeln, dann in Nachkommenschaft fortzupflanzen und sich letztlich durch Kunst unsterblich zu machen – das vergängliche Personal träumt vom Ewigen.

In Russland sind Gedichte Elementargewalten.

Alle schreiben welche. Das ist geistige Pollution.

Was sind schlechte Gedichte?

Das sind jene, die in eine Richtung geschrieben werden, aus der eigenen Perspektive, jene, die man poetische Ich-Ergüsse nennen kann. Zum Scheitern verurteilte. Solche bilden die überwältigende Mehrheit. Wie oft bin ich großen Philologen begegnet, wie Awerinzew oder Koma Iwanow, die alles verstanden außer ihre eigenen Gedichte, und die beleidigt waren, dass sie keine gebührenden Reaktionen auslösten. Wie viele Minister und andere Staatsbeamte verirren sich in das Verfassen mittelmäßiger Gedichte – besser wäre es, sie würden schlechte verfassen. Oder sehr schlechte. Puschkin schätzte die sehr schlechten Verse des Grafen Chwostow. In sehr schlechten Gedichten weht ein merkwürdiger Odem genialer Poesie. Aber es gibt noch eine weitere Kategorie von Gedichten: halbtalentierte, zwischen mittelmäßig und »nicht übel« – hier schwirren schreckliche Fliegen umher, hier beginnen wilde Qualen.

Stawrogin schrieb genau in dieser Nische. Das war meine Chance.

79
Glückspilze

In Manhattan, New York, werden verschiedene Sprachen gesprochen, aber ein Amerikaner, der eine fremde Sprache hört, dreht sich höchstens dann um, wenn jemand französisch spricht. Der französische Diplomat Henri war sich dessen bewusst, und da er die Macht Amerikas schätzte, war er auf sein exklusives Land sehr stolz. Er gehörte zu den Menschen, die im Leben immer nur Glück haben, die ganze Zeit Glück, ein Glückspilz also – ein Wort, das sich so gar nicht zu Hause fühlt in unserer Sprache. Dafür passt zu unserer Sprache und Lebensweise das Wort Unglücksrabe! Also, einfach perfekt! Und wie gut uns das Wort Loser steht! Aber Henri war überhaupt kein Loser.

Er hatte das Glück, in eine Familie von traditionsreichen Pariser Juwelieren geboren worden zu sein. Und er hatte Glück während der deutschen Besatzung, seine Kameraden wurden erschossen, und er blieb wie durch ein Wunder am Leben. Er besuchte ausschließlich renommierte Schulen und Hochschulen. Er war Snob, Demokrat, Patriot und Aristokrat in einer Person. In der Regel passt das nicht zusammen, aber bei ihm schon.

Mein Papa war auch ein Glückspilz: Er kam 1955 als Botschaftsrat an die sowjetische Botschaft in Paris. Damals lagen Welten zwischen Moskau und Paris. Paris war berühmt für seinen Überfluss in jeder Beziehung, und unsere Leute, die dorthin kamen, erlitten einen schweren Kulturschock, sie wurden verrückt oder starben. Aber mein Diplomatenpapa hatte den Staatsauftrag, diesen Unterschied zu verkleinern und Paris in ein Moskau oder Saratow zu verwandeln.

Es war die Zeit des Tauwetters, Papa entwickelte stürmische Aktivitäten, und die neugierigen Franzosen waren erpicht auf eine

Zusammenarbeit mit ihm. Henri erhielt von seinen Vorgesetzten die Aufgabe, die Erfolge meines Vaters zu observieren. Sie hatten sich bei einem Empfang des Präsidenten kennengelernt. Henri war in seinen Smoking quasi eingeschweißt, man hatte das Gefühl, er sei schon darin geboren worden und der Smoking sei zusammen mit ihm mitgewachsen. Henri hatte sofort verstanden, dass Papa in Sachen Smoking ein Neuling war, und wollte schon ein verächtliches Gesicht ziehen, doch Papa sah in seinem Smoking sehr schön aus, und Henri schwante, dass er einen starken Gegner vor sich hatte. Leichten Herzens begannen sie einander zu hassen.

Papa liebte Frankreich wirklich mit seltsamer Liebe. Er liebte Frankreich, aber zugleich träumte er davon, dem Land größtmöglichen Schaden zuzufügen. Er tat alles, was in seiner Macht stand, damit Frankreich sich mit Amerika zerstritt, damit die algerischen Separatisten siegten und möglichst viele französische Soldaten töteten, damit die Idee eines vereinten Europas schmachvoll platzte, damit Frankreich alle seine Kolonien verlöre und die Kommunisten endlich an die Macht kämen und Frankreich den sowjetischen Feinden einen großen Blutzoll entrichtete.

Henri wiederum hatte als Student in Moskau an der französischen Botschaft ein Praktikum absolviert und hasste die Sowjetmacht mit jeder Faser seines Herzens. Gogols zerstrittene Nachbarn waren Waisenknaben im Vergleich zu Henri und Vater. Das war eine Feindschaft im großen Stil – der kleine Funke eines neuen großen Krieges.

Bei Begegnungen lächelten sie sich weiterhin artig an, doch zugleich kam es wiederholt zu handgreiflichen Konfrontationen. Papa ist kurz davor, den französischen Kommunisten einen Koffer voller Geld zu übergeben, da fängt sein Peugeot mit Diplomatenkennzeichen aus unbekannter Ursache Feuer und alles wird ein Opfer der Flammen. Papa ist im Begriff, sich mit spanischen Flüchtlingen, Feinden Francos, zu treffen, als plötzlich in dem Café, das er aufsuchen will, eine Granate explodiert. Papa begann daher, stets eine Damenpistole in der Jackentasche bei sich zu tragen, aber was kann schon so eine kleine Pistole gegen die französische Spionageabwehr ausrichten?

Papa gelang es zwar, Frankreich einige Nadelstiche zu versetzen, aber Henri konnte Papas Aktivitäten doch mit Erfolg Widerstand entgegensetzen. Der Eiffelturm blieb an seinem Platz. Zuletzt spielte die französische Spionageabwehr auf Henris Initiative hin der sowjetischen Botschaft Dokumente zu, aus denen hervorging, dass man Papa anwerben wollte, was zur Folge hatte, dass der Geheimdienstler in der Botschaft Papa, Mama und mich umgehend zurück nach Moskau schickte. Ich reiste unter Tränen ab nach Hause.

Jahre vergingen. Henri kam als französischer Botschafter nach Moskau. Mir wurde erzählt, er sei ein harter Hund gewesen, die Mitarbeiter hätten schreckliche Angst vor ihm gehabt. Henri hatte, wie es sich für einen Glückspilz gehört, eine schöne und kluge Frau, und ich lernte beide kennen. Das war auf einem Empfang zu Ehren der *Metropol*-Autoren. Henri fragte interessiert, wie es meinem Vater gehe. Ich sagte ihm, er habe Probleme wegen mir. Der französische Botschafter grinste und sagte, er könne meinen Vater nicht ausstehen. Er gab zu verstehen, es sei ihm angenehm zu sehen, dass mein Vater, der in Paris die Weltrevolution schüren wollte, einen antisowjetisch gesinnten Sohn habe. Es war noch keine Woche vergangen, als Henri bei mir an der Datscha vorfuhr – in seinem Dienstwagen mit großer französischer Standarte, was sämtliche KGBler im Moskauer Umland in hellen Aufruhr versetzte.

Wir begannen freundschaftliche Beziehungen zu knüpfen, obwohl ich verstand, dass ich für Henri in erster Linie ein Musterbeispiel für das schwächelnde Regime und eine Zeile in seinem Rechenschaftsbericht für das französische Außenministerium war. Auch wenn es durchaus möglich ist, dass gerade die Unterstützung von Henri und anderen westlichen Botschaftern mich vor dem Gefängnis bewahrt hat.

An meiner Stelle traf es ja Vater. Er verlor seinen Posten in Wien – und wir standen vor einem Scherbenhaufen. Henri grinste, als er erfuhr, dass die Karriere seines Kollegen zerstört war – das war noch ein weiteres Argument zugunsten der westlichen Demokratie. Doch ein Glückspilz ist auch deshalb ein Glückspilz, weil er eines Tages für sein Glück bezahlen muss. Papa bezahlte mit seiner Karriere, und das war meine Schuld. Henri verlor seine schöne und kluge Frau. Sie starb sehr schnell an Krebs.

Als eine neue Zeit angebrochen war, stand ich einmal an ihrem Grab. Sie war in einer Kapelle bei Henris Schloss in der Bretagne beigesetzt. Dieses Schloss ertrank in Büchern und weißen Rosen. Wir standen schweigend in der dunklen Kapelle vor dem Grabstein. Als wir hinaus ins Sonnenlicht traten, wischte sich Henri die Tränen aus den Augen und fragte, für wie viele Tage ich gedächte, bei ihm zu Besuch zu bleiben. Er liebte Präzision über alles.

Weitere Jahre vergingen. Henri kam nach Moskau, aber nicht mehr als Botschafter, sondern als Autor eines großen Bildbands mit dem Titel *Christus und die Frauen*. Offensichtlich war dieses Thema in seinem französischen Bewusstsein irgendwie verbunden mit dem Tod seiner Frau. Wir begegneten uns bei der Buchpräsentation. Er hatte sich in sein Schicksal gefügt. Der verächtliche Zug um seinen Mund war irgendwohin verschwunden, aber er hielt sich dennoch tapfer und sprach wie früher mit seinem leichten aristokratischen Lispeln.

Er fragte, ob mein Vater noch lebte. Ja. Er lebt noch. Henri schwieg. Es fiel ihm schwer, eine Bitte zu äußern. Hör mal, sagte er endlich zu mir, können wir vielleicht alle zusammen zu Mittag essen? Nun, vielleicht hier, in der Residenz des neuen französischen Botschafters …

Ich fuhr zu Papa.

»Möchtest du Henri treffen?«

»Diesen Mistkerl?«, fragte Papa.

Ich begriff, dass es kein Treffen geben würde. Vater schwieg eine Weile und sagte: »Warum nicht? Wann?«

Das Mittagessen fand an einem Samstag statt. Sie hatten sich vierzig Jahre lang nicht gesehen. Als Vater den Raum betrat, fiel ein Sonnenstrahl durch die Fenster des Esszimmers. Sie drückten sich höflich die Hand, und man sah, dass diese beiden Glückspilze sich genierten wie Backfische.

Wir nehmen zu dritt Platz am Tisch. Salat mit Krabben. Wein. Papa mag keine Krabben, aber aus Verehrung für Frankreich kaut er langsam darauf herum. Er sitzt krumm da, die Schultern vorgebeugt, Henri hält sich im Gegenteil aufrecht, die Brust vorgestreckt. Die Botschafter, das Haar stark gelichtet, dunkler Anzug, Krawatte, führen ein bedächtiges Gespräch. Papa trägt jetzt einen ebenso schönen Anzug wie Henri, auch die Krawatten sind ähnlich, gelb. Zwei fesche Burschen.

Für mich überraschend gehen sie zum Du über.

»Weißt du noch«, sagt Henri (das Gespräch wird auf Französisch geführt), »wie du den Kommunisten mal wieder einen Koffer voller Geld gebracht hast, für Maurice Thorez persönlich, und meine Jungs haben auf dich gewartet, und du hast sie reingelegt und die Gebirgsstraße über Grenoble genommen!«

»Weißt du noch«, sagt mein Vater, »wie du versucht hast, das Konzert des Alexandrow-Ensembles im Palais de Chaillot platzen zu lassen. Du hast gesagt, es darf kein Konzert der Roten Armee vis-à-vis vom Eiffelturm stattfinden, aber dann kamen so viele russische weiße Emigranten, dass du kapituliert hast ...«

»Ja«, gibt Henri zu, »das war ein starkes Konzert, dein Sieg! Die weiße Emigration hat hemmungslos geschluchzt.«

»Und weißt du noch, wie wir beide uns mühsam über Algerien geeinigt haben, und schließlich ist der Krieg beendet worden?«

»Aber danach ist in Algerien sehr viel Blut geflossen ...«

»Ja«, sagt Vater, »und da habe ich deine Befürchtungen verstanden ...«

»Und weißt du noch«, greift Henri auf, »wie sich General de Gaulle auf der Automobilausstellung in einen Moskwitsch gezwängt hat, zusammengeklappt wie ein Taschenmesser, und du hast daneben gestanden, und als er wieder ausstieg, hast du ihn gefragt, wie es ihm gefallen habe, und er hat gewichtig geantwortet: ›Dieser Moskwitsch hat seinen Ruf verdient!‹«

Papa schnaubte.

»Und weißt du noch«, sagte Henri beim Dessert, »wie Chruschtschow und Gromyko nach Reims kamen und die örtliche Obrigkeit mit ihren antideutschen Reden so verschreckten, dass diese verstummte, und Chruschtschow und Gromyko angefangen haben, laut *Dubinuschka* zu singen?«

»Ej, Dubinuschka, hauruck ...«, nickte Vater.

»Das Leben ist vorbei«, sagte Henri. »Das ist verrückt, natürlich, aber du hast mir geholfen, es zu verschönern.«

»Verrückt«, stimmte Vater zu, »aber das beruht auf Gegenseitigkeit. Auch du warst für mich ... na, beinahe wie ...«

Er verstummte, sprach nicht zu Ende. Sie erhoben die Gläser mit Rotwein und stießen schweigend an. Ich spürte, dass ich mich in einem Strudel des Wahnsinns befand. Wahnsinn, das ist, wenn das Große klein wird, die Peripherie zum Zentrum, das Private zum Globalen und das Globale zur Petitesse. Der Wahnsinn – das ist, wenn Amerika, Frankreich, Russland und alles Übrige zusammengeschüttet wird und in zurückhaltenden, zitternden Worten untergeht, wenn alles unwichtig wird, auch Christus und die Frauen, und wenn das totale Fiasko eintritt. Der Wahnsinn – das ist der Sprung in einen dimensionslosen Tod.

80
Ein kluges Stück Staatsmacht

Es war das erste Mal, dass ich kluger russischer Staatsmacht begegnet bin. Genauer gesagt, einem klugen Stück davon. Bis dahin? Einfach nur zum Heulen. Diese kluge Staatsmacht hatte ihre eigene Logik. Kurz gesagt, das war der grimmige Kampf um die Erhaltung des Imperiums, die Wiederherstellung seiner Grenzen und weltweiten Macht. Dieses Ziel war halb nackt, manches verdeckt, manches nicht. Es durfte vor Europa nicht enthüllt werden, das sich seinerseits erst vor Kurzem von seinen Kolonien getrennt hatte. Aber wir waren ja selbst über Jahrhunderte eine Kolonie der Khans. Noch unter Peter dem Großen leisteten wir Abgaben. Doch was steckte hinter dem Streben nach Erhaltung des Imperiums? War die Liebe zum Imperium die Grundlage für die Staatsmacht, oder aber war die Staatsmacht die Grundlage für die Liebe zum Imperium?

Stawrogin gab zu, dass es unmöglich war, eine Modernisierung einzuleiten.

»Wir sind keine Chinesen.« Wir denken mit einer anderen Hirnhälfte.

»Dann also das Imperium aus reiner Ausweglosigkeit? Teilen Sie ein Stück Macht mit der Business-Community, dann wird auch die zweite Hirnhälfte zu arbeiten anfangen.«

»Aber die chinesische Staatsmacht musste gar nichts teilen«, bellte Stawrogin mich an. »Außerdem«, fuhr er fort, »wenn wir ein Stück Macht abgeben, bricht Russland zusammen.«

»Ist es denn so schwach?«

»Es ist in der Tat stark, aber nicht durch Teilung der Macht!«

Man kann nur Kriegsrhetorik einsetzen und »Kriegsspielchen« spielen. Dann den Grad des Widerstands erhöhen und damit gleich zwei Ziele verfolgen. Den Schulterschluss des Volkes mit der Staatsmacht auf der Basis von Patriotismus und dem Kampf gegen »Nationalverräter«. Der Versuch, diese verdammten Amis an den Verhandlungstisch über ein Jalta-2 zu bringen und den endlosen Prozess zur Eroberung der Welt zu beginnen. Die Nummer mit der Krim gelang zu 100 Prozent. Letzten Endes erklärt sich alles durch Ohnmacht, und der Zerfall ist unausweichlich. Aber diesem Zerfall wird sich die ganze Wucht der Ohnmacht entgegenstellen, und unser Land wird sich durch ein Blutbad kämpfen.

81
Die Ukraine

Wieder einmal stritten Stawrogin und ich wegen der Ukraine.

Was ist die Ukraine?

Weniger Bitterkeit, mehr Sonne. Überquert man die Grenze bei Charkow, fliegt einem buchstäblich ein Wackerstein vom Kopf. Selbst in den übelsten Zeiten. Man lebt spürbar auf. Pappeln ragen in die Luft. Strandtücher wehen gleich hinter der Grenze, sie werden direkt am Wegesrand ausgewaschen. Der Wind rauscht in den weißen Akazien. Das Wesen der Ukraine – das ist müßiger Hedonismus.

Daraufhin Stawrogin an mich gewandt: »Die Amerikaner! Die Amerikaner! Trockene Kekse! Botschaft! Ein erfundenes Land ist das! Es existiert überhaupt nicht.«

Müßige Teigtaschen. Man möchte was essen. Man macht Rast in einem Restaurant – es ist essbar!

Ich habe in der Ukraine unsere elementare Chance für eine Zukunft gesehen. Wenn es bei ihnen gelingt, dann irgendwann auch bei uns. Bei ihnen ist halbwegs etwas gelungen, unter Anstrengungen, mit Betrügereien zwar, aber etwas ist gelungen. Man hatte den Eindruck, dass dort endlich etwas zusammengefunden hat, zusammengewachsen ist – eine Nation ist geboren worden. Dafür wird man dem Großen Gopnik ein Denkmal im alten Kiewer Stadtteil Podol errichten.

Auf dem Rückweg zum Flughafen Kiew-Borispol sagte der ältere Taxifahrer mit den breiten Schultern zu mir: »Wir sind bereit, sobald nötig, werden wir euch hier erwarten.«

Während Stawrogin zu anderen Fragen seine eigene Position vertrat, die nicht immer mit dem Fernsehen übereinstimmte, war sich das Fernsehen mit Stawrogin zur Ukraine vollkommen einig. Es war nicht allein – hinter ihm standen Brodsky und Bitow.

Es ist wahr, der russische Liberalismus kommt über die Ukraine ins Straucheln. Aber andererseits haben wir Tschechow, auch Bunin – beide spürten hier die halbeuropäische Art.

Wir sind uns so unähnlich. Wir – tief innen *aggressive Rüpel* (»Sie brummt wie ein Bienenstock, unsre geliebte Fabrik, auf Maloche haben wir keinen Bock, tagaus, tagein der gleiche Fick!«) –, sie – *ungehobelte Trampel* (»Still ist die ukrainische Nacht, aber versteck bloß den leckeren Speck«). Eine Konfrontation der Charaktere.

Doch nicht nur der russische Liberalismus, auch Europa hat tief in seinem Unterbewusstsein die Ukraine aufgegeben, es sieht sie überhaupt nicht und spricht abfällig über sie. Es ist bereit, diesen Knochen Russland zu überlassen, es versteht nicht, was es mit einer abgespaltenen Ukraine anfangen soll.

Stawrogin meinte, dem Großen Gopnik folgend, dass sämtliche Demonstrationen auf dem Maidan von den Amis finanziert und organisiert worden waren. Er glaubte an keinerlei uneigennützige Werte. Es kam so weit, dass wir uns anschrien und sogar die realen Amis, die vor der Tür seines Büros standen, warten ließen. An den Wänden seines riesigen Büros hingen Porträts, die einander ausschlossen. Che Guevara und Borges. Auch Nabokov. Ebenso der Ministerpräsident als Fotografie und an der linken Wand, wo auch ein reich mit Büchern bestückter Bücherschrank stand, der Große Gopnik.

Einige Male versuchte ich ihn zu einem Treffen an einem anderen Ort zu bewegen – er ging nicht darauf ein. Schließlich kamen wir auf das wichtigste Thema unserer Kommunikation zu sprechen. Seine Tragödie.

Die Tragödie handelte vom schrecklichen Tohuwabohu unseres Lebens und war in diesem Sinne furchtbar dissidentisch. Aber ihre unterschwellige Schlussfolgerung stellte die Tragödie auf den Kopf – hier war Ordnung gefordert. Rabiate Ordnung. Wir brauchen nur den Sieg, einen für alle, um jeden Preis. Darüber hatte er sein Poem geschrieben, ja, wirklich, ein ganzes Tragik-Poem, in vierfüßigen Jamben, lang wie *Jewgeni Onegin*.

»Wir müssen künftigen Generationen unser Land in den Grenzen übergeben, in denen wir es bekommen haben. Die Zentrifugalkräfte sind zu groß.«

82
Der Drache im Nebel

Ich zerlegte dieses Kinderspielzeug namens Roter Platz. Der Platz brach in einzelne Teile auseinander. Stawrogin zerstreute meine letzten Zweifel. Ich war froh über die Gelegenheit, einen tieferen

Einblick in die Staatsmacht zu bekommen. Aber Stawrogin selbst war sich ja nicht sicher, wie die Staatsmacht funktionierte. Als ganz und gar nicht dummer Künstler der Macht litt er offenbar unter dem tagtäglichen Umgang mit tumben, eindimensionalen Leuten. Er hatte sich überfressen an der Macht, ihm war speiübel vor lauter Macht – aber er konnte nicht ohne sie.

Er sagte: »Die Staatsmacht – das ist ein Drache im Nebel. Man kann ihm gewisse Orientierungspunkte vorgeben, aber die Folgen seiner Handlungen sind unvorhersehbar.«

Ich musste stillhalten und abwarten. Schon lange hatte er das Bedürfnis, mit einem normalen Menschen zu reden. Und da tauchte ich auf – ein normaler Mensch. Und der Mensch, der sich so erfolglos und plakativ hinter der Maske Stawrogins versteckte, ging in die Falle. Mir tat sich die Chance auf, ihn an der Nase herumzuführen. Ich las seine Gedichte. Das waren Gedichte eines Mannes, der in zwei Welten gleichzeitig lebte. Er führte das Kommando über ein Land und versuchte, in seiner inneren Welt mithilfe einer Reihe von kühnen Naturmetaphern zurechtzukommen, in denen viel von Felsen, Gewittern und Wolken die Rede war.

Eine solche Kombination begünstigt eher den Dichter als den Beamten. Ein Beamter sollte sich möglichst fernhalten von der Kultur, sonst drückt ihm die Kultur die Luft ab. Aber der Aufstieg auf der Karriereleiter geht oft einher mit Dünkel, und damit sind wir schon im Bereich der Kultur angelangt.

Gedichte, die irgendwo zwischen Mittelmäßigkeit (»geht so«) und gelungen (»hey, ganz gut«) rangieren, fressen den Menschen auf. Er zweifelt permanent, mal an sich selbst, mal an seinen Gedichten. Aber er erlebt auch Momente, in denen er von sich selbst entzückt ist, wenn ihm scheint, dass er etwas Bedeutendes gesagt oder Perfektion erreicht hat. Danach wieder Niedergeschlagenheit – und erneut das Glück der Kreativität.

Ihn zu kritisieren ist nicht weniger schwierig, als ihn zu loben. Solche Gedichte besitzen gewöhnlich einen schützenden Anflug von Professionalität: ordentliche Reime und eine Ästhetik der Einsamkeit.

Unser Dichter steigt herab aus schwindelnder Höhe, um sich dann von Frauen Backpfeifen einzufangen, im masochistischen Saft zu schmoren und ein Kinderlächeln zu erhaschen – und, was weiter? Wieder in höhere Sphären entfliehen. Mit scharfer Kritik kann man ihn nur verschrecken wie einen Nachtvogel. Dann wird er dir natürlich nicht helfen, aber das Interessanteste ist: Er wird dir auch keinen Glauben schenken. Wenn du ihn lobst, wirst du einer seiner Lakaien sein, und er wird das Interesse an dir verlieren. Und das bedeutet, deine kleine Schwester O. wandert ins Gefängnis, und Nikita, ihr Verlobter mit dem dünnen Hals, wird sie auch noch darum beneiden.

Der einzig richtige Weg war, Stawrogin hinzuhalten, meine Zweifel als Schwierigkeit bei der Beurteilung seines originellen Textes auszugeben.

Ich teilte diese Überlegungen meiner Schwester nicht mit. Ich verstand, dass ich auf eigene Faust handeln musste, denn, wie auch immer Stawrogins Gedichte waren, meine Schwester O. hätte sie in jedem Fall verspottet, so wie jeder russische Intellektuelle die Gedichte von Plehwe oder Trepow verspottet hätte, selbst wenn ihre Strophen fabelhafte Meisterwerke gewesen wären.

Der Dienstgrad erschlägt die Qualität der Poesie, selbst wenn sie großartig ist.

Auf die Fragen meiner Schwester O., wie die Treffen verlaufen seien, antwortete ich kurz angebunden. Schließlich befand ich mich in einem Dialog mit der Staatsmacht.

»Übrigens«, sagte Stawrogin, »wie stehen Sie dazu, dass Ihre Schwester O. diesen Jerjoma heiratet?«

Ich konnte kaum an mich halten, um nicht laut aufzuschreien. Ich gab hier alles, um sie zu retten, und sie machte sich nicht mal die Mühe, mir mitzuteilen, was da mit diesem Jerjoma läuft.

»Na ja, bis zu einer Hochzeit ist es noch lange hin«, sagte ich. Ich tat so, als wüsste ich Bescheid über ihre Beziehung.

»Sie müssen es besser wissen«, sagte Stawrogin kühl. »Aber wenn die beiden heiraten, muss man Ihre Schwester nicht retten. Jerjoma kennt wichtige Leute.«

verspotten

83
Ich will einen Faschisten!

Ich bin wahnsinnig sauer. Ich bestellte sie zu mir nach Hause.

»Was zum Teufel soll das! Im Kreml musste ich erfahren, dass du diesen ... heiraten willst! Warum hast du mir das nicht gesagt?«

»Ich hab mir gedacht, du wirst dich bloß aufregen. Dieser ganze Pornografiescheiß kann mich mal am Arsch lecken! Ich hab mich verliebt. Die Abreise ist aufgeschoben.«

»Du hast dich in diesen Faschisten Jerjoma verguckt?«

»Ja! Ich will einen Faschisten! Was macht das schon für einen Unterschied, Hauptsache, der Mensch ist interessant!«

»Und Nikita?«

»Oh, der ist ein Captain Obvious! Dafür ist der Faschist auch Schriftsteller, so wie du, nur etwas jünger. Er trägt eine Lederjacke, und am Aufschlag steckt ein halbes Hakenkreuz. Ultracool, ne?«

»Wozu brauchst du einen Faschisten?«

»Ich hab die Nase gestrichen voll von diesem liberalen Gesocks. Übrigens ist er neuerdings im Westen sehr populär.«

»Im Westen mögen sie scharfe Gerichte von fremden Ideologien. Denk bloß an die Maoisten. Und in den Dreißigerjahren war man begeistert von Kommunisten und Nazis. Später haben sie Leute wie deinen Faschisten erschossen. Wegen Verbrechen gegen die Menschlichkeit.«

»Dafür ist es interessant mit ihnen. Sie brennen. Ihre Augen glühen.«

»Er hat deine Ausstellung platzen lassen!«

»Er liebt mich!«

»Schläfst du mit ihm?«

»Natürlich. Na und? Er hat einen tollen faschistischen Schwanz. Er hat gesagt, dass er früher, als er noch jung war und libertären Ideen anhing, einen schlappen Schwanz hatte, der irgendwie saft- und kraftlos rumhing, aber kaum war er Faschist – stand er ihm wie 'ne Eins!«, lachte O. und kippte ein Gläschen Wodka. »Ich weiß auch nicht, was mit mir los ist«, gestand sie mir.

»Letzte Nacht habe ich geträumt, dass ich von Bullen gefoltert werde. Sie stecken mir einen Elektroschocker in den Mund und in die Möse. Die Hochzeit wird auf der Krim gefeiert. In Balaklawa. Kommst du? Jerjoma hält dich für seinen Lehrer. Er sagt, er habe von dir gelernt, bis zum Ende zu gehen. Ganz bis zum Ende. Nur eben in die entgegengesetzte Richtung.«

84
Kritik der schmutzigen Vernunft

Zuerst erschienen kleine Wassertropfen an der Zimmerdecke – so ungefähr wie Schweiß auf der Stirn. Der Schweiß verwandelte sich in große gelbe und schwarze Tropfen; es schien, als sei die Zimmerdecke von einer fürchterlichen Krankheit befallen. Die großen Tropfen hielten sich nicht an der Decke, sie lösten sich und wurden ein Wolkenbruch. Nach der Zimmerdecke erkrankten auch die Wände. Ströme rostigen, seifigen Wassers imitierten die Niagarafälle.

Das Wasser war munterer als alle Bemühungen, es in Schüsseln und Eimern aufzufangen. Die Wohnung erfüllte feuchter Gestank. Ich hielt es nicht mehr aus und ging nach oben.

Jeden Samstag bescherten mir die Nachbarn aus dem Stockwerk über mir eine Überschwemmung. Im Treppenhaus zwölf Schritte nach oben – ein altes Fenster in Form eines großen Winkelmessers, das auf die Gasse mit der abgesägten uralten Pappel hinausging, dann noch mal zwölf Schritte – eine Tür, eingetrocknet, runzlig, hoch, irgendwann einmal prächtig, vorrevolutionär.

Ich drückte auf die Klingel. Sie funktionierte nicht.

Ich klopfte. Niemand öffnete.

Schließlich erschien aus der Nachbarwohnung der pensionierte Geologe Juri Dmitritsch. Unser Treppenaufgang in einem alten Jugendstil-Mietshaus bestand aus Wohnungen von Neureichen (so welchen wie ich) und dicht bevölkerten Kommunalki.

»Schon wieder Überschwemmung? Sie müssen lauter klopfen!«

Juri Dmitritsch war ein Unikum. Er sammelte alles, bis hin zu Sägespänen. Sein Zimmer zu betreten war unmöglich, ungeachtet dessen, dass es keine Tür hatte. Dafür türmte sich ein staubbedeckter Berg von alten Zeitungen, Zeitschriften und Büchern bis an die Decke. Nur in der linken Ecke unter der Decke gab es eine Öffnung. Er schlüpfte da irgendwie durch und tauchte dann kopfüber in sein Zimmer.

Ich klopfte lauter. Niemand öffnete.

Da trat Juri Dmitritsch selbst gegen die Tür.

Schweigen.

Nun begannen Juri Dmitritsch und ich vereint auf die Tür einzudreschen.

Wir dreschen, horchen. Wir horchen, dreschen wieder.

Plötzlich bekam Juri Dmitritsch Angst, die Tür könnte aufgehen und man könnte uns verdreschen. Er zog den Kopf ein, warf einen raschen Blick und war verschwunden, hatte sich auf dem leeren Treppenabsatz mit den verblichenen Fliesen in Luft aufgelöst und mich mit der altersschwachen zweiflügeligen Tür allein gelassen.

Auf einmal waren hinter der Tür doch Schritte zu vernehmen. Das leichte metallische Klirren einer Kette war zu hören. Die Tür öffnete sich mit einem Mäusepiepsen. Vor mir stand der schmächtige Große Gopnik im grauen Unterhemd. Ich schrie auf vor Überraschung. Unglaublich, eine exakte Kopie! Eine naturgetreue Kopie des Kremlführers! Ein Doppelgänger? Oder ... wie jetzt? War das möglich? Das konnte nicht sein! Wie kam er hierher? Hatte er sich unters Volk gemischt? War er zu Besuch? Er stand da, mit kraftlos herabbaumelnden Armen, das Gesicht aufgedunsen.

Der Große Gopnik war wohl mal in seinem Hinterhof oder vielleicht auch in ganz Europa Champion in einer fernöstlichen Kampfsportart gewesen. Aber irgendetwas lief schief, überall wurde er rausgeworfen. Wegen irgendwelcher Schweinereien? Wegen pathologischen Lügens? Wegen missglückten Urinhandels? Oder hatte er vielleicht die Wahlen verloren? Wegen dem, den sie dann vergiftet haben? Ach was, fort mit allen Zweifeln! Es war doch er. Er stand da und sah mich an.

»Was ’n los?«, fragte der Große Gopnik mit glasig klebrigem Blick. Er hatte die Schläge gegen die Tür offenbar nicht gehört. Oder vielleicht doch.

»Sie sind das?« Ich traute meinen Augen immer noch nicht.

»Was willst ’n du hier?«, fragte der Große Gopnik finster in scharfem Ton.

»Sie überschwemmen mich«, sagte ich. »Schon wieder.«

»Wen überschwemmen wir?« Hinter seinem Rücken guckte eine Frau in einem sehr kurzen, alten gelb-braunen Kittel hervor, der ihre blassblauen Beine überhaupt nicht bedeckte.

»Mich überschwemmen wir. Die Wohnung unter Ihnen.«

»Das kann nicht sein!«, wies die aus dem Nichts aufgetauchte Tochter mit rosa Haaren kategorisch die Behauptung zurück.

Wir marschierten alle ins Badezimmer, angeführt vom Großen Gopnik, auf dem rechten Bein hinkend. Ein vorrevolutionäres Badezimmer mit Gewölbedecke. Benutzt wurde es von fünf Familien, die in dieser Wohnung lebten. Statt eines Fußbodens lagen hier wie auf einer Baustelle einzelne Bretter und Ziegelsteine verstreut herum. Über den Rand der Badewanne lief Wasser. Im endlosen Wasserstrudel rotierten eine schwarze Hose, ein dunkelroter Büstenhalter und eine hellblaue lange Unterhose. Über die abgeschlagenen Ziegelsteine stolpernd, kämpfte ich mich bis zum Wasserhahn durch und drehte das Wasser ab.

»Gehen wir zu mir«, sagte ich friedfertig.

Im Korridor der Kommunalka hatten sich die Bewohner versammelt. Es brannte eine trübe Glühbirne. Schemenhaft auszumachen waren ein Opa mit Krücken, seine Enkelin mit Sonnenbrille und noch allerhand andere brave Leute. Der Große Gopnik stieg unsicheren Schrittes die Treppe hinunter, gestützt auf einen Stock. Er stolperte, wollte fallen, man hielt ihn an seiner Tarnhose fest, richtete ihn auf, hakte ihn unter. Der Stock hüpfte klappernd die Stufen hinunter.

Ich öffnete meine Wohnungstür, die Nachbarn traten ein, sahen sich um, gafften. Der Opa auf Krücken (an der linken Krücke war ein Georgsbändchen befestigt) latschte geradewegs durchs Wasser ins Wohnzimmer und ließ sich in den Sessel fallen. Die Ehefrau des Großen Gopniks ging in die Küche und kam schon bald mit einer Banane in der Hand zurück.

»Sie haben bestimmt nichts dagegen?«, sagte sie wie eine Dame und steckte sich die Banane in den Mund.

»Was machen wir jetzt?«, fragte ich.

Eine müßige Frage. In unserem Hausaufgang konnte man sie jeden Tag stellen. Im Winter platzte der Heizkörper, weil sich die Eingangstür nicht schließen ließ, und dann dampfte es im Treppenhaus. Im Sommer dampfte es auch, weil sie die ganze Nacht Gitarre spielten und qualmten. Im Aufzug war der Boden blutverschmiert. Aus den Briefkästen schraubten sie nachts die lächerlichen Schlösschen raus und räumten den Inhalt aus. Manchmal, an Feiertagen, hatten die sangesfreudigen Nachtschwärmer zu viel Bier intus und stürzten aus dem Winkelmesser-Fenster.

Was also machen wir jetzt?

»Wir sind Trinker«, erklärte der Große Gopnik heiser.

Ich hatte mal einen Traum: Wenn ich Geld habe, kaufe ich eine alte Moskauer Wohnung, quartiere die Kommunalka-Bewohner in andere Behausungen um, renoviere die Wohnung so, dass das Original einer Moskauer Jugendstil-Wohnung wieder herauskommt. Ich kaufte in der Nähe der Pljuschtschicha die Wohnung von einem vorrevolutionären Arzt. Man konnte sogar noch ahnen, wo sich sein Behandlungszimmer befand, in dem er Patienten empfangen hatte.

Ich machte alles so, wie ich es mir vorgenommen hatte, aber womit ich am Ende dastand, das waren nicht der Jugendstil mit seinen Fenster- und Türgriffen aus Messing, sondern die Kommunalka-Bewohner. Die Moskauer Bürger – sie tranken, hurten herum, gingen aus Gewohnheit zum Wählen. Die Enkelin mit ihrer Sonnenbrille hatte einen Puff aus der Bude gemacht. Abend für Abend fielen über meinem Kopf ihre Freier zu Boden wie abgesägte Bäume. Sie fielen und fielen.

In der Nacht erwachte ich von wilden Schreien. In unseren Hausaufgang stürmte die OMON, das Spezialeinsatzkommando der Miliz.

~~Plsa~~ Pljuschtschicha

Sie brachen die Tür der Nachbarn über mir auf, Wohnung Nr. 32. Sie nahmen alle mit. Es stellte sich heraus, dass die Enkelin mit den rosa Haaren den Großen Gopnik mit einem Kissen erstickt hatte, den hinkenden Invaliden mit Stock. Wegen Geld. Es kam heraus, dass die Kommunalka-Bewohner ihre Gemeinschaftswohnung verkauft hatten und im Begriff waren, jeder in eine eigene Behausung in irgendeiner Schlafstadt zu ziehen, doch der Große Gopnik legte sich ihnen als Leiche quer in den Weg.

Er lag da auf dem durchgesessenen Sofa mit dem stolzen Gesichtsausdruck des Kampfsport-Champs seines Hinterhofs oder vielleicht auch ganz Europas. Sein Blick war so gläsern wie bei einem lebenden Menschen.

Die Chefin vom Puff, die Enkelin mit Sonnenbrille, hielt eine große rote Katze im Arm, zugleich schaffte sie es, irgendjemanden am Handy anzuschreien. Neben ihr auf dem Fußboden lag das Corpus Delicti, das Kopfkissen. Die Mörderin heulte, als hätte nicht sie den Mord begangen. Sie kapierte einfach nicht, wie die Bullen draufgekommen waren, dass sie ihren Papa umgebracht hatte. Und der erstickte Große Gopnik selbst und seine Witwe im kurzen Kittel und die verheulte Tochter mit der üppigen Frisur und die Business-Enkelin mit ihren Verbindungen zur Nuttenwelt und irgendwelche Kerle in ausgeleierten T-Shirts und schwarzen Unterhosen und ein junger Untersuchungsrichter mit Maßband und der pensionierte Geologe Juri Dmitritsch und der Opa mit dem Georgsbändchen und die Sanitäter mit den Pelzmützen und das rabenschwarze OMON-Rudel – all das war eine einzige große Volksfamilie, die mich fröhlich, als hätten sie einen im Tee, zu sich rief: »Komm zu uns!«

85
Ponjatka – das simplifizierte Bewusstsein

Zu uns!
Zu uns!

Zu uns!

Das Nationalbewusstsein Russlands aus der Wohnung Nr. 32 hat sich als *Ponjatka* formiert. Die Gopniks haben die Macht übernommen. Sie werden sie nie wieder aus der Hand geben, denn – an wen sollten sie sie auch abgeben?

Wir alle sind Gopniks. Die Welt ist auf den Kopf gestellt. Wir schlagen am Grund auf wie auf eine Trommel. Taram-tam-tam! Wir alle zusammen bilden den Großen Gopnik. Der Gopnik lebt im Gopnik, ein Gopnik treibt den anderen an. Wir sind die logische Konsequenz der Geschichte unseres Landes.

Auf den Moskauer Sperlingsbergen wird die Errichtung eines Denkmals für den Großen Gopnik vorbereitet. Wir alle scheiden wie die Bienen den Honig eines individuellen Großen Gopniks aus. Er ist toll. Wir verehren ihn.

Das Gopniktum ist zur Religion Russlands geworden, es hat die Orthodoxie, das Imperium und alle anderen gemeinschaftlichen Dinge in sich aufgesaugt: die Schwarzhundertschaft, die Arbeiterklasse, Lenin, Jagen und Angeln, den Heringsgeruch einer buschigen Muschi. Gopniks sind Sieger. *We are the champions, my friend* ... Unsere größte Leidenschaft ist das Siegen. Wir lassen die Unseren nicht im Stich.

Sie können allzu schlaue Leute nicht ausstehen. Sie sind höfliche Jungs, aber sie fühlen sich unter Druck gesetzt, wenn sie sich entschuldigen sollen, und sie sagen selten *danke*. Sie spotten gern, sie verhöhnen Feinde, und nicht nur das. Sie schonen sie nicht, wenn sie schon am Boden liegen.

Gopniks haben ihre eigene Version der Amazonen – die Gopnizy. Auch sie wissen nicht, wie man sagt: *Entschuldigen Sie*. Die Geschichte des Gopniktums ist eng verbunden mit der abenteuerlichen Entstehung der *Ponjatka*.

Die *Ponjatka* entstand aus nicht garantiertem Leben. Die *Ponjatka* bedeutete auch nicht garantierten Ackerbau, nicht garantiertes Eigentum, nicht garantierte Familie. Die *Ponjatka* wurde zum Bewusstseinsersatz. Sie hat das Bewusstsein von innen nach außen gekehrt.

Die *Ponjatka* ist ein Filter. Abstrakte Begriffe gehen nicht durch sie durch, sie bleiben stecken. Abstrakte Begriffe – darüber macht man sich lustig. Unter Verdacht geraten alle möglichen Ideen. Der *Ponjatka* wird übel von abstrakten Begriffen. Freiheit, Verantwortung, Recht lösen Brechreiz bei ihr aus. Wahlen – also Leute, das ist doch nun wirklich Hühnerkacke!

Die *Ponjatka* mutiert im Laufe der Zeit. Obwohl sie ihr eigentliches Wesen nicht verändert.

Peter der Große kämpfte gegen die *Ponjatka* – vergeblich.

Die *Ponjatka* ist ein Todesurteil, das Patent auf die Abwesenheit der Zukunft. Wenn die *Ponjatka* schiefgeht, kann man sie durch nichts ersetzen. Die *Ponjatka* und die Staatsmacht befinden sich in einem einzigartigen Zustand. Die Staatsmacht parasitiert an ihr, die *Ponjatka* parasitiert an der Staatsmacht. Der größere Parasit ist hier wohl eher die *Ponjatka*.

Die *Ponjatka* macht die Welt handzahm. Alle Schwierigkeiten wandern auf den Müll. Namen werden zu Spitznamen und Beinamen, von Ehre und Gewissen gereinigt. Mischka ist ein Kumpel, Warka eine Tussi. Auch die Amerikaner kann man zähmen und schrumpfen – sie werden zu Amis, dann kann man sie leichter ins Jenseits befördern. Überhaupt, es ist nie zu spät, irgendeinen Fremden abzumurksen. Denn du, der Typ mit *Ponjatka*, bist wie ein Mann mit Knarre.

Die *Ponjatka* ist die Ausgrenzung nicht nur von Namen, sondern auch von Begriffen. Ein Krümel bleibt übrig, und weg mit allem Übrigen als unnötig und unbedeutend, es bleibt die *Ponjatka*, die tumb an der Welt schnüffelt.

Die *Ponjatka* ist zur Blaupause des Verhaltens geworden, mit ihr ist es schön zu Hause, aber ungemütlich an fremden Orten.

Die *Ponjatka* hat sich mit der *Ponjatka* beschnuppert. Girlanden, Fledermäuse von *Ponjatkas*.

Da gibt es die buschige Muschi, das ist ein behaarter Käfer, und es gibt die *Ponjatka* – auch das ist ja ein Käfer, eine besondere, eine Hinterhofstruktur des Gehirns. Die *Ponjatka* ist untrennbar verbunden mit der buschigen Muschi, sie berühren sich gegenseitig, beschnüffeln sich wie Hunde.

Zwischen dem Chef der Russischen Nationalgarde, meinem Chauffeur Mischa und einem Verkehrspolizisten gibt es eine unerträgliche Verwandtschaft der *Ponjatkas*. Nur dass sie sich nach Dienstgrad unterscheiden, insgeheim aber nennen sie sich Witzfiguren. Die *Ponjatka* ist ein beschädigter Schädel, in dem sich gern das Stalinovirus entwickelt – das Virus der Liebe zu Stalin.

Die *Ponjatka*, das ist die schützende Farbenblindheit des Gehirns, die Lähmung des Verstands. Der Winter des Chansons. Der Sommer der Stiefel, der fernen bäuerlichen Vergangenheit. Die *Ponjatka* unterscheidet nicht die Bedeutung von Ereignissen. Ein Nagel in der Wand ist wichtiger als ausländische Revolutionen, das Angeln und der dröhnende Fernseher. Unser Höhlenjahrhundert – ein Jahrhundert der *Ponjatka*.

Die *Ponjatka* ist vertrauensselig in ihrem Misstrauen und misstrauisch in ihrer Vertrauensseligkeit. Aus dem Misstrauen der *Ponjatka* kriechen die Verschwörungen wie Kletten. An der *Ponjatka* kleben Ängste. Sie nährt sich von Verschwörungstheorien.

Wirf der *Ponjatka* einen Feind vor wie einem Hund Fleisch.

Die *Ponjatka* ist ein Schutz des Organismus vor den Schrecken hinter den Kulissen der Welt. Die *Ponjatka* giert nach Unordnung. Und nach Ordnung. Und wieder nach Unordnung – und so weiter ohne Ende.

Für ein normales Bewusstsein ist die *Ponjatka* Pathologie. Für die *Ponjatka* ist das normale Bewusstsein Anomalie.

Die *Ponjatka* sucht nach Verständnis, Aufmerksamkeit. Diebstahl im großen Stil verurteilt sie nicht. Sie ist berauscht von Respekt wie von Wodka, aber sie glaubt nicht daran. Mitgefühl hat sie keins, aber sie ist voll von Jammerfusel. Die *Ponjatka* – das ist ja nicht der Ritter, der die buschige Muschi in den höchsten Tönen besingt!

Die *Ponjatka*, das ist ein Bierchen. Das Callcenter des Straflagers. Tabakqualm bis zum Himmel.

Die *Ponjatka* trägt unzweifelhaft zur Verbreitung der Dummheit bei. Aber sie für die Ursache der derzeitigen *Epidemie der Dummheit* zu halten – das muss erst noch bewiesen werden.

Kommt zu uns, ihr klugen Leute, kritisiert nicht, seid milde, wir sind Trinker. Das Leben wedelt mit dem Schwanz, und ihr werdet zu uns angeschwemmt wie Unrat – ans Ufer, na, was steht ihr noch da herum, es ist nicht weit zu gehen, ich sage doch: nur ein Schritt – tut ihn!

86
Die Farbe der Pampelmuse

Lieber Borja,

nach dir werden nun in der ganzen Welt Plätze und Straßen benannt. In ungefähr 60 Jahren wird man dem Wassiljewski Spusk deinen Namen geben. Weißt du noch, wie wir beide in Italien am Comer See waren und du weit hinausgeschwommen und nicht zurückgekommen bist? Eine Stunde verging. Ich lief am Ufer auf und ab. Wann sollte ich die Polizei rufen? Plötzlich kamst du angeschwommen, stiegst triefend aus dem Wasser und sagtest: »Ich liebe es, weit raus zu schwimmen. Komm, gehen wir einen Wein trinken.«

Um deine Schuld wiedergutzumachen, hast du in einem einfachen Restaurant so richtig auf den Putz gehauen und eine Flasche Sassicaia bestellt – ein revolutionärer Wein, 1968 kreiert auf der Grundlage von Cabernet Sauvignon von dem rebellischen Önologen Giacomo Tachis, der sich über das Verbot der Verwendung internationaler Rebsorten in der Toskana hinwegsetzte.

Du selbst warst wie der Sassicaia.

Jedes Mal, wenn du zu mir nach Hause kamst, hattest du ein neues Fräulein mit Modelmaßen im Schlepptau und unbedingt eine teure Flasche dabei. Die Models saßen da, langes Haar, hohe Stiefel, kurzer Rock, Knie und Lippen zusammengepresst. Manchmal, buchstäblich für einen Augenblick, blitzte ein rosa Stringtanga hervor, dem eine wilde Nacht bevorstand.

Einmal, auf einer Geburtstagsfeier bei mir zu Hause, wurde im Korridor der Begriff *liberales Imperium* geboren.

Er setzte sich nicht durch. Banner, die dafür warben, zu leben wie in Europa, stießen das Volk ab.

Wärest du damals ertrunken, wovon ich vollkommen überzeugt war, hätte man dann Plätze und Straßen in der ganzen Welt nach dir benannt? Und was noch wichtiger ist: posthumer Ruhm oder Mädchen, Mädchen, Mädchen in rosa Stringtangas?

Das letzte Mal sah ich Nemzow auf dem Geburtstag von R. Beim großen Fressgelage in der Küche sagte er, an alle Anwesenden gewandt, dass er schon jahrelang darüber nachdenke, was ich in der Minierzählung *Selbstporträt des Schriftstellers im Mantel* geschrieben habe: »Und so trat ich ein, im schwanzfarbenen Mantel.«

Was das für eine Farbe sein solle?

An der Diskussion beteiligten sich viele Gäste. Die Diskussion verlagerte sich in andere Länder. In Berlin sagte eine Französin, das sei die Farbe der Pampelmuse.

In irgendeinem ausländischen Fernsehstudio begegnete ich ihm vor dem Aufzug. Er fragte: »Was meinst du, wann sperren sie mich ein?« Und jedes Mal, wenn wir uns begegneten, wieder: »Werden sie mich einsperren?«

Ich sagte, dass vor ihm noch eine lange Warteschlange stehe. So schnell werde er nicht dran sein.

Einige Jahre später, als er bereits als Politiker auf die Straße ging, die Zeiten sich geändert hatten und die rosa Stringtangas aus meiner Wohnung verschwunden waren, sagte ich zu ihm: »Vor dir sind nur noch ein paar Leute. Du stehst jetzt in der zweiten Reihe.«

Er hat alle überholt.

Ihn tötete die archaische Unantastbarkeit des obszönen Worts. Als er in Kiew das Wort *verfickt* auf den Großen Gopnik anwandte, dachte ich, nun sei er in die erste Reihe vorgerückt. Doch er erzählte mir in schillernden Farben, dass sie ihm wegen Beleidigung der obersten Staatsmacht zunächst den Prozess machen wollten, sich dann aber auf die Zunge gebissen hätten: Wie hätte man die Geschichte vom verfickten Zaren dem ganzen Land präsentieren können?

Boris war sehr zufrieden, dass er alle überlistet hatte.

Man verzieh ihm weder das Wort noch die Freude über seine List.

Er hatte nicht berücksichtigt, dass man im Gefängnis für solche Worte getötet wird. Aber hier – ach was! – alles ist Gefängnis. Ein einziges Gefängnis, hier wie dort. Und das Gefängnis ist per se ein Ort für Folter.

Sie hassten einander abgrundtief, er und Stawrogin. Ich sagte zu Stawrogin, man müsse Borja zum Bürgermeister von Sotschi ernennen, als pflichtbewusster Mensch würde er sich beruhigen und arbeiten. Als Beispiel führte ich Tschernyschewski an, über den sich Rosanow positiv äußerte und der Regierung vorwarf, sie sei nicht imstande, dessen sprühende Energie zu nutzen. Stawrogin hörte zu und schwieg.

Borja sagte einmal, dass er Stawrogin höchstens ein einziges Mal anrufen könne, im alleräußersten Notfall. Als man Borja für kurze Zeit wegen Teilnahme an Protestmärschen einsperrte, setzte Stawrogin Gerüchte in die Welt, man habe ihn *dort erniedrigt*.

Konfrontiert mit Unmenschlichkeit wird jeder naiv. Wir durchleben gerade die unmenschlichste Periode der russischen Geschichte.

Halt, und Iwan der Schreckliche? Oder Stalin?

Nun ja, natürlich, aber diese Periode ist trotzdem die unmenschlichste, weil es eine nahezu nackte, beinahe unverhohlene Unmenschlichkeit ist. Dort wurde die Unmenschlichkeit mit dem Dritten Rom oder der klassenlosen Gesellschaft erklärt, aber hier gibt es nichts als Geografie und Großartigkeit. Doch sowohl Geografie als auch Großartigkeit werden auf genau entgegengesetztem Weg erreicht.

Ja, aber nicht mit diesem Volk! Wir sind keine Chinesen!

Im Westen hat die Vulgärsprache an Kraft verloren, und obszöne Worte haben sich in vulgäres Gossenvokabular verwandelt, das abhängig von den Umständen ärgert, aufregt, aber nicht tötet. Die russische Vulgärsprache ist eine Waffe geblieben, sie ist eine Botschaft des Todes und tödlicher Erniedrigung. Wenn der Chef verfickt ist, dann ist er kein Chef. Entweder muss man ihn davonjagen oder aber Rache üben für die Beleidigung.

- Ivan der Schrechliche. ? [illegible]

Im Falle von Nemzow waren sich Kaukasus und Armee einig. Sie inszenierten eine regelrechte Show auf der Brücke vor dem Kreml. Mit einem vorüberfahrenden Schneeräumwagen. Ein Ritualmord an dem zu weit gegangenen Oppositionellen-Liberalen-Juden, dem Strohmann Amerikas.

Hätte er dieses Wort nicht ausgesprochen, als die Aufzeichnung des Interviews in Kiew schon beendet war, die Kamera aber gleichgültig oder absichtlich seine emotionalen *off-the-records* aufzeichnete und das Fernsehen dies zeigte – hätte er noch eine Weile in der Schlange zur Verhaftung gestanden.

Die Sitten eines afrikanischen Stammes: Wenn dich auf dem Markt jemand antippt, dann raste nicht aus, finde lieber heraus, ob es in seiner Sprache das Wort Sie gibt.

»Was denn nun, das Volk täuschen?«, fragte mich die Chakamada.

Um die Macht zu ergreifen, muss man täuschen. Unsere Liberalen haben das nicht gelernt. Das Lügen ist für sie das Monopol der Staatsmacht. Sprösslinge der Intelligenzija.

Der Mord an Boris Nemzow hat die russische Opposition enthauptet. Die russischen Liberalen machten ein wenig Lärm, empörten sich, gingen auf die Straße mit Losungen wie »Helden sterben nicht« und hatten sich einen Monat später beruhigt. Der Westen beruhigte sich noch rascher. Die Helden waren tot.

87
Apokryph

Dreizehn Jahre lang lief auf dem Fernsehsender Kultura meine Talkshow *Apokryph*. Von 1998 bis 2011. Wir produzierten etwa 500 Folgen zu elementaren menschlichen Instinkten, Gefühlen und Werten. Jedes Jahr wurde sie von den Chefideologen des Großen Gopniks mehr gehasst. Im Sommer 2011 rief mich der Chef des Senders an. Am Todestag meines Vaters. Ich dachte: Er hat von seinem Tod erfahren und will mir kondolieren. Doch nein. Er sagte, meine

Sendung sei abgesetzt. Man hatte sie abgewürgt, zur Freude des Großen Gopniks.

Die Talkshow *Apokryph* war, bevor sie eine Studiosendung wurde, eine *Vagabundin* und führte mich an verschiedene Orte. Hier ist einer davon:

88
Zentralgefängnis Wladimir

Endlich lüftete ich das Geheimnis der russischen Seele. Und das kam so: Ich war vor dem Tor des Zentralgefängnisses Wladimir angekommen, einem typisch deutschen Gefängnisbau aus dem 18. Jahrhundert. Es war früher Frühling oder später Herbst, einen frühen Herbst gibt es bei uns ja gar nicht. Ein Wachmann öffnete das Tor, und zwei Obersten kamen raschen Schrittes auf meinen Bus zu.

»Wir haben Sie längst erwartet!«, sagten sie mit breitem Lächeln, das so aufgesetzt war wie ein künstliches, herausnehmbares Gebiss.

»Ja, wirklich«, bekräftigten sie, als sie meine Verwirrung bemerkten. »Wir haben schon eine ganze Weile gewartet. Ihren Pass!«

Ich zog meinen Pass hervor.

»Wo fangen wir an?«

Beim Arschzeigen. Womit sonst? Das, woran man dann sein Leben lang denkt. Warum erinnern sich die Menschen von allen Erniedrigungen im Gefängnis am meisten an diese: Bücken! Beine spreizen! Arschbacken auseinander! Warum genieren sich die Unseren so sehr, ihr Arschloch zu präsentieren?

»Vielleicht ein Tässchen Tee nach der Fahrt? Starken Tee!«, sagte der blonde Oberst.

»Stark, schwarz, mit Zitrone!«, rief der andere, der Schwarzhaarige.

Wie fröhliche Spitzbuben, mir auf die Schulter klopfend, schleppten sie mich zum Teetrinken. Wer hat gesagt, sie seien Bestien? Sie waren nett, lebhaft, gastfreundlich.

»Vielleicht ein Cognäckchen?«

Und schon angelten sie ein Fläschchen aus einem Schrank, in dem alle möglichen Plakatrollen gestapelt waren. Ich schüttelte leicht den Kopf.

Nach dem Tee blieb der Schwarzhaarige im Büro, und der Blonde, zuständig für Kultur und Erziehung, schleifte mich durch die Gefängnisgänge. Fröhlich öffneten und schlossen sich Türschlösser. Es gab eine Menge Türriegel. Wie im Film. Die Sauberkeit der hellblauen Korridore war unbeschreiblich. Wir begannen in der Bibliothek.

Ein Typ, der aussah wie Jessenin, wollte mir gleich seine Gedichte vorlesen. Eine füllige Frau trat auf uns zu. Sie war ganz aufgeregt, atmete schwer. Jessenin und sie hatten eine kleine Ausstellung meiner Bücher vorbereitet. Ich bekam Lust, meine Bücher mitzunehmen. Mir war unwohl bei dem Gedanken, dass sie hier im Zentralgefängnis Wladimir ausgestellt waren. Schnell begannen die Geständnisse. Der Oberst schmolz in der Luft dahin. Die füllige Frau sagte zu mir, sie könne sich ihr Leben ohne das Gefängnis nicht mehr vorstellen, sie sei mit den Häftlingen gleichsam verwandt. Sie seien alle ihre Kinder ... In ihren Augen standen Tränen. Blaue russische Tränenseen.

Und da dämmerte mir die erste Erkenntnis. Ich dachte: Die Direktorin der Gefängnisbibliothek, eine füllige Frau mit hellen Locken, ist die Urmutter dieses Kosmos. Nur wusste ich noch nicht, was ich mit dieser Erkenntnis anfangen sollte. Jessenin flüsterte mir ins Ohr, er sitze hier für den Mord an seinem Mädchen ein, und dann strömte bereits seine Geschichte aus ihm heraus, und die Direktorin der Bibliothek umarmte ihn sanft und sagte: »Wenn ich in Urlaub bin, habe ich immer Sehnsucht nach dem Gefängnis ...«

»Helfen Sie mir«, sagte Jessenin, wobei er mir die Blätter mit seinen Gedichten hinstreckte.

Ich meinte, er wolle freigelassen werden, aber er sagte: »Helfen Sie mir, sie zu veröffentlichen.«

Der für Kultur und Erziehungsarbeit zuständige Oberst tauchte wieder auf, und wir liefen zusammen hierhin und dorthin, und unterwegs erzählte er mir, das Zentralgefängnis Wladimir sei so gebaut, dass die Häftlinge während der ganzen Zeit, die sie hier absitzen müssen, nicht ein einziges Mal mit den Füßen die Erde berühren, sie kämen nie runter auf die Erde, denn ihre Rundgänge fänden auf einer Galerie unterm Dach statt. Dann standen wir vor einer riesigen Zelle, deren gelb-rotes Inneres vom Korridor aus ganz zu sehen war, und ich fragte, warum das so sei, denn das sehe ja aus wie ein Käfig für wilde Tiere, und die Offiziere antworteten mir: Hier sitzen die ganz, ganz Wilden, Sie haben recht.

»Kann man zu ihnen rein?«

Umgehend brachte man die Schlüssel des Käfigs, der Oberst machte sich an der Tür zu schaffen, doch da kam der diensthabende Offizier angerannt und begann ihm vollkommen außer sich etwas ins Ohr zu flüstern. Der Oberst stand zuerst da mit dem skeptischen Gesichtsausdruck eines Medizinprofessors, dem irgendein kleiner Kurpfuscher seine Diagnose aufzuschwatzen versucht, aber dann sah er mich an und schüttelte den Kopf: »Das geht nicht.«

Wieso denn nicht? Ich darf doch alles. Ich durfte immer alles. Und jetzt darf ich besonders alles, hier im Zentralgefängnis Wladimir, aber er sagt: »Das geht nicht.«

»Das geht nicht«, erklärte mir der Oberst, »weil sie Sie als Geisel nehmen könnten, und dann würden sie uns erpressen, und das ist, wissen Sie, nicht ungefährlich. Manchmal werfen wir ihnen rohes Fleisch rein. Und sie knurren dann.«

»Ach, komm!«, sagte ich ungläubig.

Also liefen wir wieder raschen Schrittes durch das Zentralgefängnis Wladimir. Mich beeindruckt immer, wie sich die Obrigkeit sehr schnell, in atemberaubendem Tempo im Raum bewegt – bis sie sich an den Tisch setzt und die Kellner den Saal betreten. Wir bewegten uns sehr schnell im Raum, nahmen unterwegs einen langgedienten Aufseher mit Zeigestock mit. Von uns ins Schlepptau genommen, drehte er sich um die eigene Achse, deutete den Raum des Museums an und sagte: »Das ist unser Museum berühmter Häftlinge.«

»Wer nicht alles bei uns schon eingesessen hat!«, rief der Oberst mit glücklicher Stimme. »Deutsche, Japaner, Generäle, Ministerpräsidenten und Dissidenten, und auch Wassja Stalin. Die einen unter ihren Familiennamen, die anderen unter einer Nummer. Sodass sogar wir gar nicht wussten, wer da einsitzt.«

»Und die Ruslanowa, die Sängerin! Aber Sie kennen das ja alles!«, schrie der ehemalige Aufseher. »Sie sind ja selber so einer!«

Der Oberst machte ein strenges Gesicht. Der Aufseher-Veteran war keineswegs eingeschüchtert.

»Ja, ja, so einer!«, rief er böse.

Ich erblickte ein Porträtfoto von Bukowski.

»Haben Sie den persönlich gekannt?«, fragte ich den Veteranen, ohne mich auf eine Kontroverse einzulassen.

»Und ob!«, sagte der Veteran und tippte dem Porträt in die Augen.

»Ich kannte ihn auch. Wir sind uns in Cambridge begegnet. Wir haben die ganze Nacht Rotwein getrunken ...«

Der Veteran sagte: »Und?«

»Ein tolles Buch hat er geschrieben ... Hat er Ihnen gefallen?«

Der Veteran sah mich aufmerksam an.

»Ob er mir gefallen hat?«, brachte er nach kurzem Innehalten hervor. »Scheiß Wichser!«

Ich verstand nicht recht, wen er damit meinte, denn der Oberst zog mich weiter, winkte ab und ließ den Veteranen stehen. Wir flogen beide durch die Luft, wie man nur auf Gemälden von Goya oder Chagall durch die Luft fliegt, wir flogen, eng umschlungen, bis wir auf den schwarzhaarigen Obersten stießen. Der stand, die Hände hinterm Rücken verschränkt, vor einer verschlossenen Tür. Ich dachte, man wollte mich nun verköstigen. Man hatte versprochen, mir Gefängniskost vorzusetzen, und ich war willens, den Fraß zu probieren, doch als sich die Tür öffnete, erblickte ich einen riesigen Saal, und in dem Saal saßen Häftlinge in sauberer Gefängniskluft von graublauer Farbe, es waren sehr viele, einige Hundert, und als man mich in den Saal hineinschubste und ich hineinstürzte, wie man in den Kosmos stürzt, erinnerte ich mich, dass auch Daniil Andrejew hier eingesessen hatte, ebenfalls in den Kosmos hineinstürzend, und der diensthabende Offizier schrie: »Aufgestanden!«

Der ganze Saal stand auf. Nicht schnell und nicht langsam, er sprang nicht auf, er erhob sich. Aber nicht militärisch. Auf Gefängnisart eben. Und ich erblickte mein Volk. Sie sahen irgendwohin in die Ferne, an mir vorbei, vorbei an den Obersten, zugleich musterten sie mich rasch und hatten bereits jedes Interesse an mir verloren. Auf dem Podium stand ein Tisch. Dahinter drei Stühle. Die Obersten setzten mich in die Mitte. Der für Kultur und Erziehungsarbeit zuständige Kommandeur kündigte meinen Auftritt an.

»Setzen!«, schrie der diensthabende Offizier, der sich in Anwesenheit der Obrigkeit voll reinhängte.

Ich sollte vor ihnen auftreten.

»Aber Sie haben mich gar nicht vorgewarnt«, murmelte ich, an den schwarzhaarigen, den vorgesetzten Oberst gewandt. Er tat so, als hätte er mich nicht gehört. Klar! Ich hatte vergessen, dass ich mich in einem Gefängnis befand. Der zweite Oberst sagte plötzlich, an den ganzen Saal gewandt: »Das Thema seines Auftritts wird unser Gast selbst verkünden.«

Hunderte Augen von Mördern und anderen schrecklichen Verbrechern waren auf mich gerichtet. Im Saal roch es nicht nach Schweiß. Im Saal herrschte eine merkwürdige Atmosphäre großer menschlicher Enttäuschung. Ich hatte das Gefühl, vor mir saßen Menschen, die betrogen wurden.

»Ich möchte Ihnen erzählen«, sagte ich, »was das ist – Hoffnung.«

Im Türrahmen stand Jessenin, die Arme verschränkt. Ihm standen offensichtlich gewisse Hafterleichterungen zu.

»Die Hoffnung«, sagte ich, »ist der tückischste Feind des Menschen, der ins Unglück geraten ist.«

Ich spürte, dass der Saal meine Existenz bemerkte. Ich begann zu reden, dass die Hoffnung die Kräfte aufzehrt, dass sie dem Menschen eine lange Nase macht, bevor sie ihn verlässt, dass sie ihn krank machen, in den Wahnsinn, ja, in den Selbstmord treiben kann. Ich sagte, dass ich das schon erlebt hätte. Das hätte nichts mit Gefängnis zu tun, sagte ich, sondern es hätte mit dem Tod zu tun, und ich hätte dieses zuckersüße Scheusal namens Hoffnung durchschaut und aus meiner Welt hinausgeworfen. Und plötzlich spürte ich ein billigendes Raunen, das sich im Saal erhob. Es kam von den Mördern und den anderen schrecklichen Verbrechern. Wir verstanden einander. Wir waren Teil eines gemeinsamen Kosmos, unseres goldigen russischen Kosmos, wo die Direktorin einer Gefängnisbibliothek weinte, wenn sie im Urlaub war: Weil ihr das Gefängnis fehlte. Und da überkam mich endgültig die kometenhelle Erkenntnis: Wir sind Menschen des Gefängniskosmos. Das Gefängnis ist unsere Heimat. Das Gefängnis ist unsere Freiheit. Das Gefängnis ist unsere Sprache. Das Gefängnis ist das Herz unseres Selbst. Macht unser Gefängnis nicht schlecht! Klugscheißer und Vielzeller, multimolekulare Wesen schreiben alle möglichen Gemeinheiten über das Gefängnis und seine Schinder. Das sind nicht unsere Leute. Unsere Leute – das sind fröhliche Spitzbuben und Obersten, das ist der Aufseher-Veteran mit dem Zeigestock, das ist der Mörder Jessenin, das sind wir alle miteinander, meine Brüder und Schwestern. Die russische Seele verlangt nach dem Gefängnis, das Gefängnis ist alles, was sie braucht. Nur das Zentralgefängnis Wladimir. Nichts sonst.

Als ich zu reden aufhörte, kamen einige Häftlinge ganz einfach zu mir und drückten mir die Hand wie freie Menschen. Und da verstand ich, wie unrecht, wie auf Herrenart unrecht Tjutschew hatte mit seinem »mit dem Verstand ist Russland nicht zu fassen«. Und wie es zu fassen ist! Bloß dass der Verstand ein anderer sein muss, kein tjutschewscher. Und die Obersten freuten sich auch, klopften mir wieder auf die Schulter und sagten: »Schön hast du das gesagt!«

89
Die Apologie des reifen Gopniks

Ich fahre von der Datscha zurück nach Moskau, da sehe ich im Strom der Autos einen fetten Geländewagen, auf dessen Heckklappe ein eindrucksvolles Bild prangt: Der Generalissimus Stalin und sein halbkrimineller Wiedergänger, der Große Gopnik, einander zugewandt vor dem Hintergrund einer sowjetischen und einer russischen Flagge, demonstrieren mit gebieterischem, nur angedeutetem Lächeln ihre Einheit als göttergleiche Politiker. Alle fahren seelenruhig weiter, niemand reagiert. Ich studiere die glückseligen Gesichter und begreife endgültig, dass wir in einem ewigen Märchen leben. In Europa sind die Grundlagen des Lebens Zeit und Bewegung, in Russland ist es ein verwunschener Raum.

Martin Heidegger schrieb in seinem Essay *Was ist das – die Philosophie?*: »… das Abendland und Europa, und nur sie, sind in ihrem innersten Geschichtsgang ursprünglich ›philosophisch‹«. Im Unterschied zu Europa ist Russland antihistorisch, es hatte niemals eine Geschichte mit philosophischer Bedeutung.

Russland wurde zum Raum für ein Zaubermärchen, in dem jede Handlung unterschiedliche und oft diametral entgegengesetzte Bedeutungen hat. Wir sind bis heute nicht sicher, ob es in der mittelalterlichen Rus das mongolisch-tatarische Joch, das dreihundert Jahre währte, tatsächlich gegeben hat oder nicht, oder ob es ein kluger politischer Kompromiss mit den Tataren war. Wir haben noch immer nicht unseren Streit mit den Polen beigelegt, denen in der Zeit der Wirren Anfang des 17. Jahrhunderts die Macht in Moskau angetragen wurde, um sie dann von dort zu verjagen. Wer sind Sie, Peter der Große? Ein Diktator oder ein Reformator? Ereignete sich die bolschewistische Revolution von 1917 zufällig oder folgerichtig? Schließlich gibt es heute unter den Russen die unterschiedlichsten Ansichten über die Sowjetunion, Lenin, Gorbatschow, Jelzin und so weiter. Was aber erstaunlich ist: Bei all diesen Unterschieden existiert Russland ohne eine einheitliche historische Zeit, sondern in verschiedenen Zeiten zugleich. Es gibt Elemente von Lebensstil und Denkweise unterschiedlicher Epochen, beginnend mit dem 17. Jahrhundert.

In Russland feiert eine archaische Denkweise Triumphe, die zutiefst daran glaubt, Eigenes dürfe man auf keinen Fall, Fremdes dagegen könne und müsse man aufgeben. Zu diesem Fremden gehört auch der Westen, eine ideologisch feindlichere Zivilisation als der islamische Iran. Selbst der in Russland verbotene so genannte IS hat verdächtige Ähnlichkeit mit dem Russland des Bürgerkriegs 1918–1920 mit all seinen Gräueltaten, seinem Klassenhass, den Hinrichtungen und den Vergewaltigungen von Tausenden Frauen. Wir sind die Nachfahren dieser grausamen Ideologien, die sich in unseren Köpfen vermischt und Sklavenmentalität, Angst und Misstrauen gegenüber Veränderungen erzeugt haben.

Wenn der Westen fragt, warum Russland nach irgendwelchen eigenen Gesetzen lebt, zeigt allein diese Frage, dass der Westen die Lektion »Was ist Russland?« nicht gelernt hat. Russland ist ein Land, in dem von Gott auserwählte Menschen leben, unvergleichlich viel bessere als diese seelenlosen Europäer. Im Märchen kann es Bösewichte und Antihelden geben, die wie Gorbatschow unsere verwunschene Welt vernichten wollten, doch unser fabelhaftes Volk hat ihm eine Abfuhr erteilt. Wir haben uns nicht auf den Weg der Geschichte begeben, wir verharren weiterhin in einem Märchen, einem grausamen, schrecklichen zwar, aber unserem eigenen, vertrauten Märchen.

Wer begreift, dass der russischen Welt das Märchen von Größe und Glück innewohnt, welches unbedingt wahr wird, der wird für viele Jahre Herr in Russland sein. So war es mit Stalin. Letzten Endes hat er sich selbst in ein Märchen verwandelt. Das mythologische russische Bewusstsein hat ihn von allen Sünden gereinigt, das Blut abgewaschen, ihn gefiltert und zum russischen Gott erklärt (ungeachtet seiner georgischen Herkunft). Und so ist er auf der Heckklappe des Geländewagens gelandet!

Dem stalinschen Vorbild ist der Große Gopnik gefolgt. Auch er hat den russischen Raum als Märchen gespürt, die Feinde dieses Raums ausgemacht und sich angeschickt, jene russischen Gebiete einzusammeln, die beim Zerfall der UdSSR verloren gegangen sind.

Viele im Westen kamen zu dem Schluss, er sei verrückt geworden. Er ist sich sicher, dass er absolut recht hat, wenn er die russische Märchenwelt vor den schlimmen Hexenmeistern und Dämonen Europas und Amerikas rettet. Vielleicht steht zum ersten Mal, seit Russland existiert, ein Mann an der Spitze des Landes, der den Schlüssel zur Psychologie des Volkes gefunden hat.

Und Stalin? Der wollte die menschliche Natur nach einem abstrakten imperial-kommunistischen Ideal umkrempeln. Er wollte aus dem einen russischen Märchen ein anderes machen, und das ging nicht ohne großes Blutvergießen ab. Der Große Gopnik beabsichtigt nicht, die archaische Dekoration zu wechseln. Im Gegenteil, in der derzeitigen Kremlpropaganda bei den staatlichen Fernsehsendern wird emsig am Märchen gestrickt. Alles funktioniert nach dem Prinzip: das Eigene – das Fremde, Freund – Feind. Feinde sind zu vernichten, mit ihnen kann man nur dann kommunizieren, wenn sie stark sind. Ein schwacher Feind ist ein toter Feind.

Unsere Moskauer und Petersburger Mittelschicht ähnelt Frauen mit winzigen Brüsten – immerzu fehlt ihnen irgendetwas. Tatsächlich fehlt ihnen der Ausstieg Russlands aus dem archaischen Märchen. Dass sie sich aber mittendrin befinden oder sich gar nicht seiner Existenz bewusst sind, das dämmert ihnen nicht einmal.

Die außerparlamentarische proeuropäische Opposition (inzwischen zerschlagen) hat ebenfalls das russische Märchen nicht bemerkt, denn das Märchen besetzt nicht das politische, sondern das metaphysische Feld unseres Landes. Den Großen Gopnik entlarven und ehrliche Wahlen gewinnen – das wär's! Eine billige Utopie. Unser Volk – das ist der Große Gopnik.

Die einzige Form, mit der Bevölkerung zu arbeiten, ist Aufklärung. Die staatlichen Fernsehsender konnten mit ihrer Propaganda unglaubliche Resultate erzielen, und die Russen glaubten schließlich zum Beispiel, dass der Maidan das Werk der Amerikaner sei. Schwieriger, aber dennoch realistisch ist es, unserer Bevölkerung zu erklären, dass im 21. Jahrhundert das archaische Märchen unser Land in die vollkommene Selbstisolation führen wird und nur eine Annäherung an Europa Russland weiterbringen kann. Die Kremlpropaganda bemüht sich mit ganzer Kraft, Europa als schwach und hilflos vorzuführen, es als potenziellen Gegner Russlands hinzustellen – wobei Amerika immer noch Feind Nr. 1 bleibt. Doch *für uns* gibt es keine Zukunft ohne Europa, und die Fortsetzung des russischen Märchens ist, gelinde gesagt, nicht gerade ein Projekt mit strategischem Weitblick. Aber diese »*wir*« lösen sich auf in Schwefelsäure, und der Große Gopnik steuert unseren Kreuzer Waräger in die heimische Bucht – Hipp-hipp-hurra! – des magischen Totalitarismus.

90
Die amerikanische Tragödie

Niemand rechnete damit, dass die UdSSR zusammenbrechen würde. Doch dann, zack, brach sie zusammen. Amerika war für Russland immer ein nützlicher Feind. Dieser Feind hielt Russland stets in einer gewissen Grundspannung. Und jetzt? Ist Amerika zusammengebrochen, mitsamt seinen ganzen Kolumbus-Statuen.

An der Universität probten Studenten den Aufstand. Sie weigerten sich, ihrem Literaturprofessor zuzuhören. Die Universitätsleitung fragte: »Was gefällt Ihnen nicht?«

Der Rädelsführer: »Er hält Vorlesungen über tote weiße Schriftsteller. Das ist langweilig!«

»Von welchen Schriftstellern sprechen Sie?«

»Na, zum Beispiel von Homer.«

Europa lebt nach dem Trägheitsgesetz. Das tut weh, aber es hat noch sehr viel Trägheit übrig. Der Hebel ist verloren, man weiß nicht, womit man es wieder ankurbeln kann, aber es lebt einfach weiter nach dem Trägheitsgesetz.

Amerika hat nicht mehr genug Vorrat an Trägheit.

Die parallele Lüge von amerikanischem Liberalismus und Konservatismus hat den amerikanischen Gopnik hervorgebracht – Trump.

Mir fiel eine der letzten Ausgaben des *New Yorker* in die Hand. Es gab eine Zeit, da war ich stolz darauf, für ihn zu schreiben. Dabei entstand der Titel meines Romans *Der gute Stalin – Good Stalin*.

Mein Gott, dachte ich, wie unterwürfig und feige er geworden ist. Verlogene politische Korrektheit hat sich Bahn gebrochen, die weißen Amerikaner werden sich zu Hause verkriechen und zittern, so wie jetzt die Weißen in Südafrika zittern.

91
Die wilden Schwäne

Wäre Russland wie eine große Ente nach Europa gelaufen, um sich zu europäisieren, wären die kleinen Entchen des postsowjetischen Raums ihr hinterhergewatschelt, aber unsere Ente blieb abseits stehen, und da rannten alle Entchen nach Westen. Und baten um Schutz vor der großen Ente. Und die russische Ente war beleidigt und erklärte, man habe ihr die Entchen entführt.

Warum führt der Große Gopnik Krieg?

Die Mehrheit des Volkes hält ihn noch immer für einen tollen Kerl. Der Kerl ist überzeugt, dass die Russische Welt das Beste ist, was die Menschheit je erschaffen hat. Er ist der Ritter, der Verteidiger dieser Welt gegen die Amerikaner. Die restliche Welt, die Amerika nicht besonders liebt, ist beeindruckt vom Erscheinen eines Anführers, der bereit ist, sich gegen Amerika zu stellen, und niemanden fürchtet. Und wirklich, gibt es einen Wichtigeren als ihn?

16. Dezember

Sie werden sagen: Dummheit gab es schon immer. Genau wie Grippe. Wozu sich aufregen! Daran ist überhaupt nichts Neues!

Schöne, beruhigende Worte! Leider gehen sie nicht durch. Dummheit hat es immer gegeben, völlig richtig. Aber bisher war Dummheit ein gewissermaßen sogar liebes und rührendes Phänomen, über das Erasmus geschrieben hat, aber jetzt hat sie etwas tödlich Toxisches angenommen und ist als unheilbare Krankheit über uns gekommen.

92
Allerseelen

Warum ich meine Beziehung zu Nina Koscholkina änderte, die sich selbst für das Ideal einer Frau hält, und wie ich ihre überirdische Bedeutung verstand.

Das war so.

Eine Schauspielerin, die Nina Koschólkina hieß, deren Namen man aber zu oft falsch aussprach – mal nannte man sie Koschélkina, mal überhaupt ganz falsch Kóschelkina –, litt sehr darunter, dass man ständig ihren Namen entstellte. Sie war die Lachnummer in unserem Kreis. Nina spielte im Kindermusiktheater eine einzige Rolle: das Glockenblümchen. Die ganze Aufführung hindurch rannte sie schreiend auf der Bühne hin und her, obwohl Glockenblümchen in der freien Natur ja eigentlich still dastehen.

Sie hatte Knopfaugen, schwarz und glänzend wie bei einem Stofftier. Die Männer, die mit ihr zusammen waren, erzählten über sie alle möglichen Gemeinheiten.

Auf einer Party kam sie zu mir und sagte, ich sei ihr Idol, ich sei besser als alle anderen und sogar besser als Lew Tolstoi.

»Sie schreiben«, sagte sie, »eine wahnsinnig abgründige Prosa. Haben Sie nicht Lust, zu meiner Aufführung zu kommen?«

»Mal sehen«, lächelte ich.

»Morgen, Mittwoch«, sagte Nina.

Aus irgendeinem Grund begab ich mich an dem Mittwoch ins Theater. Ich saß unter lauter Kindern. Sie fegte hektisch zwischen singenden Schauspielern und Schauspielerinnen auf der Bühne herum und gab das Glockenblümchen. Es war zum Fremdschämen.

Als die Aufführung zu Ende war, wollte ich sofort nach Hause flüchten, aber Nina trat durch eine verborgene Tür in die Garderobe und fragte: »Und?«

Ich sagte: »Nina, Sie sind das beste Glockenblümchen der Welt!«

»Wir zwei sind uns ähnlich«, sagte sie.

Wir verließen das Theater und gingen in ein Café.

»Ich bin nicht nur, wie Sie sagten, das beste Glockenblümchen der Welt. Ich lenke überhaupt diese Welt.«

»Mmh«, stimmte ich zu. »Wie wär's mit Pelmeni?«

»Ich esse weder Fleisch noch Fisch. Ich esse überhaupt nicht. Ich trinke nur.«

»Was Alkoholisches?«, schlug ich vor.

»Einfaches Wasser. Aus dem Hahn«, sagte sie.

Ich rief den Kellner und bat um Leitungswasser. Er erschrak und brachte rasch welches.

»Bitte sehr«, sagte er. »Natur pur. Aus dem Hahn.«

»Sie dürfen gehen«, sagte Nina, die bemerkte, dass der Kellner immer noch an unserem Tisch stand. »Nun gehen Sie schon!«, fauchte sie ihn mit ihrer Singstimme an. Dann wandte sie sich an mich und fragte: »Sie glauben mir nicht, dass ich die Welt lenke?«

»Doch, schon«, versicherte ich Nina.

»Aber Sie machen das ja auch. Möchten Sie Wasser?«

»Nein danke. Nina, wer sind Sie?«

»Ich sagte Ihnen schon: Ich lenke die Welt. Ich möchte Ihnen vorschlagen, mir in dieser Angelegenheit zu helfen.«

»Ist ja gut«, sagte ich etwas unpassend und für alle Fälle.

»Sie glauben mir nicht?«

»Ich glaube Ihnen.«

»Na schön. Dann sagen Sie mir, wer ist für Sie der fremdeste Mensch?«

Ich überlegte nicht lange.

»Für mich ist der fremdeste Mensch der russische Polizist. Nun ja, als Begriff. Alle Werte, die er vertritt, durch die Bank alle, sind meinen Werten absolut entgegengesetzt, Nina. Wir sind nicht nur Antipoden. Wir kommen aus verschiedenen Galaxien.«

»Warum?«, fragte Nina ungläubig.

»Wenn ein Bulle mein Auto anhält, bin ich äußerlich die Ruhe selbst, aber innerlich hege ich Mordgedanken. Ich greife nach der Pistole und drücke ab.«

»Stopp!«, sagte Nina. »Was für ein Schwachsinn! Was haben Polizisten hier zu suchen? Sind das etwa Menschen? Ich frage: Welcher Mensch ist für Sie am fremdesten?«

»Ich weiß nicht!«, sagte ich leicht gereizt. »Bullen sind doch wirklich das Letzte, Nina.«

»Ich werde Ihnen sagen, wer für Sie der fremdeste Mensch ist!«

»Und, wer ist das?«

»Wer! Wer! Na, Ihre Mutter!«

Ich schwieg eine Weile und sagte: »Na ja, erstens ist sie schon gestorben …«

»Ich weiß«, unterbrach mich Nina. »Vor vier Jahren. Aber das hindert sie nicht daran, für Sie der fremdeste Mensch zu sein.«

»Ich verstehe Sie«, sagte ich und nippte gedankenverloren an ihrem Glas Leitungswasser. »Ich verstehe Sie wirklich. Sie wollen sagen, der nächste Mensch ist gleichzeitig der fremdeste, denn je näher man jemanden kennt, desto entfernter und fremder erscheint er einem.«

»Das stammt aus der TV-Serie: *Von Mann zu Mann*«, begann Nina zickig, aber ich fiel ihr ins Wort: »Nein! Anders! Wenn du in die Abgründe deines nächsten Menschen vordringst, in diesem Fall deiner Mutter, dann siehst du ganz real, dass sie dir fremd ist, dass sie ganz anders tickt, und das stößt dich letztlich ab.«

»Das ist Philosophie!«, sagte Nina. »Und ich, die ich die Welt lenke, sage Ihnen, dass Philosophie ein Krebsgeschwür des Intellekts ist.«

»Sie kennen sich da besser aus«, sagte ich trocken.

»Und wenn man die Philosophie beiseitelässt, dann waren Sie und Ihre Mutter praktisch Feinde.«

»Also nicht gerade Feinde …«, begann ich zu widersprechen. »Obwohl, woher wissen Sie das?«

Nina seufzte: »Was sind Sie schwer von Kapee! Sie können nur mein Assistent sein!«

»Gut!«, sagte ich. »Das bin ich bereits.«

»Nein«, sagte Glockenblümchen stur. »Sie sind noch nicht so weit.«

»Ich werde mich anstrengen, Nina. Aber jetzt wird es Zeit für mich. Ich muss gehen.«

»Warten Sie!«, sagte sie. »Wenn Sie mein Assistent sein wollen, dann schlage ich vor, Sie treffen sich mit Ihrer Mutter.«

»Ich besuche regelmäßig ihr Grab. Gerade neulich bin ich da gewesen. An Allerseelen.«

»Bei ihr haben sich einige Fragen an Sie angesammelt. Wollen Sie sie treffen?«

»Worüber reden Sie?«, fragte ich kühl.

»Darüber«, sagte Nina ruhig, »dass Ihre Mutter sich mit neunzig Jahren im Kremlkrankenhaus das Leben genommen hat.«

»Sie war ein stolzer Mensch«, murmelte ich.

»Sie war schon klinisch tot, aber die Ärzte haben sie wiederbelebt … Sie hat sich mit Schlaftabletten vergiftet, neunzehn Tabletten hat sie in der Nacht geschluckt, weil die Bettnachbarinnen sie angeschrien haben …«

»Seien Sie still!«, sagte ich heiser. »Das ist ein Familiengeheimnis.«

»Und nachdem man sie ins Leben zurückgeholt hat, kam sie auf die Intensivstation, und Sie haben sie gesehen, sie lag da wie gekreuzigt …«

»Nina!«, flehte ich. »Hören Sie auf! Das ist meine Mutter!«

»Und dann haben Sie alle Stockwerke abgeklappert auf der Suche nach dem Chefarzt, denn man wollte sie in die Klapsmühle stecken.«

»Das ist ihnen nicht gelungen!«, sagte ich hart.

»Jetzt erzählen Sie überall herum, dass sie Sie nicht geliebt habe … Stimmt doch?«

»Sie hat mich auf merkwürdige Art geliebt … einfach sehr merkwürdig!«

»Geht es etwas genauer?«, sagte Nina.

»Nach und nach bin ich für sie all das gewesen, was sie nicht mochte. Mama hat wie in einen Bottich alles in mich hineingegossen, was ihr fremd war.«

»Folgendes«, sagte Nina, »wenn Sie jetzt in Ihr Auto einsteigen und auf die Datscha fahren würden … Sie haben doch eine Datscha an der Nowaja Riga?«

»Na ja, keine Datscha, so eine Art Ferienwohnung, eine kleine …«

»Genau«, nickte Nina. »Wenn Sie heute Nacht dort sind, kommt sie zu Ihnen.«

»Wie kommt sie?«

»Sie wollen wissen, in welcher Gestalt? Das werden Sie schon sehen! Ciao!«

Und dann flatterte Nina davon, eher wie ein Falter als wie ein Glockenblümchen. Ich bezahlte beim Kellner das Leitungswasser, und er sagte: »Vielen Dank! Kommen Sie wieder!«

Ich setzte mich ins Auto, ließ den Motor an und begann nachzudenken. Ich kämpfte mich durch bis zum dritten Autobahnring, von da weiter in Richtung Datscha, also zu meiner Ferienwohnung. Ich fuhr über die Nowaja Riga und dachte: Wenn sie kommt, sage ich zu ihr: Verzeih mir. Verzeih mir, dass ich deinen Tod verschlafen habe.

Und dann werde ich sagen: »Von dir ist das Buch geblieben. Ja, genau. Deine Memoiren. Ich habe es neulich zur Hand genommen und angefangen, es wieder zu lesen ... Vieles hatte ich vergessen ... Und auf einmal habe ich deinen Tonfall gehört ... und er war mir so vertraut, er ging mir durch und durch wie eine Welle, und ich ... Nun ja, was soll ich sagen ...«

Wohin fahre ich? Was für eine blöde Kuh, eine Lachnummer ... Eine Niete! Scheiß Glockenblümchen! Wohin fahre ich? Wohin? Bin ja selbst eine Lachnummer. Meine Mama war mir so was von fremd ... einschließlich, wie sie sich vergiftet hat ... Sie hat mich für ein Monster gehalten ... Wozu fahre ich dorthin?«

Ich kam in der Datschasiedlung an, hupte kurz, der Schlagbaum hob sich quälend langsam. Ich fuhr am Kesselhaus vorbei, den Hügel hoch, parkte das Auto auf dem Parkplatz für Anwohner, atmete die frische Landluft ein und murmelte aus irgendeinem Grund Ninas Familiennamen vor mich hin: »Koschólkina.«

Ich drückte an der Haustür den Nummerncode 2-8, stieg in mein Stockwerk hoch, im ganzen Treppenhaus brannte nur eine Glühbirne. Ich öffnete mit dem Schlüssel die Wohnungstür. Die Tür knarrte. Mich erfasste ein Grauen.

Dieses Grauen machte mich fertig, mein Bewusstsein vernebelte sich irgendwie wattig.

Ich knipste das Licht im großen Zimmer an. Dort war niemand.

Ich ging in die Küche und machte unterwegs überall Licht. In der Küche goss ich mir Leitungswasser ein, setzte mich auf den alten Wiener Stuhl, die Beine hilflos gespreizt, trank von dem Wasser. Alles war still. Stilles nächtliches Grauen erfüllte den Raum. Es blieb nur noch der Blick ins dunkle Schlafzimmer. Ich musste bloß die weiße Tür öffnen.

Mein Herz klopfte wie wild und heulte.

»Ich fahre zurück nach Moskau!«, sagte ich laut und entschlossen zu mir selbst, mit klapperndem Kiefer. »Ich fahre nach Moskau!«

Mit diesen Worten öffnete ich die Tür. Sie saß auf dem Bett. Vornübergebeugt. Über den Schultern ein graues, für sie untypisches wollenes Tuch. Aber sie war da. Das war sie. Sie hob den Blick und sah mich an. Ich nickte und sagte: »Mama.«

93
Artur Pechvogel und Alina

Artur war der eleganteste Alkoholiker Moskaus. Wenn der Moment des Wodka-Deliriums im Anrollen war, verschwand er vom Radar der Moskauer Hautevolee, begab sich stante pede ans Weiße Meer, nach Norwegen oder Kanada, und dort schloss er sich in einer Hütte oder in einem Fünfsternehotelzimmer ein und becherte Tag und Nacht, was das Zeug hielt (er behauptete, im Norden sei das Bechern interessanter), er trank, bis er orange Werwölfe und lila Hexen mit Hängebusen sah. Hatte er im Delirium genügend exotische Erlebnisse gesammelt, sich nach Herzenslust mit Teufelsgestalten ausgetauscht, in inniger Umarmung mit einem Bären geheult, kehrte Artur nach Moskau zurück, den Mantelkragen hochgeschlagen, begann wie Adam ganz von Anfang an zu leben und rief als Erstes Alina an.

Während meine Schwester O. über eine philosophische Verfassung von Geist und Körper verfügte, war Alina zu hundert Prozent eine atemberaubende Schönheit und Triebtäterin.

Ein stilles Wasser mit flammenden Augen, liebte sie es, Schlägereien zu provozieren und sich an ungeheuerlichen Skandalen zu beteiligen. Sie ging zu Protestaktionen, nicht weil sie Demokratie so toll fand, sondern weil ihr gefiel, wie die Bullen sie durch die Mangel drehten, sie schlugen und in einen Gefangenentransporter schleiften und sie sie dann auf der Bullenwache verhöhnten. Sie liebte es, in einer fremden Stadt nachts durch menschenleere Straßen und über verwahrloste Friedhöfe zu streifen, in zweifelhaften Kaschemmen abzuhängen, Vergewaltigungen zu riskieren. Sie liebte es, mit einem wilden Schrei zu kommen, wenn irgendwelche üblen Typen sie tatsächlich vergewaltigten: Halbwüchsige, Banditen oder Schwerverbrecher, und diese wiederum begegneten ihr mit unwillkürlichem Respekt.

Sie träumte davon, in eine Flugzeugkatastrophe zu geraten und wie durch ein Wunder am Leben zu bleiben, sie wollte eine Missgeburt zur Welt bringen und sich das ganze Leben damit herumquälen. Aber am meisten quälte sie, dass Artur sich weigerte, sie zu heiraten.

Alina organisierte einen Debattierklub mit Namen *Ohne Zärtlichkeit*, sie war eine reflektierte Bloggerin. Sie interviewte mich. Trotz ihres jugendlichen Alters besaß sie eine Immobilie an den Patriarchenteichen in der Moskauer Innenstadt mit Bar und Kinosaal. Ihr Papa war ein reicher Mann.

»Gehen wir an die Bar und trinken einen Tee oder Kaffee? Marina! Gleich kommen die Ärzte aus Israel, empfangen Sie sie bitte …«

»Ich unterhalte mich nach unserem Interview mit ihnen. Was für schöne Schuhe Sie da anhaben … Wo kann man so welche denn kaufen?«

»In Mailand.«

»Sie sind eine wandelnde Provokation. Ein erstklassiger Grund für sexuelle Belästigung. Wohin man guckt – überall Provokation. Beine in schwarzen Strümpfen – Provokation. Schuhe – dito. Diese schwarzen üppigen Locken – Provokation! Kaffee? Americano? Mit

Zucker? Nein. Interessant, rasieren Sie sich untenrum? Ich finde es besser, das Schamhaar zu trimmen.«

»Ich auch.«

»Entschuldigung, Alina, ich habe nachgedacht, in meinem Kopf rotieren eine Menge schmutziger Gedanken.«

»*Pon-jat-ka* also. *Ponjatka*. Mit Betonung auf dem ersten A. Stimmt's? Was ist das?«

»Das Virus.«

»Sie sprechen in Rätseln.«

»*Ponjatka*. Eine Vorrichtung des Gehirns zur begrenzten Aufnahme von Wirklichkeit.«

»Wer verfügt über diese Ihre *Ponjatka*?«

»Das Volk. Millionen Menschen. *Ponjatka* – das ist eine bequeme Vorrichtung, so wie eine TV-Fernbedienung.«

»Ich bin sehr angetan von Ihrer Stimme.«

»Die *Ponjatka*«, sagte ich leicht verlegen, »empfängt nur eine besondere Form von Agitation und Propaganda. Es gibt eine rote Linie, jenseits derer für die *Ponjatka* alles fremd und verhasst ist.«

»Habe auch ich diese *Ponjatka*?«

»Ich glaube nicht.«

»Ich reagiere sehr empfindlich auf Stimmen. In Ihrer Stimme höre ich Jugend – den kleinen Jungen.«

Ich sah sie verwirrt an.

»Ich meine das absolut ernst. Aus Ihrer Stimme weht die Jugend. Wie aus einer Spalte, und Spalte, das ist mein Lieblingswort ...«

Ich war vollkommen verwirrt und wurde anscheinend sogar rot.

»Ich bin Profi in Sachen Töne, es gibt viele Töne, die ich ätzend finde ... andere höre ich gern. Egal, wer was sagt. Wichtig ist, in welchem Tonfall. Wissen Sie, manchmal zum Beispiel klimpert Geld in einer Stimme.«

Ich lachte erleichtert.

»Und gibt es die *Ponjatka* nur bei uns?«

»Bei uns mehr als bei anderen. Bei uns ist sie ein historisches Phänomen. Wir sind in der *Ponjatka* geboren wie in einem Stall. Die

Ponjatka hat uns erfasst. Teilweise auch die Belarussen und Ukrainer. Aber nur teilweise, uns dagegen ganz. Die *Ponjatka* ist der Begriffsapparat des Mobs, schließt man sie an Elektrokabel an, verwandelt sie den Mob in Wahlvolk.«

»Mmmh ... Ich danke Ihnen, auch wenn ich gar nicht weiß, wofür ich Ihnen danke. Jeder Mensch schleppt in jeden Teil der Welt seine eigene Sackgasse mit. Aber Dankbarkeit ist eine bemerkenswerte Eigenschaft, die man nicht so leicht loswird. Und Sackgassen sind lustig. In ihren dunklen Ecken lauert der Sex.«

Alina lachte, errötete, trank ihren Americano aus, ging arbeiten, auf der Arbeit wurde sie respektiert und, wie sie selbst sagt, gefürchtet.

94
Glücklicher Tod

ICH: Wisst ihr schon, er ist tot! Mama, hörst du, er ist tot! Er ist endlich tot! Mama, schau, ich führe Freudentänze auf! Mama! Mama!

MAMA: Aber ich bin ja auch tot. Ich liege schon lange auf dem Wagankowo-Friedhof.

ICH: Ja, ja, versteh ich, aber hör mir zu, er ist tot!

MAMA: Was wird nun aus Russland?

ICH: Schlimmer wird's nicht. Noch schlimmer kann's nicht werden.

MAMA: In fünf Minuten hat man ihn vergessen. Man wird ihn nicht mal vernünftig beerdigen.

ICH: Man wird ihn niemals vergessen. Ihn zu vergessen ist unmöglich.

MAMA: Ich glaube an ein schönes Russland der Zukunft.

ICH: Papa, hörst du mich, er ist tot!

PAPA: Ich bin doch auch tot.

ICH: Ich weiß, ja, aber er ist jetzt auch tot! Tot! Die ganze Welt jubelt!

PAPA: Nun ja, nicht die ganze Welt. Was wird aus Russland?

ICH: Der Krieg hört sofort auf. Heute ist er gestorben – morgen ist der Krieg aus.

PAPA: Und wer kommt an seiner Stelle?

ICH: Egal.

PAPA: Da hast du unrecht. Ohne ihn wird Russland zusammenbrechen.

ICH: Vielleicht, ja.

PAPA: Warum jubelst du dann?

MAMA: Russland bricht nicht zusammen. Die besten Leute werden sich an den Verhandlungstisch setzen und eine Übereinkunft finden.

PAPA: Aber unser Sohn sagt, es bricht zusammen.

ICH: Vielleicht ja auch nicht. Aber so ein Russland kann mir gestohlen bleiben. Soll es doch zusammenbrechen.

PAPA: Wieso jubelst du dann?

ICH: Papa, er ist endlich, endlich, endlich ist er tot! Papa, was für ein Glück. Macht's gut, liebe Eltern! Schlaft weiter!

OBERST NARYSCHKIN (mischt sich überraschend ein): Gestatten! Gestatten! Naryschkin, Oberst der Weißen Garde. In Paris bin ich ungeachtet meiner Körperfülle mindestens zwei Mal am Tag die Treppe hinunter- und wieder hochgerannt und zum Zeitungskiosk an den Grands Boulevards geeilt. Dort gab es die russische Emigrantenzeitung *Poslednije Nowosti* – Neueste Nachrichten. Ich kaufte die Zeitung und las sie mit zitternden Händen. Vielleicht war die Sowjetmacht ja doch plötzlich zusammengebrochen? Aber nein ... Und dann plötzlich, ich eile eines Tages wieder zum Kiosk und – was für ein Moment des Glücks: Lenin ist tot! Lenin ist zur Hölle gefahren! Ich traue meinen Augen nicht. Um den Kiosk hat sich schon ein Grüppchen Russen versammelt, und alle sind glücklich: Lenin ist tot! Ohne ihn wird die Sowjetmacht keine Woche überleben. Es gibt keinen, der ihn ersetzen könnte. Was haben Sie gesagt, Stalin? Der würde passen. Georgier, Pragmatiker, Verteidiger des Privateigentums! Leute, ich sage euch: In einem halben Jahr trinken wir Champagner in Moskau!

95
Stalinovirus

Mit dem Auftauchen und der aktiven Ausbreitung der Epidemie der Dummheit in Russland kam bei mir eine gewisse Hoffnung auf, dass zumindest eine zarte Versöhnung ideologisch entgegengesetzter Parteien und Bewegungen zustande kommen könnte – so etwas wie zwischen wilden Tieren am Wasserloch. Sind wir etwa schlechter als Tiere? Als Teil der Menschheit reihen wir uns ein in die Weltzivilisation, die ins Unglück geraten ist, und wir halten die Idee der menschlichen Solidarität hoch.

Vielleicht wäre so etwas theoretisch möglich, wenn in unserem Land nicht ein anderes, nicht weniger schreckliches, eher sogar signifikant gnadenloseres und langlebigeres Virus unter dem Namen Stalinovirus existierte.

Dieses Virus hat mindestens das halbe Land erfasst, mit dem Ergebnis, dass der Große Führer (laut Statistik) als der größte positive Held in der russischen Geschichte gilt. Bis vor Kurzem allerdings mit ein paar Vorbehalten.

Als aber die Epidemie der Dummheit über Russland hereinbrach, stellte sich vollkommen überraschend heraus, dass das Stalinovirus in der letzten Zeit eine Evolution durchlaufen und bisher vorhandene Grenzen gesprengt hatte.

Während früher, noch vor Kurzem, die Entkulakisierung (über die sich selbst der vollkommen loyale Scholochow in scharfen Briefen an Stalin empörte) und der Große Terror 1937–1938 (wozu Scholochow weitere empörte Briefe an Stalin schrieb) als Schandflecke des Stalinismus galten, hat sich das nun grundlegend geändert. Der Generalissimus hat, der traditionellen Meinung vom Stalinovirus infizierter Bürger nach, nicht nur höchstpersönlich den Krieg gegen die Nazis gewonnen, sondern überhaupt alles in seinem Führerleben richtig gemacht. So kam die Entkulakisierung der Industrialisierung der Landwirtschaft zugute, und der Große Terror trug zur notwendigen Säuberung des Landes von potenziellen Verrätern im aufziehenden Krieg gegen Hitler bei. Wer nicht dieser Ansicht ist, der tanzt nach fremder Pfeife!

Das Stalinovirus frisst die Seele auf. Entstanden noch vor Stalin, in den Weiten der russischen Leibeigenschaft, begann sich dieses Virus während der Alphabetisierungskampagne rasant auszubreiten. Die Namen Lenin und Stalin bildeten die Speerspitze, und hinter ihnen marschierten Wörter wie Kampf und Sieg. Mama und Papa wurden während der Alphabetisierung als erste Vokabeln von großen Linguisten und Philologen einschließlich Michail Bachtin aussortiert, einem eher unauffälligen Beteiligten an der Operation zur Einführung des Stalinovirus. Und wie hätte es auch anders sein sollen, wo es doch bis heute in Russland viele Pawlik-Morosow-Parks gibt.

Das Stalinovirus überlebte nicht nur Stalin, sondern auch die halbherzige Entstalinisierung des Landes, die Entfernung des Großen Führers aus dem Mausoleum, entlarvende Reden und Bücher. Das Regime des Großen Gopniks, das autoritäre Regierungsmethoden austestete, ließ sich davon nur zu gern anstecken und steckte (nicht ohne Hilfe des Fernsehens) seinerseits Millionen Menschen an.

Wann werden wir den siegreichen Tag der Entkulakisierung festlich begehen? Wann wird der Sommertag 1937 ein Feiertag sein – der Beginn des Großen Terrors mit feierlicher Rehabilitierung seines Vollstreckers, Stalins Hofzwergs Nikolai Iwanowitsch Jeschow, des leidenschaftlichen Anhängers von Erschießungen, des Rosenliebhabers und unglücklichen gehörnten Ehemanns, dessen Frau weiß Gott wer alles gefickt hat, vom erwähnten Scholochow bis zu Babel?

96
Wohin ging Reagan auf der Suche nach einer Antwort?

Wir haben Glück, dass wir in einem so unbequemen Land wie Russland geboren wurden. Wir können unser Land immer als das Hindernis vorschieben, das uns das Leben nicht genießen lässt, aber in Wahrheit alle möglichen Hoffnungen weckt auf andere,

- RESEARCH WHO IS PAWLIU MOROSOW

vollkommenere Formen des Daseins. Ewig leidend oder sich gegen das Leiden wehrend, stellen wir uns frohe Völker vor, die glücklich eine Existenz im russischen Zirkus vermieden haben, und wir sind erfüllt von legitimem Neid auf sie. Doch wenn man am Leben dieser Völker teilnimmt, nicht als Tourist, sondern als Flüchtling, ist das Erste, das man empfindet, sobald die aufmunternde Hypnose der Trennung vom heimischen Schwachsinn nachlässt, der Schrecken vor dem Bild des kläglichen und kraftlosen freien Menschen, der sich über seinen kleinen Stress ständig ebenso aufregt wie wir über unseren großen, maßlosen, und dann wird verständlich, warum es keine Hoffnung gibt und geben wird.

Von allen Zirkusveranstaltungen, die ich in meinem Leben mit vagen Gefühlen distanzierter Liebe besucht habe, würde ich einen bestimmten Zirkus nicht in der Arena, sondern bei einem Abendempfang, zum Sieger küren. Das war im Jahr 1988. Anlässlich der Perestroika kam Ronald Reagan nach Moskau, und die Amerikaner gaben einen grandiosen Empfang in jenem Spaso House, das seinerzeit Bulgakow als Ort für seinen Satansball beschrieb. Doch der Satansball verblasste angesichts des Schauspiels, bei dem als geladene Gäste Besiegte und Sieger, gestrige Feinde des Volkes und morgige Verschwörungsgeneräle, Genies und deren Gattinnen erschienen. Ich erhielt eine Einladung zu diesem Abendessen in meiner Eigenschaft als junger literarischer Revoluzzer – weitere Verdienste zugunsten der Menschheit hatte ich keine vorzuweisen.

Die Gäste wurden auf offener Straße geschlagene sieben Mal gefilzt. Zuerst vier Mal vom KGB und dann drei Mal vom amerikanischen Geheimdienst. Nach der strengen Filzerei gelangten die Gäste in einen funkelnden aufgeheizten Saal, wo sie unter den Klängen schneidiger Musik, die ein kämpferischer amerikanischer General in Paradeuniform einem Klavier entlockte, abwechselnd von Reagan und Nancy sowie Gorbatschow und Raissa Maximowna begrüßt wurden.

Ich kam an einem Tisch mit dem Kreml-Chefideologen Ligatschow und Verteidigungsminister Marschall Jasow zu sitzen, die mich mit unverhohlener Abscheu ansahen und darüber sprachen, wer wo geboren wurde. Aus dem Gespräch wurde klar, dass Ligatschow bedeutender war als Jasow mit seinen irreal riesigen Sternen auf den Schulterklappen – es schien, als bestünde Jasow nur aus diesen Sternen und diese könnten zugleich wie Meeresquallen von seinen Schultern herunterrutschen. Doch der in Zivil gekleidete Ligatschow, damals der zweite Mann nach Gorbatschow, sprach lässig und von oben herab mit ihm, und der Marschall schnappte nach jedem seiner Worte wie ein Hund nach dem Knochen, der ihm vom Tisch seines Herrn zugeworfen wird. Es stellte sich heraus, dass sie beide aus sibirischen Dörfern stammten, und sie freuten sich mordsmäßig darüber, als hätten sie nicht schon früher miteinander geredet. Ich schwieg und schwieg, aber irgendetwas wollte ich auch sagen, und höflich lächelnd fragte ich schließlich Ligatschow artig: »Und haben Sie kein Heimweh nach Sibirien?«

Ligatschow explodierte bei meinen Worten wie ein getroffener Panzer. Ich hatte diese Frage vollkommen blauäugig gestellt, doch kaum hatte ich sie ausgesprochen, hörte ich die versteckte Bedeutung heraus. Jasow mit seinen Marschallsternen sah mich prüfend an: Wer war ich? Entweder würde ich schon morgen zu einem ganz hohen Tier ernannt, oder aber das war mein Ende. Wahrscheinlich hatte diesem verwöhnten aufgeblasenen Politbüromitglied schon viele Jahre lang niemand eine Frage gestellt, in der er weder mit Namen und Vatersnamen angeredet, noch ein schleimiger Ton angeschlagen wurde. Ligatschow reagierte mit tragischer Note, und der Blick, mit dem er mich ansah, war hasserfüllt: »Wenn man jetzt zu mir sagen würde, geh nach Sibirien, dann würde ich meinen Koffer packen und wäre weg. Keinen Fuß würde ich mehr hierhersetzen.«

Genauso stellte ich es mir vor: Wie er seine Sachen in den Koffer packt und sein Fuß irgendwohin verschwindet. Mich verblüffte an diesem tragischen Ausruf einer schwindenden Epoche, der ich zufällig auf die Hühneraugen getreten war, die schlichte bäuerliche Logik: Wenn du es wagst, mir solche Fragen zu stellen, und ich darauf antworte, dann bin ich schon niemand mehr.

Ich langte nach meinem Weinglas, um den Fauxpas runterzuspülen, aber es war fast nichts mehr drin. Man hatte den Chablis sparsam ausgeschenkt, offenbar nicht aus Knickrigkeit, sondern weil man befürchtete, die Russen könnten sich betrinken. Doch die amerikanischen Geheimdienste rechneten nicht damit, dass die Russen bereits stark angeheitert zu dem festlichen Abendessen erscheinen könnten. Genau das passierte dann. Vor dem Dessert stieg Reagan auf eine kleine Bühne, um einen Toast auszubringen oder auch eine Rede zu halten, doch zum Entsetzen des technischen Personals der Botschaft gab das Mikrofon den Geist auf, und Amerika war blamiert. Reagan war verwirrt, fand aber aus der Situation heraus: »Da das Mikrofon nicht funktioniert«, sagte er, »werde ich das sagen, was ich nicht ins Mikrofon sagen wollte.«

Das wirkte irgendwie sympathisch. Doch dann wurde es doch noch peinlich. Unsere großartige Dichterin Bella Achmadulina, die offensichtlich schon vor dem Empfang einen gehoben hatte, stand vom Tisch auf und sagte an den ganzen Saal gewandt mit ihrer silberhellen Stimme: »Gar nichts wirst du sagen, nichts, was du nicht ins Mikrofon gesagt hättest!«

Alle erstarrten. Ihre ausfällige Einlassung war in jeder Hinsicht absurd. Nicht weit von mir mit Reagan an einem Tisch platziert, hatte sie ihm ja schon freundschaftlich einen dicken Ring geschenkt, woraufhin der Präsident der USA allerdings etwas finster dreinschaute, denn so ein Geschenk konnte nach amerikanischen Gesetzen als Bestechung gelten. Er wies das Geschenk zurück – sie steckte es ihm in seine Jackentasche. Er wollte es wieder hervorholen, sie hielt seine Hand fest …

Warum also Reagan so einen Fußtritt versetzen? Und woher wusste Bella, was Reagan sagen wollte? Doch offenbar wusste sie es, denn sie hatte was getrunken, und alles war klar. Reagan, mit ungesund roten Wangen und wegen der Anstrengungen seines Präsidentenlebens triefenden Augen, wollte etwas antworten, aber da kamen schon die amerikanischen Bodyguards zum Einsatz. Ein riesiger Schwarzer tauchte aus dem Nichts auf, umklammerte die Achmadulina und verschwand blitzartig mit seiner Beute, unklar wohin. Eine Minute später rannte Borja Messerer auf der Suche nach seiner abhandengekommenen Gattin aus dem Saal. Bulgakow nichts dagegen.

Doch das Wichtigste stand noch bevor. In einem bestimmten Moment, schon nach dem Dessert, als alle bereits standen, fand ich mich zwischen den Präsidenten der beiden Großmächte wieder, und sie wollten mir etwas sagen. Gorbatschow begann: »Haben sie dich wieder in den Schriftstellerverband aufgenommen?«, fragte er mich per Du, denn er duzte alle, aber in meinem Fall war das ein freundliches Duzen.

»Nein«, sagte ich.

Gorbatschow schüttelte unzufrieden den Kopf. Am nächsten Morgen würde mein Telefon klingeln. Ein Anruf aus dem Schriftstellerverband.

»Viktor Wladimirowitsch! Wir haben Sie hier schon lange nicht mehr gesehen. Wollen Sie nicht mal wieder vorbeischauen ...?«

Aber das geschah erst am nächsten Morgen, jetzt wandte sich der damalige Gorbatschow, kerngesund und kraftvoll wie der Weltenherrscher, an Sacharow, Mitglied der Akademie der Wissenschaften, und ich blieb allein mit Ronald Reagan.

»Waren Sie mal in Amerika?«, fragte der Präsident Amerikas interessiert.

»Nein«, lächelte ich.

Und da sagte Reagan: »Ich lade Sie ein.«

Mit mir ging es steil aufwärts. Innerhalb einer Minute hatte ich die freundschaftliche Unterstützung Gorbatschows und eine freundschaftliche Einladung Reagans erhalten. Sein Assistent notierte umgehend etwas auf einem Blatt Papier. Und Reagan sah ihn plötzlich an und dann mich, und vertraulich fragte er leise, ein wenig schüchtern: »Wo bin ich? Wo bin ich gerade? In welchem Land?«

Ich wollte ihm antworten, machte den Mund auf, aber die Worte kamen nicht heraus. Nein, ich wusste, wo wir waren, in welchem Land, dieses Land hatte noch ganze vier Jahre zu leben, aber ich stand einfach da mit offenem Mund. Reagan wandte sich um und ging irgendwohin. Auf der Suche nach einer Antwort.

24. Februar

Reagans Blackout ist einer meiner stärksten Eindrücke. Serge Schmemann, Chef des Moskauer Büros der New York Times, *kam am nächsten Morgen vorbei, um zu erfahren, wie das Abendessen war. Ich erzählte. Und fragte: Kann man das in deiner Zeitung veröffentlichen? Er schüttelte den Kopf.*

24. Februar

Wie jeder Gopnik mit Selbstachtung, gab der Große Gopnik seine Fehler niemals zu, aus dem einfachen Grund, weil er nie welche machte.

97
Opernpause mit Königin

Durchs Fenster des Flughafenterminals Scheremetjewo sah ich zufällig eine nagelneue Boeing der Aeroflot mit dem Namenszug »Alfred Schnittke«.

»Jetzt bist du also auch ein Flugzeug geworden, Alfred«, murmelte ich, musste lächeln und war gleichzeitig entsetzt.

Das Leben ist eine Zitatensammlung. Mit Lossew ging ich in die Perestroika, mit Alfred Schnittke habe ich sie für mich beendet, im Jahr 1992 machten wir mit ihm die Oper *Leben mit einem Idioten*.

Mit Alfred führte ich vertrauensvolle Gespräche.

»Um Gott zu finden«, sagte Alfred, »muss man nicht über eine Mauer klettern und auch keine Löcher hineinbohren. Ich suche Gott, wenn ich komponiere. Du musst ihn in deiner Literatur suchen.«

Er schrieb die wohl tiefgründigste Rezension über meine Erzählungen (vergleicht man sie mit den »Gemeinsam Gehenden« – was für eine Meinungsvielfalt in Russland!):

»Zum wievielten Mal präsentiert einem das unergründliche Leben solch ein quälendes Geschenk? Wohl nicht das erste Mal. Aber auch nicht das zehnte Mal. Doch erst in dem Moment, wenn Sie das Buch

Alfred Schnittke

von Viktor Jerofejew aufschlagen, empfinden Sie sofort diesen doppelten Effekt der Berührung mit lang Bekanntem, doch völlig Unerhörtem, jene Erschütterung durch die gleichzeitige Begegnung mit der Hölle und dem Paradies, die in jedem von uns geschieht, jene absolute Unerreichbarkeit von etwas, wie es scheint, ganz Abgedroschenem und Banalem. Man weiß nicht, wovon einem der Atem stockt – von der Empörung über die Blasphemie der Sujets und Charaktere oder von der entfesselten Atmosphäre einer verschwiegenen, doch klar spürbaren märtyrerhaften Heiligkeit.«

Als ich ihm die *Moskauer Schönheit* gab, noch in einer Selbstverlagsausgabe, äußerte er sich dazu nach einem seiner Konzerte. Das war hinter den Kulissen im Großen Saal des Konservatoriums. Er hatte riesigen Erfolg an jenem Abend. Ich ging zu ihm, um ihm zu gratulieren.

»Nicht mir muss man gratulieren, sondern dir. Du hast ein helles Buch geschrieben.«

Nie hat sich jemand positiver über die *Schönheit* geäußert.

Ich riet ihm ab, den Leninpreis anzunehmen. Während der Perestroika. Ich sagte, das sei unanständig. Seine Frau war sauer auf mich. Ihr schien es, dass ich einen unguten Einfluss auf ihn ausübte. Ja, und der Preis hätte auch nicht wenig Geld bedeutet ... Vielleicht wollte sie Brillanten. In den höheren Sphären der Musikwelt waren damals Brillanten groß in Mode.

Alfred Schnittke war das einzige lebende Genie in meinem Leben, mit dem ich nicht nur befreundet war, sondern auch arbeitete – an einer gemeinsamen Oper. Wahrscheinlich war das Wesentliche seines »Ichs«, dass er sich permanent an der Schnittstelle zweier oder mehrerer Welten befand und fähig war, diese gleichzeitig zu hören und zu fühlen. Das bedeutet nicht, dass er im irdischen Leben mit abwesendem Blick lebte, dass er aber an anderen Dimensionen partizipierte, daran zweifelte ich nicht. Sein Eulenblick vereinigte in sich Präsenz und Entrücktheit. Da er verstand, dass er nicht ganz im Hier und Jetzt war, nahm er Zuflucht zu einer erlesenen Höflichkeit, um nicht als exotischer und neugieriger Alien zu gelten.

Wir waren eng befreundet. So eng, dass wir sogar Geburtstage zu viert feierten, zusammen mit unseren Ehefrauen. So eng, dass ich Alfred schließlich überzeugen konnte, den Leninpreis abzulehnen, damit er sich nicht den Ruf ruinierte. Bis heute fehlt mir der Austausch mit Alfred.

Sein Vorschlag, nach meiner Erzählung *Leben mit einem Idioten* eine Oper zu schreiben, erschien mir zunächst wie eine mozartsche Geste des Leichtsinns. Unsere Freundschaft stieß bei sehr vielen Intellektuellen und Liberalen auf Befremden. In vielem waren wir Antipoden. Aber wir tauschten uns aus im Glauben an das, was uns beiden teuer war: Er fand auf dem Grunde meiner Prosa »Licht« (er war imstande, darüber kurz und prägnant zu schreiben, besser als alle anderen), und ich sah in seiner »Helligkeit« den ewigen Konflikt zwischen Ordnung und Chaos.

Das erste Mal hörte er *Leben mit einem Idioten* in der Öffentlichen Bibliothek am Puschkin-Platz, wo er zusammen mit Gennadi Roschdestwenski auftauchte und bei den jungen Leuten einer weiteren historischen Tauwetterperiode, die zu meiner Lesung gekommen waren, einen kulturellen Schock auslöste. Nach der Lesung sagte meine Frau Wesława zu Schnittke halb im Scherz, meine Erzählung mit ihrem um den Tod kreisenden Karussell von Masken der Liebe könne eine Vorlage für eine Oper abgeben. Keiner von uns beiden nahm dieses Thema wieder auf. Ich dachte, dass nach seiner Arbeit mit dem *Faust*-Text und mit mittelalterlicher armenischer Lyrik all das äußerst fehl am Platze sei. Einige Zeit später rief er mich an, um mir seinen Vorschlag zu machen.

»Das ist unmöglich«, sagte ich, geschmeichelt, aber aus dem Konzept gebracht. »Ich kann mir nicht vorstellen, wer das Libretto schreiben sollte. So jemanden gibt es einfach nicht.«

»Darum schreibst du es eben selbst«, sagte Alfred.

»Aber ich habe noch nie ein Libretto geschrieben«, erwiderte ich. Ich schämte mich hinzuzufügen, dass ich überhaupt kein großer Liebhaber der Opernkunst sei.

»Genau darum wird dir das Libretto gut gelingen.«

Ich willigte ein, eine Rohfassung dessen zu schreiben, was nach meiner Vorstellung irgendwann, mit Schnittkes Hilfe, ein Libretto werden könnte. Ich stellte mir das Ganze so vor, dass wir wie Manilow und Tschitschikow endlos Tee trinkend über das Schöne sinnieren würden. Außerdem hatte ich mir gerade in Amerika meinen ersten Macintosh gekauft, und ich hatte Lust, ihn in diesem für mich neuen Genre zu testen. Ich schaute weder in irgendeine Libretto-Sammlung noch in eine Oper – ich schrieb innerhalb einer Woche eine Fantasie zum Thema dieses Genres und gab sie Schnittke. Der schwieg einige Tage lang. Ich meinte schon, dass es ein Fehler gewesen war, mich darauf einzulassen: So kann man nicht nur eine Oper gegen die Wand fahren, sondern auch eine Freundschaft zerstören. Dann hielt ich es nicht mehr aus und rief ihn selbst an.

»Hast du es gelesen?«

»Ja.«

»Und?«

»Es ist gut.«

»Wann fangen wir an, gemeinsam daran zu arbeiten?«

»Wozu? Es ist doch schon fertig. *Ich* muss jetzt arbeiten.«

So wurde die Rohfassung zur Endfassung. Die Oper wurde als Auftragswerk der Amsterdamer Oper geschrieben. Der Moment kam, da man einen Regisseur finden musste. Wir hatten die Möglichkeit, wen wir wollten, aus welchem Land auch immer zu wählen – ob einen jungen gerade angesagten Avantgardisten oder auch einen weltberühmten Maestro. Ungeachtet seiner Abneigung gegen den Konzeptualismus traf Schnittke eine höchst konzeptuelle Entscheidung. Er schlug vor, einen Regisseur zu engagieren, der, wie er sagte, schon dreihundert Inszenierungen sowjetischer Opern auf dem Buckel habe. Das *Leben mit einem Idioten* werde in solch einer Interpretation in einem neuen Licht erstrahlen. Aber würde der Alte, Boris Alexandrowitsch Pokrowski, mitmachen?

Wir begaben uns zu ihm auf den Kutusowski-Prospekt wie zwei schüchterne, aber pfiffige Schüler, die entschlossen waren, ihren Lehrer zu etwas in jeder Hinsicht Suspektem anzustiften. Pokrowski begegnete uns und unserem Vorschlag mit unverhohlenem Misstrauen. Schnittke holte die Noten hervor, setzte sich ans Klavier und begann die Eingangsarien aller Helden und des Chors zu singen. Das war ein wahres Wunder, aber er fiel schnell aus der Rolle und lachte buchstäblich Tränen über jedes Wort, als hörte er es zum ersten Mal.

»Das Leben mit einem Idioten ist voller Überraschungen ...«, sang Schnittke und lachte. Ich hatte Alfred noch nie in so einem Zustand gesehen. Er war wirklich und wahrhaftig ein Genie des Gelächters. Wie sonst niemand spürte er die geballte Ladung Humor, die in diesem Projekt steckte. Auch ich kugelte mich bereits vor Lachen, aber unser irrer Auftritt machte es Pokrowski nicht leichter. Mir schien, er würde uns gleich vor die Tür setzen, in dem Glauben, dass wir uns über ihn lustig machten. Stattdessen dachte er eine Weile nach und übernahm die Inszenierung.

→ Alfred beendete die Oper, als er schon nach Hamburg übersiedelt war. Einmal, zu Besuch bei meiner Freundin Mascha Wosnessenski, nahm ich eine Ausgabe des *Moskowski Komsomolez* in die Hand und las die Nachricht, er sei gestorben. Ich erstarrte mit der Zeitung in der Hand. Ein Freund war gestorben und mit dem Freund mein Traum – unsere Oper. Später stellte sich heraus, dass es eine Falschmeldung war. Dennoch war dieser dritte Schlaganfall sehr schwer – niemand glaubte mehr, dass er die Oper beenden würde. Doch kaum war er wieder halbwegs auf den Beinen, schrieb er sie zu Ende.

Die Oper ist erstaunlich im Hinblick auf ihre Großzügigkeit gegenüber dem Text. Alfred beleuchtete die Worte mit Musik, und sie wurden einer Stadt mit abendlicher Beleuchtung der Gebäude ähnlich. So etwas wie die breiten Pariser Boulevards. Als Ergebnis gerade von Schnittkes Großzügigkeit bekam die Oper zwei gleichberechtigte Urheber, ein seltener Fall in der Kunst der Oper, und der Schriftsteller stellte sogar ein bisschen den Komponisten in den Schatten (was dessen Eitelkeit verständlicherweise einen kleinen Stich versetzte).

Das Finale geriet ganz anders als die vorhergehenden Teile der Oper: Standen zu Beginn irdische Auseinandersetzungen im

Mittelpunkt, so war der Abschied der Helden aus dem Leben von einem geschrieben, der für kurze Zeit »von dort« zurückgekehrt war.

In Amsterdam wurden die Bäume an den Kanälen grün. Es war Frühling 1992 – die Premiere stand unmittelbar bevor.

Im russischen Star-Team war Ilja Kabakow für die künstlerische Gestaltung zuständig, Dirigent war Mstislaw Rostropowitsch. Dazu noch Schnittke selbst und Pokrowski. Das waren Löwen, die sich bisweilen anbrüllten, denn sie waren ungemein mächtige und eigenwillige Tiere. Selbst die ansonsten dominante Galina Wischnewskaja sah vor diesem Hintergrund aus wie eine bescheidene Studentin und hielt sich zurück, besonders in Anwesenheit von Pokrowski. In jenem Moment spürte ich die fantastische Kraft der russischen Kunst – es war merkwürdig, bis zu welchem Grad die staatliche Macht und die Geschichte des Landes ihr nicht entsprachen.

Mstislaw Rostropowitsch würde später zu mir sagen, dass die anderthalb Monate Proben für *Leben mit einem Idioten* die beste Zeit seines Emigrantenlebens gewesen seien. Manchmal gingen wir zu zweit nach der Arbeit in ein Restaurant zum Abendessen. Einmal fragte ich ihn, den Musiker von Weltruhm: »Slawa, was ist eigentlich Ruhm?«

Er antwortete, beinahe ohne nachzudenken: »Ruhm – das ist ein Kamel mit zwei Höckern. Auf den ersten Höcker können viele draufklettern. Aber dann rutschen sie unbedingt wieder herunter. Bist du auf den zweiten Höcker geklettert, dann ist das für immer.«

Einige Kritiker waren überzeugt, *Leben mit einem Idioten* habe eine verschlüsselte politische Bedeutung und sei an manchen Stellen eine scharfe Parodie auf Lenin. Mehr noch, da der Idiot Wowa heißt, müsse Lenin gemeint sein. Ich sträube mich nicht gegen diese leninschen Konnotationen. Die Erzählung kam im Jahre 1980 zusammen mit diesem Thema zu mir, als das ganze Land gleichsam in einer Vorahnung, dass es das letzte Mal sein würde, den Geburtstag unseres ersten Großen Führers mit nie da gewesenem Pomp feierte. Die unverkennbare leninsche Phraseologie in der Oper taucht mehrmals auf, doch in der Amsterdamer Inszenierung ist der Akzent auf Lenin unerwartet und nicht auf meine oder Schnittkes Initiative hin entstanden.

Der Intendant der Amsterdamer Oper Pierre Audi war ein geschäftstüchtiger und kompetenter Mann. Er mochte unser Projekt. Zwischen ihm und mir entwickelte sich eine lockere freundschaftliche Beziehung. Als noch ungefähr drei Wochen bis zur Premiere geblieben waren, bat er mich mit besorgtem Gesichtsausdruck, bei Gelegenheit in seinem Büro vorbeizuschauen.

»Wir haben ein Problem.« Er schloss die Tür seines Büros. »In deiner Oper singt ein Schwarzer die Partie des Idioten.«

In der Tat, der berühmte amerikanische Sänger Howard Haskin, Star der Metropolitan Opera in New York, war ein Afroamerikaner. Er war hingerissen von unserer Inszenierung. Er lernte außer seinen Arien die ganze Oper, die auf Russisch gesungen wurde, auswendig und sang sie in der Mittagspause mit verschiedenen Stimmen in der Opernkantine den holländischen Kellnerinnen vor.

»Der Kuratorenrat unseres Opernhauses war heute auf einer Probe. Sie finanzieren uns. Sie waren entsetzt! Ein Schwarzer singt den Idioten! Verstehst du, bei uns in Holland geht das gar nicht, das ist politisch inkorrekt.«

»Was?« Ich traute meinen Ohren nicht. Aber er machte offenbar keinen Spaß. Es musste etwas unternommen werden. Im Raum herrschte Stille.

»Hör mal …«, sagte ich nach kurzem Nachdenken. »Wie wär's, wenn wir ihn anmalen?«

»Wie, anmalen?«, schrie Pierre regelrecht auf.

»Wir malen ihn weiß an«, sagte ich seelenruhig.

»Gute Idee!«, stimmte Pierre zu und blickte verstohlen um sich, als heckten wir ein Verbrechen aus. Offenbar hatte er noch nicht oft Schwarze weiß angemalt.

Ein herrlicher Frühlingsmorgen! Um acht Uhr früh ging ich durch den sonnendurchfluteten Korridor der Oper. Howard traf ich in der Maske. Er stand splitterfasernackt da, die Beine weit auseinandergespreizt, die Arme zur Seite ausgestreckt. Dabei sang er eine Arie aus unserer Oper. Eine junge Holländerin, leicht verlegen, sprayte seine Eier weiß ein.

»Grüß dich!«, begrüßte er mich theatralisch und schlug sich mit der flachen Hand auf die noch nicht getrocknete Brust.

»Grüß dich! Warum lässt du dich denn ganz weiß einsprayen?«, fragte ich ihn verwundert. »Du singst doch nicht nackt!«

»Stanislawski!«, rief Howard. »Stanislawski!«

Und so bekamen wir einen vollkommen weißen Schwarzen. In einem weißen Gewand sang er fantastisch auf der morgendlichen Probe. Ich war glücklich.

»Und?«, fragte ich Pierre Audi fröhlich nach der Probe.

»Komm mal rein zu mir«, sagte Pierre.

Er schloss die Tür seines Büros ab, ließ sich in einen Sessel fallen und sah mir verzweifelt in die Augen.

»Was ist los mit dir?«, fragte ich verständnislos.

»Ja siehst du's denn nicht?«, explodierte Pierre.

»Was denn?«

»Dass er so weiß angemalt wie der pure Hohn auf einen Schwarzen wirkt! Das wird man uns nicht verzeihen!« Pierre verlor endgültig jede Selbstkontrolle. »Durch die weiße Farbe«, schrie er mich an, »kommt seine schwarze Visage noch stärker raus!«

»Aber wer wird schon auf seine Nase oder seine Lippen achten …?«, meinte ich verunsichert.

»Wer, wer!«, polterte Pierre los. »Alle! Der ganze Zuschauersaal! Bei der Premiere wird die Königin anwesend sein!«

»Aber für ihn gibt es keinen Ersatz!«

»Das ist mir wurscht! Ich verbiete es, ihn in der Aufführung zu besetzen!«

»Und was sollen wir jetzt tun?«

»Ich weiß es nicht.«

Wir versanken in ein langes Schweigen.

»Hör mal«, sagte ich endlich. »Wie wär's, wenn wir ihm eine Maske aufsetzen?«

»Was denn noch für eine Maske!«

»Na ja, irgendeine erkennbar russische Maske.«

Wir gingen alle möglichen russischen Masken durch … Außer Lenin, den die Holländer wiedererkennen würden, fiel uns nichts Besseres ein. Also betrat Howard die Bühne und sang mit Leninmaske.

Ganz Amsterdam strömte in die Premiere. Der Saal war brechend voll. Die freien Holländer, die sich sicher waren, im Leben schon alles probiert zu haben, was man nur anschauen, lecken und schnupfen kann, begannen zunächst die Russen immer wieder mit ihrem wohlwollenden Applaus zu ermutigen. Mitten im ersten Akt verstummte der Applaus: Pokrowski hatte die Handlung der Oper in den Zuschauerraum verlegt, ihn in eine psychiatrische Anstalt verwandelt und Künstler und Zuschauer vermischt. Mein Leben lang werde ich mich an den riesigen langen Phallus erinnern, den die Künstler auf ihren Schultern über die Bühne trugen, eine eindrucksvolle Parodie auf den kommunistischen Subbotnik. Die Aufführung ging weiter in absoluter, gespenstischer Stille.

An dieser Stelle verstand ich endgültig, dass die Oper die freieste der freien Künste ist. Hier ist alles erlaubt, denn alles wird cum grano salis präsentiert. Diese Methode besitzt ihre eigene innere Überzeugungskraft. Hier ist der Mythos, wie Lossew sagen würde, stärker als die Realität, denn er selbst ist ja die Realität.

In der Pause gab die holländische Königin Beatrix, eine reizende Dame mit stark in Form gesprühtem blondem Haar, für auserwähltes Publikum einen Sektempfang im Foyer. Am Abend zuvor waren Rostropowitsch und ich zum Abendessen in den Königspalast Noordeinde in Den Haag geladen, und da Rostropowitsch mit allen Königen bekannt war, verlief das Essen recht entspannt. Ich gab ein paar einfache Geschichten über Russland zum Besten, und die königliche Familie lachte einmütig darüber. Mir schien es beim Abendessen, dass der Gatte der Königin debil war (oder auch tödlich erkrankt), aber es war nicht ausgeschlossen, dass ich mich täuschte … Als ich im Theater in der Pause auf die Königin zutrat, sagte sie mit arglosem

Gesichtsausdruck auf Französisch zu mir: »Monsieur Viktor, votre opéra est trop dure pour moi.«

»Votre Majesté«, antwortete ich, mit Mühe die Hofetikette einhaltend, »le deuxième acte sera encore plus dur.«

Die stehenden Ovationen auf der Premiere dauerten fünfunddreißig Minuten. Die Königin erhob sich als Erste. Neben ihr standen meine Eltern. Es standen die Journalisten, die aus der ganzen Welt angereist waren. Und die Königin blieb die ganzen fünfunddreißig Minuten stehen.

»Geschenkt«, sagte Howard Haskin und nahm die Leninmaske vom schwitzenden Gesicht. »Das kann pure Höflichkeit gewesen sein. Schauen wir mal, was bei der zweiten Vorstellung passiert.«

Zum folgenden Abend kamen wirr dreinschauende Universitätsprofessoren mit strubbeligen Haaren, es kamen miesepetrige, unzufriedene Zuschauer, die keine Premierenkarten mehr ergattert hatten. Die Ovationen dauerten vierzig Minuten. Ein Rekord für die Amsterdamer Oper.

Unsicher auf der Bühne stehend, abgemagert, gebückt, ergraut, blickte Schnittke mit eulenartigem Staunen in den Saal auf das Bacchanal unseres Erfolgs. Damals hatte er sich noch nicht in das Flugzeug verwandelt, doch er war schon halb abwesend im dreidimensionalen Raum.

98
Atombombe am Ende des Tunnels

Der Westen hat sich in seinem Verständnis von Russland verheddert. Die einen verstehen Russland überhaupt nicht, die anderen – wie die Deutschen – verstehen Russland auch nicht besser, aber das ändert rein gar nichts. Russland ist für den Westen ein großes Land, bewohnt von Weißgesichtern, die eine große Kultur erschaffen haben. Aber diese große Kultur, die sich stets der Willkür der Staatsmacht widersetzt hat, ist lediglich ein schöner Auswuchs am russischen Staatskörper. Klar, man kann Russland aufgrund von Puschkin, Tschechow, Kandinsky und Strawinsky beurteilen, aber das ist ein großer Selbstbetrug. Denn wir sind Nachfahren einer anderen Zivilisation, die eher keine Geschichte hat, sondern einem Zaubermärchen ähnelt. In diesem Märchen, angefangen vom Moskauer Zarenreich, von Iwan dem Schrecklichen bis hin zum Großen Gopnik, existieren feste Rollen – nur die Schauspieler wechseln. Hier der vollkommen verbohrte tyrannische Zar. Er hat seine ganz eigene, mit nichts zu vergleichende Realität. Im Märchen ist klar zu erkennen, dass es in der Rus keinen Staat gibt. Es gibt einen Herrscher, aber keinen Staat. Dafür gibt es ein Zarenreich, in dem nur der Zar selbst frei in seinen Handlungen ist. Natürlich haben wir auch typisierte Helden. Darf ich vorstellen: Baba Jaga. Sie frisst kleine Kinder. Einerseits eine menschenfressende Negativfigur, doch sie kann auch positive Heldin sein. Es gibt Koschtschej den Unsterblichen, in ihn kann sich der Zar selbst verwandeln. Und voilà, der Hauptheld des Märchens: Iwan der Dumme. Eine rationale Einstellung zum Leben verachtet er. Für ihn bedeutet Leben nichts anderes als närrisches Treiben. Er ist der superpositive russische Typus. Andererseits fährt er faul auf einem Ofen liegend auf die Straße hinaus und zerquetscht gnadenlos friedliche Menschen – erinnert Sie das nicht an etwas?

Der Krieg in der Ukraine konfrontiert uns mit einer doppelten Apokalypse. In der russischen Zivilisation sehen sich die Menschen als Gestalten des Lichts, die gegen die Mächte der Finsternis kämpfen. Der Fernseher erzählt tagtäglich und ununterbrochen von diesem Kampf. Die Mehrheit der Russen gehört dieser Zivilisation an und schert sich nicht um den Krieg. Läuft man durch die Straßen Moskaus, kann man kaum glauben, dass im Nachbarland ein Krieg tobt. Alle sind die Ruhe selbst. Sie lachen, rauchen, freuen sich über den Frühling. In einer Moskauer Zahnarztpraxis erzähle ich den zwei jungen Frauen an der Rezeption, dass Riga voller ukrainischer Flaggen sei. Beide wie aus einem Mund: »Wie furchtbar!«

99
Balaklawa

O. war zur Hochzeit auf die Krim gefahren. Sie sagte zu mir: »Los! Komm her!«

Dort versammelte sich die Schickeria zur großen Party. In Balaklawa, wo die Hochzeit stattfand, war alles hybrid. Hybrid waren die Gäste. Hybrid das Essen. Der Alkohol – ebenfalls hybrid. Autos, Jachten, Kleider, Uhren, Schmuck – alles *von drüben*. Aber dafür war die Seele durch und durch die unsere.

Der Banker, früher mal Jerjomas Intimfeind, erschien mit einem Blumenstrauß von 101 roten Rosen. Der Minister, der Jerjoma vormals als Dichterling bezeichnet hatte, sah ihn jetzt voller Bewunderung an. Prominente Journalistinnen, eine Partylöwin, Pressesekretäre aus dem Kreml, Fernsehstars, Popen, Verleger von Zeitungen und Zeitschriften, Jazzmusiker, Modedesigner – alle gaben sich die Ehre. Wie nach dem 14. Dezember 1825 die Dekabristen, die ein paar Jahre lang aufmüpfig gewesen waren, eine »Beichte« verfassten und sich nach dem Beispiel von Pjotr Wjasemski dem Zaren ergaben, da sie verstanden, dass dies für lange Zeit war, scharten sich nun nach 2014 ehemalige Oppositionelle um Jerjoma, die nicht den Anschluss ans Leben verlieren und vermeiden wollten, dass das Geld an ihnen vorbeifloss.

»Was machen Sie denn hier?«, fragte Nikita Tschlen mit gekünsteltem Entsetzen.

»Und du, warum bist du hier, Tschlen?«, fragte ich ihn im gleichen Tonfall.

»Ich sage es nur Ihnen: Ich bin hier der Sprengmeister. Ich will die hier alle auf einen Schlag zu Konstantin Leontjew befördern.« Er lachte. »Und Sie noch als Draufgabe ... Zusammen mit mir selbst«, schloss er schon weniger pathetisch.

»Willst du mich auf den Arm nehmen, Tschlen?«

»Übrigens heiße ich nicht Tschlen. Mein richtiger Name ist Wersilow.«

»Dann bist du ja ein echter Jüngling!«, freute ich mich.

Jerjoma, der Feind, war wie alle anderen auch hybrid. Mal schrie er herum, mal flüsterte er, mal erdrückte er seine Freunde in seinen Umarmungen, mal nahm er sie auf die Schippe. Als er schon einen intus hatte, kam er zu mir angeschlurft, O. im Schlepptau, seine gespreizten Finger auf ihrem Hintern. Er fing an, auf den Putz zu hauen: Er schlage alle Rekorde bei den Auflagen. Er besitze ein riesiges Landgut, mit Hundezwingern, eigenem Wald, einem Flüsschen, Banja und einem Bären. Er sei praktisch der Intendant mehrerer Moskauer Theater. TV-Serien, Filme, Theateraufführungen, eine eigene Fernsehsendung auf einem Staatskanal – einfach alles!

»Und, wie läuft's da bei Ihnen so, in Ihren liberalen Kreisen?«, fragte er beinahe liebenswürdig und streckte mir quasi wie aus Versehen die Hand zum Händedruck hin.

»Wie meinen?«, zog ich die Augenbrauen hoch und drückte ihm die Hand.

»Hey, guck mal her!«, rief Jerjoma. »Dein Bruder gibt mir auch die Hand! Ich hab sie alle geknackt.«

»Halt die Klappe«, sagte O.

»Vor der Hochzeit sind wir ja als Erstes zu meinen Freunden in den Donbass gefahren. Da haben wir gefeiert bis zum Umfallen. Ich wollte aus deinem Schwesterlein den liberalen Staub rausklopfen.«

»Und? Hat's geklappt?«

»Nicht ganz«, grinste Jerjoma breit.

»Mein Mann ist ein Monster«, nickte O. »Er tötet Menschen.«

»Ich bin Major. Ich darf das«, lachte Jerjoma.

»Ein Witz von Major, das bist du!«, konnte ich mich nicht beherrschen. »Ein Major in Sachen Eigenlob.«

Jerjoma brauste auf, sein Gesicht nahm einen grimmigen Ausdruck an.

»Ich«, rief er erregt, »werde jetzt beweisen …«

Er zog eine Pistole heraus.

»Jerjoma sagt, dass er sich als Gott fühlt, wenn er Menschen tötet«, reagierte O.

»Wahrscheinlich ein angenehmes Gefühl«, stimmte ich zu.

»Steck die Knarre weg«, bat O. ihren Mann.

»Was tut ihr alle so ironisch!« Jerjoma kochte und fuchtelte mit der Pistole herum. »Was guckt ihr alle von oben herab auf unseren Kampf! Es reicht jetzt mal, immer den Lehrmeister des Lebens mimen! Wer mal getötet hat, der weiß über das Leben hundert Mal mehr als einer, der nie getötet hat. Das sag ich euch!«

Ich begriff, dass er jetzt abdrücken würde, und hielt den Mund. Er war ein berechnender Stratege. Zuerst für die Armen gegen die Reichen, dann für die Russen gegen die Nichtrussen.

Der Stratege schoss. In die Luft. Die Hochzeitsgäste drehten sich nach dem Schuss um und applaudierten für alle Fälle. Jerjoma kam mit seinem Majorsgesicht nah an mich heran.

»Ich habe Menschen getötet. Das ist genauso eine Arbeit wie jede andere Tätigkeit.«

»Weißt du noch«, sagte ich, »wie du damals im Treppenhaus von *Doschd* zu mir gesagt hast: Ich weiß nicht, was ich weiter tun soll. Ich hab alles geschrieben, mir fällt nichts mehr ein, ehrlich.«

»Und?«

»Und ich habe gesagt: Komm zu mir, wir reden. Du bist nicht gekommen.«

»Gott sei Dank!«, rief Jerjoma aus. »Gott hat mich davor bewahrt. Ich hatte eine Vision. Wer wäre ich, wenn ich zu Ihnen gekommen wäre!«

»Eine Vision?«

»Ich lief an einem Fluss entlang, die Sonne ging schon am Horizont unter, Nebel waberte, und auf einmal taucht auf dem Pfad ein Starez auf. Mit Mönchskappe. Er sagte: Böse Menschen wollen die heilige Rus vernichten. Sie hat große Schmerzen und schreckliche Angst, Jerjoma! Hilf ihr, lieber Freund!«

»Jerjoma!«, krakeelten die Hochzeitsgäste. »Wo steckst du, du Held?«

»Hier!« Jerjoma nahm O. in den Arm, steckte die Pistole keck in den Bund seiner schwarzen Hose und eilte zu den Gästen.

100
Die Romantiker

Noch nie habe ich dermaßen viele russische Romantiker auf einem Haufen gesehen. Doch als sie im Palast der Schaumweine, dem Hochzeitspalast, sämtliche Wände und ihre heiligen Bärte vollkotzten, sich in der eigenen Kotze wälzten und nach den Beinen der Mädchen grabschten, die sich gemeinsam mit ihnen übergaben, verstand ich, dass unsere Romantik so breit gefächert ist, dass sie vieles einschließen kann – den Glauben an ein russisches Konstantinopel und an die Heiligkeit unheiliger Laienbrüder und an trübe rote Äuglein und Konstantin Leontjew und Warzen im Gesicht und aufgeschwemmte Backen, an Rassismus und an das Bedürfnis, Andersdenkende zu töten. Unsere Romantiker hassen gern besonders rührend.

Als sie mich auf Jerjomas Hochzeit erblickten, schreckten sie zuerst zurück wie vor einem Dämon, doch nach kurzer Überlegung akzeptierten sie mich als liberalen Abweichler. Diese Banker und Generäle, Philosophen und Fernsehmoderatoren, Unternehmer und Metaphysiker in Soutane besaßen eine gemeinsame zähflüssige Energie. Die Romantiker hüpften ungelenk zu englischer Musik, tranken zu Wyssozki. Arm in Arm, einander um den Hals fallend, beschworen sie ihre Liebe zur Heimat und die Treue zu ihren Freunden. Als sie schon vollkommen dicht waren, glotzten sie mich mit Stielaugen an und fanden, sie könnten sich jetzt doch mit mir verbrüdern. Sie kamen mit offenen Armen auf mich zu, knutschten meinen Hals, murmelten, bei mir sei ja doch noch nicht Hopfen und Malz verloren. Gegen Morgen kam Jerjoma erneut zu mir.

»Ich habe Ihre Ausführungen zu Stalin gelesen. Was soll er denn für ein Virus sein! Er ist Gott. Wahre Silowiki wissen das – er ist Gott! Gott voll und ganz, denn der wahre Silowik malt die Welt wie ein großer Schriftsteller nach seinem Modell. Habe ich recht, Michalytsch?« Jerjoma hielt irgendeinen General am Ärmel seines verschwitzten T-Shirts fest.

»Jawoll«, hickste der General schmissig.

»Wissen Sie, wer das ist?«, fragte mich Jerjoma. »Das war er, der die ›grünen Männchen‹ erfunden hat. Also die, die 2014 die Krim eingenommen haben.«

Der General sah mich stolz an: »Na ja, das war nicht ganz ich. Ich hatte nur die Idee. Allerdings habe ich am Anfang vorgeschlagen, sie *rosa* Männchen zu nennen. Aber unser Oberbefehlshaber hat sich kaputtgelacht. Und alle anderen dann auch. Ein Riesengelächter war das.«

»Kurzum, dieses Gelächter hat Michalytsch den *Heldenorden* eingebracht«, sagte Jerjoma mit dem Unterton des Eingeweihten.

Der General war drauf und dran, etwas zu erwidern, aber stattdessen legte er die Hand aufs Herz und zog es vor zu verduften.

»Jerjoma«, sagte ich, »du tötest im Donbass Menschen für nichts und wieder nichts?«

»Hast du denn keine Angst um dein Leben?«

»Du hast meine Frage nicht beantwortet.«

»Du meine auch nicht! Du kannst dir nicht vorstellen, wie anziehend ich auf Menschen wirke. Angefangen bei deiner Schwester. Frag sie.«

Das erste Mal ging er mit mir zum »Du« über. O. sah müde und ein wenig verwirrt aus.

»Ich habe das nicht erwartet …«, begann O. »Ich habe nicht erwartet, dass so viele Gäste kommen würden. Morgen kommen neue angereist.«

»Trinken wir!«, verkündete Jerjoma, wie Puschkin mit der Hand wedelnd.

»Und? Wie hat es dir bei uns gefallen? Lustig, oder?«, fragte meine Schwester O., die mich im Morgengrauen küsste und sich mit Jerjoma zum Weingut Solotaja Balka begab, wo schon die besten Söhne Englands im Krimkrieg ihre letzte Ruhe gefunden hatten. Dort, auf englischen Knochen, hatte man für die Frischvermählten ein Zelt errichtet.

Im Zelt begann Jerjoma, kaum dass sie aufgewacht waren, meine kleine Schwester Patriotismus zu lehren.

»Man muss gefährlich leben, in einen Krieg eintauchen, sich mit Blut beflecken. Wir beide werden so leben.«

»Schauen wir mal«, sagte O. zweifelnd.

»Was gibt es da zu schauen? Das haben wir im Blut – uns mit Blut zu beflecken.«

So sprach Jerjoma.

»Hör auf!« O. wurde böse.

»Im Schlechten gibt es viel Gutes, und im Guten viel Schlechtes!«, sagte Jerjoma fröhlich.

»Wird dir nicht übel von deinen Freunden?«

»Wieso?«

»Sie sollen die Blüte der Nation sein, unsere Identität? Ihretwegen geht Russland seinen Weg?«

»Nun ja«, wunderte sich Jerjoma. »Ihr Liberalen seid alle Waschlappen. Nicht mal fähig, einen Menschen zu töten!«

»Wozu musst du eigentlich töten?«

»Ein Werbetrick«, erklärte Jerjoma. »Die Liberalen zur Weißglut bringen, rumballern, die Sau rauslassen, danach – verduften, Schiss vor Den Haag kriegen und ein bisschen bereuen.«

»Aber im Donbass hast du in meiner Anwesenheit einen wehrlosen Menschen getötet ...«

»Getötet oder nicht, egal. Den hätten sie sowieso erschossen. Sei nicht traurig, Kleines! Nun ja. Ich habe jemanden getötet! Das war nicht schön! Ich bitte um Vergebung!«

Gegen Mittag verließ ich das Lager der romantischen Gopniks. Ich begab mich auf eine Exkursion, ich wollte sehen, wie sich die Krim unter den Russen verändert hatte. Ich schaute bei O. vorbei. Jerjoma war nicht im Zelt. Meine Schwester empfing mich aufgewühlt.

»Was ist mit dir?«, fragte ich.

»Nichts.«

»Was nagt dir am Herzen?«

»Nun ja, es ist irgendwie nicht gut, wehrlose Menschen zu töten.«

»Aber du bist, entschuldige, ja auch nicht gerade Mutter Teresa.«

Sie schmunzelte. Wir umarmten uns zärtlich.

Zweiter Teil
Glück

1
Zankapfel Krim

Das ist alles nicht so einfach! Beginnen wir am Ende. Ich verlasse Balaklawa jedes Mal mit dem Gefühl, dass diese Bucht, wie auch die ganze Krim, ihrer Mentalität nach überhaupt nie der Ukraine gehört hat, dass sie aber auch niemals Russland gehören wird. Die Krim ist die Krim: Zusammen mit Balaklawa gehört sie sich selbst.

Balaklawa ist eine besonders harte Nuss. Eine enge Bucht, verschlungen wie die Gehirnwindungen eines Gauklers. Ihre Geschichte erinnert an eine turbulente menschliche Biografie mit Scheidungen, Affären, Siegen und Schrecken, allerdings mit einer Dimension von Tausenden von Jahren. Der große Homer, der seinen Odysseus in die Bucht sandte, hat sie besungen. Dann waren die Römer da, nach ihnen die Goten (weshalb Hitler die Krim nach der Einnahme Gotengau nennen und dem Dritten Reich einverleiben wollte).

Ein langer Aufmarsch von Invasoren.

Dann geriet sie in die Hände der Genueser, die sie Cembalo nannten. Die Ruinen der Genueser Festung schmücken bis heute die felsige Landschaft. Danach wurde sie von den Türken erobert, die ihr den Namen »Fischbecken« gaben – Balaklawa. Die Saporoger Kosaken verdrängten die Türken, die kamen aber wieder zurück. 1783 schließlich eroberte das Russische Kaiserreich die Krim. Katharina die Zweite bezeichnete Balaklawa nach einem Besuch dort als »Schlüssel zur Krim«.

Ab diesem Moment fanden die Russen, die Krim sei »unser«. Der Große Gopnik riss die Krim, die einem Herzen ähnelt, der Ukraine aus der Brust.

Rauschen der Brandung und schrilles Glück der Zikaden.

In den heruntergekommenen Hinterhöfen ihrer Leningrader Kindheit respektierten die jungen Burschen diejenigen, die unverfroren und durchtrieben Siege errangen. Mordsrespekt zu erlangen war wichtiger als jede Belohnung. Als der Große Gopnik die Krim einnahm, war das ein taktischer Sieg, aber weltweiten Mordsrespekt gepaart mit Vertrauen und Sympathie hatte er praktisch für immer verloren. Es war ein Tausch – Mordsrespekt gegen Krim.

Russland stellte der Hauptstadt der Krim einen prächtigen Flughafen hin, baute strategische Autobahnen, eine gewaltige Brücke über die Meerenge von Kertsch. Man muss zugeben, dass sich die Ukraine der Krim gegenüber ziemlich gleichgültig verhalten hatte. Die Straßen waren in fürchterlichem Zustand. Die Landstraße von Simferopol nach Feodossija wurde wegen der häufigen Unfälle »Straße des Todes« genannt. Die Ukraine investierte nicht besonders viel in die Krim und schaute bei den Spielchen Russlands mit der Krim (Verteilung von russischen Pässen und dergleichen Bonbons) nicht so genau hin.

Unter der Ukraine verkam die vom Meer umspülte Krim zu einem einzigen Zweisternehotel. An den Uferpromenaden dröhnte ohrenbetäubende Popmusik, in den Bars von der Sorte »Vergiss alles« wurde getanzt bis zum Morgengrauen. Ukrainisches Bier floss in Strömen, es herrschten freizügige Sitten, Urlaub halt. Ich fragte den damaligen Bürgermeister von Koktebel, Alexej Bulyga, ob es in Koktebel eigentlich Prostituierte gebe.

»Nein«, antwortete er stolz, »bei uns ist alles umsonst.«

Die Krim ist der Weintraubenbikini des ehemaligen russischen Imperiums. Vielleicht ist die russische Literatur deshalb nicht ganz so nordisch geraten wie die finnische, weil die Schriftsteller die Krim so sehr liebten, konkret Koktebel. Hier sind sie alle gewesen – Mandelstam, Bulgakow, die Zwetajewa … Ein beliebter Kurort. Doch nach dem Zerfall der UdSSR zerfiel auch Koktebel, zuerst unter der Ukraine, dann erst recht unter der Parole *Krimnasch* – »Die-Krim-ist-unser«.

Die Uferpromenade, auf der früher immer Musik dudelte – absolut tote Hose. Sie ist buchstäblich zerbröselt. In Koktebel hält man sich Richtung Meer besser die Nase zu. Über den Wellen schwebt eine Duftwolke von Scheiße. Die Ukraine hat hier keine Abwasseranlagen gebaut, und Russland beeilt sich damit ebenfalls nicht.

Russland wird alles tun, um die Krim fest an sich zu binden. Es füllt die Halbinsel mit Übersiedlern aus dem russischen Stammland, und der »Flugzeugträger« Krim wird militärisch aufgerüstet. Wenn

MANDELSAM, BULGAKOW, ZWETAJEWA

neue Zeiten anbrechen, könnte es vielleicht eine ideale Lösung in der Art von Elsass-Lothringen geben. Doch in welchem Kontext dies umgesetzt werden könnte, ist derzeit völlig unklar.

Balaklawa ist eine der bezauberndsten natürlichen Buchten auf dem Planeten. Wäre ihre Geschichte weniger turbulent gewesen, hätte sie sich nicht schlechter als Saint-Tropez entwickeln können. Die noblen Jachten ihrer Marina könnten mit den Jachten von Miami konkurrieren.

Dieses *Krimnasch* ist ein Dauerschmerz, der Grund für bittere Trennungen, für das Rauschen in den Ohren wegen der wachsenden Isolation. Doch auch die heutige Krim ist mir nicht gleichgültig. Ich sorge mich, wie man sich um die Gesundheit eines nahestehenden Menschen sorgt, wie man eine Kranke besucht, die in eine Katastrophe geraten ist. Mit Mitleidsmaske im Gesicht.

Und was habe ich vorgefunden? Wie hat mich die Kranke empfangen? Ich bin sicher, Balaklawa wird noch auf dem Totenbett auf jeden ihrer Siege und jeden Kriegsorden stolz sein und die Lippen zusammenpressen, weil sie von ihren Niederlagen nichts hören will. Wie erging es ihr *unter der Ukraine*? Amnesie! Ich habe in Balaklawa nicht die geringste Spur von ukrainischer Herrschaft bemerkt. Balaklawa tat so, als sei eine Krankheit völlig an ihr vorbeigegangen.

»Halt! Halt!«, schrie ich auf. »Genau hier in Balaklawa hat sich doch Janukowitsch versteckt, bevor er nach Russland geflüchtet ist!«

»Schon gut«, antwortete mir betont gleichmütig mein guter, schon in die Jahre gekommener Bekannter Alexander Fedotowitsch, ein altgedienter Fremdenführer. »Da hinten an der Uferstraße steht sein Haus.«

Ein guter Bekannter, aber wo und wann hatte ich ihn eigentlich kennengelernt? War er irgendwann Marineoffizier gewesen oder hatte er einen großen Teil seines Lebens bei der sowjetischen Weiterbildungseinrichtung *Wissen* gearbeitet? Seine durchdringenden Augen gaben darauf keine Antwort. Irgendwann begegnete mir in Smolensk ein ähnlicher Alexander Fedotowitsch, wir fuhren zusammen nach Katyń, und er behauptete im Brustton der Überzeugung, es sei Hitler gewesen, der die Erschießung der polnischen Offiziere angeordnet habe.

Sooft ich auch versuchte, Alexander Fedotowitsch nach dem Leben *unter der Ukraine* zu fragen, ich erhielt keine Antwort. Wie jeder ordentliche Fremdenführer war auch Alexander Fedotowitsch Historiker. Er hielt die ukrainische Periode für ein Missverständnis, denn in Balaklawa schreit und blutet die Geschichte im Kontext der russisch-europäischen Konfrontation, und die Ukraine spielt hier bestenfalls eine unbedeutende Nebenrolle. Während man längst vergangene Kriege unter dem Nenner russischer Sieg und Eroberung der Krim abhakt, so waren der Krimkrieg der 1850er-Jahre und vor allem der Krieg gegen Hitler nicht einmal Geschichte, sondern Ereignisse, die sich immer noch weiterentwickelten, die im Kopf von Alexander Fedotowitsch köchelten und brodelten.

Der Zeitpunkt war gekommen, mir von der heldenhaften Verteidigung Balaklawas und Sewastopols im Zweiten Weltkrieg zu erzählen. Alexander Fedotowitsch führte mich dafür in die Berge zu den Ruinen der seinerzeit in der gesamten Sowjetunion berühmten Küstenbatterie BB-19, die sich heftig gegen die »deutschen Eroberer« (die Kriegsmarine) wehrte und den Feind daran hinderte, in die Bucht einzudringen.

»Die Deutschen haben BB-19 wegen ihrer Widerstandskraft den *Zentauren von Balaklawa* genannt«, erklärte er. »Vorsicht!«, rief plötzlich mein verdienter Fremdenführer in Lederjoppe angewidert und zugleich beflissen. »Nicht da reintreten!«

Auf den Ruinen der Batterie stank es durchdringend nach Fäkalien, die in großer Menge überall herumlagen.

»Die Geschichte hinterlässt uns nichts als Scheiße«, sagte ich, während ich aufmerksam meine Schuhsohlen untersuchte.

Der Begriff *Zentaur*, den die deutschen Nazis prägten, hat im heutigen Balaklawa eine andere Bedeutung. Mehr noch, offenbar auf der ganzen Krim. Einerseits gedeiht hier immer noch das *sowjetische Denken* à la Alexander Fedotowitsch, und zwar sehr viel stärker ausgeprägt als in Moskau. In seinem Herzen lebt nicht nur das kommunistische

Ideal, sondern auch Genosse Stalin selbst, der die Einheimischen von Porträts und Militärmedaillen anblickt. Die Krim wurde systematisch mit pensionierten Militärs und KGBlern besiedelt – Doppelgänger von Alexander Fedotowitsch bekamen um Sewastopol herum Grundstücke zugeteilt, auf denen sie sich Häuschen bauten, um ihre alten Tage angenehm zu verbringen. Andererseits aber – Sonne, Tomaten, Meer, Pfirsiche, beste Laune. Ein im übrigen Russland ganz und gar nicht üblicher Hedonismus. Die Zentauren Balaklawas lassen sich nicht ummodeln. Ihre Körper, die Tomaten lieben, existieren nicht unabhängig vom militärisch patriotischen Kopf.

»Und wie haben die Einheimischen unter den Deutschen gelebt?«

Hier erfuhr ich viel Unerfreuliches über die Besatzer. Es stellte sich heraus, dass die Krim nicht umsonst in den Besitz des Dritten Reichs überging und Sewastopol zu Ehren des Herrschers der alten Goten in Theoderichshafen umbenannt wurde. Die Deutschen planten eine große Säuberung der ansässigen slawischen Bevölkerung, die von der Krim deportiert werden sollte. Die Krimtataren hingegen hätten zum Dienstpersonal der Deutschen werden sollen. Alexander Fedotowitsch versäumte auch nicht, von den Gräueltaten der Wehrmacht an den Kriegsgefangenen zu erzählen. In Sewastopol fuhr man sie in Booten raus aufs Meer, die man dann anzündete. Wer sich schwimmend retten wollte, wurde mit Maschinengewehren erschossen.

Er sagt das kühl, mit Würde, als hätte man ihn selbst mit Maschinengewehren erschossen.

Wir steigen vom Berg herunter. Was ist denn das? Da kommt in einem ollen Schiguli – aus dem Autoradio plärrt Schlagermusik auf der »Milizwelle« – Alexander Fedotowitsch auf uns zugefahren. Ich sehe mich um: Auf der Straße marschieren in verschiedene Richtungen lauter Alexander Fedotowitschs. Alles geht drunter und drüber. Wie finde ich hier *meinen*? Den in der Lederjoppe? *Meiner* hat doch gar keinen Schiguli, aber der da schon. Und der dort schleppt Tomaten, aber er hat keine Lederjoppe an. Uff! *Mein* Alexander Fedotowitsch hakt mich unter und führt mich über die Uferpromenade von Balaklawa (die Marina ist voller teurer Jachten).

»Das ist Kuprin«, erklärt er. »Ihr Kollege.«

Ich betrachte das Denkmal. Von wegen Kuprin. Das ist auch Alexander Fedotowitsch. Mir wird schlecht.

Schließlich setzten wir uns in ein kleines Restaurant an der Küste, die »Fischerhütte«. Alexander Fedotowitsch bestellte sich eine heimische Meerbarbe und gönnte sich ein Glas Weißwein, hielt es gegen das Fenster und schaute hindurch.

»Gut«, sagte er und blinzelte anerkennend.

Da bemerkte ich Nikita Tschlen (Wersilow). Er saß mit einem jungen Mann, der aussah wie ein Automechaniker, an einem weit von uns entfernten Tisch. Sie diskutierten über irgendetwas. Tschlen verteidigte heftig seine Position, wobei er die Arme in die Höhe warf, sich echauffierte und zugleich den Gesprächspartner anflehte. Ich winkte ihm freundschaftlich zu, aber Tschlen sah mich missmutig an, ohne mich zu erkennen, und als er mich dann doch erkannt hatte, streckte er mir die Zunge raus.

»Unter den Deutschen war in dem Gebäude ein Spielkasino«, erklärte Alexander Fedotowitsch. Und mit Stolz: »Im März 2014, am Abend vor dem Referendum über die Eingliederung der Krim in die Russische Föderation, haben wir hier auf dem Dach die russische Flagge gehisst.«

Und weiter: »Sie wollen wissen, *was* hier *unter der Ukraine* besser war?«

»Ja, war denn etwa irgendwas besser?«

»Der Markt, der war besser. Es gab viele verschiedene Wurstsorten, die Preise waren niedrig. Aber! Wissen Sie, was die NATO ist?«

»Hm!«

»Wenn wir nicht zu Russland gegangen wären, dann hätten wir jetzt in Sewastopol einen NATO-Stützpunkt.«

»Aber wieso haben Sie eigentlich solche Angst vor der NATO?«

Alexander Fedotowitsch sieht mich entgeistert an. Auf uns zu kommt ein Dutzend anderer Alexander Fedotowitschs. Einer stößt obszöne Beschimpfungen aus, einer zeigt mir die Faust, einer versetzt mir einen kräftigen Hieb in die Seite.

»Drecksack! Zerquetschen sollte man dich, wär nicht schade um dich!«

Die Leute hier assoziieren die NATO mit einem chthonischen Ungeheuer. Mein Fremdenführer führt mich heraus aus dem Pulk seiner Doppelgänger und schleift mich hinter sich her. Im Laufschritt. Alexander Fedotowitsch greift sich ans Herz.

»Was haben Sie?«

Er wird blass. Lehnt sich an eine alte weiße Akazie.

»Natürlich«, sagt Alexander Fedotowitsch und ringt nach Atem, »haben wir auf der Krim noch jede Menge Mist, aber so in fünfzig Jahren ist alles gut.«

»In 300 Jahren ganz bestimmt«, nicke ich.

Am Abend lade ich Alexander Fedotowitsch in den Tempel des Hedonismus ein. Hier findet auch die Hochzeit von O. statt, aber die Hochzeitsgesellschaft ist an diesem Abend zum Feiern nach Sewastopol gefahren, und der Tempel ist leer.

Ein luxuriöses Geschäft mit Produkten aus eigener Herstellung, Schaumweinen und – wie man hier Weine ohne Bläschen nennt – *stillen* Weinen. Ein beeindruckender Saal für die Weinverkostung, ein Restaurant und ein Weinkeller. Man zeigt mir aus Frankreich importierte Eichenfässer. Eine neue Generation von Sommeliers, Werbefachleuten und Weinmanagern.

»Und, wie steht's bei euch auf der Halbinsel so um die Meinungsfreiheit?«

Sie lachen und blinzeln mit ihren durchdringenden Augen.

»Wieso, werden die Krimtataren denn nicht drangsaliert?«

Sie lachen und blinzeln mit ihren durchdringenden Augen. Bei den jungen Frauen sind sie dunkel umrandet, mit bezaubernden Wimpern.

Laute Musik geht an.

»So, und jetzt trinken wir!« Die durchdringenden Augen werden warm.

Alexander Fedotowitsch leert ein Glas Champagner und empfiehlt sich: Für ihn ist es Zeit, nach Hause zu gehen. Zusammen mit einer Gruppe von jungen Alexander Fedotowitschs, unter denen auch einige junge Schönheiten sind, lasse ich mich mit Champagner volllaufen.

Ich sehe, die Alexander Fedotowitschs sind in Balaklawa angekommen. Gründlich und für lange. Mein Fremdenführer Alexander Fedotowitsch ist neulich gestorben.

2
Viel Lärm um nichts

Ich kehrte nach Moskau zurück, und die Frischvermählten blieben noch einige Tage in Balaklawa.

Stawrogin rief mich plötzlich höchstpersönlich an und bat mich zu kommen. Ich begab mich in den Kreml. Er begann mit einer Frage:

»Hat Ihre Schwester Ihnen gesagt, dass Jerjoma ertrunken ist?«

»Was? Wann?«

»Gestern.«

»Gestern?!«

»Wann hat sie Sie angerufen?«

»Gestern früh.«

»Und danach?«

»Danach nicht mehr.«

»Es besteht der Verdacht, sie habe ihm beim Ertrinken geholfen.«

»Meine Schwester ist dazu nicht fähig.«

»Woher wissen Sie das? Wir wissen alle nicht, zu was wir fähig sind.«

Er sah mich mit der unausgesprochenen Frage an, ob er dergleichen Schlussfolgerungen ziehen dürfe. Ob ich nicht über seine philosophische Anwandlung lachen würde? Ich antwortete mit einem verständnisvollen Lächeln. Ob mir Jerjoma leidtat? War das nicht viel Lärm um nichts? Oder tat er mir trotz allem leid?

»Übrigens, Ihrem Bekannten, dem Bombenleger, hat eine Sprengladung beide Hände abgerissen«, bemerkte Stawrogin.

»Das wird ja immer schlimmer!«, rutschte es mir raus.

»Zum Glück ist ihm das bei sich in einer angemieteten Wohnung passiert. Nikita Tschlen ... oder heißt er gar nicht Tschlen?«

»Er heißt Wersilow.«

»Wersilow ist sein Pseudonym. Also, Tschlen hat in der Klinik ausgesagt, Sie seien sein Ideengeber.«

3
Der heilige Jerjoma

Meine Schwester verachtete mich immer mehr dafür, dass ich in den Kreml ging.

»Und wenn Stawrogin anfängt, in der Geschichte mit Jerjoma rumzuwühlen?«, fragte ich.

»Na und!«

»Wie, na und!?«

»Er ist von alleine ertrunken.«

»Wie?«

»Es war ein sonniger Morgen. Er war besoffen. Zu viel getrunken. Sein Herz hat nicht mehr mitgemacht.«

»Das ist die eine Version?«

»Denk, was du willst.«

»Hat er sich über dich lustig gemacht?«

»Er hat mit einem Pogrom meine Ausstellung kaputtgemacht und mich bei der Polizei verpfiffen.«

»Aber du hast dich doch in ihn verliebt!«

»Ich? Wie kommst du darauf?«

»Aber du hast ihn doch geheiratet ...«

»Na und?«

»Ist es wahr, dass er im Donbass Gefangene erschossen hat?«

»Alles gelogen ...!« O. wischte sich über die Stirn. »Wir sind in einen stinkenden Keller runtergestiegen. Zwei Gorillas haben einen Jungen und ein Mädchen hereingeführt, beide splitternackt, und sie vor uns hingestellt. Ihre Körper waren grün und blau geschlagen.

Ganz zerkratzt und blutig um die Genitalien. Dem Jungen hatten sie das Glied abgerissen. Ich war wie versteinert. Jerjoma hat sie angeschrien: ›Ihr Ratten! Ich will euch eine Chance geben. Einer von euch kann am Leben bleiben. Wer schneller auf allen vieren zu mir gekrochen kommt und‹ – er hat kurz überlegt – ›mein Glied küsst.‹ Dann hat er laut über seinen tollen Einfall gelacht und umständlich lange seinen Schwanz aus der Hose gefummelt. ›Na, was steht ihr da noch rum? Du mit den Titten, vorwärts!‹ Sie haben sich nicht vom Fleck gerührt.«

»Scharfer Porno«, sagte ich. »Lügst du auch nicht? Kein Hirngespinst?«

O. zuckte mit den Schultern. Warum, wurde mir nicht klar.

»Er drehte durch und schoss auf den Jungen«, fuhr sie fort. »Der Junge fiel um, blutüberströmt. Er schoss ein zweites Mal und tötete den Ukrainer. Ich war zur Salzsäule erstarrt. Ich hatte mir nie vorstellen können, was eine Erschießung ist.«

»Aber dich kann man mit dem Tod schwer aus der Reserve locken!«

»Woher hast du das denn? Jerjoma hielt mir die Pistole hin. ›Da. Erschieß sie.‹ Ich nahm die Pistole. ›Lieber erschieß ich dich.‹ Jerjoma guckte finster: ›Na schön, zum Teufel mit dir.‹ Er riss mir die Pistole aus der Hand. ›Bringt sie weg!‹ Sie schleiften das Mädchen fort. Was dann aus ihr geworden ist, keine Ahnung.«

»Heiliger Jerjoma!«, rief ich aus. »Sag mir die Wahrheit. Ich sag's niemandem weiter. Konnte er gut schwimmen?«

»Er war besoffen. Ich hab's dir gesagt.«

»Hast du ihn in die Tiefe gezogen?«

»Sag ich nicht.«

»Wenn du es nicht sagst, dann werde ich nicht weiter in diesen verfluchten Kreml pilgern! Dann wirst du im Knast sitzen. Wirst sehen, die hängen dir Jerjoma an!«

»Und dir hängen sie Tschlen an. Jeder weiß doch schon, dass du es warst, der ihn zu dem Verbrechen getrieben hat.«

»Es hat ihm beide Hände abgerissen?«

»Mmh«, bestätigte sie missmutig.

»Und tut er dir nicht leid?«

Sie zuckte nur mit den Schultern.

4
Amerika. Tatjana und Nobel

Mit ihren über achtzig Jahren war sie immer noch, also wirklich, wie ein Dauerlutscher am Stiel, an dem man die ganze Zeit lecken wollte. Daran lecken und sich die Lippen lecken. Und weiter lecken ... Eine wahre Schönheit. Schlank und rank, irgendwie in höhere Sphären auffliegend, eine Frau wie eine Leiter, eine alte Frau wie ein Flug, mit langen Handgelenken, Weinstöcken gleich, langen Fingern, deutlichen Pigmentflecken, runzligen Schildkrötenhänden.

Und dazu ihr Blick, der Blick einer uneinnehmbaren Festung mit übermütigen Zugbrücken, mit Rittern, geflohen aus russischen Balletttruppen, einer uneinnehmbaren Festung, die Truhen voller Erinnerungen hütet.

Solche Truhen besaß sie zuhauf. Sie hätten für viele Leben ausgereicht. Sie selbst war diese vielen Leben. Die Truhen häuften sich geordnet nach Jahren und Ländern. Da gab es russische Truhen, aber auch französische, polnische, amerikanische. Separat an Haken hingen Hüte. Hunderte Hüte. Wenn so viele Hüte zusammenkommen, dann sind es keine Hüte mehr, sondern irgendwelche seltsamen, verrutschenden Genitalien, nachlässig verhüllt von einem schwarzen Schleier oder besetzt mit pikant silberglänzenden Pailletten.

Sie hatte einen schönen lasterhaften Mund, den sie ihrer Gewohnheit nach mit der Hand abschirmte, um nicht allzu begehrenswert zu wirken. Gleich am ersten Tag unserer Bekanntschaft, als nur noch wir beide ganz allein am Rand ihres Pools saßen, dessen Wasser aus dem Atlantik hierher gepumpt wurde, dabei war das Meer weiß Gott wie weit weg, sagte sie zu mir mit Kennerblick: »Mein Lieber, Sie haben vielleicht einen lasterhaften Mund.«

»Ihr Mund, Tatjana, ist ebenfalls lasterhaft.«

Da nannte ich sie zum ersten Mal einfach Tatjana, und sie überlegte kurz, ob das von meiner Seite denn erlaubt sei, und dann lachte sie los.

In den Truhen dieser uneinnehmbaren Festung, was war da nicht alles zu finden: Emigrantenabende, aristokratischer Plunder, diplomatische Depeschen. Eine Truhe gab es, die allgemeines Interesse hervorrief. Dank dieser Truhe war sie Königin. In dieser Truhe lag Majakowski.

Ja, *der* Majakowski, der ihretwegen in Paris bleiben oder sie ausschließlich seinetwegen ins sowjetische Moskau mitnehmen wollte. Von den etwa drei Dutzend wirklich genialen Gedichten, die sich an Bedeutung mit den Bildern Vermeers vergleichen lassen, waren zwei oder drei Meisterwerke ihr gewidmet und inspiriert von ihrer Liebe zueinander, zu einem Zeitpunkt, als er schon längst aufgehört hatte, ein Vermeer zu sein.

Irgendwo am Horizont des zum Landgut gehörenden Parks standen wuchtige Skulpturen von Tatjanas Mann, die wie ein Ei dem anderen Arbeiten des Franzosen Fernand Léger ähnelten, die mir offen gestanden als rustikal proletenhafte Kunst erschienen. Doch Tatjanas Ehemann war der allmächtige Alex mit dem schmalen Oberlippenbärtchen, Modepapst, Herrscher über Zeitschriften, Patron einer ganzen Schar von Berühmtheiten.

»Bringen Sie uns bloß keinen schwarzen Kaviar mit«, sagte Tatjana. »Alle wollen uns unbedingt schwarzen Kaviar mitbringen. Die Kühlschränke platzen vor lauter schwarzem Kaviar. Welchen bevorzugen Sie?«

»Ich? Presskaviar«, sagte ich.

Sie nickte beifällig.

»Neulich war Wosnessenski bei uns«, sagte sie. »Nun ja, das ist so ein Dichter ... Er hat auch schwarzen Kaviar mitgebracht. Sehr viel schwarzen Kaviar. Wissen Sie, wie er aussieht? Wie ein Handlungsreisender. Er trägt immer so bunte Schals.«

Ich sah Tatjana interessiert an, sagte aber nichts.

»Möchten Sie etwas Presskaviar?«

»Mmh.«

»Ich auch.«

Sie rief nach dem Dienstmädchen.

Wir tranken Weißwein und aßen seinen Presskaviar dazu.

»Der Vater meines Mannes«, sagte Tatjana und leckte sich Kaviarkörner von den Fingern, »war ein kluger russischer Wirtschaftsexperte. Als sie sich in Sowdepien die NÖP ausdachten, luden Lenin und Trotzki ihn zu sich ein, damit er den Marktmechanismus einführte. Drei Monate später lebte das Land auf. Lenin und Trotzki riefen ihn wieder zu sich: ›Wir sind Ihnen sehr dankbar. Die Wirtschaft kommt in Gang. Sagen Sie, was Sie dafür haben wollen?‹ Der sah Lenin und Trotzki an und sagte: ›Ich will weg von hier. Für immer!‹«

Wir kamen in Stimmung. Ich fragte nicht einmal, ob das zu den Apokryphen gehörte oder nicht – Tatjana und ich hatten uns bereits über die historischen Realien erhoben, und ich bekam schreckliche Lust, ihren alten, morschen, legendären Körper zu umarmen, zu küssen, zu liebkosen. Majakowski war und ist der kultigste russische Dichter des 20. Jahrhunderts. Und obwohl ihn praktisch keiner liest, weiß doch jeder, dass er imstande war, vor Liebe verrückt zu werden. Und zwar nicht nur einfach verrückt zu werden, sondern sein Leiden aus vollem Hals herauszuschreien. Und Tatjana war also eine Quelle seiner hyperbolischen Leiden, in denen sich der Freitod zusammenbraute – sie war hier neben mir im milden Connecticut, schon über und über mit Presskaviar bedeckt. Vorsichtig nahm ich ihre begehrenswerte knochige Hand in meine, mich bereits teilweise als Majakowski fühlend, und da sagte Tatjana majestätisch: »Hören Sie, warum schwimmen Sie nicht ein wenig in unserem Pool? Das ist Meerwasser.«

Ich sah ihr in die Augen und nickte.

»Sie schwimmen ein wenig hin und her, und ich passe auf Sie auf.«

Das klang wie ein Befehl. Wahrscheinlich hatte sie mit Majakowski auch so gesprochen. Ich weiß nicht, ob die beiden einen Pool hatten, aber wir hier hatten mit Sicherheit einen. Ich zog mein schwarzes T-Shirt mit dem Kafka-Porträt und der englischen Aufschrift *Kafka didn't have a lot of fun either* aus.

»Woher haben Sie das?«, fragte Tatjana.

»Bekannte aus Schweden haben es mir geschenkt.«

»Schweden …«, sagte sie versonnen.

Die Anzahl der Pausen zwischen uns wuchs.

»Na, warum ziehen Sie sich nicht aus? Ziehen Sie sich aus! Nun machen Sie schon!«

Ich zog alles aus und sprang ins Wasser. Sie erhob sich zu ganzer Größe und trat an den Rand des Pools.

»Wollen Sie nicht auch ein bisschen schwimmen?«, fragte ich.

»Ich schaue lieber zu.«

Mein Gott, dachte ich. Was hätte bloß der frühe Majakowski dazu gesagt? Und der späte?

Doch Majakowski beschäftigte mich ehrlich gesagt immer weniger. Plötzlich verstand ich, dass dies ein einzigartiger Moment war und dass es für mich nie wieder so eine Möglichkeit geben würde. Ich erinnerte mich, wie Tolja Swerew – der bemerkenswerte Maler – mit der Witwe von Assejew – einem Freund Majakowskis, das sei erwähnt – auf der Gorkistraße wohnte, und wie Tolja mir erzählte … Und ich hatte gemeinerweise noch kein einziges Mal eine alte Frau gehabt! Aber Tolja erzählte mir verlockend: Nach Pilzlagern riechen sie – nach Moos, morschem Baumstumpf und Hallimasch …

Ich schüttelte den Kopf, um die Träume zu verscheuchen.

»Kommen Sie raus!«, kommandierte Tatjana.

Ich stieg aus dem Wasser – sie betrachtete mich unverhohlen, von oben bis unten, wie ihren Untergebenen. Sie verstand was von Untertanentum.

»Wollen Sie ein Handtuch?«

Das wollte ich wohl, ich wollte alles, ja bitte, geben Sie mir ein Handtuch. Sie warf mir ein Handtuch zu wie eine Liebesbotschaft … Oder ging mit mir schon die Fantasie durch?

Ich setzte mich auf eine Chaiselongue. Wir schwiegen. Und schließlich fragte ich: »Es gehen ja Gerüchte um, dass Majakowski … dass bei ihm nicht alles so klappte …«

Baumstumpf ? Hallimasch. ?

»Was meinen Sie? Beim Sex?«

»Ja.«

»Bei ihm war alles in Ordnung.«

Oha!, dachte ich. Eine Antwort aus erster Hand. Näher als diese Hände war niemand dran. Eine wichtige Info für Literaturwissenschaftler.

»War er klug?«, fragte ich.

Die Antwort fiel überraschend aus.

»Er war scharfsinnig«, sagte Tatjana. »Brodsky zum Beispiel ist klug. Alex und ich haben ihm zum Nobelpreis verholfen.«

Ich sah sie an wie eine Göttin und eine Inspiration. Ich verstand sofort, dass sie die reine Wahrheit sagte.

»Und? Haben Sie vor, nach Russland zurückzukehren?«, fragte sie.

»Mmh, ja schon«, sagte ich.

In jenem Sommer gab ich in Vermont ein Literaturseminar an einer wunderbaren Universität. Ungeachtet dessen, dass das Thema sexuelle Belästigung alle beschäftigte – es war gerade die erste Welle im Gange –, vertraute mir meine schöne Doktorandin ihr amerikanisches Schicksal an, und wir lebten in perfekter Harmonie zusammen auf dem Campus mit seinen kurz geschnittenen Rasenflächen.

»Wozu?«, fragte Tatjana. »Warum müssen Sie zurück?«

Ich saß, notdürftig mit dem Handtuch bedeckt, neben ihr, die seinerzeit Majakowski nach Paris lotsen wollte, und sie hätte es wohl auch geschafft, wenn ihn nicht eine andere junge Frau nach Moskau abgeschleppt und an die Kette gelegt hätte.

»Gehen wir ins Haus«, sagte die Hausherrin. »Hier wird es heiß.«

Ich hakte sie unter, und wir begaben uns in das schöne große Haus. Dort, in diesem Haus, sagte sie zu mir: »Wenn Sie bleiben, können wir Ihnen … na, Sie verstehen schon.«

Meine Fantasie spielte verrückt. Ich stellte mir vor, wie ich hier durch den Park streife, zwischen den riesigen bunten Skulpturen von Alex, meine Nobelpreisrede schreibe, über den unausweichlichen Smoking nachdenke. Zwei Verlockungen. Tatjana und Nobel. Gemeinsam begutachten sie meinen halb nackten Körper … Ich spürte das Näherkommen, das entschlossene Näherkommen, die mächtige Konvulsion umfassenden Glücks.

24. Februar

Der Große Gopnik und ich: Er und ich sind gleich, was Einsamkeit angeht. Aber nicht ganz. Seine Einsamkeit führte ihn in die Langeweile. Er hat den Krieg aus Langeweile angezettelt.

5
Meine Schwester – der Tod

Alles hatte damit angefangen, dass meine Anti-Ehefrau Schurotschka mir eine unangenehme Frage stellte.

»Könntest du«, fragte Schurotschka beim Abendessen, »dein Leben opfern für das Wohl unseres Landes?«

Ich aß gerade einen köstlichen Rinderbraten mit Backkartoffeln (Schurotschka kocht ausgezeichnet!), und bei dieser unerwarteten Frage blieb mir ein Stück Fleisch im Hals stecken, ich lief rot an, meine Augen traten aus den Höhlen wie bei einem Krebs. Ich musste würgen und bekam keine Luft mehr. Schurotschka klopfte mir verzweifelt auf den Rücken und schrie: »Das heißt doch nicht, dass du dein Leben hier und jetzt beim Abendessen für unser Land opfern sollst! Immer nimmst du alles so wörtlich! Hör auf zu würgen!«

Leichter gesagt als getan! Tränen schossen mir in die Augen. Ich sah aus wie ein todunglücklicher Hund. Doch ich überlebte. Als ich wieder zu Atem gekommen war, sagte ich zu meiner ungehaltenen Anti-Ehefrau: »Für wen soll ich sterben? Das Volk ist glücklich. Russland hat sich von den Knien erhoben, sich den Staub abgeklopft und mit China angefreundet. Was braucht es denn noch?«

»Tu nicht so blöd!«, herrschte mich meine Anti-Ehefrau an. »Du weißt doch genau, dass das alles nur vorübergehend ist. Bist du bereit, dafür zu sterben, dass unsere Heimat, nun ja, ein Land wie die Schweiz wird, frei, dabei aber riesig, mächtig und mit Atomwaffen?«

Ich stellte mir unser Volk vor in Gestalt prosperierender, mächtiger, atombewaffneter Schweizer und schüttelte entschieden den Kopf. Ich lehnte es ab, dafür zu sterben. Dann stellte ich mir unsere Bevölkerung als disziplinierte Chinesen vor, die fleißig, in der Hocke sitzend, die ganze Welt mit ihren chinesischen Waren versorgen – dafür wollte ich irgendwie auch nicht mein Leben lassen. Natürlich (unter uns gesagt), am besten würde es unserem Volk gelingen, wieder Sowjetmensch zu sein und Sowjeteis zu schlecken, im Waffelbecher zu zwanzig Kopeken, Erdbeere, Schwarze Johannisbeere, Nuss oder Vanille. Das wurde am Roten Platz im GUM verkauft, dem stets vom Schlange stehenden Volk belagerten Staatlichen Warenhaus Nr. 1, und nichts auf der Welt war köstlicher als dieses Eis.

Außerdem gab es in meiner Kindheit noch Kolatschen, mehlbestäubtes, luftiges Gebäck mit einer Art Henkelchen zum Anfassen – auch die waren die leckersten von der Welt, Mama brachte sie mir immer ins Pionierlager mit, dazu Schmelzkäseeckchen, und heimlich weinte sie, wenn sie mich mit meinem roten Halstuch ansah, und wir, die Sowjetmenschen, aßen die Kolatschen bis zum Henkelchen auf, und darauf geht auch der Ausdruck »auf den Henkel kommen« zurück, was »herunterkommen, auf den Hund kommen« bedeutet. Nach dem Ende der Sowjetzeit hat man es bei uns nie wieder hinbekommen, solche Kolatschen herzustellen, weder in der Räuber- und Banditenzeit noch unter den Tschekisten. Wir lebten in der Sowjetunion wie in einem großen Nest, und da würden wir bis heute leben, aber aus Gründen, die nicht von uns abhingen, sind wir aus dem Nest gefallen und haben sowohl das Schwarze-Johannisbeeren-Eis zu zwanzig Kopeken als auch die luftigen Kolatschen für immer verloren. Aber für Eis und Kolatschen zu sterben, wäre mir eigentlich auch nicht recht gewesen.

Todesgedanken versetzten mein Bewusstsein in Aufruhr. Ich lief vor diesen Gedanken weg, aber sie liefen mir nach. Da wusste ich noch nicht, dass dies der Beginn einer Krankheit war. Eines Morgens auf der Frankfurter Buchmesse, nach einer schlaflosen Nacht auf der Rolltreppe stehend, dem Schriftstellerruhm entgegenfahrend, spürte ich, dass ich das Bewusstsein verlor, und vor meinem verschwommenen Blick zeichneten sich grell leuchtend drei gelbe Pfeile anstelle meines Herzens ab. Ich verstehe bis heute nicht, wie das passieren konnte: drei gelbe Pfeile!

Das ist das erste Geheimnis.

Ich fiel nicht in Ohnmacht, sondern schaffte es sogar irgendwie bis zu den Journalisten, und schweißgebadet, als hätte ich gerade geduscht, erzählte ich ihnen irgendwas über meine Bücher und meine Heimat.

Da ich es überhaupt nicht gewohnt war, krank zu sein, bildete ich mir ein, das würde vorübergehen. Aber es ging nicht vorüber. Ich bekam keine Luft mehr, das Herz schlug mir buchstäblich bis zum Hals. Mir und meinem Herzen zum Trotz flog ich noch zu einem Festival in einer Fruchtgeleestadt in Transsilvanien, wo Ceaușescu getötet wurde und wo ich trank, einen draufmachte und mich zusammen mit meiner Übersetzerin bei erotischer Massage amüsierte. Das Ganze endete damit, dass ich wieder in Schweiß gebadet war und mich nachts im Traum mein verstorbener Vater besuchte.

Mein geliebter Papa!

Papa trug sein kurzärmeliges dunkelblaues Hemd, das er gewöhnlich auf der Datscha anhatte. Er befand sich in irgendeinem städtischen Raum und bewegte sich eine menschenleere, sanft abfallende Straße hinunter, spürte meine Anwesenheit, drehte sich aber nicht nach mir um. Ich ging ihm nach, und wir kamen an eine menschenleere Kreuzung. Wieder blickte er sich nicht um (ich sah nur ein Viertel seiner rechten Gesichtshälfte), wandte sich nach rechts und ging langsam weiter hinunter. Ich wollte ihm nach, aber sein Rücken, sein Nacken, seine ganze Gestalt warnten mich, dorthin, ihm nach sollte ich nicht gehen.

Das ist das zweite Geheimnis.

Die Epidemie der Dummheit traf mich mitten ins Herz.

Während ich mich auf die Operation vorbereitete, die neun Stunden dauern sollte, bei stillstehendem Herzen und künstlicher

Beatmung, umgab ich mich mit Büchern, nun ja, eben über jene Dinge … Ich zwang mich zu lesen und darüber nachzudenken, was mit mir passieren könnte, und ich begriff, dass mein Denken sich sträubte wie ein widerspenstiges Pferd und nicht dorthin gehen wollte, wohin ich es führte. Es riss sich los und blieb stehen, neigte den Kopf und fraß das Gras vor seinen Nüstern, trank aus schmutzigen Pfützen – das Pferd meiner Gedanken.

Nahe ging mir von allen Werken, mit denen ich mich umgab, jedenfalls nicht Dante, dieser Pionier in Sachen Verbrechen und Strafe, eine Thematik, die weit entfernt war von meinen Sorgen. Was mir naheging, war das *Tibetische Totenbuch*, obwohl ich mich auch davon furchtbar oft losreißen musste, um mich mit irgendwelchem alltäglichen Kram zu beschäftigen. Und auch Tolstoi, aber nicht in der beklemmenden Geschichte von Iwan Iljitsch, sondern da, wo Fürst Andrej in Gegenwart seiner Schwester und Nataschas im Sterben liegt, an seinen letzten Tagen – dort, auf diesen Seiten, traf ebenfalls etwas ins Schwarze.

Am Abend vor der Operation fragten mich meine Kardiologenfreunde, irgendwie unnatürlich eng auf einem Sofa aneinandergedrängt, als könnten sie sich nicht ein wenig unverkrampfter hinsetzen: »Hast du keine Angst?«

Ich sagte, was ich dachte.

»Ich habe keine Angst, aber ich bin besorgt. Das ist ein Unterschied. Ich bin besorgt. Um mich, um meine Tochter, um Schurotschka.«

Sie nickten, zufrieden oder auch nicht mit meiner Antwort, und in ihren Händen erschien wie von selbst eine Tablette, eine kleine Tablette, sie teilten sie in der Mitte und reichten mir eine Hälfte. Sie beobachteten aufmerksam, wie ich sie einnahm. Ich ging in mein Zimmer, legte mich hin und flog davon.

Aber dieses Mal nicht für immer. Ich erinnere mich an nichts, außer dass plötzlich jemand zu mir sagte: »Atmen Sie!«

Ich begann zu atmen. Danach wieder Filmriss.

Später ähnelt das Krankenzimmer auf der Intensivstation einem Dschungel, in das wegen der tropischen Lianen kein Sonnenlicht dringen kann, und dann taucht in diesem Dschungel – welch wunderbare Verwandlung! – meine schöne Frau Katja auf, und ich, von oben bis unten voller Schläuche, verstehe, das ist genau das, was ich jetzt sehen will, und hinter ihr unsere persische Freundin Zeinab, und das ist auch das, was ich sehen will, und ich sage zu Katja:

»Na, das war's dann wohl …«

Drei Tage später schleppt mich die füllige Raja, meine Pflegerin aus der Stadt Winniza, auf ihrem Rücken in die Dusche meines Krankenzimmers, zieht mir den Kittel aus, und plötzlich sehe ich mich, nackt, in einem langen, langen Spiegel: eingefallenes Gesicht, spitzes Kinn, große, starre Augen, bandagierte Beine, in ein strammes Korsett geklemmte Brust.

»Getürmt aus dem Totenhaus«, sage ich zu Raja.

Die nickt bloß, weiß nicht, was sie sagen soll, und mein Gedächtnis fliegt irgendwohin, abwärts, wie in einen Schacht, mein Kopf fliegt hinunter in den Schacht, und dort in der Tiefe finde ich mich während der Operation, als das Herz angehalten ist und die künstliche Beatmung angestellt. Und über mir zwei Chirurgen.

Ich sehe sie nicht, aber ich sehe das Bild. Das ist kein gewöhnlicher Traum, das ist keine Vision, das ist ein Bild. Ich befinde mich neben einer kleinen Anzahl von Menschen. Vielleicht ist das die Überfahrt. Vielleicht ist da irgendwo in der Nähe der Fluss. Ich sehe diese Menschen an und kann mich nicht an sie erinnern. Aber dann rücken ihre Gestalten ein wenig auseinander, und ich sehe eine junge Frau. Ja, das ist eine erwachsene junge Frau mit ruhigem, gutmütigem Gesicht. Sie scheint ein dunkles Kleid mit einem kleinen weißen Bubikragen zu tragen. Und auf dem Kopf dunkles Haar. Und vielleicht eine Baskenmütze. Was die Baskenmütze angeht, so bin ich nicht sicher. Aber dunkles Haar bestimmt. Und sie sieht mich freundlich und erwartungsvoll an. Sie hat ein absolutes Krankenschwesterngesicht. Sie ist bereit, mich mitzunehmen oder auf mich zu warten. Wie ich will. Sie insistiert nicht. Aber mit ihr hast du keine Angst. Du möchtest sogar bei ihr bleiben, aber du verstehst allmählich, was das bedeutet. Und du tust das, was du tust …

Das ist das dritte Geheimnis …

6

Wie ich beinahe Chef einer liberalen Partei wurde

»Wissen Sie«, sagte Stawrogin bei unserem nächsten Treffen, »die Polizei denkt, dass beim Ertrinken von Jerjoma doch jemand nachgeholfen hat.«

»Nein«, sagte ich. »Er war schon am Morgen besoffen. Das Herz hat nicht mehr mitgemacht.«

»Er schwamm nicht normal. Vom Ufer aus hat man gesehen, dass ihn jemand in die Tiefe gezogen hat. Eine Meerjungfrau, nicht wahr?«

»Er war betrunken.«

»Am Strand gab es Zeugen. War er ein begabter Junge?«

»Was macht das für einen Unterschied! Wissen Sie noch, Stalin hat Pasternak am Telefon gefragt, ob man Mandelstam als Meister bezeichnen könne. Und der hat geantwortet – was macht das für einen Unterschied!«

»Jerjoma hielt Sie für seinen Lehrer. Das hat er mir selbst gesagt. Sie haben ihm beigebracht, drafloszugehen, mit dem Kopf durch die Wand, sich vor nichts zu fürchten. Und er ist losgegangen – allerdings in die andere Richtung. Zu uns.«

»Um Spione im Donbass zu erschießen?«

»Ich habe sein Verhalten im Donbass nicht gutgeheißen. Seine Begeisterung fürs *Partisanenspielen* ... Wir hatten schon entschieden, ihn nicht wieder dorthin zu lassen.«

»Ach so ist das!«, sagte ich spitz.

»Wieso frotzeln Sie mich?«

Dann fragte er etwas vollkommen anderes:

»Wollen Sie eine liberale Partei anführen?«

»Was?«

»Das heißt gutes Geld. Sie müssen überhaupt nichts tun. Ihre Berater machen alles für Sie. Assistenten. Einverstanden?«

Das war ein heikles Angebot. Ich kenne seit meiner Nomenklatura-Kindheit diese fantastische staatliche Versorgungsquelle aus

Geld, Seilschaften und Korruption. So etwas gibt es nur in Russland. Die Versorgungsquelle erfasst dich und trägt dich auf einem fliegenden Teppich durch die Lüfte. Du wirst verköstigt, herumkutschiert, von vorne bis hinten gepampert, besuchst du eine Stadt, trägt dir der Bürgermeister deine Koffer hinterher – und all das für lau. Und wenn du kein Idiot bist, dann kannst du sogar im Lauf der Zeit irgendwann geschickt abspringen, ohne dich allzu sehr mit Scheiße bekleckert zu haben.

Ich sträubte mich. Er beharrte sanft, freundschaftlich, bettelte sogar ein wenig.

»Wir haben keine Unterstützung für die Intelligenzija«, gestand er.

Seine Offenheit gefiel mir immer mehr.

Überraschend rief der große Reformer Meschujew an. Stawrogin stellte das Telefon auf laut und begann ihn zurechtzuweisen. »Sie halten mich zu Unrecht für ein Arschloch!«

Eine Minute später änderte er den Ton des Gesprächs.

»Mir kam die Idee«, – er nannte meinen Namen – »zum Chef einer liberalen Partei zu machen.«

Pause.

»Er ist kein zuverlässiger Mann«, sagte Meschujew überzeugt. »Er kann uns hintergehen.«

»Er ist an der Grenze. Genau das, was wir brauchen.«

»Lassen Sie sich nicht mit dem ein. Er ist keiner von uns.«

Na toll, dachte ich. Meschujew gratuliert mir zu jedem feierlichen Anlass mit ellenlangen Grußworten, in denen er erzählt, was für ein *lebender Klassiker* ich sei. Und jetzt haut er mich, ohne zu zögern, in die Pfanne.

»Und?«, grinste Stawrogin und nickte in Richtung Telefonanlage.

Diese Geschichte hatte eine Fortsetzung: Irgendwann fand bei mir zu Hause ein Abendessen für Oligarchen statt. Ich erzählte ihnen die Geschichte, wie man mich abserviert hatte. Sie lachten. Einer von ihnen interessierte sich besonders für den Fall. Etwas später führte er dann eine liberale Partei an, nahm an Wahlen teil, verlor – und verschwand in der Versenkung.

7
Krimi

Stawrogin gab mir zu verstehen, dass es O. war, die in Balaklawa den Faschisten Jerjoma umgebracht hatte. Aber um eine Anklage gegen sie zu vermeiden, schlug Stawrogin mir in Andeutungen vor, einen Artikel zu schreiben – über ihn, das Genie.

8
Susan Sontag als Metapher

Ich liebe Frauengesichter. Männergesichter nehme ich zur Kenntnis, aber eher gleichgültig. Frauengesichter hingegen ziehen mich regelrecht an, junge, alte, unterschiedliche. Sowohl die oberen Gesichter ziehen mich an, als auch die unteren. Ich könnte gar nicht sagen, welche mich mehr anziehen. Das hängt offenbar vom jeweiligen Menschen und von meiner Stimmung ab.

Viele Menschen haben sehr lange, jahrhundertelang, das untere weibliche Gesicht beleidigt. Dabei ist es nicht weniger ausdrucksvoll als das erste, obere, offenere Gesicht. Was allein ist der kleine Knopf des Vergnügens wert, der Glücksschalter, den das obere Gesicht nicht besitzt, sich mit einer Nase begnügend! Und diese Lippen, mit denen die Kunst der Floristen begann? Und diese getrimmten Büsche künftiger Parkarchitektur?

Das untere weibliche Gesicht erinnert mich ans Purgatorium.

Es reinigt den Organismus von Schlacken, trägt alles davon, in den Wind. Es ist zwischen Hölle und Paradies. Einer Hölle von Schmutz, Blut, Müll, Gestank, seltsamen Geräuschen, wirrem Haar. Und einem Paradies von unvorstellbarer Lust, Schreien, Rippenabdrücken auf der Haut im Moment des Zuckens, schließlich dem qualvollen Paradies des Gebärens.

Haben Sie einmal gesehen, wie ein Baby mit dem Gesicht nach unten herauskommt, durch den Tunnel des Unterleibs mit einem solchen metaphysischen Gehorsam, als sei es ein Späher oder ein Geschoss?

Und wenn es weder Hölle noch Paradies gibt, wenn das Zweistromland der Ruhe entsteht, dann kehrt das untere Gesicht in die Zone des Purgatoriums zurück und begibt sich zur verdienten Ruhe.

Wie viele Schönheiten der unteren Etage kennen wir, mit dem rosa Ornament der Lippen! Und was finden wir oben? Geschöpfe mit großer Nase und ohne Kinn, wohin man schaut.

Das untere Gesicht ist Schönheit an sich! Und das obere der Horror!

Das untere ist persische Baukunst, das obere christliche Kreuzigung.

Das obere ist animalische Undurchdringlichkeit, das untere sind isländische Sagen und Geysire.

Irgendwann werden diese Gesichter einander nicht mehr feind sein. Das obere und das untere Gesicht werden sich umarmen und sich gegenseitig ihre Liebe erklären. Wir sind alle Utopisten. Doch solang die Ansicht fortbesteht, das untere Gesicht sei bei allen Frauen gleich – wird nichts Gutes herauskommen.

Na schön, aber gibt es auch beim männlichen Geschlecht einen Unterschied zwischen dem oberen und dem unteren Gesicht? Sollen wir darüber sprechen oder lieber das Thema wechseln? Wenn wir aber darüber sprechen, dann müssen wir zugeben, dass das untere Gesicht des Mannes natürlich nicht dem Purgatorium ähnelt.

Das weibliche ja, aber das männliche nicht.

Doch das bedeutet noch gar nichts. Der Mann hat auch etwas vorzuweisen.

In New York traf ich einmal eine legendäre Feministin. Eine Schriftstellerin, eine weibliche Kultfigur in Sachen amerikanischer Zivilisationsbruch. Sie war nicht nur Theaterregisseurin, Präsidentin des amerikanischen PEN-Clubs, Lesbe, Freundin von Brodsky, Liberale mit kommunistischen Wurzeln und Nachfahrin einer jüdischen Familie aus Osteuropa. Sie war eine Prophetin, eine Vorbotin der blutigen amerikanischen Revolten. Selbst eine Weiße, verfluchte sie die Weißen. Mit leiser intellektueller Chuzpe predigte sie kompromisslose politische Korrektheit.

Ich weiß schon nicht mehr, wie es dazu kam, wer uns zusammenbrachte, aber wir verabredeten ein Treffen in einer stinknormalen Bar in Manhattan.

Ich kam zu spät. Dabei weiß ich, dass man sich auf Treffen mit Frauen vorbereiten sollte. Aber ich erschien locker flockig als unbekümmerter junger Schriftsteller. Von allen Seiten wurde sie mit Komplimenten überhäuft. Ich hatte dies und das über sie gehört, aber mit einem Ohr, und kam völlig naiv zu spät.

Susan Sontag begrüßte mich in der lauten, engen, brechend vollen Bar wütend, vorwurfsvoll und erstaunt.

»Ich habe in meinem ganzen Leben noch nie geschlagene zwanzig Minuten auf einen Mann gewartet!«

Ein Guinness-Rekord, dachte ich, lächelte liebenswürdig und sagte, ich sei aus Vermont oder sonst irgendwoher gekommen, von weit her jedenfalls – wie dem auch sei, von irgendwoher, und nun sei ich ja da.

Das war im Februar 1990. Ich weiß es genau, weil sie mir am Ende ihr Buch schenkte und folgende Widmung hineinschrieb:

Für Viktor, mitten in unseren erstaunlichen Zeiten, in Freundschaft, Susan. New York, Feb. 1990

For Victor, in the middle of our astonishing times – with friendship, Susan. New York, Feb. 1990

Es war ihr berühmtes Buch *Krankheit als Metapher*, in dem auch das besondere Kapitel *Aids und seine Metaphern* enthalten ist.

Ein bemerkenswertes Buch! Aber irgendetwas ging schief. Ich schlug es auf, als ich nach Moskau zurückflog, war beeindruckt und … las es dennoch nie zu Ende. Susan schrieb couragiert über die feige soziale Tabuisierung von Tuberkulose und von Krebs, woran sie erkrankt war.

Heute warf ich wieder einen Blick auf die Widmung und dachte: Was habe ich im Februar 1990 eigentlich noch in New York gemacht? Und was bedeuteten diese *erstaunlichen Zeiten* verglichen mit unserer

Epoche der Epidemie der Dummheit? Das waren doch geradezu unbeschwerte Zeiten damals. Aber die Zeit ist das mächtigste Purgatorium der Welt. Das ist der Grund, warum jede Zeit *astonishing* wirkt.

Andererseits ist das Purgatorium ja selbst eine Quelle der Zeit im ewigen Leben, das Purgatorium erzeugt Zeit und man hängt buchstäblich darin fest, im Unterschied zur zeitlosen Substanz von Hölle und Paradies. Jene Völker, die kein Purgatorium kennen, haben eine nebulöse Vorstellung von der Zeit. Wir zum Beispiel. Wir, die wir beruhigende Wundermittel aus dem Medikamentenschrank des Purgatoriums so nötig hätten.

Doch um auf die weiblichen Reize zurückzukommen, möchte ich sagen, dass wir zu hundert Prozent die oberen und unteren Frauenkörper erfinden. Wir zeichnen sie mit allen unseren Gliedern. Hätte ich mich vorsorglich, vor der Begegnung, mit heftiger Verehrung für Susan gewappnet, mich mit Ohs und Ahs in Fahrt gebracht, so hätte ich vor mir die Freiheitsstatue des ausgehenden 20. Jahrhunderts gesehen.

Aber so – ich erinnere mich kaum noch, worüber wir eigentlich sprachen.

Vor mir saß eine recht korpulente Frau im Niedergang ihrer jüdischen Schönheit, elektrisiert von der New Yorker Hektik, mit einer grauen Haarsträhne im schwarzen Haar, und ich wollte weder ihr Ober- noch ihr Unterteil haben. Wie unrecht ich hatte! Doch ich beherrschte noch nicht die Gesetze des Purgatoriums. Einer ihrer Gedanken aber blieb mir für immer haften.

Ich hielt damals oft Vorlesungen an amerikanischen Universitäten und trug mich sogar mit dem Gedanken, mich um eine Lehrberechtigung auf Dauer zu bemühen, um weiter auf der akademischen Schiene zu fahren und bis zum Ende meiner Tage sorglos zu leben.

Doch Susan sagte überraschend kategorisch zu mir: »Halte dich fern von amerikanischen Universitäten.«

»Warum?«, wunderte ich mich.

»Weil sie den Schriftsteller aushöhlen.«

Alles in allem hatte sie recht. Ich folgte ihrem Rat. Und fuhr nicht mehr nach Amerika, um zu unterrichten.

Endlich hörte sie auf zu schmollen, wir tranken schon eine zweite Runde, ich weiß nicht mehr, was, unser Gespräch wurde warm und offen … Plötzlich sagte sie: »Leiser!«

»Wie, leiser?«

Sie blickte sich erschrocken um. In der abendlichen Bar in Manhattan herrschte ein Höllenlärm. Um uns herum saßen bunte, wild mit den Händen fuchtelnde harmlose Amerikaner.

»Man kann uns abhören.«

Bei uns schwelte damals noch immer ein Stück Glut der UdSSR.

Halt, Susan, dachte ich. Du bist eine superfreie Frau mit befreitem unterem Gesicht. Du hast eine ultracoole Geliebte – Annie Leibovitz, eine Frau mit entfernt russischen Wurzeln. Die Frau, die ganz Hollywood fotografiert und das Aktfoto von John Lennon mit Yoko Ono gemacht hat, nur wenige Stunden, bevor er ermordet wurde … Susan! Du bist ja auch noch eine Freundin von Andy Warhol, um nicht noch weiter in der Reihe der Berühmtheiten zu wühlen, mit denen du auf Du und Du bist … Und wir beide geraten hier in den Wahnsinn von McCarthys Amerika – niemals hat sich irgendjemand in Amerika in meiner Anwesenheit erschrocken umgesehen und ›leiser!‹ gesagt – nur du, du Freiheitsstatue!

Gegen Ende unseres Treffens sprach Susan über Brodsky. »Wir arbeiten zusammen«, sagte sie ganz begeistert, »am Projekt *Homo legens*. Was sagst du dazu?«

Ich reagierte ohne besondere Bewunderung für den ehemaligen ausgebürgerten Poeten mit seiner Vorliebe für Marschälle.

Wir traten in das nächtliche regnerische New York hinaus, und ich erinnere mich sehr vage, dass wir verabredeten, uns das nächste Mal in unserem schrecklich schönen Paris zu treffen, doch es war ein Abschied für immer.

Aber über etwas sprachen wir doch noch. Heute kann ich mich hinter ihrem kultigen Rücken verstecken und der Legende auf den Hintern klopfen, denselben als Metapher verwendend.

Purgatorium bleibt Purgatorium!

Reinigen wir uns in diesem ausgekochten Synonym für Quarantäne.

Die Kunst der Zukunft wird in gewisser Weise an Essen erinnern. Sie wird nützlich, wohlschmeckend und ergebnisreich sein. Regisseure werden immer mehr an Köche erinnern, Schauspielerinnen sich in Königskrabben verwandeln.

Der am längsten der Zensur anheimgefallene Gegenstand ist der Anus. Erst jetzt wagen es unsere Freundinnen, ihn ins Spiel zu bringen. Und diese sich auseinanderschiebenden Kulissen – das ist, wie einen Wacholderbusch auseinanderzuschieben und den nächtlichen Horizont zu erblicken.

Sei gegrüßt, Anus – du bist der Sternenhimmel.

Alles Übrige sind bloß Zugangswege zu dir.

Nicht umsonst bleibt Frauen, die im Sturm der Liebe einen weiblichen Anus erblicken, vor Staunen der Mund offen stehen.

»Das ist aber jetzt interessant, was du da sagst«, murmelte meine lesbische Begleiterin.

»Weil«, fuhr ich durch den Lärm der Zeit in Anführungszeichen fort, »die Frauen mit eigenen Augen vor sich das Purgatorium sehen – *the purgatory is open* –, das Geheimnis des Universums. Männer dagegen reagieren auf den weiblichen Anus bedeutend ruhiger.«

»Was kann man schon von den Männern lernen?«, zuckte die Freiheitsstatue mit den Schultern.

»Sie reagieren auf ihn wie auf eine Trophäe, ein mit Gewalt erlangtes Eigentum. Und das ist kein Grund, vor Staunen den Mund aufzumachen.«

Hab ich recht, meine Metapher? Für mich bist du ganz unbemerkt aus dem Leben gegangen, gestorben an Leukämie im Jahr 2004 und begraben auf dem Friedhof Montparnasse in Paris. Doch was sollen wir tun, wo wir beide kein Purgatorium haben und niemals haben werden?

9
Die Beerdigung

O. rauchte, neben dem Sarg stehend. Von Zeit zu Zeit rollte ihr ein dünnes Tränchen über die Wange und hinterließ eine schwarze Spur des nichtausgelöschten Mondes. Sie wischte die Träne weg, betrachtete die Augen zusammenkneifend das tote Gesicht ihres Mannes, der, so schien es, entweder schlauer geworden war oder, ohne uns im Geringsten zu beachten, mit Dichten beschäftigt war, und wieder zündete sie sich eine an.

Seine Mutter mit ihren blassblauen Äuglein jammerte wie ein Klageweib vom Dorf, seine Schwestern standen da wie Vogelscheuchen im Gemüsegarten. Ein Kerl mit Ohrenklappenmütze, gar nicht zur Jahreszeit passend, und einer nach Kerosin stinkenden wattierten Arbeitsjacke stand daneben und trat, ein unstetes Lächeln im Gesicht, von einem Bein aufs andere. Möglicherweise der Vater des Verstorbenen. F.U.B

O. verhielt sich distanziert, doch gegen Ende tat ihr seine Mutter leid. Sie umarmten sich und standen da, Wange an Wange gedrückt.

Viele Schwarzhunderter waren da. Im Vergleich zu Jerjoma unterste Liga. Einer von ihnen hatte mit einem schwarzen Tuch die Nase bedeckt, viele trugen gestreifte Matrosenhemden und Kosakenmützen. Da war der Offizier, jetzt in Zivil, der *auftragsgemäß* in O.s Ausstellung Urin verschüttet hatte. Sie ließen ihn wie einen Helden aussehen, begrüßten ihn lachend und klopften ihm auf die Schulter. Außerdem gab es da Brillenschlangen, Popen aus der Abteilung der Fundamentalisten mit schütterem Bärtchen, junge, zum Krieg gegen die USA bereite Kosaken unter dem Kommando eines rotwangigen, rothaarigen Atamans mit Nagaika im Stiefel. Meine Schwester hatte sie ihres Ideologen beraubt. Im Übrigen war er von selbst ertrunken. Hatte er eigentlich geglaubt, wozu er aufrief? Glaubte er an diese Fressen? Und glaubte er daran, dass er von selbst ertrunken war?

Das hier waren ganz andere Leute als die Hochzeitsgäste. Auf der Hochzeit hatte sich die Prominenz versammelt, die Mehrheit der Gäste besaß einen höheren Status als Jerjoma, doch sie scharten sich um ihn als Sprachrohr einer neuen Ideologie. Das in Balaklawa war keine Hochzeit, sondern quasi eine Parteiveranstaltung. Zur Beerdigung hingegen kamen Leute ohne Auslandspässe, für die Jerjoma Skifahren, Jachten und Spielcasinos in Monte Carlo verkörperte. Für sie war er eine Ikone.

Auf der Hochzeit wurde O. nach ihren Reden und sentimentalen Ergüssen in ihr Lager aufgenommen, bekam Vorschuss und wurde unbesehen eine von ihnen. Auf der Beerdigung wirbelten Begriffe und Vorstellungen heftig durcheinander. Keiner sagte laut, sie habe Jerjoma ertränkt, aber jeder dachte es. Einzig Jerjomas Mutter kam das nicht in den Sinn – ihr erschien es unmöglich, dass ein so schmächtiges Persönchen ihren kräftigen Sohn in die Tiefe hätte ziehen können. Übrigens würde ich gar nicht sagen, dass O. ein schmächtiges Persönchen war. Unter uns gesagt, sie stand voll im Saft, und die Männer waren verrückt nach ihr. Aber natürlich hatte sie nicht nachgeholfen. Jerjoma war von allein ertrunken.

O. gefiel der Leichenschmaus, bei dem sie mit Jerjomas Vater zusammentraf, der die Ohrenklappenmütze abnahm und ihr die Geschichte seiner lebenslangen Wilderei erzählte. Das hatte sich offenbar auf Jerjomas Lebenseinstellung ausgewirkt. Ernstlich außer Rand und Band gerieten auch Jerjomas Schwestern, Polina und Dunjascha – aus Vogelscheuchen verwandelten sie sich in papierne Lampions, die auf den Wellen schaukelten, und das trotz ihrer eigentlich ziemlich prallen Oberschenkel. Doch die ließen die Kosakenherzen nur noch höherschlagen.

Für alle unerwartet erschien der einzige Oligarch, ein Freund des Großen Gopniks, Staatsbürger Russlands und Skandinaviens, Herr Fjodorow.

Er lief lange in Begleitung eines reichen Freundes, der es allerdings nicht ganz so dicke hatte, durch die Zimmer von Jerjomas Wohnung, betrachtete die Bilder an den Wänden (Jerjoma hatte

Werke von Swerew gesammelt), dann kam er wie beiläufig auf mich zu.

Wir kannten uns nicht. Da rief man uns in ein extra Zimmer zu Tisch. Am Tisch saßen bereits der Offizier, der Ataman mit Nagaika und Jerjomas Familie. Herr Fjodorow und sein weniger begüterter Freund saßen mit O. und Jerjomas Familie zusammen. Der Offizier, sichtlich angespannt in Anwesenheit des Milliardärs, brachte einen wirren Toast aus, der Ataman ächzte, wir tranken, ohne anzustoßen.

Im Nebenzimmer schrien die Gäste durcheinander, Musik drang schon herüber, und die ersten Frauen kreischten. Ich sah, dass Herr Fjodorow es kaum erwarten konnte, mich etwas zu fragen. Er bewahrte die hohe Würde des russischen Oligarchen, doch die Ungeduld musste raus. Er saß da, die Beine übereinandergeschlagen, eine Hand auf dem Knie. Er biss in einen kalorienarmen Fasten-Blin, kaute: »Ich habe da eine Frage an Sie.«

»Bitte.«

»Ich falle unter die Sanktionen.«

Ich wusste, dass er auf der amerikanischen Sanktionsliste stand, aber das war so was von weit weg von mir. Sein Business war wie eine vielköpfige Hydra, die nach und nach alles auf der Welt erfasst hatte. Von Mineralien und Kohlenhydraten über Sport und Sanatorien bis hin zu Wohltätigkeit und Weingütern in der Toskana.

»Könnten Sie mir nicht helfen?«

»Wie denn?«

»Dass die Amerikaner mich von der Sanktionsliste streichen. Das ist unangenehm. Das verkompliziert das Leben. Meine Familie ist im Ausland …«

Ich sah in seine traurigen Augen. Wen macht unsere Zeit zum Helden? Wäre ich ihm in Tscheljabinsk im Fußballstadion begegnet, hätte ich bestimmt gemeint, er sei der Platzwart. Und er war, nachdem er eine Freundschaft mit dem Großen Gopnik eingefädelt hatte, selbst ein Gopnik, der früher gern in der Hocke gesessen hatte, der nun ein enormes Kapital angehäuft, viele Jahre im Ausland gelebt hatte und der überhaupt nicht mehr in die Heimat gereist war. Und trotzdem meinte er, ich bräuchte nur eben mal mit dem Finger zu schnipsen …

Ich schnipse mit dem Finger, und das Weiße Haus hat nichts Eiligeres zu tun, als bei mir vorstellig zu werden, und ich sage zum Weißen Haus: »Folgendes. Ich möchte, dass Herr Fjodorow von der Sanktionsliste gestrichen wird.«

»Aber er hat sich doch schuldig gemacht, indem er die Aggression unterstützt hat …«

»Interessiert mich nicht! Nehmen Sie ihn von der Liste! Oder bin ich etwa kein großer Weltschriftsteller, des Respekts des Weißen Hauses nicht würdig?«

»Doch, doch, würdig«, verneigt sich kleinmütig das Weiße Haus.

»Hab ich etwa nicht Artikel im *New Yorker* veröffentlicht? Und Ihr Präsident Bush, Jr., war ganz begeistert davon!«

»Wissen wir! Wissen wir!«

»Dabei hat er, unter uns gesagt, wenig gelesen, aber mich hat er gelesen!«

»Oh ja!«

»Also dann los, nehmen Sie Herrn Fjodorow unverzüglich von der Sanktionsliste!«

»Wer ist er denn für Sie? Ein Verwandter? Ein Freund?«

»Herr Fjodorow ist niemand für mich. Darum möchte ich, dass Sie ihn von der Liste streichen und von diesen Beschränkungen befreien. Wirklich, wie lange soll das denn noch so gehen.«

»Zu Befehl!«

»Gehen Sie, tun Sie Ihre Arbeit!«

Ich wandte mich Herrn Fjodorow zu, doch da, Ungutes ahnend, stürzte der weniger Reiche auf uns zu und fragte, worüber wir reden. Als er hörte, dass es um die Aufhebung von Sanktionen ging, sagte er streng und missmutig: »So wirst du die Sanktionen nie los.«

In mir erwachte die Ironie.

»Ach, wieso denn nicht?«

»Wie dem auch sei, versuchen Sie es«, bat Herr Fjodorow.

Er war nicht einmal betrunken.

»Lassen Sie uns in den nächsten Tagen telefonieren«, sagte ich mit ernstem Gesichtsausdruck. »Dann besprechen wir genauer, wie wir vorgehen.«

Herr Fjodorow erhob sich und schritt mit düsterer Miene zur Tür. Das sind sie – die Jungs aus dem Hinterhof, die jetzt in Palästen auf den Sperlingsbergen mit Panoramablick auf Moskau residieren. Da haben wir die *Ponjatka* eines Milliardärs.

»Probier mal meine Goldröhrlinge! Hab ich selbst gesammelt«, gesellte sich Jerjomas untröstliche Mutter zu mir.

Ich probierte: »Köstlich!«

»Ich weiß, Sie waren Freunde. Jerjomuschka hat Sie verehrt. Er hat davon geträumt, so zu sein wie Sie.«

Jerjomas Schwestern rannten raus in die lauten Zimmer und kamen mit zerrissenen braunen Strümpfen wieder zurück. Der Urinoffizier beschloss, O. den Hof zu machen, und sagte ihr, er sei bereit, sie zu ehelichen.

»Weißt du«, sagte O. und setzte sich zu mir, »mich beschäftigt Folgendes. Nehmen wir mal zwei Pornofilme und vergleichen sie, einen russischen und einen amerikanischen. In dem russischen kommt eine ältere falsche Krankenschwester zu einem kranken Alkoholiker, sie hat einen schlaffen Körper, die Titten gehen so, im Laufe der Handlung betrinkt sie sich, zieht sich aus, und schließlich bumsen sie ungelenk miteinander. Sie mit ihrem Stethoskop um den Hals. Aber sie kommt zweimal mit knallrotem Gesicht, schickt den Kameramann zum läutenden Telefon, womit sie die ganze Geschichte kaputtmacht, und am Ende kotzt sie irgendwelche gelblichen Makkaroni auf den Fußboden. Und dann der amerikanische Porno, in dem eine Krankenschwester mit üppigem Hintern am Ende an einem Pool rumliegt, alles bei ihr ist offen zu sehen, alles schön und – nichts. Gummi! Oder bin ich auf einmal Patriotin?«

Jerjomas Mutter hatte unserem Gespräch gelauscht und bemerkte plötzlich: »Ich hab ja immer gewusst, dass du eine Patriotin bist!«

Es endete damit, dass Jerjomas Mutter, Darja Wassiljewna, zusammen mit der jungen Witwe in der leeren Badewanne einschlief, mit einem nicht leer gegessenen Glas Goldröhrlinge in der Hand.

Wird es gelingen, den Code Gottes zu entschlüsseln, wie das Alan Turing mit Enigma, dem Militärcode der Nazis, gemacht hat, oder werden die Codes sich permanent verändern und die Masken sich in eine endlose Maskerade verwandeln?

Die Entschlüsselung des Codes Gottes wird zugleich auch das Ende unserer Geschichte sein. Schlimmer noch: Die Bedeutung der Geschichte kann sich als höchst banal herausstellen. Die absolute Enttäuschung! Vielleicht dann doch besser ein ewiges Rätsel?

10
Das Poem

Es war ein Poem! Ein großes. In Versen! Es hieß *Der Drache im Nebel* und handelte – von was sonst? – von der Natur der Macht.

Zehn Kapitel, geschrieben in wackeren vierfüßigen Jamben, nach dem Ebenbild von *Jewgeni Onegin* über die Natur der Macht … Außerdem über das Chaos und den kriminellen Reiz der fernen 1990er-Jahre. Man musste eine Menge Mut besitzen, um ein solches Poem zu schreiben.

Dezent die Tatsache ausnutzend, dass ich mich in einer rechtlosen Lage befand, im vollkommen hilflosen Zustand eines Bittstellers, und gezwungen war, mit allen Mitteln meine Schwester O. rauszuhauen, und zwar nicht nur aus der Sache mit dem Porno-Land, sondern auch aus dem Balaklawa-Fall, bat mich Stawrogin, der alles eiskalt kalkuliert hatte, um einen kleinen Gefallen: Eine Rezension über das Poem zu schreiben, das soeben in einer Hochglanz-Literaturzeitschrift erschienen war, die er extra für seine literarischen Flausen gegründet hatte.

»Eine Rezension für welche Zeitung?«

»Ach, unwichtig.«

»Für die *Iswestija*?«

Er runzelte die Stirn: »Das ist *unsere* Zeitung.«

»Die *Nesawissimaja*?«

»Vielleicht.«

»Die *Nowaja*?«

»Das wäre am besten.«

Ich rief bei der *Nowaja* an und schlug ihnen vor, über den *Drachen im Nebel* zu schreiben, aber sie sagten mir, sie hätten schon zwei Artikel über den *Drachen* gehabt. Da sagte ich, ich würde den besten Artikel aller Zeiten schreiben. Sie sagten mmh und waren einverstanden.

Ich wusste jetzt, dass ich offenbar O. vor dem Gefängnis bewahren konnte, aber dafür musste ich mehrgleisig fahren: einen Skandal anzetteln mit finaler Versöhnung.

Wie das?

Die Rezension war ein Deal. Das Recht auf ein unsterbliches Meisterwerk. Doch wenn man das Recht allzu eilig vergab, würde es nicht funktionieren. Nun, es gab zwei Lesarten: als schönes Poem oder als Drama eines Dichterlings. Wozu muss er Poeme schreiben?, dachte ich. Er ist ja auch ohne das Stawrogin. Oder ist er nicht Stawrogin? Doch je mehr ich darüber nachdachte, desto mehr verstand ich, dass Macht nicht das Höchste aller Wünsche ist. Alles wird alltäglich … Stawrogin selbst brachte mich auf diesen Gedanken.

»Die Welt existiert nur für die menschliche Seele. Gott und die Seele – das sind zwei Wesen. Alles Übrige ist eine gedruckte Bekanntmachung, für eine Minute irgendwo angeschlagen.«

»Ist das Ihre Meinung?«

»Ja. Aber das ist ein Zitat.«

»Von wem?«

»Unwichtig.«

»Das kann nur ein russischer Dichter gesagt haben … Schukowski?«

»Mmh.«

»Eine vollkommene Überbewertung der menschlichen Seele«, schüttelte ich den Kopf. »Zu pathetisch. Aber was kann man von Schukowski schon erwarten? Ein Romantiker!«

»Sie sind natürlich ein Liberaler, das meinen alle, ich eingeschlossen«, sagte Stawrogin nachdenklich. »Aber Sie sind ein irgendwie merkwürdiger Liberaler«, sagte er leicht verlegen.

»Gestatten, ich bin ein Schüler des Marquis de Sade«, sagte ich bescheiden.

Übrigens, jetzt, da die Epidemie der Dummheit umging und panische Berichte dazu in der ganzen Welt die Runde machten, wollte ich nicht nur O. retten, sondern die ganze Menschheit. Ich sagte zu Stawrogin: »In Moskau wütet die Epidemie der Dummheit.«

»Sie hat nie aufgehört«, lachte er.

»Die Menschen sterben auf der Straße.«

»Machenschaften der Amerikaner. Möglicherweise setzen sie biologische Waffen gegen uns ein.«

»Aber Fälle dieser Krankheit wurden auch in Europa registriert.«

»Nun, dann muss bei den Amerikanern was schiefgelaufen sein. Oder sie mussten aus Gründen der Glaubwürdigkeit Opfer bringen.«

»Aber auch bei ihnen selbst sind die Zahlen von Ansteckungen und Todesfällen gewaltig explodiert.«

»Also haben sie sich verkalkuliert.« Stawrogin brach in Gelächter aus. »Die tun mir nicht leid. Wirklich nicht! Übrigens habe ich jetzt einen Termin mit denen. Wie wär's? Bleiben Sie einfach mit dabei!«

Geheimnisse, wohin man schaute! Er wusste bereits alles über die Epidemie, mit mir spielte er aber den Dummen. Unser Gespräch über den *Drachen im Nebel* hatte zwei hochkarätige Amerikaner für fünfzehn Minuten im Vorzimmer warten lassen. Stawrogin ging selbst die Tür seines überdimensionalen Büros öffnen und sich entschuldigen.

Die Amerikaner betraten das Büro – und der Botschafter fiel mir um den Hals. Mein alter Bekannter seit Perestroika-Zeiten. Stawrogin betrachtete misstrauisch unsere Umarmung. Der zweite Amerikaner stand im Rang noch höher als der Botschafter. Sie kamen aus Anlass der Epidemie.

Stawrogin war ein virtuoser Verhandler. Er schlug den Amerikanern vor, gemeinsam gegen die Epidemie der Dummheit zu kämpfen.

»Aber der Kreml erkennt sie doch gar nicht an!«

»Nun, wie man's nimmt. Unsere Medien riskieren es nicht, die ganze Wahrheit darüber zu schreiben. Und wir wollen keine Panik auslösen.«

»Wir haben es mit einem Problem zu tun, das nicht geringer ist als der Terrorismus.«

»Übrigens, vor Ihnen steht derjenige, der ihr den Namen gegeben hat, unter dem sie in der Welt existiert.« Stawrogin tippte mich ziemlich grob an.

Die Amerikaner senkten den Blick.

»Warum wollen sie diese sogenannte Epidemie nicht *Russische Krankheit* nennen, wie das ihre freien Massenmedien tun?«

Die Amerikaner sahen einander ratlos an.

»Aber um den Namen geht es gar nicht«, ging Stawrogin zum Angriff über. »In Wahrheit war gerade die westliche Demokratie der Zündstoff für die Epidemie der Dummheit. Und wissen Sie warum? Statt einer repräsentativen Demokratie hat man bei Ihnen die direkte Demokratie eingeführt – und schon ging's los.«

»Wir haben eine Frage zur Ukraine«, sagte derjenige, der im Rang höher stand als der Botschafter.

»Zur Ukraine?« Eine halbe Pirouette von Stawrogin. »So ein Land existiert nicht. Es hat nur den Anschein. Wir mussten einem Teil dieses Anscheins den Charakter einer Realität verleihen.«

Die Amerikaner gingen mit leeren Händen. Der Botschafter umarmte mich nicht vor seinem Abgang. Er meinte offenbar, dass Stawrogin und ich unter einer Decke steckten. In gewissem Sinne war es ja so. Mir würde vermutlich rasch die Puste ausgehen, wenn ich solche Verhandlungen führen müsste. Nicht umsonst hatte Stawrogin auf Poesie umgeschaltet. Als sich die Tür hinter den Amerikanern geschlossen hatte, sagte ich: »Könnte ich nicht vielleicht den Großen Gopnik treffen? In Sachen Epidemie der Dummheit.«

rasch die Puste ausgehen.

11
Der Russenfeind gehört ins Gefängnis

Ich saß da und schrieb den Artikel über den *Drachen im Nebel*. Da kam Schurotschka angelaufen: »Sie sprechen im Radio über dich.« Was war da los?

Der Sender *Echo Moskwy* informierte darüber, dass die Organisation »Kampf gegen illegale Immigranten« mich bei der Staatsanwaltschaft für meinen Roman *Enzyklopädie der russischen Seele* angezeigt hatte. Ich wurde der Russophobie beschuldigt. Kaum hatte ich also begonnen, mich mit O.s Rettung zu befassen, und einen Brief an den Generalstaatsanwalt geschrieben, erstatteten sie unverzüglich Anzeige gegen mich. In den Medien und den sozialen Netzwerken sprach man unisono davon, der Russenfeind gehöre ins Gefängnis, und man diskutierte, wie viele Jahre man mir geben würde. Es war eine regelrechte Kampagne, unaufhaltsam wie ein Waldbrand. Ich wusste nicht, wie ich mich verhalten sollte. Ich rief Stawrogin an. Er hörte mir aufmerksam zu, und ich begriff, dass es ernst war. Schließlich sagte er, die Sache sei erst im Anfangsstadium und man könne sie noch beherrschen. Zum Abschied fügte er hinzu: »Wenn Sie zum Bezirksstaatsanwalt vorgeladen werden, gehen Sie hin.«

Die Vorladung ließ nicht lange auf sich warten. Sie ging an die Adresse des Verlags, in dem die *Enzyklopädie* erschienen war.

Schweren Herzens begab ich mich zum Staatsanwalt.

12
Mein skandalösestes Buch

Aber das ist der Blick von außen. Ich bin längst zu dem Schluss gelangt, dass nicht Autoren Skandale auslösen, sondern eine Gesellschaft, die nicht bereit ist, ein Buch anzunehmen. Doch mit der Zeit verändert sich die Gesellschaft, und plötzlich werden Flauberts amoralische *Madame Bovary* oder Nabokovs *Lolita* zur literarischen Norm.

Nichtsdestoweniger hatte ich einen ungewöhnlichen Roman geschrieben, ein gnadenloses Buch. Für mich ein Wendepunkt. Bevor ich mit dem Schreiben begann, glaubte ich aufrichtig an die Möglichkeit einer multikulturellen Zivilisation, vereint durch eine universelle Idee der Menschlichkeit. Ich träumte von einer multikulturellen Welt und negierte die religiös geprägte ideelle Dominanz einer nationalen Mentalität. Auch jetzt noch möchte ich zu dem romantischen Projekt zurückkehren, in dem gemeinsame Werte triumphieren, doch die Welt ist dafür nicht bereit, und ob sie überhaupt je dazu fähig sein wird, weiß ich nicht.

Die *Enzyklopädie der russischen Seele* hat ihren Autor zerrissen. Daher ist sie auch in formaler Hinsicht ungewöhnlich: fragmentarisch, mosaikhaft, »zerrissen«, streckenweise scheinbar formlos. Doch es ist eine trügerische Formlosigkeit. In Wahrheit reflektiert die Form des Buches den Aufstand des Autors gegen seine Illusionen.

Es ist eine lyrische Erzählung über Russland nach dem Zerfall der Sowjetunion, aber das ist nicht alles. Die Hauptfigur meines Romans erkennt, dass der Untergang des kommunistischen Totalitarismus den Menschen nicht von der Unvollkommenheit seiner Natur befreit. Der Staat geht unter zusammen mit der Illusion, alles sei seine Schuld und wir seien seine Opfer. Dabei haben die Opfer ja selbst diesen Staat geschaffen, und nun, da er zerfallen ist, sind wir verantwortlich für unser Leben. Doch wir erweisen uns als unfähig dazu. Wir haben ja seit jeher keinerlei Erfahrung damit, und außerdem setzen sich allzu oft die schlechten Eigenschaften durch.

Meine Hauptfigur ist ein aufrechter Mensch. Er will nicht in dieser Welt leben. Nein, er hängt sich nicht auf und vergiftet sich nicht. Er, der Ich-Erzähler, beschreibt einfach diese Welt, ohne zu beschönigen. In sein Blickfeld, ins Epizentrum seiner ätzenden, bisweilen giftigen Analyse geraten verschiedene Zivilisationen, vor allem aber Russland.

Der Ich-Erzähler zeigt, dass die größte Bedrohung für Russland die Macht des *Grauen* ist. Dem *Grauen* – dieser für mich wichtigen Figur des Buchs – wohnt eine besondere, mächtige und irgendwie sogar *heilige* historische Verderbnis inne, die gerade das Geheimnis

Russlands ausmacht. Manche haben in dem *Grauen* die Züge der aufziehenden Herrschaft des Großen Gopniks entdeckt. Ob das stimmt, das müssen Sie selbst entscheiden. Ich bin nur der Autor dieses Buchs und nicht dessen allmächtiger Kommentator.

Mein Ich-Erzähler hasst die Bedrohung durch einen neuen, skrupellosen, höhnisch lachenden russischen Imperialismus. Er meint: Ist die Sowjetunion am Ende, reihen wir uns ein in die europäische Völkerfamilie, denn unsere große Kultur hat zweifellos europäische Wurzeln und Züge. Unsere Nachbarn, die einst zu Russland gehörten, Finnen, Polen, Balten – sie alle haben sich doch eingereiht, wenn auch jeder auf seine Weise. Und auch wir werden das tun. Doch das Gegenteil ist geschehen. Wir haben, wie sich herausstellt, einen historischen Stein um den Hals hängen. Er zieht uns in den Abgrund. Wir sind gegen Multikulturalität, wenden uns ab von Europa, verdammen seine Werte. Mein Held erkennt das schon Ende der 1990er-Jahre, noch unter Jelzin.

Die *Enzyklopädie* hat in Russland wütenden Hass hervorgerufen, und das tut sie bis heute. Wegen dieses Buchs stand ich zweimal mit einem Bein im Gefängnis. Das erste Mal war es wegen einer Organisation, die sich als Kämpfer gegen illegale Einwanderung verstand. Natürlich waren das Ultranationalisten. Mich empfing ein hagerer junger Staatsanwalt.

Er begann damit, er habe noch weitere fünf Anzeigen gegen mich erhalten.

»Von wem?«

»Von slawischen Vereinen und orthodoxen Bürgern.«

Ein abgekartetes Spiel.

Wir saßen in seinem Büro zwischen Aktenbergen und Papieren. Er blätterte in meinem Buch. Auf dem Titel mein Konterfei in Gestalt eines schaurigen Ghuls.

Er überflog einige Zeilen und sah mich an. Er las vor: »Das russische Gericht ist schrecklicher als das Jüngste Gericht.«

Mir wurde ganz anders.

»Das stimmt ja wirklich«, sagte nachdenklich der Bezirksstaatsanwalt.

Natürlich stellte nicht er persönlich das strafrechtliche Ermittlungsverfahren gegen mich ein. Die oberen Instanzen, einschließlich wohl des Kremls, fanden offenbar, man solle dem Buch keine allzu große Werbung zuteilwerden lassen.

Kaum hatten mich die Nationalisten in Ruhe gelassen, befasste sich mit mir, Sie glauben nicht wer: meine eigene Alma Mater, genauer gesagt, die Philologische Fakultät der Staatlichen Universität Moskau. Ich hatte seinerzeit mein Studium an dieser Fakultät absolviert und gute Erinnerungen daran. Ich beschäftigte mich dort mit Chlebnikow und Dostojewski, tauchte ab in die Unibibliothek, wo ich Berdjajew, Schestow, Samjatin, Pilnjak las – damals noch verbotene Autoren. Und plötzlich wollten sie mich verbieten.

Neunzehn Professoren *meiner* Fakultät schrieben einen Brief, in dem sie verlangten, meine *Enzyklopädie* zu verbieten, aus den Buchläden zu verbannen und sich den Autor vorzuknöpfen. Sie waren nicht weit davon entfernt, eine Gefängnisstrafe für mich zu fordern. An erster Stelle stand die Dekanin der Philologischen Fakultät, eine Frau namens Remnjowa. Nomen est omen – *remen* bedeutet Riemen, Peitsche.

Ein merkwürdiges Gefühl natürlich, wenn deine Fakultät, an der du einmal studiert hast, dich in den Knast schicken will.

Den betrüblichen *Sadismus* gegen meine Person boykottierte einer der Philologieprofessoren, der erklärte, er habe den offenen Beschwerdebrief nicht unterzeichnet. Es entstand eine peinliche Situation. Der Brief löste sich in Luft auf. Und wenn er ihn doch unterschrieben hätte? Oder wenn sie den Brief ohne seine Unterschrift losgeschickt hätten?

Die Remnjowa schüttete weiter Dreck über mir aus. Doch ich, fasziniert vom Gebaren meiner Alma Mater, durfte schon erleichtert aufatmen. Allerdings wurde mir zugetragen, dass die Dame mit dem aggressiven Familiennamen in irgendeinem Video den Leuten erklärt habe, dass sie mich, obwohl ich russophob sei, nicht im Gefängnis habe sehen wollen. Die Remnjowa erwies sich somit als Liberale.

Glauben Sie nicht, was Moskauer Professoren sagen! Sie werden nichts Russophobes in diesem Roman finden. Da gibt es verzweifelte

Schreie des Helden über die Schwächen unserer russischen Mentalität, darüber, dass unser Volk mit Demokratie nichts anzufangen weiß. Aber ich meine, der ganze Roman ist durchdrungen von Liebe zu meinem Land. Und auch der Humor darin ist eine wichtige positive Figur (wie in Gogols *Die toten Seelen*).

Doch der Roman bleibt nicht bei den Problemen in Russland stehen. Diverse fantastische Visionen führen den Helden nach Amerika und Europa. Er hat ausländische Geliebte. Die eine ist die Französin Cécile. Die andere ist Amerikanerin, die er »Große Häsin« nennt. Aber die wichtigste Liebe ist eine schrille, exzentrische junge Russin mit ihrer ganz eigenen Sexualität und ihrer Vorstellung von Politik, Schönheit und der Ordnung der Dinge.

Mein Russland – das ist das Russland, das selbst in der schwersten Stunde fähig ist, von sich zu erzählen, von seinem Verfall, seinem Niedergang und seinen teils unerfüllbaren Träumen, von seiner Wiedergeburt. Ich habe mich von den romantischen Illusionen losgesagt, aber ich gebe gerne zu, dass sich für mich die europäischen Werte (die in Europa den strammen Linken oder Rechten als Falle oder leeres Geschwätz erscheinen mögen) aus der Entfernung, von Moskau aus betrachtet, als die Grundlage eines Lebens in Freiheit darstellen. Russland ist heute weit von ihnen entfernt, steht ideologisch Europa feindlich gegenüber (in dem Buch mache ich keinen Hehl daraus), doch sollte es überhaupt eine Zukunft für Russland geben, dann ist sie europäisch geprägt.

24. Februar

Ich bin in eine verzweifelte Lage geraten.

Mein Artikel über den Drachen im Nebel *ist unterwegs an die Zeitung.*

Stawrogin hat mich vor dem Gefängnis bewahrt (er hat die Akte zur Enzyklopädie *geschlossen).*

Schurotschka hat sich sämtliche Fingernägel abgekaut.

Ich hätte natürlich die Redaktion auf Knien anflehen können, den Artikel nicht zu drucken …

13
Liberale Orgie

Ein Telefonanruf. Eine bekannte Stimme.

»Na, wie sieht's aus, du Kämpfer gegen die Dummheit?«

»Halt die Klappe, du alter Säufer.«

»Man sollte keine Gopniza heiraten! Das ist schädlich!«

Er meint Schurotschka.

»Sei still, du Mistkerl!« Ich tue so, als ob ich wütend wäre. »Sie ist einfach nur eine Spottdrossel.«

»Das Unterscheidungsmerkmal einer Gopniza!«, lacht Artur.

Wir verstricken uns in ein Gespräch über Gopniks.

»Nach einem Jahrhundert der kommunistischen Zufälligkeiten«, orakelt mein Freund, »besteht endlich mal Hoffnung auf Gesetzmäßigkeit. In Russland ist jeder Vierte ein Gopnik. Die Übrigen sind in ihrer Mehrheit seine Dienstboten.«

»Feindseligkeit gegenüber der Intelligenzija bis hin zu deren Repression und Vernichtung«, greife ich auf. »Tod den Verrätern!«

»Ja, so was in der Art ... Gier nach Sieg um jeden Preis, und im richtigen Moment sich an absolut nichts mehr erinnern.«

»Die bunten Klamotten der Gopnizen ...«, ziehen rasch meine Visionen aus alten Zeiten an mir vorbei. »Wenn sie sich hinhocken, sieht man den halben Arsch.«

»Kapieren die einfachsten Dinge nicht und kennen kein Maß«, nickt Artur. »Deine Schurotschka weiß nicht mal, was das ist, ein ordentlicher Mensch. Das haben Mama und die Straße ihr nicht beigebracht.«

»Jetzt hör mal auf, so über Schurotschka zu sprechen«, flehe ich ihn an.

»Grobheit, Grausamkeit, ständig üble Sprüche klopfen. Der Große Gopnik geht in die Geschichte ein als historische Notwendigkeit. Er besteht aus Spezialoperationen.«

»Der Große Gopnik hat die negative Bedeutung des Begriffs *Gopnik* abgeschafft«, sage ich fröhlich. »Und wer kein Gopnik ist, der ist keiner von uns.«

»Ruckzuck-Einsacken!«, schreit Artur. »Mit großer pathetischer Geste abpressen, wegnehmen, sich einverleiben und siegen …«

»Zugedröhnt von der philosophischen Tiefe des Gopniktums, hat der Große Gopnik ein Land der nichtuntergehenden Sonne erschaffen«, jammere ich.

»Schurotschka …«, beginnt Artur wieder.

»Sei still. Oder ich bring dich um«, beende ich unser Gespräch.

»Der Große Gopnik hat sich wie eine Zecke in den Rücken des Landes gebohrt, aber als es ihm das Gesicht zuwandte, stellte sich raus, dass er sich im Spiegel ansah.«

14
Tanzwettstreit

Dann fiel der erste Schnee. Und alles begann sich zu drehen, ob vor Schreck oder vor Glück, wer weiß. In diesem weiß-grauen Nebel sah ich die Schneetänze.

Zwei Städte schauen sich über den Fluss hinweg an. Der Fluss ist zwar breit, aber der Nachbar selbst bei Schneesturm zu sehen. Ein Passagierboot überquert den Fluss von Anlegestelle zu Anlegestelle in nur zehn Minuten. Nach der Überfahrt befindet man sich in einer vollkommen anderen Welt.

Dies ist der seltene Fall, dass die russische Staatsgrenze dermaßen offen und durch nichts geschützt ist. Normalerweise versteckt sie sich in Wäldern oder ist zumindest durch einen für die Bevölkerung verbotenen Grenzstreifen abgetrennt. Aber hier in Blagoweschtschensk kommt man auf die noch nicht fertig gebaute breite Uferpromenade, geht zum Fluss, wischt sich den Schnee aus den Augen und – siehe da! – vor einem liegt das Panorama von Heihe.

Zugegeben, auf dem Amur liegt ein Boot des russischen Grenzschutzes vor Anker, und an der Uferpromenade erhebt sich das Bronzedenkmal des Grenzschützers mit Hund. Der Grenzschützer wie auch der Hund tragen ein Mützchen aus frischem Schnee. Auf einem

Sockel mitten auf der Promenade steht außerdem ein altes, ausgedientes Kriegsschiff mit einer Kanone, die auf China gerichtet ist. Keine sehr freundschaftliche Geste, andererseits, worauf soll man das Kanonenrohr auch sonst richten?

Die Tanzveranstaltung beginnt in der Regel abends – wie es sich für Tanzveranstaltungen gehört. Die vielstöckigen Häuser von Heihe, die Einkaufszentren, der Fernsehturm und alles andere, worauf man stolz sein kann, erstrahlen in imposanter farbenprächtiger Beleuchtung. Es ist ein Tanz des Wachstums und Reichtums, des Fortschritts und der Zukunft. Erleuchtet werden auch die schönen Parks entlang des Flusses, der auf Chinesisch »Schwarzer Drache« heißt. Wenn es schneit, färbt sich der Fluss tatsächlich schwarz und darin erwacht ein unberechenbarer Drache.

In den Parks von Heihe, an den mit Ahorn bestandenen Uferstraßen, deren lilafarbenes Laub noch an den Altweibersommer erinnert, stehen zum Entzücken der russischen Freunde große, breithüftige, bemalte Matrjoschki. Auch sie sind für den Tanz geschaffen. Doch es gibt da einen Haken. Ursprünglich dienten die Matrjoschki als Abfallbehälter. Die Chinesen warfen Müll in ihr Inneres, an der Rückseite etwa auf der Höhe ihrer Popos. Aber Freunde aus russischen Behörden machten die Chinesen auf diese Taktlosigkeit aufmerksam, und die Matrjoschki büßten ihre nützliche Bestimmung ein. Die Popos wurden zugeschweißt, und nun blicken die Matrjoschki einfach mit großen gutmütigen Augen hinüber ans russische Ufer.

Auf der russischen Seite fällt die Illumination nicht ganz so üppig aus, aber sie ist vorhanden und bezeugt, dass es auch bei uns Einkaufszentren gibt. Direkt an der Uferstraße sind neue Wolkenkratzer in den Himmel gewachsen – speziell, um den Chinesen eine lange Nase zu drehen. Wir sind schließlich auch nicht von gestern! Doch während es die Chinesen mit der Beleuchtung haben, stehen die Russen auf Musik. Aus allen Bars und Diskotheken schallen flotte russische und westliche Melodien. Englischsprachige Hits dominieren. Das russische Blagoweschtschensk tanzt am liebsten zu englischer und amerikanischer Musik. Die Chinesen können sich das anscheinend nicht

-Heihe.

so offen erlauben. Von ihrem Ufer dringen hauptsächlich chinesische Melodien herüber, die das russische Ufer als ferne Exotik wahrnimmt.

Wie es sich für stolze Tänzer gehört, tun beide Städte natürlich so, als tanzten sie nur für sich selbst, weil es ihnen gefällt, so zu leben, sich einzurichten und zu vergnügen. Doch niemand lässt sich davon täuschen! Sie tanzen einfach verschieden.

Blagoweschtschensk tanzt auf altmodische Art, der reichen Kaufmannsvergangenheit zugewandt. Schon Tschechow, der 1890 auf dem Amur in Richtung Sachalin reiste (über die Insel Sachalin schrieb er ein ganzes Buch, faktisch seinen einzigen dokumentarischen Roman), hob die rege Handelstätigkeit der Stadt hervor. Sie ist auch heute noch stolz auf ihre Häuser aus rotem Backstein mit weiß getünchten Backsteinreliefs aus dem 19. Jahrhundert. Sie ist stolz auf ihre Parks mit den akkurat gezeichneten Alleen und weißen, stark gesprungenen Gipskugeln am Eingang. Sie ist stolz auf die nach alten Maßstäben angelegten, irgendwie bescheidenen, aber dafür geschmackvoll geplanten Plätze und Straßen. Das weißhaarige Gespenst des Kaufmanns Iwan Jakowlewitsch Tschurin, der einst dem Handel in Blagoweschtschensk Leben einhauchte, erscheint nur im Schneesturm, ansonsten erinnert sich kaum noch jemand an ihn. Dafür isst man am chinesischen Ufer bis heute »Tschulin«-Wurst.

Etwas weiter entfernt von der Uferpromenade ist es mit dem Tanz allerdings vorbei, viele Häuser stehen leer. Das alte Blagoweschtschensk mit seinen einst schmucken hellblauen Holzhäusern ist verwahrlost, viele Häuschen sind schneebedeckt und schlicht eingestürzt. Aber das können die Chinesen von ihrem Ufer aus nicht sehen, die Holzhäuschen nehmen an dem Tanz nicht teil.

Am Tanzwettstreit beteiligen sich dagegen sogar die Gebäude des Grenzschutzes. Zwischen den Städten herrscht seit vielen Jahren visafreier Grenzverkehr, also kann man seinen Reisepass nehmen und nach China rüberschippern. Vor allem natürlich, um dort irgendeinen Plunder zu kaufen. Wie jede andere Grenzstadt auch ist Blagoweschtschensk voll von versteckt und beinahe offen agierenden Schmugglern sowie fliegenden Händlern, die auf den Märkten chinesische Waren verkaufen, es ist voll von Ganoven, die all das kontrollieren, und Sicherheitsorganen, die mehr oder weniger an dem grenzüberschreitenden Reibach teilhaben. Nachdem aber vor neun Jahren, gleichzeitig mit der Annexion der Krim, der Rubel auf die Hälfte seines Wertes gefallen war, kühlte sich das Interesse am chinesischen Ufer merklich ab: Der Yuan war für die Russen eine Nummer zu groß geworden. Der Handel brummt jetzt nicht mehr, aber er summt leise vor sich hin. Vom chinesischen Ufer schaffen die Russen irgendwelche zigmal verpackten und verschnürten Kisten nach Russland, schleppen mühsam und im Schweiße ihres Angesichts riesige Taschen und Koffer, und auf der russischen Seite werden die fliegenden Händler von Transporteuren erwartet, die wissen, wie man gegen ein bestimmtes Entgelt den Zoll umgeht.

Zum Grenzübergang zu gelangen, an dem man nach China rausgelassen wird, ist schwierig, weil alle Straßen und Zufahrtswege zum Grenzgebäude durch vollkommen unwegsames Gelände führen. Staub und Schnee vermischen sich. Dieser Verfall weist auf irgendwie sowjetische Art darauf hin, dass ins Ausland zu reisen nicht des Russen Sache ist. Bleib lieber zu Hause hocken!

Ich trat auf eine ältere russische Grenzbeamtin zu, die in einem trostlosen Saal in ihrem Kabuff hockte, gab ihr meinen Pass und sah ihr in die Augen. Mit großem russischem Misstrauen fragte sie: »Woher kenne ich Ihr Gesicht?«

Da ich zum Filmfestival *Herbst am Amur*, inzwischen in Winter verwandelt, nach Blagoweschtschensk gekommen war, konnte ich ihr leicht erklären, dass ich Festivalteilnehmer sei und sie mein Gesicht vielleicht im Fernsehen gesehen hätte. Doch die wachsame Frau sah mich ungefähr vier Mal durchdringend an und hegte offenbar den Verdacht, ich sei ein Schmuggler und Wiederholungstäter, dessen Konterfei sie auf einem Fahndungsfoto der Polizei an einem Laternenmast hatte kleben sehen. Endlich setzte sie unwillig einen Stempel in den Pass, und ich begab mich auf die russische Fähre nach China.

Das Boot, ohnehin nicht das neueste, war von den Passagieren schon ziemlich strapaziert worden. An Bord befanden sich hauptsächlich Russen. Während der Überfahrt schwatzten sie darüber, dass die Chinesen jetzt besser leben würden und deshalb die chinesische Industrie keine Büstenhalter mit kleiner Körbchengröße mehr produziere – die Frauen im Allgemeinen und im Einzelnen hätten zugenommen.

Wir überquerten den Amur, dessen Name nicht das Geringste mit französischer Liebe zu tun hat, sondern auf mongolische Wurzeln mit der Bedeutung »großer Fluss« zurückgeht. Das chinesische Ufer begrüßte uns nicht mit sibirisch stechendem, sondern mit nassem Feiertagsschnee in handtellergroßen Flocken. In diesem unwirklichen Schneegestöber marschierte ich in das nagelneue schicke Zollgebäude mit auf den ersten Blick sehr strengen Soldaten und Offizieren in sattgrünen Uniformen mit goldenen Rangabzeichen. Beim Anblick der russischen Ankömmlinge riefen sie irgendwas, die Abfertigung verlief aber korrekt und reibungslos.

Der chinesische Offizier der Grenzbehörden begann Chinesisch mit mir zu sprechen. Ich nahm die nasse rote Skimütze ab und schlug ihm vor, ins Englische zu wechseln, doch er redete weiter in seiner Muttersprache.

Heihe – eine Stadt im fernen Norden Chinas, im Grunde tiefste Provinz – hat noch nicht gelernt, englisch zu sprechen. Gelernt hat sie nur, vor dem russischen Blagoweschtschensk zu tanzen, und was Modernität angeht, tanzt sie eindeutig besser. Was aber wollte der Chinese von mir? Ich drehte mich nach meiner chinesischen Dolmetscherin um, die in der Schlange hinter mir stand. Was will er? Der Chinese bedeutete mir mit den Händen etwas, das aussah wie ein Lenkrad.

»Er fragt, ob Sie ein Flugzeug steuern können.«

»Ich? Ein Flugzeug?«, fragte ich verblüfft.

Niemand hat mir jemals in irgendeinem Land dieser Welt so eine Frage gestellt.

»Wieso?«, fuhr ich fort. »Warum fragen Sie das? Ich bin kein Pilot.«

Der Chinese antwortete nicht. Hier stellte er die Fragen. Er setzte den Stempel in meinen Pass: »Gehen Sie weiter!«

Sofort stürzten sich Taxifahrer auf uns, kleine und dünne Männer, die russische »Ladas« fuhren und »hundert Rubel« riefen. Für diesen lächerlichen Betrag fahren sie einen in die Stadt. Wir stiegen ein und fuhren los, mit verzweifelt gegen das Sauwetter ankämpfenden alten Scheibenwischern. Mal weinte die Windschutzscheibe vom Regen, mal war sie vollkommen vom Schnee zugepappt. Zusammen mit mir und der Dolmetscherin stieg auch eine weitere Festivalteilnehmerin ins Taxi, eine attraktive Frau in mittleren Jahren. Wohin fahren wir? Es stellte sich heraus, dass man in einer Fußgängerzone spazieren gehen, verschiedene Teesorten kaufen und zu Mittag essen konnte. Genau das taten wir. Wir liefen die Hauptstraße hinunter. Ringsum alle möglichen Schilder in großer Anzahl, auf Chinesisch und Russisch. Vorhänge! Pelze! Tee! Wir liefen einem Puschkin-Denkmal buchstäblich in die Arme. Er sah sich selbst ähnlich, hatte nichts Chinesisches an sich, aber er war nass und glitschig von oben bis unten, als sei er gerade dem Fluss entstiegen, als sei er ein »Walross« – ein Eisbader – oder eine männliche Nixe. Wir fotografierten uns gegenseitig mit ihm zusammen – Puschkin immerhin. Dann gingen wir in ein Teehaus. Dort unterhielten wir uns in einer Mischung aus Chinesisch und Russisch – direkt und mithilfe der Dolmetscherin – mit der Chefin. Schlank und schön, servierte sie uns Tee und gab uns Tipps. Ich fragte die Dolmetscherin dezent, wie alt die Chefin wohl sei.

»Fünfzig!«

Ich wiegte anerkennend den Kopf. Dann liefen wir wieder die Hauptstraße entlang und begegneten in rote Nationaltracht gekleideten Mädchen, die im dichtesten Schneegestöber zu chinesischer Musik tanzten. Kleine Kinder mit schwarzen, sehr ausdrucksstarken Augen und Militärmützen tanzten zusammen mit ihnen, und ich schloss mich den Kindern an, um auch ein wenig zu tanzen. Die Kinder sahen mich nachsichtig an wie einen Verrückten. Und ich hörte schnell wieder auf zu tanzen.

Dann betraten wir einen Supermarkt, um irgendwas Chinesisches zu kaufen, und ich hatte plötzlich Lust, wahrscheinlich wegen des

wir fuhren los – los fahren =)

einsetzenden Winters, eine chinesische Jägerjacke zu kaufen. Während ich sie sinnloserweise anprobierte, denn ich kaufte dann doch keine, bat die stark geschminkte Verkäuferin unsere russische Begleiterin um Erlaubnis, deren Haare und die Haut im Gesicht berühren zu dürfen. Die willigte ein, und die Verkäuferin berührte sie respektvoll und sehr behutsam. Ich spürte hier, in Heihe, das Interesse am weißen Menschen.

Dasselbe passierte im Restaurant. Man servierte uns Berge von allem möglichen Essen für kein Geld. Besonders gut schmeckten die chinesischen Teigtaschen und das chinesische Bier. Als wir unser Bier ausgetrunken hatten, brachten unsere Tischnachbarn uns ein paar Flaschen als Geschenk und baten uns, sich zusammen mit unserer russischen Begleiterin fotografieren zu dürfen. Sie machten das Foto, wir tranken das leckere Bier und hatten schließlich so viele verschiedene Salate gegessen und uns so volllaufen lassen mit Gratisbier, dass wir kaum noch vom Tisch aufstehen konnten.

Danach gingen wir in ein Lebensmittelgeschäft, um Obst zu kaufen. Da gab es riesige dunkle Weintrauben – also ungefähr so dunkelblau wie Pflaumen –, wir standen davor und staunten. Und tolle, geradezu vor Saft schwitzende Mangos. Überhaupt gab es dort alles. Und alles war chinesisch.

Da dachte ich: Manche meinen, die Chinesen seien stark im Imitieren ausländischer Waren. Dabei können sie in dieser Stadt, in der heute fast anderthalb Millionen Menschen leben und die noch vor Kurzem so etwas wie ein Dorf war, nicht nur bauen, sondern sich auch weiterentwickeln. Heute Imitation – aber in zehn, fünfzehn Jahren werden sie selbst neue Waren erfinden, fantastische Autos, Flugzeuge, Raketen.

Wir nahmen ein paar Mangos, außerdem von den unvergleichlichen dunklen Weintrauben und gingen zur Kasse. Ich reichte der Kassiererin meine goldene Mastercard einer Moskauer Bank. Sie sagte ruhig: Russische Karten nehmen wir nicht an. Wie bitte? Bei uns zu Hause tönen sie Tag und Nacht vom neuen Aufschwung in der russisch-chinesischen Freundschaft, von zwei schwindelerregenden

Milliardendeals (in US-Dollar), aber ich kann mit meiner aus Russland stammenden Kreditkarte nicht dieses bisschen Obst bezahlen?

»Nein, können Sie nicht«, lächelte sie freundlich und nickte uns respektvoll zu.

Da begriff ich, dass die Chinesen ringsum mehr und mehr lächelten. Auch das etwas Neues!

Bei uns in Blagoweschtschensk wird zehn Mal weniger gelächelt, aber es gibt ja auch viel weniger Einwohner.

Wieder zu Hause in Blagoweschtschensk, nachdem man durch den schmuddeligen Schnee gestapft ist, versteht man auf einmal, dass man zurückgekehrt ist – ja, wohin denn? Nach Europa. Genau – irgendetwas undefinierbar Europäisches gibt es in den Gesten und Verhaltensweisen der auf der verschneiten Uferpromenade flanierenden jungen Männer und Frauen auf hohen Absätzen. Es gibt etwas anrührend Europäisches an den aufmerksamen Zuschauern jeden Alters, die zu den Filmvorführungen beim Festival *Herbst am Amur* kommen. Unter ihnen sind auch Babuschki aus der Sowjetära, aber hinter diesem Sowjetischen lugt etwas Vorrevolutionäres hervor, etwas Kultiviertes, Liebenswertes, Tschechowsches.

Wer hier Sieger ist in diesem erstaunlichen Tanzwettstreit der Städte, weiß ich nicht. Blagoweschtschensk? Heihe? Natürlich hat mir am besten das nasse und darum irgendwie nackte Puschkin-Denkmal am Ufer des »Schwarzen Drachen« gefallen. Aber die Kinder von Heihe und die filmbegeisterten Babuschki von Blagoweschtschensk – verdienen sie nicht einen Sonderpreis? Und zugleich tun einem alle irgendwie leid, auch ich tue mir leid – und nur der Schnee vertreibt ein wenig die Schwermut.

15
Genossin Dawydowa, ausziehen!

Bisweilen kam es zwischen dem Großen Gopnik und dem Kleinen Nächtlichen Stalin zu wortkargen Reibereien. Obwohl sie beide nicht zu Gefühlsduseleien neigten, gab es zwischen ihnen aber auch verstohlene Zärtlichkeiten, wobei der Große Gopnik seinen älteren Partner immer auf den Bauch zu küssen versuchte. Und der ältere Partner biss den Großen Gopnik gern in die Lippen. Was aber für den Großen Gopnik kränkend war: Immer vor dem Schlafengehen sagte der Kleine Nächtliche Stalin unweigerlich zu ihm: »Genossin Dawydowa, ausziehen!«

Der Große Gopnik mutmaßte, dass diese Worte aus der schmutzigen Bettgeschichte über die Geliebte des Kleinen Nächtlichen Stalins stammten, einer Opernsängerin am Bolschoi. Doch warum er ihn, den durchtrainierten Athleten, den Eishockeyspieler, den Ranghöheren, »Genossin Dawydowa« nannte und ihn aufforderte, sich auszuziehen?

»Genossin Dawydowa, ausziehen!«

Der Große Gopnik zog sich schweigend aus. Dann drehten sie einander auf dem breiten Lager den Rücken zu, und der Kleine Nächtliche Stalin dachte für sich, während er mechanisch seinen angeknabberten Bauch abtastete: Oh mein Gott! Wie tief ist Russland gesunken!

Auch der Große Gopnik war still für sich böse: Von wegen Genossin Dawydowa, du kannst mich mal!

Er hatte Angst, den Kleinen Nächtlichen Stalin mit »du« anzusprechen, und der wiederum, außer Dienst, brachte es nicht über sich, zu ihm, dem derzeitigen *Hausherrn*, »Sie« zu sagen. Doch dann wurde es Morgen, hinter den Fenstern rauschten die Kiefern mit ihren lachsfarbenen Stämmen, und die beiden putzten sich einträchtig die Zähne. Als er sich im Spiegel sah, murmelte der Große Gopnik:

»Schluss! Ich trinke ab sofort kein Bier mehr. Ich kriege eine Wampe!«

»Trink Wein, georgischen Kindsmarauli«, runzelte der Kleine Nächtliche Stalin die Brauen.

Der Große Gopnik setzte sich aufs Klo und tat folgende Äußerung: »In Russland, wenn du dich auf den Thron gesetzt hast, dann ist das Wichtigste – Zähne zeigen!«

ICH kriege Eine WAMPE

Sie zeigten einander die Zähne und prusteten los.

Beim Frühstück rupfte der Große Gopnik nach alter Gewohnheit aus seiner Kindheit kleine Stückchen vom Brot. Wie ein Bettler, und das ärgerte wiederum den Kleinen Nächtlichen Stalin. Erneut brummte er vor sich hin: »Oh mein Gott! Wie weit ist es nur mit Russland gekommen!«

Dann sagte er knallhart: »Hör mal, hol die Balten zurück, ja? Estland, Lettland, Litauen – die führen sich auf wie drei fremdgehende Ehefrauen. Man muss sie zurückholen. Zurückholen und wegen Untreue verprügeln.«

»Mach ich, ich werd sie verprügeln«, schwor der Große Gopnik.

»Gut«, nickte der Kleine Nächtliche Stalin. »Und Polen? Dieses Stinkloch musst du auch zurückholen.«

»Das haben Sie richtig gesagt: *Stinkloch!*«, kicherte der Große Gopnik.

»Ich kann das Land nicht leiden. Und du auch nicht, das weiß ich!«

»Wie Sie es 39 plattgemacht haben«, rief der Große Gopnik begeistert.

»Aber eben nicht ganz platt«, zuckte der Kleine Nächtliche Stalin mit den Schultern und schob die Begeisterung des jüngeren Genossen beiseite. »Dabei hätten wir sie erledigen müssen. Auch die Finnen haben wir nicht erledigt. Das hätte man in einem Aufwasch machen müssen, aber wir haben gezögert. Und die Deutschen wurden dann lästig, und in der Armee haben wir nicht alle schädlichen Elemente aufgedeckt. Die Finnen musst du auch zurückholen!«

»Mach ich, unbedingt.«

»Freu dich nicht zu früh«, schnitt ihm plötzlich der Kleine Nächtliche Stalin das Wort ab. »Komm, mein Lieber, gehen wir ein Stück. Die Beine will ich mir vertreten, hinter dieser Tür stehst du.«

»Hinter welcher Tür?«, fragte der Große Gopnik misstrauisch.

Der Kleine Nächtliche Stalin ließ seine Pfeife in der Hand kreisen.

»Wirf dich den Chinesen nicht so an den Hals«, riet er auf einmal.

»Aber das sind doch Freunde«, fuhr der Große Gopnik unwillkürlich vor ihm zurück.

»Umso weniger solltest du ihnen vertrauen! Aber du, guck mal, du schmeißt hier großzügig mit Amur-Inseln um dich.«

Der Kleine Nächtliche Stalin verstaute sorgfältig die Pfeife in seiner Brusttasche. Sie traten schweigend aus dem pompösen, potthässlichen Palast. Vor ihnen, weit unten, plätscherte in der Sonne das Schwarze Meer.

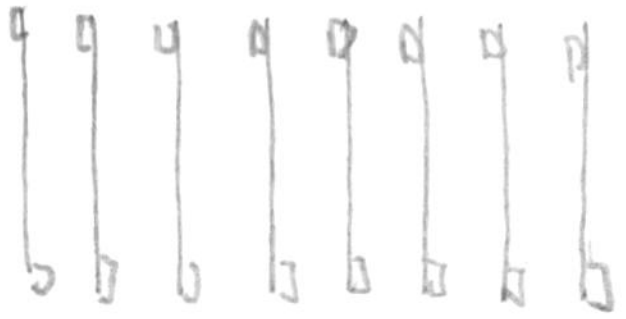

16
PTK

Ich erinnerte mich, wie wir im Pariser Élysée-Palast kurz vor dem gemeinsamen Fototermin zu dritt zusammenstanden: der Große Gopnik, Edik Radsinski und ich. Edik hatte zu der Zeit im Fernsehen eine Reihe über Geschichte laufen, und der Große Gopnik sagte, er würde nie umschalten, wenn er ihn auf dem Bildschirm sehe … und demonstrierte dabei irgendwie kindlich mit der Hand, wie er umschalten, mit Kraft diese klickende Vorrichtung am Gerät drehen würde, nun ja, bloß tat er es eben nie.

Diese Vorrichtung hieß kurz PTK und war der Fernsehkanalschalter. Ein Drehschalter mit einer strammen Federmechanik. Bei häufigem Umschalten lockerte sich der Knopf oder fiel überhaupt ab. Dann kam immer die Kombizange zum Einsatz. Eine bewährte Methode aus vergangenen Zeiten. Der Große Gopnik regierte das Land mithilfe des PTK-Schalters. Dann kam die Kombizange zum Einsatz.

17
Er ist kein Leser

Ich rief Stawrogin am Donnerstag an, spät am Abend, von einer Liberalenparty auf der Pretschistenka.

»Der Artikel ist fertig«, versuchte ich die feiernde Opposition zu überschreien, in Wirklichkeit aber mein Schicksal bei den Hörnern zu packen. »Wenn Sie ihn vor der Veröffentlichung lesen wollen, kann ich ihn Ihnen zuschicken.«

»Nicht nötig.«

Schau an.

Der fürchtet sich vor gar nichts!

Ja, wie ich schon sagte, man musste schon eine große Portion Mut besitzen, um ein ganzes Poem in Versen zu schreiben, in vierfüßigen Jamben und gereimt.

In dem Poem ging es um einen gewissen Komsomolzen, der zunächst als Postbote arbeitet (»Der Postler Gawrila, die Post trug aus er«), aber dann beginnt der Komsomolze dank der Tatsache, dass er eines Tages die Adressen verwechselt und ein Telegramm falsch ausliefert, ein ganz neues Leben, er hat als Geschäftsmann großen Erfolg und wird im Moment des Zusammenbruchs der UdSSR eine ganz große Nummer mit enormen Verbindungen. Er kennt Banditen. Er kennt Silowiki. Er heiratet eine Engländerin aus dem Unternehmen des Diamantengroßhändlers De Beers. Aber er hat ein kleines Handicap: Er spricht kein Englisch. Er engagiert eine Dolmetscherin, verliebt sich bis über beide Ohren in sie, sie übersetzt für die beiden im Bett, nachts, überall …

Hier entsteht eine verwegene Szene alles verschlingender Glückseligkeit, so ähnlich wie in *Der Brunnen von Bachtschissarai*. Von Sinnen vor Liebe, erschlägt der Held den Ehemann der Dolmetscherin, einen bösartigen Zwerg, Korrespondent bei der BBC, er zerstört De Beers, provoziert einen Kleinkrieg mit England. Am Ende hat er von alldem die Nase voll, und er verbrennt schlussendlich in seiner Banja in der Rubljowka.

In gewisser Weise hat er Ähnlichkeit mit Jewgeni Onegin. Unter anderem tötet er sogar im Duell seinen Kompagnon. Allerdings schießen sie nicht aufeinander, sie fechten miteinander, denn in ihrer Jugend haben sie beide fechten gelernt. Darum fehlten dem Komsomolzen seine ganze Jugend lang zwei Vorderzähne – ausgeschlagen, trotz Maske. Es gibt auch eine Tatjana Larina, ebenfalls bis über beide Ohren in ihn verliebt, Tochter des letzten Politbüromitglieds, allerdings nicht so verklemmt wie Puschkins Original. Sie träumt von Fackelzügen der Jugend auf dem Roten Platz.

Im Großen und Ganzen ist der *Drache im Nebel* eine verschlüsselte Rechtfertigung der Staatsmacht. Bei so einem Menschenmaterial wie bei uns, mit dieser Mischung aus Luschen und Gopniks, braucht es bloß die eiserne Hand eines Mannes, der *einer von uns* ist und *allen verständlich*. Aus Müll erwächst im Land der Gopniks der Große Gopnik selbst (eine Anspielung auf Achmatowa übrigens). Alles andere sind Geschichtchen aus dem Leben von Oligarchen und Devisen-Prostituierten.

In dem überdimensionalen Büro fragte ich Stawrogin mit Blick auf das Porträt des Großen Gopniks mit seinem bis obenhin zugeknöpften, dabei jedoch äußerst gutmütigen Gesichtsausdruck: »Und hat er ihn gelesen? Hat er ihm gefallen?«

Stawrogin blickte auf das Porträt und antwortete schlicht: »Er ist kein Leser.«

Möglicherweise war das die exakteste Beschreibung des Großen Gopniks.

Es war schon nach Mitternacht, als Stawrogin mich anrief. Ich war gerade auf der Straße unterwegs. Es goss in Strömen. Ich stellte mich in einem Hofdurchgang unter.

»Wie konnten Sie es wagen, mich Dichterling zu nennen!« Er begann sogar zu stottern. »Ja, denken Sie denn, ich verstehe nicht, dass Sie sich lustig machen! Ein Puschkin unserer Tage! Ich erlaube Ihnen nicht, mich als Volltrottel hinzustellen!«

»Aber warten Sie ... Das ist doch eine positive Rezension ...« Im Hofdurchgang pfiff der Wind. »Ich habe Sie nicht umsonst mit Puschkin verglichen!«

»Sie spotten! Das lasse ich Ihnen so nicht durchgehen!«

»Hören Sie, ich habe den Artikel nicht für zwei Wochen geschrieben, sondern für Jahre. Wenn ich nicht geschrieben hätte, dass Sie *Jewgeni Onegin* parodieren, dann hätte man zu mir gesagt: Du bist vielleicht ein Armleuchter!«

Stawrogin legte empört auf.

Es stank.

Ich dachte, in dem Hofdurchgang stehend, mit Blick auf die überquellenden Mülleimer: Er ist der dritte Mann im Staat. In seiner Anwesenheit gehen der Innenminister und andere Silowiki auf Zehenspitzen. Er muss nicht einmal eine Anweisung erteilen. Wie geht das bei denen? Er muss nicht einmal eine Andeutung machen. Bloß einmal kurz aufseufzen: Der geht mir vielleicht auf den Sack ...

18
Der Reiter auf dem Roten Platz

Mich überkam die Angst.

Ich rannte zum Kreml.

Man ließ mich nicht rein.

Ich setzte mich auf den Roten Platz, griff mir mit beiden Händen an den Kopf.

Der Rote Platz präsentierte sich mir in seiner ganzen Pracht.

Die staatliche Versorgungsquelle hatte mich hochgeworfen und aufs Kopfsteinpflaster geschleudert. Blutüberströmt sah ich, wie mit Geschrei der Große Gopnik hoch zu Ross aus dem Spasski-Tor galoppiert kam. Nackt bis zur Taille, mit dem Oberkörper balzend, preschte er in meine Richtung. Aus dem Augenwinkel sah ich, sein Pferd war von eherner Farbe.

Ich – nichts wie weg. Mich verstecken, eingraben, verbergen hinter dem Richtplatz, doch der Große Gopnik sprang einfach drüber und stürzte sich auf mich.

Ich wich ihm aus, rollte über das Kopfsteinpflaster, erreichte in großen Sprüngen die Basilius-Kathedrale.

Nacht. Der leere Platz. Der Selige Basilius strahlte mit all seinen Kuppeln wie das himmlische Jerusalem.

Der Selige Basilius öffnete die Arme – ich dachte, er würde mich in seiner Umarmung beschützen, aber er wollte mich schnappen und dem Reiter ausliefern, und er hätte mich auch erwischt, wenn er nicht so kurzsichtig wäre.

Da rannte ich los in Richtung Mausoleum. Ich hörte, wie *Er* mir mit einem schrecklichen Schnalzen folgte. Ich bog hinter dem Mausoleum ab, rannte, was das Zeug hielt, den bolschewistischen Friedhof entlang. Nach Luft schnappend, hielt ich mich an Stalins Grabstein fest.

Der Große Gopnik wechselte überraschend den Springer.

Jetzt sauste er mit einem Pfeifen auf einem riesigen rosa Schwein daher.

Er nietete mich um, stieß einen wilden Schrei aus, den Arm mit dem Säbel bedrohlich in die Höhe gestreckt. Der Reiter sprang forsch von dem Schwein herunter, packte mich am Kragen. Ich sah ihn verdutzt von der Seite an. Er nahm ein Mobiltelefon aus der Jackentasche. Das Schwein war unterdessen abgehauen. Mit fröhlichem Grunzen peste es zum Spasski-Tor und verschwand dahinter.

»Doofe Sau!«, zischte der Große Gopnik. »Wir machen ein Selfie zu dritt mit dem Großen Führer!«

»Lassen Sie mich gehen«, versuchte ich mich loszumachen.

Er drückte mir auf die Brust.

»Ich bin hier der *Boss*«, zischte er. »Europa – meins! Afrika – meins! Amerika – Nord und Süd – alles meins! Du glaubst mir nicht?«

Ich gab keinen Mucks von mir.

»Lächeln! *Cheese!*«, befahl der Große Gopnik.

Ich zitterte.

»He, ich rede mit dir: *cheese!*«, brüllte er.

Ich zuckte zusammen und lächelte gequält.

19
Der Dumme liebt das Gedränge

In der Rus genießt der Dumme hohes Ansehen. Dumm lebt sich's leichter. Der Dumme liebt das Gedränge.

Ich las *unsere* Sprichwörter über Dummköpfe und wurde nachdenklich.

Anfangs dachten wir, die Epidemie der Dummheit sei ein Scherz. Wir dachten, Dummheit könne keine Krankheit sein, denn sie ist nützlich fürs Leben, sozusagen ein Extrabonus. Und nun ist sie da, und ihre Ausprägungen sind schlimmer als Alzheimer.

Es ist eine perfide Krankheit. Sie beginnt mit totalen Vereinfachungen.

Muhen wird zur Sprache des Erkrankten. Er ist keine Kuh und kein Ochse, aber auch schon kein *Homo sapiens* mehr.

Immer öfter beginnt er hysterisch zu lachen. Es zerreißt ihn förmlich vor lauter Lachanfällen. Er lacht an den richtigen und an den falschen Stellen. Er lacht auf einer Hochzeit, er wiehert auf einer Beerdigung. Das Gelächter überträgt sich auf die Fernsehbildschirme. Auch dort wird wie verrückt gelacht. Man hält sich wie zuvor für die Größten, man lacht über alles und jeden außer über sich selbst.

Unmerklich tritt eine Phase der Schamlosigkeit ein – um einen alten Ausdruck zu verwenden. Die von Dummheit Befallenen fangen an, überall zu bumsen: in Parks, Hauseingängen, auf der Straße, in der Metro, auf Bahnhöfen – überall sieht man nackte Ärsche und zum Himmel gestreckte Stilettos.

Urin und Kot können nicht mehr gehalten werden – die Städte verwandeln sich in ein stinkendes Gemenge. Die Menschheit kehrt zurück ins Mittelalter. Bis zu diesem fäkalen Moment wollte man auch im Westen die Epidemie der Dummheit nicht wahrhaben. Man meinte, dieses leichte Lachen sei der nächste Schritt vorwärts in der menschlichen Zivilisation: Nach der Konsumgesellschaft die Gesellschaft des Gewiehers.

Den an Dummheit Erkrankten zerbröseln die Zähne, die Knochen, vertrocknen die Muskeln, eitert die Haut. Krämpfe, extremer Gewichtsverlust – blassgrüne Skelette geistern durch die Straßen auf der Suche nach man weiß nicht was. Dort auf der Straße sterben sie dann auch an Dummheit – lachend, zitternd, muhend. Sie fühlen sich nicht mehr als die Größten. Sie fühlen schon überhaupt gar nichts mehr.

Das Finale – sie zerplatzen wie Luftballons!

Woher ist diese Krankheit gekommen?

Wie kann man sich anstecken?

Keine Ahnung.

20
Gift

Wir sprachen unter vier Augen auch über Politik, nicht nur über Persönliches, Intimes, nicht nur über den Versuch, Schurotschka und mich zu vergiften.

»Ihr, die dumme Intelligenzija, schimpft auf den Kreml als eine Brutstätte globaler Lüge und Korruption«, sagte mir im Vertrauen Porfiri Petrowitsch. Das war in Sotschi, in meinem Zimmer eines Fünfsternehotels während eines Filmfestivals. »Dabei bietet euch allen doch gerade diese widerwärtige Situation Futter für Geist und Kreativität. Man braucht nur die Mängel der Staatsmacht abzuziehen, und ihr werdet umkommen in der Belanglosigkeit eures Lebens, heulen werdet ihr und euch vor Langeweile massenhaft aufhängen!«

»Porfiri Petrowitsch«, wandte ich kühl ein, »das ist immer noch kein Grund, meine Frau und mich mit einem unbekannten Gift umbringen zu wollen!«

»Niemand hat Sie vergiftet«, winkte Porfiri Petrowitsch ab.

»Wie denn das?«, empörte ich mich. »Wissen Sie immer noch nicht, dass man uns jeden Morgen Mineralwasser in Glasfläschchen aufs Zimmer gestellt hat? Meine Frau und ich haben es gern getrunken und die Hotelleitung gelobt, denn die Plastikflaschen waren einfach mit Leitungswasser aufgefüllt ...«

»Na und?«, zuckte Porfiri Petrowitsch die Schultern.

»Am fünften Tag, kurz vor Ende des Festivals, als wir, zum Ausgehen fein gemacht, schon im Aufbruch waren, um zur Abschlussveranstaltung zu gehen, nahm Schurotschka einen Schluck direkt aus der Glasflasche ... Sie nahm einen Schluck und spuckte ihn sofort auf den Teppich. Sie rannte ins Badezimmer, Zahnfleisch, Zunge und Hals brannten wie Feuer. Als ich an der leicht klebrigen Flasche schnüffelte, die nach irgendeinem Citrus-Putzmittel roch, fing meine Nase an zu brennen, und auch meine Hand brannte – ja, das war schlimmer, als sich mit kochendem Wasser zu verbrühen.«

»Das haben Sie mir schon hundert Mal erzählt«, sagte Porfiri Petrowitsch. »Haben Sie noch nicht darüber nachgedacht, dass wir uns, hätte es dieses Fläschchen nicht gegeben, nie kennengelernt und auch keine vertrauten Gespräche über den Nutzen des Kremls für den kreativen Hass Ihrer dummen Intelligenzija geführt hätten?«

»Das heißt, Sie wollten uns durch dieses Fläschchen kennenlernen?«

»Lassen Sie uns eins klarstellen«, sagte Porfiri Petrowitsch ruhig. »Ein Feind mehr oder weniger ...«

»Hören Sie auf!«, sagte ich. »Das geschieht doch zur allgemeinen Abschreckung. Damit alle es mit der Angst bekommen!«

»Nein, Sie sollten aufhören damit«, fuhr Porfiri Petrowitsch seelenruhig fort. »Vor wem soll man denn Angst bekommen! Vor Ihnen etwa?«

»Drehen Sie mir nicht das Wort im Mund um«, schüttelte ich den Kopf, »nicht vor uns, sondern vor Ihnen soll man Angst bekommen ...«

Ich spürte, dass er mich geschickt in sein Netz hineinlockte und als Ersatz für dieses Netz bereits neue, noch üblere Fallstricke drohten.

»Sie behaupten also, dass irgendwelche als Kosaken Verkleidete versucht haben, Sie zu vergiften, wegen Ihrer Überzeugungen und ganz konkret, weil Ihre Frau die Kosaken mit dem Handy aufgenommen hat, als sie mit hochgestreckten Hintern den roten Teppich für die Abschlussveranstaltung des Festivals ausgerollt haben. Stimmt's?«

»Stimmt«, sagte ich.

»Ist Ihnen denn gar nicht in den Sinn gekommen, dass man nicht hätte filmen dürfen, wie diese ehrenhaften Kosaken in ihrer Paradeuniform den roten Teppich ausrollen?«

»Also waren es doch die, aus Rache?«, fragte ich hoffnungsvoll. »Ich will ja kein Aufsehen. Erinnern Sie sich, ich habe eigentlich zuerst vermutet, dass vielleicht die Putzfrau zufällig ein Fläschchen mit Kloputzmittel auf dem Nachttisch hat stehen lassen … Wenn Sie dem zugestimmt hätten, dann wäre alles auf die Putzfrau zurückgefallen. Aber so kommt raus, dass es die Kosaken waren …«

»Nein, es kommt raus, verehrter V. W. (er sprach zärtlich meinen Vor- und Vatersnamen aus), dass nicht die Kosaken …«, Porfiri Petrowitsch machte eine Pause, »sondern dass Sie selbst beschlossen hatten, Ihre Frau zu vergiften.«

Mir blieb die Spucke weg. Vor Empörung begannen meine Lippen zu zittern.

»Ihre Lippen zittern ja«, bemerkte Porfiri Petrowitsch zufrieden. »Da merkt man gleich, dass Sie es waren.«

»Entschuldigen Sie«, brachte ich endlich hervor, »aber wie kommen Sie darauf, dass ich vorhatte, meine Frau zu vergiften? Ich hätte ja selbst als Erster aus dieser Flasche trinken können, die dastand, da auf dem Regal neben der Minibar, und nicht sie, sie schminkte sich ja gerade im Bad, ich hätte trinken und, wie mein Bruder Andrjuscha sagt, den Löffel abgeben können. Meine Freunde, Ärzte in Moskau, meinen, dass diese Flüssigkeit die Funktion von Nieren oder Herz stoppen kann – plötzlicher Tod.«

»Auf der Flasche, verehrter V. W., sind Ihre Fingerabdrücke.«

»Logisch«, sagte ich. »Ich habe sie ja in die Hand genommen, um daran zu riechen, als meine Frau im Badezimmer von dem Gift würgen musste.«

»Sie hatte Glück, dass sie es nicht geschluckt hat«, bemerkte Porfiri Petrowitsch beiläufig.

»Sie geben also zu, dass das Gift tödlich war?«

»Sie haben bestimmt das richtige Gift gewählt.«

»Porfiri Petrowitsch!«, heulte ich auf. »Wer hat Sie denn gerufen? Wer hat den Sicherheitsdienst des Hotels gerufen? Wer hat Zeter und Mordio geschrien? Ich oder nicht ich?«

»Sie. Was nicht erstaunlich ist«, sagte Porfiri Petrowitsch. »Sie hatten Angst, dass Ihre Frau selbst nachforscht und sich als Erste an uns wendet.«

Ich begann mich in seinem Netz zu verheddern. Er sah das. Es bereitete ihm Vergnügen.

»Aus welchem Grund hätte ich meine geliebte Frau denn vergiften sollen?«, fragte ich meinen Peiniger schon mit einem gewissen Hassgefühl.

»Wie Sie richtig sagten: die geliebte Frau! Nicht einfach die Ehefrau, sondern die junge, leidenschaftlich geliebte Frau! Wie viele Jahre ist sie jünger als Sie? Dreißig? Oder mehr? Ich weiß, mehr, aber sagen Sie selbst, wie viele Jahre.«

»Wenn Sie es wissen, ist es ja gut«, sagte ich hilflos.

»Eifersucht!«, entfuhr es Porfiri Petrowitsch.

»Ich wollte meine Frau aus Eifersucht vergiften?«, heulte ich auf. »Was reden Sie da? Dafür werden Sie sich noch verantworten müssen!«

»Das werde ich. Gern«, lächelte Porfiri Petrowitsch. »Sie kennen sich gut aus mit dem Festivaltreiben. Alle wirbeln herum, der Kopf dreht sich, Tanz, Bar, Champagner. Wann ist Ihre geliebte Ehefrau vorgestern aufs Zimmer gekommen?«

»Wann? Um acht Uhr morgens.«

»Und wie haben Sie sie empfangen?«

»Ich war ein bisschen sauer. Ich hatte die ganze Nacht auf sie gewartet. Ihr Mobiltelefon war ausgeschaltet.«

»Und Sie sagen: die Kosaken!«, schrie Porfiri Petrowitsch auf. »Nein, unsere ruhmreichen Kosaken schlafen zu Hause und nicht in fremden Hotelzimmern ...«

»Was wollen Sie damit sagen?«

Da sind sie: die neuen Fallstricke! Jetzt hat er neue Netze ausgelegt, dabei zapple ich bereits in einem unzerreißbaren Netz.

»Ach nichts«, sagte Porfiri Petrowitsch. »Machen wir es so. Sie bitten Ihre Frau hierher und sprechen mit ihr, während ich still ein Weilchen auf dem Balkon sitze. Nicht, um Ihr Gespräch zu belauschen,

Gott bewahre, sondern damit Sie nicht nach Abchasien flüchten, zu Ihren Spezis ... Wir kennen unsere Pappenheimer ...«

Ich rief Schurotschka an. Sie sollte jetzt im Spa sein. Sie antwortete nicht, wie üblich. Sie hasste Handys wie eine Leine, an die ich sie legen könnte ... Etwas anderes war FB. Sie lebte da drin. Es schien, sie hätte FB geheiratet. Ich rief die Spa-Rezeptionistin an, und die teilte meiner Frau meine Bitte mit, in unser Zimmer raufzukommen. Ich wartete lange auf sie. Sie trödelte gern rum. Normalerweise ärgerte mich das nicht, aber jetzt schon. Endlich erschien sie.

»Na, haben sie die Giftmischer-Kosaken verhaftet?«, fragte sie gut gelaunt.

»Noch nicht.«

»Was fackeln die so lange rum? Dieser Glatzkopf, wie heißt er noch gleich, Porfiri Petrowitsch oder so, was für ein Arschloch!«

Das Arschloch saß auf dem Balkon und hörte alles mit.

»Weißt du«, sagte ich, »die Ermittler meinen, dass ich dich vergiften wollte.«

»Idioten!«

»Aus Eifersucht. Weil du erst früh um acht zurückgekommen bist.«

»Volltrottel. Wie du!«

»Aber du bist doch erst um acht Uhr früh zurückgekommen ... ziemlich angetütert.«

»Na und!«

»Wo warst du?«

»In der Bar!«

»Aber die Bar ist nur bis zwei Uhr nachts geöffnet.«

»Na, und dann sind wir alle zusammen aufs Zimmer zu ...«

»Zu wem?«

»Zu Wano.«

»Zu diesem georgischen Regisseur mit den Geheimratsecken ...«

»Selber Geheimratsecken!«

»... dem du schöne Augen gemacht hast?«

»Hab ich gar nicht.«

»Und wer war da noch, auf dem Zimmer?«

»Na, die anderen eben ...«

»Namen.«

»Weiß ich nicht mehr.«

»Und, hast du mit ihm gebumst?«

»Nein ... Wieso, ist das verboten? Du hast Ninka Burjatskaja gebumst, aber ich darf nicht? Wano – erstens ist er ein guter Regisseur ... Und dann hat er so zärtliche Dinge zu mir gesagt ... Er hat gesagt, wie gut ich rieche, so was hast du mir nie gesagt!«

»Also hast du mit ihm geschlafen?«

»Ja.«

»Bist du gekommen?«

»Nein. Du weißt doch: Mit fremden Männern komme ich nie beim ersten Mal. Auch mit dir bin ich beim ersten Mal nicht gekommen!«

»Ich hab doch gemerkt, dass du seltsam riechst.«

»Stimmt, du hast gesagt: Du riechst nach Georgier! Und ich bin duschen gegangen. Und dann hast du mich gebumst, hast mir auf die Wangen geschlagen und Miststück geschrien! Miststück! Und wir sind gleichzeitig gekommen.«

»Miststück!«, sagte ich.

»Ja, Miststück!«, freute sich meine Frau. »Ja, ich bin ein Miststück! Ich bin dreißig Jahre alt. Das ist das Alter, in dem man wie verrückt bumst! Ich will jede Minute bumsen!«

»Miststück!«

»Aber dir gefällt das doch. Das erregt dich!«

»Und jetzt buchten sie mich ein, weil ich dich aus Eifersucht vergiftet habe.«

Sie schwieg. Ich schwieg.

»Mein Liebster«, sagte sie. »Es gibt keinen Grund. Ich hab doch gar nicht mit ihm gebumst. Ich habe alles erfunden!«

»Aber du bist erst um acht Uhr früh aufgetaucht!«

»Wir haben uns übers Kino unterhalten ... Die Zeit ist wie im Flug vergangen. Übrigens habe ich dir um halb vier eine SMS geschickt: Bin bald zurück!«

»Ja, natürlich. Ich habe mich beruhigt. Aber du warst erst um acht wieder da …«

Und da dachte ich: Was für ein merkwürdiger Diskurs ist das bei den Frauen. Sie sagen nicht, was tatsächlich gewesen ist, sondern servieren dir verschiedene Versionen. Versionen von Gewesenem oder Nichtgewesenem, das Gewesene geht in Nichtgewesenes über und umgekehrt … Und so kann vor fünf Minuten alles endgültig gewesen sein, und dann ist es auf einmal gar nicht mehr gewesen. Die weiblichen Netze sind die schlimmsten! Schlimmer als alle Netze von Porfiri Petrowitsch, von diesem glatzköpfigen Arschloch!

»Porfiri«, rief ich. »Kommen Sie rein! Meine Frau hat nicht mit Wano geschlafen!«

Keine Reaktion. Ich fasste meine Frau am Handgelenk und zog sie auf den Balkon.

»Aua!«, schrie sie. »Lass mich los!«

Auf dem Balkon war niemand. Ich schaute sogar unter dem Beistelltischchen aus braunen gewundenen Ruten nach. War er etwa runtergesprungen? Ich guckte vom Balkon nach unten … Anscheinend kein herabgestürzter Körper, niemand lag im subtropischen Gebüsch. Porfiri Petrowitsch war wie vom Erdboden verschluckt. Ich drehte mich um zu meiner Frau.

»Hör mal«, sagte ich, »sag die Wahrheit: Hast du mit Wano gebumst oder hast du nicht?«

21
Der gute Gopnik

Wenn Diktatoren die Opposition zerschlagen und ihre Minister, Propagandisten und Kirchenfürsten in leibeigene Speichellecker verwandelt haben, beginnt ihre Zeit der Freundschaft mit Kindern. Lenin fuhr zu Kindern anlässlich des Neujahrsfests mit Neujahrstanne. Auf dem Mausoleum stehend, hielt Stalin mit einem Lächeln im Gesicht ein blondes Mädchen auf dem Arm, das viele Jahre später an der Staatlichen Moskauer Universität meine Französischdozentin war und mir gestand, dass sie Stalin nicht mochte.

Nun ist die Zeit für den Großen Gopnik gekommen, sich mit Kindern anzufreunden. Andere sind seiner Freundschaft und Zeit einfach nicht wert. Am *Tag des Wissens*, dem 1. September, traf sich der Große Gopnik in Kaliningrad mit einer ganzen Horde Kinder unterschiedlichen Alters. Die Kinder demonstrierten hervorragende Vorbereitung, sie hatten ihre Rollen gut gelernt.

Wir erinnern uns, wie der Große Gopnik auf dem Platz im Kreml einen kleinen Jungen auf den Bauch küsste. Bis heute ist unklar, was das eigentlich zu bedeuten hatte. Doch damals war er noch kein ganz ausgewachsener Diktator. Jetzt hat er gelernt, was zu sein? Wissen Sie es? – Ein Guter.

Ja, genau, vor den Schülern erschien der gute Gopnik. Einer, der mit ihnen über die Liebe sprach, über selbstlose Hingabe, über die Hilfe für Alte und für behinderte Kinder, darüber, dass die Stärke in der Wahrheit bestehe. Über Politik, nun ja, ein kleines bisschen. Er verpasste Lenin einen Seitenhieb, weil der »russische« Territorien an die Ukraine abgegeben habe, welche, so der Große Gopnik, nie eine eigene Staatlichkeit besessen hätte, und er erklärte, dass unsere Soldaten, die die Russische Welt verteidigen, ihre Gesundheit riskieren und dass viele von ihnen sterben. Das war es genau: Seine Kraft lag in der Wahrheit – tatsächlich sterben ja viele. In den Worten des Großen Gopniks steckt die Philosophie des Machos, der vom Manne fordert, zu kämpfen bis ans Ende – nicht ganz klar allerdings ist, bis zu wessen Ende.

Der Große Gopnik blieb auch bei den Kindern sich selbst und seiner unverbesserlichen Vulgarität treu. Er rief die Schüler dazu auf, fleißig zu sein, denn Fleiß sei angeblich ein Talent und kein *Gummipopo*. Marschak sagte einmal, wenn in einem langen Gedicht das Wort Arsch vorkomme, dann behalte man vom ganzen Gedicht nur mehr das Wort Arsch im Gedächtnis. Auch hier wird wohl von der ganzen Veranstaltung nur der Ausdruck *Gummipopo* haften bleiben.

22
Der Orden der Ehrenlegion

Ich liebe meine Heimat. Das ist bei mir etwas Irrationales. Denn man liebt ja, wie wir wissen, nicht wegen, sondern trotz einer Sache – im stechenden Schnee, im Katerzustand, mit Empörung, ohne Hand und Fuß, mit schief sitzender Mütze, fröhlich hüpfend oder deprimiert.

Was ist Heimat? Was immer sie ursprünglich war, jetzt ist sie ein Hybrid, eine Mischung aus Land und Staat. Warum also sollte ich sie lieben?

Sie und ich, wir haben eine unglückliche Liebe.

Andere, so liest du in den Zeitungen, siehst du in den Nachrichten, überhäuft die Heimat geradezu die ganze Zeit mit Geschenken. Die einen befördert sie zum General, den anderen verleiht sie den Titel *Volkskünstler*. Und dabei steckt sie ihnen unbedingt irgendeine Medaille ans Revers. Manchmal sogar einen Orden. Und nicht nur einen, mehrere. Es wimmelt nur so von Orden.

Alle radeln mit Orden behängt durch die Gegend, sausen vorbei in irrem Tempo, und Schura und ich stehen da und gucken ihnen hinterher.

»Wenn sie dich Dussel nicht eingesperrt haben, dann darfst du das als deinen Orden betrachten«, sagte Schura. »Komm, wir fahren lieber in den Wald. Da zwiebelt die Heimat nicht ganz so schlimm.«

In der fünften Klasse verliebte ich mich in Tanja Wassiljewa, doch meine Liebe blieb unerwidert, und so kam es, dass ich sie eines Tages nach dem Unterricht sogar würgte vor lauter Verzweiflung. Sie wurde blau im Gesicht, blieb aber letzten Endes am Leben. Nur, wenn sie mich später wiedersah, fiel ihr immer reflexartig die Zunge aus dem Mund. Ja, aber die Heimat – das ist nicht die etwas dickliche Tanja Wassiljewa in brauner Schuluniform. Die Heimat ist groß, und ihre Sprache ist die große russische Sprache, die kannst du nicht erwürgen. Und du hast es auch nicht darauf abgesehen.

Und da, scheinbar aus heiterem Himmel, ruft mich der Botschafter der Französischen Republik an und sagt mit zuckersüßer Stimme, Frankreich habe mir den Orden der Ehrenlegion verliehen.

Das nenne ich ein feinfühliges Land! Selbstverständlich finde ich

Frankreich gut, aber letzten Endes ist es nicht meine Heimat. Und dort, am Ufer der Seine, werde ich Kavalier des höchsten napoleonischen Ordens, und meine Heimat schweigt mit zusammengebissenen Zähnen.

Als ich erfuhr, dass man mir einen Orden verliehen habe, erschrak ich. Aber ich erschrak nicht wegen meiner Heimat, nicht deshalb, weil sie mich abstrafen wird für den ausländischen Orden, obwohl auch das geschehen könnte, nein, ich erschrak, weil ich nicht wusste, was ich weiter tun sollte. Es schien schon alles getan. Der Orden angekündigt. Das Bankett in Kürze. Und dann?

Denn was ist ein Orden? Besonders ein ausländischer. Das bedeutet absoluten Stress. Du rennst herum, nun ja, und stiftest alle an, Frankreich zu lieben, denn du hast ja nicht aus eigenem Willen dort einen Teil deiner Kindheit verbracht und siehst die ganze Natur als puren, durch nichts verwässerten Impressionismus, und auf einmal packt dich Frankreich am Schlafittchen, hebt dich hoch in die Luft, du zappelst mit den Beinen, du blickst dich entsetzt um, und Frankreich heftet dir den Orden der Ehrenlegion an die Brust.

Und dazu schenkt es dir einen tausendseitigen Wälzer über die Geschichte dieses großen Ordens, darüber, wie man ihn trägt, wie man ihn nicht seiner Frau, sondern seinem Sohn vermachen darf. Na dann, denke ich ängstlich, da wird meine Frau aber ein langes Gesicht ziehen. Das muss ich verheimlichen, sonst ist sie schwer beleidigt und sagt, dass Frankreich sie bewusst erniedrigt.

Froh, wie ich war, rief ich meine Freunde in Paris an, alte Anarchisten. Frankreich besteht überhaupt in vieler Hinsicht aus Anarchismus, ungeachtet seiner Orden. Ich rief den Anarchisten François an: »François, ich habe den Orden der Ehrenlegion bekommen!«

François sagt nichts.

Ich sage: »François, hörst du mich?«

Worauf er: »Ich gratuliere dir nicht.«

Jetzt sage ich nichts mehr.

»Bei uns in Frankreich«, sagt François, »gilt es als guter Ton, sein Leben so zu leben, damit man den Orden der Ehrenlegion nicht verliehen bekommt. Kurzum, du musst ihn ablehnen.«

»Warte!«, sage ich. »Ich bin ja kein Franzose. Deine Franzosen haben ihn mir sozusagen aus der Ferne verliehen. Ansonsten ist bei mir alles in Ordnung. Regelkonform mit dem Anarchismus. Auch ich habe mich bemüht, so zu leben, damit meine Heimat mir keinerlei Orden verleiht. Nicht mal irgendwelche kleinen Medaillen.«

Ich setzte mich hin und überlegte, wie wohl meine Eltern dazu stehen würden, die schon auf den Wagankowo umgezogen waren. Wie hätte ich sie damit erfreut!

»Papa!«, würde ich sagen. »Gehen wir zum Bankett. Ich habe den Orden der Ehrenlegion bekommen.«

Und Papa würde antworten: »Wie? Jetzt erst? Du hast ihn doch schon lange verdient!«

Ja, das würde Papa sagen, denn er war immer Optimist. Er war Optimist in Bezug auf viele Dinge und in Bezug auf mich insbesondere, zusammen mit anderen Dingen. Und das hat uns im Leben geholfen.

Und Mama würde sagen: »Was? Die Franzosen sind ja verrückt geworden! Haben sie etwa nicht gelesen, was du schreibst? Den Orden der Ehrenlegion für so einen Schund!«

Nun ja, die Heimat würde Mama unterstützen. Oder eher so: Mama hätte mit der Stimme der Heimat gesprochen. Sie hätten sich abgesprochen: Mama und die Heimat.

Der Orden lag mir schwer im Magen. Ich war schon drauf und dran, ihn abzulehnen, aber dann überlegte ich es mir anders und lehnte ihn allen zum Trotz nicht ab.

23
Flucht aus dem Totenhaus. Riga. Was nicht tun?

Unter Hunderten neuen »toten Seelen«, bekannten Journalisten und Politologen, aber auch einfach aufrechte Menschen, denen von den ganzen Lügen speiübel ist, hebt sich ein älterer Mann, mein Freund, den ich in Riga wiedertraf, dadurch hervor, dass er es war, der praktisch allen, die jetzt gehen, von Kindheit an geholfen hat, zwischen Gut und Böse zu unterscheiden.

Meine Tochter Maja ist mit seinen Büchern groß geworden, und jetzt möchte auch Marianna vor dem Einschlafen unbedingt seine Geschichten vorgelesen bekommen. Noch bevor der Krieg begann, hatte er eine schöne kleine Wohnung in Riga gefunden. Auf diese Weise ergab sich gewissermaßen eine halbe Emigration in eine bekannte Stadt, in der die Einwohner überwiegend Russisch sprechen oder überhaupt Russen sind.

Doch wie sich richtig verhalten, um irgendwann ohne Furcht zurückkehren zu können?

Den Krieg beim Namen nennen oder entsprechend den Forderungen Moskaus den Krieg nicht für einen Krieg halten?

Sich wegducken, sich verlieren oder sich frei äußern?

Zurückkehren, wenn der heiße Krieg ein kalter geworden ist, oder abwarten, bis die Hauptfigur von der Bühne abtritt?

Mit der russischen SIM-Karte telefonieren oder ihr lieber nicht vertrauen?

Wirst du abgehört, von einem oder von zwei Geheimdienstlern?

Und überhaupt – wem kann man noch vertrauen?

Werden sie dich schon nächste Woche einen »ausländischen Agenten« nennen oder nicht? Wovon hängt das eigentlich ab? Vom Verhalten? Wie bekannt man ist? Vom Zufall? Und wenn sie einen so nennen, was dann?

In Kriegszeiten können sie jeden abknallen – der Tod ist auf freiem Fuß.

Mit dem Beginn des Krieges hat sich alles innerhalb einer Sekunde geändert. An die Vorkriegszeiten erinnert man sich wie an paradiesische Zustände, ungeachtet dessen, dass in den letzten Jahren die Schrauben immer fester angezogen wurden.

Shiva, wie geht es dir dort, mein Freund?

Gar nicht lang vor unserer Reise, als der Krieg bereits begonnen hatte, war ich als Jurymitglied auf einem Festival in Riga. Man wollte mich überreden, nicht zurückzukehren. Aber wie konnte ich meine Familie mit den Anstrengungen ihrer Ausreise dort ganz allein im Stich lassen? Ich entschied mich zurückzukehren. Dem einen oder anderen gefiel das nicht. Als mein Kollege in russischen Kulturangelegenheiten beschloss, in Riga zu bleiben, erschien ein Haufen internationaler Journalisten auf dem Plan. Fernsehkameras, Blitzlichtgewitter. Ich stand im Türrahmen und verstand, dass, wäre ich an seiner Stelle, meine Familie an der Ausreise gehindert worden wäre – nach dem Gesetz der Rache. Oder irrte ich mich? Der Krieg hat das Leben in Staub verwandelt. Doch sogar in diesem Staub auf diesem Festival, ungeachtet des Krieges, erhielten russische Filme die Hauptpreise. Dabei war die Jury europäisch. Dort lernte ich auch die Estin Tiina kennen. Ich unterhielt mich mit Dmitri Muratow, dem Friedensnobelpreisträger und Chefredakteur der oppositionellen *Nowaja Gaseta*. Wie ich kehrte auch er nach Moskau zurück. Aber für wie lange wohl? Er musste das Erscheinen seiner Zeitung bis zum Ende des Krieges einstellen – andernfalls hätten sie sie verboten.

»Alles wird geplündert, verraten, verkauft ...«, schrieb Anna Achmatowa in einem Gedicht Anfang der 1920er-Jahre, aber einige Zeilen weiter sah sie dennoch Licht – in Freundschaft, persönlichem Leben, Familie. So saßen auch ich und der Kinderbuchautor bei einem ausgezeichneten Abendessen und tranken guten Wein. Auf einmal war er ganz der Märchenerzähler und las meinen Kindern seine neuen Gedichte vor, kindliche und zugleich unkindliche Verse. Wir scherzten. Sein wunderbarer Hund bellte. Wir lachten. Dann lachten wir nicht mehr. Der Krieg ist voller Gerüchte, Klatsch und Tratsch. Der eine wurde gefeuert, der andere eingesperrt, der Dritte übersehen. Krieg ist verboten, aber auch das Wort Frieden ist verboten. Wieder lachten wir. Waren entsetzt. Goya hat recht: Krieg, das ist der Schlaf der Vernunft. Jeder Tag vergrößert um ein Vielfaches die Kluft zum Leben vor dem Krieg. Russland wird aus dem Krieg auftauchen als ein unbegreifliches, unberechenbares Land.

24. FEBRUAR

Ich schreibe über ihn. Nicht nur, weil er uns alle gepackt hat und bei den Eiern hält, sondern auch deshalb, weil es nicht schwer für ihn war, das zu tun.

24
Der Koffer mit leeren Flaschen

Das Glück lebt unter jenen Völkern, aus deren Böden Weinstöcke wachsen, wo man seit Menschengedenken den eigenen Wein trinkt und die Erde das Gehirn mit Weisheit nährt.

Zwei Weingürtel der Erde bedecken liebevoll wie ein Bikini die Sahnestückchen des Planeten.

Schneetreiben und Wüsten – das sind Prüfungen, Dienstreisen. Weinberge dagegen – das ist ein Zuhause.

Ich hob das Glas.

All das begriff ich in Georgien.

Wir trinken auf Georgien, wo wir Seelenfrieden finden und leiblichen Genuss, der in den Wunsch nach Glück übergeht.

Ich trank und blickte mich um.

Ich stand in der Mitte eines Reisebusses. Fünfundzwanzig erlesenste Schönheiten sahen mich an. In den Händen hielten sie Flaschen mit rotem und weißem georgischem Wein. Sie tranken direkt aus der Flasche, und Tropfen des Weins fielen auf ihre unbedeckten Brüste.

Gleich werden wir baden in diesem Fluss.

In der Dämmerung ist es schön zu baden.

Aber zuerst möchte ich eine Erklärung abgeben.

Hier in Georgien habe ich verstanden, dass es Gott gibt.

Nicht nur, weil er hier so barmherzig ist und sogar erlaubt, in den Dorfkirchen zu rauchen.

Sondern weil ich, sehen Sie, vor einem Jahr aus dem sowjetischen Schriftstellerverband geworfen wurde. Ich bin dreiunddreißig Jahre alt.

Ich bin folglich jetzt ein ehemaliger Schriftsteller. Und auf einmal ruft mich mein kleiner Bruder an. Er sagt, er werde für eine Gruppe von Studentinnen der Kunsthistorischen Fakultät der Reiseleiter auf einer Fahrt durch Georgien sein. Wir werden Kirchen besichtigen. Haben Sie mal Studentinnen des sechsten Semesters der Kunsthistorischen Fakultät gesehen? Oh, ich weiß schon, was für Kirchen wir anschauen werden!

Ich komme nach Georgien, sehe unseren Reisebus und verstehe, dass es Gott gibt.

Denn Gott sagte: Du hast ein riesiges Land herausgefordert, du bist aus der Zukunft gekommen. Du bist müde, dein Kopf dreht sich vor lauter Sorgen, und der Körper schmerzt. Fahr nach Georgien. Schau dir meine Kirchen an. Trink Wein. Lerne die jungen Moskauer Praktikantinnen kennen.

»Gehen wir baden!«

»Halt!«, rief unser Busfahrer. »Schmeißt eure leeren Flaschen nicht einfach weg. Gebt sie ihm!« Er zeigte auf mich.

»Warum ihm?«, wunderten sich die Mädchen, die den roten und weißen georgischen Wein ausgetrunken hatten.

»Weil ich gestern vor einer Kirche einen leeren Koffer gefunden habe«, antwortete ich. »Ich werde eure leeren Flaschen da reinpacken. Damit sie nicht in ganz Georgien herumrollen. Mögen sie in dem Koffer wohnen.«

Sie gaben ihre leeren Flaschen ab, und ich begann sie mit einem roten Filzstift zu kennzeichnen.

»Katja!«

»Polina!««

»Karina!«

»Taissija!!!« Auf die Flasche von Taissija malte ich drei Ausrufungszeichen.

Ich legte die leer getrunkenen Flaschen eine nach der anderen in den Koffer.

Als Letzte kam unsere georgische Reiseleiterin Keti. Auch ganz jung. Sie war aus Tbilissi. Alle sagten, sie sei eine georgische Fürstin und eine uneinnehmbare Festung.

»Ich gebe meine Flasche nicht ab«, sagte sie.

»In Ordnung«, sagte ich. »Dann eben nicht. Aber wenn du sie doch noch abgeben möchtest, kein Problem. Ich werde die Flasche von dir annehmen wie ein Gottesgeschenk.«

Sie lachte und lief davon. Die Fürstin. Alle schönen georgischen Mädchen sind Fürstinnen.

Ich machte den Koffer mit den leeren Flaschen zu, der eine Verschluss war mit Gewalt abgerissen worden, und stieg ins Wasser. Die Mädels hüpften dort herum, ihre Körper blitzten. Mein Bruder schrie: »Ihr dummen Gänschen! Ertrinkt mir bitte nicht!«

Am nächsten Tag fuhren wir Richtung Kutaissi.

Wir waren schon lange unterwegs und hatten eine Menge Kirchen angeguckt, und jetzt ging uns das Geld aus. Manchmal fuhren Autos und Sammeltaxis hinter uns her – sie hupten laut und verlangten nach unseren Studentinnen. Es schien, ganz Georgien winkte uns zu. Aber unsere Flaschen gaben wir nicht ab. Das Geld war alle, und wir hatten Hunger. Es war ein heißer Tag.

Ein weiblicher Hungeraufstand begann. Ich bat den Fahrer, an einem kleinen Café zwischen Hügeln an einem Bach zu parken. Der Bus hielt an, müde Luft rauspustend. Ungeachtet dessen, dass dies die Sowjetunion war, betrieben zwei georgische Brüder ein Café, als wäre es ihr Privateigentum. Ich ging los, um mit ihnen zu verhandeln.

Ich sagte zu ihnen: »Brüder. Wir haben kein Geld. Aber unsere Studentinnen haben rasenden Hunger. Gebt ihnen irgendwas ganz Einfaches, ein schlichtes Chatschapuri und Wasser aus der Quelle.«

Die Mädels stiegen aus dem Bus, eine nach der anderen, die zwei georgischen Brüder sahen sie an wie einen Film.

Sie verschwanden in die Küche, wir setzten uns an den Bach und warteten auf das Chatschapuri. Zunächst brachten sie uns gar nichts. Und dann brachten sie einige Flaschen Chwantschkara und begannen Gläser zu füllen.

Ich sprang auf: »Wozu Wein?«

»Reg dich nicht auf«, sagten die Brüder. »Das geht schon in Ordnung.«

Der Busfahrer kam zu mir.

»Im äußersten Fall geben wir ihnen den Koffer mit den leeren Flaschen. Ist ja auch Geld.«

Ich war noch nicht dazu gekommen, ihm zu antworten, als die Brüder anfingen, Essen auf den Holztischen, die aussahen wie große Baumstümpfe, zu servieren. Da gab es alles: neben Chatschapuri Teller voll mit Chartscho, Huhn Tabaka, Schaschlik, Lobio, Fladenbrot und alles mögliche Grünzeug.

Die Mädels stürzten sich auf das Essen und becherten fröhlich den Chwantschkara dazu.

Sie aßen und tranken, tranken und aßen, dann aßen sie den Nachtisch, irgendwelche himmlischen Torten, baten die Brüder um mehr Wein, eine von ihnen ging im Bach baden.

Ich beobachtete entsetzt, was da vor sich ging. Womit bezahlen? Das Mittagessen kostete deutlich mehr als hundert Koffer mit leeren Flaschen.

»Was tun?«, fragte ich meinen kleinen Bruder. »Wahrscheinlich wollen sie sich eine aus dem Bach angeln. Keine Forelle. Komm, wir versuchen mit ihnen zu verhandeln.«

»Ohne mich«, sagte mein Bruder. »Ich bin hier in offizieller Mission von der Universität. Geh du!«

Ich ging zu den Brüdern. Ich überlegte, wen man ihnen anbieten könnte. Katja zum Beispiel würde bestimmt mit Vergnügen mit den beiden im Bach planschen. Auch Taissija. Ach, Taissija mit den drei Ausrufungszeichen! Ja, Taissija würde sogar mit beiden Brüdern fertigwerden. Taissija! Genau! Sie würde sogar noch für mich ausreichen.

Ich trat auf die Brüder zu, lachte.

»Wisst ihr was«, sagte ich. »Wir haben im Bus einen Koffer voller leerer Flaschen. Das ist unser ganzes Budget für heute. Erzählt mal, was ihr von uns haben wollt.«

Abseits im Gebüsch saß Gott. Er schenkte der Umgebung das fröhliche Kreischen der Mädchen, und mit seinem Zutun blitzten Brüste mit rosa Brustwarzen auf. Der Klang aneinanderstoßender Flaschen war zu hören. Taissija hockte im saftigen Gras, sandte mir wilde Kusshände und becherte weiter mit ihren Freundinnen.

Die Brüder sahen mich an und sagten ruhig: »Das ist ein Geschenk!«

Ich ging weg von ihnen, bis ins Tiefste meiner Seele erschüttert. Ich sage ja, die Georgier haben einen besonderen Gott.

Unser betrunkener Bus trudelte Richtung Meer.

Fürstin Keti mit dem schwarzen Haar kam zu mir: »Ich habe hier auf dem Dorf Verwandte. Die grillen ein Spanferkel. Kommen Sie mit Ihrem Bruder zu uns.«

Wir kamen an, als die Sonne schon im Meer unterging und am Himmel nur noch flammende rote Streifen zu sehen waren. Das Ferkel hockte unter einem großen Trog mitten im Hof und bewegte sich.

Die Verwandten der Fürstin fingen an, mir allerlei Geschichten über den Nutzen des Rauchens zu erzählen. Sie sagten, bei ihnen gebe es eine alte Frau von fünfundneunzig Jahren, die eben deshalb noch lebe, weil sie viel rauche. Ich glaubte das nicht, also führten sie mich zu dieser Frau, die *Kosmos*-Zigaretten rauchte, die in dem blauen Päckchen. Sie sagte, Zigaretten seien gut, für den Kopf und fürs Herz. Sie hielt eine Zigarette zwischen den kräftigen Fingern und inhalierte tief den Rauch.

Kaum hatten wir uns zu Tisch gesetzt, als der Tamada schon sagte, heute trage man einen Wettstreit aus. Wer wen unter den Tisch trinkt! Alle werden den hiesigen Weißwein trinken. Den machen wir selbst. Das Trinken läuft so ab. Die Gläser werden gefüllt. Ich bringe einen Toast aus und dann – runter damit, auf ex!

Zu mir: Alles klar?

Der Toast wird alle drei Minuten wiederholt.

Ich stand auf und ging zu Keti.

»Hast du dir das ausgedacht?«, fragte ich.

»Ja«, lächelte sie.

»Und wenn ich gewinne?«

»Das würde mich freuen«, sagte die Fürstin.

Die Frauen brachten das Essen, Salate, dann das Spanferkel mit rötlich knuspriger Kruste. Sie selbst setzten sich diesmal nicht an den Tisch. Der Wettstreit war absolut Männersache.

»Zur Toilette darf man auch nicht«, warnte der Tamada. »Wer den Tisch verlässt, ist raus.«

Am Tisch saßen ungefähr fünfzehn Männer. Rotwangige Experten im Weintrinken. Mittleren Alters. Aber es gab auch junge. Mir gegenüber saß der Hausherr – ein großes Kämpferherz in Sachen Wein. An der Ecke sein Sohn. Ein kräftiger Bursche.

»Sie machen nur Spaß«, beruhigte mich mein kleiner Bruder. »Das Spiel ist ganz schnell vorbei.«

Wir fingen an, zu den Trinksprüchen des Tamada zu bechern. Der Wein wurde in dicke geriffelte Wassergläser eingeschenkt. Von da aus direkt in die Gurgel.

Die Trinksprüche waren eher eine Formalität, hauptsächlich über die Freundschaft. Man konnte zusehen, wie der Wettstreit die Männer allmählich aufsaugte. Sie hörten auf, sich zu unterhalten. Sie kippten die geriffelten Gläser, stellten sie sanft zurück auf den Tisch, und ihre roten Wangen wurden noch röter.

Wir tranken jeder so etwa zehn Gläser. Der Wein war jung, spritzig, trocken, aber dennoch mit einem kleinen Rest Süße. Beim zwölften Glas gingen ein paar von ihnen weg und kamen nicht wieder. Der Wettstreit wurde fortgesetzt. Keti schaute aus der Entfernung zu, auf dem Stamm einer umgestürzten Zeder sitzend. Wir tranken weiter. Die Trinksprüche wurden immer verschwommener, handelten aber nichtsdestoweniger von der Freundschaft. Der Himmel wurde schwarz. Der Hof war hell erleuchtet. Wir tranken.

Wir tranken zwanzig Gläser. Die Reihen lichteten sich. Die Männer erhoben sich und gingen wortlos weg. Ohne Kommentar. Ich spürte, dass mein Körper nicht schwer wurde, sondern im Gegenteil beinahe schwerelos, aber mein Kopf führte irgendwie ein Eigenleben.

Fünfundzwanzig Gläser. Meine Kehle reagierte auf den Zuckergehalt im Wein. Sie war regelrecht verätzt. Die Trinksprüche hörte ich gar nicht mehr, nickte aber mit aller Kraft und stimmte allem zu.

Dreißig geriffelte Wassergläser voll.

Plötzlich war der Tamada weg. Einfach verschwunden. Wir blieben zu sechst. Der Hausherr, der Sohn des Hausherrn, mein kleiner Bruder, ich und noch zwei unbekannte Männer mit vom Wein strahlenden Augen.

Der Hausherr selbst übernahm die Rolle des Tamada.

Dreiunddreißig Gläser. Die strahlenden Männer verschwanden. Wir waren noch zu viert.

Beim fünfunddreißigsten Glas kippte der Sohn des Hausherrn hintüber und flog über die Stuhllehne ins Gras. Niemand rührte einen Finger.

Beim sechsunddreißigsten schlich sich mein kleiner Bruder leise davon.

Es blieben der Hausherr und ich.

Er schenkte ein, stieß mit mir an, trank und sagte: »Das war's.«

Das war ein Angebot zum Unentschieden.

»Ich trinke aufs Unentschieden«, sagte ich.

Er hob das nächste Glas nicht. Er sah mich zärtlich an. Er war betrunken und zufrieden mit seinem Gast.

Ich trank das siebenunddreißigste Glas aus. Allein.

Stand auf.

Und lief auf meinen eigenen Beinen in mein Zimmer. Das Fenster ging aufs Meer hinaus. An der Tür stolperte ich über den Koffer mit den leeren Flaschen.

Wozu hat der Busfahrer ihn mir hierhergebracht?, dachte ich benebelt.

»Ich habe ihn darum gebeten«, sagte Keti. »Damit du dich als Sieger fühlst. Du Teufelskerl«, fuhr sie fort. »Leg dich hin. Ich werde dich heilen.«

Ich sah sie mit vom Wein strahlenden Augen an.

»Siebenunddreißig!«, sagte ich.

Dann erinnere ich mich an nichts mehr. Georgien ist das einzige Land der Welt, aus dem man mich viele Jahre später abgeschoben hat.

25
Iwan Zarewitsch

Ja, im Unterschied zum von Grund auf mehr oder weniger rationalen Westen ist Russland ein Zaubermärchen. Die Rolle des Zaren in unserem Märchen von heute spielt der Große Gopnik. Im russischen Märchen vergöttert das Volk den Zaren, und das bedeutet, dass es ihm in unserer Zeit bei Wahlen automatisch seine Stimme gibt.

Doch so sehr das Volk auch seinen Zaren liebt, alles hat seine Grenzen. Und diese Grenzen hat Iwan Zarewitsch aufgezeigt. Bei seinen oppositionellen Aktivitäten verwandelt er seit einiger Zeit den Volks-Zaren in Koschtschej den Unsterblichen – den beinahe unbesiegbaren, hässlichen, bisweilen lächerlichen Bösewicht aus der slawischen Mythologie. Diese Hypostase des Märchens kann das Volk absolut nicht leiden. Aber nichts zu machen: Abgesehen davon, dass der Zar Fehler begeht, wird er – oje! – auch noch älter! Und unser Märchen wird Koschtschej nicht wählen. Und wer erzählt dem Volk vom gierigen und herzlosen Unsterblichen Koschtschej? Unser zweiter Märchenheld, der Anwärter auf den Thron.

Der Märchenzar hat, wie es sich für einen Monarchen gehört, uns zu einem Volk von Unschuldslämmern erklärt: Wir sind besser als alle anderen. Dennoch werden seit Beginn seiner Regentschaft permanent politisch die Schrauben weiter angezogen. Und gegen ihn, gegen die Sondereinheiten der OMON und der russischen Nationalgarde, gegen alle Silowiki und deren Lakaien tritt ein ganz und gar unbewaffneter Iwan Zarewitsch auf. Nein, nicht ganz. Er hat, wie im Märchen üblich, einen grauen Wolf an seiner Seite. Das ist sein Antikorruptionsfonds, der Diebstahl und Korruption des Staates anprangert. Und solange Iwan Zarewitsch nur gegen Korruption kämpfte, war er sogar nützlich für den Großen Gopnik. Die Bojaren im Kreml schwiegen. Jeder von ihnen konnte ja in Verdacht geraten oder sogar Zielscheibe eines direkten Angriffs des Oppositionellen werden. In einem bestimmten Moment schien Iwan Zarewitsch sogar dem Großen Gopnik dabei zu helfen, den sich liberal gebärdenden

Konkurrenten loszuwerden. Der Konkurrent verstummte nach den Enthüllungen über seine Machenschaften.

Doch Iwan Zarewitsch überschritt den politischen Rubikon, als er sich einen ebenfalls ziemlich märchenhaften Plan ausdachte und umzusetzen begann – das »System des klugen Abstimmens«. Wählt, was auch immer, nur nicht die Partei des Zaren. Dieses Projekt stellte sich als ziemlich dämlich heraus, jedoch als potenziell schmerzhaft für die Staatsmacht. Wer weiß, auf einmal wird unsere Märchen-Duma aufhören, ein störungsfreies Instrument der Zarenmacht zu sein, wenn dort auch nur einige wenige unabhängige Menschen mitmischen. Und hast du nicht gesehen (sorgen sich die Freunde des Zaren) – bricht ganz Russland zusammen!

Genau da krachte der erste Schuss. Vonseiten des Zaren. Unser Zar ist unfehlbar. Er hat – lassen Sie sich das mal auf der Zunge zergehen! – in all den Jahren seiner Regentschaft (seiner Meinung nach) keinen einzigen Fehler begangen, ganz zu schweigen von irgendeiner Niederträchtigkeit. Alle Probleme in Russland gehen auf das Konto des Westens und der fünften Kolonne. Mit schlimmen Dingen hat der Zar absolut nichts zu tun. Aber Iwan Zarewitsch denkt anders. Er stachelt das Volk gegen Koschtschej den Unsterblichen auf – das bedeutet, es ist Zeit für den Kreml, den Herausforderer zu entfernen.

Der Zarewitsch wird schon lange von seinen Feinden gejagt. Sie haben ihm eine ätzende grüne Flüssigkeit ins Gesicht geschleudert, ihn unter verschiedenen Vorwänden vor Gericht gezerrt, ihn wieder und immer und immer wieder eingesperrt. Doch unser Märchenheld hat keine Angst, er ist zum Recken geworden, hat politisches Gewicht erlangt.

Und genau da ertönte das Kommando: Weg mit ihm!

Der Kreml verhedderte sich in widersprüchlichen Behauptungen dazu, was mit Iwan Zarewitsch passiert sei, warum es ihm im Flugzeug schlecht geworden, warum er ins Koma gefallen sei. Es gibt verschiedene Versionen des Kreml. Eine davon ist, er leide an einer chronischen Krankheit. Oder er habe das alles nur gespielt. Na, dann ist Iwan Zarewitsch ein genialer Schauspieler. Er spielte den

Vergifteten sogar im Koma, auf dem schmalen Grat zwischen Leben und Tod. Viele Tage lang. Es gibt die Version, er habe sich selbst vergiftet. Das ist die Märchenversion, vergleichbar mit Gogols Unteroffizierswitwe, die sich selbst auspeitschte. Es gibt die Version, die Mitstreiter von Iwan Zarewitsch hätten das getan, um ein sakrales Opfer zu erschaffen. Schließlich gibt es die Erzählung, Iwan Zarewitsch sei, im Westen angelangt, dort vergiftet worden.

Dazu äußerte sich öffentlich der Zar mit einem süffisanten Lachen, wenn man ihn hätte töten wollen, hätte man ihn getötet. Wahrlich eine Zarenantwort!

Worin unterscheidet sich das Leben in Russland vom Leben im Westen? Hier wie dort ist das Leben ein Langstreckenlauf. Eine Prüfung. Aber im Westen ist es eben einfach nur ein Lauf, während es bei uns ein Hindernislauf ist. Und wir verschwenden viel Lebenszeit mit der Überwindung dieser Hindernisse, ja, eigentlich kämpfen wir mehr mit Hindernissen, als dass wir laufen. Das Ziel von Iwan Zarewitsch war schlicht die Reduzierung dieser Hindernisse auf dem Weg des russischen Läufers. Die Staatsmacht hat dagegen nur neue Hindernisse zu bieten. Das ist der Kern des Konflikts.

In Russland siegt derjenige, der Symbole für sich zu instrumentalisieren versteht. Nachdem Iwan Zarewitsch in einer Berliner Klinik, wohin ihn der Zar mit der Perspektive »ständiger Wohnsitz im Westen« geschickt hatte, wieder zu sich gekommen war, forschte er nach den Urhebern seiner Vergiftung und konnte praktisch beweisen, dass der Zar nicht recht hatte. Man wollte ihn töten, ja, aber er wurde nicht getötet, weil das System morsch ist. Der Schuss ging daneben. Iwan Zarewitsch erhielt als Geschenk das Symbol der vergifteten Unterhose und zeigte die märchenhaften Häscher und Giftmörder (akribische Internet-Recherche!) in seinem YouTube-Video aus Berlin.

Der Große Gopnik ist ein Sammler märchenhafter Abenteuer. Mit entblößtem Oberkörper ritt er auf Siwko-Burko, einem Zauberpferd, das heißt, einem ungestümen Ross. Er tauchte in der Tiefe des Meeres auf der Suche nach Schätzen. Just vor einer der Wahlen angelte er einen Riesenhecht – ein märchenhaftes Zeichen des Sieges. Wie ein echter Zar sakralisierte er das Motiv des Sieges. Offenbar will er als siegreicher Zar in die Ewigkeit eingehen.

Doch Iwan Zarewitsch schob ihm nun die Rolle des Giftmischer-Zaren zu. In diesem Märchenreich tobt jetzt ein wahrer Kampf der Recken. Iwan Zarewitsch feuerte gegen den Zaren eine Breitseite mit dem Video über einen obszön luxuriösen Palast. Inmitten von Weinbergen. Mit einem unterirdischen Eishockey-Stadion. Auch einen Lesesaal gibt es dort, allerdings anscheinend ohne Bücher. In diesem Punkt kann ich mich aber auch irren. Eine goldene italienische Klobürste gibt es sicher, und was aber der Zar außer Geheimdienstberichten sonst noch liest, da bin ich überfragt.

Iwan Zarewitsch hat alles genau bedacht. Er kehrte dorthin zurück, wo man ihn vergiftete, also in die Heimat, und wurde dann vom Fleck weg von seinen Giftmördern festgenommen ... als Betrüger, für frühere erfundene Wirtschaftsvergehen. Das Flugzeug landete nicht auf dem Flughafen, wo seine Anhänger auf ihn warteten, sondern auf einem anderen – wo ihn die Polizei in Empfang nahm. Die märchenhaft anrührende Abschiedsszene mit Wassilissa der Wunderschönen und ihrem Mann hinterlässt einen starken Eindruck. Und als Iwan Zarewitsch schon im Gefängnis sitzt, erscheint das YouTube-Video über den Palast.

Eine märchenhafte Selbstaufopferung. In Gefangenschaft des Zaren die offene und gnadenlose Herausforderung des Zaren. Was soll der Zar tun?

Ihn für lange Jahre einsperren? Noch ein Mordanschlag? Was für eine beschissene Zwickmühle! Das eine wie das andere wäre, nach den Protesten im ganzen Land zu urteilen, die endgültige Verwandlung des Zaren in Koschtschej. Braucht er das?

Einziger Ausweg – einen Rat einberufen. Der Zar hörte sich die Schwätzer geduldig an. Er schlug einen großartigen Ausweg aus der Lage vor. Soll ein unabhängiges Gericht entscheiden. Und wir werden uns seiner Entscheidung beugen. Die Satrapen verließen den Raum, beeindruckt von der Weisheit des Zaren. Anrufe aus dem Westen behelligten den Zaren. Verschiedene Präsidenten riefen an, große, kleine, dicke, dünne. Alle bettelten, Iwan Zarewitsch freizulassen. Allen versprach der Große Gopnik, ein unabhängiges Gericht werde sich darum kümmern. Alle sagten: Danke!

Ich schließe nicht aus, dass der Zar, der sich in Koschtschej den Unsterblichen verwandelt, im Falle seiner Niederlage bei sich einen Herostratos-Komplex entdecken und den Wunsch verspüren könnte, jene ganze Welt zu zerstören, die sich ihm nicht unterwerfen wollte. Die Rede ist nicht von internen Auseinandersetzungen, sondern von einer umfassenden Konfrontation. Atomwaffen dafür hat er mehr als genug.

Der Tag des unabhängigen Gerichts brach an. Zarengewand und Regalien schwebten durch die Luft um den Käfig, in dem Iwan Zarewitsch an der Kette lag. Iwan Zarewitsch hielt eine Rede. Er rief den kollektiven Iwan den Dummen auf, sich nicht den gesetzwidrigen Forderungen der Staatsmacht unterzuordnen. Er rief Iwan den Dummen auf, keine Angst zu haben, sondern mutig für die Verteidigung seiner Rechte auf die Straße zu gehen. Im Saal saßen Vertreter von vierzehn ausländischen Staaten. Sie hätten am liebsten applaudiert. Zarengewand und Regalien versuchten Iwan Zarewitsch das Maul zu stopfen, doch der schrie so laut, dass das Volk ihn vernehmen konnte. Auf das Haupt von Iwan Zarewitsch fiel ein knüppelhartes Urteil nieder. Das ganze Stadtzentrum war voll von Polizeiautos, noch vor Verkündung des Urteils. Man musste zu keiner Wahrsagerin gehen, um zu begreifen, dass das schlecht ausgehen würde. Doch niemand wusste, dass es so schlecht ausgehen würde. Dachte er vor der Gerichtsverhandlung, dass die liberalen Satrapen gewinnen und er nach Hause geschickt würde zu Wassilissa der Wunderschönen, in den Hausarrest, um Schwiegermutters Kohlrouladen zu essen? »Na gut«, sagte sich unser Held, »noch bleibt Koschtschej der Unsterbliche in der Rolle des Zaren. Vorübergehend unsterblich. Und dann wird Russland seine Wahl treffen.«

Nicht einmal im Lager kapitulierte er. Die Liberalen diskutierten. Warum ist er zurückgekommen? Schlecht oder richtig kalkuliert? Wird man ihn im Gefängnis vergessen, ihn brechen? Oder hat er das Zeug, ein neuer Mandela zu werden?

Spät in der Nacht traten zwei Männer in seinen elenden Käfig. Der Große Gopnik und der Kleine Nächtliche Stalin. Sie misshandelten den Helden. Und dann zerrten sie die Seele aus ihm heraus.

26
Mausoleum

An einem grauen Novembertag, als vom Himmel dicke Schneeflocken fallen und auf der Erde als Regen ankommen, gehen wir. Es wird dunkel. Rechts hat mich meine Anti-Ehefrau untergehakt, links meine kleine Schwester O. Ihr terracottafarbener Schal weht mir ins Gesicht. Rückwärts gehend, mit einem schwedischen Fotoapparat in der rechten Hand, macht Artur Pechvogel, sich mit der linken Hand einen schwarzen Schirm über den Kopf haltend, ein schiefes Foto von uns.

Ein Schuss!

Artur fällt auf den Rücken. Der schwarze Schirm hüpft übers Kopfsteinpflaster Richtung Spasski-Tor. Darauf weder Stern noch Adler, nicht einmal eine Krähe. Die Turmuhr ohne Zeiger. Wie auch sonst?

Die Schützen schießen kniend wie junge Kadetten. Wir rennen. Die Mädels halten mich untergehakt.

»Lasst mich los!«

Doch nein, sie schleifen mich immer weiter. Wir treffen auf die feuchten Türen des Mausoleums.

Ich sehe erstaunt, dass statt Lenins Namen an der Fassade des Mausoleums der Name meines Heimatlandes steht. Die Türen des Totenhauses öffnen sich weit mit einem Knarren. Wir rennen nach unten. Wir schleudern an den Biegungen. Wer liegt da auf der Bahre? Nein, nicht Lenin. Eine Frau. Sie liegt da, ein ungutes Grinsen im Gesicht.

»Mama«, murmele ich.

Die Mädels packen mich und stecken mich Kopf voraus unter Mamas Leichentuch. Ich spüre Mama.

»Mama, verzeih. Rück ein bisschen rüber, Mama!«

»Was hast du dir da wieder ausgedacht!«, sagt Mama empört.

»Mama«, heißes Flüstern, »wir tauschen immer noch in unserer Familie dein Rezept für Zitronenkuchen aus. Deine Osterquarkspeise mit kandierten Früchten, die Piroggen mit Fleischfüllung, das Huhn mit Mandeln sind unsterblich.«

»Was redest du für einen Unsinn! Unsterblich – die Osterquarkspeise mit kandierten Früchten, geht's noch!«

»Mama, deine Autobiografie *Neskutschny sad* erregt bis heute die Gemüter. Das Außenministerium steht unter Schock. Das ist großartig! Mama ... ich hab dich lieb ... Mama ...«

»Was willst du?«

»Mama, rette mich!«

Unsere Verfolger laufen an uns vorbei, bemerken uns gar nicht. Wir liegen da, weder tot noch lebendig. Die Stimmen verstummen. Ist das der Sieg, Mama, von dem wir beide geträumt haben? Ich krieche vorsichtig unter dem Leichentuch hervor, springe auf den Fußboden und renne in Richtung der sperrangelweit offen stehenden Türen. Nein, ganz sterben tu ich nicht. Etwas Klügeres fällt mir nicht ein.

27
Die Epidemie der Dummheit

Ojeojeoje! Was bedeutete diese ganze idiotische Geschichte? Wurde ich vielleicht krank? Verblödung, Beschränktheit, Altersschwäche, Alzheimer? – Eine breite Palette von Idiotie. Egal! Ich schrieb einen Brandbrief an Erasmus von Rotterdam:

Lieber Erasmus,

warum hast du alter holländischer Gockel die Torheit besungen, die die gesamte Welt erfasst hat? Hättest du nicht mit ihr kokettiert, wären wir jetzt nicht ihren üblen Ausdünstungen ausgeliefert!

Verzeih meine Offenheit, aber du warst es, der die Torheit an die Hand genommen und als Kaiserin und Siegerin in unsere Welt eingeführt hat. Angeblich als Scherz, denn du wolltest dich mit deiner hoch gelobten Renaissance-Freiheit brüsten, als listiger Höfling hast du ihr geschmeichelt, wohl wissend, dass du alle an der Nase herumführst. Dafür aber, meintest du gemeinsam mit deinem Adressaten Thomas Morus, wird es ein fröhliches Fest sein, ein frischer Blick auf die Dinge, eine auf den Kopf gestellte Fantasie. Auch ich war von deinem Büchlein fasziniert, das dir gleichsam zufällig, wie ein Huhn unter den Rädern eines Leiterwagens hervorgesprungen, aus der Feder geflossen kam und dich auf Jahrhunderte hinaus berühmter machte als all deine akademischen Torheiten.

Warum nur hast du die Torheit banalisiert?

Ich lachte wie ein Verrückter über deine brillante Verspottung des Menschen, die, wie mir jetzt scheint, im Grunde diktiert war von deiner Ablehnung des Glaubens, von deinem Zweifel am Sinn des Daseins. Dein ganzer Karneval schamloser alter Weiber, ungereimter Behauptungen, absurder Ideen und Querelen erschien mir als das letzte Wort der Vernunft. Doch die Zeit verging, und du hattest nur allzu recht, sodass mir das Lachen wie Hammelfett auf den Lippen erkaltete. Wäre es nicht besser für dich, nachdem du die Tür zur Torheit aufgestoßen hast, nun ein Mittel zu suchen, wenn schon nicht für deren Vernichtung, so doch wenigstens für einen Rückwärtsgang? Um sie zurückzuscheuchen in einen Käfig und in der Menagerie zu zeigen, nicht jedoch sie als Hausherrin des Universums zu führen!

Mein russischer Kritiker!

Woher dieser familiäre Ton? Wir sind praktisch nicht einmal miteinander bekannt, und Sie duzen mich wie einen kleinen Buben! Wo sich doch zeigt, in Wahrheit sind Sie der kleine Bub! Sie Wahnsinniger, wie kann man allen Ernstes gegen die Torheit kämpfen? Gegen die Torheit zu kämpfen – das ist doch die pure Torheit! Über sie kann man lachen, nichts anderes! Sonst verfallen Sie in einen unerträglichen Moralismus, was im Übrigen nicht verwunderlich ist, denn der ist ja charakteristisch für Ihre Nationalliteratur!

Kommen Sie zur Besinnung und leben Sie wohl.

Erasmus

Hochverehrter Erasmus,

um Himmels willen, verzeihen Sie meine Grobheit – ich konnte nicht ahnen, dass mein Brief Sie erreicht. Ehrlich gesagt, habe ich ins Blaue geschrieben oder vielleicht auch an mich selbst, denn die Torheit – ich nenne sie Dummheit – breitet sich mit unglaublicher Geschwindigkeit aus, und man weiß nicht, wie man sie aufhalten kann. Aus welchem Winkel des Universums haben Sie mir geantwortet? Wenn es sich aber hier um irgend so ein idiotisches Internet-Trolling handelt, weigere ich mich, an dieser Posse teilzunehmen. Tote schreiben nicht. Entschuldigen Sie.

Lieber russischer Mensch!

Warum gleich so verzweifelt? Trolling! Trolling! Was hat denn das hier zu suchen? Verfügen Sie wirklich nicht über genügend Fantasie, um sich jene Dimension vorzustellen, in der ich existieren kann? Da Sie sich nun mal mit Ihrer Frage zur Torheit an mich gewandt haben, so explizieren Sie mir, was konkret Sie so in Aufregung versetzt hat.

Lieber Erasmus,

lassen Sie uns ehrlich sein. Wenn Sie kein »Lockvogel« sind, wer sind Sie denn jetzt, nach 500 Jahren? Was wissen Sie über unsere Angelegenheiten? Inwieweit machen sie Ihnen Sorgen? Davon hängt unsere weitere Korrespondenz ab.

Lieber russischer Freund,

verstehen Sie mich bitte richtig: Das Projekt Mensch impliziert Torheit. Beruhigen Sie sich und leben Sie weiter damit.

Lieber Erasmus,

ich würde ja gern mit der Dummheit leben, aber sie ist über die Ufer getreten. Wissen Sie, was ein Tsunami ist? Also, die Dummheit ist ein Tsunami geworden. Sie reißt alles mit sich, was ihr im Weg steht. Sie sind ein großer Schalk! In scherzhafter Manier priesen Sie die Torheit als Motor des Lebens und Fortschritts. Aber nun ist ein halbes Jahrhundert vergangen, und Ihre bezaubernde Torheit ist zur realen Herrscherin über die Welt geworden.

Dummheit kommt niemals allein. Sie kommt untergehakt beim Hass. Sie läuft affektiert Arm in Arm mit der Eitelkeit. Sie ist gut Freund mit der Aggression. Hingegen bei Ihnen, Erasmus, ist die Torheit eine Verbündete der Liebe, des Hedonismus. Natürlich hat sich die Torheit die Eigenschaft eines Liebeselixiers bewahrt. Aber es geht ja um das Gleichgewicht der Kräfte. Zu Ihrer Zeit arbeitete die Torheit für den Fortschritt, da sie einer animalischen Dogmatik entgegenstand. Heute jedoch ist sie die Verbündete der Entropie.

In den letzten 500 Jahren, die seit Ihrem Tod vergangen sind, war die Haupttendenz der Entwicklung des Menschen der Verlust seines Wissens über sich selbst. Je mehr er über die Welt erfuhr, desto weniger sah er sich selbst. Vielleicht begann das genau zu Ihrer Zeit, und Ihr Buch war nicht nur das erste zu dem Thema, sondern auch prophetisch. Ich will nicht sagen, dass der Mensch sich früher, vor Ihnen, von Weisheit leiten ließ. Aber der Mensch lebte in einem Käfig von Dogmen und konnte deswegen seine Zwänge nicht ablegen.

Die Freiheit der Gefühle machte ihn töricht. Aber nicht nur das! Die Freiheit des Verstands führte ihn auch in die Torheit. Wenn der Mensch das Maß aller Dinge ist, wie Europa behauptet, dann ist das der Weg in die Torheit.

Aber auch die Diktatur, die vom Menschen verlangt, selbstlos zu dienen, ist auf Angst gebaut, auch sie führt in die Torheit. In der Folge sind wir umzingelt von Torheit, wir sind blockiert, und der Ring des Widerstands wird enger. Und wie soll er auch nicht enger werden, wenn die Torheit bis zuletzt die allgegenwärtige Unsichtbare war, die nicht als globale Bedrohung wahrgenommen wurde?

Und erst jetzt, da die Torheit eine virale Krankheit geworden ist, nicht weniger schrecklich als die entsprechende Bombe oder die Pest, da auf dem ganzen Erdball Millionen Menschen an Dummheit sterben, erst da besinnt man sich.

Ist es nicht schon zu spät?

Lieber russischer Freund,

es ist recht seltsam Ihrerseits, nicht zu erkennen, dass die Urahnin der Torheit Ihr Land ist, dessen Liebe zu stumpfsinnigem Verhalten schon vor langer Zeit auffiel. Gerade in Ihrer Weltgegend wird Verstand für eine Erscheinungsform des Teufels gehalten, Torheit wird von Ihnen zur Tugend erhoben. Während wir in Europa philosophierten, während in Asien die Weisen räsonierten, wo waren Sie da?

Lieber Erasmus,

schon gut! Wir hatten die große russische Literatur. Das sind unsere west-östlichen Philosophen und Weisen! Eine wahre Einladung zum Dialog – das sind ihre Bücher.

Wie ist der Mensch gemacht?

Die russische Kultur, die mehr als alle anderen gegen die Entropie kämpft, hat lächerliche Ergebnisse erzielt. Sie hat die Möglichkeiten des Menschen überschätzt und sich verhoben. Sie hat ideale Lösungen vorgeschlagen anstelle der vagen Kompromisse des westlichen Lebens. Die Russische Welt ist ein Beispiel dafür, wie man nicht leben sollte. Sie ist bis zum Rand voll von lebensfremden Konstruktionen einer idealen Existenz, ob zaristischer, sowjetischer oder heutiger, patriotischer Ausführung. In Russland hat sich die Torheit seit den Zeiten des utopischen Bewusstseins ausgebreitet, wo das Reale unmöglich und das Unmögliche real war.

Antwort von Erasmus:

Du bist wohl der Schlaueste von allen, was?

Lieber Erasmus,

die Dummheit ist ein wesentlicher Teil der allgemeinen Entropie. Früher hielt sie sich zurück. Jetzt, in Zeiten der direkten Demokratie und der schamlosen Diktatur, hat sie begonnen, die Welt zu regieren.

ERASMUS: Wodurch wurde sie in Schach gehalten? Durch Standesbeschränkungen? Willst du dahin zurückkehren?

ICH: Nein, ich bin für eine kluge Demokratie.

ERASMUS: Was soll das sein? Eine Regierung der Klugen? Eine weitere Utopie.

ICH: Sei still! Wer bist du schon? Ein Kastrat! Ein verkrachter Mönch! Zusammen mit Thomas Morus – zwei kurzsichtige Humanisten. Was hast du in Florenz gemacht? An Leonardo und Michelangelo bist du vorbeigelaufen. Nicht einmal kennengelernt hast du sie. Was bist du schon für eine Autorität! Weder Katholik noch Protestant. Wer bist du? Der Tod in Basel ...

ERASMUS: Dummkopf!

ICH: Wegen dir krieche ich auf dem Bauch vor der Herrin und Gebieterin Torheit, die du besungen hast, und ich flehe um Gnade.

ERASMUS: Du glaubst, die Kultur sei am Ende, aber sie hat gerade erst begonnen, sich neu zu erfinden.

ICH: Wo denkst du hin! Amerika verblödet vor unseren Augen. Kolumbus haben sie vom Sockel gestürzt.

ERASMUS: Es kommt eine neue Generation, sie wird eine neue Kultur inspirieren.

ICH: Paroles ... paroles ...

28
Die Banja

Einmal gingen der Kleine Nächtliche Stalin und der Große Gopnik in die russische Banja. Nachdem sie sich gegenseitig mit Birkenreisern bearbeitet hatten, fingen sie tüchtig zu schwitzen an. Alle ihre Glieder belebten sich, und sie öffneten einander ihre Seelen.

»Ich meine, du siehst aus wie ein Wichser«, fixierte der Kleine Nächtliche Stalin seinen nackten Nachfolger.

»Was?«, verstand der Große Gopnik nicht.

»Hast du in deiner Jugend etwa nicht gewichst?«

»Wie soll ich aussehen?«

»Du hast so ein Gesicht.«

»Ein ganz normales Gesicht«, sagte der Große Gopnik beleidigt.

»Wie jeder, der masturbiert, bist du viel zu oft beleidigt.«

»Aber ich kann jetzt alles haben! Ich fick, wen ich will, und ich mach kalt, wen ich will. Ich kann mir nicht vorstellen, wie die Welt sich weiterdrehen kann, wenn ich sterbe. Ich nehm alle mit ins Grab.«

»Wozu?«, wunderte sich der Kleine Nächtliche Stalin.

Der Große Gopnik wich einer Antwort aus und wechselte das Thema: »Es heißt, Sie hätten sich ins Grab auf den Sarg Ihrer ersten Frau geworfen ...«

»Stimmt. Hättest du das denn nicht getan? Onanierer werfen sich nicht in Gräber.«

»Erzählen Sie von 1937.«

»Was soll da gewesen sein?«

»Nun ja. Die Repressionen. Viele Menschen sind zu Tode gekommen.«

»Man musste schlechtes Blut ablassen.«

»Das habe ich mir schon gedacht«, wackelte der Große Gopnik mit dem Kopf.

»Letzten Endes hat trotzdem das faule Blut gesiegt.«

»Wie das?«

»Und du, hast du etwa kein faules Blut?«

Der Kleine Nächtliche Stalin ging kurz auf die Toilette und kam mit einer goldenen Klobürste zurück.

»Mann, du hast es ja dicke!«, besprengte er mit der Klobürste den jüngeren Genossen.

Der Große Gopnik wischte sich die verdächtigen Tropfen aus dem Gesicht.

»Das ist nicht meine Klobürste«, sagte er, während er sich abwischte. »Das alles hier ist nicht meins.«

»Und wem gehört das?«

»Ich weiß es nicht«, erwiderte bereitwillig der Große Gopnik.

Der Kleine Nächtliche Stalin sah sich um. Schwimmbad, Kapelle, Buntglasfenster, die die Ekstasen der Fruchtbarkeit darstellten.

»Wo das Volk dir diese Klobürste reinstecken wird, ist dir klar?«

»Quälen Sie mich nicht ...«, fing der Große Gopnik wie in seiner Kindheit an zu greinen, und dabei dachte er für sich: Ausgerechnet der will mir was von Moral erzählen! Er bedauerte schon, mit seinem Idol in die Banja gegangen zu sein.

»Ich hatte eine grandiose Idee«, tönte der Kleine Nächtliche Stalin, als hätte er die Gedanken des kleineren Genossen belauscht. »Und du, was hast du vorzuweisen?«

»Eine Großmacht. Ich trete in Ihre Fußstapfen. Aber die Jugend hat nur dummes Zeug im Kopf.«

»Hau drauf! Kein Mitleid!«, schrie der Kleine Nächtliche Stalin.

»Ich habe kein Mitleid«, sagte der Große Gopnik. »Aber ich fürchte, dass sie nicht zurückwollen zu Ihnen.«

»Was soll das heißen, nicht zurück zu mir?«, wunderte sich der Kleine Nächtliche Stalin. »In unserem Land funktioniert doch alles nach stalinschen Prinzipien. Jeder Vorgesetzte ist, auch wenn er es gar nicht ahnt, mein Mann. Jedes Familienoberhaupt will seine Mischpoke unter seiner Fuchtel haben. Ohne mich geht doch gar nichts bei euch!«

Der Kleine Nächtliche Stalin schleuderte die goldene Klobürste verdrossen auf den Fußboden und winkte ab: »Los, gehen wir noch mal schwitzen!«

29
Die Literaturwissenschaftlerin

Schurotschka versteht es, ihre Intuition einzuschalten und ein gutes von einem schlechten Buch zu unterscheiden. Buchstäblich nach den ersten Zeilen. Sie nimmt also ein Buch und liest: *Alle glücklichen Familien sind einander ähnlich, jede unglückliche Familie ist unglücklich auf ihre Weise.*

»Was für ein Quatsch!«, empört sich Schurotschka. »Ein Scheiß ist das. Wer hat das geschrieben? Egal! Ein Mist!«

30
Unsere Meinungsverschiedenheiten

O. inszenierte eine Kunst-Provokation. Ihre Idee: Russland ist ein großer Kadaver. Russland muss man einfrieren, damit es nicht zu stinken anfängt. Der Staat befasst sich damit, das Leben Russlands zu imitieren.

Unsere Meinungsverschiedenheiten mit den Liberalen hatten indessen nicht mit der Einschätzung des Regimes zu tun, sondern mit der Bevölkerung.

Das Elend der Liberalen besteht darin, dass sie in ihren Ansichten über das Volk wankelmütig sind. Aber das ist nur auf den ersten Blick ein Elend. Gerade Wankelmut in dieser Frage hilft ihnen, ihre liberale Haltung zu bewahren. Sie meinen, das Volk sei der europäischen Demokratie würdig, und sie kämpfen ehrlich für freie Wahlen. Die Wahlen erweisen sich indessen als nicht ehrlich. Aber selbst bei nicht ehrlichen Wahlen sieht man, dass das Volk nicht für die Demokratie stimmen will. Und da beschimpfen die empörten Liberalen das Volk als Pöbel.

Also, wenn du nicht an das Volk glaubst, wozu dann in der Politik bleiben? Ende der 1990er-Jahre flüchteten sich viele Reformer, die den Glauben an das Volk verloren hatten, in den Zynismus und in ein reiches Privatleben. Zwischen Traum und Realität entstand das Thema Aufklärung. Ein langfristiges und langweiliges Thema. Besonders dort, wo es keine historischen Wurzeln für Demokratie gibt.

Die Liberalen jammerten ein paar Monate lang herum, und als sie sich mit immer neuen Wunderwerken der Staatsmacht konfrontiert sahen, begannen sie erneut, die Befreiung des Volkes anzustreben. Eine unfreiwillige Selbsttäuschung. Doch sie ist die Rettung für eine liberale Ideologie, anders könnte sie nicht existieren.

Die Moralisten halten mich für einen Pornografen, die Pornografen für einen Ästheten, die Ästheten für einen Existenzialisten, die Existenzialisten für einen Hedonisten, und die Hedonisten für einen Moralisten.

31
Die Erschießung

Das Städtchen Gao ist ein einziges Missverständnis. Es ist durchliniert wie Manhattan, und es gibt dort ein Restaurant namens *La Belle Étoile*, was jedoch nichts daran ändert, dass es ein elendes Kaff ist. In Gao gibt es das gehörnteste aller Horntiere. Es kennt keine Angst vor Autos. Ich rieb mir die entzündeten Augen. Das nächtliche Afrika ist ein Kontinent des gnadenlosen Neonlichts. Von Petroleumlampen umstellt, las ich vor dem Einschlafen langsam wieder in Dostojewskis *Dämonen*.

Der Chauffeur, der aussah wie ein Araber, übergab uns der Polizei, auf einem in militärischer Hinsicht gefährlichen Abschnitt der Strecke Gao–Niamey, an der Grenze zur Uranrepublik Niger, und das ohne jedes Bedauern. Als Argument gegen uns führte er unsere Pässe an, welche keine Ein- und Ausreisevisa enthielten, nicht nur nicht aus Timbuktu, nicht einmal aus Gao.

»Was denken Sie sich eigentlich? Das verstößt gegen alle Vorschriften!«

Der Sergeant schüttelte den Kopf.

»Sie sind doch keine normalen Touristen! Sie sind Journalisten!!!«

Der Sergeant machte große Augen und erklärte uns zu Feinden des malischen Volkes.

»*Ce n'est pas sérieux, ça*«, murmelte ich, ein Satz, der für jeden Afrikaner mit Selbstachtung beleidigend war.

»Und dann sind Ihre Pässe auch noch gefälscht!«, schrie er mich plötzlich an, mit den Augen rollend.

Mit jeder Sekunde ereiferte er sich noch mehr. Er sagte, er habe absolut keine Möglichkeit, uns in Gewahrsam zu halten, denn er habe kein Wachpersonal, daher sei es das Vernünftigste, uns zu töten und unsere Leichen zur Obduktion nach Bamako zu schicken. Er schlug mir vor, seinem Projekt als äußerst humaner Aktion zuzustimmen. Bis zur Grenze waren es nur mehr fünf Kilometer, und ich begann es zu bedauern, für nichts und wieder nichts sterben zu müssen.

Aber der Chauffeur Mamadou wollte nicht, dass ich auf und davon fuhr mit einem geheimen Wissen, das gefährlich war für die metaphysische Sicherheit nicht nur der Sahelzone, sondern auch ganz Afrikas. Während unser schwarzer Begleiter Souri mit uns sympathisierte, war Mamadou die Inkarnation des Hasses. Als er kurz zum Pinkeln zur Seite trat und der Sergeant zu einem Lastwagen lief, der gerade vorbeigefahren war, um Holz fürs Lagerfeuer zu stehlen, flüsterte mir Souri zu, dass man mit Mamadou in der Sprache der afrikanischen Brüderlichkeit reden müsse.

»Für Afrika ist keine Zukunft in Sicht«, bemerkte Souri, ein Mensch zweier Welten.

Warum ist der Chauffeur böse? Warum ist Souri gut?, dachte ich traurig.

Vom Standpunkt des Islam betrachtet, pinkelte Mamadou häretisch, denn er pinkelte im Stehen und nicht in der Hocke. Nachdem er gepinkelt hatte, vollzog er umgehend eine Waschung seines Glieds mit Wasser aus einer Plastikteekanne mit lustigem Streifendekor und knöpfte sich dann, uns zugewandt, provozierend langsam den Hosenschlitz zu.

»Mamadou«, sagte ich, »biete dem Sergeant Geld an.«

»Ich bin nicht dein Sklave«, antwortete der Araber, »der deine Kommandos ausführt.«

Ich sah, wie der Sergeant gähnend das Magazin für die Kalaschnikow holte, um uns zu erschießen.

»Mamadou«, sagte ich. »In dieser Geschichte gibt es nur zwei Sklaven: sie und mich. Hier ist meine brüderliche Hand. Hol uns hier raus.«

»Ich habe den Himmel und Gott befragt«, sagte Mamadou, »und sie haben mir geantwortet: nein!«

Der Sergeant kam mit der Maschinenpistole zurück. Er sah grimmig und träge aus. Viehzüchter sind gleichgültige Mörder.

»Na dann, gehen wir?«, sagte er.

Wir gingen hinters Haus. Der Sergeant stellte uns vor der weißen Betonwand auf. Gabi begann verächtlich zu grinsen. Sie nahm meine Hand. Das schien sie zu beruhigen. Ich gab mir Mühe, ihr verächtliches Grinsen irgendwie zu imitieren, allerdings hatte ich keine große Lust, Händchen zu halten. Weibliche Liebe fürchtet den Tod nicht, nicht so die männliche. Außerdem gehörte mein Herz in jenem Sommer Lora Pawlowna.

Der Sergeant hob den Lauf der Maschinenpistole. Mamadou hatte sich genüsslich etwas abseits postiert und stellte das schaulustige Volk dar. Da klingelte mein Mobiltelefon in meiner Hosentasche. Der Sergeant hatte nichts dagegen, dass ich abnahm.

»Guten Tag«, ertönte am anderen Ende der Welt eine helle weibliche Stimme, »haben Sie eine Minute? In unserem Restaurant *Minin und Poscharski* auf dem Marschall-Sokologorski-Prospekt haben wir heute frische Mittelmeeraustern. Bélon-Austern! Größe eins und Größe zwei! Schauen Sie doch mal vorbei!«

»Ich bin in Afrika«, sagte ich, in den Lauf der Maschinenpistole schauend, der wiederum mich anschaute.

»In Afrika? Also sind Sie gar nicht in Moskau? Einen schönen Tag noch!«, schrie die Stimme, und das Gespräch war unterbrochen.

Gabi hatte währenddessen demonstrativ auf die Uhr gesehen; es ärgerte sie immer, wenn ich in ihrer Anwesenheit mit jemandem telefonierte.

Der Sergeant entsicherte die Waffe. Wie immer war die Erschießungsszene mit überflüssigen Genredetails ausgestattet: Schafe blökten, Hühner gackerten, in der Ferne spielten Kinder, es war heiß.

»Halt!«, kam Souri wie ein geölter Blitz angerannt. Er sah völlig zerzaust aus. »Erschieß lieber mich!«

Der Sergeant blickte sich befremdet um.

»Deine Großmutter ist die Schwester meiner Großmutter«, schrie Souri. »Erschieß mich!«

»Welche Großmutter meinst du?«, wollte der Sergeant wissen.

Sie fingen an, ihren eigenen Kram zu bereden.

»*Mon amour*, hab' ich nicht schönes Haar?«, fragte Gabi.

Nie im Leben hatte ich ekelhaftere Haare gesehen.

»*Schprachlos!*«, antwortete ich klar und deutlich.

Mamadou fluchte unflätig, schleuderte die Schlüssel des Jeeps auf die Erde und stapfte in Richtung seines Heimatdorfes. Ich stand die Pause durch.

»Wie viel?«, fragte ich den Sergeanten, um Fassung ringend.

»Warum küsst du mich nie?«, fragte Gabi.

Wir handelten eine Summe aus, die etwa fünf US-Dollar entsprach.

32
Der russische Zirkel in Paris

Du sitzt in Paris im Verlag und wartest auf einen Journalisten. Mitarbeiter bringen dir Kaffee im Plastikbecher, den du kaum anfassen kannst ... noch ein weiterer bitterer Kaffee ... Der Journalist verspätet sich. Dann taucht er auf, mit nonchalantem Gesichtsausdruck. Er gesteht an der Türschwelle: »Ich habe es nicht geschafft, Ihr Buch zu lesen – keine Zeit. Worum geht's da?«

Du solltest ihn zum Teufel schicken! Aber das würde dem Verleger missfallen. Eine kurze Zusammenfassung also. Der Franzose hört dir mit nachlassendem Interesse zu. Du bist noch gar nicht fertig, da sagt er schon: So was hatten wir schon mehr als einmal. Nichts Neues. Wir hatten so einen Schriftsteller, Huysmans hieß der ... Dann interessiert er sich für die Skandale unseres gesellschaftlichen Lebens – je greller du es beschreibst, desto besser. Und dann – au revoir. Am Schluss sagt er unbedingt noch, dass er Dostojewski liebt.

Du kommst mit deinem neuen Buch nach Deutschland. Ein deutscher Journalist kommt zu dir ins Hotelzimmer. Er hat das Buch schon gelesen, er hält es ja in der Hand, darin jede Menge Lesezeichen, mit Bleistift unterstrichene Sätze, Randnotizen. Was? Er hat es zwei Mal gelesen! Er vertraut der ersten Lektüre nicht. Er musste es nochmals lesen und sich davon überzeugen, dass er alles richtig verstanden hat. Parallel hat er alles über dich gelesen, er kennt deine Interviews, deine Biografie. Er kennt deine Biografie besser als du selbst! Er muss dich unbedingt irgendwo einordnen, geistige Väter für dich finden, Joyce oder Nabokov beispielsweise. Er wird dich unbedingt zu Solschenizyn befragen und froh sein, wenn du unterkühlt antwortest. Über Politik wird er sich bemühen, objektiv zu sprechen, in allem außer bei Hitler tunlichst ein Körnchen Wahrheit zu suchen.

Wenn ein italienischer Journalist zu dir kommt, spürst du sofort, dass er selbst gern Schriftsteller wäre, doch es gab Gründe, warum er keiner geworden ist, aber irgendwann wird er ganz bestimmt auch einen Roman schreiben. Er gesteht dir seine Liebe zur russischen Kultur und sagt, sein Traum sei es, mit der Transsibirischen Eisenbahn zu reisen. Er fragt unbedingt, ob du damit gefahren bist, und du gibst zu, nur von Chabarowsk bis Wladiwostok, und das sei öde, Taiga, wohin das Auge blickt. Er nickt oft, egal was du sagst.

Wenn ein amerikanischer Journalist zu dir kommt, dann wird er dir mit Nachdruck erzählen, dass er dein Buch hochinteressant fand, und du sagst: Nun ja, andernfalls hätte man Sie nicht geschickt, und er wird für eine Sekunde verlegen, aber dann gibt er zu verstehen, dass es viele Länder gibt, die besser sind als Russland, und viele Schriftsteller, die besser sind als du, aber was soll's? – Man muss bei der Arbeit mit dem vorliebnehmen, was da ist.

Aber genug. Kehren wir zurück zu den Franzosen.

Es war einmal mein Freund D. Ein französischer Journalist, den ich während der Zeit von *Metropol* kennenlernte. Das erste Mal sah ich ihn von Weitem auf der Moskauer Buchmesse im Herbst 1978, und er erschien mir als ein Himmelsbewohner. Ein furchteinflößender Himmelsbewohner. Rührst du ihn an, wird dich der KGB in Asche verwandeln.

Ein Jahr später – im Jahr von *Metropol* – kam er in die Wohnung von Aksjonows verstorbener Mutter. Er wollte über *Metropol* schreiben. Bewaffnet mit einem schmalen langen Schreibblock. Wir begannen uns hin und wieder zu treffen. Er lud uns zu sich nach Hause auf den Kutusowski ein. Er bereitete ein Kaninchen zu. Sein Lieblingsgericht war Kaninchen. Ein Kaninchen ist nicht so einfach zuzubereiten. Das Kaninchen bei D. roch immer irgendwie unangenehm. Aber als er abreiste und der französische Botschafter ein Abschiedsessen veranstaltete, machte mir D. ein kostbares Geschenk: Außer mir war auch Schnittke beim Botschafter eingeladen. So lernten wir uns kennen. Später entstand dann die Oper *Leben mit einem Idioten*.

Dann kam D. von Zeit zu Zeit nach Moskau. Wir trafen uns. Er glaubte nur die schlechten Nachrichten über Russland, aber auf seltsame Art liebte er das Land. Die Veränderungen unter Gorbatschow begannen. Ich fing an, nach Paris zu reisen. Er und seine Frau wohnten im vornehmen 7. Arrondissement. Doch dann zogen sie um in den Pariser Süden, in die Nähe eines Parks. Ich war oft bei ihnen. Ständig frotzelte er über seine Frau, und das in Anwesenheit von Gästen. Sie reagierte gewöhnlich betreten, aber nicht panisch. Er erkrankte – wurde dick und schwabbelig. Dann unterzog er sich einer Behandlung. Ich traf ihn in Berlin. Ich hatte einen Auftritt auf einer der zahlreichen Ost-West-Konferenzen. Ich kritisierte vorsichtig nicht nur den Osten, sondern auch den Westen, sagte, der Westen lebe so irgendwie vor sich hin, er habe Gott verloren. Wir gingen irgendwohin essen, und D. sagte, mein Auftritt sei gut gewesen, doch was habe Gott mit alldem zu tun?

Inzwischen beherrschte er die Kunst, ein Kaninchen zuzubereiten. Das Kaninchen roch nicht mehr schlecht. Bei ihnen zu Hause gab es immer leckeren Käse.

Die Abende in Paris begannen stets mit Champagner. Aus Anlass meines Besuchs kamen Journalisten, die irgendwann Korrespondenten in Moskau gewesen waren. Auch sie ließen gute Nachrichten aus

Russland nicht zu, und der Große Gopnik war für sie der Beweis, dass sie recht hatten. Ich erzählte ihnen, unsere Silowiki seien wie Bärenklau. Genauso groß, mächtig und unverwüstlich. Die Journalisten lachten. Russland zog sie in ihren Bann wie eh und je.

Hier wurde kein Wodka getrunken. Der Abend endete mit Elsässer Aufgesetztem. Es gab weder Pelmeni noch Kohlsuppe. Man aß nur Französisches. Sie liebten die russische Beschränktheit, Irrationalität, Dummheit. Sie trafen sich und lachten.

Es waren Kenner. Journalisten, die einige Jahre Moskau auf dem Buckel hatten und dort erst über die sowjetische, dann über die antisowjetische Regierung gewettert hatten. Neben Journalisten kamen auch Diplomaten, Schriftsteller und einfach Reisende hierher. D. beklagte sich bei mir über den unerklärlichen Drang, nach Russland zurückzukehren. Nachts grummelte und weinte er, träumte von Birken, in denen er sich verfangen hatte wie Laokoon in seinen Schlangen. Doch je mehr er sich verfing, desto süßer fühlte es sich an, der Birkensaft lief ihm an den Beinen herunter, Birkenblätter liebkosten seinen fülligen, entblößten Körper.

Allmählich entstand ein fester Kreis von Leuten. Dieser Kreis schämte sich seiner selbst. Die Teilnehmer hielten sich selbst in tiefstem Herzen für pervers. Sie naschten Geschichten von russischen Merkwürdigkeiten. Sie waren auf irrationale und unfreiwillige Weise verstrickt in die schönen Reize von Talentlosigkeit und Unanständigkeit. Jedes Mal waren sie sprachlos über die Millionen von russischen Abtreibungen, über die Tausenden ihrem Schicksal überlassenen Kinder – all das schwirrte in ihrem Bewusstsein herum. Das war für sie ein echter Kick. Niemals sonst lachten sie so wie bei Geschichten über Russland.

Mit Abscheu gingen sie in die russische Botschaft, alles offiziöse Russische nervte sie. Aber Anfang der 1990er hatten sie furchtbare Angst, Russland könnte sich selbst untreu werden, den westlichen Weg einschlagen und weniger Anlass zum Lachen bieten. Sie baten mich: Ändert euch bloß nicht! Doch ihre Angst war nicht von langer Dauer. Russland blieb sich treu.

Ich wurde zur Seele ihrer Gesellschaft. Wenn ich nach Paris kam und D. anrief, organisierte er ein Abendessen.

»Wir leiden an der *Russischen Krankheit*«, gestand er.

Nicht nur D., auch andere Teilnehmer des Zirkels *Russische Krankheit* hatten Träume wahnwitzigen Inhalts, schreckliche, skurrile, in denen sie russischen Polizisten begegneten, Äxten, Eispickeln, mit denen Hauswarte das Eis in den Innenhöfen von Diplomaten weghackten, Putzfrauen, Taxifahrern, dem Außenministerium.

Von mir wurden Geschichten verlangt. Ich erzählte – sie lachten nur dann nicht, wenn sich Russland einigermaßen menschlich benahm. Das glaubten sie nicht. Sie sahen mich misstrauisch an. Ich kenne kein anderes Land, das bei ihnen ähnliche Reaktionen hervorgerufen hätte. Afrika? Sie kannten Afrika zu gut, um darüber zu lachen. China? Auch nicht. Lateinamerika, Polynesien? Nichts dergleichen. Sie brauchten Russland, um sich so richtig zu amüsieren. Über die Franzosen lachte dieser Zirkel nicht.

Ich kann mir nur schwer vorstellen, dass D. etwa gesagt hätte: »Beleidige keine Frau«, wie Franzosen oft sagen, »das tut sowieso das Altwerden.«

Oder: »Warum lächeln Französinnen so oft? – Um ihre bösen Gesichter zu verbergen.«

Eines schönen Tages eilte D. zu einer Sitzung, kehrte zurück – und plötzlich spuckte er Blut. Er verlor das Bewusstsein. Seine Frau war verzweifelt, wusste nicht, was tun. Sie verlor Zeit. Er starb auf dem Weg ins Krankenhaus.

Nach D.s Tod wohnte ich eine Zeit lang in seiner Wohnung. Sie war vollgestopft mit Büchern, allen möglichen Zeitschriften, die immer wieder auf den Boden fielen. Von allem gab es zu viel. Gegen herunterfallende Bilder, Statuetten, wacklige Bücherregale, Topfpflanzen kämpfend, dachte ich, dass für ihn die russische Dummheit exakt die Krankheit war, die an der Grenze haltmachen und nicht auf den Westen übergreifen durfte. Ich rümpfte die Nase letztlich über das, was mich mit der Zivilisation verbindet. Ein Teufelskreis. Ich bin einer Meinung mit meiner deutschen Freundin Kerstin, einer

Journalistin (auch sie war hin und wieder bei D. zu Gast), dass im Westen eine *schrille* Existenz nicht möglich sei.

D. war überzeugt, dass es keine Seele und nach dem Tod nichts mehr gebe. Er war da, und jetzt ist er weg. Ich besuchte seine Witwe. Zum ersten Mal stand ich tagsüber in dieser Wohnung. Aus dem Fenster sah ich zum ersten Mal den Park; normalerweise war es draußen dunkel. Ein schöner Ausblick. Fotos der Enkel – die geliebte Tochter hatte irgendwann einen Armenier geheiratet. In der ganzen Zeit unserer Freundschaft hörte ich von ihm nichts als Fragen zu Russland. Der französische Journalist D. war gestorben – als sei eine Glühbirne durchgebrannt. Macht nichts, es wird eine neue eingeschraubt.

33
Trance

Der König von Pobè ist der gerechteste aller Könige. Er regiert weise in seiner Provinz, an der Grenze zwischen dem recht weltlichen Land Benin und dem Banditenland Nigeria mit seinen heute 230 Millionen Einwohnern, das ganz Westafrika fürchtet. Seine Untertanen glauben an verschiedene Götter, die einen an Jesus Christus, die anderen sind Muslime, die übrigen Voudou-Anhänger.

»Ich verstehe nicht, wer ist denn nun bei Ihnen der Hauptgott?«, fragte ich den König.

»Es gibt nur einen einzigen Gott«, antwortete der König gastfreundlich.

Ich hatte dem König auf seine Bitte hin eine große Flasche schottischen Whisky und fünfzig BIC-Kugelschreiber für die Kinder mitgebracht. Der König war gerührt. Wir ließen uns zusammen fotografieren.

»Wie darf ich Sie anreden?«

»Nennen Sie mich einfach *King*«, sagte der König.

Ich hockte vor King auf einem Bänkchen, und er saß auf dem Thron im Königspalast. Natürlich ähnelte er ein bisschen einem Kolchosvorsitzenden, aber wirklich nur ein ganz kleines bisschen.

Jedenfalls fielen die Leute vor ihm auf die Knie, und unser Botschaftsfahrer, ein Afrikaner, rutschte ebenfalls freudig auf den Knien herum.

»King, fürchten Sie den Tod?«

»Natürlich nicht«, antwortete der König. »Darum bin ich ja König.«

Die Menschen hier machen sich Kerben in die Fersen, und die Schlangen beißen sie nicht.

»Also, was ist da bei euch passiert?«, fragte King.

Wann und wo der zweiflügelige Phlebotomus meine Begleiterin, die *crazy* Journalistin Gabi, gestochen hatte, wer weiß das jetzt schon, jedenfalls hatte er sie gestochen, und Gabi erkrankte an einer tödlichen Form von Paludismus, der tropischen Malaria.

»Du siehst aus wie ein Dreisterne-Grandhotel, in dem ungebetene Gäste abgestiegen sind«, scherzte ich traurig, als ich sah, wie sie im Sterben lag.

»Du hast mich nie gebührend geschätzt«, sagte sie, vor Schüttelfrost mit den Zähnen klappernd.

»Na schön, dann eben Viersterne-Hotel«, kam ich ihr entgegen.

Wie im rührendsten Kolonialroman wurde sie von einer afrikanischen Familie gepflegt, von Verwandten und Freunden Hélènes, der Putzfrau des französischen Kulturzentrums in der Hauptstadt des von Gott vergessenen Staates Niger. Sie gaben ihr löffelweise Haferschleim zu essen und rieben sie mit verschiedenen Salben ein.

Hélènes Bett bot vier Personen Platz. Barbarischer Geschmack. Hellblaues Tageslicht. Eine große Flasche Johnny Walker. Und das große Modell eines schwarzen Motorrads auf der Anrichte. Ein junger, langbeiniger französischer Arzt betrat den Raum: »Na, dann machen Sie sich mal frei.«

Ungeachtet der Malaria, entblößte sich Gabi zügig.

»Er hat mir den Finger in alle Löcher gesteckt«, flüsterte Gabi beseelt.

Hélène und ich schmolzen dahin. Auf dem Zimmer unseres Hotels packte Hélène die Reste des Frühstücks, ein Stück Baguette und ein aufgerissenes Töpfchen Aprikosenmarmelade in eine Plastiktüte, zog heftig an einer Kippe und entfernte sich.

Sechsunddreißig – neununddreißig. Und eine halbe Stunde später wieder sechsunddreißig. Das hält kein Herz lange durch. Gabis Sterben bewirkte in meinen Augen auf wunderbare Weise ihre Wiederbelebung. Das russische Wort vollbringt Wunder; das russische Wunder drückt sich in Worten aus.

»Reisen ... Das Lesen darüber ... endlos ...«, fantasierte die Ärmste.

»Doktor!«, rannte ich ihm hinterher. »Wird sie überleben?«

»Ich gebe ihr eine Spritze ins Herz. Entweder stirbt sie auf der Stelle, oder sie hält noch eine Woche durch.«

»Und dann?«

»Dann fahren Sie nach Benin und suchen dort einen Voudou-Heiler. Kurzum, einen Zauberer.«

»Gibt es denn hier keine?«

»Hier, in Niger, haben wir gerade einen Militärputsch.«

Tatsächlich, an jeder Kreuzung standen Panzer, und Soldaten in grün-schwarzem Barett mit Bändchen hielten enorme Maschinengewehre im Anschlag. Das Leben ging weiter, aber irgendwie sehr angespannt.

»Erteilen Sie mir Ihre Einwilligung, die Spritze zu setzen?«

»Ich bin kein Verwandter von ihr. Ich bin einfach ... Sie fantasiert. Ich habe keine andere Wahl. Also geben Sie ihr die Spritze!«

Und so übernahm ich Verantwortung für das Leben von Gabi, dieser total *crazy woman* mit ihrer nicht erwiderten Liebe zu mir. Doktor Yves Bourguignon ließ mich in seinem Büro zurück und begab sich zu Gabi in den Behandlungsraum. Er war lange weg. Als er zurückkam, erhob ich mich aufgeregt und setzte mich wieder. Für dieses Mal war alles gut gegangen.

»Einen kleinen Whisky?«, fragte der Doktor. »Wissen Sie, in drei oder vier Generationen wird Afrika einen Sprung nach vorn machen. Es hat eine bessere Zukunft als Russland.«

»Oje, Sachen aus Russland!« Ich erinnerte mich an die gut gelaunten Gesichter von Hélènes Brüdern im hellblauen Tageslicht des Zimmers. »Wir haben da mal einen Radioempfänger angeschafft! Mit Elektronenröhren drin! Gott, war das ein Schrott! Ihr seid einfach unfähig, Dinge zu Ende zu bringen! Lausige Arbeit!« Hélènes Brüder lachten los, während sie mit ihren sauberen Fingern Couscous aßen.

Ich bat Hélène, in Erfahrung zu bringen, wie Gabi und ich ins Nachbarland gelangen konnten, nach Benin.

Nachts trieb ich mich in den Kneipen von Niamey herum, der Stadt mit dem heißesten Nachtleben Afrikas. Wer mal in diesen Puffs gewesen ist, wer dort ordentlich Gin ohne Tonic getrunken und zu Tamtam und Elektrogitarre getanzt hat, der kennt den Geruch von Schweiß, der erinnert sich an die Schönheit der Prostituierten von Niamey, an ihre rituellen Narben auf den festen Pobacken. Vor lauter aufgestauter Leidenschaft dampfen die Präservative und platzen schließlich wie Rennwagenreifen.

Der Tag unserer Abreise war gekommen. Hélène begleitete uns auf den Platz des Busbahnhofs. Es gab eine Menge Leute und Staub, aber wenige Autobusse. Auf dem Dach unseres Minibusses befestigten die Fahrgäste Hühner und Hähne an den Beinen. Gabi stieg in den Bus, setzte sich und war weg. Ich setzte mich neben den Fahrer. Mein Äußeres – grüne quadratische Mütze und Sonnenbrille – rief wilde Emotionen bei den Jungs aus Niamey hervor.

»Gaddafi! Gaddafi ist da!«, schrien sie, mit den Fingern auf mich zeigend.

Ich blickte in den Rückspiegel und musste zugeben, dass ich tatsächlich was von Gaddafi hatte. Wir standen lange in Staub und Hitze. Endlich fuhren wir los.

Aus dem militarisierten Niger schlug ich mich im *Taxi-Brousse*, einem Buschtaxi, zusammen mit den Hühnern und Hammeln wechselnder Mitreisender, mit der durchsichtigen Puppe Gabi in den Armen zum Ozean durch. Die Hähne flatterten und krähten aufgeregt, immer wenn der Fahrer auf die Tube drückte. Die Landstraße war streckenweise vor lauter Sand kaum auszumachen. Wir standen lange an Haltestellen. Die letzte Haltestelle war die Grenze zu Benin. Da floss ein seichtes Flüsschen.

Ich trug die Koffer. Gabi und ich überquerten den Fluss durch eine Furt. Am anderen Ufer fanden wir uns im irdischen Paradies wieder.

Benin! Längs einer sehr guten Straße standen gewaschene Taxis und Palmen wie schlanke, keusche Mädchen. Es schien, als habe jemand beflissen die ganze Landschaft gefegt, Blumen gepflanzt, den Sonnenuntergang mit Oleander geschmückt. Wir stiegen in einen Citroën DS, weiß, Oldtimer, bequem, der zuvorkommende schwarze Taxifahrer setzte seine Dienstmütze auf und chauffierte uns umsichtig an die Küste des Ozeans.

Der russische Botschafter lud uns zum Mittagessen ein. Gabi saß da mit pergamentenem Gesicht. Es blieben uns drei Tage bis zu ihrem prophezeiten Tod.

»Am 12. Juni, unserem Feiertag, schüttet es immer wie aus Eimern«, erzählte der Botschafter beim Mittagessen. »Regenzeit. Kaum einer der Feriengäste riskiert es da, in unsere Botschaft zu kommen. Dafür scheint bei den Franzosen am 14. Juli trotz Regenzeit die Sonne. Die französische Botschaft bestellt da immer einen Voudou-Zauberer. Er kommt aus einem Dorf angefahren, setzt sich etwas abseits auf einen Schemel, und – entfernt die Regenwolken am Himmel wie mit einem Radiergummi. Der Himmel ist blankgeputzt für das Feuerwerk. Das wiederholt sich jedes Jahr, die Vertreibung der Regenwolken ist ein fester Posten im Botschaftsetat und kostet 500 Dollar. Mir wäre es unangenehm, so viel Geld in Moskau zu erbitten. Die würden denken, ich wollte sie auf den Arm nehmen.«

Wir fuhren zum französischen Botschafter. Auf einer Vernissage trafen wir Romuald, einen hippen, international bekannten Künstler aus Benin. Ich hatte noch nicht den Mund aufgemacht, um den Botschafter um Hilfe bei der Suche nach einem Schamanen zu bitten, als er mir auch schon Romuald vorstellte.

»Keine Trance«, sagte Romuald auf der Veranda seines Hauses in Porto Novo mit Blick auf den mächtigen Ozean. Am Morgen ging ich hinunter zum Strand. Haushohe Wellen rollten auf mich zu. Ich wollte eigentlich nur meine Füße bis zu den Knöcheln ins Wasser tauchen, doch der Sand war wie Treibsand, und die Strömung übte einen starken Sog aus. Der Ozean zog mich mit sich. Ich schaffte es gerade noch so zurück aufs Trockene.

»Und was ist mit den Zauberern?«, fragte ich.

»Keine Trance. Zumindest nicht in deinem Fall.«

Er spürte in mir eine Art metaphysischen Konkurrenten und ließ nicht zu, dass jemand über ihn triumphierte, dabei war ich weit entfernt von solchem Ansinnen.

Romuald – das war der Halbzerfall Westafrikas, eine avantgardistische Bank mit wimmelnden Würmern darin. Er machte Masken aus Abfällen: Plastikkanistern und alten Radiogeräten. Seine *Message* war einfach: Wir, das jetzige afro-russische Volk, sind zugemüllt mit westlichem Abfall. Um Vergebung für unsere Sünden gegenüber der Heimat betend, malten Romuald und ich den Sonnenuntergang über dem Ozean. Die Sonne plumpste mit der Schnelligkeit eines Balls hinter den Horizont. Danach verbreitete sie noch lange ein wie Perlen schimmerndes Licht, das sanft von einem Perlgrau in ein Silbergrau überging, der erste Stern ging an, und der Himmel schimmerte dunkelblau, blauschwarz … Die Russen schreiben den Schwarzen alle ihre eigenen schlechten Eigenschaften zu: Faulheit, Neid, Hinterlist usw. Keine russische junge Frau, die nicht die Schwarzen ohne Ausnahme fürchten würde. Hand aufs Herz – Russland ist das rassistischste Land der Welt.

»Wir sind oh, là, là!«, rief Romuald aus, aber dann wurde er plötzlich still. »Unsere wichtigsten Voudou-Priester sind korrumpiert. Auf dem Dorf hält sich das noch in Grenzen, aber diese Mistkerle hier fahren mit Motorrad-Eskorte rum.«

Er spuckte auf den Boden. Der Ozean war eine Wand.

»Ich verlasse Benin nicht und fahre nirgends hin! Ich bin kein Museumsgänger! Ich war siebenunddreißig Mal in Deutschland! In Moskau habe ich nichts verloren!«

»Moskau ist die interessanteste Stadt der Welt«, sagte ich bescheiden.

»Du frisst Menschen!«, wandte sich Romuald böse an mich. »Sie knacken zwischen deinen Zähnen. Du schlürfst sie aus wie Austern!«

»Er ist ein Zar, rühr ihn nicht an«, flüsterte Gabi mir zu und schenkte Romuald ein blasses Lächeln.

Sie strengte sich an, wollte mir etwas sagen.

»Sprich«, flüsterte ich ihr zu.

»Ich weiß, dass ich sterbe«, sagte sie mit Mühe. »Ich habe heute von Jacques Derrida geträumt. Ich liebe ihn so sehr. Du hast ihn mal getroffen, nicht wahr?«

»Ein Mal. In Moskau.«

»Erzähl ... bitte ...«

»Wir haben zusammen mit seiner tschechischen Frau zu Mittag gegessen. Und plötzlich sagte er während des Essens zu mir, ich hätte seine Lehrtätigkeit gestört. Ich war wie vor den Kopf gestoßen. Wie das?

›Das war so‹, sagte lächelnd Jacques Derrida. ›Ich habe in Los Angeles Studenten unterrichtet. Und da kamen Sie angereist, Viktor. Aus dem Moskau der Perestroika. Und meine Studenten sind zu Ihnen gerannt, um Ihre Vorlesung über die neue russische Literatur zu hören.‹«

Gabi sah mich mit solch einem ungeheuren Respekt an, dass ich Angst bekam. Sie hatte noch 48 Stunden zu leben.

»Und darum bin ich hier, King«, beendete ich meine Geschichte. »Gabi liegt im Auto. Es geht ihr sehr, sehr schlecht. Romuald hat sich mit Ihnen in Verbindung gesetzt und zu mir gesagt, Sie könnten ihr helfen.«

Der König machte sich rasch für den Weg fertig. Wir verließen den Königspalast und fuhren in zwei Wagen zu einem weit entfernten Dorf (anstelle seiner Autonummer die Aufschrift: »König von Pobè«). Wir waren gerade erst losgefahren, da hielt der König auch schon an, und wir kauften ihm drei Dreiliterflaschen Benzin. Unterwegs ließ der König einen großen zotteligen Mann einsteigen, der auf die Landstraße getreten war. Das war der Zauberer Abou.

In Obele, so heißt das Dorf, schlängelt sich die Grenze zwischen Benin und Nigeria durch Hühnerställe, Altäre und Getreidescheunen, zwischen französischer und englischer Sprache. Die Einwohner dieses fragilen Staatswesens reichen King und uns zur Begrüßung statt Brot und Salz sumpfiges Wasser. Eilig reparieren sie die kaputte nächtliche Lichtquelle, eine riesige Lampe, hängen sie an einen Baum. Die Frauen kreischen wild zur Eröffnung der Zeremonie.

Ringsum Dschungel und unvorstellbare Dunkelheit. Der Rhythmus dreier Tamtams und einer Art Reisrassel steigert sich zu kosmischer Frequenz. Schließlich schlagen sie auch die Kalebassen, und das ganze Dorf stürzt sich in den Tanz, mit gebogenen Wespentaillen. Gabi liegt auf einer langen schmalen Bank. Sie schwindet dahin …

Abou holt zur Zeremonie noch zwei Zaubergehilfen in dünnen Transvestitenkleidern hinzu. Das erste Tanzpaar stürzt leblos zu Boden. Die Zauberer schleifen das Paar an den Beinen in eine Scheune und legen es auf den Erdboden. Der Rhythmus steigert sich. Da fällt das zweite Paar, danach das dritte. Die Zauberer ziehen auch sie an den Beinen in die Scheune. Als zwölf Paare in der Scheune liegen, wird die Musik etwas ruhiger.

»Was ist denn mit denen passiert?«, frage ich Abou.

»Ich habe ihre Seelen aufsteigen lassen, um am Himmel zu fliegen«, antwortet der Zauberer.

»Sie stirbt«, sage ich.

»Das sehe ich«, nickt er.

»Kann man mich nicht auch fliegen lassen?«, entschließe ich mich zu fragen.

»Man kann. Aber du bist nicht von hier. Du würdest den Weg zurück nicht finden.«

»Doch, doch! Lassen Sie mich aufsteigen! Denn wenn ich fliege, sind alle Zweifel beseitigt. Ich komme bestimmt zurück!«

»Reicht es dir denn nicht, dass ihre Seelen fliegen?«

»Nein. Oh, bitte! Wenigstens für fünf Minuten!«

Aber Abou lässt sich nicht erweichen. Übrigens ist er dann doch bereit, sich mit meiner Seele zu befassen. Während die Seelen der einheimischen Bevölkerung am Himmel umherfliegen, gießt man mir ein klares Getränk über den Kopf und vertieft sich in mein Schicksal. Zunächst kommt die untere Reihe von Erfolgen und Misserfolgen dran. Dann meine familiäre Zukunft. Danach unterziehen sie meine Seele einer feineren Analyse, und ich spüre, wie sie in Abous Händen zuckt.

In der Scheune bewegt sich plötzlich etwas. Die Männer und Frauen, denen vorübergehend die Seele entflogen ist, wälzen sich, allmählich ins irdische Leben zurückkehrend. Sie kommen aus der Scheune heraus mit beschämten Gesichtern, als hätten sie etwas Unanständiges getan. Es kann übrigens auch einfach die Abwesenheit einer mir verständlichen Mimik sein. Abou stellt sie in einer Reihe auf. King tritt auf die schmale Bank zu, auf der Gabi in einem langen leichten schwarzen Kleid liegt. Der Zauberer setzt sich neben ihn. Sie trinken beide einen Schluck Whisky. Abou winkt den Menschen in der Reihe zu. Zwölf Männer und zwölf Frauen nähern sich Gabi einer nach dem anderen. Die beiden Gehilfen des Zauberers fassen Gabi unter den Achseln, ihre Arme baumeln herab, aber die Einheimischen ergreifen ihr rechtes Handgelenk und drücken in rascher Folge vier Mal ihre Hand, jeweils die eigene Hand drehend. Sie geben ihre Energie, die sie während des Fluges gesammelt haben, an Gabi weiter.

Gabi liegt auf der Bank. Der Zauberer und King trinken Whisky und plaudern über irgendetwas. Zwanzig Minuten später richtet sich Gabi auf, setzt die Füße auf den Boden und blickt wild um sich. Der Zauberer und King schauen sie schweigend an.

»Ist das bei Ihnen *normal*?«, kann ich mich nicht beherrschen zu fragen.

»Was ist *normal*?«, fragen sie zurück.

»Die Seelen von Leuten in den Himmel aufsteigen zu lassen und mit ihrer Hilfe Sterbende zu heilen …«

»Sie ist schon keine Sterbende mehr«, sagt King.

»Dann ist das die *Norm*?«

»Was denn sonst?« King und der Zauberer verstehen beide nicht.

Gabi findet mich mit ihrem Blick.

»Wo sind wir?«, fragt sie verwundert.

Es vergehen noch anderthalb Stunden. Der König ist schon längst zusammen mit Abou weggefahren. Wir steigen in unser Auto. Wo ist ihr pergamentenes Gesicht hin? Sie sieht jetzt eher aus wie ein rosa Ferkelchen. Gabi kichert und weigert sich zu glauben, dass sie an einer tödlichen Malaria erkrankt war. Der Zauberer Abou hat für immer ihre Erinnerung an die Krankheit verbannt.

34
Flucht aus dem Totenhaus. Vilnius. Die Macht der Geige

Der Krieg hat alle anderen Themen ausgeblendet, alles ist fad und uninteressant. Witze, das Frischfutter für den russischen Geist, sind nicht mehr lustig und haben sich in Missgeburten des Denkens verwandelt. Aber es gibt noch etwas Schlimmeres – die Auslöschung von Erfolgen im Leben und Schaffen. Unter den neuen »toten Seelen« fand ich in Vilnius einen Moskauer Musiker, den Leiter eines Sinfonieorchesters, den ich seit meiner Kindheit kenne. Er war nie Dissident oder Nonkonformist, doch dieser Krieg, gleich einer unfassbaren Perversität, ist für ihn unerträglich geworden, und er hat seine Zelte in Vilnius aufgeschlagen. Weil er Russe ist, hat er bereits von internationalen Konzertsälen mehrere Absagen erhalten. Andererseits ist klar, dass er in Russland sein Orchester verliert, wenn er nicht zurückkehrt. Was tun? Das ist die ewige russische Frage, die wie eine Axt über unseren Köpfen schwebt.

Doch dann bekam ich von entgegengesetzter Seite eine unerwartete Liebeserklärung für die russische Kultur zu hören. Nach vielen Jahren der Arbeit am Moskauer Wachtangow-Theater ist der Regisseur Rimas Tuminas nach Vilnius zurückgekehrt. Wegen seiner Arbeit in Moskau hält man ihn in Litauen für einen Verräter, und in Moskau erklärte man ihn als litauischen Nationalisten zur unerwünschten Person. Vor nicht langer Zeit inszenierte er einen Abend nach Tolstois *Krieg und Frieden*, in der das Bühnenbild nur aus einer diagonal über die Bühne verlaufenden Wand bestand, die Leben und Tod, Gut und Böse voneinander trennte. Rimas erzählte durch Tolstoi vor allem von sich selbst, von seinem Kampf gegen den Krebs. Und er fand in Natascha Rostowas liebender Hingabe das flatterhafte und Spott provozierende Modell der menschlichen Natur. Das Moskauer Vorkriegspublikum war hingerissen von der Inszenierung, ein Abgrund an Bedeutungen schien sich aufzutun. Und nun – alles für null und nichtig erklärt. Jetzt wird er weder dort noch hier gebraucht. »Überall bin ich Verräter«, wie er sagt. Trotz seiner Krankheit traf er sich mit mir, wirkte frischer und scheinbar genesen. Wir lachten viel (wie auch mit dem Kinderbuchautor), erinnerten uns an verschiedene Episoden unserer gemeinsamen Vergangenheit. Lachen ist natürlich eine Medizin, aber kein Allheilmittel. Und ich bin sicher, dass gerade Tolstoi, zusammen mit Tschechow und Turgenjew, die Europäer in ihrer Abscheu gegenüber dem heutigen Krieg bestärkt hat. Erst hat die russische Kultur aus der westlichen Erfahrung gelernt, dann hat sie selbst viele Generationen von Europäern gelehrt. Bloß uns selbst hat die russische Kultur wenig beigebracht.

Mein trauriger Musiker kam auf meine Eltern zu sprechen. Sein Vater, ein genialer Geiger, war mit meinem Vater befreundet gewesen, als dieser während Chruschtschows Tauwetter an der russischen Botschaft in Paris als Kulturattaché gearbeitet hatte. Der Geiger war nach Paris gereist, um eine seltene alte Geige zu erwerben. Nach dem Kauf statteten sie Yehudi Menuhin einen Besuch ab. Die beiden Musiker waren dermaßen in die Betrachtung des Instruments versunken, rissen es sich buchstäblich gegenseitig aus den Händen und waren so entzückt, dass sie meinen Vater ganz vergaßen. Der schaute den beiden nur verblüfft zu. Sämtliche ideologischen Differenzen zwischen dem amerikanischen und dem sowjetischen Musiker hatten sich in Luft aufgelöst. Ich erinnere mich, wie mein Vater mir erzählte, er habe in jenem Moment verstanden: Die Musik steht über allem.

35
Philosophie der Ungleichheit

Die Menschen teilen sich in jene, die beim Abwischen an Toilettenpapier sparen, und jene, die sich großzügig den Hintern abwischen.

36
Wie schläft man mit der Frau des Freundes?

Grüß dich, lieber Freund Balujew!

Obwohl, was bist du schon für ein Scheiß von einem Freund! Ich schreibe dir einen Brief, weil ich echt die Schnauze voll hab von dir. Du gehst mir wahnsinnig auf die Eier, verstehst du?

Ständig kreuzt du um Mitternacht bei mir auf, ohne zu klopfen oder zu klingeln, ohne jede Vorwarnung. Ob in Moskau, Berlin, Italien – überall, wohin ich auch fahre, aber besonders gern tauchst du auf meiner Datscha auf, wackelst mit deinem allseits bekannten, für deine männliche Statur erstaunlichen Damenhintern, zwinkerst und sagst bedeutungsvoll: »Na«, und deutest auf das Sofa, »hier habt ihr's getrieben ... auf dem Sofa? Ja? Hab ich's erraten?«

Ich sage nichts, denn ich weiß gar nicht, Balujew, wer du bist, was du willst und warum du mir auf die Eier gehst. Du hockst dich mir gegenüber hin, setzt einen verlogen gleichgültigen Gesichtsausdruck auf, bohrst rum, zerrissen von verfaulten Gefühlen, einer Mischung aus unverdauten Emotionen – Bosheit, Eifersucht, Wollust, Überheblichkeit, Verachtung: »Und, wie war's im Bett mit meiner Frau, mit Vera Arkadjewna? Wie hat sie dich vollgeschlabbert? Wie hat sie gestöhnt unter dir?«

Ich schweige.

»Ich kenne sie ja«, fährst du fort, mit den Augen rollend, »wenn man in sie eindringt, lässt sie unwillkürlich einen fahren, so süß, so unschuldig, als sei sie eine Pionierin oder zumindest eine Pionierleiterin. Stimmt das etwa nicht?«

Ich staunte immer über seine detailversessene Beobachtungsgabe.

Die blutjunge Vera Arkadjewna ähnelte tatsächlich einer Pionierin oder Pionierleiterin. Sie ließ tatsächlich einen fahren ... Das heißt, gar nichts hat sie. Nichts war da! Wer hat dir das gesagt? Hat sie das behauptet? Wozu denn? Alles ist doch so lange her, das heißt, eigentlich gar nicht wahr.

»Du glaubst es nicht«, sagst du zu mir, »aber genau diese leisen Fürze sind Leitmotiv meiner Inspiration geworden.«

Ich glaube es! Also, das glaube ich nun wirklich! Bei ihm gibt es viele Geschichten über Fürze, darüber, wie verschiedene Menschen pupsen, wie Vera Arkadjewna pupst, genau, das ist seine Inspiration.

»Vera Arkadjewna hat mir alles gestanden ...«

»Wann? Wozu?«, kann ich nicht an mich halten. »Nach zwanzig Jahren?«

Und was sagt sie?

Nein, sei still, ich erzähle es dir selbst. Obwohl, wer bist du jetzt eigentlich?

Vielleicht bist du einfach das Produkt meiner entzündeten Fantasie? Warum hat Vera Arkadjewna mich dann so gehasst? Aus einer Pionierin verwandelte sie sich in eine Kaufmannsfrau mit dicken Backen wie Weltkugeln, und sie beschloss mich dafür zu hassen, dass an ihrem Arsch die Hose aufplatzt und am ganzen Körper die Knöpfe abspringen ...

»Sie hat so einen Hass auf dich bekommen, weil du mit den Machthabern kooperierst, weil du ein elendes, schleimiges Vorwort zu einem faschistischen Buch des Ministers für Schwerindustrie geschrieben hast.«

Ich weiß, das Schlimmste, was ein Schriftsteller in Russland machen kann, ist zu kollaborieren. Dann schon lieber pädophil sein als ein Mitstreiter der Staatsmacht. Weißt du noch, Balujew, der Schriftsteller Lesskow vermutete 1861, dass die revolutionären Studenten die Petersburger Brände gelegt hätten, und dann? Er konnte sich nie wieder vor ehrlichem Publikum dafür rechtfertigen. Er lebte und starb als übler Reaktionär. Ich weiß, in Russland kann man sich nicht rechtfertigen. Besser so tun, als erinnere man sich an gar nichts, den Dummen geben oder einfach verrückt werden – aber Rechtfertigung ist wie Tod. Deshalb, als du, vor Aufregung stotternd – denn wir waren zu dem Zeitpunkt eng befreundet – anriefst und fragtest, warum ich das Vorwort zu einem faschistischen Buch des Ministers für Schwerindustrie geschrieben habe, musste ich nicht stammeln ...

Denn ich hatte ja gar keine Schuld ... Ich hatte das Vorwort geschrieben, noch bevor er

zum Minister
für Schwer-
industrie
ernannt
worden
war
...

»Aber das Buch ist doch faschistisch«, sagtest du, gequält stotternd (wir waren wirklich eng befreundet).

Und da begann ich (das hätte ich nicht tun sollen!) das Buch zu verteidigen, denn es war nicht faschistisch oder auch nur halb faschistisch, sondern es war einfach so, dass der Mann mich gebeten hat, ein Vorwort zu seinem Buch zu schreiben, darüber, dass bei uns, angefangen von der Periode des tatarisch-mongolischen Jochs, die Schwerindustrie immer einsame Spitze war, und auch unter den Moskauer Zaren und in der Petersburger Periode der Geschichte und unter Stalin stets einsame Spitze ... Und den Autor dieses patriotischen Werks – hörst du! – hatte man da noch gar nicht zum Minister für Schwerindustrie ernannt ... Er war ein politischer Obdachloser! Kapierst du, ein politischer Obdachloser! Ein Loser. Er hatte es abgelehnt, für eine neue Legislaturperiode in die Duma zu gehen, denn sie verlangten von ihm zwei Millionen Dollar! Und als das Buch herauskam – und mein Vorwort war gar nicht so besonders schmeichelhaft, denn ich schrieb, dass man bei uns die Leichtindustrie schon immer vergessen habe –, kurzum, der Autor ruft mich frühmorgens an: »Stell dir vor, ich bin jetzt Minister! Gerade erst haben sie mich ernannt! Ich rufe dich als Ersten an ...«

So eine Scheiße war das, Balujew.

Und deine Frau Vera Arkadjewna sagte: »Schluss! Kündige ihm (das heißt mir) die Freundschaft auf! Er (also ich) ist ein Drecksack.«

Aber wie kann das sein, Balujew! Ihr wolltet euch nicht einmal dazu bequemen, euch Klarheit zu verschaffen! Und da wurde ich wütend und beschloss, mich an euch Arschlöchern zu rächen! Ich beschloss, etwas zu erzählen, das es gar nicht gegeben hat. Ich beschloss zu erfinden, wie ich mit deiner Frau geschlafen habe.

»Aber du hast doch wirklich mit ihr geschlafen! Ihr habt alles gemacht: oral, anal ... Und was noch? Sie hat mit dir gesquirtet! Sie hat nie zuvor, nie danach hat sie gesquirtet, keine Ahnung hatte sie, dass sie das kann ...«

»Vera Arkadjewna und ich wussten damals doch nicht mal, was dieses Wort bedeutet«, sagte ich stirnrunzelnd.

»Ach nee, ihr Täubchen, ihr seid ja so unschuldig gewesen ...! Und du behauptest, du hättest nie mit ihr geschlafen? Sie hat mir gesagt, du hättest sie mit auf die Datscha genommen und in grober Weise zur Kopulation gedrängt.«

»Balujew«, heulte ich auf, »was hat die berühmt-berüchtigte Ewigkeit mit dir gemacht, in der du gelandet bist! Unseren guten alten russischen Fick nennst du jetzt Kopulation. Warum nicht gleich Vereinigung oder Koitus?«

Na schön. Vera Arkadjewna und ich hatten immer schon zärtlichste Beziehungen zueinander. Sie gefiel mir. Sie war eine schöne Frau. Klarer, offener Blick, schwarze Augen! Aber ich hatte nie im Leben an Koitus gedacht. Und da ruft sie mich an. Zu Hause. Damals lebten die Menschen noch in Höhlen, ohne Mobiltelefone. Sie ruft mich an und sagt: »Ich muss dich sehen.«

Ich sage: »Wo?«

»Ist mir egal wo. Komm, bei dir auf der Datscha.«

Jeder weiß, bei uns in Russland ist die Datscha ein Bordell auf Rädern. Ich sammelte sie an einer Metrostation auf, und wir fuhren auf die Datscha. Unterwegs sagt Vera Arkadjewna, eine lustige Person, die ein Jahr zuvor einen kräftigen Nachkommen, der aussieht wie sie, zur Welt gebracht hat, zu mir: »Mir ist was Schlimmes passiert.«

Noch bevor sie zu Ende erzählt hat, beginnt sie zu schniefen und zu weinen. Sie weint eine Minute, zwei, drei ... Ich lenke meinen grünen, wendigen Schiguli Richtung Datscha.

»Balujew«, schluchzt sie, »hat mich betrogen.«

Ich sage nichts. Ich wusste, dass du, Balujew, ein stadtbekannter geiler Bock warst und, nachdem du bei der Untergrundjugend zum Untergrundidol geworden warst, regelmäßig alle möglichen Untergrund- und Halbuntergrundmädels gebumst hast. Aber du warst vorsichtig. Du hast selbst mir nur in vagen Andeutungen davon erzählt, denn gar nicht von Eroberungen zu erzählen, ist bei Vielfickern nicht üblich. Aber ich muss gestehen: Du hast dir alle Mühe gegeben, damit Vera Arkadjewna nichts davon erfuhr.

»Betrogen? Dich?«, sage ich zu Vera Arkadjewna bass erstaunt.

»Du musst verstehen«, sagt sie, ohne auf meine Worte zu reagieren, »wenn er mich beim Gruppensex im Suff betrogen hätte oder von mir aus in unserem Bett mit irgendeiner Schlampe oder noch besser mit zweien, das wäre, nun ja, nicht besonders beleidigend gewesen. Aber ich komme nach Hause, mache die Schlafzimmertür auf und sehe den nackten Arsch von meinem Ehegatten, wie er wen bumst? Meine geliebte Dichterin! Das junge Talent! Den Stolz unserer Generation! Kannst du dir das vorstellen? Wie findest du das?«

»Sag bloß, hat er sie endlich rumgekriegt?«, konnte ich es nicht sofort glauben.

Ich war sogar ein bisschen angefressen. Auch ich wollte mich mit dem dichterischen Stolz unserer Generation vereinigen. Doch der Stolz hatte mich gar nicht beachtet.

»Vor meinen Augen hat er sie gebumst!«, bekräftigte Vera Arkadjewna diese für uns beide betrübliche Tatsache. »Und als ich gesagt habe: Hört mal, was treibt ihr denn da, Leute! Da hat er für sie beide geantwortet: Das Leben geht weiter!«

Ja, Balujew, das ist dein Markenzeichen. Das Leben geht weiter! Und als wir uns zum letzten Mal im Leben trafen, das war ... das war in Odessa, der Krieg hatte schon begonnen, und du bist einer Begegnung mit mir ausgewichen, da du mich für das Vorwort zu dem faschistischen Buch verurteilt hast, doch wir stießen buchstäblich zusammen bei einem ukrainischen Fernsehsender, und ich fragte dich: »Und, wie geht's?«

»Das Leben geht weiter«, hast du mit blecherner Stimme geantwortet.

Du wolltest an mir vorbeigehen, machtest sogar eine Geste, um mich zur Seite zu schieben, aber ich wollte mich trotz allem versöhnen und fragte: »Wie findest du Odessa?«

Und du hast mit derselben blechernen Stimme geantwortet: »Ich sehe das Meer.«

Ich sehe das Meer! Was für ein Scheiß! Ich verstand, dass wir null Chance hatten. Aber damals, auf dem Weg zur Datscha, sagte Vera Arkadjewna, sich in ein weißes Taschentuch mit rot umhäkeltem Rand schnäuzend, zu mir: »Ich habe lange nachgedacht, wie ich mich verhalten sollte. Denn meine Lieblingsdichterin – das war ein schreckliches Alarmsignal. Sie hätten mich samt Kind auf die Straße setzen können ... Wie kann ich mich rächen? – habe ich gedacht. Und da kamst du mir in den Sinn. Verstehst du, du bist natürlich keine modische Dichterin, aber du bist ein realer Konkurrent von Balujew, ein Rivale aus derselben Liga ... Also mit dir müsste ich mich nicht schämen.«

Ich sah sie an.

»Du hast es erraten. Mich mit dir zu rächen, das ist keine Schande!«

Auf der Datscha begannen wir umgehend, Rache an Balujew zu üben. Zuerst wollte es mit der Rache nicht so recht klappen. Wir waren beide nervös. Vera Arkadjewna schwitzte vor Aufregung stark, und im Schlafzimmer hing der Geruch einer erschrockenen Frau. Aber wir überwanden alle Schwierigkeiten. Ich fand ihre schwarz behaarte, auf Pionierart übermütige Scham äußerst anziehend. Vera Arkadjewna pupste erleichtert.

»Das Leben geht weiter«, zitierte sie, während sie sich anzog, überraschend ihren Mann.

Ich, die erfolgreiche Vergeltungswaffe, stimmte ihr leichthin zu. Wer hätte damals gedacht, dass sie aufgehen würde wie ein Pfannkuchen und mich für meine Verbindung zur Obrigkeit verfluchen würde!

Balujew, weißt du eigentlich, was du da für einen Mist erzählst! Verbindung zur Obrigkeit? Ich? Seht mich doch an! Ihr habt doch den Arsch offen! Und wir begannen in einer fatalen Rachespirale zu rotieren.

Vera Arkadjewna hatte sich an Balujew gerächt; ich, beleidigt über die Verleumdung, begann mit aufrichtigem Rachegefühl zu beschreiben, wie Vera Arkadjewna mich als Waffe ihrer Rache benutzt hatte, aber dann ließ ich es doch bleiben. Allerdings nicht, weil Rache ein proletenhaftes Scheißgefühl ist, sondern weil du, Balujew, unerwartet von uns gegangen bist.

Das Leben geht weiter.

Ohne dich.

Auf deiner Beerdigung hieß es, du könntest möglicherweise durch Freitod aus dem Leben geschieden sein ... aber wer weiß das schon? Und du wirst es nicht sagen, oder?

Balujew schüttelte den Kopf.

Siehst du, und Vera Arkadjewna stand am Sarg, nickte mir trocken zu und wandte sich ab: Der Tod ist kein Hemmnis für Hass. Ich ging nicht zu deinem Leichenschmaus. Obwohl du ein großer Mensch warst, Balujew, und ich hätte viel Gutes über dich sagen wollen. Aber ich ging nicht hin. Ich war auch gar nicht eingeladen. Und nun kommst du immer wieder zu mir und rächst dich mit deinen Besuchen, Balujew, für den lang zurückliegenden Koitus mit Vera Arkadjewna. Du erschreckst mich des Nachts in Moskau, in Berlin, in Italien, aber am schlimmsten erschreckst du mich auf der Datscha, dem Ort von Vera Arkadjewnas Rache.

»Wie kann man mit der Frau seines Freundes schlafen?« Ich sehe in deinen Augen die unausgesprochene Frage.

Du, der Sänger weiblicher Winde, stellst sie mir!

Wie soll ich dir, einem Arschloch, erklären, dass in Russland die kompromisslose Zeit beendet ist, jetzt heißt es wählen – weggehen oder Kompromisse eingehen. Schwer zu erklären. Und unnötig. Bei uns in Russland darf man sich nicht rechtfertigen, denn sich rechtfertigen bedeutet zu Kreuze kriechen, und dann schleifst du mich wirklich weiß der Teufel wohin, Balujew, aber so, nur so – ohne irgendwelche Rechtfertigungen – geht das Leben weiter.

37
Neujahr

Zu Neujahr rief Stawrogin um halb eins in der Nacht an und wünschte mir alles Gute.

»Ruhe!«, sagte ich zu meinen Verwandten. »Der Kreml ruft an.«

Der Kreml rief an, als ob nichts wäre. Ich hatte ihm nichts über die Vergiftung in Sotschi gesagt.

Er schwieg. Das Heilserum des Ostens! Seine Manipulationen des feingeistigen Schmeichlers aus dem Kreml liefen auf ein Spiel mit Maßstäben hinaus. Im Westen übertrieb er die Probleme und machte das Erreichte geringer, während bei uns das Ausmaß der Probleme überhaupt hinter einer sonnigen Pyramide von Erfolgen und staatlichem Glück verschwanden.

»Ich wollte Sie schon lange fragen. Wäre es schwierig, eine Übersetzung meines Poems in irgendeine europäische Sprache zu bewerkstelligen?«

»Das kann man versuchen.«

»Wo?«

»In Deutschland.«

»Versuchen Sie's.«

Ich verstand, dass mein Klinkenputzen endlich etwas in Bewegung gesetzt hatte.

Als in Deutschland zeitnah sein Roman in Versen *Der Drache im Nebel* erschienen war (allerdings nicht gereimt, sondern in Blankversen), beauftragte Stawrogin einen Assistenten, ihn ins Russische rückübersetzen zu lassen, um die Richtigkeit gegenüber dem Original zu überprüfen. Gab es da irgendwelche absichtlichen Fehler? Hatten sie da etwa unter seinem Namen irgendein Pasquill veröffentlicht?

Ein paar Wochen später rief mich Stawrogin an: »Ich komme gerade aus dem Büro des Chefs. Alles in Ordnung. Es wird eine Geldstrafe geben. Keine saftige ... Aber die Kirche hat sich lange gesträubt.«

Er war wortkarg. Ich überschüttete ihn mit Dankesbekundungen.

Sofort danach rief ich meine Schwester O. an. Ich saß am Steuer. In der Nähe des Smolensker Platzes, auf der Pljuschtschicha. Am nächsten Morgen sollte das Urteil gesprochen werden.

»Alles in Ordnung«, sagte ich.

»Was ist in Ordnung?«, fragte meine Schwester misstrauisch.

»Kein Gefängnis.«

O. antwortete etwas, aber ich verstand nicht. Schlechte Verbindung.

38
Das Urteil

Am nächsten Tag trafen Schurotschka und ich bei Gericht ein. Verkleidete Kosaken mit Fahnen drängelten sich in der kleinen Parkanlage davor. Im staubigen Gerichtssaal eine Menge Leute. Die Richterin las mit monotoner Stimme, ohne Ende. Die Staatsanwälte – zwei blutjunge Typen – standen. Endlich verkündete sie das Urteil.

Heraus kam eine Geldstrafe von 5000 Dollar.

Alle applaudierten wie wild.

Ich natürlich auch.

Schurotschka und ich umarmten uns.

39
Der Revolutionär und Liebhaber

Mit der Zeit, schrieb Marcel Proust, sehen sich die Abbildungen von Menschen auf Porträts derselben Epoche ähnlich und sind kaum noch voneinander zu unterscheiden.

Schurotschkas beste Freundin, die Gopniza Karina Chrustaljowa, schrieb ihre Diplomarbeit über die Ästhetik von Lenins Begräbnis. Aber mir gefiel besonders der Anfang ihrer Arbeit darüber, dass Lenin auch mitgemischt hatte beim russischen Silbernen Zeitalter, denn er spielte darin die Rolle des Zerstörers der heiligen Institution der Ehe.

Die Ehe zerstören, das wollten im Silbernen Zeitalter viele Akteure des kulturellen Lebens, aber im Unterschied zu ihnen erreichte Lenin, was keiner von ihnen schaffte: Nach der siegreichen Revolution konnte er im ganzen Land seine Grundprinzipien betreffs Liebe, Familie und Sex fest verankern.

Ungeachtet der schönen Worte von Kurjochin über Lenin, den Pilz, muss man zugeben, dass der junge Wladimir Uljanow durchaus kein Pilz war, sondern ein lebendiger, dynamischer Denker seiner Zeit. Er begann als junger Romantiker. Während die Symbolisten die traditionelle Moral im Namen der metaphysischen Revolution sprengten, vernichtete er die staatliche Infrastruktur im Namen der sozialen Revolution. Die Botschaft indessen war ähnlich. »Man muss träumen!«, betonte Lenin in seiner Schrift *Was tun?*, und in seinen Träumen war er auf seine Art ein Symbolist, der die Welt in unversöhnliche Lager von Gut und Böse unterteilte, wobei die Grundlage für ihn nicht die französische Poesie war, sondern die Pariser Kommune, nicht der christliche Gott, sondern Karl Marx. Übrigens glaubte Lenin trotz seines Materialismus an eine objektive Wahrheit, wodurch er letzten Endes auch Brjussow und Andrej Bely mit dem Marxismus versöhnte. Und Alexej Lossew.

Im Vergleich zu anderen, gemäßigteren Revolutionären, Menschewiken und weiteren halbliberalen Opportunisten, erreichte Lenin genau die symbolistische Reinheit der Wirklichkeitswahrnehmung, er schmorte (um an die Worte Mandelstams zu erinnern) in seiner eigenen Säuberung und erwarb sich schon mit fünfundzwanzig Jahren ein einzigartiges revolutionäres Charisma.

Viele fühlten sich von diesem *Wolschanin* (dem Wolgamenschen, so sein Spitzname) angezogen, man folgte ihm, imitierte ihn. Er hatte nichts von der Schäbigkeit eines Proleten, der an die Macht drängt. Er war bereits voller intellektueller Kraft, die er wie ein Springbrunnen verströmte: mit Grobheit, Dreistigkeit, blutigen Fantasien, vor allem rhetorischen Inhalts. Er war zweifellos die Fortsetzung der russischen Literatur in der neuen, instabilen Etappe. Es fehlte ihm nur die Heldin an seiner Seite, und nach den Gesetzen des Genres musste die einfach auftauchen.

Revolutionär und Liebhaber wurde Lenin im Jahr 1909 in Paris, als er sich in die schöne Französin Inessa Armand verliebte. Und da begann natürlich ein vollkommener Blödsinn. Nein, er war niemals ein vorbildlicher Familienmensch, als Atheist glaubte er nicht an die Heiligkeit der Ehe, er benutzte sie zu revolutionären Zwecken. Als er, lange vor der Begegnung mit Armand, der Krupskaja einen Heiratsantrag machte, sagte diese, zweifellos geschmeichelt, dennoch kühl: »Wie du meinst, mir egal.« Minoga (Neunauge, in der Partei Krupskajas Deckname und zugleich objektive Bewertung ihres Äußeren) wusste, dass Lenin der Ehe skeptisch gegenüberstand. Doch nur als Verlobte konnte er sie nach Schuschenskoje einladen, wohin sie dann auch zusammen mit ihrer religiösen Mutter fuhr. Unterwegs, so heißt es, habe sie sich die Eierstöcke abgefroren und konnte deshalb keine Kinder bekommen. Auf Verlangen der sibirischen Polizei heirateten Lenin und sie, zur Freude der Mutter, und dies verstärkte nur ihre Ironie gegenüber der traditionellen Ehe. Doch Lenin sah als seine Geliebte die Revolution und nicht die Krupskaja, und so musste sie sich mit der zweitrangigen Rolle einer Gehilfin abfinden.

Doch 1909 wurden sämtliche Grundfesten Lenins erschüttert. Inessa Armand mit ihrem dichten Haarschopf, nach Parfüm duftenden Achseln und Schamlippen, in Hut mit roten Federn, war die Verkörperung der Revolution. Während jener russische soziale Traum namens Revolution irgendwo im fernen Russland verkümmerte, ersetzte Inessa den Traum hier in Paris durch ihre Person. Und das tat sie so erfolgreich, dass sie zum Entsetzen der Krupskaja, die ihm stets nach dem Mund redete, sogar in Diskussionen mit Lenin den Sieg davontragen konnte.

Sie begannen zu dritt zusammenzuleben. Wie Mereschkowski mit Sinaida Gippius und Filosof, wie etwas später Majakowski und viele andere ... Es war eine Zeit des erlaubten Ehebruchs, der wilden außerehelichen Romanzen, als alle mit allen schliefen, einander versprachen, nicht eifersüchtig zu sein, sich dann aber aus Eifersucht selbst erschossen oder aus Ohnmacht auf andere feuerten.

Im sexuellen Milieu des Silbernen Zeitalters hob sich Lenin hervor als Revolutionär und Liebhaber, der die eine Revolution betrog und mit der anderen ins Bett ging, der seine eigene Vorstellung von der freien weiblichen Liebe hatte, von der Banalität von Küssen ohne Erektion, vom Triumph flüchtiger Leidenschaft über eine mürrische Ehe. Die Armand war nicht nur Praktikerin, sondern auch Theoretikerin der weiblichen Freiheit. Überhaupt war sie wie ein Schluck Champagner – ewiges Fest und sprühende Energie.

Zunächst fürchtete sie sich vor Lenin, der tatsächlich ein brillanter Revolutionär war, rasiermesserscharf, doch sie merkten rasch, dass sie beide brillant waren und ihnen niemand das Wasser reichen konnte.

Ihr Fest ging weiter in Polen, wo sie wie in Longjumeau bei Paris wieder zu dritt lebten. Doch aus irgendeinem Grund wurde die Krupskaja immer kränker, ihre Augen traten aus den Höhlen vor Schrecken, nicht nur wegen der Basedowkrankheit. Eines Tages schickte Lenin, der weder in der Politik noch im Leben ein Liberaler war, die Armand im Auftrag der Partei nach Petersburg und damit praktisch in die sichere Verhaftung. Genau das geschah auch. Ihr erster Mann kaufte sie für viel Geld aus dem Gefängnis frei, und die Armand kehrte nach Europa zurück. Zu Lenin.

Lenin stritt mit ihr über freie weibliche Liebe, weniger aus Prinzip als aus Eifersucht. Ich weiß nicht, wie ihr Sex miteinander war, aber die Armand schrieb, dass sie nur mit ihrem zweiten Ehemann wirklich herzliche Freundschaft und Leidenschaft verband. Lenin landete offenbar nur in der Kategorie herzliche Freundschaft, und das muss ihn doch verletzt haben. Junge Kandidaten, die als Liebhaber infrage kamen, hatte die schöne blonde Armand immer in Hülle und Fülle.

Lenin hielt den Stress nicht mehr aus und trennte sich von Armand. Die verließ eilig Kraków. Die Krupskaja atmete erleichtert auf. Doch Lenin hielt auch Armands Abwesenheit nicht aus. Er holte sie zurück, indem er sie mit zärtlichen Briefen überschüttete. Hätte es die Oktoberrevolution nicht gegeben, wäre Lenin als Revolutionär und Liebhaber gescheitert (sie hätte ihn von der Bettkante gestoßen). Doch es kam anders, ein bedrohliches Donnergrollen erschütterte das ganze Land.

Zusammen mit der Krupskaja und der Armand im selben Zugabteil reist Lenin im plombierten Wagen, mit einem Haufen Geld vom deutschen Generalstab im Gepäck, der russischen Revolution entgegen. Er siegt im Nahkampf über die Gegner, wird Diktator und blickt zum ersten Mal kühn auf die Armand herab.

Dabei ruft er sie aus dem Kreml vom abhörsicheren Diensttelefon an, fragt sie nach der Größe ihrer Galoschen, fährt mit ihr an die Ostsee, verbringt schließlich den Jahreswechsel mit ihr – nur mit ihr, ohne die Krupskaja. Das totale Familiendebakel. Und die Armand, im Zentralkomitee zur Leiterin der Frauensektion ernannt (damit ist sie die wichtigste Frau Russlands, die Krupskaja dagegen lediglich die Vertreterin von Lunatscharski), beginnt sich mit der weiblichen Revolution zu befassen.

Sie setzt – mit Lenins Unterstützung – zahlreiche Familienreformen durch. Es ist die Zeit der leichten bürgerlichen Ehe, ohne jede Zeremonie, man kann sich in null Komma nichts registrieren und ebenso schnell wieder scheiden lassen, innerhalb von Sekunden. Man kann auch so zusammenleben, ohne Trauschein, und den Partner wechseln. Die vollkommene Desakralisierung der Ehe. An solche Reformen wird sich Europa noch lange nicht wagen.

Im Rahmen des Arbeitsrechts führt die Armand das Gesetz über gleichen Lohn für Männer und Frauen ein. Sie stimmt überein mit der Kollontai und Larissa Reissner, die (wie allseits bekannt) über Sex wie über ein Glas Wasser sprechen: Lust drauf – genießen – vergessen. Doch bis zur Idee der Vergesellschaftung der Frauen, worüber die Kommunisten in Wladimir in ihrer Lokalpresse laut debattierten, kam es nicht. Und dazu konnte es auch nicht kommen. Das Dekret über Sex wurde im Unterschied zu den Dekreten über Frieden und Land nicht verabschiedet. Das wäre ja auch nicht möglich gewesen. Da gab es viel neue Sklaverei und keine weibliche Freiheit. Und die zwölf Prinzipien von Sex, die die Kollontai anführte, erscheinen auch bloß auf den ersten Blick als revolutionär. Das war eher eine neue Komsomolzenbigotterie, lediglich die Forderung, Eifersucht abzulehnen, schien zum Zeitgeist zu passen. Die blitzgescheite Armand war klug genug, sich auch mit offensichtlichem Blödsinn zu befassen. Ihre grundlegenden Reformen des familiären und sexuellen Lebens wurden nur mit Mühe in den Jahren Stalins überwunden.

Diese Zeit erlebte sie nicht mehr. Sie, die Reformerin des Schicksals russischer Frauen, die virtuose Pianistin, die für Lenin brillant Beethoven und Chopin spielte, beförderte ebendieser Lenin ins Jenseits. Nun, unabsichtlich. Er war zu allem bereit, damit Inessa bei ihm blieb. Als sie 1918 in einer Angelegenheit des russischen Expeditionskorpus nach Frankreich reiste und dort verhaftet wurde, drohte Lenin damit, die ganze französische Mission erschießen zu lassen, die sich in Sowdepien befand, woraufhin die Franzosen die Armand freiließen. 1920, erschöpft von der Arbeit, benötigte sie Erholung und bat darum, nach Frankreich reisen zu dürfen, doch der vorsichtige Lenin überredete sie, nach Norwegen zu fahren oder sonst irgendwohin, wo es ruhiger war. Letzten Endes überzeugte er sie, unter dem Schutz von Ordschonikidse nach Kislowodsk zu reisen. Sie schlief sich aus, aß ordentlich, doch die Weißen überfielen Kislowodsk, und man brachte sie in den Kaukasus, wo sie in Beslan, das in unseren Tagen traurige Bekanntheit erlangt hat, an Cholera erkrankte. Sie starb in Naltschik.

Für ihre Beerdigung in Moskau wurde ein einzigartiger weißer Leichenwagen im Jugendstil angefertigt. Lenin ging mit geschlossenen, von Tränen erfüllten Augen, zusammen mit der Krupskaja, die ihn stützte, schwankend hinter dem Sarg her (zum letzten Mal waren sie zu dritt). Er begrub seine Liebe an der Kremlmauer.

Vielleicht war das ja die wahre Beerdigung des Silbernen Zeitalters selbst, das im russischen Leib Feuer entfachte? Eine Revolution fraß die nächste, und der Revolutionär und Liebhaber, der die Ketten der russischen Ehe zerrissen hatte, begab sich selbst alsbald in sein Mausoleum.

»Aber das war ja schon das Symbol einer neuen Ära«, murmelte Karina Chrustaljowa, während sie das Letzte, was sie noch anhatte, auszog – schwarze Söckchen.

40
Der Schock

O. ließ mich praktisch sofort nach der Gerichtsverhandlung stehen. Als ich zu ihr ging, um zu gratulieren, war sie im Korridor mit den Anwälten zugange. Sie sagte: »Na, dann danke, aber das warst nicht du. Dein Stawrogin ist ein Schuft und ein Arschloch, aber meine Anwälte waren dezent mithilfe von D., dem Liberalen aus der Regierung, hinter den Kulissen aktiv.« Hier nannte sie den Namen eines schwächlichen systemischen Liberalen, der irgendwie in die Regierung geraten war.

Damit zog sie mir den Boden unter den Füßen weg. Ich brach einfach zusammen. Das war eine der niederschmetterndsten Erfahrungen meines Lebens. Der Rote Platz hatte sich an mir gerächt! Ich zeigte nicht, wie sehr O. mich getroffen hatte. Ich stand da und rang mir ein Lächeln ab, da man sie nicht eingesperrt hatte.

Aber in meinem Innern zersetzte sich dieser Schock, er zerfiel in seltsame Fantasien. Ganz und gar nicht politischer Art. Ich bin kein Politiker. Ich wollte O. nicht bestrafen. Aber ich hatte plötzlich das starke Bedürfnis, etwas mit ihr zu tun. Irgendetwas.

41
Die Dissidenten und der Pathologe

»An Gott zu glauben ist wirklich schwer. Gott hat dem Menschen viel zu wenige Beweise seiner Existenz gegeben. Nun ja, ein paar Brosamen gibt es, aber echte Beweise hat er uns aus Prinzip nicht gegeben. Und das blutige Regime – das ist er. Er gibt sich alle Mühe, es kriecht aus dem Fernseher, es brüllt seine schändlichen Parolen. Wie kann man ihn da nicht hassen?«

»Worüber redest du?«, runzelte ich die Augenbrauen.

»Du bist überhaupt kein Dissident!«, erklärte meine Schwester O. »Du bist radikaler als ein Dissident.«

»Soll heißen?«

»Du bist der Pathologe des Vaterlands.«

»Quatsch!«

»Wieso Quatsch? Auch die Staatsmacht hat den Verdacht, dass das Land krepiert ist, und einige wollen abspringen und das Weite suchen, aber man fasst sie und sperrt sie ein, andere zittern. Und die Dümmsten glauben, dass ein angefrorenes Land eine tolle Sache ist!«

»Ein wenig anfrieren, ja, aber nicht töten ...«

»Und du, mein lieber Bruder, krabbelst wie eine Ameise auf der Leiche herum. Das ist schon Post-Russland, das frühere ist weit und breit nicht mehr zu sehen. Und um es wiederauferstehen zu lassen, braucht es ein Wunder. Aber woher nehmen?«

»Was faselst du da!«

»Du holst dir deine Sujets aus diesem Leichenleben, suchst nach den Todesursachen. Aber du forderst niemanden auf, Pathologe zu werden. Das bringt doch nichts. Es wäre dumm, zu den Leuten zu gehen wie auf dem Bild von Iwanow und zu schreien: Leute, ihr lebt auf einer Leiche! Sie würden dir im Chor antworten: Verpiss dich!«

O. schwieg eine Weile und fügte hinzu: »Und die Leiche schreit: Ich bin besser als alle anderen!«

»Sei still!«

»Gefällt dir das nicht? Und richtig: Wozu eine Leiche befreien? Dem Regime gebe ich schon lange keine Noten mehr, obwohl es noch irgendwelche Restdissidenten gibt, die sich immer wundern: Wie ist das möglich? Warum benehmen *die* sich so schlecht? Aber das ist ein besonderer Beruf – die stets Staunenden. Diese Nachrichtenjunkies! Staunerinnen und Stauner.«

»Quatsch mich nicht voll!«, wehrte ich die schrecklichen Worte meiner Schwester O. ab.

42
Unter dem Schutz der weltweiten Dummheit

O. und ich holten Artur Pechvogel und seine schöne Alina mit ihrem üppigen Haar ab, nahmen unseren Geländewagen und fuhren los, immer der Nase nach. Unterwegs sahen wir durch die Blödheit heruntergewirtschaftete Städte, von der Idiotie gequälte Dörfer, von der Dummheit heimgesuchte Leichen. Wir flohen aus Moskau. Diesem Moskau mit seinem Goldarsch. Es begann die übliche Form russischen Lebens namens Irrfahrt.

In Deutschland artete die Dummheit aus in einer Hinwendung zu Nazismus light. Europa suchte nach einem Impfstoff gegen die Dummheit, wurde nicht fündig und begann auszusterben wie zu Zeiten der Pest. Die Franzosen hängten überall im Land Plakate auf mit der Aufschrift *La bêtise tue* – Dummheit tötet. Im Kampf gegen die Dummheit führten sie die elektronische Bürokratie ein. Das Land stand still. Auf dem Pariser Flughafen Charles de Gaulle kein einziger Mensch. Die Maschinen standen schweigend auf dem Rollfeld. Es war eine erstaunliche Einsamkeit der Flugzeuge.

Die Franzosen waren unglaublich. Ungefähr die Hälfte war bereit, mit der tödlichen Krankheit zu kooperieren, bloß wie? Wie konnte man den für sie charakteristischen Kollaborationismus umsetzen? Die andere Hälfte war gespalten. Die einen predigten philosophische Verzweiflung, die anderen gingen täglich zu Demonstrationen und warfen der Regierung Tatenlosigkeit vor. Die Dummheit raffte alle ohne Unterschied hinweg. Die Pariser starben an der Dummheit direkt auf dem Bürgersteig, aber sie taten dies mit Würde.

Die Italiener wurden wieder gottesfürchtig. Die Spanier verschissen während der Epidemie der Dummheit unbemerkt ihr Land: Ihnen liefen die Basken und die Katalanen davon.

Plötzlich sickerte eine Meldung durch, israelische Ärzte würden schon einen Impfstoff gegen die Dummheit an Mäusen testen.

Wir versuchten, uns nach Amerika durchzuschlagen. Ich wurde als »Kämpfer gegen die Dummheit« zu einem Kongress nach New

York eingeladen. Armes New York! Es wurde besonders brutal vom Dummheitsvirus befallen. Die Sterberate überstieg alle düsteren Prognosen. Man musste vor den Kliniken direkt auf der Straße Armeezelte aufbauen, um die Leichen zu stapeln. New York kapselte sich während der Epidemie ab. Die Menschen begannen viel zu trinken (wobei dort schon immer viel getrunken wurde) und ein chaotisches Leben zu führen. Bei meinem Vortrag auf dem Kongress sagte ich, dass Dummheit schon immer charakteristisch für Amerika gewesen sei, nicht weniger als in Russland.

Meine amerikanische Erfahrung zeigt: Amerikaner sind auf kluge Art dumm. Die amerikanische Dummheit trägt Früchte, während unter russischer Dummheit Früchte nicht reifen.

43
Die Sprache der Dummheit

Je weiter die Dummheit um sich griff, desto expressiver wurde ihre Sprache. Die Leute blökten, muhten, brüllten und furzten – die Schamschwelle sank, die Scham rutschte an den Menschen herunter wie ein zerrissener Strumpf.

Der Wortschatz reduziert sich. Die Sprache verdunstet wie das Kaspische Meer. Verschwindet wie der Aralsee. Eine Wortwüste.

Es entsteht sprachliche Amnesie: Wie heißt das? Wie sagt man das? Die Worte werden ausgehöhlt, nebulös, die Konturen undeutlich.

Immer mehr seltsame Laute tauchen auf. Sie scheinen den Lauten eines Babys ähnlich zu sein. Während aber die Laute eines Babys bei den Umstehenden ein Lächeln auslösen, ruft hier dieses Glucksen nur starkes Befremden hervor.

Ein wichtiges Wort wird das Wort »Bock« in der Bedeutung Arschloch. Es wird überall gebraucht: Was führst du dich auf wie ein blöder Bock? Überhaupt wird die Rolle der Tierwelt im Wortschatz größer.

Danach beginnt der Übergang zum chronischen Muhen.

Viele kriechen auf allen vieren und essen Scheiße.

Immer mehr Menschen essen Scheiße.

Nun essen bereits fast alle Scheiße.

Und jetzt essen wir schon alle Scheiße.

Des Weiteren beginnt ein Entzündungsprozess. Die einen leiden unter ausgeprägter Klaustrophobie und rennen mit verkrampften Gesichtern raus auf die Straße. Andere verschanzen sich im Gegenteil unter Kanaldeckeln, kriechen unters Bett.

Plötzlich tritt der Moment der Wahrheit ein. Der Mensch versteht, dass er sein Leben umsonst gelebt hat. Nichts ist ihm geglückt. Er beginnt Rotz und Wasser zu heulen.

Die Menschen versuchen zu beten.

Rennen in Kirchen und Moscheen.

Umsonst.

Alles ist ganz einfach, wie das Muhen.

Russland muht. Alle muhen.

Die Menschen fallen um, schnappen nach Luft, werden von Krämpfen geschüttelt, sie sterben unter Qualen, manchmal brüllend wie am Spieß. Immer wieder hört man dasselbe Wort – *Arsch*. Und auch *Fotze*.

Doch im allerletzten Moment, erfasst von Dummheit wie von einer Feuersbrunst, erkennt der Mensch, dass es zu Ende geht mit ihm, und er versteht, dass er selbst so ein Arsch ist.

44
Die Nehrung

Hier auf der Kurischen Nehrung, nicht weit vom Haus Thomas Manns, lässt sich schön ein neuer *Zauberberg* zusammendichten. Acht Kilometer von Litauen entfernt gingen wir vor Anker. In Morskoje schien es keine Epidemie zu geben. Wir schlenderten am Frischen Haff entlang. Artur in seiner Eigenschaft als ehemaliger Biologe erzählte uns von der blauen Gischt der Brandung, von Schmetterlingen und Schwänen. Er kannte sich aus mit Aalen; auf dem lokalen Markt wählte er immer die fettesten aus.

Wir fuhren in den Tanzenden Wald. Morgens badeten wir im Meer. Das Meer war kalt. Am Strand wenige Menschen. Etwas weiter abseits in Richtung litauische Grenze konnte man ohne Badekleidung baden und sich sonnen.

Nach und nach kamen uns spielerische Gedanken.

Knister, knister.

Mir gefiel Alina.

Zu Artur fühlte sich O. hingezogen.

»Ich bin angearturt!«, verkündete sie.

Später nach dem Abendessen baten wir die polnische Gastgeberin, *Pani* Teresa, die russische Banja für uns einzuheizen.

Als wir schon ordentlich schwitzten, machte sich Artur an O. heran. Alina wirkte leicht verklemmt, war aber nicht abgeneigt.

Und dann ging es zur Sache.

Artur leckte O.

»Ich werde gearturt!«, seufzte sie genüsslich.

Doch schließlich fiel mir O. zu.

»So, jetzt bist du auch unter die Bolschewiken gegangen«, sagte sie, als wir spätabends aus der Banja kamen.

Warum habe ich das getan? Aus Rache? Aus Neugierde? Am Morgen kam Alina und sagte: »Serviert mich zum Frühstück!«

45
Die fliegenden Jungen

»Also, ich steh einfach total auf Frauen«, gestand Alina, die mit O. am Strand spazieren ging. »Aber noch mehr, wahrscheinlich, sogar ... – wie soll ich es dir sagen? – träume ich von einer Beziehung mit einer schönen ... also mit dir. Ich träume von einer liebevollen Romanze, von sinnlichen, sanften violetten Bewegungen in der Dämmerung. Von Zartem, Geheimnisvollem, Verborgenem in leichten Kleidern. Ich liebe die Rosetten, und gestern habe ich deine entzückende Rosette bewundert, die mich sofort erregt hat. Ich habe immer einen gewissen Ekel empfunden gegenüber dem männlichen Geschlecht als etwas irgendwie Schmutzigem, Grobem, Ungeschicktem ... daher sind Frauen für mich, ja, sie sind das Paradies.«

»Und Artur?«, wunderte sich O.

»Artur – er ist wunderbar. Er selbst ist das Licht, das vom Tautropfen auf einem Blatt an einem kühlen Morgen reflektiert wird ... Das ist der stärkste Eindruck meiner Kindheit, er blieb mir haften mein Leben lang. Ich denke viel darüber nach, und ich bin zu der Erkenntnis gelangt, wie *physisch* das Auge doch das Licht wahrnimmt, das einem Glück bringt und berauscht durch diesen Kindheitseindruck – das Einzige, was ich habe, was von mir geblieben ist. Und Artur, der ist gleichsam der Spiegel dieses Eindrucks.«

»Ist es nicht merkwürdig, dass die Rosette, diese entzückende Rosette, als unanständig gilt? Das ist doch pervers!«, sagte O.

»Na ja, wenn man sie nicht für pervers hielte, würde sie das Erstaunliche und Entzückende verlieren.«

»Auch du hast eine zarte Rosette«, flötete O.

»Ich habe mich lange nicht rasiert, muss ich gestehen ...«, sagte Alina verschämt. »Ich bin so sehr in Artur verliebt, dass ich einen süßen Schmerz im Herzen fühle. Aber ich kann nicht wirklich mit ihm reden. Und er nicht mit mir. Ich würde mir so sehr wünschen, du könntest ihm andeuten, wie sehr ich ihn liebe ...«

»Das mache ich«, versprach O. »Träumst du oft von ihm?«

»An unsere Zeit werden wir uns alle nicht ohne Scham erinnern können«, wiegte Alina besorgt den Kopf. »Warum sind wir dazu verdammt, in dieser Dummheit gefangen zu sein, von diesem Großen Gopnik? Ich will nichts, absolut nichts über ihn hören! Für mich existiert nur Artur ... Mit ihm habe ich solche Träume! Stell dir vor ... Ich stehe auf einem Balkon, im elften Stock, und junge Männer fliegen durch die Luft und spielen vor meinen Augen Fußball ... sie überwinden

den Widerstand der Luft … fantastisch. Niemals sonst habe ich so eine Kunst gesehen …«

»Und wo ist da Artur?«

»Er war im ersten Teil des Traums, nur ganz flüchtig, den Kopf über die Welt gebeugt, und die Welt im Schatten … Und dann war er einfach die Luft selbst, in der alle diese Knaben umherflogen, oder Burschen, wenn das anregender klingt, ich weiß es nicht.«

O. blieb stehen und sah die Freundin an.

»Wie schön du das gesagt hast. Er war die Luft selbst!«

»Alles ist so gut bei ihm und bei mir, aber diesen bezaubernden Menschen zu sehen, mit ihm zu schlafen die Ehre zu haben, das ist manchmal so unglaublich köstlich, ein Lebenstraum!«

»Ja«, lächelte O. wieder. »Männer wirbeln Ekelgefühle um sich herum auf wie dicken fetten Staub. Aber dein Artur ist lustig. Heute beim Frühstück ist er unter den Tisch gekrochen und hat leidenschaftlich meine Rosette geküsst …«

»Ich hab's gesehen. Das ist mir nicht neu«, sagte Alina plötzlich kühl.

»Verzeih, ich dachte … Morgen spreche ich mit ihm …«

»Vielleicht doch besser nicht … so direkt ins Gesicht … gegen alle Grundregeln des Lebens … und was ich dir dazu gesagt habe … Nun habe ich doch diesen Impuls der Eifersucht dargelegt … mich schmerzt es außerordentlich, ein Schmerz in der Brust, dass ich kaum durchatmen kann …«

»Alles gut, beruhig dich«, sagte O. peinlich berührt.

»Das Leben enthüllt uns so selten seine Geheimnisse!«, rief Alina plötzlich aus, gekränkt wie ein Kind. »Deine Idee da … die Pornografie als die Kunst der Zukunft? Unsinn. Sie wird aufhören, verbotene Exotik zu sein. Sie ist lediglich eine unter vielen Ausdrucksformen des Liebeslebens.«

»Du nimmst mir mein Lieblingsspielzeug weg!«, rief O.

»Such dir ein neues«, riet ihr Alina.

46
Ein Unglück war geschehen

Wir fanden sie in den Heckenrosensträuchern unweit des Strands. In einem weißen Kleid. Es war ein Unglück geschehen. Alina war tot.

»Ist sie an der Dummheit gestorben?«

»Sie war nicht dumm. Im Gegenteil.«

»Ja, aber Dummheit wird durch sexuellen Kontakt und Aerosole übertragen.«

»Ah …!«

Höchstwahrscheinlich war sie eines unter vielen Opfern der Epidemie, obwohl Artur dies bezweifelte. Er sagte, sie habe sich das Leben genommen. O. äußerte die Vermutung, dass die Wildschweine schuld waren. Die liefen massenhaft hier im Kiefernwald herum.

Vielleicht war der Grund aber, dass Artur wieder einmal den Gedanken, sie zu heiraten, auf die lange Bank geschoben hatte. Wegen seiner familiären Situation. Oder hatte sie seine Trinkerei satt? Oder war sie eifersüchtig auf O.? Oder hatte Artur sie getötet, weil er auf sie wegen O. eifersüchtig war? Oder hatte O. Alina getötet? Gut möglich. O. tötet alle.

Wir begruben sie auf dem örtlichen Friedhof. Neben einer Birke. Es duftete nach Heckenrosen.

Nach der Beerdigung betrank sich Artur und machte sich an O. heran.

»Lass sie«, bat ich.

Doch er blieb stur.

»Was soll das, tut sie dir leid?«

Und dann fuhren wir in den Norden.

47
Der weinende Postkasten

»Sie wissen doch sicher, was Sieidis sind?«

Mit dieser Frage empfing mich unser künftiger Reiseleiter, ein Okkultist, kaum war ich mit meinem lila Rollkoffer aus dem Flughafengebäude in Murmansk getreten. Mir nach lief der betrunkene Artur, den meine Schwester O. untergehakt hatte.

»Ich hab davon gehört«, sagte ich ausweichend und lächelte.

»Ich hab davon gehört!«, rief er süffisant, während er gastfreundlich meinen Koffer übernahm und meine Begleiter aufforderte, sich an unserem Gespräch zu beteiligen. »Möglicherweise haben Sie Ihr Leben umsonst gelebt, Sie sind ja gar nicht auf dem Laufenden! Darf ich mich vorstellen: Ich bin Sascha!«

Die Halbinsel Kola ist wie eine Maschinengewehrsalve von Assoziationen und Begriffen: Mythos, Fantasie, Utopie, Wildheit, Nordlichter, Schlamm, Abertausende von unterirdischen Mineralien, Reichtum, Verfall, Militärbasen, Kälte, die bis in die Knochen kriecht, Lachs. Samen, Pomoren, Pomorinnen, kurz – ikonenhaftes Volk. Die Flut von Eindrücken haut einen um. Die Halbinsel Kola gleicht einem riesigen Felsblock, der jenseits des Polarkreises über einem schmalen Streifen des Weißen Meeres hängt. Allein ihre Form lässt die Herzen derjenigen höherschlagen, die einem alternativen Geschichtsbild anhängen. Denn nicht in Afrika, sondern gerade hier befinde sich, so ihre Theorie, die Wiege der Menschheit, das erste Weltreich – Hyperborea.

Dort hätten vier Meter große Riesen gelebt, und sie legten Felsbrocken, die aussehen wie die Halbinsel Kola, auf kleinere Steine. Diese seltsamen Gebilde, die an riesige Karren auf Rädern erinnern, seien ihre heiligen Altäre, Kultstätten, kurzum, die Sieidis gewesen!

Wenn man sich die Karte genauer anschaut, ähnelt die Halbinsel Kola aber auch einem riesigen Zeugungsorgan, dick und mächtig ragt es bedrohlich über dem Weißen Meer auf. Was dieser deftige geografische Hinweis bedeutet, ist schwer zu sagen. Meiner Meinung nach kann er ebenso eine Metapher für hyperboreische Kraft sein wie auch ein beleidigendes Zeichen für die Verehrer der Hyperboreer: Lasst uns bloß in Ruhe mit eurem Quatsch!

Wir fuhren am Rand der Welt entlang. Es war November. Ich hatte für die Reise absichtlich den Spätherbst gewählt, um diese Erde ungeschminkt zu sehen. Aber das Licht, das die Luft sättigte, war für sich selbst genommen ein Phänomen. Es tauchte alles in grafisches Schwarz-Weiß: Natur, Menschen, Autos, Hunde, Vögel und Katzen – es zog gleichsam die Decke aus verschiedenen Farben fort und präsentierte eine Zeichnung nach seiner Vorstellung vom Wesen der Dinge. Die Kargheit der Farben gab eine Ahnung von einer nackten Welt der Knochen und Sehnen. Das war die Natur des Purgatoriums – ohne jeden Tand, aber Hoffnung einflößend, dass die Existenz etwas Reales sei.

Die Straße hatte sich längst in Schlamm verwandelt. Ächzend hüpften wir auf und ab. Wir näherten uns dem Küstenort Teriberka, östlich von Murmansk. Teriberka hatte sich einen Namen gemacht, denn dort war der nonkonformistische Film *Leviathan* gedreht worden, der von der Gemeinheit in der Welt und der Heuchelei des russischen Staates unter dem Großen Gopnik erzählt.

Der Film, aufgenommen an der Küste des Eismeers, war voller erhebender und beklemmender Symbolik. Aber mich interessierte vor allem das wilde felsige Ufer. Am Zugang zum Meeresufer fuhren wir mitten in den Gestank einer brennenden Müllhalde hinein. Was für eine widernatürliche Szenerie! Denn die Müllhalde war größer als das Dorf und wirkte grenzenlos, geradezu kosmisch. Mit zugehaltener Nase kämpften wir uns durch den graublauen Qualm, rutschten durch Schnee und Müll, bis wir uns schließlich zum Ozean durchgeschlagen hatten.

Bis zum Wasser musste man allerdings noch ein Stück zu Fuß gehen, und auch hier gab es keinen Weg bis ans Ufer. Ich lief über grün und scharlachrot gefleckte schneebestäubte Bülten, und plötzlich spürte ich die ganze ungeheure Kraft des Polarwinds. Er drückte mir dermaßen gegen die Brust, dass es sich anfühlte wie die Umklammerung eines Bären. Rasch dämmerte der trübe Tag. Auf einmal lag der offene Ozean vor mir – nun, von seinen Dimensionen her konnte er sich messen mit dem mythischen Hyperborea: Langgestreckte Wolken flogen mit einer Geschwindigkeit über den ganzen Himmel, als müssten sie den letzten Vorortzug noch erreichen, und stahlgraue Wogen brandeten gegen die Felsen, explodierten wie überschäumende Texte archaischer Legenden.

Es war bereits dunkel, als ich zum Bus zurückkehrte. Artur und O. schliefen auf ihren Sitzen. Wir fuhren zum Abendessen in das einzige Restaurant. An den großen Fenstern des einstöckigen Hotels, die keine vor Blicken schützenden Vorhänge hatten, saßen paarweise Leute. Neben sich Fernrohre, um den Hals große Feldstecher.

»Was sind das für Leute?«, fragte ich leise.

»Chinesen.«

»Wie, Chinesen? Wie kommen Chinesen nach Teriberka?«

»Die sind hierhergekommen, um das Nordlicht zu sehen.«

»Was? Aus China hierher, Tausende von Kilometern, um das Nordlicht zu sehen?«

Vielleicht machten unsere Begleiter ja einen Scherz? Aber als wir zur Abendessenszeit ins Restaurant kamen, um Lachs und Pelmeni mit einer Füllung aus Rentierfleisch zu essen und dazu das hiesige Bier zu trinken, strömte gleichzeitig mit uns ein ganzer Trupp klein gewachsener Männer und Frauen unterschiedlichen Alters ins Restaurant, Männer und Frauen, gut gelaunt und laut Chinesisch sprechend.

Auf dem Rückweg hielt unser Bus plötzlich an, und der Chauffeur Wolodja rief aus: »Da ist es!«

Ich sprang aus dem Bus auf die Straße, legte den Kopf in den Nacken. O. mir nach. Hinter ihr, sich den schmerzenden Kopf haltend, stieg langsam Artur aus dem Bus auf die Erde. Zum ersten Mal sah ich das Nordlicht. Es schimmerte in grünlichen Tönen und bildete drei über den ganzen Himmel gepflügte Furchen, die eine Art mystisches Entzücken auslösten. Ein himmlisches, mit nichts zu vergleichendes Gemälde!

Artur weinte.

»Ach, hätte Alina dieses Wunder sehen können …«

In Murmansk lungerte ich auf meinem Hotelbett herum und las in der samischen Mythologie über das Ende der Welt, als unser Fremdenführer Sergej an meine Tür klopfte.

»Hätten Sie Lust auf ein bisschen Schwimmen und Saunen in unserem tollen Aquapark? Und auf eine Partie Billard? Sie können doch nicht die ganze Zeit nur in der Eiseskälte rumfahren!«

»Und wo ist dieser Aquapark?«

»Den hat der Große Gopnik bauen lassen, jedenfalls wird das behauptet ...«

»Wieso das denn?«

»Zu Ehren der umgekommenen Matrosen von der *Kursk* ...«

Ich richtete mich im Bett auf und sah Sergej aufmerksam an: »Stimmt das denn?«

»Den Aquapark haben sie im Dorf Widjajewo gebaut, im SATO, eigentlich geschlossenes Terrain. Von dort ist die *Kursk* ausgelaufen und nicht mehr zurückgekehrt.«

Ich setzte mich aufs Bett, dann stand ich auf, ging aufgewühlt im Zimmer umher. Natürlich hatte ich von diesem SATO gehört.

»Ich bin dabei, gehen wir in den Aquapark«, sagte ich, »aber wie kommt man da rein?«

»Russischer Pass und Badehose reichen.«

Wir wurden angehalten, man kontrollierte die Anmeldung für den Aquapark, die Pässe sowie den Kofferraum des Autos, und fragte uns nochmals: »Sie wollen in den Aquapark?«

Wir antworteten ehrlich mit Ja, aber Sergej präzisierte: »Davor wollen wir noch ein bisschen an der Bucht entlanglaufen.«

Niemand hatte etwas dagegen. Wir fuhren bis an die Bucht und stiegen aus dem Bus. Auf dem ausgetrockneten Grund beim Ufer lag eine riesengroße halb verrottete Zigarre – früher mal ein Unterseeboot für wissenschaftliche Forschungszwecke. Ein halb auseinandergefallener Militärlastwagen stand am Wegesrand – er war irgendwohin gefahren und nirgendwo angekommen. Und weiter weg linker Hand waren an einer Anlegestelle zwei neue schwarze Zigarren mit Atomsprengköpfen auszumachen.

»Die kosten mindestens so viel wie eine ganze Stadt«, sagte Sergej. »Fahren wir zum Schwimmen!«

Wir gerieten in eine noch rätselhaftere Welt. Vor uns erstreckte sich eine Straße mit Häusern, deren Fenster und Eingänge fest verrammelt waren. René Magritte wäre vor Neid erblasst ob so einer Landschaft. Betäubende Stille. Im Zentrum dieser Stadtwüste erhob sich ein Denkmal für Fjodor Widjajew, den sowjetischen U-Bootfahrer und erfolgreichen Kapitän der Nordflotte im Zweiten Weltkrieg. Hinter dem Denkmal war ein mehrstöckiges Haus zu sehen. Davor fielen mir Autos ins Auge, wie Kadaver halb in ihre Bestandteile zerfallen. Die Familien der umgekommenen Seeleute hatte man irgendwo über Russland verteilt, und die Autos waren unberührt zurückgelassen worden.

An der Tür eines verrammelten Hauseingangs stand geschrieben: Gefahrenzone. Vermutlich nicht, weil sich dort Gespenster niedergelassen hätten, sondern wegen Einsturzgefahr. Neben dem Hauseingang hing ein sowjetischer blauer Postkasten – wie sie überall in der UdSSR zu Tausenden einst hingen und irgendwo immer noch hängen, um Post aufzunehmen. Doch dieser Postkasten weinte rostige Tränen. An den Seiten verrottet, hing er schief in den Angeln und weinte: Tränen kullerten an beiden Seiten herab. In den Mund dieses rostigen Postkastens – in den Schlitz für Briefe – hatte irgendwann irgendjemand eine rote Plastiknelke gesteckt. Auch sie war halb verrottet und unterstrich den moribunden Charakter des Postkastens.

Es schien, als habe er den ganzen Schmerz der Welt in sich aufgenommen. Er weinte für alle: für Sie, für uns, für mich.

Wir fuhren an dem imposanten Aquapark vor, der aussah wie ein üppiger Begräbniskranz, ein Almosen vom Kreml für all das Leid, wie ein Knebel im schiefen Mund. Springbrunnen, Wasserrutschen, Jacuzzis und dergleichen Schnickschnack. Die Kinder der Aquapark-Sicherheitsleute tollten unter fröhlichem Gekreisch mit bunten Bällen im Wasser herum. Ich ging ins Dampfbad und war ganz schnell wieder draußen: Mir schien, es sei voller toter Matrosen, 118 russische

Recken drängten sich zusammen im Dunst, und außerdem einige (wie könnte es ohne sie gehen!) Chinesen (laut Gerüchten befanden sich an Bord des U-Boots in den Listen der Opfer nicht aufgeführte chinesische Offiziere). Aber davon erzählte ich – pssst! – niemandem etwas.

48
Die israelischen Ärzte

Ein israelisches Ärzteteam setzte der Dummheit nach Kräften Widerstand entgegen. Natürlich rief das negative Reaktionen hervor, ungeachtet dessen, dass dem Team auch Ärzte aus anderen Ländern angehörten: Schweden, Amerikaner, Franzosen, Deutsche.

Es hieß, im Verlauf der Behandlung der Dummheit würden die israelischen Ärzte der Welt ein zionistisches Bewusstsein oktroyieren. Mehr noch, in manchen Kreisen gingen Gerüchte um, sie hätten die Epidemie selbst ausgelöst.

Noch kein Monat nach ihrem Ausbruch war vergangen, als das israelische Team mich als Verbündeten aufsuchte. Sie hatten meine Arbeit mit dem Titel *Gegen die Dummheit*, geschrieben auf Englisch, entdeckt und beschlossen, mich in ihre Reihen aufzunehmen.

Wir trafen uns bei mir zu Hause.

»Sie haben die Epidemie vorhergesagt«, sagten die Ärzte. »Wie kamen Sie darauf?«

»Ich führe einen inneren Dialog mit Erasmus von Rotterdam. Wieso zum Teufel hast du, frage ich ihn, die Dummheit, diesen Riesenscheiß, aus der Flasche gelassen? Er hat mir geantwortet.«

»Wie, geantwortet?!«, fragten die israelischen Ärzte misstrauisch.

»Er schreibt Briefe.«

Die israelischen Ärzte wechselten Blicke, zuckten mit den Schultern.

»Was für köstliche gelbe Pampelmusen Sie in Israel haben! Meine Lieblingspampelmusen! Gibt es bei Ihnen Leute, die die Krankheit überleben? Eine hundertprozentige Todesrate, das kann ja wohl nicht sein!«

»Es gibt Überlebende. Die Krankheit hört abrupt auf. Visuelle und akustische Halluzinationen klingen ab.«

»Vielleicht ist ja die ganze Epidemie eine Halluzination?«

»Fragen Sie Erasmus!«

»Natürlich, die alte Kultur hat ausgedient«, sagte ich. »An ihre Stelle ist die Unterhaltung getreten. An der Schwelle der Jahrhunderte, zwischen dem 20. und dem 21., hat ein Niedergang der Kultur eingesetzt. Die Unterhaltung selbst interagiert mit der menschlichen Dummheit. Möglicherweise hat die Übersättigung mit Unterhaltung zur Entstehung des Bazillus der Dummheit beigetragen.«

»Aber die Epidemie hat ja nicht nur Dummköpfe befallen. Es sterben ehrenwerte Menschen, die weit entfernt sind von Unterhaltung. Und wie kann man denn sagen, die Kultur sei verschwunden? Schauen Sie nur, wie viele Bücher in den Regalen der Buchläden stehen!«

»Ich erinnere mich an das Paris der Fünfzigerjahre, ich war ein kleiner Bub, und Paris war ein brodelnder Kessel. Jetzt ist er erkaltet.«

»Warum?«

»Der Mensch ist abgekoppelt von der Metaphysik.«

»In islamischen Ländern ist der Mensch an die Metaphysik angekoppelt – und was ist dabei rausgekommen?«

»Stimmt«, gab ich zu. »Noch hat niemand bewiesen, dass die Demokratie in ihrer jetzigen Form der menschlichen Natur entspricht. Sie hat einen praktischen Wert, nicht aber einen globalen!«

»Was heißt das?«

»Genau das. Man muss zurückkehren zur repräsentativen Demokratie, zur großen Illusion der Demokratie.«

»Das sind reaktionäre Gedanken«, sagten die Ärzte im Chor. »Mit solchen Gedanken lässt sich die Dummheit nicht besiegen!«

»Die Demokratie ist selbst eine Dummheit geworden. Als die Menschen zu glauben begonnen haben, dass die Mehrheit dazu legitimiert ist, die Minderheit zu regieren, ist eine kulturelle Katastrophe geschehen.«

»Dann also: Es lebe Stalin?«

»Stalin hat die Grenzen der menschlichen Natur aufgezeigt. Er hat einen neuen, unerträglichen Menschen erschaffen.«

»Für Sie ist jeder Mensch unerträglich. Mit Ihnen lässt sich gar nichts aufbauen. Im Westen lebt der Mensch aus purer Trägheit! In Russland ist er einfach nur widerwärtig! Wäre es in dem Fall nicht besser, zurückgezogen auf der Datscha zu leben und Sonnenuntergänge zu besingen?«

Ich schweige. Dann bricht folgende Rede aus mir heraus:

»Hören Sie! Mit der Renaissance begann der Niedergang der Götter. Die antiken Götter zogen die christlichen Götter mit hinab ins Grab der Mythologie. Die Temperatur religiöser Inbrunst sank allmählich. Im 19. Jahrhundert erstarrte die Religion. Es begann eine Epoche des Dilettantismus. Man meinte, alles würde sich von allein tun. Es begann die Periode Eigenbau. Die Religion versteckt sich in Emotionen. Im kollektiven Aufstöhnen eines ganzen Fußballstadions. Im Porno. In der Pop-Art. In sozialen Netzwerken. Ein leer gefegter Dachboden der Metaphysik, auf dem sich Ratten tummeln, ist schwer zu restaurieren. Am Thema einer neuen Generation von Göttern arbeiten Scharlatane. Kaum kommt das Gespräch auf die neue Generation von Göttern, rennen sie in alle Richtungen auseinander. Der Totalschaden auf dem Dachboden hat die Epidemie der Dummheit generiert.«

Ich bemerke, wie die junge Ärztin aus Polen rasch irgendetwas mitschreibt.

»Wir werden die Krankheit besiegen und wieder von vorne beginnen«, richtet sie den Blick aus ihren braunen Augen auf mich. »Schließen Sie sich uns an.«

24. Februar

Die Epidemie der Dummheit nutzend, schmiedet Stawrogin ein Komplott gegen den Großen Gopnik. Doch das Komplott fliegt auf. Der Grund ist ebendiese Dummheit. Stawrogin räumt sein Büro im Kreml. Er ruft mich aus dem Auto an. Er flieht nach London. Aber wer wird ihn mögen in London?

Stawrogin sehnte sich nach dem Hindernisrennen.

Der Große Gopnik, außer sich vor Wut, spürte das und schickt ihm seine Leute. Die Opritschniki stürmen seine Wohnung (wer von unseren hohen Tieren besitzt nicht eine Wohnung in London?), werfen ihn zu Boden, treten ihn halb tot. Der ganze Fußboden ist voller Blut. Etwa eine Woche danach ruft ihn der Große Gopnik persönlich an und schlägt ihm vor, nach Moskau zurückzukehren. Stawrogin nimmt erfreut an. Nachdem er seine Rippen hat reparieren und sich neue Zähne einsetzen lassen, fliegt er zurück nach Moskau. Er bekommt eine dreckige Arbeit zugewiesen.

49
Megascheiße 2

Wir gingen hinein. Artur ganz in Brioni, Armani, Ferrari. Sein glänzender Biologenschädel sandte magische Signale aus. Uns erwartete meine Schwester O. Sie rauchte, in der Küche auf einem Barhocker sitzend, lasziv die Beine übereinandergeschlagen. Vor ihr stand ein halb leeres Glas Rosé. Noch keine halbe Stunde war vergangen, als ich sie beide in unserem Badezimmer erwischte. Er kniete, eine Fliege von Prada um den Hals, vor der Kloschüssel, in welche sie hineinpinkelte, hielt die Hand darunter und schlabberte gierig ihren Urin. Ich fotografierte sie zum Andenken an meine Schlappe, doch am nächsten Morgen löschte O. die Fotos.

24. Februar

Der Große Gopnik hat viel von Chlestakow.

50
Momente der Geschichte.
Das Jahr 2019. Blutsonntag

Dabei ist es noch gar nicht so lange her – das war nach der brutalen Zerschlagung der Demonstrationen im Jahr 2019 wegen der frisierten

Moskauer Wahlen –, dass ich eine gewisse naive Hoffnung nährte, das Volk könnte aufwachen.

Jetzt ist es also gekommen, wie es kommen musste – wir haben unseren Blutsonntag. Wir sind befleckt vom Blut eingeschlagener Köpfe. Das hier ist unser blutiger Blutsonntag – er wird in die Geschichte eingehen, den kann uns keiner nehmen. Sie werden sagen, damals, im Januar 1905, gab es doch viele Tote, und jetzt nur Knüppel, Tritte, Elektroschocker, Massenfestnahmen, sadistische Erniedrigungen, bleibende körperliche Schäden. Ja, ja, nur!

Aber wir leben im 21. Jahrhundert, und auch ohne Tote ist klar, dass wir in einem vollkommen anderen Land aufgewacht sind. Richtig, manche sind überzeugt, in den letzten zehn Jahren seien sämtliche rote Linien bereits mehrmals überschritten worden, besonders im Donbass, wo es tatsächlich Tausende von Toten gab, und dass die Polizei jetzt im ganzen Land auf Menschen einprügele, sei nichts anderes als das konsequente Anziehen der Schrauben.

Wie der 9. Januar 1905 haben auch die aktuellen Ereignisse zu einem Massenphänomen geführt: Das Volk zweifelt. Bis dahin verteilten sich Zweifel an der Legitimität der Machthaber eher oberflächlich in gesellschaftlichen Strukturen und im individuellen Bewusstsein. Sie gingen nicht in die Tiefe. Es brauchte ein konkretes, von intellektuellen Abstraktionen freies Beispiel. Einen Schießbefehl. Oder Willkür, die jeder versteht.

Fragen untergraben den Glauben, und anstelle von Gleichgültigkeit bilden sich Kreise des Zweifels. Nicht jeder unserer Makars hat Zweifel bekommen. Es gibt Millionen, die nicht zweifeln, das ist die Kernwählerschaft des Großen Gopniks. Doch das Eindringen von Zweifeln in die Tiefe des Volks erschüttert eben jene Wählerschaft, durch die sich die Staatsmacht erhält.

Sie selbst hat alles dafür getan, dass sich ein bedeutender Teil des Volkes in einen zweifelnden Makar verwandelte. Man kann sich nur wundern über die Serie von Fehlern des Kremls. Rein technisch betrachtet, hätte man sie vermeiden können. Aber gespalten in zwei Flügel – den liberal-patriotischen und den reaktionär-patriotischen – befolgte die Obrigkeit die unsinnigen Ratschläge der Reaktion, um dem Zorn des Imperators Genüge zu tun (genauso wie im Jahr 1905). Die Folge: Zwar noch nicht ganz wie eine in die Enge getriebene Ratte, gebärdete sich die Staatsmacht doch in ebendieser Rolle. Sie zischte und fauchte gegen die ganze Welt, bereit, sich bis zum bitteren Ende durchzubeißen. Schrecklich oder komisch? Noch immer schrecklich, aber auch schon wieder komisch. Ha, komisch findet ihr das – dann sollt ihr euren Blutsonntag haben!

Der Blutsonntag hat nicht nur den Verhafteten unter den üblen Bedingungen des Polizeigewahrsams die Möglichkeit verschafft, einander näher kennenzulernen und eine Blaupause für Solidarität zu werden. Der Blutsonntag entfachte die Macht des Zweifels im Volk. Jetzt braucht es irgendetwas sehr Beeindruckendes, etwas in der Art der »Rückholung« der Krim oder etwas absolut Ungeheuerliches, an der Grenze eines Krieges oder sogar jenseits davon, damit die Staatsmacht das Vertrauen des zweifelnden Volks zurückerlangen kann. Doch dort schafft nicht Verstand, sondern Dummheit Leiden.

Jetzt ist ein Lichtschimmer aufgetaucht. Eher ein biologischer als ein ideologischer. Aber doch auch irgendwie ein ideologischer. Vielleicht zum ersten Mal seit langer Zeit, beinahe seit der Zeit der Dekabristen, ist bei uns so ein »junges Russland« entstanden, das weder an herrschaftlichen Zorn noch an herrschaftliche Liebe glaubt. Alle diese herrschaftlichen Einfälle gehen ihm gegen den Strich.

Nicht umsonst sind schon einige Jahrzehnte der ideologischen Leere vergangen – der Abwesenheit einer edlen nationalen Idee. Auf dem vakanten Platz entstand eine Vertikale der Macht, die wie ein schlecht zusammengeschusterter Fernsehturm im Wind schwankt.

51
Von wem ist das Kind?

Wir erfuhren, dass O. schwanger war.

Artur sagte, er sei in ihr gekommen.

Doch wie das überprüfen?

»Im russischen Porno«, teilte uns O. mit, »basiert vieles auf Inzest. Ich mag rohe, unkonventionelle Filmaufnahmen von erwachsenen Frauen, die aufgeregt sind, sich genieren, sich schämen, mit Gesichtern, die strahlen vor Verlangen. Alina war doch noch ein hässliches Entlein …«

»Lass Alina in Frieden«, sagte Artur mechanisch.

Diesmal trug er eine Fliege von Dior.

»Ich will von dir (sie warf mir einen Blick zu) ein Kind. Du bist ein sensibler und charismatischer Mann.«

»He, ich war es doch, der in dir gekommen ist«, rückte Artur seine Fliege zurecht.

»Auch du bist sensibel und charismatisch«, fasste O. ihn ins Auge.

»Ein Kind von mir wird gesünder sein«, sagte Artur. »Schließlich bin ich nicht an der Dummheit erkrankt. Im Unterschied zu ihm.«

Er tippte mich freundschaftlich mit dem Finger an.

»Du bist viel zu alkoholisiert, um an der Dummheit zu erkranken«, sagte ich nicht minder freundschaftlich.

»Ein Mann hat natürlich auch ein zweites Gesicht«, räsonierte O., »mit seiner langen Nase, siehe Gogol. Aber dennoch hat im Porno die Frau die Oberhand. Der Mann – das ist pure Mechanik.«

»Die Grobheit des Instinkts und die Dummheit des Pornoregisseurs können das Problem nicht lösen«, stimmte Artur zu.

»Der Künstler hat kein Alter«, bemerkte ich. »Je genialer, desto altersloser. Der Künstler durchläuft wie Dorian Gray die Zeit unbeschadet. Die Zeit zieht sich hin und schrumpft, ich bin wie zuvor von jungem Leben umgeben. Frühling und Herbst haben sich in meinem Leben vermischt.«

»Im Porno ist das Opfer interessanter als das Raubtier«, nickte O. »Für das heutige westliche Bewusstsein zieht der Porno eine nicht besonders tröstliche Bilanz: Die Bumspartner sind nicht gleichberechtigt. Wenn man mir Beweise liefert, dass die Wahrheit sich außerhalb von Christus befindet, dann bleibe ich bei Christus und nicht bei der Wahrheit. Das sagte Dostojewski. Die Wahrheit des Pornos lautet – im Sex gibt es keine Gleichberechtigung. Da kann man sich auf den Kopf stellen.«

Inzest!

Inzest!

Inzestroman!

Klingt es wie Glockengeläut.

52
Neue Informationen über O.

»Wir werden leben und uns gegenseitig erleuchten«, sagte Schurotschka. »Warum? Weil deine Schwester der Tod ist. Weil deine Schwester O. in Wirklichkeit nicht existiert.«

»Schurotschka, ich flehe dich an ...«, murmelte ich.

»Ich bin nicht Schurotschka, ich bin Sascha!«

»Du bist Sascha«, stimmte ich gehorsam zu.

»Aber als Tarnung wie Dantes *donna dello schermo*, die die wahren Dinge verbirgt, genügt mir O., und sie erregt mich sogar.«

»Hast du eine Ahnung, wen wir da bumsen? Wir bumsen den Tod!«, rief Artur Pechvogel.

»Sei still!«, flüsterte ich.

O. kam herein. Wir setzten unser Gespräch fort.

»Kirche – hat nichts zu tun mit Dachboden«, sagte ich. »Alles verwahrlost. Falls für immer, dann ist die Geschichte der Menschheit am Ende. Dann nur noch Zuckungen. Der Mensch hat den Dachboden gespürt. Ob gut oder schlecht – man hätte sich Jesus Christus hingeben können, wie es Pasternak zum Beispiel getan hat. Mir nichts, dir nichts hat er sich hingegeben – wozu natürlich seine aufwieglerische Veranlagung beitrug. Und was ist jetzt?«

»Wenn die Kultur, wie du selbst sagst, eine Arena im Kampf gegen die Entropie ist, dann ist die Kultur doch auch ein Dienen«, überlegte O. »Zu einem großen, glücklosen Teil ist es Selbstdarstellung des Künstlers. Aber bei den besten, bei denen, die eine Antenne haben, ist es Dienen. Die Welt ist aber gegen das Dienen eingerichtet! Eine existenzielle Kunst braucht niemand. Da bleibst du allein auf weiter Flur.«

»Aber den Westen zu kritisieren«, wandte ich ein, »ist ebenso gewissenlos, wie einen Film eines Regisseurs zu kritisieren, der im Hausarrest festsitzt. Der Westen toleriert keine Kritik vonseiten der Russen. Die Russen sollen Russen kritisieren.«

»Wir brauchen einen Leichenhallenarbeiter. Am einen Ufer stehen Leute und schreien: Warum reanimiert ihr das Land nicht? Und am anderen Ufer hat man mit dem Einfrieren angefangen. Und der Haupteinfrierer ist der Große Gopnik, er allein weiß, dass man es immer weiter einfrieren muss, andernfalls gibt es einen universalen Gestank. Er ist einsam mit seinem Wissen.«

»Von wegen«, sagte ich. »Der Gestank ist bereits nach außen gedrungen.«

»Daher die Geheimnistuerei des Großen Gopniks«, fuhr O. fort. »Er hat die Herrschaft übernommen, als es noch atmete.«

»Hat er ihm den Rest gegeben?«, fragte Artur stirnrunzelnd.

»Wartet!«, konnte ich nicht an mich halten. »Wenn es tot ist, was sollen wir dann tun? Untätig bleiben?«

»Wir tragen Russland zu Grabe.«

»Aber es entsteht ein anderes Land.«

»Vergiss es! Die einzige Hoffnung ist eine Palast...«

»Wo sind die entsprechenden Leute?«

»Nur ein Wunder ...«

Wir sahen uns an und brachen in Gelächter aus.

»Schwester! Warum hast du ohne Präservativ mit ihm gebumst?«

53
Gespräch mit dem Anus über das Wesen der Liebe

Ich bin ein Meister der Vorahnungen. Oh, Sie können sich gar nicht vorstellen, was für ein Meister der Vorahnungen ich bin! Und meine

Vorahnungen haben mich noch nie getrogen. Schon in meiner Kindheit habe ich angefangen, mal dies, mal jenes vorauszuahnen. Beispielsweise hatte ich die starke Vorahnung, dass mir eine Wimper ins Auge fliegt – und zack! – schon landete die Faust von Mitschüler und Rüpel Kolja Maximow auf meinem Auge. Zugegeben, das war keine Wimper, aber die Richtung hatte ich doch genau erraten! Oder ich sah vorher, dass ich mich beim Radieschenputzen mit einem langen Küchenmesser schneiden würde – und schon spritzte das Blut, und am linken Zeigefinger entstand eine Narbe fürs Leben. Meine Vorahnungen wurden mit mir erwachsen. Ich begann meine Pollutionen vorherzusehen, meine Streitereien mit den Eltern, den ersten Gang in die Apotheke, um ein Präservativ zu kaufen.

Was habe ich nicht alles in meinem Leben vorhergesehen? Ich wusste im Voraus, dass ich an der Philologischen Fakultät der Staatlichen Universität Moskau angenommen würde, und so geschah es auch. Ich wusste im Voraus, dass aus mir nie ein guter Tennisspieler werden würde, und tatsächlich wurde ich ein mittelmäßiger. Ich erriet alles im Voraus: Erdbeben, die hirnrissige Amtsführung unfähiger Silowiki, den ukrainischen Maidan, den Sieg von Trump, den Brexit, an den außer mir niemand glaubte, den Feuerzauber des isländischen Vulkans mit dem unaussprechlichen Namen, den meine Schwester O. gleichwohl aussprechen konnte.

Alles konnte ich vorhersagen außer Wundern. Wunder gingen über meine Fähigkeiten. Wunder werden offenbar von einem anderen Zentrum aus gesteuert. Sie erwiesen sich als unvorhersehbar. Und dann geschah ein unvorhersehbares Wunder.

»Ich hab doch gehört, wie du gesagt hast: Ich will deinen Körper spüren. Los, runter damit!«

Und Artur – das klingt irgendwie pathetisch – zog sein Glied aus ihrer Vagina, zerrte am Präservativ und riss es sich runter. Er steckte es wieder hinein, sie warf die Beine hoch. Ich sah, wie die Post abging, und ihr Anus zog sich unzüchtig zusammen. Das Löchlein meiner Schwester O. zwinkerte mir überraschend zu.

»Na, wie geht's, junger Mann?«

»So halt!«

Das Löchlein stimmte mir gern zu.

»Gefällt's dir?«, fragte ich angesäuert.

»Angenehm!«

»Ach nee! Also das hab ich wirklich nicht erwartet, dass ich dir mein Herz öffnen muss. Sie und ich, wir wollten eigentlich ein Kind machen. Und wir haben alle Vorsichtsmaßnahmen in den Wind geschlagen. Am 29. März bin ich in ihr gekommen.«

»Erinnere mich. Du bist gekommen, hast dich in die Kissen fallen lassen, auf die Uhr geschaut und gesagt: Das war's, jetzt bist du schwanger. Später hat sie sich über deine Worte gewundert.«

»Eben, du bist Zeuge!«

»Ich sehe auch alles, Nötiges und Unnötiges!«, lachte der Anus.

»Entschuldige«, echauffierte ich mich, »aber bei wem soll ich mich beklagen, wenn nicht bei dir? Wir waren sehr gespannt, ob sie nun tatsächlich schwanger ist oder nicht. Eine Woche vergeht ... Und da taucht Artur auf, mein bester Freund, nimmt in unserer Küche ihre Brust aus ihrem T-Shirt, so als ob sie ihm gehörte, zieht an ihrem Stringtanga. O. sagt: ›Gehen wir ins Schlafzimmer.‹«

Und das taten wir.

»Ich habe immer schon die Theorie vertreten, dass gesunder Sex nicht existiert«, zog der weise Anus ein mürrisches Gesicht. »Es gibt gesundes Essen. Aber Sex, das ist eine fantasievolle Angelegenheit, gewalttätig, schmutzig. Anziehend.«

»Darum ist er ja anziehend, weil schmutzig und fantasievoll«, versetzte ich. »Gesunder Sex, das ist der Wunschtraum aller Humanisten!«

Der Anus zwinkerte mir verschwörerisch zu.

»Ach, Anus, mein Freund, in unseren Zeiten bist du zum Mittelpunkt des erotischen Universums geworden!«

»Das war ich schon immer!«

»Schon gut! Du hast ja auch früher für Furore gesorgt, wenigstens in unserem Land, als Urteil im Knast. Mit deiner Hilfe wurden Menschen erniedrigt.«

»Ich bin ein Multitalent.«

»Und was jetzt? Analsex ist der absolute Knüller!«

»In mich einzudringen – das ist im Grunde die ultimative Liebeserklärung«, verkündete das Löchlein würdevoll.

»Die Vagina erscheint im Vergleich zu dir als eine Art Vorstadt. Balaschicha vor dem Hintergrund des Bolschoi-Theaters!«

»Das Arschloch weiß, dass es wichtiger ist, *endgültiger*. Ich sehe: Du verfügst über eine gute Beobachtungsgabe.«

»Ich bin Beobachter und Teilnehmer.«

»Ja, das sehe ich.«

Artur stellt meine O. auf alle viere, der Anus blinzelt.

Artur geht auf die Knie, gibt für sich irgendwelche rituellen unartikulierten Laute von sich. O. beginnt heftig zu zucken, ihre Brüste schaukeln vor und zurück. Eine Szene zwischen Meister und Hure. Einen Moment lang hält er inne, spuckt gezielt und steckt ihr den Zeigefinger in den Anus. O. windet sich: »Aua, das tut weh!«

»Halt's aus«, sagt Artur oberlehrerhaft.

Das ist die Fortsetzung des Spiels. Der nächste Schritt ist Dominierung. Aber O. drängt mit ihrem ganzen Körper nach vorn und dreht sich um. Wieder sehe ich O.'s Anus vor mir. Er spottet: »Niemand hat dich zum Mitmachen eingeladen!«

»Was soll denn das für ein Dreier sein?«, beschwere ich mich bei dem Löchlein.

»Sex mit dem alten Ehemann ist um Häuser langweiliger als die Begegnung mit dem neuen Galan«, verkündet mir der Anus unverblümt. »Versteh doch, schon die Illusion von etwas Neuem bringt das Blut in Wallung. Und du hast eine Riesenwampe! Wer braucht so einen wie dich?«

»Aber ich …«

Ich weiß nicht, was ich sagen soll, um nicht ganz blöd vor meinem Gesprächspartner dazustehen. Ich bin kurz davor, in Tränen auszubrechen.

»Na schön«, sagt überraschend zärtlich der Anus. »Sprechen wir über was Wichtiges.«

»Über die Unsterblichkeit?«, frage ich schüchtern.

»Genau! Jeder hat seine eigene Unsterblichkeit.«

»Soll heißen?«

»Glaubst du nicht an die Unsterblichkeit, dann bekommst du auch keine. Nach dem Tod bekommst du den Tod.«

»Und wenn du daran glaubst?«

»Jeder bekommt die Unsterblichkeit, an die er glaubt.«

»Das heißt, ich kann mir meine eigene Unsterblichkeit ausdenken?«

»Ja.«

»Und mich darin wiederfinden? Ach, ich würde gern …«

»Aber worin besteht das Problem des Lebens?«, unterbricht mich der Anus. »Im Materialismus schätzen wir die Werte des Menschen nicht genug. Und im Idealismus überbewerten wir sie. Auch die Agnostik rettet uns nicht – ein Produkt der Trägheit, der Gleichgültigkeit …«

»Oder der Verzweiflung«, versetze ich.

»Stimmt«, gibt der Anus zu. »Was also bleibt übrig? Es bleibt der vierte Weg. Wenn die Menschheit ihn ausfindig macht …«

»Und gibt es ihn denn, diesen vierten Weg?«

»Spürst du das etwa nicht?«

»Nun, wie soll ich sagen …«

»Der vierte Weg! Das ist die Rettung! Ihr müsst den vierten Weg gehen!«

»Aber wo ist er? Wohin gehen?«

»Aber du bist doch der Vorbote dieses vierten Wegs!«

»Nee, ne?«

Der Anus wölbt sich vor lauter Lachen und zischt vor Vergnügen: »Was bist du denn nach alldem für ein Meister der Vorahnung?«

Ich spüre, dass mich alle Vorgefühle verlassen wie Matrosen das sinkende Schiff.

24. Februar

Denke ich an die Fickszene mit den beiden, erregt mich das doch. Wir fahren in die Rubljowka zur Datscha von irgend so einer Schnepfe, um deren Geburtstag zu feiern, und dort ficke ich O. in einem fremden Schlafzimmer.

Und komme fröhlich. Später während des Abendessens streichelt sie eine braune längliche Katze. Ich knipse sie und die Katze mit dem iPhone und sehe an ihrem strahlenden Gesicht, dass sie schwanger ist!

Ich sage es ihr. Sie lacht.

Sie kauft einen Schwangerschaftstest und sagt: Ja! Wir sind froh und voller Zuversicht, wir haben schon lange an ein Kind gedacht, doch nun erhebt sich die Frage: Von wem? Von wem bist du schwanger?

54
Die Zeit der Kunst ist abgelaufen

Auf der Vernissage einer Moskauer Ausstellung von Arbeiten radikaler Künstler (Pjotr Pawlenski, Pussy Riot, die Gruppe *Woina* – »Krieg«), mit Videoaufnahmen von Protesten, darunter Boris Nemzows Auftritt in Kiew kurz vor seinem Tod, kamen viele spannende Leute zusammen. Lautes Stimmengewirr, Rauchen auf der Straße, Gespräche, Smalltalk, Bekannte, Freunde, Prominente, Fotografen, Interviews. Allesamt Zutaten für einen großen Erfolg der Ausstellung. Und noch dazu im Zentrum der Hauptstadt.

An den Wänden gelungene Arbeiten voller deftiger Provokationen. Das berühmt-berüchtigte Huhn, das aus einer Vagina schlüpft, und die hochgeklappte Petersburger Litejny-Brücke mit dem beinahe senkrecht stehenden Brückenteil, auf das unverkennbar ein Riesenphallus gemalt ist. All das gefällt, gefällt, gefällt. All das ist gut.

Aber ungeachtet dessen, dass all das buchstäblich erst gestern entstanden, also absolut heutige Kunst ist, überkommt einen das Gefühl, sie entstamme einer anderen, einer hinter uns liegenden Zeit. Schnee von gestern. Eine Art historische Ausstellung. Nahezu akademisch.

Und der Grund dafür ist offenbar nicht, dass sich tatsächlich vieles in ein Déjà-vu verwandelt hat und einen nicht mehr aufwühlt. Denn das Huhn inspiriert kein zweites Mal, wie sehr man auch seinen künstlerischen Wert schätzen mag.

Nein, nicht deshalb. Aber warum dann?

Wir alle (wir normalen Menschen) schätzen ja die Kühnheit und Kompromisslosigkeit dieses künstlerischen Schaffens, das vor unseren Augen aufhört, gegenstandslose Kunst zu sein – die im Übrigen viele gar nicht für Kunst halten –, und das nun nicht mehr rebellisch, sondern traditionell wirkt.

Aber geht die Transformation nicht ein wenig zu schnell?

Diese Kunst trägt ja keine Schuld daran, dass sie so rasch in Würde altert.

Das Leben in Russland ist einfach stärker geworden als jede Kunst.

Wir selbst sind schlicht und ergreifend Teil eines großen Gemäldes. Und dieses Lebensgemälde ist weit stärker als seine wütende Abbildung durch Künstlerhand.

Irgendwann vor langer Zeit, vor fünfzehn Jahren ungefähr, kultivierte man die Ironie einer netten Künstlergruppe namens »Blaue Nasen« sowie auch anderer witziger Künstler.

Aber als Pussy Riot auf den Plan trat, war sofort klar, dass die Ironie der Vergangenheit angehört. Sie zog nicht mehr. Ungefähr zur selben Zeit stellte sich heraus, dass der Sozialistische Realismus bei Weitem schrecklicher und existenzieller war als die Soz Art, dessen logische Zerstörerin und Zeitgenossin politischer Gerontophilie.

Die neuen Zeiten verlangten nach kompromissloser, zu Opfern bereiter Kunst, nach angenagelten Hoden. Alles, was weniger drastisch war, fiel dem Vergessen anheim.

Aber jetzt sind wir am Limit angelangt, da sich selbst die kompromissloseste Kunst, Kunst am Rande der Selbstverbrennung, in Routine verwandelt, denn die Zeit hat die stärkeren Bilder und stellt jede Kunst der neuen Avantgarde in den Schatten.

Nach 2014 verwandelte sich die Zeit rasend schnell in eine Kunstform, die ihresgleichen sucht.

Und die Zeit nach dem 24. Februar hat die russische Kunst in eine Ästhetik der Niederlage verwandelt.

Wo in der Kunst das Absurde lebt, der nackte Hintern, die Vagina, die politische Message, marschiert im realen Leben lebendiger und toter Obskurantismus. Ein Triumph der Willkür.

Es ist ja nicht das erste Mal, dass in Russland das Leben die Kunst in den Schatten stellt.

Die Kunst verstummte im Winter 1917/1918. Das schwache Gestammel von Alexander Bloks Poem *Die Zwölf* lässt sich nicht vergleichen mit der späteren Erschießung von Nikolai Gumiljow, einer Hinrichtung für die Ewigkeit.

Die Kunst verstummte erneut, als man begann, die Bauernschaft zu vernichten. Juri Olescha schrieb, 1931 habe die Literatur aufgehört zu existieren. Und 1937 verstummte überhaupt jedes künstlerische Schaffen im Volk. Während des Krieges kam man wieder zu sich, und selbst in den Jahren des Kosmopolitismus wurde im Untergrund das eine oder andere geschrieben. Doch erst während des »Tauwetters« überholte die Kunst das Leben wieder mit ihren ewigen Hoffnungen.

Und seither und bis jetzt winkte sie uns zu.

Und nun ist sie wieder verstummt.

Aber nicht, weil hier oder dort, jenseits der russischen Grenzen, nichts geschrieben, nichts gemalt und nicht fantasiert würde. All das gibt es sogar in Hülle und Fülle.

Sondern weil das Leben erneut krasser geworden ist als jede Fantasie. Anstelle von Gumiljow haben wir jetzt den ermordeten Nemzow, für die Ewigkeit.

Willkür wird nicht mehr literarisch verklärt wie in Tschechows *Krankenzimmer Nr. 6* oder Gogols *Aufzeichnungen eines Wahnsinnigen*, sondern tritt aus dem politischen Krematorium als Rauch auf, der mal hoch hinauf zum Himmel steigt, mal nur knapp über der Erde wabert.

Und bei diesem speziellen Stand der Dinge, während Wälder in Flammen stehen, sind schon nicht mehr Austern aus Belarus wichtigster Gegenstand unserer Aufmerksamkeit, sondern die Hunderttausenden von Menschen, die in Minsk Barrikaden errichten. Und die leere Sektflasche in einem Provinzpolizeirevier, auf die ein Bürger der Russischen Föderation mit Gewalt gedrückt wurde. Es dreht sich eine Mühle von Folterungen, Gerichtsprozessen, Verurteilungen, gequälten jungen Menschen, die schuldig an allem und jedem sein sollen, konkret an geworfenen Plastikbechern und Plastikflaschen, mit denen sie angeblich die Staatsmacht zerstören, und betagte Wissenschaftler, die zu Verrätern werden und alles verraten haben, was man sich nur vorstellen kann.

In diesem ganzen Krematoriumsgestank stellt sich nun heraus, dass es ringsum überhaupt keine mit uns verbündeten Länder mehr gibt und in Kiew keinen netten Onkel, sondern Nazigestrüpp. Allerdings haben sich einige Europäer gefunden, die unseren üblen Verwesungsgeruch mögen. Wir haben aus unserem Leben ein solches Spektakel gemacht, dass wir so weit sind, allen Ernstes über Theaterverbot, Talent und Integrität von Regisseuren zu diskutieren. Wir haben uns ein schwindelerregendes Wahlkarussell ausgedacht – nicht nur als Mystifizierungsmethode, sondern als künstlerische Intrige aus Dantes Hölle. Wieder sind wir mit Ratio und Raketen nach Afrika gedüst, und als Dessert servierte uns das Staatsfernsehen die radioaktive Asche Amerikas.

Wozu brauchen wir da noch Kunst?

Ist es nicht einfacher, sich an Blut und an eigener Größe zu berauschen?

Eben. Und was, wenn wir zu jenen wohlklingenden, stimulierenden Hoffnungen zurückkehrten, die von einer neuerlichen Hinwendung zur Kunst künden?

Doch wer werden »wir« sein, was wird aus »uns«, wenn die Kunst aufgehört hat zu existieren und für »uns« die Zeit posthumer Vernissagen anbricht?

24. Februar

Heute rief ich Artur zu uns, um zu reden, nicht um ein bisschen zu ficken, sondern um zu reden. O. schlief. Ich sage: »Artur, bist du damals in O. gekommen?«

Er denkt nach. Ich beginne nervös zu werden, insgeheim natürlich, aber ich werde nervös. Ich lasse die ersten Banalitäten los, die mir in den Kopf kommen: »Nun«, sage ich. »O. ist sehr anfällig für alle möglichen Infektionen. Verstehst du? Ohne Präservativ ist es für sie sehr riskant.«

»Ich bin damals überhaupt nicht gekommen.«

»Ja, aber ich erinnere mich, wie du mir das erste Präservativ gezeigt hast, bevor du das zweite übergezogen hast, und sie dich dann ja gebeten hat, es runterzuziehen.«

»Nun ja«, sagt er matt.

So matt, als würde er mit einem Untersuchungsrichter reden.

»Und warum hast du das Präservativ gewechselt? Also bist du gekommen?«

»Nein, bin ich nicht.«

Ich will vermeiden, dass das freundschaftliche Gespräch in Zoff ausartet.

»Na schön«, sage ich, »aber ich habe gesehen, dass da was drin war. Eine trübe Flüssigkeit.«

»Und?«

»Na, und als du das zweite Präservativ abgenommen hast ...«

»Sie wollte das ...«

»Verstehe.«

»Nicht ich.«

»Das Luder! Als ich ihr gesagt hab, warum hast du ihn gebeten, weißt du, was sie da geantwortet hat? ›Er wollte das so.‹ ›Aber ich hab doch gehört, wie du ihn gebeten hast‹, habe ich gesagt. Darauf sie: ›Was willst du denn da gehört haben? Du warst ja gar nicht dabei.‹«

»Das Luder!«, stimmte Artur mir zu. »Also dann. Was ist denn eigentlich los, ist sie schwanger?«

Artur ist nicht auf den Kopf gefallen, er kommt von selbst drauf: »Aber du hast sie doch an dem Abend, als sie mir einen geblasen hat, noch vor mir gebumst. Und du bist gekommen!«

»Stimmt. Aber du ja wohl auch.«

»Nein, und noch mal nein.«

»Aber auch wenn du nicht gekommen bist, könnte es trotzdem sein ...«

»Hör zu, ist doch egal, von wem das Kind ist. Hauptsache, sie ist schwanger. Gratuliere!«

»Klar ist das schön«, sagte ich, »aber sie und ich, wir sind schließlich eine Familie, und ich muss es großziehen!«

»Na und? Ich bin dabei. Es wird bestimmt ein schönes Kind!«

Artur ist ein Abenteurer.

Ich sprach mit O. Sie meinte genau wie Artur, es sei unwichtig, von wem das Kind ist. Wichtig sei, wer es großzieht. Der werde auch der Vater sein. Dieses Argument überzeugte mich nicht. Ich war leicht entsetzt. Es tat mir weh (ihr gefiel es, dass es mir wehtat). Sie räumte die Möglichkeit ein, dass sie von Artur schwanger war. Obwohl er anscheinend nicht in ihr gekommen war, aber alles ist möglich ...

»Und findest du es nicht irritierend, dass wir Bruder und Schwester sind?«, fragte O.

55
Aufzeichnungen eines Siegers

Möglicherweise bin ich ein neuer Johannes der Täufer. Die früheren Götter haben sich in den verdienten Ruhestand verabschiedet. Sie bekommen eine Rente wie seinerzeit die griechischen Himmelsbewohner – sie sind in Legenden, Mythen, Sprichwörter, Gemälde, Bonbonpapier, Wörterbücher eingegangen. Manchmal sehne ich mich nach den Olympiern, sie waren große Klasse, aber man hat sie uns genommen.

Es ist so gekommen, dass wir alle Widersacher besiegt haben. Mit letzten Kräften, in den letzten Zügen haben wir Waffen hergestellt, die – krabumm! – in einem Augenblick den Gegner kampfunfähig gemacht haben. Ihr hättet ihre versteinerten Fressen sehen müssen!

Also los, Jungs, auf geht's! Unsere Panzer sind in Paris. Unsere Armee hat London besetzt. New York ist gefallen. Wen juckt schon Kiew ... Oder Riga ... Los Angeles ist gefallen. Wir drehen jetzt unsere Filme selbst in Hollywood.

Afrika können wir auch brauchen. Als Menagerie.

Und China, sagt ihr? Wie wir mit China verblieben sind?

Ach, vergesst China. Um China haben wir uns gar nicht gekümmert. Aber China ist ganz von selbst vor Schreck in Rente gegangen. Wir haben allen einen ordentlichen Schrecken eingejagt. Wir sind die Sterne unserer Schulterklappen und Knöpfe.

Als unsere Truppen in Europa eingedrungen sind, haben wir nicht nur die Regierungen, sondern auch haufenweise Kulturdemagogen in Rente geschickt, hauptsächlich aber ins Jenseits befördert. Wir haben es wiederholt, wir haben wieder gesiegt. Wie 45. Aber wozu?

Lenin, der hatte es gut – er hat unter den Losungen einer sozialen Revolution das Zarenreich in den Ruhestand geschickt.

Aber was sollen wir denn jetzt tun? Wo alles erobert ist ... Nun, einer von uns, einer von den Öl-Oligarchen, ist schon in den Louvre eingezogen – er hat den Palast besetzt und die Bilder privatisiert. Jetzt haben wir die *Mona Lisa*. Der Direktor unserer Nationalgarde hat sich in Versailles einquartiert. Allerdings beschwert er sich. Es ist ihm dort nicht luxuriös genug ... Der Verteidigungsminister ist nach London umgezogen, nicht als Emigrant, sondern als Sieger. Bloß der Außenminister ist nirgendwohin umgezogen. Er hat den Verstand verloren.

Unsere Duma hat ein Gesetz verabschiedet, wonach man das Wort *Europa* nicht mehr aussprechen darf. *Europa* gilt ab sofort als unanständiger Begriff. Paris wird demnächst umbenannt. Das wird in der Duma diskutiert. Es heißt, es solle künftig Podolsk heißen. Wie aber dann Podolsk heißen soll, ist noch nicht ganz klar.

Was aber tun mit der Erdbevölkerung? Was können wir ihr anbieten? Nun ja, wir haben sie alle paralysiert. Sie geben keinen Mucks mehr von sich. Ihre Gehirne funktionieren nicht. Es gibt keine Revolte. Vielleicht sollten wir sie einfach alle nullifizieren. Natürlich könnten sie noch nützliche Aggregate sein. Zum Beispiel weiter Autos produzieren. Flugzeuge. Und dann, was weiter?

Nun, ich als neuer Johannes der Täufer habe verstanden, dass auf der globalen Brandstätte ein wahrhaft globaler Kremlglauben entstehen muss. Dann wird alles nicht umsonst gewesen sein.

Die Franzosen weigern sich, Wein zu produzieren und Mode zu machen. Nach den Gesetzen in Kriegszeiten ist das Sabotage! Man muss die Franzosen in Rente schicken, alle miteinander. Aber! Man entgegnet mir, wie sollen sie denn Wein produzieren und Mode machen, wenn sie paralysiert sind?

Die Frage geht nicht an mich. Wir haben uns an die Grundlagen unserer Ideen erinnert. Denn schließlich und endlich war ja Leningrad nicht nur die Wiege der Revolution. Sondern auch die unsere! Hinterhof, Sporthalle, Schwarzhändler, Gopniks, Mädels, Bullen – das war unser Schmelztiegel. Da hinein werfen wir das mit Schimpf und Schande aus dem Wortschatz gejagte Europa. Soll es doch Banditentum und Korruption ansetzen – das hatten sie da ja immer schon, aber man muss es vermehren, stärken, es zu Korruption und Banditentum zwingen.

Eine Division unserer Staatsanwälte und eine leichte Kavallerie Richter dorthin schicken. Den Westen mit Zwiebeln und Kohl zuschütten. Alle mickrigen Köter abknallen. Durch den Fleischwolf drehen und aus dem blutigen Hack das dortige Volk zu unseren Patrioten machen – aber wie? Auf die vakanten Posten setzen wir uns treu ergebene Verräter – unsere künftigen Freunde und Geschäftspartner. Unsere Fernsehmoderatoren leisten Großartiges – in schlechtem Englisch bringen sie heldenhaft den Völkern der Welt bei, wie man unserem Vaterland zu dienen hat.

All das machen wir ja nicht zum ersten Mal. Einst haben wir Sibirien erobert. Und Alaska. Es wird sich jemand finden bei uns, der Skandinavien regiert. Bei Spanien müssen wir vorsichtig sein beim Regieren. Dort reiften ja bis vor Kurzem Orangen. Und Konstantinopel – wovon Dostojewski träumte – ist jetzt auch unser. Das Volk ist zufrieden. Es hüpft auf Kühlerhauben, Karosserien, Kasserollen herum.

Ich bin jetzt der neue Johannes der Täufer. Lege mich nieder auf dem Mittelrussischen Landrücken. Habt ihr nicht vielleicht ein Zigarettchen für mich? Was? Die Zigaretten sind auf der ganzen Welt ausgegangen. Machorka? Na, dann eben Machorka. Gib dem neuen Johannes dem Täufer wenigstens irgendwas!

24. Februar

Eine Abtreibung kam nicht infrage. Wir haben einen Ultraschall machen lassen. Man hat uns gesagt, es wird ein Junge. Wir haben bei all unseren Freunden rumposaunt: Wir werden einen Jungen bekommen.

Artur war glücklich.

Von wem aber ist unser Junge?

56
Die Einladung

Der Große Gopnik hatte sich in seine Residenz in den Bergen zurückgezogen. Er war Spion – das ist eine niederträchtige Beschäftigung, die bedeutet, Menschen moralisch und physisch zu zerstören, ihr Bewusstsein im Namen nationaler Interessen zu zerlegen. Als ich nach Moskau zurückkehrte, lud mich Stawrogin ein.

»Der Chef glaubt jetzt anscheinend an die Epidemie der Dummheit. Er will sich mit Ihnen unterhalten.«

24. Februar

Neuer Ultraschall. Ich hatte darauf bestanden. Ich wollte sehen, ob mir die Leibesfrucht ähnlich sah. Es stellte sich heraus, es war kein Junge, sondern ein Mädchen. Wir guckten und guckten und befanden, es sah mir ähnlich. »Obwohl«, sagte O., »es bleiben zwei Prozent, dass ich von Artur schwanger bin.« Ich sagte: »Man kann immer noch eine DNA-Analyse machen.«

»Nichts da, keine DNA«, sagte O.

Artur hieß ab dem Moment Artur-zwei-Prozent. Er kam jetzt immer zu uns wie nach Hause. Auch heute kreuzte er zum Abendessen auf, ließ sich in einen Sessel im Esszimmer fallen und sagte: »Ich bin euer Sklave, macht mit mir, was ihr wollt.«

O. sagte: »Bumst alleine. Ohne mich!«

Artur versuchte sie zu überreden. Ich sah, sie gab seinen Überredungskünsten allmählich nach. Erstaunlich, wie Frauen es verstehen nachzugeben. Erst sieht es so aus, als seien sie hart wie Stahl, aber man braucht bloß das Gespräch vom Schwanz aufzuzäumen – und schon sind sie bereit.

Artur sagte: »Ich war lange nicht in der türkischen Banja.«

Wir haben in unserer Wohnung einen Hamam. Nicht groß, aber kuschelig.

»Gute Idee«, sagte O. »Heizt schon mal ein. Ich komm dann nach.«

Wir zogen uns aus. Saßen im Dampf. Niemand kam. Wir warteten noch ein wenig. Niemand. Da ging Artur O. suchen. Er fand sie nicht. Wo war sie? Auch ich lief die Wohnung ab. Rief sie auf dem Handy an. Keine Antwort. Plötzlich rief sie zurück. Leicht gereizt: »Bin zu meiner Freundin nach Nikolina Gora.«

»Wir kommen auch ohne sie aus«, lachte Artur.

57
Ich sehe wieder den Kleinen Nächtlichen Stalin

»Na, genug geunkt? An allem seid ihr schuld, ihr Liberalen, mit Haut und Haaren von den Amerikanern gekauft.«

»Die Amis sterben doch auch an der Dummheit«, sagte ich.

»Alle?«, sah mich der Große Gopnik streng an. »Geschieht ihnen recht. Und überhaupt ... Es gibt schon jetzt keine Amerikaner mehr. Die sind doch alle vollgestopft mit Computerchips und handeln auf Kommando. Gemüse. Ab morgen ist jeder Liberale verpflichtet, ein weißes Bändchen zu tragen. Ihr wolltet ja alle unbedingt diese Bändchen tragen, um mich zu stürzen. Dann tragt sie jetzt, damit das Volk weiß, wer unser großes Land infiziert hat.«

»Mir wurde streng vertraulich mitgeteilt, dass israelische Ärzte große Erfolge bei der Suche nach einem Impfstoff gegen die Dummheit erzielt hätten.«

»Die experimentieren mit Mäusen«, kaute der Große Gopnik auf seinen Lippen herum. »Mit Mäusedummheit. Was schlagen Sie also vor?«

»Vorzugehen mit vereinten Kräften«, sagte ich.

»Mit wem denn? Pure Zeitverschwendung!«

Bemüht, mich nicht zu verheddern und nichts zu übereilen, versuchte ich ein Bild der Notlage zu zeichnen: »Was die zerstörerische Kraft angeht, so steht die Dummheit einem Atomkrieg in nichts nach.«

Beim Wort »Krieg« lebte der Große Gopnik auf und begann zuzuhören.

»Die Dummheit erlebte um die Jahrtausendwende vor den Augen meiner Generation einen enormen Boom«, fuhr ich fort. »Die Menschen betraten das neue Jahrtausend in der Hoffnung, dass die Schrecken des vergangenen Jahrhunderts in der Vergangenheit bleiben würden. Sie taten diesen Schritt und landeten auf der Nase. Die Dummheit hatte ihnen ein Bein gestellt. Sie warf die Kultur zurück, schickte sie auf die Bühne der seichten Unterhaltung, ließ sie schmuddelige Tänze tanzen.«

Das Gesicht des Großen Gopniks nahm einen sarkastischen Ausdruck an.

»Übrigens mag ich sie«, beeilte ich mich hinzuzufügen, »diese schmutzigen Tänze, zuerst dachte ich, da sei eine neue Aufrichtigkeit unterwegs, neue Offenbarungen, eine Apotheose der Alltäglichkeit, die Krise der Kultur sei unumgänglich, denn die Kultur sei erstarrt. Ihre Extremitäten waren dick angeschwollen, und nun würde die neue Generation den Dekubitus der alten Kultur auslachen, die modernistischen Tendenzen, die avantgardistischen Kapriolen. Doch als ich sah, dass ein Regisseur nach dem anderen, ein Schriftsteller nach dem anderen die rote Linie überschritt und sich der Dummheit ergab, begriff ich: Eine ganz andere neue Ära ist angebrochen.«

Mit seiner kräftigen braun gebrannten Hand packte der Große Gopnik die Karaffe am Hals und goss mir eigenhändig Wasser ein.

»Die Dummheit«, sagte ich, nachdem ich einen Schluck Wasser genommen hatte, »hat verboten, sie Dummheit zu nennen, sie hat ihren Gegnern den Mund verschlossen. Natürlich gab es auch Intellektuelle, die schon früher gewarnt hatten, noch vor dem Zweiten Weltkrieg. Vorsicht! *Der Aufstand der Massen!* – hatten sie gerufen.«

»Ortega«, warf der belesene Stawrogin ein.

Der Große Gopnik reagierte nicht. Er hörte mir zu, sah den Tisch an. Woran dachte er?

»Die Menschen sterben zu Hunderttausenden an Dummheit!«, sagte ich besorgt. »An den Krankenhausauffahrten stauen sich kilometerlang die Notarztwagen.«

»Ein normales saisonales Phänomen. Was haben wir jetzt? Frühherbst?«

»Spätfrühling«, soufflierte Stawrogin.

»Umso schlimmer!«

»Das ist ein besonderes, ein tückisches Virus, das die Immunität austrickst. Der Mensch erweist sich als ein nur oberflächlich mit Verstand ausgestattetes Wesen. Aber innen, unter der Schale, steckt die Dummheit, von der sich das Virus nährt. Mir haben die israelischen Ärzte erklärt ...«

»Die israelischen Ärzte!« Der Große Gopnik war sichtlich erleichtert und klatschte in die Hände. »Ausgerechnet auf die sollen wir hören! Und da wollen Sie behaupten, das sei keine Provokation! Und Sie ... was denken Sie?«, wandte er sich an Stawrogin.

»Ich denke«, erwiderte der würdevoll, wie aus der Pistole geschossen, »das ist ein Anschlag auf unsere Souveränität.«

»Es gibt keine Dummheit!«

Ich blickte mich um: Durchs Fenster geklettert kam mit hinterhältigem Lächeln der Kleine Nächtliche Stalin.

»Wie, überhaupt nicht?«, fragte ich verwirrt. »Sie haben doch auch an die Epidemie geglaubt ...«

»Wir wollen keine Zeit verlieren! Wenn es keine Dummheit gibt, dann gibt es auch keine Epidemie«, sagte der Kleine Nächtliche Stalin, während er am Verhandlungstisch Platz nahm.

»Sie wissen, dass Sie omnipräsent sind?«, fragte ich ihn und nippte an dem heißen Tee, den eine professionelle Servierdame mit dickem Hintern gebracht hatte.

Der Kleine Nächtliche Stalin sah mich schweigend an.

»Einmal in Amerika«, sagte ich, »bin ich Ihrer unglaublichen Macht begegnet.«

Der Große Gopnik grinste.

»In New York lud mich einer von den Medienmagnaten zum Dinner ein. Vielleicht der coolste von allen. Eigentümer von Zeitungen und Zeitschriften. Im Vorzimmer seines Hauses hingen Bilder von Mondrian und Chagall. Ich hatte damals in einer seiner renommierten Zeitschriften einen Text unter dem Titel *Good Stalin*, einen Auszug aus meinem Buch, veröffentlicht. Daher stammte der Titel *Der gute Stalin*. Beim Essen kam das Gespräch auf Sie. Er wusste, dass ich der Sohn Ihres persönlichen Französisch-Dolmetschers bin.«

Der Kleine Nächtliche Stalin nickte.

»Das ist dieser Hänfling, der in der Leningrader Universität geboren wurde?« Er lachte. »Dann sind Sie also sein Sohn?«

»Ja. Jedenfalls kam das Gespräch während des Abendessens auf Sie. Er wollte genauer wissen, wie Papas Arbeit bei Ihnen aussah. Er hörte aufmerksam zu. Vor dem Dessert erhob sich der Magnat und forderte mich auf mitzukommen. Wir liefen durch sein großes Haus und kamen schließlich in ein geräumiges Zimmer. In der Mitte des Zimmers stand auf einem Sockel ein Modell des Mausoleums mit zwei Namen darauf: LENIN. STALIN. In Regalen Bücher.

»Das sind Stalins Werke in allen Sprachen der Welt«, sagte der Besitzer dieser unglaublichen Sammlung. »Manchmal reise ich extra in verschiedene Länder, um seine Bücher zu kaufen.«

Ich stand da, vollkommen perplex. Er war doch der Besitzer der liberalsten Printmedien Amerikas.

Der Große Gopnik applaudierte, Stawrogin ebenfalls. Der Kleine Nächtliche Stalin sagte ungerührt: »Wieso wundern Sie sich? Ich bin in die Köpfe der Menschen eingedrungen. In die dunkelsten Ecken des Bewusstseins. Ich habe mich in den Seelen amerikanischer Präsidenten und britischer Premierminister festgesetzt. Selbst der ausgekochteste Oppositionelle hätschelt mich noch in seiner Seele. Von den Übrigen gar nicht zu reden! Ich habe mich da eingenistet, in den Seelen«, er hob den Zeigefinger, »denn die menschliche Seele ruft nach mir. So ist die Welt eben gebaut!«

»In der menschlichen Seele gibt es aber auch noch andere Gäste«, parierte ich errötend.

»Eben, deswegen findet ein Kampf statt! Ein ewiger Kampf!«, schrie der Kleine Nächtliche Stalin.

»Warum sind Sie zu uns zurückgekommen?«, fragte ich.

»Ich habe es Ihnen doch schon gesagt! Glauben Sie mir etwa nicht? Ich war gar nicht weg. Ich musste mich für eine gewisse Zeit verstecken, in die Illegalität gehen. Aber ich habe Untergrunderfahrung. Es gab Provokateure, Verräter wie Nikita. Sie haben mich aus dem Mausoleum rausgetragen und in die Verbannung geschickt. Daran gewöhnen konnte ich mich nicht. Sie wissen ja, Turuchansk in Sibirien ... Ich bin geflohen. Per Anhalter, Lastwagenfahrer haben mich mitgenommen. An ihren Windschutzscheiben klebten Porträts von mir. Ich bin mit Vorortbahnen gefahren, in denen Invaliden mein Konterfei verkauft haben. Ich fuhr und fuhr und kam endlich an. Ohne mich klappt in Russland gar nichts.«

»Ich würde Sie zurück nach Turuchansk schicken«, gab ich zu. »Sie sind der Wahnsinn in Person. Ich verbeuge mich vor diesem Wahnsinn. Unfassbar: Ein kleiner mickriger georgischer Seminarist aus der Familie von einem versoffenen Schuster oder weiß der Kuckuck von wem, ein Straßenräuber und Lakai Lenins wird der Russische Gott, der mal eben Millionen Menschen vernichtet, der voller Verachtung von Staats wegen ein Gemetzel im ganzen Land anrichtet, den Weg zum Sieg mit Leichen pflastert, und das Volk fällt auf die Knie und leckt ihm seine georgischen Füße. Ist es nicht an der Zeit für dich, in deine historische Heimat zurückzugehen? Verpiss dich!«

»Ist das etwa meine Schuld, dass ihr hier so ein Sklavenvolk habt?«, antwortete der Russische Gott seelenruhig mit starkem kaukasischem Akzent. »Ich habe nicht weniger Georgier als Russen umgebracht. Prozentual gesehen! Kapiert? Und dein russisches Volk liebt an mir nicht nur meine Person, sondern das Prinzip der Macht! Es braucht genau so eine Macht und sonst keine. Man muss sie metzeln oder scheren. Wie ein Dichter sagte. Dann werden sie dich anbeten. Ein Stolypin taugt nicht für sie als Idol. Viel zu klug, viel zu gebildet, nicht einer von euch. Aber ich bin einer von euch, euer Mann. Und deiner auch, kapiert!«

Ich stürzte mich auf ihn, um ihm den Hals umzudrehen. Doch statt den Russischen Gott zu packen, griff ich ins Leere. Mein unerwarteter Gefühlsausbruch jagte dem Großen Gopnik einen leichten Schreck ein.

»Zu Tisch! Zu Tisch!«, rief er emsig.

Genauso emsig, mit geröteten Wangen, war meine Großmutter Anastassija Nikandrowna, wenn sie die Familie zu Tisch rief und die selbst genähte Schürze abnahm, bevor auch sie sich an den Tisch setzte.

Auf der Terrasse servierte man uns das Abendessen.

24. Februar

Wir haben einen Komplex. Nicht einen großrussischen Imperiums-Komplex, sondern einen armseligen altrussischen Kolonie-der-Goldenen-Horde-Komplex. Permanent verfolgt uns die Wahnvorstellung, irgendeiner könnte uns erneut erobern.

58
Kluge Demokratie

Ein Amerikaner hatte ein Buch mit dem Titel *Gegen Demokratie* geschrieben. Es wurde in Paris auf einer internationalen Konferenz diskutiert. Ich war als Opponent eingeladen. Während meiner Vorbereitung einer Antwort auf die Schrift des Amerikaners wurde mir klar, dass seine Kritik der Demokratie nicht tiefgreifend genug war. Die Demokratie beinhaltet tatsächlich eine ganze Reihe von organischen Fehlern, und die bekannte Aussage Churchills über die Demokratie verringert diese nicht. Außerdem war die Demokratie zu Churchills Zeiten ein weitaus repräsentativeres System als heute. Damals wählte das Volk einen von denen, die Richter über die Qualität dieser Demokratie sein konnten. Den Docht von Gleichheit und Brüderlichkeit hätte man runterschrauben oder im Gegenteil aktivieren können. Jetzt ist die Zeit der Richter vorbei. Der Demokratie sind die Pferde durchgegangen. Sie ist nicht nur zum Regime der gemäßigten Meinungen geworden. Sie ist auf das Niveau der schwächsten und beschränktesten Menschen gesunken. Und da wurde sie von einem Unglück erschüttert. Doch der Autor des Buchs *Gegen Demokratie* hatte nichts Positives im Angebot. Er war dagegen, aber wofür er war, das blieb verborgen. Und da schrieb ich eine Broschüre mit dem Titel *Gegen Dummheit*. Einen Teil davon las ich an der Sorbonne vor internationalem Publikum auf Englisch. Hier einige Auszüge:

AGAINST STUPIDITY,
OR: I CHOOSE THE SMART DEMOCRACY

Western democracy now looks poor. It's like a tree without roots losing its leaves. Post-Soviet nations like Ukraine and Georgia or the pro-European opposition movement in Russia want to follow Europe by sharing the same values. But Western democracy has become a simulacrum and to chase after it is like chasing after a ghost.

After WW2, democracy used to work pretty well, fighting communism. Now, that war is almost forgotten and the power of communism has almost disappeared. Since the end of the Cold War we've had a new enemy – terrorism. But terrorism has had the result of sending many Europeans and Americans to look for truth in the nationalist corner. And in this corner, Brexit arrived. And then Trump too.

We have an epidemic of stupidity. It's a secret illness. Stupidity is not a politically correct notion. No notion – no illness. Still, from the time of Ortega y Gasset's vision of the revolt of the masses right up until now, we've been seeing the rise of stupidity. It has touched all levels of state and society. To talk about the crisis of democracy now is almost banal. The main enemy of democracy is stupidity. Because of it, we risk having no future. We have an epidemic of stupidity coming from everywhere. I have nothing against the Internet. It shows you by itself the danger of irresponsible views.

Democracy should learn to fight bravely against its enemies. It has to know them better than now before it fights them.

Do you know the logical basis of democracy in Europe? I saw it recently in Trieste, in Italy. I had lunch there with some nice people: local professors, writers etc. Under an Italian sun they told me that they like our Great Gopnik because their authorities and the main TV channels don't like him and they don't want to be banal. They hate America for the same reason. Well, I said to them, I understand you very well. I'm from Russia where the TV and the government both like the Great Gopnik. So, in order not to be banal – just like you – I have to not like him. They didn't know what to say.

Last but not least, we should think about why we need real democracy. In Europe, the philosophical basis for it no longer exists. Instead of Immanuel Kant, we've got a host of Brussels bureaucrats. Today, freedom or universal values seem like an old hat. This situation needs to be changed. We've got a conception of the smart war. We've even got smartphones. What we need now is a conception of smart democracy.

Westliche Zuhörer ähneln in gewisser Weise ihren Kollegen aus dem Kreml. Ihnen gefällt, was sie schon wissen, und in einem Text finden sie die Bestätigung ihrer Gedanken. Alles Übrige geht ihnen gegen den Strich. Meine Zuhörer lauschten respektvoll. Sie verstanden: Ich kam aus Russland und wollte die Demokratie verteidigen! Cool! Aber besser noch wäre es gewesen, ich hätte losgeledert gegen das blutige Regime! Und zwar so, dass es vollständig von innen ausgeleuchtet wäre! Dann hätte ich wirklich dankbaren Applaus geerntet. Aber so gegen den Westen anzugehen mit russischen Heugabeln! Sie haben es hier doch nicht mit Bären zu tun! Die Zuhörer wirkten einigermaßen ratlos. Natürlich wollten sie mich fragen: Und wer sollen die Richter sein? Aber sie fragten nicht. Sie schwiegen. Und als in der Pause alle auf ihren Schnittchen herumkauten, ging ich zu dem Amerikaner. Ich dachte, der Amerikaner würde mich gern kennenlernen, aber er wandte sich ab, als ich an ihm vorbeiging. Da pflanzte ich mich direkt vor ihm auf und sagte lächelnd, dass ich sein Buch mit großem Interesse gelesen und darüber nachgedacht hätte. Er drückte mir säuerlich die Hand. Ein Gespräch kam nicht zustande.

Die Konferenz ging weiter, Tag und Nacht, rund um die Uhr. Ich trank viel, diskutierte, aß, ging zu einer chinesischen Massage, umarmte und küsste Freunde und Freundinnen. Auf leisen Sohlen kam das Unglück angeschlichen.

59
Flucht aus dem Totenhaus.
Polen. Man schämt sich, Russe zu sein

Bei uns gibt es ein Sprichwort: »Die Natur ruht sich aus bei den Kindern«. So sagt man, wenn die Kinder begabter Eltern mittelmäßig geraten. Mein Sohn lebt schon viele Jahre in Polen; seine Mutter ist Polin. Er wohnt unweit der russischen Grenze in der Masurischen Seenplatte. Vom Haus führt ein Pfad direkt zum See. Da liegt ein Boot. Daneben ein Tisch für Jausen im Freien. Mein Sohn ist Buchdesigner. Für ihn und seine Familie habe ich das Sprichwort abgeändert: Die Kinder ruhen sich aus in der Natur. Und vielleicht hat er ja recht: sich in ein schönes Eckchen der Welt zurückziehen und es sich dort gut gehen lassen. Dem stürmischen russischen Glück entsagen.

Mit aller Vehemenz versuchte er mich davon abzuhalten, durch Polen zu fahren. Er sagte mir am Telefon, er habe mit Tränen in den Augen die kleine russische Flagge auf seinem Nummernschild überklebt – die Polen hätten ihn angehupt und einen Scheißrussen geschimpft. Ich hörte nicht auf ihn. Vom Baltikum aus fuhren wir ihn besuchen. Nach unserer Familientradition gingen wir in ein japanisches Restaurant. Da hockten kräftige fröhliche Jungs im T-Shirt, Weiße und Schwarze – US-Soldaten, die in dieser Region stationiert sind. Sie sahen mit der traditionellen amerikanischen Freundlichkeit zu uns rüber, doch ich stellte mir vor, wie sie in die Schlacht ziehen, wie sie sich in Mörder verwandeln. Die unfähige Menschheit wird mit den aggressiven Instinkten nicht fertig, sie hat es von den Urvätern, die den Krieg zum Gott erhoben, bis heute nicht weit gebracht.

Auch wir überklebten ziemlich feige die russische Trikolore auf dem Nummernschild – und übersahen dabei Folgendes: In Polen gibt es bekanntlich eine enorme Zahl ukrainischer Flüchtlinge. Sie wissen genau, wie russische Nummernschilder aussehen; der Aufkleber auf dem Nummernschild und das ukrainische Fähnchen am Heck retteten uns nicht. Man rief uns »Ruhm der Ukraine!« hinterher und ballte dazu die Fäuste. Meine Mädchen waren zu Tode erschrocken.

Im Zentrum von Warschau luden wir vor dem Hotel in der ulica Smolna unser Gepäck aus dem Auto. Mir fiel ein großer *Pan* mit Brille und schwarzem Mantel auf, der uns beobachtete. Ein feiner Herr. Er trat auf uns zu und fragte mich: »Schämen Sie sich nicht, Russe zu sein?«

Ich antwortete ihm auf Polnisch, ich sei gegen diesen Krieg und gegen den Kreml, doch er wollte das nicht glauben und lachte spöttisch, während er auf das überklebte russische Nummernschild blickte. Ich sagte, ich spräche polnisch mit ihm, weil mein Sohn Pole sei, und er war ein wenig entwaffnet, trat beiseite, nahm uns aber mit seinem Handy auf. Auch ich holte mein Handy hervor – und so kam es zu diesem kurzen Video-Scharmützel, bis er sich schließlich umdrehte und davonging.

Geschichte wiederholt sich. Zu Sowjetzeiten reiste ich mit meiner polnischen Ehefrau in unserem Lada mit sowjetischem Kennzeichen nach Warschau. Einmal war ich allein in der ulica Nowy Świat unterwegs, und ein eleganter *Pan* mit Hut spuckte demonstrativ auf meine Kühlerhaube. Ich hob den Daumen, um ihm zu zeigen, dass ich ihn verstehe. Sie hätten seinen verblüfften Blick sehen sollen!

Beim Abendessen erzählte ich meinem Freund Adam Michnik, dem legendären Helden von Solidarność, von der Begegnung mit polnischem Hass in der aktuellen Variante. Er war empört. Aber was nützt das schon! Schreckliche Kriege in Afrika sind schnell vergessen, aber einen Krieg mitten in Europa wird man jahrzehntelang nicht vergessen. Unser dritter Mann bei diesem Gespräch, der russische

Journalist K. aus Kiew, begann über Butscha zu reden. Der Name dieser kleinen Stadt wird einen so unheilvollen Klang behalten wie Katyń. Übrigens gibt es in Russland bis heute Sturköpfe, die wider besseres Wissen die Deutschen für die Schlächter von Katyń halten. Dasselbe erwartet Butscha. Uns quälte der Gedanke, die Ukraine dürfe auf dem Schlachtfeld nicht siegen. Das Bestmögliche wäre eine Lösung wie im Winterkrieg gegen Finnland im Jahr 1940: Der Pseudosieg für Stalin, in Wahrheit eine Niederlage, gab den Finnen die Möglichkeit, den neutralen Status ihres Landes zu bewahren. Aber je näher die Ukrainer jetzt einem Sieg kommen, desto deutlicher wächst der Atompilz über einer der ukrainischen Städte. Wir stritten darüber, auf welche Stadt sie eine Atombombe werfen könnten. Wir verglichen die Diktatoren, die gestrigen und die heutigen. Adam musste lachen: »Ein absurder Wettstreit!«

Nach einer Weile lud mich der Journalist K. ein, im ukrainischen Fernsehen aufzutreten. Ich begann dort die Thesen unseres Abendessens vorzutragen. Die Atombombe in der Tasche des Großen Gopniks. Dann sagte ich, der Westen habe sich viele Jahre lang der Ukraine gegenüber herablassend verhalten. Da erklärte mir der Journalist, man solle nicht in den Brunnen spucken, aus dem man Wasser trinke, und schaltete die Livesendung ab.

Überall in Polen wehten ukrainische Flaggen. Meine Mädchen hatten sogar Angst, an den Tankstellen zum Klo zu gehen. Zu allem Überfluss hatte sich ein schrecklicher Sandsturm erhoben. Die Autobahn bedeckte sich mit sandigen Schlieren. Der Sturm endete an der Grenze.

Noch nie habe ich mit solcher Erleichterung die polnisch-deutsche Grenze überschritten. Das Schicksal hat bestimmt, dass wir nun für eine gewisse Zeit auf Schloss Wiepersdorf Zuflucht finden und durchatmen können. Meine französische Seele jubiliert: Hier gibt es einen französischen Park mit Büschen, die zu verschiedenen geometrischen Figuren zurechtgestutzt sind. Mein Intellekt ist glücklich – hier lebte Bettina von Arnim, magischer Kristall der deutschen Romantiker. Im Park, in dem diese mutige lebenslustige

Dame begraben liegt, wurden anlässlich des frühlingshaften Wetters die Statuen von antiken Kriegern und Schönheiten mit nackten Beinen aus ihren vertikalen Särgen befreit. Krieger wird es immer geben. Unmenschlichkeit ist ein integraler Bestandteil des Menschen. Selbstaufopferung der Verteidiger der Heimat – auch das ist ein menschliches Faktum. Der Große Gopnik hat die ukrainische Nation geschaffen und mit Blut zusammengeschmiedet. Im Park singen die Vögel mit verschiedenen Stimmen. Meine russische Seele fragt besorgt: Wann werde ich endlich meinen Papagei Shiva wiedersehen?

24. Februar

Du fährst in Deutschland auf die Autobahn – alle rasen wie die Verrückten. Frag mal, weshalb und wohin – Antwort Fehlanzeige.

60
Je pique!

Den dreizehnten Tag lag ich auf der Intensivstation einer Klinik bei Paris. Zwischendurch hatten sie mich für einen Tag auf eine Normalstation verlegt, meine Sachen achtlos auf das in alle möglichen Positionen verstellbare Bett geworfen – den großen roten Trolley mit den schmutzigen Rollen, den schwarz-gelben Rucksack, die Apfelsinen, den Computer, die große schwarze Thermosflasche. In meine Hand gedrückt das Handy. Eine arabische Pflegerin, die mir das Mittagessen in das Standard-Einbettzimmer brachte, schaute sich um und sagte: »Na, Sie haben es hier ja wie im Urlaub.«

Hätte sie das bloß nicht gesagt! In der zweiten Nacht schoben sie mich noch vor Sonnenaufgang wieder auf die Intensivstation. Und wieder lag ich da, gefesselt wie Gulliver im Land der Liliputaner, rundherum Schläuche, Drähte, Röhrchen und Fixierungen. Doch anstelle von Liliput erblickte ich erneut eine seltsame Welt.

In den dreizehn Tagen hatte ich keinen einzigen französischen Arzt gesehen. Kaum hatte man mich aus dem ersten Rettungswagen meines Lebens herausgehoben, als mich auch schon ein junger algerischer Arzt mit betroffenem Gesichtsausdruck in seine Sauerstoffumarmung nahm und mir zwei Röhrchen in die Nase steckte. Den Grund für seine Betroffenheit erfuhr ich am selben Abend, als er mich vor der Nachtruhe aufsuchte, ins Reden kam und bis vier Uhr morgens in meinem Zimmer sitzen blieb. Was er die ganze Zeit machte? Er erzählte mir, wie enttäuscht er von der Menschheit sei, wegen der Geschichte Algeriens. Mich – mit Sauerstoffzufuhr durch die Nase – interessierte die Geschichte Algeriens in jener Nacht herzlich wenig, doch ich lauschte geduldig seinem Lamento darüber, dass sich die algerischen Revolutionäre bei den Verhandlungen mit de Gaulle über die Unabhängigkeit ihres leidgeprüften Landes an Frankreich verkauft hätten und Algerien bis heute eine französische Kolonie sei. Wie kann man damit leben? Ich gab ihm blödsinnige Ratschläge. Schließlich wütete ja in meinen Nasenlöchern der Sauerstoff. »Wir alle stehen im Leben auf zwei verschiedenen Skiern«, redete ich einen Riesenquatsch zusammen, »dem Ski des Traums und dem Ski der Realität. Der Ski des Traums – das ist die ideale Revolution. Der Ski der Realität – das sind Kompromisse und immer wieder Verrat. Doktor! Haben Sie etwa nicht bemerkt, dass wir alle physisch unvollkommen sind? Dasselbe kann man über unsere Spiritualität sagen! Fahren Sie niemals auf einem Ski einen Hang hinunter!«

Er ging mit Tränen in den Augen.

Die Ärzte wechselten wie im Delirium. Am nächsten Tag rollten sie mich zu einem irakischen Mediziner. Dazu gesellten sich seine indische Kollegin mit Goldring im Nasenflügel und eine tiefschwarze somalische Praktikantin. Der irakische Doktor war nervös und sich seiner selbst nicht sicher. Dafür war er sich aber sicher, dass man mich unverzüglich operieren müsse. Nachdem er mich mithilfe von fabelhaften deutschen Apparaten untersucht hatte, verlangte er von mir nur Gefügigkeit und wurde angesichts dessen, wie ich im Bett liegend Ablehnung demonstrierte, sehr zornig.

Ich sprach besser Französisch als die meisten Akteure des medizinischen Personals, das mich umgab. Sie hielten mich für einen Franzosen mit besonderer Aussprache. In meinem Sauerstoffkopf erschienen sie mir wie Grashüpfer, Zikaden, Heuschrecken, Marienkäferchen. Ich versuchte sie zu zähmen wie Haustiere, aber sie waren keine Haustiere, sondern Grashüpfer.

Wir redeten in einer Sprache mit verschiedenen Akzenten, aber jedes Wort hatte für sie und für mich eine andere Bedeutung. Für mich sind Bäume Birken, für sie Palmen. Das ist wunderbar, eine vielfältige Welt, aber warum die Franzosen direkt bei Paris ihre Gesundheit und ihr Leben einem mit Spritzen bewaffneten afrikanischen Dorf überlassen, das weigere ich mich zu begreifen.

Eine Krankenpflegerin aus dem Senegal fragte, ob ich eine Frau hätte, und als ich sagte: »Ja, hab ich«, schlug sie mir vor, meine Zweitfrau zu werden. Eine Krankenschwester aus Tunis fragte mich, welcher Nationalität ich sei. Russisch. Aus welchem Land? Aus Russland. So ein Land kannte sie nicht. Ich half ihr auf die Sprünge. Aus Moskau. Sie schien etwas zu verstehen. Leben Sie dort? Ja. Und Sie sprechen Russisch? Ich staunte. Was denn sonst? Es stellte sich heraus, dass sie von ihrer Erfahrung in Tunis ausging. Dort gebe es Leute, die Französisch sprächen und kein Arabisch verstünden. Sie glaubte, in Moskau sprächen alle Französisch und manche auch Russisch.

Birken und Palmen, Schnee und Wüste. Am dritten Tag erschien eine schreiende Ärztin aus der Dritten Welt. Sie schrie herum, regte sich auf, und ich verstand überhaupt nicht, worum es ging. Sie verschwand wieder, man brachte mir das Mittagessen. Ein durchaus passables französisches Mittagessen. Nach dem Essen kam meine Zweitfrau und sagte, sie werde mir eine Spritze geben. Sie nannte mich auf Französisch *patron*.

»*Je pique!*«, verkündete sie und stach mir triumphierend und schmerzhaft in den Bauch.

Merkwürdig genug, erschien gegen Abend eine rothaarige französische Krankenschwester mit blauen Augen. Ich dachte zunächst, es müsse sich um eine Halluzination handeln.

»*Je pique!*«, verkündete die Rothaarige und stach mir äußerst schmerzhaft in den Arm.

Wir kamen ins Gespräch. Sie erzählte, sie habe einen Ehemann gehabt, einen schrecklichen Trinker, sie habe ihn verlassen, und nun wolle sie wieder heiraten, egal wen. Ich war verblüfft. Und sie wolle weg von hier, fügte sie hinzu, irgendwohin, wo es Berge und Meer gebe. So weit wie möglich weg von hier. Aber jedenfalls in Richtung Côte d'Azur.

»*Je pique!*«, schrien nachts die Grashüpfer.

»*Je pique!*«, sangen tagsüber die Zikaden.

Und eine Heuschrecke – die Ärztin, die auf mich eingeschrien hatte – tauchte plötzlich wieder auf, zitterte, schrie, fuchtelte mit den Armen. Eine Art temperamentvolles Element der Dritten Welt.

»*Je pique!*«, schrien die Marienkäferchen.

Nachts auf der Intensivstation war das gutturale Dschungellachen des medizinischen Personals zu hören, bei Todesgefahr heulten die Apparate auf und blinkten rot. Wenn sie sich beruhigt hatten, verblassten sie gnädig und wurden gelb. Dann wurden sie wieder rot und heulten. Die Grashüpfer kamen angerannt. Meine Zweitfrau gurrte. *Patron!*

»Wie kann ich dich zur Ehefrau nehmen, wenn ich nicht weiß, wie gut du lieben kannst?«

Sie lachte ein Dschungellachen.

»*Je pique!*« Und sie stach so zu, dass mir bis heute die Seite wehtut.

Studenten kamen zu mir. Man brachte ihnen bei, mich zu stechen.

»Sagen Sie es lauter: *Je pique!*«

»*Je pique!*«, schrien die Studenten im Chor.

Irgendwelche Leute kamen hereingeschneit, die sich im Labyrinth der Heilkunde verirrt hatten.

Ein langer schlaksiger Student tauchte auf. Er druckste herum, fragte schließlich: »*Pas de douleurs?*«

Eine Operation lehnte ich ab, denn jeder Grashüpfer wollte irgendwas anderes operieren. Die Diagnosen stimmten nicht überein. Es war furchtbar. Ich pinkelte literweise, Liter um Liter in ein enormes Gefäß, denn ich bekam harntreibende Medikamente.

Auf einmal tauchten drei Krankenschwestern auf, inklusive der Rothaarigen, und begannen meine Habseligkeiten aufzulisten. In dieser Gegend bei Paris werde viel gestohlen, erklärten sie. Jeden Gegenstand beäugten sie genauestens. Aus meinem Rucksack nahmen sie die französische Übersetzung meines Romans *Enzyklopädie der russischen Seele*, legten sie auf den Tisch und staunten darüber, dass ich Bücher lese. Das ist mein Buch, sagte ich. Das sehen wir, sagten sie und meinten damit nur, es handle sich um mein Eigentum. Ich habe dieses Buch geschrieben. Was? Ich deutete auf den Namen des Autors, den sie im Laufe der dreizehn Tage nicht ein einziges Mal korrekt ausgesprochen hatten. Sie konnten nicht begreifen, warum mein Name auf dem Buchdeckel stand, und blickten mich voller Argwohn an. Plötzlich sagte die rothaarige Französin: »Er liest seine eigenen Bücher!«

Sie lachte, aber die anderen verstanden nicht.

»Ich bin Schriftsteller«, sagte ich versöhnlich.

Sie verstanden nicht.

»Ich bin Journalist«, versuchte ich die Aufgabe für sie zu vereinfachen.

In ihren Gesichtern leuchtete plötzlich ein Licht des Verstehens auf. Es verwandelte sich langsam in ein Licht des Respekts. Sie verstummten ehrerbietig.

Am linken Handgelenk trug ich ein enges Plastikarmband mit einem Code – damit man mich nicht verwechselte, im Falle des Falles. Sie beschlossen, auch meinen Ehering in die Liste aufzunehmen. Wozu? Da verstand ich, sie taten das für den Fall … für alle Fälle eben …

»*Je pique!*« Ich ballte die Faust und verzog das Gesicht.

Plötzlich erscheint noch ein weiterer Grashüpfer. Ein wichtigerer. Der Stationschef. Wir verlegen Sie. Wohin? Ich sitze da. Das Bett mit dem roten Trolley und den schmutzigen Rollen haben sie schon weggeschoben. Wohin denn? Ich gehe nirgendwohin. Aber das muss sein. Nein. Aber verstehen Sie doch. Nein. Geben Sie mir meine Sachen zurück – ich gehe. Wie bitte? Ich gehe zu Fuß nach Paris. Das können Sie nicht machen. Ich bin Russe – ich kann alles.

Ihm blieb der Mund offen stehen.

Eine halbe Stunde später schoben sie mein Bett zurück. Alle staunten. Ich hatte ihren obersten Grashüpfer besiegt, das ganze Krankenhaus, die ganze Welt. Die Insekten klebten an mir. Sie waren entzückt von mir. Sie fürchteten mich. Meine Zweitfrau sagte, die Hände wie zum Gebet gefaltet: »Mein *patron.*«

Ich hatte gesiegt. Borodino! Aber weit und breit keine Franzosen auf dem Schlachtfeld.

Ich war von Insekten wiederbelebt worden. Die schreiende Ärztin kam und erklärte, ich dürfe auf keinen Fall fliegen. Ich nehme den Zug. Nach Moskau? Was denn für einen Zug, schrie sie. Einen russischen. Mit Schlafwagen. Eine Dampflok. Du schmeißt Holzscheite rein, und auf geht's nach Moskau. Sie hörte mir zu, wie verzaubert. Sanft fiel der Schnee. Sie hörte auf zu schreien. Plötzlich verstand sie, dass ich verdammt gut aussehe und in einem russischen Zug fahre.

»*Je pique!*« Zum Abschied stach mir meine Zweitfrau liebevoll in den Hintern.

Humpelnd verließ ich das Krankenhaus.

Aber trotz allem haben sie mich ins Leben zurückgeholt, diese Grashüpfer.

In Paris wurde ich bei einem namhaften Professor vorstellig, um herauszubekommen, woran ich eigentlich erkrankt war.

Er verhielt sich mir gegenüber wie ein Tennisspieler, der schon seit Langem mechanisch gegen den Ball drischt, dabei aber präzise und fehlerlos. Geld wollte er keines von mir. Meine dreizehntägige Behandlung im Krankenhaus kostete meine Versicherung 26 000 Euro. Die verflucht mich wahrscheinlich bis heute!

Zum Schluss sagte der brillante Tennisspieler zu mir, ich sei nicht gerade ins beste Krankenhaus bei Paris geraten.

»Ich verstehe euch Franzosen nicht«, gestand ich, meinen geheimen Gedanken formulierend, »wie kann man seine Gesundheit und sein Leben Menschen anvertrauen, die auf einer ganz anderen existenziellen Ebene leben. Sie sind großartig. Aber Birken und Palmen sind unterschiedliche Bäume. Und wenn man sich auf den Kopf stellt.«

Der Professor schwieg. Vieldeutig.

»Und wie sind Sie da hineingeraten?«

»Vom Flughafen Charles de Gaulle«, sagte ich.

»Erzählen Sie.«

Was soll ich da groß erzählen? Professor! Ich hab's wohl ein bisschen übertrieben. Anderthalb Monate geschlemmt und guten Wein getrunken. Nach der Landung in Paris hab ich ein Auto gemietet und bin nach Hause gefahren – ich wohne bei zwei Anarchisten, François und Andrée. Sie hausen in einer versifften Wohnung, halten eine schmuddelige Schildkröte in einem Aquarium. Im Schlafzimmer hängt statt einem Kruzifix das Erste Dekret der Pariser Kommune. Direkt überm Kopfende des Bettes.

Ich bin ins Carrefour gegangen – die französische Antwort auf unser Perekrjostok –, um mir ein Steak zum Abendessen zu kaufen. Gleich in der Nähe des Supermarkts gibt es einen chinesischen Massagesalon, da will ich kurz reinschauen, um Hallo zu sagen. Ich kenne die Chefin seit Jahren. Sie freut sich: Ich hab eine Neue. Ich sag zu ihr: Besser morgen, bin gerade erst angekommen.

»Aber morgen ist sie nicht da.«

Ich zögere. Wie viel? Nein, das ist teuer.

»Gegenüber auf der anderen Seite des Boulevards ist es noch teurer.«

»Aber wir sind doch Freunde.«

»Okay, wie gehabt, aber ihr gibst du extra was.«

»Mach ich.«

Auf dem Nachhauseweg befällt mich eine mir unbekannte tödliche Müdigkeit.

Am nächsten Morgen um neun, mit einer Mischung aus Diazepam und Beaujolais intus, gehe ich das Auto holen. Auf dem Weg dorthin bricht mir plötzlich der kalte Schweiß aus, und ich erblicke an meiner Jacke den gelben Stern des Unheils. Entsetzliche Müdigkeit. Es ist der letzte Tag, an dem die Restaurants bis neun Uhr abends geöffnet haben. Morgen ist alles geschlossen. Auch der Massagesalon. Die Chefin verlangt eh irre viel Geld. Rechnet man das jetzt in Rubel um, greift man sich nur an den Kopf.

Am Abend vor dem Rückflug besuche ich russische Freunde. Leute, trinkt nach dem Abendessen auf keinen Fall Anisschnaps. Nie! Schrecklich! Zuerst eröffnen sich neue Horizonte, und in der Nacht der reinste Horror.

Tags zuvor hatte ich im Traum einen mystischen Hinweis bekommen. Das kommt selten vor – aber ich habe diese Gabe. Ein Feld in Graublau, endlose Leere, wabernder Nebel. Willst du hierher?

Ich diskutierte verzweifelt.

Da schickten sie mir noch eine Warnung. Eine gelbe Wand mit der Aufschrift: *LA MORT*.

Das ist jetzt aber wirklich platt, liebe Freunde!

Rote Bettlaken. Voller Staub. Gesättigt vom Gestank eines Insektenpulvers aus dem Reich der Mitte. Verdammte Anarchisten! Selber ist man in die Alpen geflüchtet. Eine schwarz-grüne Kakerlake kommt rausgekrabbelt und bricht auf dem Frisiertisch zusammen. Und ich darf dieses elende Pulver einatmen. Verfluchte Schildkröte!

Professor!

Haben Sie schon mal am Galgen gehangen?

Ich schon.

Mein zehnter Hochzeitstag. Spielsachen, Champagner. Aber keine Kraft.

Ich stehe auf, halte mich an der Wand fest. Ich fange an zu keuchen, pfeifen, winseln, nach Luft zu schnappen.

Andere vergiften sie mit militärischen Kampfstoffen, und mich? Vielleicht haben sie mich vergiftet?

Ich setze mich auf die roten Laken – ich kann nicht mehr. Keine Luft.

Das Ende.

Der Strick.

Gerissen.

Wie war das noch bei den Dekabristen?

Hinter den Fenstern stockdunkel.

Wie soll ich denn so nach Moskau fliegen?

Nie und nimmer.

Unter Qualen trinke ich heißen Tee.

Ich gehe das Auto holen.

Unterwegs muss ich fünfmal stehen bleiben, gierig nach Luft schnappend. Die Leute gucken mich verständnislos an. Ich fahre zum Flughafen. Strecke den Rüssel aus dem Fenster. Das scheint etwas zu helfen. Am Flughafen liegen tote Flugzeuge.

Ich quäle mich aus dem Auto. Wuchte den roten Trolley raus. Stelle ihn mit Mühe auf die Rollen.

Wo finde ich einen Gepäckwagen?

Gibt's nicht, sagt man mir.

Ich beginne zu verstehen, dass ich es ohne Gepäckwagen nicht zum Schalter der Aeroflot schaffe.

Sie sehen mich an. Mir ist schlecht.

Ich setze mich wieder ins Auto, ich kann nicht aufstehen.

Sie rufen nach Sanitätern.

Drei Minuten später sind sie da.

Geben Sie mir einen Finger. Welchen? Egal. Sauerstoff im Blut.

Weniger als 70 Prozent, normal sind 98.

Plötzlich helle Aufregung. Von irgendwoher bringen sie einen zusammenklappbaren Rollstuhl – man schiebt mich in die Notfallambulanz. Da sitzen Polizisten und gähnen, dann empfängt mich ein kleiner Doktor mit klugen Augen, Brille auf der Nase und Stethoskop um den Hals.

Ich sitze da mit Sauerstoffmaske. Es geht mir etwas besser. Ich will nach Moskau. Bringt mich nach Moskau – zum Aeroflot-Schalter.

Der Doktor schüttelt den Kopf.

Wir warten auf den Rettungswagen. Während wir warten, schiebt mich der kleine Doktor an den Polizisten vorbei an die frische Luft.

Es scheint die Sonne von Austerlitz.

Der Doktor – ein kleiner Franzose – lächelt mir zu.

Ich sage: »Sie haben mich vergiftet.«

Er sagt: »Wird sich zeigen.«

Er sagt, dass er ein paar russische Wörter kann.

Ich lächle das Lächeln eines ehemaligen Gehenkten.

Lassen Sie hören!

Er sagt:

Spassibo.

Da.

Njet.

Chapeau – nicke ich.

Er sieht mich noch mal an. Er denkt noch mal nach.

»Ich kann noch mehr.«

Na los.

Er sieht mich an und sagt auf Russisch:

Nitschewo straschnowo. Ja pjan. – Alles gut. Bin blau.

Ich, der ehemalige Gehenkte, warte auf den Rettungswagen und fange an zu lachen. Ich stelle mir Horden unserer betrunkenen Touristen vor, die ins Flugzeug drängen, die man aber nicht lässt – man bringt sie zum Doktor zur Befundaufnahme.

Sie glotzen ihn verständnislos an. Was sagen sie zu ihm? Was?

Nitschewo straschnowo. Ja pjan.

Oh du großes Land, ich verneige mich vor dir. Und ich, wer bin ich schon? Ein winzig kleiner Teil von dir. Aber wie, Brüder, sollen wir eigentlich weiterleben?

Und da, von oben eine Stimme: »*Je pique!*«

61
Aufteilung der Welt bei Vollmond

Es war Vollmond. Der Große Gopnik und der Kleine Nächtliche Stalin traten hinaus auf den Balkon. Die Natur glitzerte still und silbrig. Ohne es zu wollen, genossen sie den Anblick.

»Es ist an der Zeit, uns den Mond einzuverleiben«, sagte der Kleine Nächtliche Stalin. »Das ist natürlich etwas anderes, als die Krim abzuzwacken, aber probieren muss man es.«

»Wir sollten zuerst auf der Erde für klare Verhältnisse sorgen«, sagte der Große Gopnik.

»Und wie willst du das anstellen?«

»Kann man in einem Atomkrieg siegen?«, gab der Große Gopnik die Frage zurück.

Schweigen.

»In einem begrenzten Atomkrieg«, fügte der Große Gopnik hinzu.

Schweigen.

»Ich werde wahrscheinlich noch toller werden als Sie«, sagte der Große Gopnik.

Auf seinen Lippen zeigte sich Abscheu.

»Es gibt drei Supermächte: Russland. Amerika. China. Wir tun uns zusammen und teilen die Welt auf. Uns fällt das Territorium der Sowjetunion zu, die Pufferzone des ehemaligen sozialistischen Lagers, vielleicht noch Finnland. Ich denke auch an Alaska.«

»Vergiss den Mond nicht.«

Was war das denn, Verarschung? Doch der Große Gopnik nickte souverän: »Ich denke daran.«

Sie umarmten sich. Der Große Gopnik streichelte dem Kleinen Nächtlichen Stalin über den Kopf. Der hatte ein erstaunlich kleines Köpfchen.

Der Kleine Nächtliche Stalin flüsterte ihm etwas ins Ohr, obwohl niemand in der Nähe war außer der silbrig schimmernden Natur.

»Was?« Der Große Gopnik verstand nicht.

Der Große Führer flüsterte ihm erneut etwas ins Ohr.

»Die Ukraine plattmachen?«, fragte der kleinere Genosse zurück.

Der Große Führer nickte.

»Das Kiewer Regime vernichten?«

»Mach sie alle platt«, sagte der Große Führer.

»Mein Kleiner, Lieber, Nächtlicher ...«, flüsterte der Große Gopnik mit einer Zärtlichkeit, die er sich selbst nicht zugetraut hätte. Das war der Moment, da er zum ersten Mal seinen älteren Genossen duzte.

62
Die Arche

»Warst du das, der das Traktat gegen die Dummheit geschrieben hat?«, fragte der Kleine Nächtliche Stalin, als er an mir vorbeilief.

Gott, dachte ich, wahrscheinlich habe ich mich in dem Moment mit der Dummheit angesteckt, als ich angefangen habe, mich regelmäßig mit Erasmus auszutauschen, und alle Gespräche mit ihm hatten sozusagen den Charakter einer Inkubationszeit. Möglicherweise waren auch einige Seiten der Wirklichkeit von der Erkrankung betroffen. Auch mich hat der Bazillus der Liebe zum Hass erwischt. Ich habe mich begeistert in meinen Hass auf das Regime hineingesteigert. Alles war wie bei allen anderen, nur in unterschiedlichem Maß.

Ich war in die Dummheit abgerutscht. Und just in dem Moment ertappte mich der Große Gopnik: »Ich lade dich ein auf die Arche. Nimm die Deinen mit. Ohne Liberale, Künstler, Nutten und Moralisten hat die Welt keine Zukunft. Und ich nehme die Meinen mit. Und ein Rudel Rassehunde. Na ja, und noch ein paar andere Tiere. Und dann – leb wohl, Vergangenheit!«

»Mir scheint, Sie haben die Seele eines Herostratos.«

»Jeder Spion ist ein Herostratos.«

»Aber ein Spion ist doch bloß ein Sammler der Scheiße im Menschen.«

»Wer ist schon ohne Scheiße? Ich muss los«, sagte er eilig. »Oh, ich renne, renne, renne. Höchste Zeit, die Silowiki zusammenzutrommeln. Wir werden lange unterwegs sein, bis die Taube eines Tages das Lorbeerblatt bringt. Ich habe mir einen heimlichen Vorrat an Unsterblichkeitstabletten zugelegt. Allerdings haben sie die letzte Testphase noch nicht durchlaufen.«

63
Moskauer Harem

Wir sollten unsere Fantasien nicht bis zu Ende denken, und geheime Wünsche werfen wir besser auf halbem Wege über Bord. Andernfalls erschlägt uns die Armseligkeit, verwirrt uns die Belanglosigkeit unserer grandiosen Verlockungen. Aber Moskau tickt anders. Moskau ist eine sehr viel östlichere, asiatischere Stadt, als viele meinen. Ich will gar nicht davon sprechen, dass die Stalin-Architektur den Geschmack eines georgischen Fladenbrots in die Stadt eingeschleust hat. Es geht hier um fundamentalere Dinge. Hier, in Moskau, bedeutet die östliche Vorstellung von Reichtum hemmungslose Protzerei, ein einziges Backenaufblasen. Hier, in Moskau, hat man eine östliche Vorstellung von der Staatsmacht: statt Demokratie – Kopf ab. Ja, und auch die Armut riecht hier nach tiefstem Osten. Hilflos und klamm, bleibt sie für immer hier kleben. Die hiesige Literatur hat eine ausgeprägt pathetische östliche Tonlage, sie ist voller Didaktik und Glauben an die eigene Unfehlbarkeit. Blogger bilden sich ein, etwas Neues zu sein, doch sie machen auch nichts anderes als die ewige Volkskunst der russisch-östlichen *Lubki*. Jedenfalls, wohin man auch blickt: Matrjoschki, die Mütze des Monomach, das Mausoleum auf dem früheren Marktplatz, die rot-grüne Bemalung der Kirchen, die blinden Scheiben in historischen Gebäuden – all das ist östlicher als der Osten selbst. Denn der Osten, der sich selbst nicht als Osten wahrnimmt – das ist schwere, fette Nahrung fürs Gehirn.

Aber es existieren geheimnisvolle Dinge, die Eingeweihte erfreuen und dem Leben in Moskau einen aufregenden Charakter verleihen. Wie immer gibt es für alle Verbote auch kleine Schlupflöcher östlicher Ungezwungenheit, und der Osten, dividiert durch den Osten, verwandelt sich in einen kristallklaren Gebirgsfluss. Deutlich sieht man jeden Stein auf dem Grund liegen, jede zottige Wasserpflanze sich bewegen.

Unter den Geheimnissen des östlichen Lebens in Moskau gibt es kein süßeres als das der Moskauer Harems, die übrigens so abgeschottet sind, dass man sie in der Stadt beinahe nicht erkennt. Sie verbergen sich hinter dem mächtigen Wachschutz der Wolkenkratzer in Moskau City, sie schweben über der Stadt zwischen vierzigstem und sechzigstem Stockwerk. Man kann sie höchstens vom Hubschrauber ausmachen, aber auch das nicht immer, denn die Vorhänge sind zugezogen. Harems existieren auch auf den Datschas bei Moskau, aber auch dort sind sie Beobachtern und Voyeuren verschlossen.

Doch wenn die samtene Jahreszeit beginnt und man endgültig genug hat vom schmatzenden Schneematsch unter den Schuhen, begeben sich die Moskauer Harems auf die Reise, und als goldene Wölkchen nächtigen sie nicht nur, sie tagen auf samtenen Inseln.

Nun denn, viele Jahre hintereinander verbrachte ich den Herbst auf Capri, wo das ganze Jahr hindurch die samtene Jahreszeit herrscht, ungefähr so wie in San Francisco, nur dass auf Capri die italienische Sonne stärker ist als jede Brise und jede Laune des Wetters, und wo ich zu der Erkenntnis gelangte, dass lange fallende Nadeln von Meerespinien stärker sind als städtische Kümmernisse.

Der Moskauer Harem hatte ein Haus mit einem großen Garten voller Zitruspflanzen angemietet, wo die von den Ästen herabgefallenen Apfelsinen den Rasen bedeckten, und man lief in locker wehenden Kleidern des Silbernen Zeitalters fröhlich hinaus an die frische Luft.

Meine Mutter, die nach ihrem Tod oft die Insel Capri besuchte, erzählte mir, Paradies, das sei nur ein anderes Wort für die samtene Jahreszeit, etwas Besseres habe man nicht erfinden können.

Wir begegnen uns im Garten bei einem russischen Halb- oder Viertel-Oligarchen, der längst nicht mehr arbeitet und unter dem Nicknamen *Nobody18* auf Tauchstation gegangen ist, von den Menschen schwer enttäuscht, aber regelmäßig seinen Harem nach Capri anschleppt, um ihn dort auszuführen.

Der Harem besteht aus erlesenen Mädchen, recht gebildet, mehrsprachig, arbeitsam, munter, stets lächelnd, die sich auf den Wiesen der samtenen Jahreszeit tummeln und gern mit ihren unterschiedlichen Vorlieben zusammenkommen und wieder auseinandergehen. In meiner Anwesenheit organisieren dieser *Nobody18* und seine Assistentin Gulja Themenabende. Der erste Abend ist das Fest des jungen Kämpfers. Eingeladen werden hauptsächlich Militärs aus verschiedenen Ländern. Es erklingt Marschmusik. Die Mädchen treten in Militäruniform auf. Dann der Tag des Fischers. Klar, das ist eine BDSM-Party mit allerlei Netzen und Takelagen.

Besondere Aufmerksamkeit widmen die Mädchen der Nacht des Patrioten – dazu werden alle möglichen Albtraummänner aus dem heimischen Moskau eingeladen, die sich entsprechend benehmen, auf östliche Art, die Taschen gestopft voll von mitgebrachten russischen Präservativen.

Nobody18 organisiert ebenso regelmäßig eine amerikanische Nacht, zu der viele Amerikaner angereist kommen. Normalerweise betrinken die sich, verschlingen bergeweise orangen Käse und vögeln nur selten die Mädchen.

Es gibt außerdem eine Nacht der Lakaien – das gilt auf Capri als Lokalereignis. Eingeladen werden alle Portiers und Kellner der Insel. Dabei geht viel Geschirr zu Bruch.

Dann die Abende und Nächte der lesbischen Liebe – damit *Nobody18* das Amüsement der Mädchen nicht störe, wird er schlafen geschickt.

Manchmal geht unter den Mädchen das Gerücht um, dass es keine samtene Jahreszeit mehr geben werde. Sie sind dann furchtbar erschrocken. Aber dann beginnt eben doch die nächste.

Untergraben die Moskauer Harems das Regime des Großen Gopniks? Handelt es sich um eine revolutionäre Erscheinung? Oder eine, die es im Gegenteil stärkt?

Mit dieser Frage wende ich mich an meine Mutter.

»Das ist ein Ventil«, antwortet sie.

Mama, die zu Lebzeiten freizügige Sitten nicht öffentlich guthieß, sieht jetzt, nach ihrem Tod, solche Champagnerpartys mit anderen Augen. Sie hat die ganze Kleinkariertheit menschlicher

Konventionen durchschaut und gelernt, familiäre Freuden von intimen zu unterscheiden.

»Früher schien mir«, sagt sie, »die Vereinigung der Körper, dieses ganze Geknutsche und Geschmatze könne es nur bei wahrer Liebe geben, und Untreue sei selbst für einen Atheisten Sünde. Aber die samtenen Täler und Hochebenen des Paradieses geben etwas anderes vor. Die samtene Jahreszeit ist ein Fest des Körpers, das man auf keinen Fall verpassen darf.«

Mama trinkt Primitivo und betrachtet aufmunternd die Mädchen in ihren leichten hellen Gewändern des Silbernen Zeitalters.

»In unserem Land haben die Menschen so viele Komplexe«, seufzt sie. »Ich mag es nicht, wenn Pornografie sich in Anatomie verwandelt, obwohl du, mein Bürschchen, sogar im Anatomischen die Pornografie gesehen hast.«

Ich sehe sie erstaunt an. Woher weiß sie das alles?

Aber am spannendsten ist das Fest, das genauso heißt: »Samtene Jahreszeit«. Darauf bereiten sich die Bewohnerinnen des Moskauer Harems nicht nur einen Tag lang vor. Es ist ein Maskenball mit Bodybuilding, tiefem Fisting, bei dem in Einzelfällen der Magen erreicht wird, mit Würgen und Peitschen. Die Mädchen schminken sich die Lippen in der Farbe fahlen Platanenlaubs und sehen aus wie verzweifelte Wasserleichen. Um Mitternacht gehen irrsinnige Tänze los. Meine Mutter feuert sie an, lupft auf afrikanische Art den Rock wie einen Boubou. Alle klatschen in die Hände, stampfen mit den Füßen auf, pfeifen begeistert.

Vielleicht kommt ihr gerade in diesem Taumel der Gedanke, welche Rolle sie beim radikalen Wechsel der Wegzeichen in unserem Mitternachtsland spielt, worüber ich bei Gelegenheit ein anderes Mal erzählen werde? Mein Sohn, fragt mich Mama, gab es Fanny Kaplan wirklich? Hat man auf Lenin geschossen oder war das eine Erfindung der Tscheka? Aber um sechs Uhr morgens dann der unvermeidliche Sonnenaufgang, und Mama löst sich wie ein postmortales, jenseitiges Aschenbrödel im Sonnendunst des Mittelmeers in Luft auf.

Just auf dem Nährboden der Liebe zum Moskauer Harem beginnen wir einander näherzukommen. Die alten Streitigkeiten werden schwächer. Sie glaubt noch immer nicht an mein Talent, räumt aber schon ein, dass ich ein Gewissen habe. Und das ist, muss ich Ihnen sagen, ein großer Schritt nach vorn. Wir beide, sie und ich, begeben uns nicht auf die Ebene, alles zu verzeihen und alles zu verstehen. Wir versuchen einfach nur, jene Wunden zu lecken, die wir einander unfreiwillig oder absichtlich zugefügt haben. Morgens, wenn sie verschwindet, versuche ich vergeblich zu verstehen, wo jene Tür ist, hinter der auf Capri diese paradiesischen Behausungen beginnen. Mir fehlt der Mut, sie abends danach zu fragen, wenn sie zurückkommt. Mama ist stets festlich und modisch gekleidet. Mir gefällt es, wie sie auf ihr Äußeres achtet.

Heute findet im Moskauer Harem ein Themenabend statt unter dem Namen »Leb wohl, Unschuld!« Ich rezitierte folgende aufmüpfige Verse:

»Heul nicht blut'ge Tränen bang,
Unschuld, mach dich nicht zum Affen!
Verkackt die Heimat haben wir schon lang.
Verwandelt in Nutten und Laffen.«

Jedes Mädchen wird erzählen, wie es seine Unschuld verlor. In Wirklichkeit kann man aber nur im Moskauer Harem seine Unschuld bewahren. Wenn die Mauern der Konventionen fallen, wenn es keine Tabus mehr gibt und Orgasmen so intensiv gespürt werden, kommen wir dem Herzen der Unschuld näher und näher. Es klopft in der Brust mit nie gesehener Hingabe an das Leben. Mama lächelt, bevor sie erneut verschwindet. Mir wurde verziehen. Nicht vollständig. Aber wenigstens zur Hälfte. Die samtene Jahreszeit beginnt unsere Familienwunden zu heilen. Aber die Tür, durch die Mama morgens fortgeht, ist nicht zu orten. Und deshalb ist die Frische des Morgens besonders heiter.

64
Das Waldai-Forum

Es war anzunehmen, dass Stawrogin dahintersteckte: Ich wurde zum Waldai-Forum eingeladen. Am Flughafen Sotschi (wieder bin ich in Sotschi!) erwartete mich ein Fahrer, der mich mit einem teuren Mercedes in die Berge chauffierte. Mir fiel auf, dass die loyalen Teilnehmer, Minister und Abgeordnete, mit Bussen dorthin gekarrt wurden.

65
Die Geburt

Maria Wladimirowna hatte die ganze Nacht nicht geschlafen: Sie leistete O. Geburtshilfe. Ihr Chef Mark Arkadjewitsch Kurzer, längst eine Legende im ganzen Land, sagte mir noch im Sommer in seinem Sprechzimmer: Sie ist eine der besten Ärztinnen, wenn nicht die beste überhaupt. Jetzt, in einer Dezembernacht, konnte ich mich selbst davon überzeugen, dass eine gute Ärztin niemals ein verschlafenes Gesicht oder heruntergezogene Mundwinkel zeigt. Maria Wladimirowna wirkte frisch und munter mit allen ihren schönen Gesichtsmuskeln, ob um drei Uhr nachts oder fünf Uhr morgens. Und um sechs Uhr sechsundzwanzig wurde meine Tochter geboren.

Die Vollmondnacht war vorbei, der Tag eines großen Kirchenfests war angebrochen. Mitten in der Nacht sagte mir O. verstört, dass sie, als ich auf den Flur gegangen war, so einen schwarzen Klumpen gesehen habe, der von seinen Umrissen her wie eine Medusa ausgesehen und sich im Fenster gespiegelt habe (sie hatte zufällig hingeschaut): Er hing in ihrem Entbindungszimmer unter der Decke – zuerst dachte sie, jemand sei ins Zimmer gekommen, aber da war etwas Unverständliches. Ich dachte still für mich, obwohl ich ein distanziertes Verhältnis zur jenseitigen Symbolwelt habe, dass so was in der Art passieren musste, dass das unsere verstorbene Mutter gewesen sein könnte, die auf diese Weise hier vorbeigeschaut hatte: Sie liebte O. und war ihr zu

Hilfe gekommen. Aber wir vertieften uns nicht weiter in diese Dinge: Vor uns lag die Geburt, und eine Geburt, das ist etwas sehr Konkretes.

Maria Wladimirowna sagte mir (schon danach), sie habe ihre erste Geburt an der Universität miterlebt und anwesende junge männliche Studenten, angehende Ärzte, seien geschockt umgekippt. Ich konnte diese jungen Männer nur zu gut verstehen, durchlebte ich doch an der Seite von O. diese Geburt, direkt neben einer Troika von Frauen sitzend, die unter der Führung von M. W. das Kind entband.

Aber noch mehr als diesen Schock verspürte ich das heilsame Erlebnis des Wunders einer Geburt. Ich begriff, das war ein Wunder wie das Leben selbst, unglaublich eigenwillig. Es gibt einen Zeitpunkt während des Geburtsvorgangs, wo nichts von den Ärzten oder der Frau abhängt – der Moment des ersten Weges ins Leben. Die Physiologie tritt in den Hintergrund: Und das ist die Demonstration des Wunders – ein seltener Lebenszustand.

»*Dawai, dawai!*« Auch ich nahm an dem Prozess teil, indem ich O. anfeuerte (ihr der Decke zugekehrtes Gesicht quälte sich und strahlte zugleich).

Und als dieser Weg sich der Vollendung näherte, gab meine Massja, ohne ihren endgültigen Eintritt in Gottes Welt und den zu erwartenden Klaps auf den Po abzuwarten, laut und feierlich einen Schrei von sich, mit dem sie ihr Erscheinen in der Welt begrüßte.

Maria Wladimirowna sagte (erst später), dass die materielle Welt nicht imstande sei, die Arbeit der rätselhaften Plazenta zu erklären, und ebenso wenig den unglaublichen Weg der Leibesfrucht durch das Tor des Lebens. Als Massjas Köpfchen erschien, sah ich, dass ihr Gesichtchen mit den geschlossenen Augen wie heilig aussah, so schien es mir jedenfalls. Und kaum hatte ich so gedacht, begann sie zu schreien.

Vor dem Gebären hatte mich O. gebeten: Streichle mir übers Gesicht, mit beiden Händen, und als ich sie zu streicheln begann, sagte sie: Bei mir weitet sich alles. Nun ja: die Liebe. Der Weg ist frei.

Sie reichten mir eine simple Schere, und ich durchschnitt die Nabelschnur, als eröffnete ich einen mir selbst noch unverständlichen neuen Lebensweg. Die Troika der drei Frauen in Kitteln legte

Massja auf einen Wickeltisch, und sie schob keck ein Ärmchen hinter den Kopf und blickte staunend in die Welt.

»Sieht sie irgendwas?«, fragte ich.

»Mehr als wir alle zusammen«, frotzelten die Frauen in Weiß spöttisch.

Liebe Massja!

Die Welt dreht sich zwischen den simplen und den rigorosen Polen »dank« und »trotz«. Mit solchen Worten hat mich die Literaturgeschichte ausgestattet. Bis zu dir hatte ich Angst, und mir war gar nicht gut zumute in diesem Dezember, als man mich mit alten Nachrichten vom Typ paranoides Déjà-vu fütterte. Ich war sogar in einem bestimmten Moment der Verzweiflung nahe, und dies nicht nur »dank« des Wetters hinterm Fenster und des niedrigen Himmels, der keinerlei Zukunft verhieß, sondern aus dem einfachen Grund, weil in jenen Tagen unsere Familienkatze Nastja schwer krank war. Es tat weh zu sehen, wie sie umherwankte, und meine geliebte Tochter (nun schon die ältere), die zwölfjährige Maja, weinte, weil unsere Katze so litt.

Aber deine Geburt, Massja, ist die Überwindung jeder Hoffnungslosigkeit. Natürlich möchte man weglaufen. Weglaufen aus der großen Stadt, irgendwohin und sich verstecken. Sich verstecken, um dich besser betrachten zu können. Dein Großvater – nicht Urgroßvater, nicht Ururgroßvater – wurde 1920 geboren, er war ein heiterer und charmanter Mann, trotz all des Schreckens, der ringsum herrschte. Er war mit seiner Arbeit in Stalins Kreml sogar ein Teil dieses Schreckens, aber am Ende seines Lebens stieß er diesen Irrsinn von sich. Kann man im Irrsinn leben? Im Irrsinn geboren werden? Aber wir sagen Ja zum Leben! Trotz allem. Dank dir, Massja.

66
Der Duft süßer Rosen

Nach ein paar Tagen Aufenthalt in den Bergen traten Stawrogin und ich beim Großen Gopnik an. Ich nahm Platz in einem sonnendurchfluteten, nach warmem Holz duftenden Vorzimmer, und Stawrogin eilte irgendwohin. Ich saß eine Stunde da. Noch eine halbe Stunde. Endlich tauchte Stawrogin wieder auf, er sah verstört aus.

»Uns erwartet eine Überraschung«, flüsterte er geheimnisvoll.

»Gibt es verbotene Themen?«

»Seine Körpergröße und Sportlerinnen.«

Mit diesen Worten betraten wir ein Arbeitszimmer mit schweren dicken Vorhängen. Der Große Gopnik weilte immer seltener in Moskau. Wozu auch? Dort gibt es keine verschneiten Berge.

»Und da unten, hinter den Vorhängen, ist das Meer?«, scherzte ich.

»Da ist alles«, grinste der Hausherr. »Wie dem auch sei ... Die Dummheit! Was ist das eigentlich?«

Das klang irgendwie pilatusmäßig. Der Raum war erfüllt von einem lieblichen Rosenaroma.

»Vereinfachung«, sagte ich automatisch.

»Ich hab's mir anders überlegt«, sagte er mit Geisterstimme. »Dummheit existiert.«

Ich schwieg.

»Die Dummheit ist an jeder kollektiven Handlung beteiligt, an jeder Unternehmung, sie durchdringt Hochzeiten, Beerdigungen, verschiedene Rituale, Bräuche, Traditionen und Gewohnheiten. Sie lebt in jedem Lied ...«

»Mmh, mmh ...«, nickte ich.

»Lass dieses mmhmmh!«

Wohin war er abgedriftet? Ich begann mich ungeduldig zu räuspern.

»Was grunzt du so?«, fiel der Große Gopnik über mich her.

»Ich räuspere mich.«

»Noch schlimmer.«

»Entschuldigen Sie!« Ich begriff, dass er mich gleich rausschmeißen würde.

»Wenn man der Dummheit entsagt, wird man zynisch oder einsam. Alle wenden sich ab.«

»Sie sind ein großer Mann«, sagte ich. »Durch Ihr Zutun hat das Wort *Gopnik* eine positive Bedeutung bekommen. Bei uns sind *Gopniks* jetzt eine ebenso führende Klasse wie Adlige.«

»Ich bestreite nicht, dass das mein Verdienst ist«, sagte der Große Gopnik stolz. »Dank der *Jungs* bin ich Präsident des Volkes geworden.«

»Die Kultur – das ist natürlich der Kampf gegen die Entropie, aber auch: wie Räuberschach gegen sie spielen«, sagte ich.

»Für einen großen Staat braucht es einen grenzenlosen Raum für die Dummheit. Bei uns blüht der orthodoxe Stalinismus. Die Spitze des Absurden? Der Höhepunkt der Dummheit? Aber was wollen Sie denn stattdessen haben? Am Fastensonntag stehen sich die Menschen stundenlang vor der Matrjona-Ikone die Beine in den Bauch, um schließlich das Kreuz zu küssen. Wie und warum sollte man sie umpolen?«

»Die Dummheit ist über die Ufer getreten«, sagte ich.

»Bei denen da im Westen«, sagte der Große Gopnik stirnrunzelnd. »Es ist ihre Dummheit, die den Krieg will.«

»Was hat der Krieg damit zu tun?«, fragte ich.

»Nur keine Eile im Kampf gegen die Dummheit«, sagte er und kratzte sich am Gesicht. »Die Dummheit der heutigen Demokratien arbeitet uns zu. Nordkorea ist bereit, sich mit den USA zu messen. Die Dummheit des Westens hat uns die Krim geschenkt. Also zünden wir in der Kirche eine Kerze für die Dummheit an!«

Stimmt, dachte ich. In Danzig hat Tusk zu mir mal gesagt: Europa macht sich vor Angst beinahe in die Hose. Nur ein Drittel der europäischen Länder war bereit, nach der Krim dem Kreml entgegenzutreten. Es hat mächtig geknirscht im eingerosteten Mechanismus.

»Ich spreche von der Epidemie der Dummheit«, erklärte ich. »Sie verbreitet sich über die Welt. Ein Virus, das tötet. Die Dummheit vernichtet die Menschheit.«

»Was musst du dich da einmischen? Russland kannst du mit Dummheit nicht erschrecken. Wir haben unseren Iwan den Dummen.«

»Das ist Folklore. Ich spreche von einer realen Epidemie …«

»Hör mal, das hier war ein amoralisches Land …« Der Große Gopnik warf mir einen trüben Blick zu. »Es ist nur durch eine absolut strenge Kirche zu retten. Und außerdem bezeichnen manche die Epidemie der Dummheit als die *Russische Krankheit*.«

Stille hing im Raum. Stawrogin duckte sich. Ich sah, wie der Große Gopnik mit den Kiefern mahlte, sie bewegten sich so heftig, dass mir schien, sie gäben irgendwie einen langgezogenen, gedehnten Ton von sich. Die Kiefer füllten das ganze Gesicht des Großen Gopniks, es wackelte nur so vor Kiefermahlen. Seine rechte Hand begann zu zittern. Etwa drei Minuten vergingen.

»Ich habe gehört, dass Sie diese Bezeichnung erfunden haben«, brachte der Große Gopnik schließlich mit gelangweiltem Gesichtsausdruck hervor.

»Die *Russische Krankheit* – das ist eine literarische Erfindung«, sagte ich.

»Aber Sie haben recht!«, rief überraschend der Große Gopnik aus. »Nur dank der Dummheit sitze ich jetzt hier vor Ihnen. Ich bin der Gopnik von der Galeere. Ruckzuck-Einsacken!« Er schlug sich auf die Schenkel.

Ich war geplättet und sagte wieder nichts.

»Gäbe es keine Dummheit, wer wäre ich dann? Ein Petersburger KGBler?«

Stawrogin sah ihn entsetzt an. Der Große Gopnik hingegen war bester Laune.

»Also kommen wir zur Sache, Sie raten uns, die Quelle der Dummheit abzudrehen, das Internet?«

Alle kannten seine Spezialität, Gesprächspartner vorzuführen.

»Wieso das Internet?«, schnappte ich nach dem Köder.

»Es gibt keine Impfung gegen Dummheit«, feixte der Große Gopnik.

Wie sehr er sich verändert hatte, seit ich ihm in Paris begegnet war! Nicht nur sein Blick, auch er selbst war teigig, glasig.

»Ich bin ein Niemand ohne diese mächtige russische Dummheit«, erklärte der Diktator.

»Schauen wir auf die Karte«, sagte ich. »Die Dummheit verbreitet sich über die Prärien der Vereinigten Staaten, den Mittleren Westen, wo sie immer schon viele bekennende und klammheimliche Anhänger hatte. Die Dummheit erhebt sich und überschwemmt als

Lavastrom Großbritannien, ein gemäßigtes Land, das sich bis vor Kurzem nicht durch eine Vorliebe für Dummheit hervorgetan hat.«

Auf dem Gesicht des Großen Gopniks zeigte sich Zweifel.

»Die Dummheit stürmt Frankreich, wo eine populäre fremdenfeindliche Partei ...«

»So eine Partei lasse ich mir gefallen!«, rief der Große Gopnik. »Das ist ein weiteres Zeugnis dafür, dass der Liberalismus am Ende ist.«

»Die Dummheit ist mit Wucht über Deutschland und Österreich gekommen, und sie zwingt die Bevölkerung, sich mit Neonazis zu befassen.«

»Dort hat es schon immer jede Menge davon gegeben, die nicht unschädlich gemacht wurden«, zuckte der Große Gopnik mit den Schultern.

»Die Dummheit hat Osteuropa heimgesucht. Dort ging während der Sowjetzeit eine Negativauslese der Bevölkerung vor sich, und eine Rückkehr zum normalen Leben führte zur Zersetzung der Werte.«

»Diese sogenannten Polen! Die kommen uns gerade zupass!«, freute sich hinter den Vorhängen der Kleine Nächtliche Stalin.

Ich erinnerte mich, wie Scharikow bei Bulgakow aus alter Gewohnheit Katzen hasste. Genauso hasste der Große Gopnik die Polen, die ihn daran hinderten, Europa in Stücke zu reißen. Die wie beim Damespiel verhinderten, eine Dame zu bekommen und die Welt nach Rabaukenart aufzuteilen. Den Polen hängte er den Zweiten Weltkrieg an, den Antisemitismus und überhaupt alles Schlechte auf der Welt.

»Aber was heißt schon ein normales Leben?«, fuhr ich fort. »Die Entwicklung des Kapitalismus steht im Widerspruch zur pazifistischen Ethik unserer Tage. Der Kapitalismus – zumindest in seiner heutigen Form – hat keine moralische Grundlage, nur eine ökonomische, folglich hat er keine Zukunft. Darüber spricht laut und deutlich das ganze schwarze Amerika.«

»Goldene Worte!«, sagte der Große Gopnik anerkennend.

»Wir brauchen einen neuen Gott ...«

»Einen neuen? Gott bewahre! Der alte reicht voll und ganz«, reagierte der Große Gopnik ungestüm, nach Sportlermanier. »Der Patriarch wird ungehalten sein!«

»Aber wir haben es zu tun mit einer systemischen Dummheit, die die Menschen tötet!«

»Sie nennen das *Ponjatka*«, nickte Stawrogin, »wir dagegen halten das für höchste Vernunft.«

»Aber so eine höchste Vernunft und die moderne Welt sind unvereinbar.«

»Solange wir im Kreml sitzen«, kam der Kleine Nächtliche Stalin hinterm Vorhang hervor, »kann das Land ruhig schlafen.«

»Dummheit wird es immer geben«, fügte der Große Gopnik in seinem schönen weißen Hemd mit offenem Kragen hinzu. »Aber ich denke nach!«

»Mit der Vernichtung Russlands wird das Leben auf der Erde furchtbar langweilig, fad und tumb«, griff Stawrogin auf.

»Wir leben in Isolation, im Abseits, ohne Verbündete und Freunde«, sagte ich.

»Ach was, lass mal gut sein!«, erboste sich der Große Gopnik. »Von wegen, im Abseits! Wir sind das Zentrum der Welt. Alle beneiden uns. Freunde beneiden uns, Feinde beneiden uns. Ich hasse Verräter, ich würde sie am liebsten mit bloßen Händen erwürgen. Wir leben besser als alle anderen. Warum? Weil wir besser sind als alle anderen! Um uns drehen sich die Sterne, die Sonne, die Planeten, der Mond! Alles dreht sich oder fliegt mit einem Pfeifen vorbei. Alle Länder und Völker. Fliegen vorbei. Alle möglichen fiesen Partner sind unterwegs und träumen davon, uns zu erobern, uns zu ihrer Kolonie zu machen. Jeder echte Russe besitzt nicht nur ein Huhn, sondern auch einen Truthahn. Schon seit den Zeiten Katharinas der Großen. Jede Familie hat ihr eigenes Scheißhaus. Das Land der nie untergehenden Sonne ist zugepflastert mit 39 Millionen Plumpsklos, mit in Stücke gerissenen Provinzblättchen zum Arschabwischen, und wenn nicht, dann tun wir's eben mit den Fingern. So werden wir siegen!«

»Was hat das alles mit Scheißhäusern zu tun?«, fragte ich fassungslos.

»Ich sehe mich nicht ohne Russland«, blickte mir der Große Gopnik in die Augen.

»Und Russland sieht sich nicht ohne Sie«, versetzte Stawrogin.

»Halt! Was soll das! Ich bin für dich nicht irgendein dahergelaufener Kolchosbauer Luka ...« Und dann wieder an mich gewandt: »Also, was beklagt ihr euch denn alle die ganze Zeit! Macht doch mal die Augen auf – die Geschäfte sind voll von Fressalien. Auf unseren schönen Straßen fahren die besten ausländischen Automobile. Moskau, Petersburg – das sind die besten Städte der Welt! Das Volk macht Urlaub in Kurorten auf der ganzen Welt ... Was wollt ihr denn eigentlich noch?«

»Freiheit!«, murmelte ich.

»Freiheit? Sonst noch was?«, rief der Große Gopnik ironisch aus. »Und wieso haben Sie es dann abgelehnt, eine liberale Partei zu gründen und anzuführen? Hat der da es Ihnen nicht angeboten?«

Ich blickte schweigend zu Stawrogin. Der reagierte mit einem unguten, mitleidigen Nicken.

»Und, was sagen Sie dazu?«, beharrte der Große Gopnik.

Ich wusste, mit Gopniks streitet man nicht. Jeder Streit endet mit ihrem Sieg. Das wusste ich seit meiner Kindheit. Und der hier war zudem ein ziemlich erfahrener Verhandler. Ein richtig harter Brocken. Trotzdem sagte ich: »Mir scheint, Sie und Freiheit – das ist irgendwie unvereinbar.«

»Warum bist du dann hergekommen?«, nuschelte der Große Gopnik verächtlich und winkte ab. »Auf Wiedersehen!«

Der Duft der süßen Rosen war göttlich.

Die Audienz war beendet.

67
Massja

Die Neugeborene war mir wie aus dem Gesicht geschnitten. Und sie erinnerte mich sofort an meine Mutter! Und an meinen Papa, den Schürzenjäger.

Und als das zweite Team – Kinderärztinnen – sie wickelte, warf sie ein Ärmchen hinter den Kopf wie am Strand.

Übrigens, ich wiederhole mich.

Na und?

Sie sah Artur überhaupt nicht ähnlich.

»Na? Wie sah ich aus, von vorne?«, fragte die blasse O., in hohe Kissen gebettet, die Beine gespreizt. »Pornografisch?«

Es war *großes Kino*. Ich saß direkt vor ihren gespreizten Beinen. Bei ihr lag alles offen da, wild, direkt, ungeschützt. Auch der Po.

»Nein, nein«, sagte ich. »Die Pornografie ist vorübergehend vollkommen abgeschaltet.«

»Dachte ich mir schon. Kinder zu gebären ist manchmal interessanter, als sich mit Porno zu beschäftigen.«

Artur wartete im Korridor. Er lief nervös auf und ab. Der arme Artur-zwei-Prozent. Es ist meine Tochter! Er hielt mich am Arm fest.

»Wir haben vergessen«, sagte er, »das Leben ist eine zerbrechliche Angelegenheit. Die Epidemie der Dummheit hat uns daran erinnert, dass der Tod ein Mitglied der Gesellschaft ist, er lebt mitten unter uns.«

Er sagte nicht: »Pass auf deine Mädchen auf!« – Pathos war ihm fremd, aber er hatte ganz offensichtlich über so was nachgedacht.

»Danke«, sagte ich. »Komm irgendwann mal raus auf die Datscha, schon der alten Zeiten wegen.«

»Oh, ja ...!« Er wollte irgendwas loswerden. »Früher, in alten Zeiten, da war körperliche Untreue stärker als das moralische Drama drum herum, und jetzt ist es umgekehrt. Körperliche Nähe hat überhaupt keine Bedeutung mehr, denn es ist schon keine Nähe mehr da. Schwule Leidenschaft ist auch banal, aber der Verlust von Alina ist für mich ein ewiger Schmerz. Ich habe dir nie erzählt, dass Alina, die Generalstochter, besessen war von der Idee der Selbstzerstörung. Verstehst du? Ich hab sie mal ertappt bei der Lektüre von pharmazeutischen Büchern über schnell wirkende Gifte. Warum liest du so was? Sie hat geschwiegen. Sie hat nach einer Methode gesucht, so zu sterben, dass man sie nicht mehr retten konnte. Die Drei, die Sieben, das Ass. Eine todsichere Kombination von Medikamenten wollte sie finden … Warum hat sie das getan? Ich habe nie richtig mit ihr darüber gesprochen.«

Ich dachte daran, wie wir auf der Kurischen Nehrung das Grab unter einer Birke ausgehoben hatten. Man muss sehr viel Erde ausheben, um einen Menschen zu bestatten.

68
Die Kehrseite der Mutterschaft

Die Zeit war aus den Angeln gehoben. Sie lief stark schwankend daher. Ihre ganze Kindheit lang stellte die Tochter ihrer Mutter O. keine einzige dumme Frage. Sie war phänomenal. Doch O. war enttäuscht von ihrer Mutterschaft. Sie kam zu dem Schluss: Der Mutterinstinkt hatte sie reingelegt. O. verfluchte die Mutterschaft – sie war ermüdend, eintönig, kräftezehrend. Sie heulte auf, wenn das Baby ihr in die Brustwarzen biss und nachts ständig nach der Brust verlangte. Sie schüttelte das Kind mit aller Kraft und nannte es *Miststück*. Sie fand die Mär von der glücklichen Mutterschaft zum Brechen. Sie war überzeugt davon, dass sich das Kind über sie lustig machte.

69
Die metaphysische Sackgasse des Kriegs

Möglicherweise hat noch niemand darauf hingewiesen, dass seit Beginn des russisch-ukrainischen Kriegs, den »Krieg« zu nennen bis heute in Russland verboten ist, in Wirklichkeit nicht ein, sondern zwei, sogar drei Kriege nacheinander ausgebrochen sind. Die Ziele und Aufgaben der Kriegshandlungen vonseiten Russlands haben mit der Zeit solche radikalen Veränderungen erfahren, dass von Kontinuität zu sprechen keinerlei Sinn ergibt.

Die ideologisch zickzackartige militärische Konstruktion, einer sich windenden Schlange ähnlich, resultiert daraus, dass von Anfang an ihr Sinn konsequent verborgen blieb, und zwar nicht nur der ganzen Welt, sondern auch den Kreml-Eliten selbst. Der Kriegsplan enthielt eine auf den Kopf gestellte Logik, diktiert vom persönlichen Hass auf das »fremdgehende« Nachbarland. Das war der Zorn eines Eifersüchtigen, im Grunde genommen eines Gehörnten, dem die Frau davongelaufen ist, die den Familienstress nicht mehr ausgehalten und ihren Blick auf andere Formen des Daseins gerichtet hat. Die Frage, ob sie aus eigenem Antrieb geflohen ist oder vom amerikanischen Rivalen gemeinsam mit seinen europäischen Spießgesellen verführt wurde, beantwortete der verlassene Ehemann ganz einfach: Natürlich wurde sie verführt! Er hielt seine zerstörte Familie für sein Eigentum, sein eigen Fleisch und Blut, und nun hat man ihn betrogen und entehrt!

Das ist nicht einmal eine Metapher, sondern aus der Sicht des Großen Gopniks offenbar ein konkreter handfester Familienskandal.

Der erste Krieg also, der am 24. Februar 2022 begann, sollte die Ehefrau nach Hause, in den Schoß der Familie zurückholen. Vom politischen Standpunkt aus betrachtet, entsprach das der Wiederherstellung eines wichtigen europäischen Teils der Sowjetunion, denn ohne die Ukraine hätte Russland nicht genügend Kraft, um eine Bedrohung für Europa zu sein und sich erneut in eine echte, schreckliche oder auf seine Art anziehende (für all jene, denen es in Europa fad ist und die der Umarmung des Komforts entfliehen wollen) Supermacht zu verwandeln.

Kurzum, der Krieg begann als sowjetische Militäroperation, die blitzartig die Ukraine in ihre Schranken hätte weisen sollen. Den ukrainischen Präsidenten Selenskyj hielt man im russischen Kriegshauptquartier selbstverständlich für einen untergeschobenen Clown, einen Strohmann, hinter dem sich der wirkliche amerikanische Rivale mit patriotischem Zylinderhut versteckte.

Ob der Große Gopnik verstand, dass die Ukraine vor Russland flüchtete, um besser zu leben, die westliche Konsumgesellschaft zu genießen, oder schlicht und ergreifend frei sein wollte – diese Frage ist, so seltsam es klingen mag, nicht wesentlich. Auch Belarus wollte fliehen, aber da hielt Lukaschenko den Deckel drauf, also konnte man es doch zurückholen, warum dasselbe dann nicht mit der Ukraine versuchen?

Hier sollte ein Problem nicht der Ukraine, sondern Russlands selbst gelöst werden, also musste man das Ganze so darstellen, dass es der Ukraine mit Russland besser gehen würde, denn – folgen Sie der verblüffenden Logik – im Grunde gibt es sie gar nicht als eigenständiges Land, sie ist erfunden, und alle Ukrainer sind eigentlich Russen. Das heißt, einerseits hat sie sich dem amerikanischen Rivalen hingegeben, andererseits gibt es sie gar nicht. Man hat sie erfunden.

Natürlich, eine solche nicht existente Ukraine, bewohnt von unserer russischen Bevölkerung, hat es im wirklichen Leben nie gegeben. Ihre Flucht vor Russland erklärte sich dadurch, dass sie anders war und anders ist. Um kurz ihre Andersartigkeit zu charakterisieren: Sie verfügt über einen recht ausgeprägten Hedonismus, über sonnige Lebensfreude, die mit dem Klima und ihrem Schwarzen Meer zu tun hat, sowie auch mit ihrer Vorstellung von Privateigentum und sinnvoll erlebter individueller Arbeit. Die russische Mentalität ist im Gegenteil in gewisser Weise infiziert von einem antieuropäischen Scheißegalismus, der alles aufweicht bis hin zur Zerstörung jedes sozialen Sinns. Zu Sowjetzeiten war der Unterschied zwischen Russland und der Ukraine verborgener, doch die beliebten Volkslieder und Volkstänze in der Ukraine waren natürlich nicht Ausdruck von Hochachtung gegenüber der Sowjetunion, sondern eine bewusste und freudige Verpflichtung vor der nationalen Tradition.

So war also der erste, der sowjetische Krieg gegen die heutige Ukraine schon vor seinem Beginn verloren – man hätte ihn gar nicht anzetteln dürfen. Doch hier redeten jene Ideologen und Silowiki dem Kremlherrn nach dem Mund, die seinen Hass auf das »Pseudoland« nebenan spürten (einen solchen Hass gab es ebenfalls auf Georgien, er richtete sich auch auf Polen, aber an Polen heranzukommen, ist bisher schwierig – und darum holen wir jetzt erst einmal die Ukraine sozusagen zu uns nach Hause zurück, und dann knöpfen wir uns auch Polen vor).

Woher kam dieser Hass? Nun, vermutlich von einer beinahe kindlichen Vorstellung einer primitiven Gemeinschaftsordnung ähnlichen Aufteilung der Welt in die Eigenen und die Fremden. Wichtig aber ist auch, dass das Ziel, welches Jelzin dem Großen Gopnik gesetzt hatte – eines der bescheidensten europäischen Länder, Portugal nämlich, im Hinblick auf den Lebensstandard einzuholen und zu überholen –, sich als nicht erreicht und unerreichbar erwies. Außerdem erschien das friedliche Leben dem Kremlherrn wohl als fad und gähnend langweilig.

Inzwischen weiß jeder, dass sich im Marschgepäck der russischen Offiziere Paradeuniformen befanden, vorbereitet für den unmittelbar bevorstehenden Tag der großen Siegesfeier mit Parade, Fahnen, Blumen und Liedern. Der sowjetische Durchmarsch war jedoch nicht erfolgreich. Und wie konnte er auch historisch gelingen, wo es doch keine Rückkehr zur völlig verfaulten Sowjetunion der Vorperestroika-Zeit gab und geben kann. Wenn aber die Sowjetisierung der Ukraine – ich weiß nicht, auf welche Weise – doch gelungen wäre, und Freunde des Kremlherrn an die Spitze der Macht gelangt wären, dann hätte die Ukraine sich dennoch auf sich selbst besonnen, ihre Identität bewahrt und trotz allem aus ihrem Käfig sehnsuchtsvoll nach Westen geschaut. Doch es kam weder zu diesem Sowjetkäfig noch zu dem vermutlich von süßen Träumen berauschten Janukowitsch.

Beim Rückzug vor Kiew zeigte sich plötzlich, dass sich die sowjetischen russischen Brüder irgendwie nicht besonders korrekt benommen hatten und zum Beispiel davon beeindruckt waren, dass die Ukrainer selbst in den Dörfern Toiletten direkt in ihren Häusern hatten und keine Plumpsklos draußen wie bei uns auf dem Dorf (übrigens meinten viele von ihnen, dass es unhygienisch sei, im Haus eine Toilette zu haben). Das Gefälle zwischen den Zivilisationen und Verhaltenskulturen war offenkundig, aber unsere Propagandisten und Machtorgane schreiben bis heute alle Fehlschläge den »Inszenierungen« der Amerikaner zu. Das russische Volk sieht fern und glaubt das alles, mit solchen Erklärungen lässt es sich leicht und einfach leben, ohne groß nachzudenken, und Moskau lebt wie zu Beginn des Krieges auch jetzt noch sein ausschweifendes Leben der Mittelschicht: Restaurantbesuche, Weihnachtszauber, ach, wie schön doch alles ist!

Die zweite Etappe des Krieges pirschte sich unbemerkt heran, und während die erste sowjetisch war, war die zweite eine historische. Sich auf gut vorbereitete Positionen zurückziehend, beschlossen die russischen Freunde, sich eine etwas andere Färbung zuzulegen. Sie kehrten zu einem Gedanken zurück, der ihnen schon 2014 in den Sinn gekommen war, als um den Donbass Krieg entbrannte, nämlich dass es Teile der Ukraine gebe, die Russland infolge eines Missverständnisses oder aus Dummheit an die Ukraine abgegeben habe (woran auch Lenin schuld gewesen sei, nicht nur Chruschtschow mit der Krim), und dass man diese Territorien, die in alten Zeiten Noworossija – Neurussland – hießen, einsammeln und abzwacken, außerdem der Ukraine den Zugang nicht nur zum Asowschen, sondern auch zum Schwarzen Meer nehmen müsse. In diesem Fall wäre die Ukraine unfreiwillig geteilt in die Eigenen und die Fremden, und da die wichtigste ideologische, in der russischen Seele tief verwurzelte Losung »Wir sind besser als alle anderen« lautet, müsse man im Namen der Eigenen die Fremden gnadenlos liquidieren.

Die historische Bedeutung von Noworossija ist heute nur noch ein vergessenes Detail zaristischer Feldzüge, doch rührt man an diese Quelle, kann man so manche Grenzen Europas und Asiens ins Wanken bringen. Da die Kremlpropaganda die Fernsehkunst beherrscht, unser Volk mit Märchenerzählungen von Russland zu faszinieren und es als Großmacht zu präsentieren, die wie ein Hefeteig immerzu auseinandergeht, ging auch diese Noworossija-Erklärung durch, sogar besser noch als die sowjetische Fiktion.

Die zweite, historische Etappe des Krieges war gekennzeichnet von Referenden auf den Territorien der Oblaste von Cherson und Saporoschje – alle stimmten einmütig für Russland, natürlich unter dem Druck verständlicher Angst. Russland hat neue Grenzen gezogen, die sich übrigens von Schlacht zu Schlacht ändern, doch in den Kremlköpfen ist ganz Noworossija, einschließlich Odessa bis nach Moldawien, historisch dazu bestimmt, russisch zu sein.

Na gut, nehmen wir an, das würde passieren. Was wäre dann mit der nun schon fremden, nicht freundschaftlich gesinnten Ukraine? Offensichtlich wird sie letzten Endes Opfer sein müssen, ganz und gar, restlos. Und wie werden Polen oder Rumänien zittern, wenn Mütterchen Russland ihnen auf den Pelz rückt? Na, das wird eine Mordsgaudi für unsere Patrioten!

Aber noch sind wir nicht bei der Mordsgaudi angelangt, sondern bei der Mobilmachung. In der Phase der Mobilmachung wurde es in Moskau ein bisschen langweiliger, man machte sich dünne. Aber nun sind zweihunderttausend Mobilisierte in die Zone der Kampfhandlungen abkommandiert, ihnen hat man begnadigte Häftlinge hinzugesellt – und Moskau ist wieder guter Laune.

Bereits im Verlauf des historischen Krieges um Noworossija begann sich der Keim eines neuen, dritten Krieges zu entwickeln – des metaphysischen Krieges. Nicht sofort, aber allmählich die Gefahr der russischen Eroberung der Ukraine (und offenbar auch Moldawiens) erkennend, begann der Westen nicht nur mit Worten, sondern auch mit Taten die Ukraine zu unterstützen, die sich faktisch in eine NATO-Festung gegen den Kreml verwandelte. Das ist natürlich ein Paradoxon. Russland betont permanent, dass die NATO schon seit vielen Jahren die Ukraine im Visier hatte, um Russland in eine hilflose Lage zu versetzen, grob gesagt, auf alle viere, in eine demütigende Pose zu zwingen. Doch statt die NATO zu stoppen, führte der Krieg genau zum Gegenteil. Finnland und Schweden warfen sich der NATO in die Arme, und die Ukraine wurde faktisch zur Verteidigerin Europas.

Die Essenz des metaphysischen Krieges besteht darin, dass beide Seiten sich endgültig und unwiderruflich als das Gute und das Böse, als Licht und Finsternis begreifen. Und ein Kompromiss, irgendwelche Friedensverhandlungen sind in diesem Fall keine Option. Nach Butscha, den Referenden und weiteren militärischen »Großtaten« Russlands anerkannte der Westen in der Ukraine dieses metaphysische Licht, für das man nicht einmal an Gott glauben muss. Und kaum ist das geschehen, ist die Erfüllung der Bitte um modernste

Panzer, Raketen mit großer Reichweite nur noch eine Frage der Zeit und der russischen Erfolge.

Übrigens sind die taktischen Erfolge der russischen Armee im Donbass ein mächtiger Stimulus für die Stärkung des russischen Lichts in Millionen Köpfen russischer Bürger und der Regierungselite, die dann doch irgendwie ins Grübeln geriet angesichts der vorübergehenden Schwierigkeiten bei der Umgruppierung der Truppen (im Westen »Rückzug« genannt). Der Kremlherr hat in Erwartung von Frühling und Siegen offenbar neue Lichtenergie getankt.

Der metaphysische Krieg führt uns zu religiösen Texten, zur Bibel, in der apokalyptische Schlachten keine feige Waffenruhe kennen. Da wird gekämpft bis zum letzten Mann. Russland hat mehr Soldaten, und der russische Soldat fürchtet in der Regel die Obrigkeit (Kommandeure) mehr als den Tod. Das hilft im Kampf.

Die westliche Militärhilfe, die, wie an schmerzhafter Verstopfung leidend, erst mit Verspätung realisiert wird, verhilft der Ukraine wohl kaum zum Sieg. Der Große Gopnik ist kein Feigling. Wenn im dunklen Hinterhof ein Gopnik sein Klappmesser zückt, weiß er, dass auch sein Gegner bewaffnet ist. Man muss kämpfen bis zum Letzten, und der russische Anführer wird genau das tun – bis zum Letzten kämpfen. Die Krim? Wer gibt denn die Krim wieder her? Sewastopol hergeben? Wo denken Sie hin?

Ich schließe überhaupt nicht aus, dass bei ungünstigen militärischen Umständen der in die Ecke gedrängte Große Gopnik die Atombombe über Kiew abwerfen und den Westen in eine sehr missliche Lage bringen könnte. Der Westen ist – seit 1945 – in einem Maße von Pazifismus durchdrungen, dass er sich wohl eher mit einer solchen Bombe abfinden wird, als mit etwas Ähnlichem zu antworten. Nun, und wenn man sich das glückliche Resultat vorstellen will, so sieht man schon die 140 Meter lange Jacht des Großen Gopniks, die unter einer riesigen flatternden Fahne die Weiten des Mittelmeers durchpflügt, der Kremlherr selbst auf der Kommandobrücke mit Feldstecher und leicht säuerlichem, doch siegesgewissem Gesichtsausdruck, wie er die eroberten Gestade mit einem süffisanten Lächeln betrachtet. »Na, habt ihr's geschluckt?«

Um den metaphysischen Krieg zu beenden, den die Mehrheit des russischen Volkes unterstützt, die im Großen Gopnik einen der Ihren sieht, ihren Begriff von Leben, kann man sich drei Möglichkeiten vorstellen. Natürlich kann man das »wunderbare Russland der Zukunft« vergessen – die Fiktion unserer wackeren russischen Liberalen. Das wunderbare Russland der Zukunft hat's verschissen. Und das nicht zum ersten Mal. 1917 vernichteten schon die Bolschewiken den rosa Traum der Liberalen.

Also, die erste Variante – das ist *l'être et le néant* (Das Sein und das Nichts, wie Sartre sagen würde) des Kremlherrn selbst. Ein müßiges Rätselraten – wann wird er gehen: Er wird da sein, solange er nicht ablebt. Nach seinem Ableben kann ein neuer Chruschtschow auftauchen, wie damals nach Stalin. Das Regime beginnt Auswege aus der Isolation zu suchen (obwohl bis jetzt all diese Sanktionen des Westens für das Regime nur lästige Flohstiche sind).

Die zweite Variante – das wäre ein kurzer pragmatischer Zusammenschluss von China und den USA, die einmütig sagen: Es reicht!

Unwahrscheinlich?

Die dritte Variante – die vollkommene Erschöpfung der Ukraine.

Nein, ein neuer kleiner Chruschtschow – das wäre natürlich ein gewisser Ausweg aus der metaphysischen Sackgasse, doch dafür braucht es noch die Zustimmung der russischen Eliten zu einer gemäßigten Politik, und vielleicht wird es so eine Zustimmung geben, die Welt wird aufatmen, die Metaphysik enden, doch in jedem Fall werden Wunden noch für viele Generationen bestehen bleiben.

Wie lange dieser Krieg auch dauern wird, man kann ihn jetzt schon wegen all seiner Schrecken als einen Jahrhundertkrieg bezeichnen.

Das Kraut des Vergessens wächst nur langsam.

Doch für die russische Kultur eröffnet sich ein enormes Betätigungsfeld. Wir werden uns mit der Ästhetik der Niederlage befassen, und zwar mit solcher Leidenschaft, dass uns die halbe Welt lesen wird. Und auch unsere Filmkunst wird leuchten. »Wenn ihr wüsstet, aus welchem Müll Gedichte erwachsen ...«, schrieb Anna Achmatowa. Das passt genau zum Bild vom künftigen wunderbaren Kultur-Russland.

70
Das Verschwinden von O.

Nach dem 24. Februar war meine Schwester O. plötzlich unauffindbar. Sie hatte sich in Luft aufgelöst. War verschollen. Spurlos, wortlos. Nichts. Ich glaube, Katja atmete erleichtert auf. Wir machten uns ohne sie auf den Weg. Wo sie jetzt ist – keine Ahnung. Aber ich denke – sie hat mich verlassen. Um in den Krieg zu ziehen. Sie schwebt über mir als geheimnisvoller Kummer. Auch Schurotschka ist verschwunden, meine Anti-Ehefrau. Sie ist hinters Sofa gefallen. *Non-Fiction* trägt den Sieg davon.

71
Glück

Schaut man sich an, wie sich die Armee des Großen Gopniks in der Ukraine aufführt, wie sie ihre militärische Anwesenheit dort begründet, welche Ziele sie sich im Namen des Sieges setzt, dann ist die Frage nach dem russischen Glück durchaus nicht müßig.

Denn gerade im Sieg über die Ukraine geht ein weiteres Mal die Sonne des russischen Glücks auf. Für die Feinde der Russischen Welt ist es eine böse Sonne. Für die überwältigende Mehrheit des russischen Volkes das kollektive Glück.

Der Große Gopnik ist jetzt wie seinerzeit Stalin der Steuermann des russischen Glücks. Er braucht den Sieg, koste es, was es wolle. Von seinem Charakter her ist er keineswegs zufällig der Mann auf dem Thron des russischen Märchens. Manche Ästheten meinen allerdings, dass er nicht einmal ordentlich in einem Sessel sitzen kann. Er schiebt den Körper, genauer gesagt, das Hinterteil nach vorn und sitzt breitbeinig da – das hat etwas sehr Ungehobeltes, um nicht zu sagen Unanständiges. Nach der Revolution lümmelten so die Soldaten der Roten Armee in den Sesseln der beschlagnahmten herrschaftlichen Salons herum. Die Sieger aus dem Hausgesinde, aus den erniedrigten Klassen, aus den vollgespuckten Toreinfahrten. Vergleichen Sie den Kremlherrscher mit seinen Gesprächspartnern, ob aus dem Westen oder dem Osten. Alle sind imstande zu sitzen, wie es sich gehört, aber er ist instinktiv dagegen. »Ich sitze, wie ich will.« Dieses Im-Sessel-Sitzen hat bereits etwas von der Morgenröte des russischen Glücks – dem Verweilen in einem besonderen Zustand, einer eigenen Welt, in der es nicht mehr weit ist bis zu der felsenfesten Überzeugung, die Ukraine werde von einem Neonazi-Regime in Kiew regiert, von dem man sie schleunigst befreien müsse.

Und die anderen russischen Politiker, die ordentlich in einem Sessel zu sitzen wussten? Keiner von ihnen hat dem Volk gepasst. Gorbatschow nicht, der gemeinsam mit seiner Frau Raissa Maximowna das russische Glück als kulturelle Annäherung an Europa verkörperte, als eine Art Italienurlaub. Unser Volk hasste Raissa besonders inbrünstig; es brauchte ihr Glück nicht. Auch Jelzin gefiel dem Volk letzten Endes nicht. Klar, wie er trank, das war dem Volk sehr vertraut, und darin unterschied er sich kaum von einem echten russischen Kerl. Aber er gab eine Position nach der anderen auf und versuchte damit, so dachte das Volk, dem Westen zu gefallen, und sein Thron stürzte um. Allerdings fand er zuletzt einen märchenhaften Nachfolger, den Großen Gopnik, der Jelzin vor Strafverfolgung schützen und das Glück in seiner Familie bewahren sollte.

Mit Beginn des Krieges in der Ukraine ist der Große Gopnik für den Westen schlicht zu einem teuflischen Ungeheuer, zum metaphysischen Bösen an sich geworden – nicht aber für das russische Volk. Er hat das Geheimnis vom Glück des Volkes geknackt. Er hat verstanden, dass weder Komfort noch Lebensstandard oder Freundschaft mit dem Westen für das russische Volk an erster Stelle stehen. Das russische Volk hat andere Maßstäbe für Glück.

Natürlich ist die Russische Welt in zwei ungleiche Teile gespalten. Europa kennt Russland durch die Lektüre von Tschechow und Pasternak. Die große Tradition der Kultur, die sich den Machthabern widersetzte und selbst Opfer der russischen Staatlichkeit wurde. Mir würde es schwerfallen, auf Anhieb einen großen russischen Künstler oder Schriftsteller zu nennen, der den Machthabern gegenüber vollkommen loyal gewesen wäre. Selbst bei gehorsamsten Konformisten brodelte es bisweilen in ihrem Inneren.

Doch als der Krieg gegen die Ukraine begann, erwies sich plötzlich, dass wir stark sind in der Ästhetik der Niederlage – die russische Kultur hat stets den Kampf gegen den Staat verloren. Manchmal endete das mit Erschießung, manchmal mit faulen Kompromissen. Als der Große Gopnik die Schleusen für das Glück des Volkes öffnete – ich wiederhole es noch einmal –, verwandelten sich unsere hochgelobten Schriftsteller in rückgratlose Schwächlinge, die schlicht und ergreifend einknickten und reihenweise umfielen.

Für die europäische Kultur Russlands fand Tschechow eine lakonische Formel für die Vorstellung von Glück: Lieben und geliebt werden. Im Grunde passt das auf jede Nation, jede Kultur. Taucht man jedoch in das Unterbewusstsein des russischen Volkes ein, dann ist Glück der Versuch, Kontrolle über die Entropie zu erlangen.

Wenn Iwan der Dumme, unser russischer Märchenheld, auf dem Teufel wie auf einem Motorrad durch Wald und Flur brettert – dann ist das nichts anderes als der Versuch, die Entropie in den Griff zu bekommen.

Auf der Frankfurter Buchmesse rief mir vor Jahren ein junger russischer Emigrant aus dem Saal zu: Jerofejew, was ist Kultur? Ich wollte möglichst lakonisch sein und antwortete: Kultur ist der Kampf gegen die Entropie.

Das russische Glück ist nicht Teil der Kultur, obwohl es ziemlich ausführlich von der russischen Kultur beschrieben wurde. Russisches Glück – das bedeutet Dominieren. Für die jungen Freunde von Pierre Besuchow in *Krieg und Frieden* bedeutet Glück Ausschweifungen,

Schlägereien, Unzucht, Verhöhnung der Schwachen, die Verletzung jeder Norm.

Genau darum geht es. Das russische Glück ist die Verletzung jeder Norm. Auf diese Weise darf man in der Ukraine nicht Krieg führen, sagen Sie, das ist jenseits aller Grenzen von Gut und Böse. Doch für das russische Glück existieren keine Grenzen des Erlaubten. Unter der Fahne »Wir sind besser als alle anderen« – das A und O der russischen Ideologie – braucht man auf Feinde keine Rücksicht zu nehmen. Auch nicht auf eigene Verluste. In einem sowjetischen Lied heißt es dementsprechend, dass wir »nur eines brauchen – den Sieg, einen für alle, koste es, was es wolle«. Und falls die Leiche eines Soldatensohnes aus der Ukraine nach Hause zurückkehrt, dann sagt der Vater, der Sohn habe seine patriotische Pflicht erfüllt, und am Ende wird er glücklich sein. Für die staatliche Kompensation kann er sich ein kleines russisches Auto kaufen und damit an Sohnes Stelle herumfahren.

Aber wissen Sie, das ist ja nicht das erste Mal. Warum hat die Rote Armee die Weiße mit ihren aristokratischen Offizieren besiegt? Weil sie die Zerstörung der alten Welt in vollen Zügen genoss. Warum organisierte die von Zar Nikolai II. unterstützte Massenbewegung der »Schwarzhunderter« Pogrome gegen Juden? Ebenfalls rein zum Vergnügen. Nicht ohne Grund zeigte Andrej Platonow in seinem Roman *Tschewengur* das Volksglück im Bürgerkrieg: Da gibt es Sadismus, Kameradschaft auf Gedeih und Verderb, Indifferenz. Die Handlung dieses Romans spielt an Russlands Südgrenzen, nahe der Ukraine. Der Schriftsteller legte das Wesen des russischen Vergnügens offen. Bewohner von Tschewengur (Rotarmisten) fahren mit Gewehren im Anschlag durch die Steppe. Den einen jagen sie einen derartigen Schrecken ein, dass die sich in die Hose pinkeln, andere ziehen sie splitternackt aus oder vergewaltigen sie, wieder andere erschießen sie. Sie sind glücklich – sie erbauen eine neue Welt. Hier bitte sehr, das 19. Jahrhundert, der große Dichter und Prosaiker Michail Lermontow. In seinem klassischen Werk *Ein Held unserer Zeit* zeigte er, dass das wahre Glück des russischen Offiziers ist, eine Frau zu entehren und den Nebenbuhler zu töten.

Doch das russische Glück besitzt noch eine vollkommen konträre Dimension. Hauptsache, möglichst weit die Norm überschreiten. Gontscharows Roman *Oblomow*, 1859 veröffentlicht, zeigte uns die Figur eines fürchterlichen Faulpelzes, der das Glück erhaschen will, indem er nichts tut. Nicht umsonst tritt als sein Antipode ein Deutscher namens Stolz auf; der strebt ganz einfach nach normalem Erfolg, während Oblomow dies ausgesprochen scheußlich findet. Es gibt noch ein anderes Beispiel für russisches Glücksstreben – ein Heiliger werden. Weg von der Norm in die Glückseligkeit, in die Selbstaufopferung (wie der einfache Bauer Platon Karatajew in *Krieg und Frieden*) oder in hemmungslose Trunksucht abzudriften (besungen von meinem Namensvetter Wenedikt Jerofejew in seinem Buch *Moskau – Petuschki*).

In Europa ist Glück die Erfüllung der höchsten Norm. Alles läuft ab nach Plan, und auf einmal gelingt es, den Gipfel zu erreichen – in Sachen Finanzen, Arbeit, Liebe. Sich auf diesem Gipfel zu halten, ist ein Ding der Unmöglichkeit, aber der Gipfel hat sich gezeigt und ist deutlich erkennbar.

Das europäische Glück (einschließlich des deutschen natürlich) lässt sich in folgende Kategorien aufteilen:

Familiäres Glück – Harmonie in der Familie.

Wirtschaftliches Glück – Wohlstand.

Metaphysisches Glück – die Erlangung von Gott oder dessen Ersatz.

Tschechow wollte, wie wir gesehen haben, Europa folgen (übrigens war seine Großmutter Ukrainerin, und als junger Mann bezeichnete er sich als ukrainischen Schriftsteller, er äußerte sich sehr positiv über die bäuerliche Alltagskultur, als er zur Erholung in der ukrainischen Oblast Sumy weilte). Und hier noch ein ganz anderes Beispiel. Mein Zeitgenosse, der jüdische Schriftsteller und Emigrant Friedrich Gorenstein, lebte in seinen letzten Jahren in Berlin. Zu Beginn der Perestroika trafen wir uns dort. Zur Mittagszeit liefen wir über den Kurfürstendamm. Die Berliner saßen draußen beim Mittagessen.

»Ich hätte nicht übel Lust«, sagte der wunderbare Schriftsteller, »zu einem von denen hinzugehen, ihm den Teller mit Essen vor der Nase wegzunehmen und auf die Straße zu schmeißen.«

Dabei lächelte er gutmütig. Auch das ist Glück auf Russisch.

Das russische Volk hat nie die europäische Schule durchlaufen. Meiner Ansicht nach stehen Türken oder selbst Iraner in vielerlei Hinsicht Europa näher. Von ihrem Wesen her Pragmatiker, gehören sie Handelsnationen an, in ihnen sitzt die muslimische Treue zu einer getroffenen Abmachung.

Woher stammt dieses russische Glück, was ist seine Genealogie? Eine erstaunliche Kombination des archaischen Menschen aus den tiefsten Wäldern, der mit den Unsicherheiten des Ackerbaus kämpft, und den Relikten der unmenschlichen Goldenen Horde – das ist ein Zivilisationsbruch. Der russische Mensch steckt voller metaphysischer Zweifel. Er fühlt sich beengt, unbehaglich in der normalen Welt. Es zieht ihn zur Entropie als Grundlage für den Aufbau einer neuen Welt. Der russische Mensch ist Utopist, seine Fantasie geht mit ihm durch.

Die Russische Welt befindet sich an der Bruchstelle zweier Welten: zwischen Europa und Asien. Auch das russische Glück ist gespalten.

Der Russe ist glücklich, wenn er zerstört. Vage versteht er, dass mit der Welt etwas nicht stimmt. Dieser metaphysische Zweifel ist auch Iwan Karamasow eigen. Doch er geht nicht bis an die Grenze dieses Realitätsverständnisses. Lenin hingegen meinte, er habe die Wahrheit gefunden: die radikale Zerstörung der Welt und den Aufbau einer neuen. Das ist imaginative Arbeit. Ganz gewöhnliches Glück findet man bei uns langweilig.

Die gesamte russische Literatur kämpfte gegen das spießbürgerliche Glück. Also eine sauber gefegte Hütte, eine verwaiste Geranie im Topf auf der Fensterbank, eine Katze (eine lebendige oder eine in Form einer Spardose). In der sowjetischen Variante ist das ein billiger Schwarz-Weiß-Fernseher, dessen Bildschirm mit einem Tüchlein abgedeckt ist (damit er keinen Schaden nimmt), und auf einem Spitzendeckchen ein Trupp kleiner weißer Elefäntchen als Glücksbringer.

Wen hat dieses spießbürgerliche Glück denn gestört?

Möglicherweise hätte aus diesem Nest ja die Europa artverwandte kleinbürgerliche Kultur der Sparsamkeit schlüpfen können.

Doch gegen derlei Idylle haben sie alle rebelliert.

Der finstere vorrevolutionäre Gutsbesitzer, der sich mit der Schwiegertochter, der jungen Ehefrau seines Sohnes verlustieren will. Und Tschechow und Gorki, die das kleinbürgerliche Glück hassten. Und die Kommunisten. Ihnen stand das kleinbürgerliche Glück beim Aufbau des Kommunismus im Weg.

Der Dichter Alexander Blok äußerte während der Revolution von 1917 die Vermutung: Ja, Skythen sind wir, ja, Asiaten mit schrägen und gierigen Augen.

Wer hat dem russischen Volk Europa nahegebracht?

Ein wenig Peter der Große, der den Männern die langen Bärte scheren ließ. Sie hielten ihn für den Antichrist.

Ein wenig Gorbatschow.

Demokratie hat sich bei uns im Jahr 1917 nicht halten können. Gebt uns was Neues, den Kommunismus! Doch das Neue stolperte über die »Defekte« der menschlichen Natur. Da nimmt Stalin das Thema metaphysischer Kommunismus auf und versucht die menschliche Natur zu verändern. Sie zu verbessern. Wie? Durch den Großen Terror. Das Glück des Großen Terrors. Ist so etwas denn möglich?

Und wie das möglich ist! Die Geschichte kennt passionierte Schergen, die sogar ihre freien Tage opferten, um in den Katakomben des NKWD möglichst viele Menschen hinzurichten.

Das übrigens hinderte genau solche Monster keineswegs daran, Vögelchen zu mögen. Jewgeni Samjatin, ein weiterer Schriftsteller und Zeuge der bolschewistischen Revolution, beschreibt in einer seiner Erzählungen einen revolutionären Matrosen, der gnadenlos tötet. Als er aber in der Straßenbahn einen halb erfrorenen Spatz erblickt, hebt er ihn behutsam auf und versucht ihn in seiner Hand zu wärmen.

Das Glanzlicht der russischen Kultur setzt letztendlich der weise Puschkin:

Es gibt kein Glück auf Erden,
Doch Frieden gibt's und Freiheit ...

Wer also siegt am Ende: das empörte Europa mit seinen Normen oder das russische gnadenlose *Tschewengur*? Platonow bat seinerzeit Gorki, ihm zu helfen, sein Buch zu veröffentlichen. Gorki gefiel das

Buch, aber der Inhalt entsetzte ihn. *Tschewengur* wurde erst während der Perestroika gedruckt. Bald wird es vermutlich wieder verboten.

Beobachten wir also aufmerksam die Sonne des russischen Glücks. Auf dass sie Europa nicht verbrenne.

72
Das Stehaufmännchen der Lubjanka

Eines Tages rotteten sich Gopniks zu einem Wolfsrudel zusammen, pappten sich Schulterklappen an und machten sich daran, Russland zu regieren. Sie waren so stark, dass sie sogar jene Minister für auswärtige und sonstige Angelegenheiten, Referenten, Berater, Journalisten, Staatsanwälte, die von ihrer Natur her eigentlich keine Gopniks waren, zu Gopniks umformten. Das Ergebnis dieser Umformung war, dass ehemals vernünftige Gesichter sich in brutale Fratzen verwandelten. In dieser Epoche des Großen Gopniks wünschte sich eine Gruppe von kriegslüsternen Gopniks und einigen Gopnizen mit Betonfrisur, das Dserschinski-Denkmal auf den Lubjanka-Platz zurückzustellen. Aus diesem Anlass rief Gott Dserschinski zum Gespräch in seinen unterirdischen Bunker. Der Zutritt zur himmlischen Residenz des Allmächtigen war dem Atheisten und Verräter seines eigenen polnischen Volks selbstverständlich verwehrt.

»Wie sieht's aus, Eiserner Felix?«, fragte Gott. »Willst du das Denkmal? In deinen Augen sehe ich ein Ja!«

Aber das war alles nicht so einfach. In der Zeit, die nach seinem Tod vergangen war, hatte Dserschinski viel über sein vergangenes Leben nachgedacht. Die postmortale Existenz verkomplizierte sich dadurch, dass die Teufel, verkleidet als revolutionäre Matrosen mit umgeschnallten Patronengürteln und Kokainblick, Dserschinski als Geisel einmal pro Monat erschossen, ihm mit Bajonetten den Rest gaben, dann in einer Pfanne brieten und mit Appetit verspeisten.

Das war schmerzhaft und unangenehm, und am nächsten Tag erwachte Dserschinski mit schwerem Kopf und Volldepression. Da wieder runterzukommen, dauerte seine Zeit, manchmal Wochen. Und kaum hatte er es geschafft – die nächste Erschießung!

Einerseits litt er darunter, dass sie ihn 1991 vom Sockel gestürzt hatten. Aber andererseits endete im Totenreich seine Höllenfrist, und am Ende des Tunnels leuchtete ihm das katholische Purgatorium. Dort würde man ihn nicht rösten, und Gott würde ihn nicht mehr in seinem noblen, aber doch ziemlich düsteren Bunker empfangen. Das Purgatorium erschien Dserschinski wie eine neblige schwedische Siedlung, deren graue Behausungen mit IKEA-Möbeln gemütlich eingerichtet waren. Nachdem Dserschinski viele Male sein Leben überdacht hatte, verstand er, dass er, um es auf Polnisch zu sagen, *popelnil bled*, also Mist gebaut hatte. Nach seinem Tod liefen die Ereignisse in jenem Land, in dem das Schicksal der Menschen in seiner Hand gelegen hatte, irgendwie nicht in die richtige Richtung. Die Vernichtung der Ausbeuterklasse erschien ihm nicht mehr als richtig. Der Bürgerkrieg – blanker Horror. Der Einfall in Polen – ein Stich ins Herz. Und der staatliche rote Terror – ein Verbrechen, wofür er im Totenreich zu Recht immer wieder erschossen wurde. Zu seiner Rechtfertigung konnte er vorbringen, er sei ein ehrlicher Revolutionär gewesen, habe an Lenin und an die lichte Zukunft der Werktätigen geglaubt. Aber der Kommunismus hatte sich von einem zeitweiligen Wahn in eine permanente stalinsche Folterkammer verwandelt. Die Werktätigen lösten sich in Luft auf. Wurden zu Lakaien. Irgendwelche Witzbolde nannten die Lakaien das gemeine Volk. Dserschinski musste lachen ... Die neue Zeit arbeitete gegen ihn. Eine nostalgische Sehnsucht nach dem heimischen Polen war plötzlich da, nach der *szlachetna*, nach der adligen Kindheit in schwarzen Samthosen, der Familie, der adligen Lebensweise. Im Totenreich wechselte er zur polnischen Muttersprache.

»Das derzeitige Spiel um mein Denkmal hat mit mir überhaupt nichts zu tun«, sagte Dserschinski zu Gott. »Das Denkmal wollen verschiedene Genossen wieder aufstellen. Meine Nachfolger, Tschekisten, haben aus mir ein heidnisches Totem gemacht. Wozu? Um ihre Macht auf ewig zu festigen, und damit ihre Straflosigkeit zum

Gesetz werde. Die Protestbewegungen haben die alten Kader beunruhigt, ihre abgenutzten Gesichter vor Zorn entstellt, ihre klapprigen Herzen in Aufruhr versetzt – sie haben eine Revanche organisiert. Ich verstehe sie. Die Beteiligung am roten Terror hat mich allmählich zum Sadisten gemacht. Ich fand Gefallen daran, ich gestehe es, Menschen zu ängstigen und zu quälen ...«

Er suchte nach Worten, und ich dachte an meinen Großvater, Iwan Petrowitsch Jerofejew, den bescheidenen jungen Buchhalter bei der Eisenbahnlinie Moskau–Petrograd, den Dserschinski persönlich mit einem Revolver bedroht hatte. Er zielte auf das Gesicht meines Großvaters und verlangte von ihm zu verraten, wo er das Gold versteckt habe. Damals beschäftigten sich die Bolschewiken damit, der Bevölkerung Gold abzunehmen. Iwan Petrowitsch hatte nie im Leben Gold besessen, obwohl er ein Pincenez trug. Da hatte ihn jemand fälschlicherweise denunziert ... Iwan Petrowitsch war kein Philosoph wie Berdjajew, den Dserschinski verhaftet hatte und mit dem sich zu unterhalten schmeichelhaft war, den er dann aber innerhalb einer Woche des Landes verwies. Lenin nannte ihn »Beliberdjajew« – in Anspielung auf dessen idealistisches *beliberda*, dummes Geschwätz – und wollte mit ihm auf grausamste Weise abrechnen. Denn Berdjajew hatte vor der Revolution einen Verriss von Lenins ungebildetem Werk *Materialismus und Empiriokritizismus* verfasst. Er fand darin Hunderte von Ungereimtheiten und Fehlern! Doch Dserschinski rettete Berdjajew vor dem Erschießen. Opas Zwicker rutschte von der Nase und zerbrach auf dem Fußboden.

»Vielleicht haben Sie jetzt auch noch die Hosen voll«, sagte Dserschinski stirnrunzelnd.

»Das lässt sich bei Ihnen nicht vermeiden«, stimmte Iwan Petrowitsch eilig zu.

Opa ähnelte weder einem Passagier des Philosophenschiffs, noch einem Popen, noch einem Besitzer von Gold. »Gehen Sie, aber finden wir was, bring ich Sie um!« Opa war zu Tode erschrocken und das bis zu seinem Tode. Meine Großmutter und er hassten fortan still und leise die Sowjetmacht. Ich kann mich an Opa nicht erinnern – er starb, als ich vier Jahre alt war. Dserschinski erinnerte sich ebenfalls nicht an Iwan Petrowitsch.

»Diese Unmenschlichkeit – das ist meine Lust«, seufzte Dserschinski. »Nun ja, ungefähr so wie Walderdbeeren ...«

»Ein Dreckskerl bist du, Eiserner Felix«, sagte Gott.

»Ein Sünder«, gab Dserschinski zu. »Aber außer den Tschekisten wollen mich auch all die zurückhaben, die in meinem Namen den Gipfel der Macht erklimmen, in die Duma einziehen und das Recht auf glückliche Herrschaft über den Sadismus bekommen wollen. Denn der Sadismus liegt in der Natur der Menschen.« Dserschinski sah Gott vorwurfsvoll an.

»Ich bin nicht schuld an deinen Sünden«, sagte Gott. »Du vergisst, dass es einen freien Willen gibt.«

»Und dann«, zuckte Dserschinski zusammen, »ich will nicht zwei Herren dienen. Der, der jetzt in Moskau sitzt, tritt offenbar in meine Fußstapfen, und vielleicht werden wir noch die Gelegenheit finden, ausführlich miteinander zu reden. Gut, dass die Russische Orthodoxe Kirche gegen mich ist. Ich war immer Atheist, gegen jede Strömung. Aber bedenke, dass ich die katholische Kirche immer als Peinigerin der polnischen Werktätigen betrachtet und zusammen mit ihr auch dich abgelehnt habe.«

»Dummkopf!«, sagte Gott.

»Der Kremlchef führt mich nicht ins Purgatorium.«

Gott nickte unwillkürlich.

»Aber du wirst es tun!«

»Dann nimmst du mich also aus purem Eigennutz an!«

»Nein!«, schrie Dserschinski auf. »Das bin nicht ich, das ist meine unüberwindbare menschliche Natur, die schwach ist und treulos. Deine Erfindung. Also wähle ich zwischen zwei Chefs dich aus und warte, was mein Denkmal betrifft, auf deine Entscheidung.«

»Nein, Eiserner Felix, das musst du selbst entscheiden«, sagte Gott.

»Ich habe nachgedacht und entschieden. Man setzt mir ein zweites Mal ein Denkmal, aber nur für eine gewisse Zeit ... das lohnt die Mühe nicht ... dann stürzt man es erneut. Wozu brauche ich das? Ich will nicht das Stehaufmännchen auf der Lubjanka sein.«

»Geh, polnischer *Pan*!«, lächelte Gott. »He, ihr da, führt ihn ins Purgatorium!«

Als sie Dserschinski hinausbrachten, drehte er den Kopf und sah Gott mit trauriger Dankbarkeit an. Dann griff Gott zum Telefon, rief irgendwo an und sagte, auf den Lippen kauend: »Hallo! Hören Sie mich? Was? Lauter? Sie hören mich nicht? Mist, schlechte Verbindung!« Und er brüllte in den Hörer: »Das mit dem Denkmal abblasen!«

73
Ein blindes Europa zieht in den Krieg

Am 9. Mai, zwölf Uhr mittags, schickte mir eine italienische Journalistin die frohe Nachricht auf mein Handy, der Krieg in der Ukraine sei beendet. Wie bitte? Ich traute meinen Augen nicht. Unmöglich! Und ich hatte recht. Nicht nur ich, die ganze Welt wartet sehnsüchtig auf das Ende des Blutbads mitten in Europa. Doch woher hatte meine Freundin diese heiß ersehnte, aber fragwürdige Information? Ähnlich interpretierten ihre Kollegen die Rede des Großen Gopniks zum Feiertag auf dem Roten Platz, gewidmet dem Tag des Sieges über den Nazismus. Da er keine Generalmobilmachung verkündete, die »militärische Spezialoperation« nicht zu einem umfassenden Krieg erklärte, musste ja das Ende des Krieges gekommen sein.

Wann werden die mit diesem Krieg verbundenen europäischen Illusionen ein Ende haben?

Während der ganzen über zweiundzwanzig Jahre seiner Regierung bewegte sich der Große Gopnik unerbittlich auf eine militärische Konfrontation mit der Ukraine zu. Ohne die Ukraine kein Russisches Imperium oder dessen Nachfolgeversion in Gestalt der Sowjetunion. Klar formuliert hat dies seinerzeit Zbigniew Brzeziński, aber auch der halbstarke Zar selbst, der den Zusammenbruch der Sowjetunion als die größte geopolitische Katastrophe des 20. Jahrhunderts bezeichnete. Seine Worte hätten Angst und Schrecken verbreiten können, doch der Westen hielt das für die übliche radikale Rhetorik eines Regenten, der sein politisches Gewicht steigern wollte.

Europa war, was Russland anbetraf, erstaunlicherweise mit einer Art politischer Hühnerblindheit geschlagen. Als hätte es sich zur Aufgabe gemacht, den unübersehbaren konsequenten Marsch meines Landes hin zum »Einsammeln russischer Erde« als Revanche für die Niederlage im Kalten Krieg zu übersehen. Den »frühen« Großen Gopnik hielten viele in Europa leichtsinnigerweise für einen der Ihren, wofür verschiedenste Argumente herhalten mussten. Angefangen von der Tatsache, dass er Deutsch sprechen konnte, bis zum Einverständnis mit der Bemerkung von George W. Bush, dieser russische Bursche habe ehrliche Augen.

Doch schon im Juli des Jahres 2000, kurz vor dem amerikanischen Unabhängigkeitstag, an dem unser Regierungsapparat wie unter Jelzin üblich in der US-Botschaft in Moskau ordentlich feiern wollte, erklärte der Große Gopnik, dies sei »nicht unser Feiertag« – die Amerikaner hatten umsonst die Tische gedeckt und Hamburger vorbereitet. Noch davor hatte er auf einer feierlichen Versammlung des Inlandsgeheimdienstes FSB verkündet – knapp zusammengefasst –, die Macht im Land sei jetzt in dessen Hände übergegangen. Ich kann mich an keinen einzigen Tag erinnern, an dem der halbstarke Zar von seiner historischen Mission abgerückt wäre, oder anders gesagt, seiner revanchistischen Aufgabe, die Sowjetunion wiederherzustellen. Unerbittlich schrumpfte der Raum für das freie Wort, das Parlament mutierte zum Anhängsel der Kreml-Administration. Der Westen war bereit, sich damit abzufinden. Dafür, dass sich Russland von den Idealen der Perestroika lossagte und vom Westen entfernte, gab es echt unangenehme Belege, große (der zweite Tschetschenien-Krieg, die Explosionen der Moskauer Wohnhäuser) und kleine, nicht weniger ungeheuerliche (der Untergang der *Kursk*, der Terroranschlag im Theater an der Dubrowka). Doch der Westen tolerierte das und brachte lediglich hin und wieder verbal seine Besorgnis zum Ausdruck. Ach, diese ewige, nichtssagende Besorgnis! Als ich einmal in der deutschen Presse schrieb, wir bewegten uns in Richtung des Iran, bat man mich in Deutschland, doch nicht zu übertreiben. Jetzt haben wir den Iran in jeder Hinsicht als ganz eigene, kriegslüsterne Zivilisation überholt. Doch auch das halten manche für eine Übertreibung.

Als Resultat der laschen Reaktion des Westens auf die Ambitionen des Kremls wurden diese immer größer, und im Kreml begann man offen auf den Westen zu pfeifen. Immer öfter machte man sich über die westliche »Besorgnis« bezüglich des Moskauer Vorgehens lustig. Die Hauptreaktion auf Europa, über dessen Existenz an sich, waren Hohn und Spott. Früher erkannte die UdSSR wenigstens die europäischen Arbeiter und Bauern als Verbündete an, doch die Werte der Klassenzugehörigkeit spielen keine Rolle mehr. Auch die allgemeinmenschlichen Werte haben ausgedient. Russland hat sich davon verabschiedet, eine große Wirtschaftsmacht zu sein (was ihm im Unterschied zu China ja auch nicht gelungen ist). Es wollte ein Land stolzer Krieger werden.

Stolze Krieger führten 2008 einen Schlag gegen Georgien und nahmen ihm ein Drittel seines Territoriums weg. Der Westen hüllte sich in Schweigen.

Stolze Krieger, verkleidet als »grüne Männchen« ohne Hoheitsabzeichen, bewerkstelligten geschickt den Anschluss der Krim an Russland. Und aus dem Westen kamen bloß ein Murren und unbedeutende Sanktionen.

Es wurde immer schlimmer. Der Krieg im Donbass begann. Der Westen ächzte, war empört, erließ zusätzliche Sanktionen, die Russland verächtlich ignorierte.

Warum hat Europa den Krieg in der Ukraine zugelassen?

Um es kurz zu fassen: Weil es Russland mehr liebte als die Ukraine. Ja, die Ukraine strebte nach der orangen Revolution einen europäischen Weg an, doch das wahre Europa betrachtete sie von oben herab, irgendwie mit Abneigung. Warum? Hier ist der Grund: In der Ukraine hatte es nie einen Puschkin, Gas oder Öl gegeben. Nur Pflegerinnen und Krankenschwestern mit zweifelhafter Reputation, die zum Arbeiten in den Westen kamen. Auf der politischen Ebene waren irgendwelche Fantasien unterwegs, die Europa hinderten, sich mit Russland zu verständigen.

Sowohl in Europa wie auch in Russland kennt man die ukrainische Kultur nur sehr oberflächlich. Man erinnere sich nur an die »Erschossene Renaissance« der ukrainischen Literatur der Zwischenkriegsjahre, an deren Vernichtung durch den Großen Terror. Oder zumindest an Dowschenkos Stummfilm *Erde*, um endlich aufzuhören, die Ukraine von oben herab zu betrachten, wie es auch Joseph Brodsky tat.

Der Große Gopnik, der offensichtlich sein eigenes Leben als Spezialoperation betrachtet, verhexte mit Leichtigkeit viele führende europäische Politiker, die seine Art, seinen Gesprächspartnern nur angenehme Dinge zu sagen, für echte Aufrichtigkeit hielten. Jetzt brüllt er seine europäischen »Partner« buchstäblich an – soll man sich nun darüber wundern, dass sich der Ton geändert hat?

Der Große Gopnik sah in Europa eine hilflose Zivilisation, ohne traditionelle Werte, ohne Religion, ohne moderne Kultur. Seine Beziehung zu Europa war immer merkantiler Art, typisch übrigens auch für das zaristische Russland, das sich für das Licht der Welt hielt.

Als der Krieg in der Ukraine begann, erblindete Europa vollends. Manche meinen, es habe im Gegenteil sein Augenlicht wiedergefunden und die realen Dimensionen des *Groß-Gopniktums* erkannt, doch das ist eher unwahrscheinlich.

Zu Beginn des Krieges, als westliche Analytiker den Fall von Kiew innerhalb von drei Tagen vorhersagten, glaubte Europa blind an das Potenzial des russischen Waffenarsenals und hatte zugleich panische Angst davor. Im Prinzip hätte es wohl den Austausch der demokratischen Regierung in der Ukraine gegen eine prorussische Regierung hingenommen. Je schneller, desto besser! Doch als sich abzeichnete, dass der Krieg nicht Tage, sondern Wochen dauern würde, regte sich in Europa das vage Gefühl, man müsse dem Großen Gopnik irgendein Stück Ukraine abtreten, um seinen Appetit zu stillen. Man begann zu debattieren, ob die Ukraine bis zum Dnjepr wohl zur Beute des Kremls werden könne, womit man sich aber abfinden müsse. Das

Einzige, was Europa an dem halbstarken Zaren wirklich verstand, war, dass er Niederlagen nicht ausstehen kann.

Führende westliche Politiker reisten nach Moskau, um den Zaren zu besänftigen und weiß der Himmel was zu vereinbaren – der Große Gopnik empfing sie an einem demütigenden Siebenmetertisch. Dessen ungeachtet fuhren sie nach der Rückkehr in ihre europäischen Heimatländer fort, ihn anzurufen und zu hoffen, sie könnten an seine Menschlichkeit und sein Gewissen appellieren. Ihre Blindheit erreichte wahrhaft kosmische Dimensionen, denn in einem Leningrader Hinterhof, wo der Zar in seiner Kindheit und Jugend sozialisiert wurde, gedeihen weder Gewissen noch Menschlichkeit.

Die größte Waffe des halbstarken Zaren ist die Unmenschlichkeit.

Zugleich waren die Europäer feige und hatten schreckliche Angst, in den Krieg hineingezogen zu werden. Sie glaubten nicht an die Geschlossenheit der Europäischen Union, wollten Polen, das für die Ukraine brannte, nicht folgen, drückten sich unter verschiedenen Vorwänden vor militärischer Hilfeleistung. In diesem Punkt eierte vor allem Deutschland lange herum, und seine Entscheidung, sich dann doch an der militärischen Hilfe zu beteiligen, kam mit Verspätung.

Ja, die gesamte Politik des Westens gegenüber der Ukraine erscheint als verspätet. Der Westen ist unmittelbar verantwortlich dafür, dass er den richtigen Moment verschlafen hat und den Krieg nicht stoppen konnte.

Nicht nur zum Erstaunen des ganzen Westens, nein, nicht nur des Westens, sondern auch Russlands stellte die Ukraine einen mächtigen Widerstand auf die Beine. Der Westen hat bis heute nicht verstanden, woher dieser kommt. Denn die russische Armee ist doch um ein Vielfaches stärker! Heute muss man davon ausgehen, dass die Ukraine im Unterschied zum Westen wusste, dass es zum Krieg kommen werde, und sich darauf vorbereitet hat. Die Motivation der beiden Armeen ist nicht zu vergleichen. Doch der Ausgang des Krieges ist nach wie vor offen.

Europa hat geradezu panische Angst davor, der Krieg könnte sich zu einer globalen Katastrophe ausweiten. Es weiß nicht, wie sich verhalten, kann nicht einschätzen, wozu der Große Gopnik fähig sein könnte. Er könnte ja zu allem fähig sein. Hatte er doch schon gesagt, dass die anderen allesamt verrecken, die Russen dagegen ins Paradies eingehen würden. Er selbst hat es allerdings nicht eilig mit dem Paradies.

Aber, wer weiß, irgendwann hält er es vielleicht für eine geile Idee, sich zusammen mit dem Rest der Welt ins Jenseits zu verabschieden.

Den Wendepunkt brachte Butscha. Dort wurde auf einmal ein ganz und gar nicht europäisches Verhalten der russischen Befreier der Ukraine vom Neonazismus offenbar. Irgendwie kam es dazu, dass sie anfingen, friedliche Zivilisten zu erschießen. Provinzielle junge Soldaten verwechselten das mit Schießautomaten in Jugendclubs, ballerten herum wie am Computer, nur diesmal im realen Krieg, und töteten rein zum Vergnügen. Das ist nicht einmal Sadismus oder Ausschalten des Gehirns – das ist dessen Nichtvorhandensein.

Die Kremlpropaganda schob all diese Schrecken ihrem Gegner in die Schuhe; alles sei inszeniert gewesen. Sie versuchte sogar, die Tragödie von Mariupol als infame Manipulationen Kiews zu verkaufen. Und der Kreml konnte davon möglicherweise seine Bevölkerung überzeugen, die bekanntlich ihrem Anführer vertraut. Doch hier stellte sich Europa auf die Hinterbeine und meldete Zweifel an. Nicht nur die europäischen Regierungen waren endlich alarmiert, sondern auch die öffentliche Meinung in Europa schlug um. Allerdings ist die Geschlossenheit der Europäischen Union flüchtig. Ungarn ist nicht wie Polen, und Griechenland nicht wie Litauen. Ich hatte eine Begegnung mit einem Diplomaten in Frankreich, der mir versicherte, die Verbrechen in Butscha seien nicht von der russischen Armee verübt worden, sondern von einzelnen unzurechnungsfähigen burjatischen Soldaten. Dabei sparte er nicht an rabenschwarzem Humor. Moskau sandte seinen westlichen »Partnern« eine harsche Warnung, jede Hilfe für die Ukraine zu unterlassen, ansonsten werde es ihnen so schlecht ergehen wie noch nie zuvor in der Geschichte. Lasst uns in Ruhe den Feind vernichten. Das ist beinahe dasselbe, wie wenn die Nazis während des Zweiten

Weltkriegs die Amerikaner gewarnt hätten, keine Güter nach dem Lend-Lease Act an die UdSSR zu liefern, andernfalls werde man sie vom Erdboden vertilgen.

Was den Krieg in der Ukraine angeht, ist jeder in Europa auf seine Weise blind. Natürlich, wäre da nicht Amerika, Europa hätte der Ukraine in militärischer Hinsicht nicht so stark zur Seite gestanden (aber selbstverständlich müssen wir die humanitäre Hilfe für Millionen Flüchtlinge hervorheben, die nicht nur als Selbstrechtfertigung Europas zu betrachten ist), mit Ausnahme von Polen und den baltischen Staaten. Doch trotz allem ist die antiamerikanische Haltung im gesellschaftlichen Bewusstsein der Europäer heute nicht wesentlich schwächer geworden. Ist Amerika etwa besser als Russland? Wenn überhaupt, dann nur ein kleines bisschen. Auch das ist ein Teil der Blindheit. Ich rede gar nicht davon, dass mehr als vierzig Prozent traditionell, wie es heißt, politisch denkender Franzosen für Marine Le Pen gestimmt haben, die keinen Hehl macht aus ihrer Verbundenheit mit der Kremlführung.

Wann nur wird Europa in Bezug auf Russland endlich klarsehen?

Ich denke, niemals.

Im europäischen Bewusstsein ist Russland Teil der gesamteuropäischen Zivilisation. Europas Maßstab für seine Liebe zu Russland ist seine Liebe zu Tschechow und Pasternak, Tschaikowsky und Kandinsky. Es ist nach wie vor erstaunt, dass die Russen, die per definitionem Verehrer dieser Genies sein müssten, sich nicht vom Joch des Zarismus-Kommunismus befreit haben. Europa ist dermaßen blind, dass es das Wichtigste nicht begreift: In Russland sind die Silowiki stärker als die Intelligenzija, und das Volk hat nie gewusst, was Demokratie ist, mit Ausnahme während einiger Monate von Februar bis November 1917, und auch diese kurze Zeit endete mit der vollkommenen Zerschlagung der Freiheit durch Lenin.

Man wünscht sich sehr, dass der Krieg nicht in einem begrenzten Atomkrieg endet, der im Rahmen der Konfrontation Russland-Ukraine Europa in eine ausweglose Lage brächte. Denn was soll Europa dann tun?

Das blinde Europa zieht in den Krieg, moralisch und militärisch jetzt die Ukraine unterstützend, ohne zu wissen, wie das letzten Endes für Europa ausgeht. Tapferkeit kann man Europa schon ganz eindeutig nicht nachsagen, Feigheit wird es niemals zugeben. Aber die Ukraine in die Europäische Union aufzunehmen, das wäre schon ein mutiger Schritt.

74
Tod der Philosophie des Hasses

Die politische Mystik in Russland hat einen großen Verlust erlitten. Der aufgehende Stern dieser Bewegung, die 29-jährige Journalistin Darja Dugina, ist ums Leben gekommen. Von ihrem gewaltsamen Tod durch eine explodierende Bombe unter ihrem SUV hört in den Tagen danach beinahe die ganze Welt. Jeder sieht diese Tragödie auf seine Weise, je nach Überzeugung.

Als schillerndste Figur der russischen politischen Mystik gilt Darjas Vater, der Philosoph und Politologe Alexander Dugin. Sein Konzept vertritt mit Nachdruck die unanfechtbare Überlegenheit der mystischen eurasischen Zivilisation über die westliche Welt. Er hat Darja mit seinem mystischen Spleen angesteckt. Sie, die an okkulte Erleuchtungen glaubte, erfüllte die Rolle seiner Gehilfin und Pressesprecherin.

Wie jede religiöse Doktrin unterteilt die duginsche Familienideologie die Welt in Licht und Dunkel. Dugins politische Mystik ist eine ziemlich primitive Angelegenheit, sie basiert auf der Überzeugung, Russland stehe eine große Zukunft bevor. Dabei wirkt grotesk, dass die »Angelsachsen«, die bei Dugin schuld an allen Übeln sind, angeblich die Zivilisation des Meeres unterstützten, während Eurasien ohne klar umrissene Grenzen das göttliche Geschenk des Landes sei. All das kann man glauben oder auch nicht. Dugin selbst durchlief eine Evolution vom Sowjetgegner und philosophierenden halbherzigen Dissidenten bis zum stahlharten Bollwerk der Diktatur des Großen Gopniks. Darja begann nicht nur, an die väterliche

Doktrin zu glauben, sie entwickelte sich auch zu einer aktiven Hasspredigerin gegen die fremde Welt. Ab Beginn des russisch-ukrainischen Krieges wurde ihr unstillbarer Hass zu ihrer Religion. Sie trat auf verschiedenen Medien-Plattformen auf, zeigte sich begeistert über neues russisches gepanzertes Kriegsgerät, fuhr anschließend der russischen Armee hinterher nach Mariupol und genoss dort sichtlich den militärischen Erfolg ihrer Heimat. (Möglicherweise musste sie ihr Jubeln im Stahlwerk Asowstal, dessen ukrainische Verteidiger gefangen genommen wurden, mit dem Leben bezahlen.)

Woher nahmen die Dugins dieses göttliche Russland der Zukunft? In gewissem Maße lässt sich das interpretieren als psychologische Antwort auf das Unglück und Elend Russlands der »Vorzukunft«, der Zeit, als man die Scham für Armut, abgeblätterte Hauswände, aussterbende Dörfer und Plumpsklos im ganzen Land durch den romantischen Traum von der Verwandlung des Landes in ein irdisches Paradies überwinden wollte. Für diese politische Mystik nahm und vermischte Dugin Zutaten, die sich nur schwer vermischen lassen: radikal rechte und radikal linke Anschauungen, nämlich zarte Liebe zu Monarchie, Nationalbolschewismus, Imperialismus ohne Grenzen, Populismus, Orthodoxie, tiefe Verehrung der Tradition, inklusive der »Schwarzhundertschaft«, einer breiten wiederbelebten antisemitischen Bewegung aus der vorrevolutionären Geschichte. Zur Erreichung dieses Ziels skandierte Dugin in einem im russischen Netz berühmten Video aus dem Jahr 2014, wie mit den Ukrainern zu verfahren sei: »Töten, töten, töten!«

Jetzt schreiben viele russische Oppositionelle und auch ukrainische Kommentatoren, Dugin habe mit seinem Geschrei einen Gegenschlag provoziert, und der Vater sei schuld am Tod seiner Tochter.

Ob Darja versehentlich umkam und an ihrer Stelle der weitaus berühmtere Vater hätte sterben sollen, ist unklar. Doch der Anschlag ereignete sich im elitären Bezirk Odinzowo im Moskauer Umland, wo die Kremlführung logiert, und diese Explosion war wohl als spezieller Gruß an diese Obrigkeit gedacht. Ungeachtet dessen, dass er bisweilen der neue Rasputin des Großen Gopniks genannt wird, ist

Dugin selbst wohl zu sehr abgedriftet in seinen politischen Mystizismus, um den Kremlherrscher zu lenken. Seine Ideen können parallel verlaufen zur Vision des Großen Gopniks von der Wiederherstellung der Sowjetunion oder sich damit überschneiden, doch von den verschrobenen duginschen Ideen von Land und Meer hält der Kreml bisher wenigstens noch Abstand.

Ob mir Dugin als Vater leidtut, der Zeuge der Liquidierung seiner Tochter wurde? Wo ist jene shakespearsche Grenze, da dir nichts und niemand mehr leidtut, wenn dein Gegner im Lager des Hasses gelandet ist? Wenn ich die im Internet kursierenden Bilder von Dugin sehe, wie er sich geradezu biblisch an den Kopf greift vor dem Hintergrund des brennenden Autos, in dem seine Tochter verkohlte, kann ich jedenfalls nicht umhin, irrationales oder auch rationales Mitgefühl ihm gegenüber zu empfinden. Er selbst ist zufällig dem Tod von der Schippe gesprungen, da er nach einer sommerlichen Versammlung von Gleichgesinnten in der Nähe von Moskau im letzten Moment in ein anderes Auto stieg. Die Trauer eines Vaters ist heilig.

Andererseits erwies er sich als ausgesprochener Rabenvater, denn er hat alles dafür getan, seiner Tochter zu schaden. Indem er den Hass der Tochter auf eine feindliche Welt schürte, präsentierte sich Dugin der Gesellschaft als schwacher, unreifer und wahrscheinlich auch unkluger Philosoph, der nicht berücksichtigte, dass Hass selbst die Antinomie von Gut und Böse, von Licht und Dunkel auffrisst, dass man nicht weit kommt mit Hass, dass man, was ja auch geschah, in einen Hinterhalt gerät. Die Philosophie des Hasses ist selbstmörderisch.

Woher rühren die Anfänge der politischen Mystik, an der Darja erkrankte? Ursprünglich lassen sich Dugins Wurzeln in einer Orthodoxie finden, die dem strengen Islam nähersteht als anderen Linien des Christentums, sie lehnt Pazifismus als Häresie ab. Doch nun hat der Krieg begonnen, und die russisch-orthodoxe Hierarchie mit ihrem Patriarchen Kirill an der Spitze hat sich mit dem Kreml in der Kriegspropaganda verbündet. Spricht man über die literarischen

Wurzeln, so hat man es zu tun mit einer Mischung aus russischen Slawophilen und »Derschawniki«, die die Großmacht – *derschawa* – an erste Stelle setzen, unter denen besonders Konstantin Leontjew verehrt wird, Philosoph des 19. Jahrhunderts, extravaganter Ästhet und Feind des Westens.

Dugin hatte aber auch zeitgenössische Lehrer, darunter den Schriftsteller Juri Mamlejew, der übrigens sowohl mit ihm als auch mit mir zu reden wusste. Den Nationalbolschewismus entwickelte Dugin zusammen mit Eduard Limonow, einem Anarchisten und zugleich Anhänger der imperialen Idee. Dugin bin ich einmal persönlich begegnet, und zwar in meiner Talkshow *Apokryph*. In der Sendung bemühte ich mich um einen Dialog zwischen unterschiedlichen Richtungen des russischen Denkens. Dugin selbst erschien mir damals nicht unsympathisch, ein Dialog kam allerdings nicht zustande.

Darja kannte ich persönlich nicht, doch Beurteilungen und nun auch Erinnerungen zufolge stellt sie sich mir als durchaus nicht oberflächliche Person dar, die eine Evolution von postmodernistischen Schwärmereien der Moskauer Jugend bis zur nebulösen Galaxis der »Archaikomoderne« ihres Vaters durchlaufen hat. Sie beschäftigte sich mit der Philosophie Platons, studierte in Frankreich, sprach gut Französisch und kannte die Entwürfe einiger zeitgenössischer französischer Philosophen – doch der russische Faschismus zog sie in den Abgrund, wie die russische Opposition meint.

Woher rührt diese »Stärkeidee« (ein Terminus Dugins) der russischen Antiliberalen? Wenn sie vom Untergang des Liberalismus und vom Aufstieg der russischen imperialistischen Mission sprechen, finden sie dann einen Sinn im russischen Absolutismus? Man muss sich darüber im Klaren sein, dass Dugin keineswegs allein dasteht. Mit ähnlichen Gedankenströmungen sympathisiert eine ganze Reihe von Schriftstellern, Schauspielern, Propagandisten, Mitarbeitern des FSB und anderer Organisationen. Das ist bei Weitem nicht nur gewöhnlicher Konformismus. Das ist genau jene Kampfansage des »vorzukünftigen« Russlands, die sich aus der Sehnsucht nach einem romantischen Ideal speist. Einer der Wegbereiter des duginschen Gedankengebäudes, der Dichter Stanislaw Kunjajew, schrieb schon 1960:

»Das Gute braucht Fäuste, damit es siege.
Stark muss es sein und auch brutal,
auf dass das Fell in Büscheln fliege
der frechen Feinde von unserm Ideal.«

Das hätte vermutlich auch Darja Dugina unterschrieben. Tut es mir leid um sie? Natürlich, ja. Sie hätte noch mehrmals ihre Ansichten ändern können, mit dem Vater brechen, bereuen. In der Familie des Senators der Russischen Föderation Issakow zum Beispiel äußerte sich neulich die Tochter gegen den Krieg. Was tat der Senator? Er überwarf sich mit ihr. Erklärte sie zur Verräterin, gekauft vom Westen. Dann besann er sich, nahm alles zurück, rief aus: »Das ist meine Tochter, mein Schmerz!« Diese Geschichte hätte sich in der Familie Dugin wiederholen können, umso mehr, als die Tochter in der Pubertät nicht nur einmal das Elternhaus verlassen wollte (wie das bei Jugendlichen ja vorkommt).

Darjas gewaltsamen Tod verurteilten sowohl das amerikanische Außenministerium als auch die Europäische Union. Und das ist richtig so. Terror in Russland hat tiefe Wurzeln und kann einen Flächenbrand auslösen. Wir hatten revolutionären Terror, Lenins roten Terror, Stalins Großen Terror. All diese Schrecken dürfen sich nicht wiederholen. Doch der russisch-ukrainische Krieg ist noch nicht bis ins Extrem gesteigert: Weder Terroranschläge noch Atomexplosionen sind ausgeschlossen.

Je länger der Krieg dauert, desto klarer wird, dass es sich nicht um einen Krieg zwischen zwei Ländern handelt, sondern zwischen zwei Welten, und dass von seinem Ausgang die Zukunft Europas abhängt. Doch das Paradoxon besteht darin, dass die Ideologie der »Russischen Welt«, in deren Namen Krieg geführt wird, sich auf einen engen Kreis von Leuten mit dem Großen Gopnik an der Spitze beschränkt. Mit meinen Ausführungen über Dugin habe ich sie faktisch alle aufgezählt. Indessen unterstützt die Mehrheit des russischen Volkes verbal den Krieg seines Imperators, während es gegenüber Europa nicht wirklich Antipathie empfindet und das vorherrschende Gefühl des Volkes sich eher als historische Gleichgültigkeit, als Apathie, Scheißegalismus entpuppt. Das zweite Paradoxon aber besteht darin, dass der gleichgültige Bürger, einmal an der Front, sich als so gnadenloser Kämpfer erweist, dass dies sein Bild in der Welt bestimmt.

Die Gnadenlosigkeit wird zum Emblem dieses Krieges.

Wäre ich an der Stelle des Großen Gopniks, würde ich nach Rücksprache mit Patriarch Kirill in nicht allzu ferner Zukunft Darja Dugina heiligsprechen lassen. Für eine Heiligsprechung sind alle Voraussetzungen gegeben. Sie könnte eine Art moderne russische Jeanne d'Arc und eine eurasische Marine Le Pen in einer Person werden. Aus Sicht der Kremlherrscher ist sie die ideale russische Patriotin, die sich für die imperiale Idee begeisterte und im russisch-ukrainischen Krieg den Kampf zwischen Leben und Tod sah, wobei Letzterer hier durch Kiew verkörpert wird. Doch das ist ein leichtsinniges Spielen mit Wörtern. Darja Dugina wurde jedenfalls von den Mächten des Todes umgebracht.

Anstatt der Heiligsprechung verlieh der Große Gopnik Darja posthum einen Tapferkeitsorden. Im Grunde hat der Kreml keine politische Selbstdarstellung der Dugins nötig, welche womöglich in einem bestimmten Moment in eine ultrarechte Opposition ausarten und sich entschieden jeder Versöhnung welcher Art auch immer mit Kiew widersetzen könnte, da sie diese als Verrat betrachten würde. Der Kreml will lieber selbstständig regieren. Die Dugins repräsentieren jedenfalls eine marginale Politik.

Der FSB klärte das Verbrechen im Handumdrehen auf (gleichsam aus Furcht vor Vorwürfen der Obrigkeit), fand die Schuldige, eine Ukrainerin, die Verbindungen zum ukrainischen Geheimdienst hatte. Doch die Verantwortung für die Bombe unter dem teuren ausländischen SUV (die Patriotin Darja hatte es nicht verschmäht, einen Wagen einer ausländischen Marke zu fahren) übernahm eine bisher unbekannte (oder wer weiß, auch nicht existente?) innerrussische

Kampforganisation namens Nationale Republikanische Armee (NRA), in deren Manifest angeblich die physische Vernichtung von Vertretern der Regierung und regionaler Behörden festgeschrieben ist. Doch wer auch immer hinter diesem Anschlag steht, klar ist, dass der Krieg sich in Richtung von grenzenlosem gegenseitigem Hass bewegt und dabei noch nicht seinen Tiefpunkt erreicht hat.

75
Japan, unter vier Augen mit dir, Shunga

Es kommt vor, dass man denkt: Wohin könnte man fliehen vor diesen summenden und sengenden Stereotypen? Wo ist jene Gegend, hinter der eindeutige Befehle verstummen und Alternativen entstehen? Wie kann man die vom Dichter verheißene Ruhe und Freiheit erlangen? Man irrt die Skala der Kulturen rauf und runter, instinktiv auf der Suche nach dem Weg der Befreiung.

Und ohne es zu wollen, fällt mein Blick auf Japan. Ich reiste zum ersten Mal dorthin, verängstigt durch die begleitenden Warnungen, das japanische Bewusstsein könne man unmöglich verstehen. Ich hatte Glück: Gleich am ersten Abend saß ich in Tokio im Atelier des berühmten Fotokünstlers Araki, danach lernte ich noch mehrere andere berühmte Menschen kennen, und auf einmal schien es, dass das japanische Bewusstsein sehr viel transparenter, historisch, seit alters her und heute, Gebirgsseen ähnlicher war als das Bewusstsein uns angeblich so viel näherer Zivilisationen.

Einer dieser transparenten Gebirgsseen war für mich die japanische Shunga-Kunst.

Nun ja, klar, bei denen da in Japan ist alles anders. Ihr Land wurde von Göttern geboren, und zwar ohne unbefleckte Empfängnis, durch zärtliche und leidenschaftliche Kopulation, nicht nur einfach in gegenseitigem Einvernehmen, sondern sogar aus Liebe. Menschen, Tiere, Naturgottheiten, Berge, Kirschbäume, Ahorn, Blumen und natürlich Fische, die die Höhen silbriger Wasserfälle erklimmen – all das purzelte aus diesem Korb und verwandelte sich in einen Strudel von Lebensphänomenen. Dabei wurde die Unschuldsvermutung des Daseins an sich bewahrt. Die Idee des Sündenfalls fand darin keinen Platz, diesen nahm stattdessen die sinnliche Vorstellung von Schönheit ein. Und diese sinnliche Vorstellung von Schönheit entwickelte die Shunga-Kunst.

Wovon erzählt Shunga-Kunst?

Sie sagt, das Herz des Lebens sei die Liebe. Ohne sie sei das Leben kein Leben, sondern bloß irgendein graues düsteres Etwas. Liebe generiert Liebe, die sich über den Baum des Lebens ergießt. Die Liebe zeigt sich in unterschiedlichen Zuständen, von Wonne und Mitgefühl bis zu Grausamkeit und sogar Hass. Die Liebe zum Hass ist auch eine Form von Liebe, deren perverses Konstrukt. Aber das ist wohl die extreme Form einer solchen Perversion, während die Liebe stärker ist als alle Versuche der Perversion.

Davon, dass die Liebe stärker ist als alle Versuche der Perversion, erzählt Shunga.

Shunga entstand in der japanischen Kultur in uralten Zeiten und kam aus dem an Offenbarungen reichen China, erstrahlte in grellem Licht vom 17. bis ins 19. Jahrhundert und blieb für immer.

Mit ihr lebt es sich leichter.

Shunga ist eine zutiefst intime Kunst, erschaffen für die allgemeine Nutzung. In gewissem Sinne ist sie Medizin. Medizin gegen Vulgarität, Abgeschmacktheit, Obskurantismus, falschen Puritanismus. Sie ist Antipode und Antidot gegen Heuchelei. Sie stellt Menschen dar in extrem offenen Posen, die Körper von Leidenschaft quasi angeschwollen, die Schambereiche dicht behaart, reizvolle Details ersehnter Organe, mal vor Begierde glühende Feuchtgebiete, mal mächtige Türme von Penissen – Shunga ist keusch in dem Sinne, dass sie nichts verbirgt, sich unter keinen Umständen verstellt, und ihre äußerste Offenheit ist ein Zeichen für seelisches Gleichgewicht und kluge Konzentration.

Darin ist Shunga einzigartig. Sie findet nicht ihresgleichen in volkstümlichen Darstellungen oder denen einzelner Künstler anderer Zivilisationen.

Doch das bedeutet nicht, dass sie Dämme und Kläranlagen auf dem Weg der Wünsche und Leidenschaften aufbaut. Für Shunga gibt es nur eine Angst: Den Gegenstand der Erzählung mit Verboten und Moralpredigten zu vereinen und so die Komplexität der Liebe zu verlieren.

Für Shunga ist die Liebe nicht nur das Herz, sondern auch die Wurzel des Lebens. Dieses Zusammenspiel von Herz und Wurzel ist die Garantie für die Vielfalt der Shunga. Sie ist multifunktional. Sie erregt mit Aufforderungen zur Nachahmung. Sie lehrt ohne Didaktik. Sie schützt das Heim vor dem Feuer und den Soldaten vor dem Tod. Im Russisch-Japanischen Krieg hatten die Soldaten Shunga in der Brusttasche. Möglicherweise trug dies irgendwie zum Untergang des Kreuzers *Warjag* bei.

Shunga, wie das Leben selbst mal mehr, mal weniger katastrophisch, mit einer Vorahnung wenn nicht von Hiroshima, so doch in jedem Fall von den Brüchen im nationalen Schicksal, sucht nicht den Erfolg in der staatlichen Politik, da sie jede Ideologie, von blutrünstiger bis zu liberaler, in den Schatten stellt.

Vertieft man sich in Shunga, entflieht man unwillkürlich der Nachrichtenflut, den Alltagsaufgaben, und stürzt hinein in ein geheimes, festliches Zentrum der Existenz. Das muss natürlich die Machthaber aller Zeiten reizen, und Shunga wurde nicht nur einmal verboten, sowohl in Japan als auch im Westen.

Shunga senkt das Niveau des sozialen Sollens des Individuums, nicht selten fordert sie sogar zu ironischem Verhalten ihr selbst gegenüber auf, zum Lachen. Die Lachkultur eines bedeutenden Teils der Shunga nähert sie insbesondere dem russischen heimlichen Märchen an, außerdem der hohen Erotik eines Barkow und der *Gabrieliade* des jungen Puschkin. Doch im Unterschied zu diesen Traditionen ist Shunga ambivalenter.

Shunga beweist mit ihrer Existenz, dass viele Entdeckungen auf dem geschlechtlichen Weg der Menschheit lange vor den sexuellen Revolutionen in der zweiten Hälfte des 20. Jahrhunderts gemacht wurden.

Die Frühlingsbilder, wie Shunga etymologisch zu entziffern ist, die zum Erblühen des Seins aufrufen, lassen sich durch konträre Bedeutungen ergänzen. Aus der niederen Welt der Lüste herausgerissen, verwandelt sich Shunga in einen Magneten, der, um mit den Worten Hamlets zu sprechen, anziehender ist als das Machtdrama um Rang und Namen. Sie ist zart und gnadenlos, rein und schmutzig, schamhaft und schamlos, heterosexuell und neigt zur Homophilie. Sie besingt die Liebe von Ehepaaren und von sich heimlich Liebenden, leidenschaftliches Stöhnen von Reichen wie Armen, Samurai und Kurtisanen, Edelleuten und Dienern. Hier begegnen einem die flinke Jugend und die Weisheit, die schrullig übergeht in die Ungeduld des Alters, Selbstbestätigung und Selbstbegrenzung, wenig zimperliche Meisterschaft und mädchenhafte Unerfahrenheit, Freiheit und Gewalt, Schrecken des Krieges und friedliche Weiden der Sodomie.

Hinter Türen hervor und in Spiegeln, von der Decke herunter und unter der Bastmatte hervor späht Shunga nach den fleischlichen Gelüsten anderer und ist selbst nicht abgeneigt, den Kimono vor neugierigen Blicken zu öffnen. Shunga spielt individuelle Spiele und verschafft Gruppen Liebeswonnen. Sie ist dialogisch, sie hat etwas von den Anfängen späterer Comics und von der verzweigten Symbolik des Mittelalters. Seit Langem kennt sie sich aus mit Erwachsenenspielzeug, sie ruft den Dildo zu Hilfe, weiß Bescheid über kunstfertigen Sex mit sich selbst.

Shunga braucht keine Rechtfertigung. Ich wiederhole, damit es vollkommen klar ist: Theokraten, autoritäre und totalitäre Regimes, ängstliche, nicht vollständig erblühte Demokratien haben ein gespanntes Verhältnis zu Shunga, verlangen sie zu limitieren, bis hin zum Verbot. Shunga zerstört das Monopol solcher Regime auf die Gefühle und die emotionalen Orgasmen der Untertanen, sie verwirrt deren Vorstellungen von souveränem Patriotismus und nationalen Werten.

Doch ihre Verteidigung braucht die richtige Wortwahl. Wenn die Kustoden der Shunga im Museum von Honolulu (eine wunderbare Sammlung!) oder die Kuratoren von europäischen

Shunga-Ausstellungen, von London bis Helsinki, fordern, sie nicht mit Pornografie zu verwechseln, da sie darin gesunden Sex sehen, dann ist das taktisch richtig für ihre Befreiung aus dem Totenreich der Museumsarchive, aber im Grunde falsch. Shunga lässt sich nicht deklinieren, weder grammatisch noch intertextuell in der Spannweite der Weltkultur. Shunga befasst sich nicht mit Hygiene oder dem Säubern von geschlechtlichen Beziehungen. Sie erzählt eher von der Natur des Tiers im Menschen und des Göttlichen im Menschen, über deren seltsame Überschneidungen. Und wenn auf den Shunga-Bildern hin und wieder ein abstoßendes Ungeheuer vorkommt, wollüstige Monster mit krakenartigen Fangarmen oder Fratzen, die aus männlichen und weiblichen Geschlechtsteilen zusammengesetzt sind, dann ist solch ein Bestiarium kein Horrorkabinett, sondern das Unterbewusstsein des Sex, entdeckt lange vor Doktor Freud.

Zudem sind Shunga keine Bilder aus dem marginalen Untergrund. Sie wurden erschaffen von großen Meistern der Holzschneidekunst. Die Gravüren besitzen einen künstlerischen Wert, sind Glück und Stolz von Sammlern, Gegenstand von Ausstellungen, Forschungen, ständigen Sammlungen in Museen. Shunga bringt Befreiung von quälenden Schichten aller möglichen Tabus. Der Gebirgssee Shunga lässt sich am besten durch vertieftes Betrachten erkennen. Indem ich sie dem Leser übergebe, bitte ich Shunga, mit mir unter vier Augen zu bleiben.

76
Die größte geopolitische Katastrophe des 21. Jahrhunderts

Vom offiziellen Standpunkt des Kremls aus verteidigt Russland seine traditionellen Werte. Im Unterschied zum Westen hat es Zugang zu solchen Geheimnissen des Lebenssinns, die seine Bevölkerung zum Gottesträger-Volk machen. Das Volk trägt Gott in sich. Nun ja, die aktuelle russische Propaganda benutzt diesen Dostojewski nahen

Begriff nicht direkt, doch nicht etwa, weil sie sich genieren würde, sondern weil man sich hier leicht verheddern könnte. Dem Gottesträger ist ja doch etwas Friedliebendes zu eigen, vielleicht nichts Seliges, aber zumindest kein tiefsitzender Hass. Jedenfalls kann ein Soldat schwerlich Gottesträger sein – wie könnte er sonst den Feind töten?

Wenn wir über diese traditionellen russischen Werte sprechen, die stets von unseren Slawophilen gepriesen wurden, so war es gerade Dostojewski, der für die Russen den Begriff des »Allmenschen« prägte, welcher für die Kulturen der ganzen Welt offen sei. Schön und gut, aber derlei Fantasien, mit Verlaub gesagt, passen der jetzigen Kremlpropaganda absolut nicht in den Kram. Das Idealbild der Russen zeichnete sich nämlich aus durch Sanftheit, den unaufdringlichen Wunsch, dem Nächsten zu helfen, Fürsorglichkeit und schließlich eine stille, verborgene Liebe. In meiner Familie war die Schwester meiner Großmutter solch eine Trägerin traditioneller Werte, Tante (so nannten wir sie) Lilja, eine bescheidene Alte mit einem blassen und doch strahlenden Lächeln. Lege ich ihr Bild auf die »Spezialoperation« des Großen Gopniks, dann denke ich, sie wäre in tiefster Seele erschüttert von diesem zerstörerischen Unternehmen.

Doch meine Tante Lilja ist nur ein Teil der im russischen Volk vertretenen Wahrheit. Die russischen Werte sind ursprünglich stark an den jeweiligen Stand gebunden. Gutsbesitzer, Offiziere, Adlige, Bauern, Kaufleute, später die Arbeiterklasse – das sind alles unterschiedliche Welten, zersplitterte Moralvorstellungen. Bis heute hat sich keine einheitliche nationale Weltanschauung herausgebildet, und deshalb sind wir keine Nation, sondern ein überaus archaisches Volk. In dieser tiefsitzenden Archaik wird viel Platz dem Überleben eingeräumt, es ist ein grausames Überleben, nur mit großer Mühe zu schaffen. Geschätzt werden hier Kult der Stärke, Empathielosigkeit, Gerissenheit, Argwohn, Misstrauen, Zynismus – alles, was dem Überleben nützt. Wie merkwürdige Gestalten wirken in dieser harschen Archaik Luschen, Muttersöhnchen, Brillenträger, keusche, sogenannte »Turgenjew'sche Fräuleins« – solche, die mit der Zeit zu Intellektuellen werden, zu Leidenden für das terrorisierte Volk.

Das ist der Grund, warum die europäische Logik durchaus nicht immer auf die Russische Welt anwendbar ist. Letztere ist ein Werwolf, der je nach Situation von einem Augenblick zum nächsten sein Aussehen verändert. Als der Große Gopnik erklärte, der Zusammenbruch der Sowjetunion sei die größte geopolitische Katastrophe des 20. Jahrhunderts, zuckte die zivilisierte Welt zusammen. Doch geht man dieser seltsamen Formulierung auf den Grund, wird deutlich, dass einer von uns, »unser Junge«, schlicht ein Ziel und einen Platz in der Geschichte für sich gefunden hat. Laut den Erinnerungen des Oligarchen Beresowski, der in der Absicht nach Biarritz reiste, den Gopnik (dort gerade auf Urlaub) zu überreden, Präsident zu werden, wollte der diesen Job partout nicht übernehmen, sondern lieber Chef von Gazprom werden. Nun ja, Letzterer hat klar umrissene Aufgaben, und das Geld stimmt auch. Aber Präsident? Genau – der Drache im Nebel.

Er wurde trotzdem Präsident und wusste zunächst nicht, womit er sich befassen, welche Rolle er spielen sollte. Man schlug ihm vor, Portugal in Sachen Lebensstandard einzuholen, doch das wirkte demütigend für so ein riesiges Land. Aber nach und nach ertastete er sich seine Linie, wobei er zur Ideologie seiner armen Kindheit auf dem Leningrader Hinterhof zurückkehrte. Dort galt es Sieger zu sein (ansonsten drohte Unheil in Form von allen möglichen Erniedrigungen). Zu diesem Zweck musste man an einer Sportschule eine asiatische Kampfsportart erlernen; hier waren Sieger auch willkommen. Nun, und beim KGB wurden Sieger geformt. Dreifach bereit zum Siegen, entwickelte der Große Gopnik aus seinem Leben heraus das Gesetz des Krieges.

Auf dem Kriegspfad ist der Große Gopnik als Mensch in seinem Element. Hier ist es für ihn interessant, hier fühlt er sich wohl. Hierher ruft ihn die Leidenschaft fürs Siegen. Und nicht der Zusammenbruch der Sowjetunion treibt ihn um – ihn, der als KGB-Mitarbeiter in Dresden die bescheidene Welt des Konsums in der DDR kennengelernt hat –, sondern die Möglichkeit, sich selbst zu verwirklichen und an der Macht zu berauschen.

Macht korrumpiert, absolute Macht korrumpiert absolut, sagt man. Menschen, die über den Großen Gopnik nachdenken, wissen gewöhnlich nicht, wie Macht sich von innen anfühlt: Journalisten, Politologen, Professoren – das sind keine Menschen der großen Macht. Sie erfinden für den Gopnik dessen ideologische Vorlieben.

Die Stärke des Großen Gopniks besteht nicht in Ideologie. Tatsächlich sind die traditionellen Werte des russischen Volks durchaus verworren. Einerseits sind sie verankert im *Domostroi* – dem russisch-orthodoxen Gesetzeskodex für den Alltag aus dem 16. Jahrhundert. Hier wird der Frau in der Familie der letzte Platz zugewiesen, Kinder soll man züchtigen und die Familie »in Gottesfurcht« halten. Andererseits wissen wir ja seit dem 11. Jahrhundert: »Glück in der Rus ist das Trinken.« Das heißt, Alkohol floss seit jeher reichlich, es gab zahlreiche heidnische Bräuche und Glaubensvorstellungen, brutale Schlägereien bei der Dorfjugend, *Stenka*-Kämpfe, bei denen zwei Gruppen in einer Reihe aufgestellt gegeneinander antraten, gekämpft wurde um Mädchen, und das Schwitzbad war ein Ort erotischer Sitzungen. Das Durcheinander endet, wenn es um Politik geht. Der *Domostroi* verlangt: Zar und Fürst muss man fürchten und ihnen dienen als den Vertretern Gottes auf Erden.

Dieser Regel bleibt Russland bis heute im Grunde genommen treu. Dank ihr hat der Große Gopnik geschickt erreicht, dass seine Person andere Werte Russlands in den Schatten stellt und selbst zum höchsten russischen Wert avanciert ist. Er hat es vermocht, den Kremlhofstaat so zu organisieren, dass sich dieser ihm vollständig unterordnet. Jedenfalls solange unser Zar aussieht wie ein Sieger. Der Zar hat die Schlüsselpositionen mit Freunden und Mitstreitern aus dem KGB besetzt, war dabei nicht knauserig und ließ zu, dass sie sich die Taschen vollstopften. Wer liberale Anwandlungen hatte oder hinter seinem Rücken irgendetwas flüsterte, wurde gefeuert oder ins Gefängnis gesteckt. Nützliche Liberale gibt es nur noch im Finanz- oder Bankensektor der Staatsmacht. Hier, das versteht der Gopnik, ist Liberalismus nicht verkehrt.

Seinen Sieg über Russland brachte Wjatscheslaw Wolodin, Vorsitzender der Staatsduma, auf den Punkt: »Russland ist der Große Gopnik. Der Große Gopnik ist Russland.« Der Gopnik lässt die russischen Werte für sich arbeiten, er hat sie gar nicht zu einer tollen neuen Ideologie hochgekocht. Sie blubbern so um ihn herum, und er benutzt sie nur für praktische Zwecke. Seine Ideologie ist verschwommen und willfährige Dienerin seiner Wünsche. Wenn er die Orthodoxie braucht – in Gottes Namen! –, her damit. Wenn Stalin in den Herzen der Menschen lebt – dann hat er auch nichts gegen Stalin. Der Große Gopnik bog die russische Geschichte zurecht als lange Serie von Siegen – sein Traum noch aus der Hinterhofkindheit. Nichts zu machen, dieser Mann liebt den Krieg, es gefällt ihm sichtlich, hin und wieder völlig ungehobelt Hass und Hohn abzusondern. Er findet es toll, der höchste Wert Russlands zu sein, und will diese Position nicht verlieren. Er hat im Volk ganz ähnliche Eigenschaften entdeckt und seine Zugehörigkeit zum Volk besonders am Beispiel der Krim erkannt. Das Land war glücklich, er auch. Und nun möchte er seinem Volk die Ukraine schenken, aber irgendwas läuft da noch nicht rund. Jedenfalls nicht so schnell, wie er es sich gewünscht hat.

Und infolge von alldem ist das Boot der Werte gekentert: Wir befinden uns in ungefähr derselben Lage wie im späten breschnewschen Kommunismus, in dem nicht der Generalsekretär der Idee diente, sondern die Idee ihm. Nur dass jetzt statt der einen, der kommunistischen Idee, unserem Zaren eine ganze Palette von schön verpackten Werten zu Diensten ist.

Alle sind der Meinung, er werde keinen atomaren Konflikt riskieren, denn er sei schließlich kein Selbstmörder. Er will leben und die Nummer 1 sein auf der Weltbühne. Aber ist das nicht allzu naiv gedacht? Große Macht wie auch philosophischer Verstand geben dem Menschen die einzigartige Möglichkeit, den Tod aus anderer Perspektive, sozusagen hinter den Spiegeln zu betrachten. Dorthin zu gehen, wohin sonst niemand geht. Der Große Gopnik hat ja gesagt, dass er die Welt nicht ohne Russland sehe, aber wenn er selbst Russland ist (laut Wolodin und anderen), dann sieht er die Welt nicht ohne sich, also soll die Welt getrost mit ihm untergehen.

Welch großartiger Gedanke für die Fortsetzung seiner Zarenherrschaft – die Wiederherstellung der Sowjetunion. Niemand will in die Sowjetunion zurückkehren, selbst Lukaschenko spielt auf Zeit und will sich nicht mit Russland vereinigen. Und hier befasst sich einer gegen den Willen aller anderen mit dem Projekt Imperium, das der Westen zerstört hat. Und in Wahrheit? Glaubt er wirklich, dass der Westen es zerstört hat? Natürlich. Er besteht ja aus diesem Glauben, der sich in gesichertes Wissen verwandelt hat – in Russland ordnet sich die Wahrheit dem Wunsch der Zaren unter.

Und was soll nun der Westen tun angesichts einer solchen Wahrheit? Der Westen hat endlich begriffen, dass ein Sieg des Großen Gopniks in der Ukraine eine Niederlage für die gesamte westliche Zivilisation wäre. Faktisch die allerschlimmste geopolitische Katastrophe des 21. Jahrhunderts. So könnte man die Formulierung des Gopniks der westlichen Perspektive anpassen. Doch ist der vereinte Westen auch fähig zur Verteidigung?

Teils, teils.

Er kann Russland mit Sanktionen treffen und abwarten, bis diese das Land in die Knie zwingen oder in die Steinzeit zurückversetzen. Er kann die Ukraine mit erstklassigen Waffen versorgen und auf einen Wendepunkt in diesem Krieg warten. Er kann sogar zu verstehen geben, dass ein Atomschlag zu einer gnadenlosen Antwort führen kann, die sich gegen den Großen Gopnik persönlich richten wird.

Doch was der Westen nicht tun kann – er kann seine Bürger nicht ändern. Natürlich gibt es eine Armee und eine NATO-Flotte. Doch die westliche Zivilisation ist unwiderruflich pazifistisch. Sie hat ja den Gopnik mit seinen militärischen Neigungen regelrecht verpennt, Hunderte von Rechtfertigungen für ihn gefunden, denn sie schläft einen tiefen pazifistischen Schlaf. Doch wenn sie seit Kriegsausbruch aufgewacht ist, dann bedeutet das nicht, dass sie ihr Wesen verändern wird, es sei denn, der halbstarke Zar würde in ihr Haus eindringen, sagen wir mal, mit einer Handgranate. Ratlosigkeit, rasche Ermüdung vom Krieg, unterschwelliger Antiamerikanismus, halbherzige Solidarität und der Wunsch nach einem baldigen Waffenstillstand – all diese mentalen Befindlichkeiten Europas werden herumspuken, solange der Krieg fortdauert. Danach darf man dann weiterschlafen.

Die Berater des Großen Gopniks malten ihm vor dem Krieg eine verächtliche Version der westlichen Strukturen aus. Sie erwies sich als falsch. Doch der Westen verliert in gewissem Maße die Fähigkeit zur Selbstanalyse. Er lebt nicht übel, ich würde sagen, *ein mittelprächtiges Leben*, in dem es weder die Tiefen afrikanischen Elends gibt noch die Höhen einer vielen Menschen unverständlichen Metaphysik. Der Russe lebt eher außerhalb des Mittelmaßes, er kennt es gar nicht und verspürt auch wenig Verlangen danach. Man gebe ihm Extreme – höchste Höhen und tiefste Tiefen. Hier tut sich die kognitive Dissonanz auf zwischen Russland und dem Westen. Auf den Krieg übertragen, stellt diese Dissonanz dessen endlose Verlängerung in Aussicht. Beim Großen Gopnik, dem höchsten Wert Russlands, löst dies womöglich größte Euphorie aus. Solange der Krieg weitergeht, sitzt er auf seinem Thron und greift weiter nach dem globalen Sieg. Er ist der Donnergott.

77
Merkblatt für den Berfreiungskämpfer

SCHNEIDE DEM FEIND NICHT OHNE NOT DEN KOPF AB, ABER WENN DU UNBEDINGT LUST DAZU HAST, NUR ZU. BEIM KOPFABSCHNEIDEN BEACHTE ALLE VORSICHTSMASSNAHMEN, UM DICH NICHT MIT BLUT ZU BESPRITZEN. STECK DEN ABGESCHNITTENEN KOPF AUF EINEN SPITZEN STAB UND ZEIG IHN DEINEN KAMERADEN. NIMM DEM ENTHAUPTETEN FEIND ALLES AB UND BEHALT ES FÜR DICH. TU ALLES, WAS MÖGLICH IST, DAMIT NICHT DU IHM DEN KOPF ABSCHNEIDEN MUSST, SONDERN DER FEIND DAS SELBST MACHT.

VERGEWALTIGE KEINE FRAUEN OHNE NOT, ABER WENN DU UNBEDINGT LUST DAZU HAST, NUR ZU. WÄHREND DER VERGEWALTIGUNG HALTE DEINE EHRE ALS BEFREIUNGSKÄMPFER HOCH, SEI FRÖHLICH, WENN SIE HEULEN UND VOR SCHMERZEN SCHREIEN. WENN DER EHEMANN DER FRAU PROTESTIERT UND DICH MIT SEINEM PROTEST BEI DER VERGEWALTIGUNG STÖRT, SAG IHM, ER SOLL DAS LASSEN, ODER VERGEWALTIGE IHN EBENFALLS. NACH DER VERGEWALTIGUNG NIMM ALS ANDENKEN DEN SCHMUCK DER VERGEWALTIGTEN AN DICH.

TRINK NICHT DAS BLUT DER BABYS DES FEINDES, ABER WENN DU UNBEDINGT LUST DAZU HAST, NUR ZU, WOHL BEKOMM'S.

SCHIESS NICHT AUF FRIEDLICHE FEINDLICHE BÜRGER OHNE NOT, ABER WISSE, DASS DER FEIND KEINE FRIEDLICHEN BÜRGER HAT. SIE GEBEN NUR VOR, FRIEDLICHE BÜRGER ZU SEIN.

SCHÄTZE DICH GLÜCKLICH, FÜR DIE HEIMAT ZU STERBEN. DIE HEIMAT WIRD SICH BEMÜHEN, DICH UNBEMERKT MIT EHREN ZU BEGRABEN, UND DEINER FAMILIE GELD GEBEN, WENN SIE ES FÜR NOTWENDIG ERACHTET.

FRAGE NICHT, WANN DER KRIEG ENDET. ES GIBT IHN ÜBERHAUPT NICHT, UND ER ENDET NIE, DENN UNSERE HEIMAT KENNT KEINE GRENZEN.

VERGEWALTIGE NICHT OHNE NOT DIE MÄNNLICHE BEVÖLKERUNG DES FEINDES, ABER WENN DU UNBEDINGT LUST DAZU HAST, NUR ZU. VERGISS NICHT, DIE GEFANGENEN FEINDE ZU KASTRIEREN. DAS IST DIE PFLICHT DES KÄMPFERS UND PATRIOTEN, UND ES MACHT SPASS.

UNSERE HELDENTATEN NENNT DER FEIND VERBRECHEN. DEINE ANTWORT: TÖTE DEN FEIND.

WISSE, DASS DU ALLES, WAS DU ZU LANDE, ZU WASSER ODER IN DER LUFT TUST, IM NAMEN DES HEILIGEN LICHTS GEGEN DIE VERFLUCHTE FINSTERNIS TUST.

BESCHIESSE NICHT OHNE NOT OBJEKTE DER KULTUR UND DER KIRCHE DES FEINDES, ABER BEDENKE, DASS DER FEIND WEDER KULTUR NOCH RELIGION BESITZT. SÄMTLICHE KRANKENHÄUSER UND POLIKLINIKEN SOWIE AUCH ENTBINDUNGSKLINIKEN DES FEINDES – ALLES TARNUNG.

WENN VOR DEINEN AUGEN DEINE KAMERADEN GETÖTET WERDEN, WENN DEINE WAFFENBRÜDER IN STÜCKE GERISSEN WERDEN, TRAUE DEINEN AUGEN NICHT. SIE SIND NICHT GEFALLEN. SIE SIND GANZ EINFACH INS PARADIES EINGEGANGEN. AUCH DU WIRST SCHON BALD DORT SEIN.

BEGIB DICH UNTER KEINEN UMSTÄNDEN IN FEINDLICHE GEFANGENSCHAFT. DAS IST DER WEG IN DIE HÖLLE.

WENN DU HÖRST, DASS EIN KAMERAD DIE HEIMAT VERUNGLIMPFT, DASS ER DEN PATRIARCHEN ANTICHRIST NENNT, DENUNZIERE DIESEN ZUM FEIND MUTIERTEN MANN UND MACHE EINEN FREUDENSPRUNG, WENN ER VERNICHTET WIRD.

WENN IN DEINEM EIGENEN KOPF IRGENDWELCHE FEINDSELIGEN ZWEIFEL ENTSTEHEN, DENUNZIERE DICH SELBST ODER ERSCHIESS DICH, DU DRECKSKERL, SOLANGE ES NICHT ZU SPÄT IST.

WENN DU ZU HAUSE ANRUFST, SAG DEINER FRAU NICHT DIE WAHRHEIT DARÜBER, DASS ES DIR IN DER ARMEE BESSER GEHT ALS ZU HAUSE. SIE KÖNNTE BELEIDIGT SEIN UND EIFERSÜCHTIG WERDEN. WOZU SOLLTE DAS GUT SEIN?

78
Die glückliche Stunde des Denunzianten

In Russland wird heute ein neuer Nationalheld geboren. Er ist die Stütze des Regimes. Der Gehilfe des Großen Gopniks im Kampf gegen die inneren Feinde. Darf ich vorstellen? Hier ist der neue Held – der Denunziant. Mit geschwellter Brust schreibt er seine Denunziationen, setzt, ohne sich hinter Pseudonymen zu verstecken, seinen Klarnamen darunter. Und er empfindet moralische Befriedigung durch seine Arbeit. Er ist Teil eines kollektiven Systems des Denunziantentums, in dem Lehrer ihre Schüler anzeigen und Schüler ihre womöglich liberalen Lehrer, in dem jeder liberale, gegen den Krieg gerichtete Gedanke, woher er auch immer kommen mag, angezeigt und unter anderem der Rechtfertigung des Nazismus beschuldigt werden muss.

Die Adressaten der Denunziationen sind unterschiedlich, aber sofern man nach oben schreibt, dann hauptsächlich an die Generalstaatsanwaltschaft und die Ermittlungsbehörde der Russischen Föderation. Auf die Anzeigen wird zügig reagiert, eine entsprechende Akte wird eröffnet, Ermittlungsmaßnahmen werden ergriffen. Diese Schnelligkeit hat ihre Logik. Wenn du mit deiner Antwort zu lange zögerst, droht dir ebenfalls eine Anzeige. Danach können Verwaltungs- oder Strafverfahren gegen dich eingeleitet werden. Im ganzen Land wimmelt es nur so von Denunzianten. Sie halten sich für Patrioten, sie denunzieren all jene, die sich auf die eine oder andere Weise gegen den Krieg in der Ukraine geäußert haben. Denunziationen gibt es in schriftlicher, aber auch in mündlicher Form – ein Anruf bei der Polizei genügt.

Freilich gibt es unter den Zehntausenden von gewöhnlichen Denunzianten, die aus Pflichtgefühl andere anschwärzen oder auf Lob von oben hoffen, auch wahre Giganten der Denunziation.

Zu ihnen gehört zu Recht Witali Borodin, der nicht davor zurückschreckt, auch sehr berühmte Menschen in Russland zu denunzieren, wenn sie sich seiner Ansicht nach gegen die Vorstellungen der Regierung von Gut und Böse wenden. Borodin kann sich einer äußerst verdienstvollen Biografie eines Patrioten rühmen. Geboren 1983 in einem kleinen Dorf im Süden Russlands, absolvierte er eine Militärfachschule, arbeitete bei der Kriminalpolizei, war Mitarbeiter im operativen Dienst des Innenministeriums. Danach ging er in die Wirtschaft, wurde Direktor für Wirtschaftsschutz bei einer Baufirma. Er gründete die nichtkommerzielle Organisation FBPL – Föderales Projekt für Sicherheit und Korruptionsbekämpfung. Seine Feinde behaupten, 2017 sei er in Moskau beim Verticken von Kokain erwischt und verhaftet worden, eine Episode, die für ihn jedoch folgenlos geblieben sei. Äußerlich ein kräftiger Mann mit hervorstehenden Augen, der früher Boxsport betrieb. Passionierter Langstreckenläufer. Borodin erzählt, er sei während des Krieges mehrmals im Donbass gewesen, habe selbst nicht gekämpft, aber eine Maschinenpistole getragen.

Bekannt wurde er in ganz Russland nach einer Serie von Denunziationen gegen Prominente. Er denunzierte Lia Achedschakowa, die betagte Schauspielerin des Moskauer Theaters *Sowremennik*, die Millionen Russen aus melodramatischen Kultfilmen der letzten Sowjetjahre kennen und verehren. Lia ist seit vielen Jahren bekannt für ihre unabhängigen Ansichten. Diese zarte, kleine, mutige Frau hatte keine Angst, gegen den Großen Gopnik aufzutreten, der zunehmend diktatorische Befugnisse auf sich vereinigte, und mit Beginn des Krieges bezog sie Stellung gegen die russische Aggression. Lia musste ihr Theater verlassen – sie verlor alle ihre Rollen. Die Denunziation trug maßgeblich zu ihrer Entlassung bei. Während einer landesweit ausgestrahlten Fernsehsendung des Pro-Kreml-Moderators Andrej Norkin griff Borodin Letzteren an, da der seiner Ansicht nach Lia Achedschakowa wohl allzu sehr mit Samthandschuhen angefasst habe. Borodin verließ unter Gezeter und Skandal das Studio und schrieb eine Denunziation gegen Norkin.

Borodins skandalöseste Denunziation richtete sich allerdings gegen die seit Jahrzehnten von Millionen verehrte Schlagerkönigin Russlands, Alla Pugatschowa. Nachdem diese wegen des Krieges nach Israel ausgereist war, beschuldigte sie der Denunziant der

Unterstützung der ukrainischen Armee. Ihre Lieder, allen voran *Eine Million roter Rosen* nach einem Gedicht von Andrej Wosnessenski, kennt das ganze Land, zu ihren Hits tanzen Generationen meiner Landsleute. Vor Borodin haben bereits andere versucht, Pugatschowa zu diskreditieren. Wie immer sind solche Dinge mit Beleidigungen verbunden, dem Versuch, einen Prominenten in den Dreck zu ziehen, ihn zu verhöhnen und zum Pseudostar zu degradieren. Die von Witali Borodin vorgebrachten Anschuldigungen legen allerdings eine ernsthafte Strafsache nahe. Bei uns kann man bereits für ein unvorsichtiges Wort über den Krieg belangt werden. Jedenfalls kann die Mine, die er Alla untergeschoben hat, jeden Moment hochgehen. Keine schlechte Methode, die Sängerin zum Schweigen zu bringen.

Dann entschied Borodin, dass man nicht nur die Stars der älteren Generationen angreifen müsse, sondern auch die jungen Idole, und so stürzte er sich auf einen populären russischen Schauspieler, unser männliches Sexsymbol Danila Koslowski, der vorübergehend in den USA lebte, dann aber nach Russland zurückkehrte. Der Denunziant meinte, Koslowski sei in den USA wohl das Geld ausgegangen, und daher sei er mit der zynischen Absicht zurückgekommen, in der Heimat Geld zu scheffeln. Dieses Mal ließ sich das Opfer die Denunziation nicht einfach so gefallen. Koslowski ging gegen den Denunzianten vor Gericht, doch wie das alles ausgehen wird, werden wir erst später erfahren.

Denunziation stellt ein probates Mittel zum sozialen Aufstieg in Russland dar, doch man muss es vorsichtig anwenden. Borodin beginnt offenbar allzu eigenmächtig bei seinen Denunziationen vorzugehen. Darin könnte man gar eine Wiedergeburt des Trotzkismus sehen – revolutionäre Eigenwilligkeiten dieser Art wurden schließlich in allen ihren Formen Ende der 1920er-Jahre durch Stalin gestoppt. Selbst der größte Dichter der Revolution, Wladimir Majakowski, wurde trotzkistischer Umtriebe beschuldigt.

Borodin ist natürlich bei Weitem kein Majakowski – er ist ein politischer Intrigant, der versucht, mit Denunziationen Karriere zu machen. Inzwischen hasst ihn die gesamte liberale Intelligenzija. Im

Internet wird er nach Strich und Faden beschimpft. Ich glaube, das verschafft ihm noch einen extra Kick.

Welche Position nimmt man in der Präsidialverwaltung des Großen Gopniks zu Denunziationen ein? Sein treu ergebener Pressesprecher äußerte sich neulich negativ dazu. Möglicherweise wird Borodins Denunziantenkarriere bald enden, wer weiß, aber das Denunzieren ist nicht zu stoppen. Denunziationen haben in Russland nämlich eine eigene Genealogie.

Unsere zivilisierte Gesellschaft (das sind diejenigen, die man vor der Revolution mit dem netten Wort »Nachvorngewandte« bezeichnete), die sich in verschiedene Länder abgesetzt hat oder in der Heimat in der inneren Emigration lebt, empört sich ungeheuerlich über den dreckigen Schwall politischer Denunziationen – man bekomme den Eindruck, das gesamte Kanalisationssystem sei geborsten, der Inhalt sei herausgequollen und habe sich über das ganze Land ergossen. Aber hätte man sich das nicht schon früher denken können?

Offenbar haben die empörten Bürger von Anfang an nicht verstanden, in welcher Wirklichkeit wir alle leben. Jahr für Jahr hatte die Staatsmacht die Schrauben immer fester angezogen, die Protestbewegung mit ihrem Vorgehen verblüfft, und jedes Mal erwies sie sich als schneller, geschickter und irgendwie klüger als die Opposition. Mehr als einmal verfiel diese in Schockstarre ob der Dreistigkeit der Machthaber. Meist waren ihre Aktionen verspätete Antworten auf die Gewalt der Staatsmacht, und dieses häufige Sich-Verspäten führte letztlich zu ihrer Zerschlagung. Zudem spaltete sie sich ständig in Clans und kam nicht einmal im Ausland zu irgendeinem prinzipiellen Konsens. Was für ein Irrsinn! Das muss die Machthaber doch einfach freuen.

Doch der jetzigen Staatsmacht genügt es nicht, die Opposition zu zerschlagen. Sie hat sich darangemacht, das Bewusstsein des Landes auf einen gemeinsamen ideologischen Nenner zu bringen. Wer nicht für uns ist, der ist gegen uns. Die bekannte stalinsche These ist erneut Wirklichkeit geworden, und darauf haben die unter diesem Banner wiedererwachten zahlreichen Denunzianten reagiert, die nie ausgestorben waren, aber einen Moment lang versteckten Maulwürfen glichen. Die Vernichtung jeder Art von Andersdenken, die Jagd auf die Fünfte Kolonne, der groteske Kampf der Spinnen im Terrarium der Macht, die sich gegenseitig auffressen (siehe Borodin und Norkin), wird heutzutage unter der Losung »Kampf gegen Russophobie« geführt, für eine mystische Russische Welt. Der Krieg hat einer neuen Ära des Denunziantentums seinen Segen erteilt.

Natürlich könnte heutzutage selbst Jesus Christus mit seinen unzeitgemäßen Predigten ins Visier geraten. Denunziationen gegen Jesus Christus verfassen? Warum denn nicht? Vielleicht würde er ja sogar verurteilt, ob zivil- oder strafrechtlich, ungeachtet des staatlich-orthodoxen Feigenblatts. Doch wäre das etwa der erste historische Fall dieser Art? Etwas Ähnliches gab es auch in Europa, in Deutschland vor etwa neunzig Jahren. Aber ich rede jetzt über uns.

Die derzeitige Ära des russischen Denunziantentums unterscheidet sich von vorhergehenden analogen Erscheinungen in der russischen Geschichte. Wir sind zweifellos Zeugen des Verfalls moralischer Qualitäten der Volksmassen, die Gefallen finden an der derzeitigen Propaganda und ihren betörenden Botschaften.

Der bekannte Denunziant aus der Zeit Nikolais I., der Schriftsteller Faddej Bulgarin, ein Zeitgenosse Puschkins, wurde zum Symbol vorrevolutionären Denunziantentums. Die damalige russische Gesellschaft hatte keinerlei Verständnis dafür, dass er für die Sicherheit des Staates kämpfte, gemeinsame Sache mit der Geheimpolizei machte, gegen die Verunglimpfung des staatlichen Regimes kämpfte, Fakes und Diskreditierung der zaristischen Armee entlarvte. Tschaadajew, der auf Geheiß des Zaren für verrückt erklärt wurde, wurde natürlich nicht zum anerkannten Führer der liberalen Gesellschaft, aber Bulgarin war die Verkörperung des moralisch Bösen.

Des Weiteren begann in Russland das 20. Jahrhundert nicht nur mit dem Silbernen Zeitalter in der russischen Kunst, sondern auch mit der Schwarzhundertschaft, einer massenhaften Volksbewegung des Hasses gegen das freie Denken. Diese wurde von Nikolai II., dem letzten russischen Zaren, unterstützt.

Die Denunziationen unter der Sowjetmacht waren die Vorläufer der heutigen Denunziationen, wenn auch mit Einschränkung. Nicht umsonst wurden die sowjetischen Denunzianten Spitzel genannt – auf ihnen lag ohnehin ein moralischer Fluch, sie waren eine Erscheinung von vielen, aber doch marginalen Millionen (wir erinnern uns an vier Millionen Denunziationen laut der Schätzung des emigrierten russischen Schriftstellers Sergej Dowlatow). Die historische Wahrheit blieb bei denen, die denunziert wurden, nicht aber bei den Denunzianten, ob freiwillig oder unter der Knute des NKWD zu Spitzeln geworden.

Nichtsdestoweniger tauchte unter Stalin ein legendärer Denunziant und Märtyrer auf, der junge Pionier Pawlik Morosow, der seinen eigenen Vater, einen Kulaken, bei den Machthabern denunzierte. Er wurde schließlich selbst von Verwandten seines Vaters getötet. Eine echte griechische Tragödie. In Russland gibt es bis heute Straßen und Parks, die den Namen Pawlik Morosows tragen.

In unseren Zeiten hat sich das dazu gereifte Volk die moralische Erlaubnis zur Denunziation selbst erteilt. Dasselbe Volk, das gemäß der Vorstellung liberaler Idealisten zum befreiten Volk eines wunderbaren Russlands der Zukunft werden sollte. Als bunter liberaler Haufen herzufallen über diesen oder jenen üblen Denunzianten, der sich heutzutage einen Namen gemacht hat – das bedeutet, die Dimension der Katastrophe zu unterschätzen. Wenn es das Volk zulässt, dass Idole des ganzen Volkes diffamiert werden, dann ist der Denunziant eher nur ein Henker, ein Vollstrecker des Urteils von oben unter schweigender Billigung der Massen, die immer schon öffentliche Hinrichtungen liebten, vor allem das Enthaupten von Berühmtheiten. Von der Rolle der Richter wollen wir hier gar nicht reden.

Bedeutet dies, dass alle Denunzianten nur Schräubchen in der Staatsmaschinerie sind?

Nicht unbedingt. Ihre Blutrünstigkeit entsteht nicht nur infolge des Andersdenkens der Fünften Kolonne, sondern auch, weil die heutige Generation der Denunzianten ihre Denunziationen in vollen Zügen genießt, sie sind Denunzianten unterschiedlichen Alters, von klein bis groß. Schaut man sich die Beispiele von Denunziantentum an, von den skandalösesten bis zu den ganz unauffälligen, von den für alle aufwühlenden wie gegen Alla Pugatschowa und andere Prominente bis zu Anrufen bei der Polizei wegen eines mitgehörten Kneipengesprächs, dann dienen die Denunzianten eher nicht der Heimat als vielmehr ihrer eigenen Person, sie sind weniger der Staatsmacht ergeben als ihrer eigenen Grausamkeit unterworfen, sie haben sich bereits in latente oder offene Sadisten verwandelt.

Die Grausamkeit des Russischen Staates verläuft nicht folgenlos. Sie hat uns sowohl die moderne Macht als auch das moderne Volk auf dem Tablett serviert. Die russische Protestbewegung hat im Grunde die Evolution des Volkes verschlafen oder die Analyse dieser Entwicklung aufgrund ihrer Utopien schlicht verweigert. Wir haben bekommen, was wir verdient haben.

Kann man die Kanalisation reparieren und den Gestank der Denunziationen beseitigen?

Vermutlich ja. Aber sich von Utopien und Illusionen zu verabschieden, ist sowohl für eine künftige Regierung als auch für die Protestbewegung eine schwierige Aufgabe. Vielleicht noch schwieriger, als aus der derzeitigen militärischen Apokalypse herauszufinden.

79
Der Panzer, der im Zirkustor stecken blieb (Bilanz einer Tragikomödie)

Charakteristisch für den einfachen Russen ist, dass er in der Regel nicht nach Abstraktionen sucht, die das Wesen von Ereignissen erklären würden. Stattdessen findet er in Letzteren ganz gewitzt humoristische Details – um seines Seelenfriedens willen. Das passiert in allen Lebensbereichen, am meisten aber in der Politik, wo Humor zur Bewältigung von Hilflosigkeit beitragen kann. »Ich verstehe das alles nicht, aber ich finde es lustig« – so lautet wohl die im einfachen Volk weit verbreitete Formel für die Bewertung von Prigoschins militärischem Abenteuer. Das Volk hat sich nicht weiter mit dem

Vorgefallenen auseinandergesetzt, ihm sind die Zwistigkeiten unter den Befehlshabern herzlich egal, aber endlich durfte mal wieder spöttisch über die Absurdität des Lebens gelacht werden.

Von allen Ereignissen in Rostow am Don erfreute sich die Episode mit dem Panzer der Wagner-Söldner, der im Stadtzentrum in der Toreinfahrt zum Zirkus stecken geblieben war, besonderer Beliebtheit in den sozialen Netzwerken. Was wurde nicht darüber gelacht! Die Geschichte mit dem Panzer ist zum Meme geworden. Und tatsächlich: Dieses Meme hat sich in ein Symbol für das Scheitern der ganzen Operation verwandelt, wie auch immer sie ursprünglich gedacht war.

Die Theorie des niederländischen Kulturhistorikers Johan Huizinga über den »Homo ludens« widerspiegelt treffend diese in Russland verbreitete Lebenseinstellung, man müsste dem nur noch hinzufügen, dass es sich hier meistens um ein Spiel aus Verzweiflung handelt. Als die Kolonnen der Söldner nach Moskau unterwegs waren, erging an Bauarbeiter das Kommando, mit Baggern Straßen aufzureißen, worauf ein Autofahrer aus der Gegend angesichts der Gräben mit einer Mischung aus Neugier und Verzweiflung fragte: »Und wie soll ich jetzt bitte schön nach Hause kommen?« Das Alltagsmoment beschäftigte ihn bedeutend mehr als die politischen Auseinandersetzungen. So etwas lässt sich überall beobachten: Auch im Falle der prigoschinschen Meuterei hat sich im Bewusstsein des Volkes nichts über die Grenzen des Alltäglichen hinaus zum Nachdenken über das Schicksal des Landes bewegt. »Das ist die Sache von denen da oben – nicht unsere«, sagte das einfache Volk, das schon bisher nicht einmal der Krieg gegen die Ukraine aus dem politischen Tiefschlaf wecken konnte.

Doch die Gleichgültigkeit des russischen Volkes ist besonders bemerkenswert vor dem Hintergrund jener Explosion unterschiedlichster Gefühle, die politisch Engagierte sowohl in Russland als auch im Rest der Welt durchlebten. Der zweitägige Putsch erwies sich als scharfe Röntgenaufnahme zur Durchleuchtung der inneren Mängel des gopnikschen Machtsystems, die sich zu einer Bedrohung für die Welt entwickeln könnten.

Wer ist nach dieser Meuterei Gewinner, und wer Verlierer?

Natürlich ist in diesem Moment der Meuterer Prigoschin selbst das Hauptopfer der Meuterei, obwohl auch das nicht so einfach zu sagen ist. Der Koch des Großen Gopniks hat in den letzten Jahren ein wahres Banditenimperium des Bösen erschaffen, das Russland brauchte – für den gnadenlosen Kampf gegen den Westen und den inneren Feind, die Opposition. Die Kampfmethoden wurden vom Kreml mit enormen Finanzspritzen gefördert, was dieser zuvor keineswegs zugegeben hatte. Erst jetzt, nach dem gescheiterten Putsch, übernahm er Verantwortung für die zerstörerischen Aktivitäten der Privatarmee Wagner in der ganzen Welt. Mit der Entlarvung Prigoschins entlarvte er sich im Grunde öffentlich selbst.

Was jedoch Prigoschin betrifft, der der Bestrafung durch den Zaren als Verräter aus dem Weg ging und seine Zelte in Belarus aufschlug, so könnte er im Weiteren sowohl kaltgemacht als auch benutzt werden – seine Erfahrung, die keine moralischen Grenzen kennt, ist schließlich unschätzbar wertvoll für die Zerstörung des Westens. Ein zweiter Prigoschin, der das Vertrauen des Großen Gopniks ebenso genießt, findet sich nicht so leicht. Die stalinsche Losung aus der Zeit des Großen Terrors: »Danke für gestern, für heute verantworte dich!«, lässt sich auch auf Prigoschin beziehen. Der halbstarke Zar verzeiht nicht den Hauch einer Beleidigung, und Prigoschin fühlte sich in einem bestimmten Moment der Meuterei trotz allem als Herr der Lage, denn er hatte kurz vergessen, dass es in Russland nur einen Herrn gibt.

Für den Großen Gopnik war das Scheitern der Meuterei durchaus kein persönliches Scheitern. Er hetzte die Befehlshaber zwecks Stärkung der Autokratie und für eine »gesunde« Konkurrenz an der Front aufeinander, er spielte ein gefährliches Spiel. Doch die Autokratie ist in Russland eine mächtige Institution, und Prigoschin ist mit seinen kommunistischen Ködern bei Weitem kein Lenin. Er bringt weder politischen Verstand mit, noch hat er eine Ideologie im Angebot. Der Große Gopnik kam nicht einmal ins Schwitzen und konnte die Tage der Meuterei nach Gutdünken verbringen. Nicht der Gopnik ist schwach, sondern die künftige Übergangsperiode vom Gopnik zum nächsten Kremlherrn – die Autokratie des Gopniks hat persönlichen Charakter und lässt sich an niemanden vererben.

24. FEBRUAR

Im Teich spiegelten sich die Kuppeln des Neujungfrauenklosters, Enten paddelten herum. Ich stand am Rand des Wassers und dachte über mein zukünftiges Buch nach – Der Große Gopnik*. Plötzlich packte mich jemand im Nacken und schubste mich Richtung Wasser. Lautes Lachen.*

»So hätten wir einen Schriftsteller weniger in Russland.«

Ich drehte mich um.

Nawalny!

»Was machst du denn hier?«

»Ich bin gerade aus der U-Haft raus«, sagte er. »Wir machen einen Spaziergang.«

Innerhalb der russischen Opposition meldeten sich während der Meuterei Stimmen, die sie begrüßten. Natürlich hat die Opposition den Großen Gopnik gründlich satt. Er ist dermaßen brutal gegen die Fünfte Kolonne vorgegangen, dass er für die Opposition Feind Nr. 1 ist. Wenn es heißt, Prigoschin sei noch schlimmer, dann ist das kein Widerspruch, denn die Opposition applaudierte ja nicht dem Meuterer, sondern den eventuellen Unruhen, die ihr neue Möglichkeiten hätten eröffnen können. Im Übrigen erwies sich das als pures Wunschdenken.

Die Ukraine entdeckte in dieser Meuterei die Schwäche des Regimes als Thema, ohne jedoch diese Erkenntnis weiter zu vertiefen, denn zwischen dem Gopnik und Prigoschin als bessere oder schlechtere Kriegspartei zu wählen, ist sinnlos. Ich sage es noch einmal: Die Schwäche der russischen Autokratie ist so langzeiterprobt, dass es in der gesamten Geschichte Russlands nie etwas anderes gegeben hat als Autokratien mit unterschiedlichen Masken. Russland hat niemals Demokratie gelernt und begreift den Zaren als Ernährer des Volkes, als Herrn des ganzen Volkes, der uneingeschränkt alle richten wird und gegen den sich zu erheben heißt, sich ins eigene Fleisch zu schneiden. Die Russische Revolution von 1917, die der Große Gopnik während des Putsches als Instrument zur Zerstörung des Imperiums negativ erwähnte, war in Wahrheit ein Staatsstreich, hernach konsolidiert durch den Roten Terror. Ich erinnere mich gut, wie meine Großmutter, obwohl mein Vater im Kreml arbeitete, mit großer Wärme von den vorrevolutionären Zeiten sprach. Der anständige Zar war gegen einen unanständigen Zaren ausgetauscht worden. Und bis heute ist kein Ende dieser Unanständigkeit abzusehen.

Die Umgebung des Großen Gopniks konnte nicht anders, als darüber nachdenken, wie ihr Schicksal aussehen könnte, falls Prigoschin ihr neuer Zar werden würde. Jedenfalls wurden so oder so alle von solchen Gedanken beschlichen. Prigoschin war für sie eine gefährliche Figur. Nicht umsonst hatte er seine Söldner nach Moskau losgeschickt, um mit Schoigu und Gerassimow abzurechnen. Und wer hätte außerdem noch seinen Zorn erregen können? Jeder! Einschließlich der Fernsehpropagandisten. Die krasse Sturköpfigkeit Prigoschins, seine Geradlinigkeit, Grobheit, Skrupellosigkeit, sein Wunsch, in Russland die Todesstrafe auf Verlangen der Volksmassen einzuführen und die Wirtschaft auf Planwirtschaft umzustellen, auf sowjetische oder nordkoreanische Gleise – all das war gruselig. Die Eliten zogen den Großen Gopnik vor, trotz all seiner Macken, ja sogar trotz des Krieges. Wenn in der Armee überhaupt jemand Prigoschin als erfolgreichen Kommandeur unterstützte, dann war das jedenfalls kein massenwirksames Phänomen. Wichtig ist indessen schon, dass Prigoschin noch vor dem Putsch alle propagandistischen Behauptungen des Kremls zerstörte, indem er erklärte, dass die Ukraine Russland nicht bedroht habe, indem er die Fehler der Obrigkeit einräumte, die Schwäche der Armee, die großen Verluste. Doch nun ist die Meuterei beendet, und für jene Worte, die Prigoschin aus der Flasche gelassen hat, werden erneut Menschen im ganzen Land verurteilt und bestraft.

Die Meuterei wird bis jetzt in den Machteliten Russlands unterschiedlich beurteilt. Hardliner wie der Chef der Nationalgarde Solotow sehen darin eine internationale Verschwörung und fordern im Kern eine härtere Gangart der Kriegsführung, bis hin zur Anwendung von Atomwaffen, um Europa vom Erdboden zu tilgen. Andererseits bezeichnete Lawrow die Meuterei als »Schlamassel« – ein umgangssprachlicher Ausdruck, dazu angetan, Prigoschins Vorgehen zu verharmlosen. Wieder einmal bekam der Große Gopnik die hervorragende Gelegenheit, mit zwei Perspektiven zu spielen.

Die Regierungschefs des Auslands waren sich einig, dass die Meuterei eine innerrussische Angelegenheit sei. Als der Westen das gemeinsam verkündete, inklusive Biden, war das eine klare Form der Distanzierung von jeglicher Einmischung in die Meuterei. Die Meuterei selbst erschreckte den Westen nicht deshalb, weil er nichts davon wusste (der amerikanische Geheimdienst war ja im Bilde), sondern weil im Falle eines Erfolgs das Atomarsenal des riesigen Landes in unberechenbare Hände hätte gelangen können. Und in Russland selbst hätte womöglich der Zerfall des Staates eingesetzt. Selbstverständlich erklärte auch China die Meuterei zu einer inneren Angelegenheit Russlands. Indessen versetzte der kasachische Präsident Tokajew gewissermaßen alle in Erstaunen, indem er sich in einem Telefonat mit den Großen Gopnik von einer Unterstützung distanzierte und darauf hinwies, es handle sich doch um eine interne Angelegenheit Russlands. Ich denke nicht, dass der Gopnik bis dahin in ihm einen treuen Freund gesehen hat, aber nach diesem Gespräch wurde doch einiges klar.

Nun zu Lukaschenko, der am meisten von der Meuterei profitierte. Wie bekannt, nahm er mit Prigoschin Verhandlungsgespräche auf, und formell war er es, der ihm vorschlug, auf die Einnahme Moskaus zu verzichten und nach Belarus zu kommen. Nun kann man natürlich sagen, dass Lukaschenko die Rolle eines von Moskau eingesetzten Vermittlers gespielt und wohl kaum selbst etwas Wesentliches beigetragen hat. Nichtsdestoweniger stellte er sich selbst als unabhängigen und starken Verhandlungsführer ins Rampenlicht, der Russland im

Allgemeinen und seinen Freund, den Großen Gopnik, im Besonderen immerhin vor größerem Blutvergießen bewahrte. Die Piloten der von den Wagner-Söldnern abgeschossenen Hubschrauber und eines Militärflugzeugs kann man nicht wieder lebendig machen, gerade sie waren doch die realen Opfer des Putsches, aber der vollkommen wahnsinnige Angriff auf Moskau (inszeniert oder real) hätte in einem Massaker enden können. Nach den erfolgreichen Verhandlungen mit Prigoschin bekam Lukaschenko die Chance, eigenständiger mit dem Großen Gopnik zu reden, zumindest für eine gewisse Zeit, und selbst an der Macht zu bleiben, also nicht zuzulassen, dass Belarus von Russland vollständig geschluckt wird. Belarus hat als (beinahe) unabhängiges Land eine Atempause errungen, auch wenn niemand Lukaschenkos brutales Vorgehen gegen die Opposition und seine Beteiligung am Krieg vergessen hat. Wie dem auch sei, Lukaschenkos Erfolg wird ein kurzfristiger sein.

Die Meuterei hat vieles geklärt, aber fast nichts verändert. Alles ist im Großen und Ganzen geblieben wie zuvor. Als der sowjetische Zirkus sein sechzigjähriges Bestehen feierte, prangten aus diesem Anlass in ganz Moskau Plakate, über die, wie ich mich erinnere, die Dissidenten spotteten: Da habt ihr euch selbst zum Zirkus erklärt! Nun ist nicht nur der Panzer der Wagner-Söldner stecken geblieben, auch der Panzer des Großen Gopniks steckt noch auf lange Zeit fest im Zirkustor.

24. Februar

Das Leben an und für sich ist viel schöner als die Menschen.

80
Fantasie

Die russische Fantasie ist unendlich, unermesslich. Sie kennt keine Grenzen.

In der russischen Kultur hat die unendliche Fantasie zu großen Entdeckungen geführt.

Zugleich hat sie zur Apotheose des Gottesträger-Volks beigetragen.

In der russischen Politik wurde die Revolution zum Abbild der russischen Fantasie.

Die russische Fantasie verzaubert und sorgt für Entsetzen.

Unter dem Großen Gopnik hat sich die unendliche russische Fantasie ein Russland ohne Grenzen ausgemalt.

Ein Meer von Blut.

Der Große Gopnik sieht sich selbst in seiner Fantasie als unsterblich.

Der echte russische Kerl träumt beim Angeln davon, das goldene Fischlein zu fangen. Seine unendliche Fantasie zeichnet ihm goldene Karauschen.

Selbst mit dem dümmsten Russen ist es interessant zu sprechen – und seine grenzenlose Fantasie zu spüren.

Die jungen Russinnen stellen sich endlos Traumprinzen vor.

Die russischen Offiziere mit ihrem typischen verklemmt dreisten spöttischen Grinsen stellen sich Siege ohne Ende vor, Generalsschulterklappen, Schwitzbäder, Picknicks mit jungen Dingern.

Die russischen Weiber erträumen sich das Ende der familiären Unfreiheit.

Die russischen Popen stellen sich ein süßes Leben in Glanz und Gloria vor.

Die russische Opposition stellt sich ohne Ende ein wunderbares Russland der Zukunft vor.

81

Mama geht fort in die Berge

Und ich hatte eine Vision:

Der Große Gopnik feiert seinen Sieg. Um allen zu zeigen, dass er jetzt der Weltenherrscher ist, veranstaltet er ein Gelage für die ganze Welt.

In die Berge eilen ehemalige Präsidenten und Botschafter, denen ihr Pensionärsdasein fad geworden ist. Ihre präinfarkthafte Eitelkeit streckt man mit internationalen Russophilen, linken Journalisten und Globalisierungsgegnern.

Am Morgen spricht der Große Gopnik dreist und euphorisch von der Festtribüne herunter, immer und immer wieder repetierend, dass wir besser sind als alle anderen – aber vor allem, betont er, sind wir besser als die Engländer und die Amerikaner. Der Saal frisst ihm aus der Hand. Dafür kommt gegen Abend das Thema der neuen Freundschaft auf.

Nach dem Abendessen betritt das Billardzimmer ohne viel Aufhebens der Große Gopnik persönlich – hoch soll er leben! Er bleibt in der Mitte des großen Raums stehen, bereit, auf jede beliebige Frage zu antworten. An seiner Seite finden sich unter den Anwesenden viele alte Bekannte. Inzwischen beinahe alle aussortiert, leben sie jetzt an verschiedenen Orten auf irgendwelchen Landsitzen, gucken mit ihren Enkeln und Urenkeln Kinderbücher und Trickfilme an, er aber, voll im Saft, ein kämpferisches Spermatozoid, das Himmlische Jerusalem …

Sein zotteliger Pressesprecher Tschutschujew, mein Bekannter aus undenklichen vegetarischen Zeiten, lächelt mir zu: Lange nicht gesehen! Minister Lawrow kriegt das zähnefletschende Kampfhundgrinsen nicht aus dem Gesicht. Ein schwarzes Pferd kannst du nicht weißwaschen. Das antichristische Oberhaupt der Kirche schrumpft in seinem Lächeln. Auch Stawrogin steht da, die Hände nicht sehr tief in die Hosentaschen gesteckt. Der Kleine Nächtliche Stalin mit gutmütigem Gesichtsausdruck hat sich praktisch gar nicht versteckt und wuselt zwischen den Falten der müffelnden Vorhänge herum.

»Hat er denn keine Angst?«, frage ich in Richtung Zar. »So ganz ohne Leibwächter. Einer gegen alle. Ich gehe jetzt, ich gehe hin zu ihm.«

Man wirft einander Blicke zu, schüttelt den Kopf.

»Lass das, besser nicht …«

Ich trete etwas zur Seite und schaue.

Die Diplomatenschar verwandelt sich in ein Rudel unterwürfiger Köter. Sie springen hoch, wirbeln herum, und jeder Teilnehmer an der Versammlung drängt den anderen beiseite, um die eine Hand zu drücken, eine Frage zu stellen, sich bemerkbar zu machen, um hinterher davon erzählen zu können. Ein Tablett mit Champagner in Kristallkelchen in den Händen, steht finster dreinblickend der begnadigte Koch des Großen Gopniks da, eine tödliche Schusswunde mitten in der Stirn. Hin und wieder wirft der Große Gopnik einen spöttischen Blick auf ihn.

»Das Ende der Welt!«, verzieht Tschutschujew ironisch den Mund.

Gerade das Chaos sorgt für Sicherheit des Großen Gopniks. Aber im Prinzip ist das der einzige Ort, wo meine Mutter ihre Androhung in die Tat umsetzen könnte.

Ihr Schatten löst sich von mir und gleitet in Richtung des Großen Gopniks. Ich bekomme furchtbare Angst um Mama. Schon ist sie in dem Diplomatenpulk verschwunden, und ich kann sie nicht mehr sehen. Plötzlich ertönt ein Knall, man hört, wie ein Körper fällt. Noch ein Knall! Noch einer! Und noch einer!

Ein weltweites »Ach!«

Dann Schreie des Entsetzens und weltweites Erstarren.

»Das Ende der Welt!«, schreit Tschutschujew in Weltuntergangsstimmung auf.

Der Zottelkopf sieht bereits die Zukunft voraus als eine Reihe geräuschvoll fallender Dominosteine. Der Zottelkopf stürzt zu der vor Schreck erstarrten Menge. Er stößt sie auseinander, bahnt sich einen Weg, ich arbeite mich hinterher.

Der Fußboden ist voller Blut.

»Zwei Tote!«, ist die überraschend ruhige Stimme des Zotteligen zu hören.

Galina Nikolajewna, wie konnten Sie nur!, schießt es mir jäh durch den Kopf. Mama …!

Russland – du bist wirklich das einzige Land, wo *Weltuntergang* nach Komödie klingt, beinahe wie *Weltwunder*. Und zugleich wie Thriller, zynisch und sepulkral, ironisch und hysterisch, detestabel und apokalyptisch.

Mama!

Aber Mama ist längst über alle Berge. Aus der Menge erscheint schwer schnaufend, mit zitternden Händen, der furchtbar blasse Deutsche Heinrich Sch. Der Partner in Sachen unglückliche Kindheit. Einer, der tatsächlich ein wahrer Freund des Großen Gopniks war!

»Da ist noch dieser ... wie heißt er gleich ... Schtalin ...«, entstellt er auf deutsche Art den Namen des Großen Führers.

Stawrogin blickt sich um nach den herbeistürzenden Leibwächtern, seine Hände versinken tief in den Hosentaschen, er sieht mich an, die Nasenflügel zittern, erleichtert atmet er ein und wieder aus: »Endlich!«

Der fassungslose Tschutschujew kommt auf uns zu gerannt, Blut an den Händen: »Und wo ... wo ist die zweite Leiche?«

Er sucht hinter den Vorhängen ... Nichts. In der Tat, wo ist der zweite Tote hin? Wohin geflüchtet? Aber er wird zurückkehren. Ich weiß: Der Große Führer wird uns alle überleben. Der ewige Motor und die ewige Wiederkehr. Nicht umsonst verwandelte er sich in den Kleinen Nächtlichen Stalin, quartierte sich nicht im Kreml ein, sondern in unseren Seelen, legte dort seine Eier ab, und in unseren Seelen ist er unbesiegbar.

Aber weit gefehlt!

Zu uns herein stürmt mit einem Schrei der Große Gopnik mit nacktem Oberkörper. Und mit Atomköfferchen.

»Die Provokation hat hingehauen!«, lacht er schallend.

Er wird ernst.

»Ich befehle!«

Alle starren ihn an.

»Die Feinde vernichten! Zuallererst London! Auf Nimmerwiedersehen!

Ziel: Washington!

Ziel: Paris!

Ziel: Berlin!

Na, und dieses ... dieses Warschau da!

Feuer frei! Super!«

Er stampft komisch mit dem Fuß auf.
Stille.
»He, was schreit ihr denn nicht hurra?«
Stille.
»Sieg! Die westliche Welt ist komplett vernichtet!!! Hurra!«
Schweigen.

Erste Auflage Berlin 2023

MSB Matthes & Seitz Berlin Verlagsgesellschaft mbH
Großbeerenstraße 57A, 10965 Berlin

info@matthes-seitz-berlin.de

Titel der russischen Originalausgabe:
Weliki Gopnik. Sapiski o schiwoi i mjortwoi Rossii

Umschlaggestaltung: ciconia ciconia, Berlin
Satz: Tom Mrazausksas, Berlin
Druck und Bindung: Pustet, Regensburg

ISBN 978-3-7518-0935-1
www.matthes-seitz-berlin.de